国家社科基金
后期资助项目
GUOJIA SHEKE JIJIN HOUQI ZIZHU XIANGMU

U0145942

跨越与创新

西方现代主义的东方元素

Breaking Boundaries and "Making It New"
Oriental Elements in Western Modernism

钱兆明　著

北京大学出版社
PEKING UNIVERSITY PRESS

图书在版编目 (CIP) 数据

跨越与创新：西方现代主义的东方元素 / 钱兆明著 . —北京：北京大学出版社，2023.10

ISBN 978-7-301-34086-8

Ⅰ . ①跨… Ⅱ . ①钱… Ⅲ . ① 现代主义—文学研究—西方国家 Ⅳ . ① I109.9

中国国家版本馆 CIP 数据核字 (2023) 第 105424 号

书　　　名	跨越与创新：西方现代主义的东方元素
	KUAYUE YU CHUANGXIN: XIFANG XIANDAI ZHUYI DE DONGFANG YUANSU
著作责任者	钱兆明　著
责任编辑	李　娜
标准书号	ISBN 978-7-301-34086-8
出版发行	北京大学出版社
地　　　址	北京市海淀区成府路 205 号　100871
网　　　址	http://www.pup.cn　　　新浪微博：@ 北京大学出版社
电子邮箱	编辑部 pupwaiwen@pup.cn　　　总编室 zpup@pup.cn
电　　　话	邮购部 010-62752015　发行部 010-62750672　编辑部 010-62767315
印刷者	北京溢漾印刷有限公司
经销者	新华书店
	720 毫米 × 1020 毫米　16 开本　22.75 印张　1 插页　390 千字
	2023 年 10 月第 1 版　2023 年 10 月第 1 次印刷
定　　　价	108.00 元

国家社科基金后期资助项目
出版说明

后期资助项目是国家社科基金设立的一类重要项目,旨在鼓励广大社科研究者潜心治学,支持基础研究多出优秀成果。它是经过严格评审,从接近完成的科研成果中遴选立项的。为扩大后期资助项目的影响,更好地推动学术发展,促进成果转化,全国哲学社会科学工作办公室按照"统一设计、统一标识、统一版式、形成系列"的总体要求,组织出版国家社科基金后期资助项目成果。

全国哲学社会科学工作办公室

目　录

绪论　跨越东西文化与创新……………………………………………… 1

东方文化与"鼎盛期"现代主义

第一章　莫奈有东方韵味的《睡莲》…………………………………… 3

一、莫奈与日本浮世绘…………………………………………… 4

二、莫奈晚年风格的新突破……………………………………… 8

三、莫奈顶峰作《睡莲》与抽象表现主义……………………… 9

第二章　叶芝的仿能乐实验剧《鹰之井畔》………………………… 13

一、叶芝的"第一个楷模"……………………………………… 14

二、伊藤与叶芝的《鹰之井畔》……………………………… 17

三、融入《鹰之井畔》的能乐成分与现代主义成分………… 20

第三章　史蒂文斯的文人山水诗《六帧意义深远的风景图》……… 25

一、史蒂文斯早年的艺格转换诗……………………………… 25

二、《六帧意义深远的风景图》之一的双重跨越…………… 27

三、从艺术、艺术家到模特、观赏者………………………… 34

第四章　史蒂文斯的"禅诗"《十三个角度观黑鸟》和《雪人》… 36

一、禅宗与禅宗画……………………………………………… 36

二、史蒂文斯与禅宗画………………………………………… 40

三、《十三个角度观黑鸟》与禅宗…………………………… 45

四、《雪人》与禅宗…………………………………………… 47

五、史蒂文斯与禅宗译著……………………………………… 50

第五章　白居易与威廉斯早年的立体短诗…………………………… 52

一、威廉斯"立体短诗"的唐诗渊源………………………… 53

二、从模拟到创新 ……………………………………………… 57

三、绝句格局与东方美学观 ……………………………… 61

四、掩盖不住的汉诗踪迹 ………………………………… 65

第六章　庞德的"潇湘八景诗"与其背后的湖湘文化圈内人 ………… 68

一、庞德家传《潇湘八景图》册页与庞德"潇湘八景诗" ……… 68

二、庞德"潇湘八景诗"背后的湖湘文化圈内人 ……………… 71

三、跳跃与拼贴：现代主义的"潇湘八景诗" ………………… 79

第七章　摩尔赞清瓷艺术的《九桃盘》 …………………………… 82

一、摩尔的中国情结 ……………………………………… 83

二、摩尔与中国花鸟走兽图 ……………………………… 84

三、摩尔的艺格转换诗《九桃盘》 ………………………… 89

东方文化与后期现代主义

第八章　威廉斯与王燊甫的汉诗集《桂树集》 ………………… 97

一、威廉斯晚年的创作焦虑 ……………………………… 97

二、中西合作者相悖的意图 ……………………………… 99

三、一次互补的合译经验 ………………………………… 101

四、现代派、立体式的英译汉诗 ………………………… 106

第九章　威廉斯《勃鲁盖尔诗画集》的唐诗渊源 ……………… 112

一、从偏离到回归反象征派现代主义 …………………… 112

二、借鉴"老样板"，回归"立体短诗" …………………… 113

三、《勃鲁盖尔诗画集》与唐诗 ………………………… 118

四、压轴诗"周而复始"的主题 ………………………… 123

第十章　摩尔"'道'为西用"的《啊，化作一条龙》 …………… 127

一、一部让摩尔大开眼界的波林根赠书 ………………… 127

二、施美美的教育背景 …………………………………… 130

三、施美美的《绘画之道》与摩尔的《烦冗与守真》 ……… 133

四、施美美的《绘画之道》与摩尔的《啊，化作一条龙》 …… 135

第十一章 施美美与摩尔的《告诉我,告诉我》 ……… 143
一、摩尔、施美美与《泰晤士报文学增刊》 ……… 144
二、《告诉我,告诉我》中施美美的印记 ……… 145
三、《摩尔诗歌全集》与微型版《诗歌》 ……… 150

第十二章 庞德《诗章·御座篇》中的丽江 ……… 153
一、《诗章·御座篇》中的《圣谕广训》 ……… 153
二、《诗章·御座篇》中的丽江纳西文化 ……… 154
三、洛克与庞德《诗章》的纳西素材 ……… 156
四、庞德纳西诗篇背后的纳西文化圈内人 ……… 158
五、庞德与"活着的"纳西象形文字 ……… 162

第十三章 庞德《诗稿与残篇》中的纳西母题 ……… 168
一、《诗章》第 110 章中的双重突破 ……… 169
二、《诗章》第 110 章中的叠加隐喻 ……… 172
三、《诗章》第 112 章中的双重突破 ……… 178

第十四章 米勒的《推销员之死》在北京人民艺术剧院舞台 ……… 183
一、在北京舞台复制、完善《推销员之死》"时空共存"设计 ……… 184
二、间离效果:米勒与北京人艺配角演员的合作创新 ……… 187
三、北京人艺版《推销员之死》对美国现代戏剧的反影响 ……… 189

东方文化与 21 世纪现代主义

第十五章 现成品艺术与蒲龄恩《珍珠,是》之七背后的中国当代诗 ……… 195
一、杜尚的现成品艺术 ……… 195
二、《珍珠,是》中再创造的他人原创 ……… 197
三、《珍珠,是》之七审慎的模仿 ……… 199
四、作为现成品艺术的《珍珠,是》之七 ……… 203

第十六章 贝聿铭中西合璧的苏州博物馆新馆 ……… 206
一、"最后一个现代主义大师" ……… 206
二、故乡的召唤 ……… 208
三、世界级大师与国内专家的合作 ……… 209

四、昆曲《牡丹亭》给予建筑大师的灵感 ……………………………… 212

五、传统与现代相结合的封刀之作 …………………………………… 213

第十七章　杜尚的"眷留"理念与斯奈德的 21 世纪禅诗《牧溪的柿子》…… 216

一、斯奈德的禅诗与禅门公案 ………………………………………… 217

二、斯奈德的禅诗与杜尚的"眷留"理念 ……………………………… 220

三、斯奈德禅诗背后的两种潜意识 …………………………………… 225

第十八章　蒲龄恩《卡祖梦游船》中的中华经典 ……………………… 228

一、自相矛盾的语言与充满矛盾的世界 ……………………………… 228

二、古今中外经典与跨文理学科经典 ………………………………… 230

三、"弦外之音"与敏感话题 …………………………………………… 233

第十九章　蒲龄恩评沈周《夜坐图》 …………………………………… 236

一、图文兼顾、引文释图 ……………………………………………… 236

二、为禅宗画正名 ……………………………………………………… 237

三、禅画与禅语 ………………………………………………………… 240

第二十章　李安根据加拿大同名小说改编的电影

《少年派的奇幻漂流》 ……………………………… 242

一、主人公"无解"的潜意识：用高科技开拓新空间 ………………… 243

二、"在故事中讲故事"：探索多元、开放式的视野 …………………… 245

三、少年派的人物塑造：聚焦充满梦幻的内心世界 ………………… 246

四、创新的跨文化主题：从"梵我合一"到"天人合一" ……………… 248

附　录

斯奈德的"禅画诗"《山河无尽》 …………………………… 谭琼琳　255

一、《山河无尽》中的艺格转换诗 ……………………………………… 258

二、《山河无尽》的"中国式"诗体 ……………………………………… 262

三、《山河无尽》中的禅宗美学 ………………………………………… 265

结　论 …………………………………………………………………… 268

禅文化与蒲龄恩 2005 年版《诗歌集》 ···················· 曹山柯 270
一、缠绕在中国情结中的禅意 ································· 270
二、"良玉生烟"般的断裂意象 ····························· 273
三、诗歌的阅读难度与审美 ······························· 277

沈周《夜坐图》 ····················· 蒲龄恩 作　钱兆明 译 282

参考文献 ·· 293
后　记 ·· 313
索　引 ·· 319

图版目录

图 1—1 吉维尼莫奈故居挂满日本浮世绘的餐厅

图 1—2 莫奈 《穿和服的莫奈夫人》 波士顿美术馆藏

图 1—3 莫奈 《登普尔维尔悬崖》 芝加哥美术馆藏

图 1—4 莫奈 "三幅连"《睡莲》 纽约现代艺术博物馆藏

图 2—1 杜拉克 《鹰之井畔》鹰卫士形象设计图 原载叶芝 1921 年版《为舞者而写四剧》

图 3—1 马远 《松溪观鹿图》册页 克利夫兰艺术博物馆藏

图 3—2 元代佚名 《高士观眺图》团扇 波士顿美术馆藏

图 3—3 明代佚名 《高士观瀑图》立轴 波士顿美术馆藏

图 3—4 夏圭(传) 《坐看云起图》册页 原载费诺罗萨 1912 年版《中日艺术源流》

图 4—1 周季常、林庭珪 《五百罗汉图:云中示现》立轴 波士顿美术馆藏

图 4—2 周季常、林庭珪 《五百罗汉图:洞中入定》立轴 波士顿美术馆藏

图 4—3 《林泉高致·译者前言》 1911 年剪报

图 4—4 元代佚名 《白鹭雪柳图》立轴 波士顿美术馆藏

图 6—1 日本佚名 《潇湘八景图》册页之一《潇湘夜雨》与其中文题诗 玛丽·德·拉齐维尔兹藏

图 6—2 日本佚名 《潇湘八景图》册页之二《洞庭秋月》与其中文题诗 玛丽·德·拉齐维尔兹藏

图 6—3 日本佚名 《潇湘八景图》册页之六《江天暮雪》与其日本和歌 玛丽·德·拉齐维尔兹藏

图 7—1 雍正粉彩桃纹盘 上海博物馆藏

图 7—2 康熙三兽庋颈瓶 上海博物馆藏

图 8—1 王桑甫 1955 年留影

图 9—1 勃鲁盖尔 《雪中猎人》 比利时皇家美术博物馆藏

图 9—2 勃鲁盖尔 《收玉米》 纽约大都会艺术博物馆藏

图 10—1 钱选 《荷塘早秋图·草虫图》长卷 底特律美术馆藏

图 10—2 施美美留影 原载 1936 年 11 月《亚洲》杂志封面

图 10－3　邹复雷　《春消息图》长卷　华盛顿特区弗利尔美术馆藏

图 12－1　丽江玉龙山南麓雪嵩村洛克旧居（笔者与洛克旧居管理员李近花合影）

图 12－2　丽江玉龙山南麓雪嵩村纳西农妇　原载洛克《中国西南古纳西王国》

图 12－3　方宝贤伉俪接受采访留影

图 12－4　丽江方国瑜、方宝贤故居徐中舒题匾

图 12－5　丽江白沙古镇纳西象形字壁画

图 13－1　纳西"哈拉里肯"超度仪式　原载洛克《中国西南古纳西王国》

图 13－2　丽江黑龙潭、象山

图 13－3　庞德　《诗章》第 112 章

图 15－1　杜尚　《带胡须的蒙娜丽莎》　费城艺术博物馆藏

图 15－2　车前子、蒲龄恩　中英文题诗（《白桥》、《珍珠，是》之七）扇面

图 17－1　牧溪　《六柿图》立轴　京都大德寺藏

图 19－1　沈周　《夜坐图》立轴　台北故宫博物院藏

附录图 1　宋代佚名　《溪山无尽图》长卷　克利夫兰艺术博物馆藏

附录图 2　蒲龄恩　中文诗《结伴觅石湖》

图1-2　莫奈　《穿和服的莫奈夫人》　波士顿美术馆藏

图1-3　莫奈　《登普尔维尔悬崖》　芝加哥美术馆藏

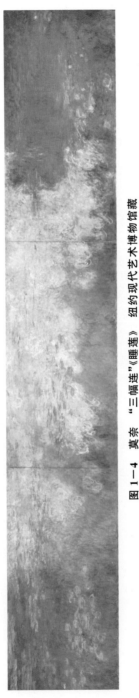

图1-4 莫奈 "三幅连"《睡莲》 纽约现代艺术博物馆藏

绪论　跨越东西文化与创新

　　东方文化如何丰富了西方现代文学的内涵？东西交流如何促进了西方现代诗歌的发展？20世纪70年代至80年代，赵毅衡先生率先攻研这一课题。他的《诗神远游：中国如何改变了美国现代诗》(2003)有厚实的第一手文献、令人信服的评论，为认知中国文化在美国现代诗史中的地位做出了卓著的贡献。1996年、2004年和2010年，美国耶鲁大学、英国剑桥大学和我国浙江大学等高校先后举办了三届现代主义与东方文化国际学术研讨会。从第三届现代主义与东方文化国际学术研讨会精选的英文和中文论文分别在拙编《现代主义与东方》(*Modernism and the Orient*, 2012)和高奋教授主编的《现代主义与东方文化》(2012)中刊出。2013年，增订版《诗神远游》面世。有学者称，第三届现代主义与东方文化国际学术研讨会，汇同其后出版或再版的文献，使现代主义与东方文化研究成为当代显学。①

　　然而，就在21世纪的头十二三年间，国际现代主义研究、跨艺术门类研究和文化研究取得了长足进步。同期现代主义与东方文化的研究却疏于关注这些邻接领域的新观念、新动向，其成果难免落后于时代的要求和读者的兴趣。《跨越与创新》试图在传承以往研究积极成果的同时拓展其跨越度，并将之纳入21世纪现代主义研究、跨艺术门类研究和文化研究最新理念的范畴，突出讲现当代优秀作品背后东西合作的故事，以期为构建外国文艺研究中的中国话语理论体系提供一个模式。

　　2000年以来，越来越多的批评家认识到后现代主义的崛起并不意味着现代主义从此被取代。越来越多的学者开始关注20世纪60年代至今一次次复出、创新的现代主义——有别于后现代主义(post-modernism)的"后期现代主义"(late modernism)。2005年，英国学者梅洛斯(Anthony Mellors)在《后期现代主义诗学》(*Late Modernist Poetics：From Pound to Prynne*)中将"后期现代主义"定义为"战后复出、至少延续至70年代末的现代主义"②。

---

① 高奋：《"现代主义与东方文化"的研究进展、特征与趋势》，载《浙江大学学报》(人文社会科学版)2012年第3期，第32页。

② Anthony Mellors, *Late Modernist Poetics：From Pound to Prynne*, Manchester：Manchester University Press, 2005, p. 19.

2007 年,曾把"后现代"界定为"新的时代分期""一个断裂"的美国左翼批评家詹姆逊(Fredric Jameson)推出《论现代主义》(*The Modernist Papers*;已有中译本)。① 皇皇巨著,近 400 页篇幅用于评估肇始期、鼎盛期现代主义;最后一章("A Monument to Radical Instants")一改以往提出的"分期说"和"断裂说",称颂了德裔瑞典籍小说家魏斯(Peter Weiss,1916—1982)《抵抗的美学》(*The Aesthetics of Resistance*,1975—1981)三部曲复制创新早期现代主义的"后期现代主义"("late modernism")。②

梅洛斯咏赞的蒲龄恩(J. H. Prynne,1936—)确是后期现代主义诗歌的典范。撇开他,当代英国诗坛再无第二个"像庞德一样举足轻重的传奇式人物"③。詹姆逊用 40 页篇幅评介的《抵抗的美学》实乃后期现代主义小说的楷模。德国评论家沃兰德在魏斯 100 周年诞辰的纪念文章中称《抵抗的美学》为"一部可与马塞尔·普鲁斯特(Marcel Proust)或詹姆斯·乔伊斯(James Joyce)鸿篇巨制媲美的世纪之作"④。然而,后期现代主义并非由第二、第三代现代主义诗人、小说家最先启动。本书第二部分将展现,第一代现代主义旗手威廉斯(William Carlos Williams,1883—1963)、摩尔(Marianne Moore,1887—1972)和庞德(Ezra Pound,1885—1972)在 20 世纪 60 年代初就为现代主义东山再起吹响了第一声号角。现代主义在 21 世纪再次强劲复出。美国斯坦福大学玛乔瑞·帕洛夫(Marjorie Perloff)教授在《21 世纪现代主义》一书中指出:"具有强大生命力的先锋派重新启动 20 世纪初的大胆实验",他们"不屑于 60 年代和 70 年代盛行的真实性模式——'真实的感觉之声'或'自然语言',而更欣赏马塞尔·杜尚[Marcel Duchamp]的现成品、玻璃中的'眷留'和文字游戏,格特鲁德·斯泰因[Gertrude Stein]的超常规抽象文体,韦利米尔·赫列勃尼科夫[Velimir Khlebnikov]的音诗、具象诗、

---

① 见盛宁:《人文困惑与反思:西方后现代主义思潮批判》,北京:生活·读书·新知三联书店,1997 年,第 209 页;Fredric Jameson, *Postmodernism*, *or*, *the Cultural Logic of Late Capitalism*, Durham: Duke University Press, 1991, p. 1. See also Fredric Jameson, *The Modernist Papers*, New York: Verso, 2007;及其中译本詹姆逊:《论现代主义文学》,苏仲乐、陈广兴、王逢振译,北京:中国人民大学出版社,2010 年。因论及美术,本书中译名不宜加"文学"二字。故本书行文中均采用《论现代主义》"指代。——笔者注

② Fredric Jameson, *The Modernist Papers*, p. 385. 詹姆逊把《抵抗的美学》三部曲归属于"问世时相对孤单的"后期现代主义("late modernism")。

③ Anthony Mellors, *Late Modernist Poetics*: *From Pound to Prynne*, p. 118.

④ 霍尔格·沃兰德(Holger Wolandt):《矛盾而撕裂的自我》,李劲含译,载歌德学院网<https://www.goethe.de/ins/tw/cn/kul/mag/20863524.html>。

诗歌宣言和特制艺术书。"①本书第三部分将对"21 世纪现代主义"做进一步论述。

　　鉴于国内学界对 20 世纪初鼎盛期现代主义文艺的兴趣有增无减，而对包含更多"中国故事"的后期现代主义文艺未予足够的重视，本书从东西融合的鼎盛期现代主义文艺切入，用更多的篇幅探索阐发 20 世纪中叶至今欧美诗人、剧作家、艺术家在"全球化"和与日俱增的东西对话的背景下，如何融合东方文化因素，为现代主义文艺谱写的一曲曲辉煌的新篇章。

　　本书分三部分。第一部分"东方文化与'鼎盛期'现代主义"含七章，分别考察法国画家莫奈（Claude Monet，1840—1926）富有东方韵味的顶峰之作《睡莲》(Water Lilies，1914—1926)、爱尔兰诗人兼戏剧家叶芝（W. B. Yeats，1865—1939）的仿能乐实验剧《鹰之井畔》(At the Hawk's Well，1916)、美国诗人史蒂文斯（Wallace Stevens，1879—1955）的人文山水诗《六帧意义深远的风景图》("Six Significant Landscapes," 1916)之一、史蒂文斯的"禅诗"《十三个角度观黑鸟》("Thirteen Ways of Looking at a Blackbird," 1917) 和《雪人》("The Snow Man," 1921)、美国诗人威廉斯受中唐诗人白居易感召而创作的立体短诗集《酸葡萄集》(Sour Grapes，1921)和《春天等一切集》(Spring and All，1923)、美国诗人庞德的"潇湘八景诗"(1928—1937)与其背后的湖湘文化圈内人、美国诗人摩尔赞清瓷艺术的《九桃盘》("Nine Nectarines，"1934，1967)。第二部分"东方文化与后期现代主义"含七章，分别讨论威廉斯与王燊甫（David Raphael Wang，1931—1977）合译的汉诗集《桂树集》(The Cassia Tree，1966)、威廉斯晚年回归立体短诗的精品《勃鲁盖尔诗画集》(Pictures from Brueghel，1962)、摩尔受施美美（Mai-mai Sze，1909—1992)《绘画之道》(The Tao of Painting，1957) 感召而创作的《啊，化作一条龙》(O to Be a Dragon，1959)、摩尔的告别作《告诉我，告诉我》(Tell Me，Tell Me，1966)、庞德《诗章·御座篇》(Thrones，1959)中的丽江、庞德受纳西文化感召而创作的《诗章》(The Cantos)第 110 和 112 章(1969)、美国戏剧家阿瑟·米勒（Arthur Miller，1915—2005）中西合璧的《推销员之死》(Death of a Salesman，1983)。第三部分"东方文化与 21 世纪现代主义"含六章，分别探究英国诗人蒲龄恩组诗《珍珠，是》(Pearls That Were，1999)中用中国当代诗打造的"现成品艺术诗"、美籍华裔建筑大师贝聿铭(1917—

---

　　① Marjorie Perloff, *21st Century Modernism：The "New" Poetics*, Oxford：Blackwell, 2002, pp. 3—5."玻璃中的'眷留'"("delay in glass," p. 87)是杜尚杜撰的术语,指他 1915 年至 1923 年创作的《大玻璃》及其所具启示眷留、捕摸"弦外之音"的艺术特征。韦利米尔·赫列勃尼科夫(1885—1922)为俄国未来主义文艺倡导人之一。

2019)亦中亦西的苏州博物馆新馆（2002—2006）、美国诗人斯奈德（Gary Snyder，1930—　）的 21 世纪禅诗《牧溪的柿子》（"Mu Chi's Persimmons," 2008）、蒲龄恩长诗《卡祖梦游船》（*Kazoo Dreamboats* or，*On What There Is*）中的中华经典、蒲龄恩评沈周（1427—1509）《夜坐图》（2014）、旅美华人导演李安（1954—　）根据加拿大同名小说改编的美国好莱坞电影《少年派的奇幻漂流》（*Life of Pi*，2012）。

《跨越与创新》着重讲近六十年一次次复出的现代主义属于一种尝试。既讲现代主义文学，也讲现代主义视觉艺术和表演艺术是其又一种尝试。必须指出，现代主义文学与现代主义艺术本来就有亲缘关系。1907 年至 1914 年，一场场现代主义文艺运动在欧美涌现——从法国立体主义绘画到德国表现主义绘画，从意大利未来主义文艺、俄国未来主义文艺到英美意象主义诗歌、英美旋涡主义诗歌和艺术。1914 年，英美现代主义诗歌的主将庞德公开承认，由他发动的意象主义新诗运动体现了意大利未来主义的精神，"其艺术渊源还应追溯到毕加索（Pablo Picasso，1881—1973）和康定斯基（Wassily Kandinsky，1866—1944），立体主义和表现主义"①。现代主义文学和现代主义艺术当然可以分开考察，但近十多年来国际现代主义研究的趋向却是打破文学与艺术的界限、二者兼顾。帕洛夫的《21 世纪现代主义》跨五种文化（英、美、法、俄和中国）、两种艺术领域（诗歌和美术）；全书五章，有一章专论法国艺术家杜尚的观念艺术。詹姆逊的《论现代主义》跨六种文化（英、美、法、德、爱尔兰和日本）、三种艺术领域（诗歌、小说和美术）；全书二十章，有一章专论欧美现代主义艺术——包括现代画之父塞尚（Paul Cézanne，1839—1906）凸显油画物质性的后印象主义，美国画家德库宁（Willem de Kooning，1904—1997）将不同强弱力度传送到画布的抽象表现主义和瑞士艺术家盖尔驰（Franz Gertch，1930—　）让观众获得高清晰度图像幻觉的超写实主义。詹姆逊没有点破，其实他赞颂的德库宁 1959 年的巨幅抽象画和盖尔驰 1974 年的《芭芭拉与盖比》（*Barbara and Gaby*）都是后期现代主义绘画名作。

21 世纪头二十余年出版的有影响的跨文化、跨艺术门类专著，除了《21 世纪现代主义》和《论现代主义》，还有丹尼尔·奥尔布赖特（Daniel Albright）的《解开缠身之蛇》（*Untwisting the Serpent*：*Modernism in Music*，*Literature*，*and Other Arts*，2000）和《泛美学》（*Panaesthetics*：*On the Unity and Diversity of the Arts*，2014）、笔者的《中国美术与现代主义》（*The Modernist Response*

---

① Ezra Pound，"Vorticism"（1914）in Ezra Pound，*Gaudier-Brzeska*：*A Memoir*，New York：New Directions，1970，p. 82.

to Chinese Art：Pound，Moore，Stevens，2003）、米歇尔（W. J. T. Mitchell）的《图像何求？》（*What Do Pictures Want？：The Lives and Loves of Images*，2006）、宋惠慈（Wai Chee Dimock）的《穿越他洲大陆》（*Through Other Continents：American Literature Across Deep Time*，2006）、萨义德（Edward Said）的《论后期风格》（*On Late Style：Music and Literature Against the Grain*，2006）和帕洛夫的《虚薄》（*Infrathin：An Experiment in Micropoetics*，2021）。①

以上英美出版的专著为我们提供了借鉴。这里探讨的十一位大师，莫奈、叶芝、史蒂文斯、威廉斯、摩尔、庞德、米勒、贝聿铭、斯奈德、蒲龄恩和李安分别代表了法国、爱尔兰、英国、美国和中国五种文化。其中叶芝兼具爱尔兰和英国两种文化、贝聿铭和李安兼具中国和美国两种文化。② 这十一位巨匠在各自的领域大胆跨越时空，又分别融合了中国文化、日本文化或印度文化。本书除了跨越法国、爱尔兰、英国、美国、加拿大和中国、日本、印度八种文化，还跨越美术、音乐、舞蹈、诗歌、小说、戏剧、建筑和电影八个领域。书中论及的史蒂文斯的《六帧意义深远的风景图》之一、摩尔的《九桃盘》、庞德的《诗章》第49章、威廉斯的《勃鲁盖尔诗画集》和斯奈德的《牧溪的柿子》跨越诗、画两种艺术形式，叶芝的《鹰之井畔》和米勒中西合璧的《推销员之死》跨越戏剧、舞蹈、音乐、美术四种艺术形式。贝聿铭的苏州博物馆新馆跨越建筑、园林和雕塑三种立体艺术形式。李安的《少年派的奇幻漂流》跨越小说、音乐、舞蹈、美术、戏剧和电影六种艺术形式。对于莫奈以外的诗人、艺术家，本书不仅赞赏他们跨越东西文化的意趣，而且嘉许他们跨越艺术与其他学科的才华。跨文化、跨学科乃现当代文学艺术的一大特点，加强跨文化、跨学科的研究正是当今文学艺术研究的发展方向。

本书另一尝试涉及批评方法，简而言之就是摆脱"文本中心论"，采用文化研究的新观念，在文本细读的同时加强考察诗人、艺术家与他们周围人的

---

① Daniel Albright，*Untwsiting the Serpent：Modernism in Music，Literature，and Other Arts*，Chicago：University of Chicago Press，2000；Daniel Albright，*Panaesthetics：On the Unity and Diversity of the Arts*，New Haven：Yale University Press，2014；Zhaoming Qian，*The Modernist Response to Chinese Art：Pound，Moore，Stevens*，Charlottesville：University of Virginia Press，2003；W. J. T. Mitchell，*What Do Pictures Want？：The Lives and Loves of Images*，Chicago：University of Chicago Press，2006；Wai Chee Dimock，*Through Other Continents：American Literature Across Deep Time*，Princeton：Princeton University Press，2006；Edward Said，*On Late Style：Music and Literature Against the Grain*，New York：Vintage Books，2006；Marjorie Perloff，*Infrathin：An Experiment in Micropoetics*，Chicago：University of Chicago Press，2021.

② 李安于 1989 年取得美国永久居民身份。

思想交集,注重剖析他们在与中国文化精英交往中吸收东方美学思想的脉络。从"作者导向"到罗兰·巴特(Roland Barthes)的"作者已死"①是从一个极端走向另一个极端。兼顾"人本"与"文本"正是为了避免再走极端。希利斯·米勒(J. Hillis Miller,1928—2021)在《萌在他乡》(*An Innocent Abroad:Lectures in China*,2015)中说:"作者又回来了。他或者她的死亡被宣布得太早了。主体、主体性和自我,连同个人行为能力(personal agency)、认同政治、责任、对话、主体互涉性,等等,也都回来了。而且,人们对传记和自传、通俗文学、电影、电视、广告、与语言文化相对的视觉文化,以及霸权话语中的'少数族裔话语'的性质和作用,都产生了新一轮的兴趣,或者说重新燃起了原有的兴趣。"②至于怎样在文学批评中做文化研究,米勒在《图文并茂》(*Illustration*)一书中有精辟的论述。欧美诗人、艺术家可以通过文字或图像认知东方,也可以通过跟东方人士直接交流互动认知东方。对米勒而言,文字和图像作为传播文化的媒介各有其局限性,根据文化研究的理念,"要认知[非本土]美术、大众文化、文学和哲学的真正价值[……]最好通过特定文化圈内人,通过由其语言、地域、历史和传统界定的特定文化圈内人"③。我们不妨用"相关文化圈内人"一词概括上引米勒的论断。莫奈和史蒂文斯的实例能否证明米勒的观点,笔者没有把握。其他九位诗人、艺术家既有通过文字、图像认知东方的经验,又有通过同"相关文化圈内人"交流互动认知东方的体验,通过类比他们的经历我们理应认同米勒的说法。

日本舞蹈家伊藤道郎(以下简称"伊藤")未曾受过能乐的专门训练,并非叶芝仿能乐最理想的"能乐文化圈内人"。然而,由于他善于通过舞蹈动作表达情感,并乐于将现学的能舞节奏融入西方现代舞律动,叶芝还是给了他很高的评价:"我这部剧离开了一位日本舞蹈家就不可能产生。我观赏过他在一个排练场,一个客厅,一个配有极其适宜灯光的小舞台上独舞[……]他凄凉的舞姿唤醒了我的想象力。"④ 1916 年,通过多次彩排,叶芝愈益深刻地感受到了伊藤独舞惊人的表现力。如叶芝传记作者伯莱特福特(Curtis Bradford)所述,在该剧首演前,叶芝删除了脚本初稿里一首重复演唱三遍的

---

① See Roland Barthes,"The Death of the Author," in *Image/Music/Text*,trans. Stephen Heath,New York:Hill and Wang,1977,pp. 142−147.

② J. 希利斯·米勒:《萌在他乡:米勒中国演讲集》,国荣译,南京:南京大学出版社,2016 年,第 44 页;J. Hillis Miller,*An Innocent Abroad:Lectures in China*,Ivanston:Northwestern University Press,2015,p. 32.

③ J. Hillis Mill,*Illustration*,Cambridge:Harvard University Press,1992,pp. 14−15.

④ W. B. Yeats,*The Collected Works of W. B. Yeats:Ⅵ:Early Essays*,ed. Richard Finneran and George Bornstein,New York:Scribner,2007,p. 165.

歌谣和两段台词。他之所以这么做是因为他深信伊藤的独舞已经充分传达了该歌谣和该台词的含意。①

对西方诗人而言,王燊甫可谓难得的"汉诗圈内人"。1957 年 9 月,他致信威廉斯,提议合译汉诗。威廉斯立即回复:"你的提议太有吸引力了! 当然要一起译,即使不能马上动手也要趁早。"②1958 年 1 月 17 日,王燊甫在威廉斯家书录王维《鹿柴》和《山中送别》两首绝句。每行诗下注上英语对应词,然后朗朗上口地念了一遍原诗。在讲解《鹿柴》时,王燊甫试图用"阴阳互补"的理念,阐释第三行"返景"与"深林"似乎矛盾的叠加背后深邃的禅意。威廉斯一时摸不着头脑。四个月后(1958 年 5 月 20 日)他却写信告诉王燊甫,"阴阳说"让他的脑子开了窍,懂得了中国古代诗人在讲什么。③若不是同王燊甫合作翻译汉诗,威廉斯 20 世纪 60 年代初回归并创新他早年的非人格化立体短诗就不会那么顺利。

摩尔晚年的《啊,化作一条龙》和《告诉我,告诉我》是她与美籍华裔画家兼作家施美美交流互动的结晶。施美美并没有跟摩尔合作翻译或写诗。然而通过十多年频繁的通信和互访,她竟成了对摩尔晚年创作影响最大的信友之一。施美美的美学论著《绘画之道》不仅促使摩尔借题发挥,给北加州奥克兰市米尔斯学院(Mills College) 师生做了一场精彩的、有关"道"与诗的演讲,还激励她借鉴书中阐释的老庄"无己"理念,拒斥战后美国诗歌创作中的"我执"倾向,写出了一首又一首赞美"道"的精神、精炼含蓄的现代主义诗歌。1959 年摩尔给施美美赠送新诗集《啊,化作一条龙》时,称施美美为"龙的天使"。在 1963 年 11 月的一封信中,她再次感谢施美美,称其《绘画之道》为百读不厌的"永久的礼物"。④

梅洛斯在《后期现代主义诗学》中把"刻意遵循现代主义非人格化、隐喻、断裂诗学创作诗歌"的蒲龄恩誉为英国战后最强劲的后期现代主义诗人。⑤在梅洛斯看来,蒲龄恩的诗歌受惠于"客体诗派"领军人物朱可夫斯基(Louis

---

① Curtis Bradford, *Yeats at Work*, Carbondale: Southern Illinois University Press, 1965, p. 211.

② 此信藏美国耶鲁大学拜纳基图书馆(Beinecke Rare Book & Manuscript Library)。后文出自该图书馆藏文献资料的引文,将随文标出该图书馆名称首词 Beinecke,不再另注。

③ See Zhaoming Qian, *East-West Exchange and Late Modernism: Williams, Moore, Pound*, Charlottesville: University of Virginia Press, 2017, p. 51. 此信藏美国达特茅斯学院图书馆(Dartmouth College Library)。后文出自该图书馆藏文献资料的引文,将随文标出该图书馆名称首词 Dartmouth,不再另注。

④ 此二信藏美国费城罗森巴赫博物馆和图书馆(Rosenbach Museum and Library)。后文出自该馆所藏文献资料的引文,将随文标出该馆名称首词 Rosenbach,不再另注。

⑤ Anthony Mellors, *Late Modernist Poetics: From Pound to Prynne*, p. 167.

Zukofsky),其"玄奥"则来自庞德。① 1986 年、1991 年和 1993 年,蒲龄恩曾三度在苏州大学任教;之后他又在中山大学、广州大学、中南大学、湖南大学等校任教或讲学。一次次来华交流激发蒲龄恩不断吸收中国美学精华,尝试诗歌再创新。曹山柯教授对蒲龄恩融合禅文化的作品有很深的研究。附录所收他的《禅文化与蒲龄恩 2005 年版〈诗歌集〉》为本书第十五、十八、十九章论蒲龄恩《珍珠,是》之七、《卡祖梦游船》和《沈周〈夜坐图〉》做了铺垫。1991 年夏,蒲龄恩在苏州结识了中国当代诗人、散文家、画家车前子(1963—)。一首英译车前子诗被蒲龄恩当作"现成品"加工改造,然后植入其 1999 年组诗《珍珠,是》。帕洛夫在《21 世纪现代主义》的续篇《非原创天才》(*Unoriginal Genius:Poetry by Other Means in the New Century*,2010)中把移植他人原创的诗歌称为"摘引拼贴诗"。② 在当今博客、串流媒体时代,"摘引拼贴诗"已经成为一种时尚。蒲龄恩 2011 年发表的《卡祖梦游船》突破摘引拼贴诗不多涉及自然科学、现当代中国文化的惯例,在大量摘引中西古典人文经典的同时,大段摘引帕西金(Andrian Parsegian)的《范德瓦尔斯力》和毛泽东的《矛盾论》。蒲龄恩新世纪的创作实验并不限于现成品艺术诗和跨学科摘引拼贴诗。他还跨艺术门类,品评中国文人画。2010 年,蒲龄恩在《评注者》(*Glossator*)杂志首发论文,批评西方评论家误读明四家之冠沈周的《夜坐图》。③ 2010 年至 2013 年,他继续研究该画,并在 2013 年秋、冬和 2014 年春合并的那期《斯诺文艺评论》(*Snow lit rev*)上发表修订扩充版《沈周〈夜坐图〉》(中译文见附录)。

　　1983 年春,美国剧作家阿瑟・米勒应邀与北京人民艺术剧院合作,将其经典剧《推销员之死》搬上中国舞台。笔者与欧荣 2013 年论文《〈推销员之死〉在北京:米勒和英若诚的天作之合》讨论了米勒与英若诚的合作。④ 本书第十四章将评论的聚焦点从米勒与英若诚的合作转移到米勒与北京人艺舞台设计师、灯光设计师及三位配角演员间的合作。透过现实主义表象,我们

---

① Anthony Mellors, *Late Modernist Poetics:From Pound to Prynne*, p. 117.

② 帕洛夫所引 21 世纪摘引拼贴诗有豪(Susan Howe)用家族史料碎片、公众史料碎片和自己严谨的诗句编织成的《午夜》(*The Midnight*,2003)和戈德斯密斯(Kenneth Goldsmith)再现纽约某周末 24 小时交通实况的长诗《交通实况》(*Traffic*,2007)。后者用数码技术将纽约市交通实况报道音频转换成文字,然后断裂拼贴组合。See Marjorie Perloff, *Unoriginal Genius:Poetry by Other Means in the New Century*, Chicago:University of Chicago Press, 2010, pp. 99—122,146—165.

③ J. H. Prynne, "The Night Vigil of Shen Zhou," *Glossator:Practice and Theory of the Commentary* 3 (2010), pp. 1—15; see also "Night Vigil," 5 February 2008.

④ 钱兆明、欧荣:《〈推销员之死〉在北京:米勒和英若诚的天作之合》,载《杭州师范大学学报(社会科学版)》2013 年第 1 期,第 88—93 页。

才窥见体现现代主义实质的"时空共存"架构和意识流人物。1984 年,米勒将他 1983 年亲临北京执导《推销员之死》的工作日志整理成书,以《推销员在北京》(*Salesman in Beijing*, 1984)为书题,由英国梅休恩出版公司刊印。《推销员在北京》详细记载了北京人艺舞台设计师和灯光设计师如何用"土办法"解决了米勒在美国未能圆满解决的几个技术难题。《推销员之死》第一幕需要将躺在阁楼卧室两张单人床上的罗曼兄弟一瞬间转移到他们家后院,以他们父亲幻觉的高中时代的罗曼兄弟形象出现。北京人艺舞台设计师采用中国传统戏剧的机关、暗道设施,轻松解决了这一难题。《推销员之死》还需凭灯光设备实现纽约现实中高楼林立背景与威利幻觉中"田园式"背景的互换。当时北京人艺灯光设备远不如美国纽约百老汇剧院先进,可是其灯光设计师却采取简易的方法,巧妙地实现了这种互换。北京人艺演员刘骏在《推销员之死》中扮演推销员威利在波士顿的一个相好。米勒在《推销员在北京》中详细记述了她如何携带自己想到的道具——一条超长粉色丝绸巾入场,并将京剧舞蹈动作融入表演。她创造性的发挥恰恰符合该剧注重表现威利活在梦幻中的本意。戏剧理论家布莱希特(Bertolt Brecht)1935 年在莫斯科观赏梅兰芳京剧表演后曾撰文称赞京剧所谓"间离效果"("alienation effects")。刘骏的京剧舞蹈动作无疑为那场戏增加了这种"间离效果"。

驰名全球的美籍华裔建筑设计大师贝聿铭与苏州市政府签约设计苏州博物馆新馆时,已退休十年。2002 年至 2006 年四年间,他五次亲临苏州,或同国内同行专家探讨该馆设计方案,或视察工地、检查工程进展。至工程竣工,他已 89 岁高龄。贝聿铭设计的苏州博物馆新馆不是一般的建筑:楼非一般的楼,园非一般的园,亭非一般的亭,池非一般的池。设计这些楼、园、亭、池时贝老另有表达,有传达出他对中西建筑、东方文化与现代主义的深沉思考。贝先生此前的现代主义建筑均以建筑物为主、园林为辅,苏博新馆做到了建筑物、园林交相辉映。在 21 世纪头十年众多世界建筑中,这座博物馆新馆独树一帜,可谓贝老晚年在现代主义建筑设计中的一个新的突破。

2008 年,因执导《断背山》(*Brokeback Mountain*,2005)而获得第 78 届奥斯卡最佳导演奖的旅美华人导演李安(1954—)应邀执导根据加拿大同名小说改编,以印度社会、家庭为背景的海洋惊险片《少年派的奇幻漂流》(2012)。在四年的拍片过程中,与李安密切合作的是一个庞大的制片团队,其中不仅有印度电影演员(包括青年演员苏拉·沙玛和宝莱坞一线明星塔布)、印度现场导演和印度舞蹈家,还有印度服装设计师和印度音响师。该片有一个喜庆印度万灯节的热闹场面,参与拍摄这个场景的除了印度现场导演,还有特聘印度教僧侣和上千名当地印度群众。没有印度表演艺术家、印度现场导演,及印度宗教界人士的参与,李安根本不可能把 20 世纪 70 年代印度南方小镇的宗教活动、家庭生活那么逼真地搬上三维电影大银幕。李安的《少年派的奇幻漂流》跟阿瑟·米勒中西合璧的《推销员之死》一样,明显地打上了参演的"相关文化圈内团队"的烙印。

凭文字、图像和"相关文化圈内人"三种媒介互动实现东西融合的欧美文艺瑰宝并不多见,本书第六章讨论的庞德的《诗章》第 49 章则为一鲜例。《诗章》第 49 章最主要的原始资料为一本日本江户时代艺术家绘制的经折式《潇湘八景图》册页。册页含八幅水墨画,每幅水墨画绘一景,每景配一首日本和歌、一首中文题诗。四位中青年学者协助笔者撰写的《中华才俊与庞德》(2015)论及《诗章》第 49 章时,重点分析了册页图文各自对庞德再创作"潇湘八景"的具体影响,虽提及"相关文化圈内人",却未提供令人信服的考证与剖析。① 其实替庞德翻译"潇湘八景"中文题诗的曾宝荪(1893—1978),作为精通英语的湖湘诗人兼教育家,是给庞德解读"潇湘八景"诗画专业、称职的"相关文化圈内人"。解读者若非曾宝荪,庞德再创造的八景诗恐怕不会用"seven lakes"来指代。希利斯·米勒曾指出,"本真氛围"非"相关文化圈内人"莫属。② "本真氛围"("aura")是德国美学理论家本雅明(Walter Benjamin)代表作《机械复制时代的艺术作品》("The Work of Art in the Age of Mechanical Reproduction")中的专用术语。③ 湖湘文化"圈内人"管常人所谓"三湘四水"叫"七泽",典出司马相如《子虚赋》。庞德《诗章》第 49 章起笔即提"seven lakes"传达了该文化的"本真氛围",从而也暴露了他背后有湖湘文化"圈内人"的点拨。第 49 章将潇湘八景与尧舜时代的《击壤歌》和《卿云歌》并列,又表明他知道第一景"潇湘夜雨"中娥皇、女英二妃与斑竹的典故。正因为有湖湘文化"圈内人"点拨,庞德才会重新翻阅他保存的费诺罗萨(Ernest Fenollosa,1853—1908)"汉诗笔记",从中找出《击壤歌》和《卿云歌》两首古民谣,并将其插入该诗章之尾,呼应诗首"潇湘夜雨"对尧舜时代的怀念。

这里所论叶芝的《鹰之井畔》、庞德的《诗章》第 49 章、摩尔的《啊,化作一条龙》、威廉斯的《勃鲁盖尔诗画集》、摩尔的《告诉我,告诉我》、庞德的《诗章》第 110 章和第 112 章、米勒的《推销员之死》、蒲龄恩的《珍珠,是》之七和李安的《少年派的奇幻漂流》均有"相关东方文化圈内人"或"相关东方文化圈内团队"参与创作。这些跨东西文化的现代主义佳作至今未见有人从文化研究的

---

① 钱兆明:《中华才俊与庞德》,北京:中央编译出版社,2015 年,第 40—67 页。
② J. Hillis Miller, *Illustration*, p. 28.
③ 本雅明提到的关键词"aura"通常被译为"神采"或"灵韵"。

视角加以解读。本书尝试填补这一空白,意在唤起学界关注文化研究及属此范畴的、欧美大师与"相关东方文化圈内人"或"相关东方文化圈内团队"的交流合作意愿。

文字、图像和"相关文化圈内人"虽然都能作为东西文化交流的媒介,但是唯有"相关文化圈内人"才能让东西两种文化直接互动。在东西文化交流中,"相关文化圈内人"的话语随时可以被打断,转入解答疑惑,文字和图像则不能。文字和"相关文化圈内人"都通过语言传达信息、情感。文字通常不带声调、手势和脸部表情,"相关文化圈内人"则带声调、手势和脸部表情,是立体的、活生生的交际对象。按"话语行为"理论来说,他们才具备语调、手势和脸部表情等人类表达思想情感不可或缺的成分。

现代主义文化思潮的产生和复出同第二、第三次(乃至第四次)工业革命有着千丝万缕的联系。在做文学批评、文化批评的同时,关注与现代主义文艺创新意识相照应的工业革命意识是《跨越与创新》的又一学术尝试。

现代主义思潮在电力、内燃发动机、合金化学材料日益广泛运用的第二次工业革命中脱颖而出。发人深省的是,以创新为标志的现代主义文艺在创新第二次工业革命的第三次工业革命(即计算机与信息技术革命)期间初次复出,并在创新第三次工业革命的第四次工业革命(即人工智能、量子电脑、纳米科技、3D打印、生物科技、全自动驾驶汽车)前夕再次复出。

根据阿多诺(Theodor Adono)提出、詹姆逊认同的"否定的辩证法",现代主义忌讳"常规化"(worn-out)的形式、程序和技术。[①] 其创新的驱动力同工业革命的创新驱动力一样,是颠覆"常规化"的形式、程序和技术。庞德在其巨著《诗章》中一再引用汤之《盘铭》"苟日新,日日新,又日新"("Make it new")[②]来强调现代主义"否定常规化"的原则,突出了其创新的持续性。

莫奈的《睡莲》、威廉斯的《勃鲁盖尔诗画集》和李安的《少年派的奇幻漂流》分别于20世纪初、20世纪中和21世纪初三个历史阶段孕育产生。这三部作品是现代主义艺术家用绘画、诗歌和电影三种不同的话语记录的对艺术生命的沉思。莫奈晚年相继失去了爱妻与长子,又因患白内障面临失明的危险。在生命的最后十二年,他受葛饰北斋(1760—1849)、歌川广重等日本大师文人山水浮世绘的启迪,对睡莲池的光和影做生命永恒的思考。年复一年,他创作了250幅富有东方韵味的《睡莲》,其虚幻、奇特的构思预示了欧洲超现实主义艺术的崛起,其安宁、静谧的表征又为美国抽象表现主义绘画开

---

① Theodor W. Adorno, *Aesthetic Theory*, trans. Robert Kentor-Hullot, New York: Continuum, 2002, p. 28; Fredric Jameson, *The Modernist Papers*, p. 5.
② "新""日日新"在庞德《诗章》中出现8次,首次在第52章。

了先河。威廉斯晚年因心肌梗死和脑梗,屡次被送进医院急救。他最后的杰作《勃鲁盖尔诗画集》既是他心肌梗死和多次脑梗后对自我的挑战,也是他对后现代主义挑战的回应。这部在勃鲁盖尔名画和唐诗佳作双重影响下创作的现代主义诗歌精品,实属威廉斯残年艺术生命觉解的记录。李安因执导《断背山》赢得第 78 届奥斯卡金像奖最佳导演奖后,继续挑战自我,执导了重在呈现潜意识、高难度的海洋惊险片《少年派的奇幻漂流》。通过采用多元视角、超现实主义蒙太奇、真人与动画衔接等现代主义艺术手法,他让少年派与猛虎为伴、海难后求生过程中的潜意识在三维大银幕上表现得淋漓尽致。该片的成功理所当然让他于 2013 年再次荣膺第 85 届奥斯卡金像奖最佳导演奖。

西方诗人、作家、艺术家紧跟工业革命的进程创新、再创新的故事,他们通过与"相关东方文化圈内人"的交流与互动跨越、再跨越的故事,将相辅相成贯穿《跨越与创新》对所选现代主义文艺佳作的感悟与剖析。第二次工业革命时期的莫奈、第三次工业革命时期的威廉斯和第四次工业革命到来前夕的李安,都顺应了日新月异时代的召唤。年逾古稀也好,年近花甲也罢,他们都不愿故步自封,力求再创新。而要再创新就要借鉴新的模式。莫奈再创新参考的样板是日本浮世绘,威廉斯再创新借鉴的楷模是唐代绝句、律诗。李安作为华人,继续用中国模式就了无新意,于是他尝试了中印文化交融的框架。

探索异域文化、模仿异域风格乃欧美诗人、艺术家常用的创新手段。叶芝不仅是 20 世纪上半叶爱尔兰最杰出的诗人,而且是爱尔兰戏剧复兴运动的旗手。第一次世界大战期间西方现代主义文艺运动方兴未艾,爱尔兰戏剧复兴却跌入了低谷,这让叶芝不得不考虑暂时放弃戏剧而专注于诗歌创作。在此关头,一个偶然的机会让他接触到了日本能乐。日本能乐具有戏剧各要素内在统一(internal unity)和反现实主义(antirealism)两大现代性征兆。这两大现代性征兆,加上其舞美设计极端简约、能舞贯穿全剧、主角戴面具、按程式化格局唤醒观众想象力等东方要素,启发叶芝于 1916 年创作了象征性仿能乐实验剧《鹰之井畔》。该剧在伦敦的成功演出促使爱尔兰戏剧走出低谷,得以复兴。叶芝曾这样总结《鹰之井畔》在他创作生涯中的地位:"文学上不想平平无奇、一炮而红,就得有楷模——我的第一个楷模是从日本贵族剧能乐中找到的。"①他对《鹰之井畔》的总结、对日本能乐催化作用的肯定毫不夸张。

①　W. B. Yeats, *Four Plays for Dancers*, London: MacMillan, 1921, p. 86.

按中日艺术行家的标准衡量,莫奈、叶芝、史蒂文斯、威廉斯、庞德、摩尔、米勒、斯奈德、蒲龄恩等欧美诗人、艺术家对东方文化艺术的认识难免趋于肤浅。叶芝的实验剧《鹰之井畔》说是仿能乐,其实能乐舞蹈(舞)、唱念(谣)、奏乐(囃子)三要素都没有表现到家。能舞见长于足底紧贴舞台、不举起脚踝部分的运步法(摺足)与独特身体准备姿势(构え)。叶芝请来指导该剧并扮演主角的伊藤是瑞士音乐舞蹈教育家杰克-达克罗士(Émile Jaques-Dalcroze,1865—1950)培养出来的日本舞蹈家。其表演虽模仿了能乐的节奏,但不可避免也掺入了日本歌舞伎和杰克-达克罗士艺术舞的成分。至于能乐的唱念和奏乐,《鹰之井畔》的表演与日本传统相差甚远。威廉斯收入《酸葡萄集》和《春天等一切集》两部佳作的立体短诗既不对仗也不押韵,若不用其私藏的、含眉批的翟理斯《中国文学史》(H. A. Giles, *A History of Chinese Literature*,1901)和阿瑟·韦利《一百七十首中国古诗》(Arthur Waley, *A Hundred and Seventy Chinese Poems*,1919)作佐证,很难判定它们与唐代律诗、绝句间有什么渊源关系。至于庞德在《诗稿与残篇》(*Drafts and Fragments*,1969)中复制的纳西象形字,自然不能期待其全无失误。比如纳西象形字"月",其月牙内圈应当朝上,而庞德为《诗章》第 112 章所绘却朝左下方(见图 13—3)。

爱德华·萨义德在《东方学》(*Orientalism*,1978)一书中曾指出,19 世纪西欧的东方主义者一方面"不断重申欧洲比东方优越、比东方先进",另一方面又"从作为一种替代物甚至是一种潜在自我的东方获得其力量和自我身份"。① 本书探讨的欧美诗人、艺术家是不是萨义德所批判的东方主义者?这些诗人、艺术家借鉴东方美学精华固然为了标新立异,但他们的东方观却不同于萨义德所贬斥的东方主义者。他们不仅不相信萨义德东方主义者的"欧洲文化优越论",还高度崇尚东方文化。莫奈在 1909 年曾向友人坦言,自己的属相要"在日本先辈中才能找到:他们审美的老练总让我着迷,我欣赏他们含蓄的美学——以阴影隐喻存在、以局部写照全景"②。史蒂文斯在 1922 年 9 月致友人的一封信中曾写道:"对诗人而言,间接接触中国也是一件大事。"③威廉斯于 1955 年读了雷克斯罗斯译的一百首汉诗后这样喝彩:

---

① 爱德华·W.萨义德:《东方学》,王宇根译,北京:生活·读书·新知三联书店,2007 年,第5、10 页。
② Virginia Spate, Gary Hickey, and Claude Monet, *Monet and Japan*, Canberra: National Gallery of Australia, 2001, p. 49.
③ Wallace Stevens, *Letters*, ed. Holly Stevens, Berkeley and Los Angeles: University of California Press, 1996, p. 229. 后文出自该著的引文,将随文标出该著名称和引文出处页码,不再另注。

"就我所知,英美诗歌、法国和西班牙诗歌跟中国诗歌无可比性,在英、美、法、西诗歌里不可能找出像中国诗歌那样潇洒自如的范例。"①庞德早在一个世纪前就吐槽老牌东方主义者鼓吹的"欧洲中心论"。在 1915 年发表的一篇书评中,他曾揶揄自己的东方美学老师、英国国家博物馆东方部副主任劳伦斯·比宁(Laurence Binyon, 1869—1943)"老爱倒退到 19 世纪的欧洲,老爱把中国大师的才智与西方的先例硬扯在一起"②。

19 世纪 80 年代出生的五位著名美国现代主义大诗人中数威廉斯最年长(史蒂文斯生于 1879 年,不在其列)。庞德、杜丽特尔(Hilda Doolittle)、艾略特(T. S. Eliot)和摩尔未满三十岁就创立了各自独特的现代主义诗歌风格,唯有威廉斯过了"而立之年"仍未形成一个有个性的诗体。这让他深感不安。在探索诗体的过程中,威廉斯时常想,能不能借鉴毕加索立体主义拼贴画的手法,切割诗行、重新组合,走出一条自己的诗路?庞德于 1915 年推出的《华夏集》(Cathay)给了他启示。庞德有幸获得哈佛旅日学者费诺罗萨的"汉诗笔记",凭此再创造出了一部让英国文学评论家福特·马多克斯·福特(Ford Madox Ford)刮目相看的英译汉诗集,并改造了自己的诗歌风格。威廉斯无处可觅费诺罗萨"汉诗笔记"那样的一手文献,要借鉴汉诗、创新英诗只能求助于翟理斯英文版的《中国文学史》和韦利英译的《一百七十首中国古诗》。翟理斯介绍的唐代绝句,每行五言或七言,短短四行,传达一个完整的意境,影射一条哲理。威廉斯从中学到了一个西方诗歌中没有的诗歌范式。他收入《酸葡萄集》和《春天等一切集》的立体短诗,既展示了毕加索拼贴画强行切割、重新组合的技巧,也体现了唐代绝句短小精悍、诗画交融的形式。拼贴画与不对仗、无韵的"绝句",让威廉斯创造出了一种接美国地气、独具一格的现代主义诗歌风格。本书重点赞美的正是欧美艺术家、诗人这种潜心钻研异域文化,探索新理念、新手法,充实自身的不凡气概。

20 世纪上半叶,以艾略特《荒原》为代表、拼贴经典引语为特征的现代主义诗歌统治英美诗坛达三十年之久。尽管威廉斯的立体短诗接美国地气,却长期被冷落。然而 20 世纪 50 年代风云突变,威廉斯的立体短诗瞬间成为年轻一代诗人推崇的楷模。但具有讽刺意义的是,在这一时刻到来之际威廉斯本人却抛弃立体短诗,追随庞德去写长诗。他于 1946 年至 1958 年创作的

---

① William Carlos Williams, *Something to Say*: *William Carlos Williams on Younger Poets*, ed. James Breslin, New York: New Directions, 1985, p. 241. 后文出自该著引文,将随文标出该著主标题 *Something to Say* 和引文出处页码,不再另注。

② Ezra Pound, *Ezra Pound's Poetry and Prose Contributions to Periodicals*, vol. 3, New York: Garland, 1991, p. 99.

《帕特森》(*Paterson*,1946—1958)五卷现代史诗,基本用三步"阶梯型"诗行写成。直至 20 世纪 50 年代后期,他才意识到这种诗体既不新颖,也不现代。可是要重新捡起丢弃多年的立体短诗从何做起? 踌躇之际,他在《边缘》(*Edge*)诗刊上看到了王燊甫的英译汉诗。威廉斯和王燊甫合译的《桂树集》并非有影响的英译汉诗集,然而与王燊甫合作、再创造汉诗的过程对老诗人回归立体短诗却起了不可或缺的作用。1962 年,威廉斯推出他最后一部杰作《勃鲁盖尔诗画集》,所收短诗均由两行、三行或四行小节构成,形似绝句或律诗的有《短诗》("Short Poem")、《菊花》("The Chrysanthemum")、《诗歌》("Poem")等十六首。如果说读英译白居易诗、关注绝句为威廉斯早年探索立体短诗铺了路,那么晚年同王燊甫合译汉诗则为他重新拾起并发展这种诗体创造了必要的条件。

　　第二次世界大战后相当长一段时间,现代主义处于低谷。去典故引喻、去非人格化、适应大众消费社会需要的后现代主义诗歌随之兴起。20 世纪 80 年代至 90 年代,评论界对现代主义与后现代主义的评估未免失之偏颇。现代主义始终属于右翼保守派? 1916 年至 1920 年的英美期刊显示,因为背离西方传统、开创新诗,庞德、杜丽特尔、艾略特等美国诗人还曾被指控为"红色祸害"("red ruin")、"有布尔什维克倾向"("Bolshevist Touch")。[①]现代主义在 20 世纪 30 年代就衰落了? 现代主义确实有一个低谷期,但第二次世界大战后不久健在的第一代现代主义干将就协同第二代现代主义新秀卷土重来,现代主义并未被后现代主义取代。现代主义作家、诗人歧视女性、少数族裔? 必须指出,他们是率先冲破性别、种族歧视的一代知识分子,他们中间不仅有伍尔夫(Virginia Woolf)、斯泰因、杜丽特尔、摩尔等女将,还有休斯(Langston Houghes)、埃里森(Ralph Ellison)、布鲁克斯(Gwendolyn Brooks)等非洲裔斗士。

　　1955 年至 1969 年是后现代主义在北美迅速占领各文艺领域的时期。美国诗人斯诺格拉斯(W. D. Snodgrass)于 1960 年凭"自白派"代表作《穿心针》(*Heart's Needle*,1959)一举拿下普利策诗歌奖。此后又有两名后现代主义诗人,贝里曼(John Berryman)和塞克斯顿(Anne Sexton),先后于 1966 年和 1968 年凭各自"自白派"的诗集《77 首梦歌》(*77 Dream Songs*)与《生或死》(*Live or Die*),获得了这一令人羡慕的美国诗歌大奖。关于 20 世纪 60 年代是不是后现代主义一家的天下,西方某些评论家的

---

　　① Arthur Waugh, "The New Poetry," *Quarterly Review* 226 (October 1916), p. 386; E. B. Osborn, "Certain American Poets: The Bolshevist Touch," *Morning Post* 28 May 1920.

"定论"未免下得过早。① 就普利策诗歌奖而言,1963 年赢得该奖的是威廉斯的《勃鲁盖尔诗画集》,1969 年夺得该奖的是美国第二代现代主义诗人欧佩(George Oppen)的《无数》(*Of Being Numerous*)。十年间共有三位后现代主义诗人、两位现代主义诗人先后夺魁,可见后现代主义并未大获全胜。② 况且,20 世纪 60 年代一跃成名的第二代现代主义诗人、艺术家何止欧佩一人。20 世纪 50 年代,美国现代主义作曲家凯奇(John Cage)受《易经》感召创立了"机率音乐"。1961 年凯奇音乐论文集《无声》(*Silence*)一经发表,其名声大震。1964 年,美国第二代现代主义诗人朱可夫斯基发表长诗《A》之第 14 部,其英语俳句小节一时间成为西方评论界的热门话题。1969 年,爱尔兰剧作家、小说家贝克特(Samuel Beckett, 1906—1989)推出只有声不见人、时长仅一分钟的广播剧《气息》(*Breath*),开创了现代主义的微型剧。③

　　20 世纪 60 年代,同欧佩、朱可夫斯基、凯奇等第二代现代主义诗人、艺术家并肩抗衡后现代主义文化思潮的老一辈现代主义诗人有威廉斯、摩尔和庞德。后现代主义"疲竭的一代""自白"和"黑山"三大诗歌派系的领军人物金斯堡(Allen Ginsberg)、洛厄尔(Robert Lowell)和奥尔森(Charles Olson)都称自己是威廉斯的门徒。他们有理由这么说。威廉斯毕竟替金斯堡的《嚎叫集》(*Howl and Other Poems*, 1956)和《空镜集》(*Empty Mirror*, 1961)作过序。④ 洛厄尔请威廉斯审阅过《生活研究》(*Life Studies*, 1959)的诗稿,威廉斯阅后即恭贺洛厄尔,誉其为"世界级艺术家"。⑤ 其实,威廉斯是随俗应酬。他在别的场合批评过金斯堡和奥尔森,称金斯堡的长诗句没什么新意,⑥称奥尔森的《马克西穆斯》(*Maximus II*)"有时好像够意思,有时很差,在装模作

---

① See, for example, James E. B. Breslin, *From Modern to Contemporary: American Poetry, 1945—1965*, Chicago: University of Chicago Press, 1984, p. xiv.
② 1960 年至 1969 年另五名赢得普利策奖的诗人既不属现代主义营垒,也不属后现代主义营垒。
③ See Sozita Goudouna, *Beckett's Breath: Anti-theatricality and the Visual Arts*, Edinburgh: Edinburgh University Press, 2018; Duncan McColl Chesney, *Silence Nowhere: Late Modernism, Minimalism, and Silence in the Work of Samuel Beckett*, New York: Peter Lang, 2013.
④ See William Carlos Williams, "Howl for Carl Solomon" and "Introduction to Allen Ginsberg's *Empty Mirror*," *Something to Say: William Carlos Williams on Younger Poets*, pp. 225—226, 247—248.
⑤ See Paul Mariani, *William Carlos Williams: A New World Naked*, New York: McGraw-Hill, 1981, p. 735.
⑥ William Carlos Williams, "Contribution to a Symposium on the Beats," *Something to Say: William Carlos Williams on Younger Poets*, p. 261.

样、自欺欺人"①。威廉斯对后现代诗人究竟怎么看？这从他1959年9月跟一位诗友不经心的议论中可见一斑："这些得奖诗人还没开窍，诗艺上还没开窍。我尽管时日不多了，也没什么好叹息的，没准隔一段时间还能有所作为。"在他看来在创新美国诗歌上，客体诗派的诗友朱可夫斯基还"远远超前于金斯堡之辈"②。威廉斯跟"疲竭的一代"并不是一路诗人。威廉斯对美国社会虽有不满，却未曾像金斯堡和洛厄尔那样，在作品中公开反叛社会。威廉斯的成名作《酸葡萄集》《春天等一切集》和他最后的杰作《勃鲁盖尔诗画集》都是现代主义非人格化短诗的典范，他当然不会认同后现代主义诗人、评论家否定非人格化的主张。威廉斯以立体短诗起家，第二次世界大战后曾一度偏离这一诗体，尝试写长诗。在金斯堡、奥尔森等新一代诗人相继抛出各自的长诗后，③老诗人却反其道而行之，义无反顾地回归现代主义非人格化立体短诗。

威廉斯的挚友庞德和摩尔在威廉斯谢世后先后步入耄耋之年。面对后现代主义的严峻挑战，他们同样不甘心认输。庞德年轻时曾高度赞扬汉诗的精炼："一个中国人很久以前说过，用12行诗说不清一个所以然不如缄口不说。"④可是自打1930年发表第1至第30诗章后，他却把"精炼"这条原则抛之脑后。第二次世界大战后他的诗章越写越长，以1955年发表的第85诗章和1959年发表的第99诗章为例，前者长达320行，后者长达523行。不过，这种冗长的诗风在庞德最后一部诗章中却消失了。他的第112诗章仅21行，《断章》（"Fragment"）更短，仅10行。

摩尔历来喜欢写中等长度的诗，她于1919年发表的成名作《诗歌》（"Poetry"）原来有29行。在1967年选编《摩尔诗歌全集》（*The Complete Poems of Marianne Moore*）时，她大刀阔斧删减该诗，将之浓缩为短短三行，比庞德早年的意象主义代表作《在地铁站》（"In a Station of the Metro"）仅多一行。为了与后现代主义的后起之秀一决高低，三位美国诗坛前辈居然都从诗歌形式着眼，在"精炼"上下功夫。威廉斯和庞德追求"精炼"的摹本是中国古典诗，摩尔追求"精炼"的摹本则是中国水墨画和中国画论。本书第十章将介绍元代画家邹复雷《春消息图》（图10—3）和清初《芥子园画谱》

---

① William Carlos Williams, "Charles Olson's *Maximus, Book II*," *Something to Say: William Carlos Williams on Younger Poets*, p. 227.

② See Paul Mariani, *William Carlos Williams: A New World Naked*, p. 751.

③ See Allen Ginsberg, *Howl and Other Poems*, San Francisco: City Lights Books, 1956; Charles Olson, *Maximus Poems*（Book I, 1960; Book II, 1968; Book III, 1975）, ed. George Butterick, Berkeley and Los Angeles: University of California Press, 1985.

④ Ezra Pound, *Gaudier-Brzeska: A Memoir*, p. 88.

关于"庞杂人居则纯市井"的见解如何震撼摩尔,让她晚年的现代主义诗歌风格有了明显的转变。

如果说《九桃盘》是摩尔以清瓷图像为摹本刻意书写的一首艺格转换再创造诗,①那么《雪人》则是史蒂文斯通过图像和文字两种媒介探索禅文化而创作的一首"禅诗"。学界早已认同史蒂文斯的美学思想与禅宗相契合,不过持有此见的西方学者从未考证史蒂文斯是否接触过禅文化。其实,史蒂文斯在日记和私人信件中曾透露,他在哈佛读书,在纽约考律师执照、当律师期间常去波士顿美术馆和纽约大都会艺术博物馆欣赏那里的中日禅画。他于1916年发表的《六帧意义深远的风景图》之一,应该是一首用英文再现仿马远《松溪观鹿图》(图3—1)、《高士观瀑图》(图3—3)的艺格转换诗。另有史蒂文斯私藏禅宗译著眉批显示,1919年他还研究过中国禅宗的主旨。本书第四章将通过考证史蒂文斯探索禅宗美学的途径,解析他开创一代新诗风的《雪人》等佳作对南宋文人山水画之禅宗意境的转换与重构。

美国生态诗人加里·斯奈德早年翻译过唐代诗僧寒山的禅诗。② 在寒山禅诗的影响下,他开始禅修,并于1958年踏上了日本禅修开悟之旅,对北宋年间流传日本的临济宗禅学进行了长达十年的研习。他对禅宗的认识自然比前辈诗人史蒂文斯要深刻得多。在京都大德寺习禅期间,斯奈德还曾为美国第一禅宗寺院翻译过佛经和禅门公案。③ 他习禅和翻译佛经、公案的经历对他以后的诗歌创作有巨大的影响。他耗时四十年完成的《山河无尽》(*Mountains and Rivers Without End*,1996)可谓是一部具佛经特征的诗作;他于21世纪写的诸多短诗则可谓是有禅门公案性状的精品。欲知《山河无尽》如何将禅宗经典、禅画、禅诗融为一体,请阅附录所收谭琼琳教授《斯奈德的"禅画诗"〈山河无尽〉》。本书第十七章则阐释了斯奈德2008年所写短诗《牧溪的柿子》如何按禅门公案的思路再现南宋牧溪禅画杰作《六柿图》所呈现的"色即是空,空即是色,虚实如一"的禅趣。斯奈德《牧溪的柿子》背后不仅有禅意识,还有21世纪现代主义意识。诗人要读者悟得不可言喻的禅所面临的难题,跟一百年前杜尚要突破绘画传统,打开四维空间所面临的难题有共同性。杜尚引发无穷遐想的《大玻璃》(1915—1923),靠的是所谓"玻璃中的'眷留'"。斯奈德深含禅趣的《牧溪的柿子》,靠的则是在音韵、词语上做

---

① "艺格转换再创造"这个术语出自希腊文 ekphrasis,意为用另一种艺术门类表现出来。详见第二章第三节。

② Gary Snyder, *Cold Mountain Poems*, Berkeley: Conterpoint, 2013.

③ See Rick Fields, *How the Swans Came to the Lake: A Narrative History of Buddhism in America*, Boston: Shambhala, 1992, p. 215.

文章,暗示放缓读速("眷留")。围绕牧溪的禅画说禅时,该诗的意识是禅。在诗歌的形式层面启示"眷留",促使体悟"弦外之音"时,该诗的意识则是西方现代主义。

西方诗人、作家、艺术家在新世纪重新启动一百年前的大胆实验,颠覆了20世纪80年代至90年代盛行的"现代主义过时论"。如何重新认识现代主义,认识现代主义文学与艺术的关系、西方现代主义与东方文化的关系,必然成为现当代外国文艺研究者绕不过去的课题。要厘清这些课题最有效的办法是到中西融合的现当代文艺作品中去走一趟。本书的初衷就是跟大家一起到这类作品中去走一趟,通过赏析优秀作品,领悟相关概念和理论,重新认识西方现代主义与东方文化。

王佐良先生在《英诗的境界》序言中写道,谈外国文学既要谈"语言、技巧的小节",也要谈"它们后面的大块文化或整个思想潮流"。他承认后者"不易做,但值得一做"。在说到文学评论的写法时,他又指出:"尽量避免学院或文学家圈子里的名词、术语,却不怕暴露自己的偏爱、激情,把读者当作一个知心朋友,希望他能有耐心倾听我的小小的心得,如果他能因此而进一步阅读原著,那就更是我的希望了。"①王佐良先生的教导鞭策笔者尝试将赏析欧美现代主义文艺精品与探讨其背后的"大块文化或整个思想潮流"结合起来。让原诗、原文在相关章节呈现固然要紧,但作品本身不会显示欧美文艺大师跨越东西文化壁垒、创新现代主义的思想演化过程。文化研究的最新理念让我们获得了解密的钥匙。"相关东方文化圈内人""相关东方文化圈内团队"在跨越中西文化鸿沟的现代主义文艺佳作中起到了关键性的作用。讲现代主义名篇中鲜为人知的"中国故事",讲随文档破译浮出水面的东西文化互动故事,不仅可以揭开隐藏在作品背后的思想交集,而且还可以为构建西方所接受的中国话语理论体系提供一个模式。

本书二十章,即二十篇评论,是我学习、欣赏现代主义文艺作品的心得。如果读者能耐心读完这些诗评、画评、剧评和影评,并能因此而去阅读原诗或观赏原画、原剧、原电影,检验提升自己的悟性和鉴赏能力,我将会感到无比的欣慰。

钱兆明

2022 年 3 月 28 日于北加州弗里蒙特

---

①　王佐良:《英诗的境界》,北京:生活·读书·新知三联书店,2012 年,第 3 页。

东方文化与"鼎盛期"现代主义

[现代主义诗歌的] 艺术渊源还应追溯到毕加索 [Pablo Picasso，1881—1973] 和康定斯基 [Wassily Kandinsky，1866—1944]，立体主义和表现主义。

——庞德《戈蒂耶-布尔泽斯卡纪念集》

　　塞尚一生的成就加在一起 (他那两幅《大浴池》包括在内)，尚不如后期莫奈更恰如其分地属于我们这个时代。

——格林伯格《艺术与文化》

第一章　莫奈有东方韵味的《睡莲》

19 世纪 30 年代末，法国艺术家兼化学家达盖尔（Louis-Jacques-Mandé Daguerre，1787—1851）和英国数学家塔尔博特（William Henry Fox Talbot，1800—1877）先后发明了达盖尔银版摄影法（Daguerreotype）和卡罗摄影法（Calotype）。随着 1870 年第二次工业革命的兴起，摄影术迅速席卷欧美各国。法国印象主义绘画可以说是法国绘画大师对摄影术挑战绘画的回应。摄影和绘画都讲究构图和造型，摄影在与绘画的竞争中仰仗先进技术轻易胜出。幸好当时还没有全彩摄影，绘画大师们尚能在光和色两方面与之比高低。于是，印象主义应运而生。

时至 20 世纪初，墨守成规的批评家仍不停止对法国印象主义的诋毁。关注绘画流变的庞德忍无可忍，于 1915 年 2 月在英国《新时代》（*The New Age*）杂志发文力挺法国印象派主将马奈（Édouard Manet）、莫奈和雷诺阿（Pierre-Auguste Renoir）："好吧，马奈、莫奈和雷诺阿没受过教育。好吧，对他们而言克里韦利［Carlo Crivelli］的象征表达式不如表现光和影重要。我不会停止对印象派作品的喝彩。只要有创新、有立异，不管以什么形式出现，我都不会停止对这样的作品的喝彩。"①

与莫奈一起发动法国印象主义运动的还有窦加（Edgar Degas）、毕沙罗（Camille Pissarro）、西斯莱（Alfred Sisley）等杰出画家。我国油画爱好者却对莫奈情有独钟，克劳德·莫奈的名字几乎就是"法国印象派"的代名词。②其实，莫奈在欧美绘画史上的功绩不只是协同马奈、雷诺阿等绘画巨匠创建"法国印象画派"。他登峰造极的作品不是他的印象主义代表作《日出·印象》（*Impression，Sunrise*，1872）或《卡皮西纳林荫大道》（*Boulevard des Capucines*，1873），而是他晚年用全部身心创作的、超越印象主义框架的系列

---

① Ezra Pound, *Ezra Pound and the Visual Arts*, ed. Harriet Zinnes, New York: New Directions，1980，p. 17.

② 2014 年 3 月 8 日，为纪念中法建交 50 周年，40 幅莫奈真迹登陆中国，"印象派大师莫奈特展"在上海 K11 购物艺术中心延续至 2014 年 6 月 15 日。2016 年 4 月，为纪念莫奈逝世 90 周年，深圳小橙堡文化传播有限公司开启"印象莫奈艺术"成都、北京、上海、广州四大城市巡展。2020 年 9 月 16 日，莫奈《日出·印象》等 47 件展品又亮相中国，"日出·光明——莫奈《日出·印象》特展"在上海久事国际艺术中心延续至 2021 年 1 月 3 日。

油画《睡莲》。

现代主义在欧美崛起,最先在美术领域(包括绘画和雕塑),其次在表演艺术领域(包括音乐、舞蹈和戏剧),再次才是在文学领域(包括诗歌、散文和小说)。是视觉艺术家率先挑战拙于表现新时代精神的现实主义。我们的探讨有理由按美术—戏剧—文学的顺序展开。1914年,庞德坦承自己于1912年发动的意象主义新诗运动传承了毕加索的立体主义和康定斯基的表现主义。其实,1915年初庞德在《新时代》力挺印象主义时,莫奈已经突破印象主义,在向更前卫的绘画艺术迈进。庞德传承的立体主义通常被认为起源于法国画家塞尚的后印象主义。1961年,美国艺术评论家格林伯格(Clement Greenberg,1909—1994)对现代主义的缘起发表了超前的见解:"塞尚一生的成就加在一起(他那两幅《大浴池》包括在内),尚不如后期莫奈更恰如其分地属于我们这个时代。"①换言之,格林伯格认为后期的莫奈才是现代主义艺术名副其实的先觉先导。我们能不能根据庞德之言、格林伯格之见推断,意象主义诗歌直接传承了毕加索的立体主义和康定斯基的抽象表现主义,间接传承了塞尚和后期莫奈的成就?

按21世纪的审美观审视,莫奈的《睡莲》不愧为西欧超现实主义和北美抽象表现主义艺术的先驱。第二次世界大战前于西欧崛起的超现实主义和第二次世界大战后于北美崛起的抽象表现主义似乎同东方美术风马牛不相及,但莫奈晚年与北美抽象表现主义艺术如出一辙的绘画风格确实源于他长期品赏、赞美的日本浮世绘。后文将会探讨美国诗人史蒂文斯、庞德、摩尔、斯奈德和英国诗人蒲龄恩与中日禅宗画、文人山水画及中国画论的互动。莫奈关注的日本浮世绘与史蒂文斯、蒲龄恩等英美诗人关注的禅画、文人山水画一脉相承,本章的探讨将会为下文做铺垫。

一、莫奈与日本浮世绘

莫奈是一个追求不断创新、不断进取的艺术家。他未满三十岁成名,在一片赞扬声中并没有飘飘然。对于莫奈来说,成名不是居功自傲的资本,而是继续发展的动力。要继续发展就要开拓新思路,而要开拓新思路就要寻找新模式。莫奈与日本浮世绘有缘。就是在他最需要新思路、新模式的19世纪60至70年代,日本版画源源流入了欧洲市场。其独特的东方色彩和东方风格,深深地吸引了他。

---

① Clement Greenberg, *Art and Culture*: *Critical Essays*, Boston: Beacon Press, 1961, p. 45.

位于巴黎西北郊吉维尼镇的莫奈故居至今保存着老主人当年收藏的二百三十一幅日本版画摹本。走进莫奈当年的餐厅或起居室,我们会惊异地发现,墙上挂着的不是西方油画,而是葛饰北斋、歌川广重、喜多歌川磨等日本大师的浮世绘(见图1—1)。据说,1890年莫奈从起居室那幅歌川国贞的《捕鱼图》获得灵感,模拟东方大师特有的曲线条画水波,创作了《粉红色的小船》(*The Pink Skiff*,1890)。他花园里的日式拱桥是按照他收藏的歌川广重的《名所江户百景·龟户天神境内》设计的,而他花园那座日式拱桥又是他自己的系列油画《日式拱桥》(*The Japanese Bridge*,1899—1900)的原型。

图1—1 吉维尼莫奈故居挂满日本浮世绘的餐厅

细心观画的瞻仰者会注意到,莫奈收藏的葛饰北斋《牡丹蝴蝶图》《菊花蜜蜂图》等八幅日本版画上有林忠正的印章。[①] 林忠正(1853—1906)是日本

---

① See Virginia Spate, Gary Hickey, and Claude Monet, *Monet and Japan*, p. 131, color plates of *Peonies and Butterfly*(《牡丹蝴蝶图》),*Chrysanthems and Bee*(《菊花蜜蜂图》)。

东京大学法语专业高才毕业生,1878 年他在巴黎世博会日本馆任法文翻译。莫奈可能在那次巴黎世博会上与他结识。1900 年,巴黎再次举办世博会,林忠正被任命为日本馆馆长。他为那届世博会编撰的法文版《日本美术史》(*Histoire de l'art du Japon*)和《中日美术品》(*Objets d'art du Japon et de la Chine*)于 1901 年和 1902 年先后在巴黎出版。林忠正在巴黎开了一家日本艺术品商店,因为店里藏有莫奈 19 世纪 80 年代后期创作的两幅油画,有学者推测他是用葛饰北斋《牡丹蝴蝶图》等八幅日本版画换得了那两幅莫奈真迹。[①]

1876 年,莫奈第一任夫人卡米耶(Camille Monet)曾穿上日本歌伎红底印花图案和服,持折扇,站在挂满日本团扇的深蓝色墙前,让莫奈画了一幅《穿和服的莫奈夫人》(*La Japonaise*,1876,见图 1—2)。莫奈让卡米耶做模特,画过《着绿衣的女人》(*Woman in a Green Dress*,1866)和《持阳伞的女人》(*Woman with a Parasol*,1875)等名画,熟悉莫奈作品的赏画者不会认不出她,《穿和服的莫奈夫人》一旦展出免不了会传绯闻。为此,1919 年该作品展出前,莫奈写信向他的经纪人解释:"这是一个巴黎金发女郎,在试穿日本女歌剧演员的服装。"[②]

葛饰北斋和歌川广重等日本浮世绘巨匠都擅长在不同的季节,带着不同的情趣,对同一景致作一次又一次的描绘。19 世纪 70 年代,莫奈开始创作自己的风景和海景系列。他的风景画和海景画不再是单纯的景致写实,而是写实与个人感悟的结合。与此同时,莫奈对景中人的处理也越来越含蓄。其早年的佳作,如《花园里的女人》(*Women in the Garden*,1866)和《持阳伞的女人》,景中人都居中央位置。1882 年绘制《登普尔维尔悬崖》(*Cliff Walk at Pourville*)时,他却将悬崖和站在悬崖边缘眺望大海的两个女士置于画布对角线右下,大海和蓝天置于画布对角线左上(见图 1—3)。悬崖不见其脚,女士只显其背影。这一处理不免让人联想到以南宋马远山水为代表的文人山水画。斯贝特(Virginia Spate)和黑吉(Gary Hickey)在《莫奈与日本》一书中称,莫奈《登普尔维尔悬崖》的构思受了其私藏的歌川广重《东海道五十三次·由井》的启发。[③] 其实,歌川广重《由井》的"边角布局"也出自马远,"马一角"。歌川广重《由井》中的脚夫、莫奈《登普尔维尔悬崖》中的女眺望者和

---

① 林忠正藏有莫奈《吉维尼花园的年轻姑娘》(*Young Girl in the Garden at Giverny*)与《贝勒岛石滩与狮子石》(*Rocky Coast and the Lion Rock*,*Belle Ile*)两幅真迹。See Virginia Spate, Gary Hickey, and Claude Monet, *Monet and Japan*, p. 36.

② See Virginia Spate, Gary Hickey, and Claude Monet, *Monet and Japan*, p. 24.

③ Ibid., p. 33.

马远《松溪观鹿图》(见图 3—1)中的高士都沉浸于景色之中。

对莫奈影响最大的日本版画家无疑是葛饰北斋。葛饰大师的《富岳三十六景》(1831)莫奈藏有九景的摹本,其中包括《神奈川冲浪里》《凯风快晴》(又名《赤富岳》)和《山下白雨》三大传世力作的摹本。葛饰七十岁开始创作《富岳百景》。莫奈没有葛饰《富岳百景》摹本,却有三卷本的《富岳百景》册页。该册页今藏巴黎玛摩丹美术博物馆(Musée Marmottan)。① 在《富岳百景·序言》里,葛饰写道:"说实在的,我七十岁之前画的画都不怎么样。我想,我还需努力,才能在活到一百岁时画出几幅了不起的作品来。"葛饰的富岳图和他的处世哲学对莫奈产生了巨大的影响。据斯贝特和黑吉记载,1895 年莫奈从挪威给儿媳布兰切(Blanche-Hoschedé Monet)写过一封家信,信中洋溢着他对葛饰《富岳百景》景致的无限崇敬与痴迷:"这里有个新鲜的画题:小岛盖满了雪,远处是山,让人觉得到了日本。火车窗外一闪而过的桑德维肯镇(Sandviken),像个日本村子。我看到一座山——这里常见的那种,我给它写生,它让我幻觉见到了富岳。"②

葛饰北斋做学徒时曾被逐出师门,生计无着,开始自学清初王概、王蓍、王臬所编《芥子园画谱》。其《北斋漫画》(1814)所绘树木、山石、亭台楼阁就显现出《芥子园画谱》的影响。莫奈藏葛饰《富岳三十六景》之《山下白雨》和《凯风快晴》,画的均为无人之境,风雅不逊于明清文人山水画。斯贝特和黑吉认为,《登普尔维尔悬崖》亦具东方文人画气质。图中二女颇似中国传统文人山水画中凝望峡谷、流水的高士,与大自然完全融合成了一体。③ 到了 19世纪末,莫奈的风景画、海景画连人影也消失了,大自然成了他作品真正的主角和视觉中心。欣赏他的《麦田》(Wheat Field,1881),感觉到他在与麦田对话;欣赏他的《白杨树》(Poplars,1891),感觉到他在与白杨树对话;欣赏他的《鲁昂大教堂拱门》(Rouen Cathedral：The Portal,1892—1893),感觉到他在与鲁昂大教堂拱门的石材对话。《鲁昂大教堂拱门》曾促使他的好友、第一次世界大战前后两度任法国总理的克里蒙梭(Georges Clemenceau)赞叹:莫奈让"灰暗的石材获得了生命"④。

---

① See Geneviève Aitken and Marianne Delafond, eds. *La collection d'estampes japonaises de Claude Monet à Giverny*, Paris：La Bibliothèque des Arts, 2003, p. 181.

② See Virginia Spate, Gary Hickey, and Claude Monet, *Monet and Japan*, p. 71.

③ Ibid., p. 33.

④ See G. Fernandez, "The Rouen Cathedral Series by Monet," theartwolf. com online art magazine <http://www.theartwolf.com/monet_cathedral.htm>.

二、莫奈晚年风格的新突破

同葛饰北斋一样,莫奈七十岁以后画风又有新的突破。那正是第一次世界大战爆发前夕,他相继失去了第二任爱妻爱丽丝和第一任爱妻卡米耶给他生的长子让(Jean Monet),接着又获知自己双目患白内障,可能失明。是葛饰北斋的《山下白雨》、歌川广重的"三幅连"《阿波鸣门之风景》、田近竹村的"八幅连"《海涛》等日本文人山水画,让他在悲痛和恐惧中找到安宁,从而获得再生。他不再为商品价值作画,而为自己——为寻求静谧,为"赏心悦目"——创作。他开始对吉维尼自家睡莲池里"出淤泥而不染"的睡莲做永恒的沉思,创作自己的系列油画《睡莲》。在一个抬头就见日本浮世绘的环境中作画,莫奈难免不受其影响。他新作的线条越来越显现,色彩越来越简约,形象越来越虚幻,画面越来越空阔。总之,他的《睡莲》越来越富有东方韵味。自 1914 年至 1926 年,莫奈年复一年长时间同睡莲池里的睡莲对话,同睡莲池水倒映的蓝天、白云、垂柳对话,同无人之境对话,创作了二百五十幅大大小小的《睡莲》。这些佳作凝聚了莫奈后半生的心血,代表了他最高的艺术境界。

莫奈 1926 年谢世后,留在画室里的"八幅连"《睡莲》按他的遗愿赠送给了在第一次世界大战中为和平而战的法国人民。这"八幅连"《睡莲》组成一幅 2 米高、100 多米长的"环抱式"壁画,取名《睡莲·水景系列》,至今陈列在巴黎橘园美术馆(Musée de l'Orangerie)椭圆形大展厅里。其他二百四十余幅《睡莲》则被长期堆压在吉维尼镇莫奈故居的画室。整整三十年,欧美艺术界的视线都集中于塞尚、毕加索、布拉克(Georges Braque)、马蒂斯(Henri Matisse)、蒙德里安(Piet Mondrian)等现代派大师的作品,无人过问莫奈留给后世的一份最宝贵的遗产。直至 20 世纪 50 年代,莫奈才被艺术界重新发现。1955 年,纽约现代艺术博物馆以 1.1 万美元购得长期存放在莫奈吉维尼画室的一幅《睡莲》。艺术评论家罗尼·兰菲尔德(Ronnie Lanfield)曾撰文,称这幅《睡莲》的展出"具有新的、预示新时代到来的意义"[①]。不幸的是,1958 年一场大火烧毁了这幅《睡莲》。第二年,纽约现代艺术博物馆又以 15 万美元高价购得藏在莫奈画室的"三幅连"《睡莲》(见图 1—4)。这幅 2 米高、12.7 米长的巨型《睡莲》至今陈列在纽约现代艺术博物馆五层第九展区。

---

① Ronnie Landfield,"Monet and Modernism"(2012)＜http://ronnielandfield.com/monet-and-modernism/＞.

三、莫奈顶峰作《睡莲》与抽象表现主义

2010 年 2 月,西班牙马德里提森-博内米萨国立美术博物馆(Thyssen-Bornemisza National Museum)隆重举办"莫奈与抽象画特展"。展出的一百余幅作品中有五十余幅为莫奈后期佳作,另外五十余幅则出自波洛克(Jackson Pollok)、德库宁、罗斯科(Mark Rothko)等 20 世纪 40 年代至 50 年代成名的美国抽象表现主义画家手笔。莫奈最后十多年远离艺术界,专心致志创作《睡莲》等力作。"他晚年的作品在很长一段时间被误认为过时了",画展主办人帕娄玛·阿拉寇(Paloma Alarco)指出:"第二次世界大战后抽象画的出现把莫奈重新推到了艺术舞台的中央,因为抽象画家从他的色彩,从他独一无二的风格和技巧中看到了常人所看不到的东西。"[1]

为了对莫奈晚期风格与美国抽象表现主义风格做进一步的比较评估,马德里提森-博内米萨国立美术博物馆于 2010 年 6 月至 9 月又与巴黎玛摩丹美术博物馆联袂,再度举办"莫奈与抽象表现主义特展"。在这次画展上莫奈的晚期力作与美国抽象表现主义画家的力作不再分室展出,而是在同一展区面对面展示。[2]

莫奈与第一次世界大战前夕发展起来的抽象派艺术有没有关系?那十来年莫奈丧妻失子,在日本浮世绘中找到了静谧,于是闭门创作《睡莲》系列。他哪里会去留意康定斯基或蒙德里安的现代派抽象画? 我们不妨将如今藏于纽约现代艺术博物馆的"三幅连"《睡莲》与同样藏于纽约现代艺术博物馆的蒙德里安 1909 年佳作《从沙丘观望海滩与码头》(*View from the Dunes with Beach and Piers*)做一比较。前者一片深蓝底色,几点粉红色,似浮水睡莲,又不似浮水睡莲;几团白色,似水中云影,又不似水中云影。后者上下几抹土黄色与蓝色,似海滩,又不似海滩;几抹天蓝色与白色,似大海,又不似大海。二者都虚化了描绘的事物,但各自如是处理的目的不同。前者像是在客观事物中捕捉"净化的美",后者像是在追求超越客观形象的"形式美"。用朱良志讨论中国传统文人画的语言形容,一个"强调'真'对'形似'的超越",另一个摒弃了"真"而追求"形式美"。尽管二者都讲究既"赏心"又"悦目",一个

---

[1]　See Teresa Larraz, "Monet Face to Face with Abstract Art in Madrid," *Reuters* 22 February 2010.

[2]　See Zhaoming Qian, *East-West Exchange and Late Modernism*: *Williams*, *Moore*, *Pound*, p. 4.

侧重于"赏心",另一个侧重于"悦目"。①

詹姆逊在《论现代主义》一书中指出,语言对现代主义小说家而言不只是讲故事的工具;色彩对现代主义艺术家而言不只是描摹静物、山水、人物的媒介。他举了法国现代主义小说先驱福楼拜(Gustave Flaubert, 1821—1880)和法国现代主义绘画先驱塞尚两个显例。19世纪西方现实主义、自然主义小说让读者的注意力集中于故事情节。福楼拜小说却让读者不时停顿,去思考他的遣词造句——一个单数名词为什么这里用了复数,一个代词为什么这里起到了专用名词的作用。放慢读速会让读者发觉言外之意、弦外之音。无论站在什么距离看19世纪现实主义绘画,赏画者的注意力都集中于画中的静物、山水或人物。远看塞尚与凑近细品塞尚却不是一回事。凑近细品塞尚,注意力会从他描摹的客观事物转移到他笔触的质感——一小方块一小方块异化的蓝颜料、绿颜料或土黄颜料。②詹姆逊对塞尚的评论不禁让我们想到莫奈后期的作品,特别是他的《睡莲》。凑近细品《睡莲》,赏画者的注意力不也会转移到一块块异化的蓝颜料、白颜料和粉红颜料吗?詹姆逊提醒我们,美国评论家格林伯格早在20世纪60年代初就给我们指出了一个识别现代主义的不二法门——看作品是否突出渲染物质层面媒介本身的意义。③

第二次世界大战后崛起的美国抽象表现主义画派有没有从莫奈的后期作品中得到过什么启示?波洛克、德库宁等美国抽象表现主义画家曾直言不讳地承认,他们的创作理念得益于康定斯基的抽象主义理论,他们强调的"偶然效果"来自追求非理性状态的达达主义,他们对"梦幻效应"的追求则是受了超现实主义的感染。抽象表现主义的创作意图是通过"直觉"来表现复杂的情感。他们并不欣赏莫奈那种沉浸在大自然中用自己的画诠释光和影的变化的艺术。

第二代美国抽象表现主义画家琼·米切尔(Joan Mitchell, 1925—1992)倒是一个不多见的例外。她早年移居法国,不仅推崇莫奈,而且还刻意模仿过莫奈。用艺术评论家雷切尔·伍尔芙(Rachel Wolff)的话来说,"美国抽象表现主义画家中唯有琼·米切尔得法于莫奈'户外写实'的模式(即运用所谓'自然景物比虚构更神奇'的画法)去捕捉唯有在大自然中才能捕捉到的奇异

---

① 朱良志将陈白阳题诗"春事时正殷,庭墀斗红紫。弄笔写花真,聊尔得形似"概括为"强调'真'对'形似'的超越"。见朱良志:《南画十六观》,北京:北京大学出版社,2013年,第250页。

② Fredric Jameson, *The Modernist Papers*, pp. 260—261.

③ Ibid., p. 146.

的、令人惊讶的形象和色彩"①。

　　既然莫奈与第一次世界大战前崛起的立体抽象主义画派没有任何关系，既然美国抽象表现主义画家对莫奈并不看好，格林伯格对莫奈的评价为何能对当代艺术评论家产生这么大的吸引力呢？马德里提森-博内米萨国立美术博物馆 2010 年一连举办两场"莫奈与抽象艺术特展"，显示莫奈与美国抽象表现主义一脉相承，震撼了大批艺术爱好者。这又做何解释？

　　首先要强调，20 世纪初莫奈从葛饰北斋等日本大师那里学会了如何显现"绘画的物质性层面"，亦即让画布上一丝一丝的曲线和一小方块一小方块的颜色呈现出来。"物质性层面"恰恰是抽象表现主义追求的形式主义的基础。莫奈晚年对"物质性层面"的探究无意中让他成为现代主义绘画的先行者。其次必须指出，莫奈还从他私藏的葛饰的《神奈川冲浪里》、池大雅的《吴江大观》及田近竹村"八幅连"屏风《海涛》中学会了如何让描绘的形象——池水、睡莲、云影、树影——虚化，形成一种"无边无际水连天的幻象"，从而使赏画者"陷入幻觉和沉思"。② 朱良志论中国传统文人画时指出："文人画不是对幻形的抛弃，而是超越幻形，即幻而得真。这一思想是决定文人画发展的根本性因素之一，是水墨画产生的内在根源，是宋代以来文人意识崛起的重要动力，也是元代以来归复本真艺术思潮的直接动因。"③莫奈间接接受了中国文人画的影响。追求冥想、虚幻的构思，表现安宁、静谧的主题，这无意中又为达利（Salvador Dali）、米罗（Joan Miró）的超现实主义艺术开了先河。

　　林忠正编撰的《中日美术品》用大量篇幅介绍了中日佛教艺术。④ 西方艺术家通过阅读《中日美术品》可以学到不少佛教常识。比如，文殊菩萨、观音菩萨皆端坐莲花台，莲花似乎是"佛"之象征，同"佛"一样能给人带来内心的宁静和超脱。又比如，山水是中日传统文人画家最喜爱的画题，中日传统的山水画意在给人"永恒的宁静"，让人忘却烦恼，最终达到禅宗所谓"开悟"的境地。莫奈有可能读过林忠正法文版的《中日美术品》。

　　西方艺术家可以通过文字、图像和人际交流认知东方艺术。对莫奈而言，他虽然可能读过日本艺术论著，也可能同日本艺术"圈内人"林忠正有过交流，唯有图像——比如葛饰北斋《富岳三十六景》之《山下白雨》和《凯风快

① Rachel Wolff, "Did Monet Invent Abstract Art?" *The Daily Beast* 4 March 2010 <http://www.thedailybeast.com/articles/2010/03/04/did-monet-invent-abstract-art.html>.

② See Ann Temkin and Nora Lawrence, *Claude Monet: Water Lilies*, New York: Museum of Modern Art, 2009, p. 34.

③ 朱良志：《南画十六观》，第 249 页。

④ Tadamasa Hayashi, *Objets d'Art du Japon et de la Chine*, Paris: Chez M. S. Bing, 1902.

晴》——才是他认知东方艺术有据可查的手段。从他收藏的葛饰北斋等日本大师的佳作中,他显然学到了中日画家惯用的"书法"线条、对角构图和"三幅连""八幅连""残山剩水"的布局,同时也或多或少学到了一些东方传统文人画所传达的禅宗意识。

禅宗讲究的是"不立文字,教外别传,直指本心"。日本东京、京都、名古屋等地美术博物馆和寺院至今保存着马远的《寒江独钓图》、梁楷的《出山释迦图》、牧溪的《六柿图》、玉涧的《潇湘八景图》之四景等大量宋元以来流入日本的禅宗画。这些禅宗画的特征在于:笔简意足,意境空阔,体现了一种直观简约主义风格。这种风格彰显于莫奈收藏的葛饰北斋《富岳百景》册页和歌川广重《东海道五十三次》等系列画。莫奈在最悲痛、失意的年月,从这些带有浓厚禅宗意识的日本系列画中找到了安宁与平静。他深知唯有同日本大师一样,与大自然融为一体,才能获得解脱,实现心态的平衡,用禅宗语言说,就是达到"开悟"的境地。据莫奈的友人罗杰·马科斯(Roger Marx)回忆,莫奈在最悲痛无奈的那段日子曾对他说过:"除了跟大自然加深融合之外,我别无他求。"①正是"跟大自然加深融合"的愿望,推动莫奈开始同吉维尼自家花园睡莲池的睡莲对话,并创作他的《睡莲》系列。

北宋郭熙在《林泉高致·山水训》中设问:"君子之所以爱夫山水者,其旨安在?"答曰:"丘园,养素所常处也;泉石,啸傲所常乐也;渔樵,隐逸所常适也;猿鹤,飞鸣所常亲也";简言之,游山水,处身于大自然,其乐无穷。然后他又曰:"皆不得已而长往者也。"于是得出结论:"今得妙手,郁然出之,不下堂筵,坐穷泉壑;猿声鸟啼,依约在耳;山光水色,滉漾夺目。此岂不快人意,实获我心哉?此世之所以贵夫画山之本意也。"简言之,安居家园,画山水,以代之,其乐无穷。中日传统文人山水画,皆出于郭熙这段精彩文字。我们无法证明莫奈有没有读过郭熙《林泉高致·山水训》法文或英文摘译,但通过反复观赏葛饰北斋的《山下白雨》《凯风快晴》和歌川广重《木曾路之山川》等日本浮世绘,他亦当对东方传统文人画的宗旨有所领略。从他耄耋之年感叹"除了跟大自然加深融合之外,我别无他求",我们可以推测他已领会并接受东方传统文人画所传达的郭熙之见:"安居家园,画山水,以代之,其乐无穷。"莫奈十余年如一日,对睡莲池"滉漾夺目"的水色反复沉思,正是他实践中日传统文人画精神的体现。

---

① See Virginia Spate, Gary Hickey, and Claude Monet, *Monet and Japan*, p. 57.

第二章　叶芝的仿能乐实验剧《鹰之井畔》

　　自 1907 年毕加索立体主义代表作《亚维农的少女》(*Les Demoiselles d'Avignon*)问世至 1914 年刘易斯(Wyndham Lewis)旋涡主义期刊《爆炸》(*Blast*)发行,七八年间现代主义思潮以排山倒海之势迅猛席卷欧美各文艺领域。表演艺术领域的现代主义比美术领域的现代主义稍晚崭露。美籍俄裔作曲家伊戈·斯特拉文斯基(Igor Stravinsky,1882—1971)和爱尔兰诗人兼剧作家威廉·巴特勒·叶芝是表演艺术领域现代主义的先觉先导。虽然早在 1908 至 1909 年二人就已启动前卫舞台实验,他们震惊西方表演艺术界的作品——斯特拉文斯基作曲的芭蕾舞剧《春之祭》(*The Rite of Spring*)和叶芝的仿能乐实验剧《鹰之井畔》——分别于 1913 年和 1916 年才公演。这里,我们仅讨论叶芝的《鹰之井畔》。叶芝是兼长戏剧创作的诗人,他探索日本能乐的"文化摆渡人"庞德也是诗人。从讨论叶芝的东西对话过渡到第三章至第七章讨论美国现代主义诗歌与东方文化的互动顺理成章。

　　叶芝跟莫奈一样,视一切艺术成就为创建新模式、攀登新高峰的驱动力。他的早期诗歌《拐走的孩子》("The Stolen Child")和《因尼斯弗里湖岛》("The Lake Isle of Innisfree") 为他赢得了"最后一个浪漫主义诗人"的美誉。[①] 这一美誉非但没有让他自命不凡,还促使他坚定果断地舍弃英国浪漫主义,开始追摹法国象征主义。19 世纪与 20 世纪之交,他的《致时光十字架上的玫瑰》("To the Rose upon the Rood of Time")和《谁跟费格斯同行》("Who Goes with Fergus") 成了英美诗坛竞相模仿的象征主义典范,他却抛弃象征主义,开始实验更新颖、更富有现代气息的诗体。叶芝 1914 年创作的短诗《一件大衣》("A Coat")形象地刻画了他不断挑战自我的创新精神:

> 我为我的歌缝就
> 一件长长的大衣,
> 上下缀满了来自
> 古老神话的刺绣;

---

① See Peter Porter, ed., *W. B. Yeats*: *The Last Romantic*, New York: Clarkson Porter, 1990.

但傻瓜把它抢走，

穿上在人前炫示，

俨然是他们造就。

歌，让他们拿走，

因为有更大魄力

才敢于赤身行走。

（傅浩　译）

　　从叶芝的艺术生涯中，我们不仅能窥见"英诗主流从传统到现代过渡的缩影"①，而且能窥见爱尔兰戏剧主流从传统到现代过渡的缩影。戏剧对叶芝来说是复兴爱尔兰民族精神与爱尔兰文化的重要手段。1899 年，叶芝与奥古斯塔·格雷戈里夫人（Augusta Gregory）、爱德华·马丁（Edward Martyn）等爱尔兰剧作家合作，在都柏林成立了爱尔兰民族文学剧院。1904 年，该剧院与爱尔兰民族戏剧剧团合并，改名为都柏林阿贝剧院（Abbey Theatre），致力于用新颖的、充满爱尔兰民族气概的戏剧教育民众。叶芝写过易卜生（Henrik Ibsen）《玩偶之家》（*A Doll's House*）式的现实主义戏剧，也借鉴过古希腊悲剧和中世纪神秘剧。所有的实验都被证明不适于表现他所专注的爱尔兰(凯尔特)神话传说和宗教礼仪题材。莫奈晚年从日本浮世绘获得灵感，突破印象主义框架，创造出了兼具东方韵味与现代主义气息的《睡莲》系列油画。叶芝五十岁即从日本贵族剧能乐中找到了既前卫又能表现爱尔兰民族精神与爱尔兰文化最理想的摹本，从而创造出了一系列实验剧，让爱尔兰戏剧得以复兴。

一、叶芝的"第一个楷模"

　　1916 年 3 月 26 日，叶芝致函格雷戈里夫人，称"我终于找到了一个适于我的戏剧形式"②。他所说的适于自己创作需要的戏剧形式就是日本贵族剧能乐。当时他正在彩排刚完成的象征性仿能乐实验剧《鹰之井畔》。1916 年 4 月 2 日，该剧即在伦敦一位贵妇人家的客厅首演。

　　1921 年，叶芝将其新创作的实验剧《鹰之井畔》《伊美尔唯一的嫉妒》（*The Only Jealousy of Emer*）、《骸骨之梦》（*The Dreaming of the Bones*）和

---

① 傅浩：《20 世纪文学泰斗 叶芝》，成都：四川人民出版社，1999 年，第 2 页。

② W. B. Yeats, *The Collected Letters of W. B. Yeats*, gen. ed. John Kelley, InteLex Electronic Edition, 2002, Accession Number 2913.

《卡尔弗里》(Calvary)合成一集,取名《为舞者而写四剧》(Four Plays for Dancers)在伦敦出版。就是在该书前言中他发表了本书《绪论》所引对日本能乐在自己创作生涯中地位的评价:"文学上不想平平无奇而一炮而红,就得有楷模——我是从日本贵族剧能乐中找到第一个楷模的。"①

比叶芝年幼二十岁的美国诗人埃兹拉·庞德通常被认为是叶芝借鉴日本能乐、创造爱尔兰现代剧的"文化摆渡人"。庞德在 1908 年移居伦敦前就崇拜叶芝。那年秋天,他由刚结识的英国女友(他后来的夫人)多萝西·萨士比亚(Dorothy Shakespear)引见,踏入叶芝的社交圈,并获得了叶芝的赏识。1912 年 12 月,庞德又代表美国芝加哥《诗刊》(Poetry)向叶芝约稿。② 这样,经过一年多的频繁交往,庞德一跃成为叶芝的密友,被准予先睹他老师尚未发表的诗稿。第一次世界大战爆发前夕,叶芝深邃、典雅的诗风突然变得自然、清晰(见上引诗《一件大衣》)。这与庞德 1912 年发动的意象主义新诗运动不无关系。1913 年至 1916 年,五十岁上下的叶芝与而立之年的庞德一起在萨塞克斯"石屋"农舍度过三个冬季。其中第一个冬季(1913 年 12 月至 1914 年 1 月),庞德刚获已故东方学家、《中日艺术源流》(Epochs of Chinese and Japanese Art)作者费诺罗萨的能剧粗译,正在整理《锦木》《羽衣》《杜若》(Kakitsubata)等能剧译稿。他非常乐于跟叶芝分享这些能剧英译。叶芝多年戏剧实验不见成效,第一次世界大战爆发前夕终于在能乐中找到了"第一个创新模式"。庞德为他提供了能剧英译稿,当然功不可没。1916 年 9 月,庞德出版《若干日本贵族剧》(Certain Noble Plays of Japan),叶芝在《代序》中承认自己创造的"高雅、含蓄、象征,无须民众或媒介买账"的戏剧形式确实得益于"厄内斯特·费诺罗萨翻译、埃兹拉·庞德完成的日本能乐"。③

第一次世界大战期间叶芝为舞者创作的戏剧形式固然得益于庞德完成的费诺罗萨英译能乐,但庞德并非叶芝借鉴日本贵族剧能乐、改造爱尔兰戏剧唯一的能文化摆渡人。讨论叶芝仿能乐实验剧不能无视叶芝以往在戏剧中运用舞蹈的经验,也不能忽略英国戏剧理论家兼舞美爱德华·戈登·克雷(Edward Gordon Craig)戏剧面具理论对他的影响及日本舞蹈家伊藤在《鹰之井畔》演出中同他的互动合作。

美国学者希尔维亚·艾利斯(Silvia Ellis)曾指出,19 世纪 90 年代中叶

① W. B. Yeats, Four Plays for Dancers, p. 86.
② 芝加哥《诗刊》于 1912 年创办,同年聘庞德为其驻欧洲约稿人。
③ W. B. Yeats, The Collected Works of W. B. Yeats: IV, eds. Richard Finneran and George Bornstein, New York: Scribner, 2007, p. 163.

芝就对舞蹈在戏剧中的效用建立了初步的认识。他在 1894 年创作的第一部戏剧《心愿之乡》(*The Land of Heart's Desire*)中即已用舞蹈代替一部分台词来表达复杂情感。这说明叶芝在那时就已领悟到了舞蹈是"远离现实主义的一种表演形式",是"比台词更充分、更准确表达剧中人情感的话语"。①

艾利斯还指出,早在 1908 年叶芝友人戈登·克雷就在意大利佛罗伦萨创办图文并茂的戏剧专刊《面具》(*The Mask*,1908—1929),提倡改革西方戏剧,鼓励剧作家、导演用面具。对克雷而言,面具是唤醒观众想象力最有效的工具。他曾强调:"面具,而非演员,最能把握剧作家的心灵,准确地阐释剧作家所要表达的复杂情感。"②1910 年 10 月,叶芝在《面具》上发表短评《悲剧》("The Tragic Theatre")。③ 该文一经发表,叶芝即写信向格雷戈里夫人表示"希望阿贝剧院成为第一个用面具演出的现代戏剧院。"④1911 年,叶芝还请克雷给自己 1903 年创作的两部戏剧——《在贝勒海滩》(*On Baile's Strand*)和《滴露》(*The Hourglass*)——设计面具。

古希腊悲剧和古罗马闹剧就有戴面具的角色。⑤ 我国四川三星堆出土的文物中有几十个青铜面具,据考证是公元前 1000 多年古蜀王鱼凫的祭祀用品。⑥ 山东滕州出土的玉雕面具、甘肃永昌出土的石雕面具,据考证为西周民间驱傩(即瘟神)反复大幅度舞蹈时用的道具。《论语·乡党》所谓"乡人傩,朝服而立于阼阶",是指孔子见祭傩神舞蹈要"朝服而立"。唐代面具开始用于戏曲。《旧唐书·音乐志》记载,艺人"刻木为面,狗喙兽耳,以金饰之,垂线为发,画猨皮帽"⑦北宋杨大年(974—1020)有七绝描写傀儡表演的滑稽角色鲍老和郭秃:"鲍老当筵笑郭郎,笑他舞袖太郎当。若教鲍老当筵舞,转

---

① Christopher Innes, "Modernism in Drama," ed. Michael Levenson, *The Cambridge Companion to Modernism*, Cambridge: Cambridge University Press, 1999, p. 134; Silvia Ellis, *The Plays of W. B. Yeats: Yeats and the Dancer*, New York: St. Martin's, 1995, p. 126.

② E. Gordon Craig, "A Note on Masks," *The Theatre Advancing*, London: Constable, 1921, p. 120.

③ W. B. Yeats, "The Tragic Theatre," in *The Collected Works of W. B. Yeats*: IV, pp. 174—179.

④ W. B. Yeats, *The Letters of W. B. Yeats*, ed. Allan Wade, New York: MacMillan, 1955, p. 554.

⑤ 古希腊悲剧面具表情外向,日本能面表情内向。See Gary Mathews, "The Masks of Nō and Tragedy: Their Expressivity and Theatrical and Social Functions," *Didaskalia* 12. 3 (2015), pp. 12—28.

⑥ 据 2021 年 3 月 20 日新华网,四川三星堆近又出土金面具残片等文物＜http://www.xinhuanet.com/local/2021—03/20/c_1127235045.htm＞。

⑦ 刘昫等撰:《旧唐书》第四册,北京:中华书局,1975 年,第 1059 页。

更郎当舞袖长。"①宋元"南北曲牌有《鲍老催》,说明是一种有歌有舞的表演"②。明清以后,戴面具的舞鲍老仍为元宵节庆不可缺的节目。清陈康祺《郎潜纪闻初笔》第 12 卷记载:"元宵节前门灯市,琉璃厂灯市,正阳门摸钉,五龙亭看灯火,唱秧歌,跳鲍老,买粉团。"③一说日本能面、能舞源于傩④。唐宋年间源于傩祭的民间歌舞剧,与日本能乐是有太多相似之处,但要确定其渊源关系尚需更多证据。中国的歌舞剧到了明清不再用面具,而按角色性格直接在脸上画,造就了我国传统戏剧的脸谱艺术。日本能乐面具原来有翁面、鬼神面、尉面、女面、男面、怨灵面等 60 种,后来细分为 200 余种,始终未演变为脸谱。

　　第一次世界大战前叶芝的戏剧确实还没能让舞蹈贯穿全剧,其舞美设计也不像能乐舞台那样极端简约,但是舞蹈与面具已在其戏剧中出现过,舞美设计也已有所简化。尝试过面具、舞蹈和简化的舞美设计,有进一步发挥面具、舞蹈的作用,进一步简化舞美的愿望,是西方剧作家采纳日本贵族剧能乐模式的先决条件。叶芝具备这些先决条件。异化的舞台与异化的演员面目、姿态动作之于戏剧,好比异化的词汇、句法之于现代主义诗歌、小说,异化的线条、布局之于现代主义绘画、雕塑。第一次世界大战期间,叶芝仿日本能乐的实验说到底就是通过异化和简化戏剧基本"物质"因素,试图走出西方传统戏剧、走向现代主义戏剧的实验。

二、伊藤与叶芝的《鹰之井畔》

　　是庞德于 1914 年初让叶芝读了费诺罗萨粗译的《锦木》《羽衣》等日本能乐剧本,也是庞德于 1914 年秋介绍叶芝认识了日本舞蹈家伊藤,并一起观看了伊藤带有东方色彩的独舞。当时,叶芝因无望找到反现实主义、程式化的戏剧模式,已放弃写剧本,专注写诗歌。伊藤优雅、悲壮、时而夸张的独舞给他带来了希望。庞德的"文化摆渡"果然重要,但是没有伊藤就不会有叶芝的仿能乐实验剧《鹰之井畔》。在《若干日本贵族剧·代序》中叶芝这样评价伊藤对《鹰之井畔》的特殊贡献:"我这部舞剧离开了一位日本舞蹈家就不可能

①　转引自王充闾:《充闾文集 16:艺文说荟》,沈阳:万卷出版公司,2016 年,第 255 页。

②　上海艺术研究所、中国戏剧家协会上海分会编:《中国戏曲曲艺词典》,上海:上海辞书出版社,1981 年,第 22—23 页。

③　陈康祺撰:《郎潜纪闻初笔二笔三笔》,晋石点校,北京:中华书局,1984 年,第 253 页。

④　韩聃:《从传统艺能到古典能剧的美学传承——以对艺能观念、信仰、形式的考察为中心》,载《学术交流》2018 年第 8 期,第 178—184 页。参见度修明、姜尚礼主编:《中国傩戏傩文化》,北京:中国世界语出版社,1997 年。

产生。我欣赏过他在一个排练场,一个客厅,一个有极其协调灯光的小舞台上独舞。在那个排练场,在那个客厅,在那极其协调的灯光下,我观赏他独舞,他凄凉的舞姿唤醒了我的想象力。"①

伊藤道郎(1892—1961)是一位杰出的日本舞蹈家。1956 年,日本能乐专家古川久采访了他。访谈中,伊藤坦言自己没有受过能乐的专门训练,对能乐的了解仅限于年幼时跟痴迷能乐的叔父特意穿上武士装,去观看过几场能乐。② 他对歌舞剧倒是情有独钟,十六岁就进东京水木流日本传统舞校学艺。③ 毕业前夕,他曾在东京日本皇家剧院合唱团练唱,一次偶然的机会让他登台,参演德国歌剧《佛陀》(The Buddha)。④ 毕业后,因为对西方歌剧的向往,他说服早年留过洋的父亲准许并资助他去欧洲深造。那年(1911 年)他刚开始在巴黎学声乐,就有幸观赏了俄罗斯芭蕾舞团在夏特勒舞剧院的演出,波兰裔俄罗斯芭蕾舞王子尼金斯基(Vaslav Nijinsky,1890—1950)出色的舞艺让他大开眼界,决定放弃声乐,专攻西方舞蹈。1912 年,他转学到瑞士音乐舞蹈教育家杰克-达克罗士在德国德累斯顿花园城(Dresten)创办的赫勒劳(Hellerau)节庆剧院学艺术舞。欧洲大陆爆发战争后,他去了伦敦,在那里结识了庞德。1914 年 11 月某晚,庞德把他带到一个贵妇人家,并介绍他认识了叶芝。次日晚,他们三人又在船王古纳特夫人(Lady Cunard)举办的社交聚会上相遇。伊藤应邀表演了一段独舞,当场震撼了包括叶芝在内的所有观众。⑤

如本书《绪论》所指出的,希利斯·米勒强调,图像与文字作为传播文化艺术的媒介各有其局限性,图文并置能互补不足,但也能互消其意。米勒还说,"根据文化研究的理念,要认知[非本土]美术、大众文化、文学和哲学的真实价值,尚需有特定的本地人介入——即由相关语言、地域、历史和传统界定的本地人介入"⑥。这里,我们用"相关文化圈内人"一词强调"相关文化"

---

① W. B. Yeats, *The Collected Works of W. B. Yeats*：VI：*Early Essays*, p. 165.

② See Ian Carruthers, "A Translation of Fifteen Pages of Itō Michio's Autobiography, Utsukushiku naru kyoshitsu," *Canadian Journal of Irish Studies* 2 (1976), pp. 32—43, especially pp. 32—34, p. 39. 此文根据 1956 年古川久—伊藤访谈录《把教室搞得漂漂亮亮》(东京：宝文馆,1956 年)译出。

③ Ian Carruthers, "A Translation of Fifteen Pages of Itō Michio's Autobiography, Utsukushiku naru kyoshitsu," p. 34.

④ See Helen Caldwell, *Michio Ito*：*The Dancer and His Dances*, Berkeley：University of California Press, 1977, p. 38.

⑤ Ian Carruthers, "A Translation of Fifteen Pages of Itō Michio's Autobiography, Utsukushiku naru kyoshitsu," p. 35.

⑥ J. Hillis Miller, *Illustration*, pp. 68, 14—15.

本地行家在文化交流中的特殊作用。"相关文化"指具体的文化领域,例如日本浮世绘文化、日本能乐文化,等等。前者的"相关文化圈内人"为训练有素的日本浮世绘画家、鉴赏家或收藏家;后者的"相关文化圈内人"为训练有素的日本能乐导演、乐师或演员。

按以上定义衡量,叶芝的仿能乐舞剧《鹰之井畔》背后没有完全合格的能乐文化圈内人。庞德、费诺罗萨、克雷和伊藤都不是完全称职的能乐文化圈内人。不过,伊藤观赏过正宗的能乐,并曾获得与能乐同源的歌舞伎"名取"段舞师执照,不能说他对能乐一无所知。[①] 况且,据伊藤自述,1915 年春,伦敦音乐厅请他"反串"演出两周,他自创自导的独舞就是根据能乐《少女》、歌舞伎《义经千本樱》改编的。[②] 1915 年夏,庞德在《若干日本贵族剧》终稿付印前曾请伊藤上他家解答几个疑难问题。那天,庞德还约了叶芝。伊藤自知对能乐所知甚少,便带上了刚巧在伦敦逗留的两个能乐票友朋友。在叶芝和庞德的怂恿

图 2—1　杜拉克　《鹰之井畔》鹰卫士形象设计图
原载叶芝 1921 年版《为舞者而写四剧》

下,那两个能乐票友表演了一段能乐唱念。[③] 伊藤重温了年少时听过的能乐唱念,察觉其节奏酷似杰克-达克罗士艺术舞节奏。[④] "那么高超的西方舞节奏怎么可能出自日本?"伊藤在 1956 年的访谈中这样惊叹。[⑤] 这一偶然发现让伊藤那年秋季有勇气接受叶芝的邀请,在其仿能乐舞剧《鹰之井畔》中扮演

① Ian Carruthers, "A Translation of Fifteen Pages of Itō Michio's Autobiography, Utsukushiku naru kyoshitsu," p. 34.

② Ibid., p. 39.

③ Ibid., p. 35.

④ See ibid. For a full discussion of Dalcroze eurhythmics, see Michael Golston, *Rhythm and Race in Modernist Poetry and Science*, New York: Columbia University Press, 2008, pp. 29—33, 79—86.

⑤ Ibid., p. 39.

鹰卫士。（参见图2—1）

三、融入《鹰之井畔》的能乐成分与现代主义成分

《鹰之井畔》的舞美设计，如叶芝1921年《为舞者而写四剧》版本所示，跟传统能乐一样，讲究一个"空"字。舞台上除了背后一幅画有山水图案的布景和两幅由乐师展开的挂毡，什么也没有。乐师展开的两幅挂毡一幅黑底，画有金色神鹰图案；另一幅蓝底，画有圣井图案。幕启，三个乐师分别开始弹竖琴、击鼓和敲锣，神鹰卫士围绕着戴面具、沉睡的老人舞蹈。全剧只有三个人物：鹰卫士、老人和同样戴面具的年轻勇士。后者象征爱尔兰民族英雄库胡林（Cú Chulainn），他到老人苏醒后才登场。《鹰之井畔》围绕一口枯竭的圣井展开：圣井一年喷一次圣水，传说人饮了圣水会长生不老。剧中的老人在圣井旁守了五十年。每年圣水喷涌，神鹰就翩翩起舞，催眠老人。待他醒来，圣井已干枯。戴面具的年轻勇士赶到圣井，老人劝他赶快离开。然而，年轻勇士执拗不走。圣水喷涌时，神鹰照常起舞，催眠老人。年轻勇士虽未被催眠，却在与神鹰搏斗中被引离了圣井。

恰如丹尼尔·奥尔布赖特与李英石在《叶芝的戏剧与日本的能剧》一文中所指出的，日本能乐通常很短，一晚上可以演出四折。叶芝早期舞剧《鹰之井畔》《伊美尔唯一的嫉妒》与后期舞剧《战海浪》（*Fighting the Waves*，1929）、《库胡林之死》（*The Death of Cuchulain*，1939），合在一起就像一部能乐组合，它们都围绕一个女主角和库胡林展开。在这四折舞剧中，库胡林都有战胜对手、升腾的迹象，但升腾最终都为女主角所挫败、葬送。[1] 能乐没有情节，只有通过舞、谣、囃子实现的"启示"或者"开悟"。叶芝的仿能乐舞剧亦然。以《鹰之井畔》为例，该剧幕启时乐师奏乐（囃子）并合唱："啊，风啊，咸味的潮风啊［……］"，以少女形体出现的神鹰卫士围绕老人独舞；闭幕前附于少女形体上的神鹰卫士随乐声围绕象征库胡林的年轻勇士独舞。勇士在圣水涌出的一刻被引离圣井，全剧以其升腾失败达到高潮，神鹰卫士悲凉的独舞在不知不觉中实现了该剧的"启示"或"开悟"。

关于《鹰之井畔》圣水的象征意义，学界有不同的解释。圣水可以象征生命、智慧、爱情，也可以象征爱尔兰民族文化之源。对于以振兴爱尔兰民族文化为己任的叶芝而言，最后这层意义应该更为重要。

---

[1]　丹尼尔·奥尔布赖特（Daniel Albright）、李英石（Young Suck Rhee）：《叶芝的戏剧与日本的能剧（英文）》（"Yeats's Plays and the Noh Drama"），载《外国文学研究》2016年第2期，第42—54页，引文第52页。

伊藤在《鹰之井畔》中扮演以少女形体出现的神鹰卫士，伦敦戏剧协会会长格林先生扮演老人，伦敦名演员亨利·昂利（Henry Ainley）扮演年轻勇士。给伦敦1907年版《一千零一夜故事》（*Stories from the Arabian Nights, Retold by Laurence Houseman*）画插图的艺术家埃德蒙·杜拉克（Edmund Dulac）兼舞美与面具服装设计。在伊藤的记忆中，杜拉克设计的神鹰卫士面具不像日本能乐面具，而像印度面具，他设计的神鹰卫士服装——金黄色的翅膀、黑白相间的紧身衣和红紧身裤——像埃及古装。①

神鹰卫士的舞蹈贯穿全剧。为了编排创作神鹰舞，伊藤曾让叶芝陪同到伦敦动物园去了几次。每次去，他都要在鹰园前守好几个小时，琢磨鹰的各种神情动态，苦思冥想，设法与它沟通。在达克罗士的赫勒劳节庆剧院，伊藤学会了如何从人或动物的肢体动作中琢磨出音乐节奏，创意舞蹈。按东方戏剧传统的说法，他是在除心除念，试图直指鹰心，得其"神采"。由此看来，伊藤的苦思冥想乃东西方戏剧舞蹈文化中写意性的创作行为。1915年秋，他已在伦敦社交场合当众表演过狐狸"神秘而不受约束、老道而不连贯"的步态。他的狐步舞能跳得那么入神，是因为他事先用同样的方法与动物园里的狐狸沟通过。1917年夏，一位纽约记者曾问过他是怎么创作出他的狐步舞的，他回答说："我用饼干喂狐狸，琢磨它走路的模样，然后跑到小山坡，找个安静的地方坐下，苦思冥想，与狐狸的心灵沟通［……］这才得以创作出我的狐步舞。"②

叶芝声称他用日本能乐模式改造了爱尔兰戏剧，其实他对日本能乐的认识还不够专业，能面、能舞，能谣均知其一而不知其二。伊藤的鹰卫士舞究竟有多少成分取自能乐，多少成分取自歌舞伎，多少成分取自杰克-达克罗士艺术舞，连伊藤自己也说不清楚。叶芝所追求的是，彻底摆脱西方现实主义和自然主义的戏剧套路，用一种全新的戏剧形式，来表现他想表现的爱尔兰（凯尔特）神话传说题材。伊藤的舞有助于他构建这样一种形式，有助于复兴爱尔兰戏剧，叶芝当然求之不得。已故哈佛学者丹尼尔·奥尔布赖特指出，伊藤的舞之于叶芝恰如古希腊悲剧之于16世纪意大利佛罗伦萨歌剧院的佩里（Jacopo Peri）、卡奇尼（Giulio Romolo Caccini）和加利莱伊（Vicenzo Galilei），

---

① Ian Carruthers, "A Translation of Fifteen Pages of Itō Michio's Autobiography, Utsukushiku naru kyoshitsu," p. 35. 叶芝称库胡林的面具"一半像希腊人，一半像亚洲人"。See W. B. Yeats, *The Collected Works of W. B. Yeats*: VI: *Early Essays*, p. 163.

② *New York Tribune* 12 August 1917, section IV, p. 2; See also Helen Caldwell, *Michio Ito: The Dancer and His Dances*, p. 42.

乃"唤醒想象力,使其获得必要的自由而创造发明"的典范。[①] 1915 年冬至 1916 年春,叶芝一遍又一遍观赏伊藤彩排,一次又一次修改他的舞剧稿。据叶芝传记作者科提斯·伯莱特福特的文档调查,叶芝留下的《鹰之井畔》初稿、修改稿共七份,其中两份手写、五份打字。经对照,伯莱特福特发现其中一稿删除了初稿重复三遍的一支歌谣,另一稿删除了初稿几段台词。叶芝的删节表明,"他一遍遍观看彩排,逐日加深了对伊藤独舞感染力的认识,从而愈益依赖之"[②]。

用舞蹈替代歌谣或台词在跨艺术门类研究中被称为"艺格转换再创造"。这个术语出自希腊文 ekphrasis,意为"说出来"(ek "出来" + phrasis "说、表达"),兼指"写出来""画出来""奏出来""跳出来";总之,用另一种艺术格表达出来。ekphrasis 广义上包括"艺格转换诗"(如济慈名诗《希腊古瓮颂》)、"艺格转换画"(如勃鲁盖尔名画《伊卡洛斯坠海》(The Fall of Icarus))、"艺格转换音乐"(如陈刚等的小提琴协奏曲《梁祝》)和"艺格转换舞蹈"(如青岛市歌舞剧院大型舞剧《红高粱》)。本书第三、六、七、九、十七章将讨论不同时期现代主义诗人东西融合的"艺格转换诗"。ekphrasis 在一定的语境中可译为"绘画诗",但用"绘画诗"概括 ekphrasis 不仅排除了非诗学范畴的"艺格转换画""艺格转换音乐"和"艺格转换舞蹈",而且也排除了诗学范畴内由音乐、舞蹈转换过来的"艺格转换诗"。

1916 年 4 月初《鹰之井畔》成功演出后,庞德即请叶芝为自己刚完成的《若干日本贵族剧》写"代序",这给了叶芝一个实时评价伊藤出色表演的机会:

> 我最近观赏过日本演员跳这种舞,他们追求的美有异于古希腊戏剧追求的美,而类似于日本画和中国画所追求的美。这种追求会让他们在跳得入神时停顿。他们注重的不是姿态,而是肢体节奏。他们艺术的成功在于表现了强烈的节奏感。他们的躯体和上肢很少有西方舞蹈那种优美的摆动,下肢跳动时臀部以上始终不动,每个姿态似乎都含有一定的意义。穿越舞台时他们会一溜而过,给人一种直线滑动的感觉,而非飘忽而过的感觉。[③]

叶芝把伊藤独舞鲜明的节奏感和利落、优美的线条动作同他在英国国家

---

① Daniel Albright, *Untwisting the Serpent*: *Modernism in Music*, *Literature*, *and Other Arts*, p. 70.

② Curtis Bradford, *Yeats at Work*, p. 211.

③ W. B. Yeats, *The Collected Works of W. B. Yeats*: *VI*: *Early Essays*, pp. 169—170.

博物馆里欣赏到的中日水墨画的节奏感和线条美联系在了一起。① 叶芝强调伊藤上肢基本不动,1915 年 9 月庞德却跟一位友人说,伊藤的舞艺优于俄罗斯芭蕾舞处恰恰是其多变的上肢动作:"他的上肢动作很优美——比俄罗斯人强,下肢动作却不如上肢。"②二者互相矛盾的评价可能源自观赏了伊藤不同的独舞。不管怎么说,他们有意无意都指向了伊藤舞艺中的日本传统成分——他去欧洲前在东京水木流舞校学过的歌舞伎和民间踊(Odori)。歌舞伎作为日本江户时代发展起来的市民艺术,融合了能乐平缓的"舞"、民间舞曼妙的"踊"和民俗戏剧怪异动作的"振"。民间踊以持手巾或拍板活泼地挥动双臂见长。露丝·匹克林(Ruth Pickering)于 1929 年撰文评价过伊藤的舞蹈,称他利落、优雅的线条动作有其利,也有其弊。他装扮武士跳舞时往往缺乏果敢气概,过度讲究动作精确有时会显得曼妙。③殊不知,"曼妙"正是伊藤学过的歌舞伎的特点之一。叶芝表现爱尔兰(凯尔特)神话传说和宗教礼仪题材需要一个足以抵御现实主义、自然主义的戏剧模式。日本能乐夸张的踩脚和重心向下、缓慢的舞步,歌舞伎荒诞的一举手、一伸足,都能给叶芝一定的启示,帮助他摆脱当时充斥欧洲剧院的现实主义和自然主义,建立一个新颖的、程式化的戏剧模式。

　　《鹰之井畔》仿能乐虽不到家,但还是贯彻了能乐的极端简约主义,并参照能乐让所谓"跟纯音乐一样不直接模拟客观现实的舞蹈"主导了全剧。④鉴于极端简约主义(minimalism)与反现实主义(antirealism)均为现代主义追求的效果,《鹰之井畔》不愧为叶芝冲破 19 世纪传统、走向爱尔兰现代戏剧的里程碑。1916 年 4 月 2 日,庞德的诗友艾略特与庞德一起观赏了《鹰之井畔》首演。这位比庞德更年轻的现代主义诗人兼剧作家难得为同时代诗人、剧作家点赞,可是他为叶芝与他舞美极其简约、台词出奇简短、舞蹈贯穿全剧的《鹰之井畔》点了赞:"1916 年之前的叶芝只是上世纪 90 年代文坛的一个遗老。那年之后他变了。我清晰地记得《鹰之井畔》在伦敦一位贵妇人家客厅首演的情形,是庞德带我去看了这出由一位出色的日本舞蹈家扮鹰卫士的舞剧。从那天起,叶芝在我的心目中不再是一位长者,而是一位了不起的同代人。"⑤

①　W. B. Yeats, *The Collected Works of W. B. Yeats*: VI: *Early Essays*, p. 173.

②　Ezra Pound, *Selected Letters 1907—1941*, ed. D. D. Paige, New York: New Directions, 1971, p. 63.

③　Ruth Pickering, "Michio Ito," *The Nation* 16 January 1929, pp. 88, 90.

④　W. B. Yeats, *Explorations*, ed. George Yeats, London: MacMillan, 1962, p. 258.

⑤　T. S. Eliot, "Ezra Pound," *New English Weekly* 30.3 (31 October 1946), p. 27.

　　1916 年 4 月 4 日,《鹰之井畔》在伦敦另一位贵妇人更大的客厅重演,这次观众有三百余人。《泰晤士报》报道了 4 月 4 日《鹰之井畔》演出的盛况。三个月后,伦敦媒体盛赞伊藤艺术魅力的报道在美国《时尚》(Vogue)杂志转载,《鹰之井畔》剧照也一起登出。不久,伊藤收到美国百老汇一位歌舞剧承办人的电报,邀请他去纽约演出三年。伊藤让叶芝看了这封电报。叶芝不但没有挽留伊藤,还鼓励他接受邀请:"欧战不可能很快结束,趁美国还是中立国,你去那里发展,应该对你有利。三年合同期满后,盼你回来。"①

　　伊藤到了美国才发现,百老汇看好的是他揽客、抬高票房价值的潜力。三年间,他一再被安排在美国歌舞喜剧中扮演少数族裔配角。旅居美国近三十年,他只演过两次《鹰之井畔》。一次是 1918 年,在纽约义演,为战后法国挨饿的流浪儿筹款买牛奶、食物。② 另一次是 1929 年,他迁往美国西海岸后,在洛杉矶应邀重演该剧。

　　伊藤离去不久,叶芝又接连创作了三部象征性仿能乐的剧本——《伊美尔唯一的嫉妒》《骸骨之梦》和《卡尔弗里》。1921 年,这三部为舞者而写的剧本与《鹰之井畔》一起收入了《为舞者而写四剧》。叶芝为舞者而写的四剧虽然都用了面具与舞蹈,离开了伊藤的参与,他后三部剧的舞蹈就失去了《鹰之井畔》的魅力。叶芝的懊恼在《为舞者而写四剧·前言》中有所流露:"我本该对这些剧[指后三部为舞者而写的剧]的演出做更多的安排和指导,没能这样做最大的困扰来自舞蹈[……]鲁梅尔先生没给后三部剧的舞蹈作曲,在巴黎时我问过他,他的回答是:没有舞蹈家的协助他没法作曲。"③

---

① 　See Ian Carruthers, "A Translation of Fifteen Pages of Itō Michio's Autobiography, Utsukushiku naru kyoshitsu," p. 39.

② 　Ibid. , p. 35.

③ 　W. B. Yeats, Preface to *Four Plays for Dancers*, 1921.

第三章　史蒂文斯的文人山水诗
《六帧意义深远的风景图》

　　有跨越就有创新,有创新就有旺盛的艺术生命。法国画家莫奈和爱尔兰诗人兼剧作家叶芝分别在晚年和盛年通过跨越东西文化实现了各自艺术生命的延续和升华。美国诗人华莱士·史蒂文斯则是早年就尝试跨越东西文化,实现了诗歌艺术的创新。莫奈和叶芝是在自己的艺术领域——视觉艺术领域或舞台艺术领域——实现了东西文化的跨越。史蒂文斯与东方文化的交流不在自己的诗歌创作领域,而在视觉艺术领域。在欣赏中日艺术陶瓷、绘画的过程中,他捕捉到了西方诗歌创作亟须借鉴的情怀与风格。他的跨越是从一种艺术格向另一种艺术格,从一种文化向另一种文化的双重跨越。他的创新是融合东方美学思想、东方诗歌风格的创新。

　　视觉艺术领域的东西对话古已有之,但真正直接、频繁的东西对话到 19 世纪末、20 世纪初西方现代主义思潮兴起时才开始。1868 年明治维新后,大量日本浮世绘流入欧美,迅速掀起了一个"日本热"。1900 年,八国联军侵华又打开了中国的门户,深藏皇宫、贵族府邸的青铜器、玉器、木雕、字画随之流入欧美。在美国收藏东方艺术品最早、最多的地方是波士顿美术馆、华盛顿特区弗利尔美术馆和纽约大都会艺术博物馆。据史蒂文斯早年的日记和书信记载,1897 年至 1900 年他在哈佛就读时,就常跟同学一起去 6 英里外波士顿美术馆观赏新陈列的东方美术品。[①] 1901 年至 1916 年,他在纽约考律师执照、当律师期间,又参观过大都会艺术博物馆等处举办的多场东方艺术展。(*Letters* 137,169)他有时会用极其精炼的词语描绘自己在东方艺术展上看到的引人注目的艺术品,创作出所谓"艺格转换诗"。

一、史蒂文斯早年的艺格转换诗

　　1909 年 3 月 18 日,当了五年律师的史蒂文斯在纽约世纪俱乐部观赏了

---

① See Joan Richardson, *Wallace Stevens: A Biography of the Early Years*, *1879—1923*, New York: William Morrow, 1986, p. 62.

一场中国画展。① 三幅别致的文人山水画激发他写下了一首微型艺格转换诗，寄给未婚妻埃尔西·摩尔(Elsie Moll)。这首微型艺格转换诗不描写、不转换，甚至不暗示原画描绘的物象，只记下原画用的色彩："'浅橙、绿、深红、白、金黄、褐'，'天蓝、橙、暗绿、淡黄褐、黑、金黄'和'宝蓝、朱红、白、金黄、翠绿'"。(Letters 137) 英美诗歌中很难找出如此简约、抽象的艺格转换先例。倒是荷兰画家皮特·蒙德里安同年创作的抽象画《从沙丘观望海滩与码头》可与之匹配。

1911年元旦，史蒂文斯在纽约东方艺术品拍卖市场徘徊良久。五光十色的中国玉器、珠宝诱发他再次施展他独到的、擅用色彩词的天赋，在书信中给埃尔西再现了这些稀品："黄瓜绿、山茶叶绿、苹果绿等等，月光色、蔚蓝等等，牛血色、鸡血色、樱桃红、桃红等等［……］"(Letters 169) 这里的史蒂文斯跟创作《从沙丘观望海滩与码头》的现代派画家蒙德里安一样，将描绘的物象简化到了极致、抽象到了极致，在诗中或画中呈现的只是新奇的颜色本身。用格林伯格的话概括，史蒂文斯的即兴诗跟蒙德里安的油画都"突出渲染物质层面媒介本身的意义"②。

史蒂文斯故世后，女儿霍莉(Holly Stevens)在他的书信和日记里发现了很多未曾发表过的诗稿，于是选编出版了《史蒂文斯补遗诗集》(Opus Posthumous, 1957)。收入该《补遗诗集》的有史蒂文斯于1909年3月18日送埃尔西的微型艺格转换诗《色彩》("Colors")和稍晚送埃尔西的《旅行日记》("Carnet de Voyage")等诗。《旅行日记》八首其三同样只写色彩，不提是什么物象："血红和 / 蔚蓝色调，/ 琥珀光泽，/ 水绿，/ 金黄，/ 钻石末子。"③

史蒂文斯擅长捕捉奇异色彩，并以色彩写诗。评论家在赞扬他这方面的天赋时，通常引用他早年的名诗《星期天早晨》("Sunday Morning")。唯有罗伯特·比厄泰尔(Robert Buttel)颇有见地地指出，《星期天早晨》所表现出来的运用色彩的才华，在史蒂文斯描写东方色彩的《色彩》中就已初见端倪。④

1916年3月，史蒂文斯参观了纽约大都会艺术博物馆举办的一场大型东方瓷器、水墨画展。一尊典雅的瓷碗触动了他的诗兴，当晚他以《瓷碗》

① See "The Subtle Pictorial Art of the Chinese," *New York Times* 4 April 1909，p. 6.

② See Fredric Jameson, *The Modernist Papers*, p. 146.

③ Wallace Stevens, *Wallace Stevens: Collected Poetry and Prose*, eds. Frank Kermode and Joan Richardson, New York: Library of America, 1997，pp. 522－523. 后文出自该著引文，将随文标出 *Wallace Stevens* 和引文出处页码，不再另注。

④ See Robert Buttel, *Wallace Stevens: The Making of Harmonium*, Princeton: Princeton University Press，1967，p. 156.

("Bowl")为题创作了又一首艺格转换诗:"给哪位皇帝／设计的瓷碗？／纹饰图案／比任何宋瓷碗多！／连最名贵的也不例外。"(*Wallace Stevens* 533)

二、《六帧意义深远的风景图》之一的双重跨越

如果说《色彩》和《瓷碗》二诗仅是史蒂文斯早年的试笔而已,他于1916年发表的《六帧意义深远的风景图》六首之一才是他尝试跨越东西文化的艺格转换佳作:

> 在中国,
> 一个老人坐在
> 松树的阴影里。
> 他看到飞燕草,
> 蓝的、白的,
> 在树荫的边上,
> 被风吹动。
> 他的胡子也在风中飘动,
> 松树也在风中翻动。
> 河水也像这样
> 漫过水草。
>
> （赵毅衡 译）

An old man sits
In the shadow of a pine tree
In China.
He sees larkspur,
Blue and white,
At the edge of the shadow,
Move in the wind.
His beard moves in the wind.
The pine tree moves in the wind.
Thus water flows
Over weeds.

(*Wallace Stevens* 58)

这是一帧用英文绘制的中国古典文人山水画。可贵的是,史蒂文斯的艺格转换诗同时跨越了艺术形式(水墨画转换成诗歌)和时空(古代转换成现

代,东方转换成西方)。诗人所选择的意象——松树、花草、流水和独坐老人——都是中国古典文人山水画中所最常见的。其取景(集中于松下、溪边,以偏概全、以小代大)、笔触(寥寥5句11行)和色彩(蓝、白、黑三色)均似模仿南宋画院开创的画风,特别是"马一角"马远和"夏半边"夏圭的画风。"风中飘动"("Move in the wind")在最后几行重复三遍,是否意在捕捉南宋以来中国文人诗画中常蕴含的禅理,"树欲静而风不止"?

图3—1　马远　《松溪观鹿图》册页　克利夫兰艺术博物馆藏

日本知名禅宗学者铃木大拙(Daisetz Suzuki)曾指出,马远、夏圭笔下独坐松下,静观流水的老人足以使观画者忘却一切烦恼和欲望,进入禅宗所谓"开悟"的境界。① 这一境界亦见于南宗山水诗画始祖王维的绝句《竹里馆》:"独坐幽篁里,弹琴复长啸。深林人不知,明月来相照。"第四章"史蒂文斯的'禅诗'《十三个角度观黑鸟》和《雪人》"将会揭示,1919年2月,史蒂文斯在波

---

① See Daisetz Suzuki（铃木大拙）, *Zen and Japanese Culture*, Princeton: Princeton University Press, 1970, pp. 22—23.

士顿购得塞缪尔・毕尔(Samuel Beal)《中国佛教》(*Buddhism in China*)一书。①读到第 82 页至 83 页毕尔对"开悟"理念的阐释时,他不由得画下一道粗线条。令人惊奇的是,他在 1916 年发表的《六帧意义深远的风景图》里竟传了三年后才读到的修禅"开悟"境界,让我们领略到了与"天人合一"道家观念契合的"明心见性"。

如果中国文人山水画有一个传统题材,旨在传达修禅"开悟"的境界,那么《六帧意义深远的风景图》之一所转换、再创造的就是这样一幅文人山水画。首先,诗中的老人同画中的老人一样,应该被视为在"坐禅",亦即在修炼禅宗所谓"五停心观"。其次,诗中与画中描绘的老人显然都同大自然融为了一体。他看见的飞燕草("larkspur")让他倏然若惊,忘却自己,实现了"顿悟":于是,同世间万物一起,随风飘动("Moves in the wind. / Thus water flows / Over weeds")。再次,诗画中的"流水"乃"道"或"禅"的象征。《道德经》第 8 章云:"上善若水。水善利万物而不争,处众人之所恶,故几于道。"

熟悉中国文人山水画的读者读了史蒂文斯这首艺格转换诗,有可能会联想到马远的《松溪观鹿图》(图 3—1)或元代佚名画家仿马远的《松荫玩月图》。马远《松溪观鹿图》所描绘的正是一位松下独坐、静观瞬息万变自然景物的高士:画面左上角溪水在缓缓地流动,右下角端坐高士的山羊胡须随风在飘拂。可是今藏克利夫兰艺术博物馆的《松溪观鹿图》于 20 世纪 40 年代末才由旅美画家兼收藏家王己千先生(1907—2003)携往美国。元代佚名画家仿马远的《松荫玩月图》至 1923 年才注册藏入纽约大都会艺术博物馆。史蒂文斯在创作《六帧意义深远的风景图》前,既不可能见到《松溪观鹿图》,也不可能见到《松荫玩月图》。不过,另有几幅仿马远的松下独坐图倒是 20 世纪初就藏入了波士顿与纽约的美术博物馆。波士顿美术馆东方部于 1908 年就注册了元代佚名仿马远《高士观眺图》(图 3—2),于 1911 年又注册了费诺罗萨—维尔德 (Fenollosa-Weld) 托管多年的明代佚名仿马远《高士观瀑图》(图 3—3)。② 纽约大都会艺术博物馆在 1913 年收藏了明代佚名仿马远的《人物山水图》(*Scholar Admiring Autumn Scenery*)。③

----

① 史蒂文斯所购的《中国佛教》(Samuel Beal, *Buddhism in China*, London: Society for Promoting Christian Knowledge, 1884) 今藏美国南加州圣马力诺亨廷顿图书馆。

② 波士顿美术馆藏元代佚名《高士观眺图》和明代佚名《高士观瀑图》的注册号分别为 08.61 和 11.4004。后者自波士顿美术馆东方部成立日起就以费诺罗萨—维尔德珍藏 (Fenollosa-Weld Collection)的名义藏波士顿美术馆。1908 年和 1911 年费诺罗萨和维尔德(Charles Goddard Weld)先后去世,二人托管珍藏按遗嘱正式注册为波美藏品。

③ 《人物山水图》于 1913 年注册藏入纽约大都会艺术博物馆,原始登记号码为 13.220.8。

图3—2　元代佚名　《高士观眺图》团扇　波士顿美术馆藏

图3—3　明代佚名　《高士观瀑图》立轴　波士顿美术馆藏

史蒂文斯素爱中国水墨画和中国瓷器。据琼·理查森（Joan Richardson)的《史蒂文斯传》上卷记述,在哈佛大学就读时他常跟宾纳（Witter Bynner)等几位酷爱东方美术品的同学聚在一起,谈论哈佛学长费诺罗萨为波士顿美术馆东方部采集的令人费解的中日水墨画。[①] 他可能见过藏波士顿美术馆的元佚名《高士观眺图》和明佚名《高士观瀑图》[②]。

19世纪80年代,日本传统文化面临流失。费诺罗萨生逢其时,在东京帝国大学教授西方哲学十余年间,有幸廉价购得大量中日书画瑰宝。1890年返美后,他便被任命为波士顿美术馆东方部主任,负责管理他及他旅日友人捐赠给波士顿美术馆的东方展品。费诺罗萨呕心沥血完成的美术论著《中日艺术源流》在他逝世四年后方在伦敦印行,该书插图里有一幅《坐看云起图》(图3—4),传为南宋夏圭所作,画的也是一位松下独坐老人。史蒂文斯是否读过费诺罗萨的《中日艺术源流》尚无法证实。

图3—4　夏圭(传)　《坐看云起图》册页　原载费诺罗萨1912年版《中日艺术源流》

---

① See Joan Richardson, *Wallace Stevens: A Biography of the Early Years*, *1897—1923*, p. 62.

② 史蒂文斯移居纽约后曾于1906年9月、1907年10月和1909年9月重返波士顿,重温旧景。See Wallace Stevens, *Letters*, pp. 93n, 165.

　　1903 年史蒂文斯移居纽约,直至 1916 年去哈特福德意外事故赔偿公司 (Hartford Accident and Indemnity Company) 当律师才离开。十多年间,他到大都会艺术博物馆和纽约其他艺术博物馆、画廊观赏过不少东方画展,或许见过明代佚名画家仿马远的《人物山水图》。史蒂文斯 1916 年创作的诗剧《三游客观日出》(*Three Travelers Watch a Sunrise*)有一句台词:"我们坐在这里 / 仿佛瓷瓶上的 / 三个人物"("three figures / Painted on porcelain / As we sit here")(*Wallace Stevens* 605)。那年 3 月大都会艺术博物馆举办过一场东方瓷器展,展品中有一个带"松下独坐"形象的青花瓷瓶。① 莫非史蒂文斯观摩了那场瓷器展?《三游客观日出》那句台词,乃至《六帧意义深远的风景图》松下老人的形象,都取自那件瓷瓶的图案?

　　陈列在美国各大艺术博物馆的仿马远的松下独坐图或《高士观眺图》,同史蒂文斯的《六帧意义深远的风景图》之一一样,描绘了树荫里侧坐、静观流水和花草的高士。至于水墨画或瓷瓶描绘的草究竟是不是飞燕草,无人可以确定。这里需要指出的是,1915 年 7 月 25 日,亦即《六帧意义深远的风景图》发表八九个月之前,史蒂文斯曾独自一人去过纽约植物园。当晚,他写信告诉爱妻埃尔西·摩尔,自己被那里的飞燕草深深地吸引住了。他还说:"试想有什么草比飞燕草更像是中国的草?"(*Letters* 184)

　　1951 年,史蒂文斯在纽约现代艺术博物馆做过一场演讲,后来追加的题目叫《诗歌与绘画的关系》("The Relations Between Poetry and Painting")。在这场演讲中他强调:"一个人的经历会积累在大脑里,时间久了［……］我讲到的那种功能就会从这些经历中提炼出大脑本身的构想。"(*Wallace Stevens* 743—744)《六帧意义深远的风景图》之一应该就是诗人所说的、大脑功能从他积累的点点滴滴的经历中提炼出来的"本身的构想"。

　　史蒂文斯同法国画家莫奈一样,青壮年时期就通过与东方艺术作品的对话,潜移默化地接受了东方美学思想的影响。然而,史蒂文斯毕竟是诗人,他对东方的认知更多地还要通过阅读东方文化论著而深化。1909 年,这位律师出身的大诗人曾在纽约阿斯特图书馆研读过波士顿美术馆东方部第二任主任冈仓天心(Kakuzō Okakura)的《东洋的理想》(*The Ideals of the East*, 1903)和英国国家博物馆远东藏品首任主管劳伦斯·比宁的《远东画论》(*Painting in the Far East*, 1908)。他在日记里摘抄了这两部美术论著最精彩的段落。比宁在《远东画论》里试译了北宋王安石的《春夜》:"金炉香尽漏

---

① See Bosch Reitz, *Catalogue of an Exhibition of Early Chinese Pottery and Sculpture*, New York: Metropolitan Museum of Art, 1916.

声残,剪剪轻风阵阵寒。春色恼人眠不得,月移花影上栏杆。"1909 年 3 月 18 日,史蒂文斯给埃尔西·摩尔去信,抄录了比宁英译《春夜》,并感叹:"我想不出哪里有比这更美、更具中国特色的意象了!"(*Letters* 138)。显然,《春夜》里就有一个夜坐的高士,他凝视的月光和花影与马远松下高士凝视的流水、花草一脉相承。这些形象经过史蒂文斯大脑的"提炼",又出现在《六帧意义深远的风景图》后面几首诗里。"花影"在《六帧意义深远的风景图》之二成了水池中闪烁的"手镯影"("A pool shines, / Like a bracelet");"月移"在《六帧意义深远的风景图》之四成了"梦里出现在眼前的月亮"("When my dream was near the moon");而在《六帧意义深远的风景图》之五,《春夜》里的"月光",又变为"星光","花影"则变为"楼影":

> 街灯是刀具,
> 长街是凿子,
> 圆顶和塔楼
> 是小锤
> 这些刀、凿、小锤刻画不出
> 一颗星星透过葡萄叶
> 映出的闪烁的夜景。

> Not all the knives of the lamp-posts,
> Nor the chisels of the long streets,
> Nor the mallets of the domes
> And high towers,
> Can carve
> What one star can carve,
> Shining through the grape-leaves. (*Wallace Stevens* 59)

美国学者威廉·比维斯（William Bevis）在《冬天的精神》(*Mind of Winter*, 1988)一书中探讨了史蒂文斯诗歌独特的东方风格。他指出:"如果凭个性把西方艺术家和东方艺术家区分开,一方讲究因果论、确认和悬念,另一方强调直觉、反思和静悟,那么史蒂文斯至少有一半像东方人。"正因为此,他强调,史蒂文斯诗歌中的许多理念,在美国本土文化语境里是很难讲清楚的。①

---

① 　William Bevis, *Mind of Winter: Wallace Stevens, Meditation, and Literature*, Pittsburgh: University of Pittsburgh Press, 1988, pp. 240, 22. 后文出自此著的引文,将随文在括号内标出 *Mind of Winter* 和引文出处页码,不再另注。

三、从艺术、艺术家到模特、观赏者

史蒂文斯无疑将他的"非本土"个性,同渗透南宋诗画的禅趣一起,写进了《六帧意义深远的风景图》之一。这首短诗貌似简易,却蕴含着中国古典文人山水画固有的那种既玄奥又明晰的诗情画意。这首艺格转换再创造诗,如同它试图转换的南宋文人山水画,隐藏着诗人、画家对艺术、艺术家、模特、观赏者之间关系的静悟。

诗歌以"独坐老人"开头。对读者、观赏者而言,他无疑是诗画中人,亦即诗人、画家描摹的对象,西方所谓模特。在这一瞬间,他跟诗中的"松树""飞燕草""流水"等没什么两样:他"坐在 / 松树的阴影里"("sits / In the shadow of a pine tree")。它们都是艺术家和观赏者凝视、品味和冥想的对象。然而,有异于诗中的其他意象,这个"画中人"可以在我们的想象中变幻成活生生、长眼睛、能观察、能想象的艺术家或观赏者。随第四行"他看到飞燕草"("He sees larkspur")中"看到"一词的出现,他即有别于单纯被凝视、品味的"松树""飞燕草""河水"等。"看到"("sees")这一词,而非"被看到""被观赏"("seen"),即刻颠覆或解构了独坐老人作为临摹对象和模特的含义。换言之,随第四行笔锋一转,老人即由山水画的"画中人"变为超越山水画的观赏者,乃至临摹山水的艺术家。写到这里,我们不禁要对自己的身份、处境发问:我们究竟是单纯的观赏者,还是观赏者兼观赏对象?观赏者兼艺术家?卞之琳《断章》首句"你站在桥上看风景,/ 看风景的人在楼上看你"提出的正是这样一个问题。诗画中的老人是否也在看我们?在他的眼里,我们跟"松树""飞燕草""河水"有无实质性的差别?这个问题的答案深藏在最后几行诗里。"在风中飘动"重复三遍,旨在表明诗画内外各种人、各种事物,无一例外,都在风中飘动。随此"飘动",观赏者、观赏对象、艺术、艺术家之间的差异消失了。世间万物融为一体,随宇宙的旋律一起不停地在运动:"河水也像这样 / 漫过水草"("Thus water flows / Over weeds")。

史蒂文斯创作《六帧意义深远的风景图》之一的动机和效果显然是一致的。在创作这首诗之前,他很可能回忆起了自己十七年前从哈佛返回宾州雷丁父母家,在田野里度过的两个夏夜。1899 年 7 月 17 日傍晚,据史蒂文斯日记记载,他走了很长一段路,来到一个花园,突然"被那里的鲜花倾倒"。"通常是紫色,或紫色夹粉红色的"飞燕草、"盛开的"佛手柑花、"微小的"木樨草花,尤其令人神往。"吹拂鲜花的微风"使他陶醉。他"感觉到了水仙花般的甜蜜［……］这种美,无可言喻"(*Letters* 28)。第二天傍晚,他"斜靠在小溪对岸观日落〔……〕月亮美极了，〔……〕想到世间万物之神秘，他感到惊惧，甚至心骇"（*Letters* 29）。其后几天，他不断思索、寻觅词句，想把那两晚难忘的感觉写出来。一周后，他无奈下了这样的结论："日记无济于事啊。我能表达的美不到我感觉到的美的一半。然而，能抓住这种感觉，用文字记录下来，本身也是很大的享受。"（*Letters* 30）

以上事例说明了两点：一、史蒂文斯自青年时期起就是西方一个"怪人"，见长于"直觉、反思和静悟"，即具有比维斯所谓"在美国本土文化语境里是很难讲清楚"的个性。二、他很早就开始寻找特殊的方法，来表达这些本土文化语境里难以表达的个性。在寻觅的过程中，他很快发现纽约、波士顿各大美术馆陈列的中国古典山水画，特别是南宋以来的文人山水画，与他心心相印，是表达他内心世界独具特性的有效手段。

《六帧意义深远的风景图》之一将历代艺术家仿马远的松下独坐图转换、再创造为一首中西融合、非人格化的美国现代主义诗歌，成功地展示了这类东方文人山水画隐含的禅宗"开悟"境界。马远《松溪观鹿图》里的老人和元代佚名画家《高士观眺图》里的老人，身后均有一个或两个书童。元代佚名画家《松荫玩月图》里的独坐老人，身后有一个蹲着玩耍的幼童。这些独坐凝视花草、流水，幼鹿等自然物象的高士，完全忘却了身后有书童侍立着，或幼童在玩耍。事实上，中国古典文人山水画中的人物，通常不像西方油画中的人物那样正视画家或观画者。史蒂文斯的艺格转换诗只字未提书童或幼童。他的老人同马远、马远弟子笔下的老人一样，已经"五停心观"，与大自然化为一体。

《六帧意义深远的风景图》之一在史蒂文斯的诗歌中并不起眼，但这首艺格转换诗却充分展示了他跨艺术、跨文化、跨时代的天赋。显然，史蒂文斯很早就钟情于中国文人山水画，特别是南宋"马夏派"的文人山水画。这些山水画让他认识到中国艺术家具有能表达不可言喻的"道"和不可言喻的"禅"的本领。有了这种本领，史蒂文斯才得以表达出自己见长的"直觉、反思和静悟"，从而创作出第四章要讨论的《十三个角度观黑鸟》《雪人》等现代主义名篇。这些佳作发表于史蒂文斯第一本诗集《簧风琴集》（*Harmonium*，1923），其诗友玛丽安·摩尔在1924年发表的一篇书评里一言道破了史蒂文斯中国文化的底蕴：史蒂文斯"独具中国人的情怀和风格"①。

---

① Marianne Moore, *Complete Prose of Marianne Moore*, ed. Patricia C. Willis, New York：Viking, 1986, p. 95. 后文出自此著的引文，将随文标出 *Complete Prose* 和引文出处页码，不再另注。

第四章　史蒂文斯的"禅诗"
《十三个角度观黑鸟》和《雪人》

1916 年,史蒂文斯偕妻迁往康涅狄格州首府哈特福德,在创建不久的哈特福德意外事故赔偿公司就职。迁至康涅狄格州后史蒂文斯继续关注波士顿、纽约的东方美展,他跟东方文化对话的激情不减反增。1917 年至 1921年,他通过发表《十三个角度观黑鸟》和《雪人》等佳作,完成了更大幅度的东西文化跨越,实现了更令人震惊的诗歌创新。

早在 20 世纪 80 年代,美国学者艾特肯(Robert Aitken)、汤普金斯(Robert Tompkins)和比维斯就考察过史蒂文斯诗歌中与禅宗契合的意识。[①]然而,他们均未探究史蒂文斯的美学思想与包括禅宗艺术在内的禅宗文化究竟有何渊源关系,这种渊源关系又怎样塑造了史蒂文斯具有东方意识的现代主义诗歌。其实,史蒂文斯在青年时代就萌发了对中日禅宗画的浓厚兴趣。他早年的日记和私人信件早已结集出版(见 Letters)。凭此我们可以厘清他参观过哪些中日画展,品赏过哪些禅宗画,进而探索其名诗《十三个角度观黑鸟》和《雪人》意境与禅宗画的渊源关系。

一、禅宗与禅宗画

禅宗讲究的是"不立文字,教外别传,直指本心,见性成佛"[②]。唐宋年间,禅宗东渡日本,迅速开拓出日本禅宗之风,东京、京都、名古屋等地的博物馆、寺院至今仍保存着大量宋元以来流入日本的禅宗画。其中比较著名的有南宋梁楷的《出山释迦图》和《雪景山水图》,藏东京国立博物馆;南宋牧溪的《观音猿鹤图》《六柿图》,藏京都大德寺;南宋玉涧《潇湘八景图》之二景,藏东

---

① See Robert Aitken, "Wallace Stevens and Zen," *Wallace Stevens Journal* 6 (1982), pp. 69－73; Robert Tompkins, "Stevens and Zen: The Boundless Reality of the Imagination." *Wallace Stevens Journal* 9 (1985), pp. 26－39; William Bevis, *Mind of Winter: Wallace Stevens, Meditation, and Literature*, 1988.

② 菩提法师:《禅与禅宗略说》,载佛学研究网＜http://wuys.com/news/Article_Show.asp? ArticleID＝29086＞。

京出光美术馆和名古屋德川美术馆。这些禅宗画的特征在于：笔简意足，意境空阔，体现了一种虚实相生的直观简约主义风格。

1878 年至 1889 年，美国哈佛学者费诺罗萨赴日本东京帝国大学教授西方哲学，得以在东京、京都等地寺院广览中日禅宗画，大为倾倒。因为明治维新后日本传统艺术遭到忽视，费诺罗萨有幸廉价购得数百幅禅宗画，并将之运回美国波士顿。如前所述，1890 年费诺罗萨返美后，即被聘为波士顿美术馆新建的东方部主任，掌管他本人及友人赠送的东方艺术品。① 哈佛大学图书馆内部文件记载，1872 年哈佛神学院艾弗雷特教授（Charles Carroll Everett，1829—1900）曾开过一门"东亚宗教"课程（"East Asiatic Religions"）。然而，笔者搜索那门课程的影响均无果。② 出乎意料的是，二十余年后费诺罗萨在波士顿美术馆举办的几场东方画展却激起了不小的震荡。③ 美国著名美术史家伯纳德·贝伦森（Bernard Berenson，1865—1959）在波士顿美术馆观赏了属京都大德寺的四十四幅罗汉图后，这样描写这些禅宗画的震撼力："他们这些肖像组合的构图简约、完美，比得上我们欧洲大师最出色的作品［……］我拜倒在地。费诺罗萨一边看一边在哆嗦。我惊吓得魄散魂飞。矮胖的、盎格鲁血统的邓曼·罗斯禁不住乱蹦乱跳。我们几个人你掐我一下，我掐你一下，眼泪都淌下了。不，我从来都没有看到过这样出色的艺术品。"④

1894 年 12 月至 1895 年 3 月在波士顿美术馆展出的四十四幅罗汉图是南宋明州（今宁波）民间画家周季常、林庭珪应明州东钱湖惠安院僧人义绍之邀绘制的《五百罗汉图》的一部分。当年明州为中日贸易中心，惠安院一百幅《五百罗汉图》中有四十四幅在 13 世纪就流往日本，先藏于镰仓寿福寺，1590 年移至京都丰国寺，再转藏京都大德寺。明治维新后，大德寺破败萧条，急需筹款修缮。1895 年这四十四幅罗汉图在美展出后，波士顿美术馆即购得其中十幅。⑤ 据《波士顿美术馆手册》记载，这十幅罗汉图是该馆世纪之交的镇

---

① See Ernest Fenollosa, *Epochs of Chinese and Japanese Art*, London: William Heinemann, 1912, pp. xiv—xx.

② See Andover-Harvard Library website ＜https://library.hds.harvard.edu/exhibits/hds-20th-century/everett＞.

③ See Lawrence Chisolm, *Fenollosa: The Far East and American Culture*, New Haven: Yale University Press, 1963, pp. 91—93.

④ See Jan Fontein（方腾），"A Brief History of the Collections," *Selected Masterpieces of Asian Art: Museum of Fine Arts, Boston*, Boston: Museum of Fine Arts, 1992, p. 9.

⑤ See Tung Wu（吴同）, *Tales from the Land of Dragons: 1,000 Years of Chinese Painting*, Boston: Museum of Fine Arts, 1997, p. 164.

馆之宝,长年陈列于东方部展厅。① 美国佛教学者伯纳德·福瑞（Bernard
Faure）曾指出,原创（而非复制的）佛像辗转流入西方后,其"神采"并未消
失,在新的氛围中它们照样会像本雅明所说的那样"传神""说话"。② 恰如福
瑞所言,大德寺的四十四幅罗汉图轴 1894 年至 1895 年冬在波士顿美术馆东
方部展出时,就对评论过数以万计欧美名画的贝伦森传了"神采","说了
话"。

图4—1　周季常、林庭珪 《五百罗汉图:
云中示现》立轴　波士顿美术馆藏

如日本禅宗大师铃木大拙所指出的
那样,佛教各派都强调"悟性",唯有禅宗
相关阐述简略、得体。按其说法,信徒只
需静坐剑心,除心除念,持之以恒习禅,
最终自然会"开悟"。③ 周季常、林庭珪的
《五百罗汉图》即用栩栩如生的视觉形
象,诱导信徒静下心来,"五停心观",进
入"开悟"的境地。以波士顿美术馆所藏
《五百罗汉图:云中示现》（图4—1）为例,
图中一位罗汉端坐中央,升腾而起,肩后
的光环表明他已"开悟",另外四位罗汉
正为他欣庆。另一幅《五百罗汉图:应身
观音》则描绘了一位罗汉戴上了"十一面
观音"的面具。据费诺罗萨撰写的目录,
那位罗汉其实不是戴上了观音的面具,
而是揭下了自己棕黄色的脸皮,露出了
观音的本色。这段解释依据的是 14 世
纪一位僧人的记载。南朝梁时,梁武帝
（464—549）曾目睹宝志法师用长长的指
甲剥去脸皮,现身为十一面观音。④

①　See *Handbook of the Museum of Fine Arts*, *Boston*, Boston: Museum of Fine Arts, 1898,
　　1900, 1903.

②　Bernard Faure, "The Buddhist Icon and the Modern Gaze," *Critical Inquiry* 3 (1998),
　　p. 812.

③　See Daisetz Suzuki（铃木大拙）, *Zen and Japanese Culture*, p. 6.

④　See Ernest Fenollosa, *A Special Exhibition of Ancient Chinese Buddhist Paintings*, *Lent by
　　the Temple Daitokuji of Kioko*, *Japan*, Boston: Alfred Mudge, 1894, pp. 17—18.

图4—2　周季常、林庭珪　《五百罗汉图：洞中入定》立轴　波士顿美术馆藏

在波士顿美术馆这十幅罗汉图中,最"传神"、最清晰地展示罗汉"五停心观",实现"开悟"的应数《五百罗汉图:洞中入定》(图4-2)莫属。这幅罗汉图同样描绘了五位罗汉,其中一位闭目盘腿,端坐在山洞口:前面激流滚滚,他听不见,蟒蛇蠕动,他看不见,树枝飘拂,他觉不到。肩后光环彰显出这位罗汉"五停心观"后"开悟"的境地,也就是他体察到的脱离知见、脱离情感的最本质的山洞岩石本身。

二、史蒂文斯与禅宗画

波士顿美术馆这些传递禅意的罗汉图同史蒂文斯诗歌的"禅宗"风格又有什么关联呢?比维斯在《冬天的精神》一书中探讨了史蒂文斯诗歌所独具的"东方意识"。在用一大段篇幅介绍大乘佛教"中观派"的核心观点后,他指出:"史蒂文斯不少诗歌似乎不仅在运用'中观派'的静思方法和思想,而且还在模仿其注重直觉的静思步骤。"(*Mind of Winter* 104)"中观派"又称孔宗,汉传佛教的三论、唯识、天台、华严、禅宗、净土、律宗、密宗都受"中观派"思想的影响,所谓八宗共祖。不过,虽然比维斯把史蒂文斯的《雪人》《感悟细节的程序》("The Course of the Particular")等名诗所体现的"中观"意识或"禅宗意识"分析得淋漓尽致,但他并不认为这可以证明史蒂文斯直接接触了禅宗文化。用他的话来说就是,"史蒂文斯并未得到过任何佛教徒、科学家或东方主义者的帮助,他照样获知了这一切"(*Mind of Winter* 12)。

比维斯不认同《雪人》等诗中蕴含的冥思的"空"或"虚无"(the nothing)是诗人崇尚禅宗文化的结果,在论证这点时他举出两条依据。一是没有文献可以证明1910年至1920年间流入美国的中日禅宗画是作为佛教艺术来介绍的,由此可认为那时美国没有禅宗文化。可是,比维斯不知道,波士顿美术馆东方部开创人费诺罗萨在留居日本期间就已经皈依佛教,①他和当时的助手冈仓天心在波士顿美术馆举办的一系列东方画展的宗旨正是引导美国人认识东方佛教美学思想。1894年至1911年波士顿美术馆给观众提供的《中国古代佛像特展指南》由费诺罗萨亲自撰写,列在其首的十幅罗汉图明确注明"为汉传佛教禅宗"绘制,刻画的是佛陀得道弟子罗汉"静坐、变形、降龙伏虎、助人解脱无明烦恼的种种神奇作为"。② 美国诗人弗莱彻(John Gould

---

① See Lance Callahan, "Fenollosa, Ernest," Demetres Tryphonopoulos and Stephen Adams, eds. *The Ezra Pound Encyclopedia*, West Port, CT: Greenwood, 2005, p. 118.

② Ernest Fenollosa, *A Special Exhibition of Ancient Chinese Buddhist Paintings Lent by the Temple Daitokuji of Kioko*, Japan, pp. 7-8.

Fletcher）在哈佛上学时也是波士顿美术馆东方部的常客，1917 年他曾撰文称赞该馆所藏南宋文人山水画。据他比较分析，南宋时"中国文人山水画达到了登峰造极的境界"，而之所以如此是因为南宋画家受到了"禅宗的熏陶"。①

比维斯不认同史蒂文斯"东方意识"与禅宗有关的依据之二是 1920 年前西方罕见禅宗译著。（*Mind of Winter* 178）的确，铃木大拙的英文禅宗著作和阿瑟·韦利的禅宗译著均于 20 世纪二三十年代才出版。但是史蒂文斯早在 1909 年 3 月就曾经研读过冈仓天心的《东洋的理想》和劳伦斯·比宁的《远东画论》。②他还从这两部著作里摘抄了大段诗歌、警句。（*Letters* 137－138）冈仓天心的《东洋的理想》不仅追溯了禅宗的渊源，强调了坐禅的重要，还阐释了禅宗推崇的 "本性"（suchness）："心如明镜，清澈见底，映射着浮云，时而随风起浪，时而平静，永不失其纯净，永不失其本性。"③比宁的《远东画论》则详释了许多中日禅宗画。史蒂文斯抄录了比宁所译"潇湘八景"景名，抄录时他漏抄了八景之《江天暮

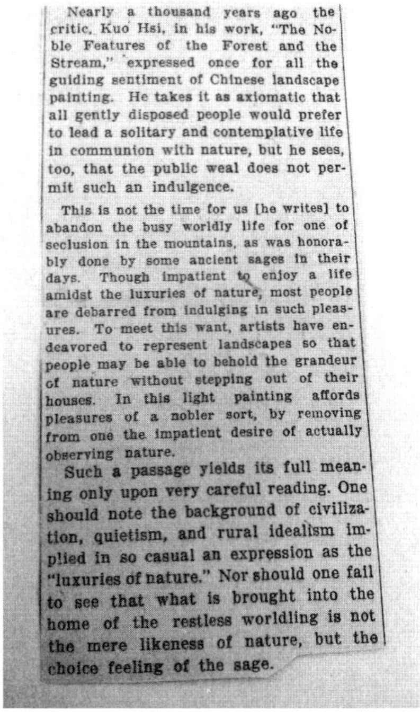

Nearly a thousand years ago the critic, Kuo Hsi, in his work, "The Noble Features of the Forest and the Stream," expressed once for all the guiding sentiment of Chinese landscape painting. He takes it as axiomatic that all gently disposed people would prefer to lead a solitary and contemplative life in communion with nature, but he sees, too, that the public weal does not permit such an indulgence.

This is not the time for us [he writes] to abandon the busy worldly life for one of seclusion in the mountains, as was honorably done by some ancient sages in their days. Though impatient to enjoy a life amidst the luxuries of nature, most people are debarred from indulging in such pleasures. To meet this want, artists have endeavored to represent landscapes so that people may be able to behold the grandeur of nature without stepping out of their houses. In this light painting affords pleasures of a nobler sort, by removing from one the impatient desire of actually observing nature.

Such a passage yields its full meaning only upon very careful reading. One should note the background of civilization, quietism, and rural idealism implied in so casual an expression as the "luxuries of nature." Nor should one fail to see that what is brought into the home of the restless worldling is not the mere likeness of nature, but the choice feeling of the sage.

图 4—3 《林泉高致·译者前言》
1911 年剪报

雪》。比宁讲到"潇湘八景"时还用了 25 页篇幅详释南宋画僧牧溪《潇湘八景·烟寺晚钟》所含禅理。④ 此外，史蒂文斯还在纽约报刊上接触到不少有关禅宗和禅宗画的材料。1911 年 8 月 19 日，他从报上看到郭熙《林泉高致》的摘译，即将 "译者前言" 剪下寄给妻子。在信中，他称《林泉高致》是一篇"很有意思的文献"，这段摘译传达了"静坐室内"同样可以陶醉"大自然美"

---

① John Gould Fletcher, *Selected Essays*, ed. Lucas Carpenter, Fayetteville: University of Arkansas Press, 1989, p. 222.

② See Kakuzō Okakura（冈仓天心）, *The Ideals of the East*, London: John Murray, 1903; Laurence Binyon, *Painting in the Far East*, London: Edward Arnold, 1908.

③ Kakuzō Okakura, *The Ideals of the East*, pp. 160－161.

④ See Laurence Binyon, *Painting in the Far East*, pp. 120－145.

的禅理。(图 4—3)①

　　然而,将史蒂文斯引入禅理的并不完全是冈仓天心、比宁、郭熙的论著。美国图像学翘楚 W. J. T. 米歇尔曾指出,绘画同文字一样"能叙述、辩论、传达抽象概念",视觉形象"能征服、偷取观赏者的心"。② 对史蒂文斯而言,禅宗影响应主要来自东方艺术品。1897 年至 1900 年史蒂文斯在哈佛就读时,曾与同窗诗友威特·宾纳一起到波士顿美术馆观赏过罗汉图和其他东方展品。③ 1909 年 3 月 8 日,他曾写信跟未婚妻回忆起此事,并说在纽约偶遇宾纳时两人还谈到了波士顿美术馆所藏罗汉图等东方画"神秘的诗意"("eerie poetry");他还托宾纳到美术馆后街"最好的一家东方艺术品商店松木文恭古玩店"为她生日选购两幅日本画。④

　　1909 年 9 月,史蒂文斯携新娘去波士顿度蜜月,美术馆是必游景点。该馆当时新展出的藏品有误标为马远真迹的《高士观眺图》,其实却是元代佚名画家的仿作。⑤ 20 世纪 50 年代,普林斯顿大学比较文学教授厄尔·麦纳(Earl Miner)为研究日本文化对英美诗歌的影响咨询过史蒂文斯本人,日本俳句对其《十三个角度观黑鸟》有何具体影响。史蒂文斯的回答是:"我听说过俳句,但没有认真学过,创作《十三个角度观黑鸟》时脑子里干脆没想到俳句。我更喜爱的是日本画。"⑥因为中国画最早由日本流入美国,20 世纪初美国人往往把中日画统称为日本画。由此可见,《十三个角度观黑鸟》尽管具备俳句的个别特征,但其创作灵感似应来自馆藏或复制的中日禅宗画。

　　美国批评家比厄泰尔和利兹(Walton Litz)早在 20 世纪六七十年代就已强调过东方画对史蒂文斯诗歌创作的重要性,⑦而麦纳也认为史蒂文斯名诗

---

① 此信藏美国南加州圣马力诺亨廷顿图书馆(Huntington Library, Art Collections, and Botanical Gardens)史蒂文斯文档 1926 文档盒。

② W. J. T. Mitchell, *Picture Theory*, Chicago: University of Chicago Press, 1994, pp. 159—160.

③ 宾纳曾与江亢虎合译《唐诗三百首》,独立译《道德经》。See Witter Bynner and Kiang Kang-hu, trans., *The Jade Mountain: A Chinese Anthology, Being Three Hundred Poems of the T'ang Dynasty, 618—906*, New York: Alfred A. Knopf, 1929; Witter Bynner, trans., *The Way of Life, According to Laotzu*, New York: John Day, 1944.

④ See Joan Richardson, *Wallace Stevens: A Biography of the Early Years, 1897—1923*, pp. 336—337.

⑤ See *Handbook of the Museum of Fine Arts, Boston*, Boston: Museum of Fine Arts, 1906, p. 173.

⑥ *Wallace Stevens to Earl Miner*, 30 November 1950, UCLA Special Collection, 821:1.

⑦ See Robert Buttel, *Wallace Stevens: The Making of Harmonium*, pp. 64—74; Walton Litz, *Introspective Voyager: The Poetic Development of Wallace Stevens*, New York: Oxford University Press, 1972, pp. 14—20.

《十三个角度观黑鸟》的取名是受了歌川广重《近江八景》、葛饰北斋《富岳三十六景》等系列版画的启示。①其实,史蒂文斯此诗更可能是受到《潇湘八景图》的启示。比宁在《远东画论》中曾高度赞扬南宋牧溪的《潇湘八景图》,1909 年 3 月史蒂文斯在给未婚妻的信里即称其为"最奇特"的、"综合全面"的一组景致。(Letters 137－138)

《十三个角度观黑鸟》无疑具备禅宗画视域多变的特征。虽然,该诗多变的视域也可能受益于欧洲先锋派艺术观——比如普多夫金(Vsevolod Pudovkin,1893—1953)所谓两个镜头并列可生成多种意义的理论和毕加索的"立体主义"多层次画风。然而正如宾夕法尼亚大学斯泰纳(Wendy Steiner)教授所指出的那样,西欧立体派(Cubist)的多变视域不是呈现在八个或十三个画面上,而是呈现在同一画面上。②再说,《十三个角度观黑鸟》具有禅宗美,立体派艺术并不具禅宗美。

日本美学家久松真一曾给禅宗美总结出七大特征:不均匀、简素、枯高、自然、幽玄、脱俗和寂静。③所谓"不均匀"即不认同"完美、优雅和圣洁"(Zen 30)。禅宗欣赏"不正式"而非"正式","怪异"而非"规则","奇数"而非"偶数"。所谓"简素"是反对刻意、花哨,提倡素雅、清淡、黑白相交(Zen 30－31)。所谓"枯高"意在弃末求本、瘦金、老到(Zen 31)。所谓"自然"是强调不勉强、不造作。久松真一指出:"只有完全投入创作意境,艺术家人格消失,和艺术品距离为零,才有真正的自然。"(Zen 32)所谓"幽玄"是指深邃的含义,"一种仿佛来自无底深渊、萦回不息的声音"(Zen 34)。所谓"脱俗"指不遵守任何规则(Zen 34－35)。所谓"寂静"即沉着镇定,"任凭风浪起,岿然不动"(Zen 36)。

20 世纪初在波士顿美术馆展出过的含"神秘诗意"的禅宗画中,除了周季常、林庭珪的罗汉图和元佚名画家仿马远的《高士观眺图》以外,还有两幅画值得一提:一幅是元代佚名画家的《白鹭雪柳图》(图 4－4),另一幅是南宋

①　Earl Miner, *The Japanese Tradition in British and American Literature*, Princeton: Princeton University Press, 1958, p. 194.

②　Wendy Steiner, *The Color of Rhetoric*: *Problems in the Relation Between Modern Literature and Painting*, Chicago: University of Chicago Press, 1982, p. 180.

③　Shin'ichi Hisamatsu(久松真一), *Zen and the Fine Arts*, trans. Gishin Tokiwa, Tokyo: Kodansha, 1971, p. 30. 后文出自此著的引文,将随文标出该著名称首词 Zen 和引文出处页码,不再另注。

佚名画家仿范宽的《寒林图》。① 按西方的审美观看,后两件作品都画得凌乱
("不均匀")、稀疏("简素")而无生气("枯高")。白鹭、寒林都显得很古朴。
白鹭只占画面下半截,画面上半截空白;寒林只占画面左侧,画面右侧空白。
两幅画都没有禅宗厌恶的鲜艳色彩和拥挤感觉。审视良久我们会发现它们
亦具有禅宗画的另外四大特征:白鹭、寒林都不夸张、造作("自然"),都藏而
不露("幽玄"),显得洒脱("脱俗")而又平静("寂静")。那停在树枝上的雪鹭
从容自在,无心无念,不为风雪所动。风雪中的树林亦然。

图4—4　元代佚名　《白鹭雪柳图》立轴　波士顿美术馆藏

① 《白鹭雪柳图》与《寒林图》分别于 1889 年和 1914 年登记藏入波士顿美术馆。See Tung
Wu(吴同), *Tales from the Land of Dragons*:1,000 *Years of Chinese Painting*,
pp. 257,155.

三、《十三个角度观黑鸟》与禅宗

史蒂文斯在 1903 年至 1916 年间常去的大都会艺术博物馆也藏有许多中日禅宗画。[①] 他即便在拜访波士顿美术馆时未留意《白鹭雪柳图》和《寒林图》，也应在纽约大都会艺术博物馆或相关刊物上观摩过唯东方画中才多见的表现孤禽、双禽、雪松、寒林之类的作品。1917 年，他似乎将这类禅宗画里的特征归化进了《十三个角度观黑鸟》中。1928 年论及该诗时，他强调"这不是一组警句，而是一组感悟印象"(*Letters* 251)。利兹在引用这段话时解释道：这组诗意在"捕捉由不同景致唤醒的不同的感悟"[②]。朱良志论及明代画家陈白阳时指出，白阳作画，"不是涂抹形象，而是'捕风捉影'，他的艺术是化'景'为'影'"。八大山人有言："禅有南北宗，画者东西影。"[③]史蒂文斯这组诗正是"捕风捉影"之作，将"景"化为了"影"。

熟悉禅宗美七大特征的读者会发现《十三个角度观黑鸟》充分体现了禅宗对"不规则""怪异"和"奇数"的偏好。有人会说，这组诗遵守俳句的规则。十三首诗里的确有三四首像三行日本字组成的俳句，但其余八九首却偏长，有四行、五行、六行乃至七行的，恰恰体现了禅宗艺术特有的不规则性。全诗展现了十三个景致、十三种感悟，十三又为奇数。哈佛教授海伦·范德勒（Helen Vendler）认为奇数反映了史蒂文斯诗歌形式上的中世纪倾向。[④]《十三个角度观黑鸟》确有中世纪倾向，但具体说来是禅宗盛期的东方倾向。

从《十三个角度观黑鸟》中我们也能看到禅宗所谓的"简素"。同以上考察过的禅宗画一样，这组诗简练、素雅，而又与明亮的色彩无缘。组诗以简约的禅宗素描开头："二十座雪山间 / 在活动的 / 唯有黑鸟的眼睛"(*Wallace Stevens* 74)；并以禅宗素描结尾："整个下午都是黄昏 / 在下雪 / 还要下雪 / 黑鸟停在 / 雪松枝上。"(*Wallace Stevens* 76)中间十一首诗也都是随意的禅宗素描。

久松真一将禅宗美的第三个特征"枯高"定义为"不要皮肉感官刺激，只要精髓"(*Zen* 31)。史蒂文斯的十三首短诗也是如此，只有黑鸟、山、河、树、

---

① 史蒂文斯在 1909 年 1 月 10 日（周日）、1911 年 1 月 2 日（周一）和 1912 年 8 月 6 日（周日）致夫人函中都提到自己参观了大都会艺术博物馆。See Wallace Stevens, *Letters*, pp. 116－118, pp. 169，176.

② Walton Litz, *Introspective Voyager: The Poetic Development of Wallace Stevens*, p. 65.

③ 朱良志：《南画十六观》，第 260 页。

④ See Helen Vendler, *On Extended Wings: Wallace Stevens' Longer Poems*, Cambridge: Harvard University Press, 1969, p. 75.

风等禅宗画惯用的意象。他的早期诗作《色彩》《旅行日记》《星期天早晨》显示，他是一个擅于用各种绮丽色彩表现事物的诗人，但是在这十三首短诗里他却一反常态，没有用任何鲜艳的色彩、做作的姿态，也没有刺激感官的细节。"黑鸟"是什么鸟，评论家争论不休。依笔者之见，"黑鸟"应该就是禅宗水墨画里不求真的鸟影。詹姆逊在《论现代主义》中也评估了此诗，他颇有见地地指出，这组诗的整个意象是"现实投向意识的影子"①。西方批评家爱用"现代""抽象"等词来形容该诗的风格，在禅宗词汇里这叫"枯高"。

这组诗也无疑可以用作禅宗美的第四个特征"自然"的例证。从头至尾没有一首短诗有一丁点夸张、造作。尽管视角在不断变化，黑鸟动也好静也罢，我们看到的一切都出于本能。"河水一直在流。／黑鸟一定在飞。"（*Wallace Stevens* 76）这些短诗让我们渐渐进入所谓"无思无念"的境界，充分感悟事物本身。然而，简素的表层下潜藏着深邃，即禅宗美的第五个特征。如第四首短诗："一个男人和一个女人／为一／一个男人和一个女人和一只黑鸟／为一"（*Wallace Stevens* 75）；第九首："黑鸟飞出视线／它标明了／多环之一环的边缘"（*Wallace Stevens* 76）。其间隐含那么多含义，任凭各种推测，也无法穷尽其意味。

第六个特征"脱俗"同样充分体现在这组诗里。十三首诗无一不避讳形式、规则、习俗、惯例——总之，无一用通常的角度、方法去观察事物。它们让我们注视的不是金色的小鸟，而是黑鸟；体悟的不光是"一个男人和一个女人／为一"，还有"一个男人和一个女人和一只黑鸟／为一"；赞颂的不仅是"我熟知显贵的音调／和无所不在的、清晰的节奏"，而且是"黑鸟与我所知／缠绕在一起"。（*Wallace Stevens* 75—76）

这组诗也透彻地注释了禅宗美的第七条特征"寂静"。恰如久松真一所指出的，禅宗"沉着镇定"的素质主要表现在"任凭风浪起，岿然不动"这句话上。可以说这一特征尤其明显地体现在第一、二、三、四、十二、十三首短诗里。例如第三首诗"黑鸟在秋风中旋回／哑剧的一小部分"（*Wallace Stevens* 75）便无声地道出了《寒林图》等禅宗山水所影射的那种意境，即宇宙无穷的幽静中永不休止的回荡声。

久松真一指出，这七条为禅宗固有的特征（*Zen* 53）。这不仅揭示了为何禅宗艺术都不均匀，且都简素、枯高、自然、幽玄、脱俗和寂静，还阐明了为何史蒂文斯观赏不同禅宗山水画、花鸟画后会不自觉地将其共性移植到他的诗歌中去。

① Fredric Jameson，*The Modernist Papers*，p. 218.

四、《雪人》与禅宗

　　久松真一总结的禅宗艺术的特征同样也显现于《雪人》。在这首 1921 年创作的短诗里,史蒂文斯超脱的静思冥想一跃化成深刻的洞察力,同时体悟鲜活的事物本身及其虚无:

> 人需有一颗冬日的心
> 去注视霜冻
> 和白雪覆盖的松枝;
>
> 在寒冷中长久
> 凝视挂着冰凌的杜松
> 和一月阳光下闪烁的
>
> 远处的云杉;
> 在风声中,在残叶飒飒声中,
> 不想任何苦楚;
>
> 那是大地的声音,
> 同一股风在同一
> 荒凉大地呼啸,
>
> 因为倾听者在雪中倾听,
> 全无自己,感悟着
> 存在和不存在的虚无。①

One must have a mind of winter
To regard the frost and the boughs
Of the pine-trees crusted with snow;

And have been cold a long time

---

① 此自译曾用于拙文《史蒂文斯早期诗歌中的禅宗意识》,载《外国文学评论》2015 年第 1 期,第 66—67 页。

To behold the junipers shagged with ice,
The spruces rough in the distant glitter

Of the January sun; and not to think
Of any misery in the sound of the wind
In the sound of a few leaves,

Which is the sound of the land
Full of the same wind
That is blowing in the same bare place

For the listener, who listens in the snow,
And, nothing himself, beholds
Nothing that is not there and the nothing that is.

(*Wallace Stevens* 8)

　　这首 15 行短诗仅含一句诗句,分五小节传达了诗人一次超验的禅思经验。其意象同《十三个角度观黑鸟》的意象一样,足以唤起我们对许多禅宗山水画、花鸟画的联想。然而,不同于《十三个角度观黑鸟》,《雪人》没有一一展示多幅画面,而是综合了多幅画面。这两首诗相辅相成,让我们体悟到了所谓"万变不离其宗"的禅宗要旨。

　　《雪人》能与以上讨论过的任何一幅禅宗画配在一起,相互释解禅宗的意境。配上《雪人》,《白鹭雪柳图》中的白鹭就成了该诗中的"倾听者",在"雪中倾听,/ 全无自己,感悟着 / 存在和不存在的虚无"。禅宗风雪山水画中没有这样的倾听者。然而,《雪人》一诗会让部分读者通过观赏禅宗风雪山水画变成这样的倾听者,在"雪中倾听,/ 全无自己,感悟着 / 存在和不存在的虚无"。

　　《雪人》最后一节从鲜活的事物("白雪覆盖的松枝""挂着冰凌的杜松"等),突然转化为"虚无",不免让读者感到困惑,至于怎样才能同时感悟"存在和不存在的虚无"就更难理解了。比维斯曾指出,西方文学批评中没有恰当的词汇可以释解《雪人》,只有掌握了重感悟轻推理的禅宗,才能解读《雪人》的深刻含义。(*Mind of Winter* 62—63)

　　朱良志论及元代大画家倪瓒时曾指出,其笔下的萧疏寒林能将观者"拉到一个陌生的所在,那是人们久久渴望却很难寻觅的幽静处所,人们要在那里获得心灵平衡"。他还引查士标禅诗"疏树寒山澹远姿,明知自不合时宜",

说明只有在"不合时宜"的"永恒的宁静"和"绝对的平衡"中,人的心灵才能获得"一碗慧泉"。① 同倪瓒的萧疏寒林和查士标的禅诗一样,《雪人》也具有"一种永恒的宁静,一种绝对的平衡",意在让人忘却一切欲望、情感和知见,最终达到开悟的境地。唯有中止思维,全无自己,以物观物,才能真正感悟到事物本身和事物的虚无。唐代禅宗大师青原行思(671—740)曾讲过:参禅有三重境界:"未参禅时,见山是山,见水是水。及至后来亲见知识,有个入处。见山不是山,见水不是水。而今得个休歇处,依前见山只是山,见水只是水。"②参禅前人们往往把情感、联想和知见与对事物本身的悟见掺杂在一起,而只有排除了七情六欲、排除了知见,才能感悟到鲜活的事物和宇宙间的虚无。

史蒂文斯的《雪人》貌似美国超验主义先驱爱默生《自然》("Nature")一文中提到的那个"成了一对透明的眼球",声称自己"微不足道",却"看到了一切"的新英格兰人的写照。③ 其实,他是在体验大自然之禅机,通过消除一切情感和知见,真真切切地感受到事物本身(特殊价值)及其虚无(绝对价值)。这首诗在一定程度上再现了青原行思总结的参禅的三重境界:该诗第一、二小节让读者分享见霜是霜,见雪是雪,见冰是冰的经验;到了第三、四小节,他见霜不再是霜,见雪不再是雪,见冰不再是冰;最后在第五小节,他见霜竟仍为霜,见雪竟仍为雪,见冰竟仍为冰。必须指出,诗歌第五小节的转折不是从鲜活的事物转向虚无,而是从鲜活的事物本身转向鲜活的事物本身与虚无的统一。鲜活的事物本身及其虚无在第五小节之所以能统而为一("存在与不存在的虚无")是因为在第三、四小节里"倾听者"排除了情感、想象和知见("不想任何苦楚")。

从无悟到有悟,再到彻悟,这是用一千个字都不一定能讲清楚的禅修经验。史蒂文斯竟用 15 行诗就呈现出了这样一个奥秘的禅理。现代主义诗歌讲究创新,特别是风格上的创新。史蒂文斯的《雪人》是一卓绝的现代主义创新实例。全诗就一个句子,分割成 5 小节,步步为营,从见雪是雪,到见雪不是雪,再到见雪仍是雪,循序实现从无悟到彻悟的禅修飞跃。最终,在第五节,其所见、所闻、所触觉的鲜活的事物瞬间转化成为鲜活的事物本身与虚无的统一。

1916 年至 1917 年史蒂文斯先后创作了《六帧意义深远的风景图》《十三个角度观黑鸟》等诗歌,几度尝试感悟鲜活的事物本身。然而,在创作《雪

---

① 详见朱良志:《南画十六观》,第 121—122 页。
② 瞿汝稷编撰:《指月录》下,德贤、侯剑整理,成都:巴蜀书社,2012 年,第 814 页。
③ 爱默生:《爱默生散文选》第 2 版,姚暨荣译,天津:百花文艺出版社,2005 年,第 5 页。

人》前,他尚未能够将感悟鲜活的事物本身与感悟其虚无融为一体。之后,《雪人》的主题又重现于《胡恩广场饮茶》("Tea at the Palaz of Hoon")。① 在后诗中,穿着紫袍从空中降落的"胡恩"让我们联想到菩提树下得道的佛祖:

> 我就是我走过的世界,我见到的
> 听到的,感觉到的,都来自我自己:
> 我感觉我自己更真实,也更不真实。(*Wallace Stevens* 51)

"本性"与"虚无"融合的主题在史蒂文斯中后期诗歌里反复出现。他在美国"大萧条"时期写的《秋天的副歌》("Autumn Refrain",1931)、第二次世界大战前夕写的《最后一个解脱者》("The Latest Freed Man",1938)、晚年写的《感悟细节的程序》和《明朗的天与无记忆》("A Clear Day and No Memories",1955)细细读来,如出一辙,它们的原型都是《雪人》。

五、史蒂文斯与禅宗译著

20 世纪 20 年代初,绝大多数美国诗人、艺术家还对禅宗一无所知。史蒂文斯已开始在诗歌中参禅。除了他超脱的个性以外,引导他向禅宗靠拢的重要因素是他强烈爱好并一心专注的禅宗画。希利斯·米勒曾论证过,在"混合艺术"(mixed arts)中,"图文并置,各自的阐释功能既彼此强化又相互消解"②,因此释解禅宗的文字应有助于诗人感悟禅宗画。

2001 年,笔者有幸在美国亨廷顿图书馆史蒂文斯文档中搜寻出一本 1909 年版塞缪尔·毕尔译著的《中国佛教》,扉页上留有史蒂文斯的亲笔签名:"史蒂文斯 / 波士顿 / 1919 年 2 月 12 日"。诗人重点阅读了该书第八章"佛祖生平"、第十八章"涅槃"和第二十一章"礼法",阅读时留下的笔记大大有助于我们了解他所经历的困惑、惊叹、赞赏和醒悟。第 198 页有关于"涅槃湮灭"的定义:"就是让可称为'人'的每个部分都解脱出来。"史蒂文斯于此画上了一条竖杠。第 215 页记述了梁武帝和禅宗始祖印度菩提达摩的一段对话,史蒂文斯则在下面画了一道粗线。书中云,帝问:"如何是圣谛第一义?"祖曰:"廓然无圣。"帝曰:"对朕者谁?"祖曰:"不识。"帝不领悟。③ 此外,史蒂文斯还在该书索引之末加了一条:"醒悟 83"("The Awakened 83"),而第 83 页正描述了佛祖释迦牟尼在菩提树下开悟得道的经过:"无明是一切苦恼的

---

① See Robert Aitken, "Wallace Stevens and Zen," p. 72.

② J. Hillis Miller, *Illustration*, p. 68.

③ Samuel Beal, *Buddhism in China*, p. 215.

根源。他［释迦牟尼］反复检视自己所悟到的真谛，没有丝毫阴霾，缘起性空！东方的启明星是那样的晶亮，那样的清晰。他以一个正常人的血肉之躯，用我们人类的心灵，证得了寂静涅槃的境界。"这些笔记都表明了史蒂文斯对佛教、禅宗的疑惑、感悟与相通。

南宋梁楷有一对禅宗画《出山释迦图》和《雪景山水图》，现存东京国立博物馆，为佛教徒参禅的辅佐。西方人士即使对禅宗有兴趣，但读到《中国佛教》第83页史蒂文斯标明"醒悟"的那段话，可能也会不知所云。同样，让他们观赏梁楷这对禅宗画，一定也有不少人会问：凭什么说释迦眼中万物皆空？何以知道《雪景山水图》为入定凝神、物我契合之作？然而，一旦图文对照，以译著中获得的禅理来观赏禅宗画，那么画中的禅机往往会不言自喻。《出山释迦图》中释迦眼神迷茫，眼前一大片空白，显然万物皆空。《雪景山水图》中三棵疏树鲜活、真切，周围一切却形同虚设，不禁让观画者联想到前文所述参禅罗汉脑后光环彰显的鲜活岩石和洞口形同虚设的蟒蛇和波涛。可见"入定"让参禅者同时感悟到了事物的"实"和"空"、特殊值和绝对值。

自幼好静、超脱的史蒂文斯在哈佛读书，在纽约考律师执照、当律师期间就对东方水墨画产生了浓厚的兴趣。他是波士顿美术馆和纽约大都会艺术博物馆的常客，他观赏过的中日禅宗画很可能激发他于1916年至1917年创作了《六帧意义深远的风景图》《十三个角度观黑鸟》等具有禅宗色彩的诗歌。1919年他在波士顿购得《中国佛教》一书后，带着对禅宗画、禅宗的种种疑惑，试图从该书中寻找答案。阅读时图文的"阐释功能彼此强化"，他豁然开朗，"顿悟"中创作了《雪人》《胡恩广场饮茶》等佳作，从而在美国诗歌中开创了一代新风。

第五章　白居易与威廉斯早年的立体短诗

　　20 世纪美国诗坛出过两个跨学科的奇才。一个学法律,当律师,业余从事文学创作;另一个学医,当医生,业余从事文学创作。学法律的大诗人华莱士·史蒂文斯从 1916 年起,在美国保险业内顶尖的哈特福德意外事故赔偿公司掌管法律事务,职位后来升至该公司副总裁。学医的大诗人威廉·卡洛斯·威廉斯一生没有迁离过家乡新泽西州拉瑟福镇(Rutherford),一直在那里当产科兼小儿科医生。据新泽西州梅多兰兹博物馆统计,产科兼小儿科医生威廉斯在 1912 年至 1955 年四十三年间接生过 3000 多名婴儿。① 这两个居住在纽约周边城市、日常忙于法律保险事务或门诊、出诊、接生的诗人,业余除了写诗,还写文学评论和剧本。他们早年都在芝加哥《诗刊》、纽约《另类》(Others) 等前卫杂志发表诗歌。1950 年,威廉斯凭《帕特森》第二部(1948) 夺得首届美国国家图书奖诗歌类大奖。1951 年,史蒂文斯凭《秋天的晨曦集》(The Auroras of Autumn,1950)捧回了第二届美国国家图书奖诗歌类大奖。1955 年,二人同时入围角逐美国国家图书奖诗歌类大奖。最终,史蒂文斯凭其刚出版的《诗歌合集》(Collected Poems,1954)赢得了该奖。②

　　威廉斯跟史蒂文斯一样对中国文化,特别是中国的传统诗画,怀有浓厚的兴趣。二者不同的是,史蒂文斯主要通过中日禅宗画同东方文化对话,威廉斯主要通过英译汉诗同东方文化对话。在威廉斯的诗歌创作生涯中有过两次重要的突破,两次都与英译汉诗有关。第一次在 1920 年前后,他通过研习英译唐诗,琢磨出一种像绝句、律诗一样精炼并且富有鲜活意象的立体短诗,实现了诗歌创作的首次突破。第二次在 1960 年前后,他通过与华裔诗人王燊甫合译唐诗,回归并提升了自己一度丢弃的立体短诗,实现了诗歌创作的再突破、再创新。

---

①　Allison Chopin, "New Jersey museum looking for people who were delivered by doctor and poet William Carlos Williams," *New York Daily News*, 22 July 2015.

②　Paul Mariani, "The Abiding Literary Friendship Between William Carlos Williams and Wallace Stevens," Alan Klein, ed. , *Two American Poets: Wallace Stevens and William Carlos Williams from the Collection of Alan M. Klein*, New York: The Grolier Club, 2019, pp. 29—30.

一、威廉斯"立体短诗"的唐诗渊源

威廉斯研习英译唐诗是受了他宾夕法尼亚大学诗友埃兹拉·庞德的影响。威廉斯与庞德在宾大同校四年，一个学医一个攻文，二人都喜欢写诗。庞德比威廉斯小两岁，可是在诗歌创作上却比学医的威廉斯略高一筹。1908年，庞德漂洋过海到英国伦敦去发展，至1912年他已在那里出版七本诗集，并通过发动意象主义新诗运动在英美诗坛赢得了不小的名声。留在美国行医的威廉斯虽然也一直在写诗，却始终未能摆脱英国浪漫主义诗歌的影响。他1910年至1912年创作的诗歌还一板一眼遵守着抑扬格四音步或五音步范式。

是庞德给威廉斯指明了一条突破自我、突破19世纪英美诗歌范式的捷径。他在1913年发表的短文《几个不》（"A Few Don'ts"）中就曾激劝诗友关注新诗路，"兼收更多艺术家之长"。（*Literary Essays* 5）1915年，他在自己的惊世之作《华夏集》扉页开诚布公地交代，该集子所收诗歌大多出自唐代诗人李白手笔，他的蓝本却是已故美国东方学者厄内斯特·费诺罗萨跟日本汉学家森海南（Kainan Mori）学汉诗时所做的英文笔记。[①] 威廉斯也想通过同唐代诗人对话实现诗歌创新，却无望获得像费诺罗萨汉诗笔记那样既含英文粗译又显示原诗读音（其实是日本读音）和句法结构的汉诗指南。他怎么才能同唐代诗人对话呢？

1917年前后，威廉斯的诗风突变。他新作的诗行一夜间从8个或10个音节变成4个或5个音节，所选意象、色彩越来越吸引眼球。这在英诗中并无先例。细细品味，我们倒是能琢磨出一点王维、李白、白居易诗的影子。因为这些诗歌的诗行短，且排列像立方板块，西方评论家通常把它们称为"立体短诗"（"minimalist, spatial poetry"）。威廉斯最早的立体短诗出现在他1917年出版的诗集《给想要的人》（*Al Que Quiere*）和1921年出版的诗集《酸葡萄集》。

威廉斯不落窠臼，独创立体短诗究竟受了什么人的影响？在很长一段时间里，这是一个谜。1986年，美国学者丹尼斯·M. 瑞德（Dennis M. Read）在威斯康星州立大学密尔沃基分校图书馆《微言评论》（*Little Review*）文档中

---

① See Ezra Pound, *Cathay: Centennial Edition* (with an introduction and transcripts of Fenollosa's notes and Chinese originals), intro. and ed. Zhaoming Qian, New York: New Directions, 2015, pp. 25—26.

发现三首 1920 年前后被遗弃或遗忘的威廉斯诗稿。①其中一首题为《致白居易幽灵》("To the Shade of Po Chü-I")的短诗证实,他早年读过英译白居易诗。这首短诗为我们揭开他借鉴唐诗、开创美国现代主义立体短诗之隐秘提供了重要的线索:

The work is heavy. I see	工作繁重。只见
bare branches laden with snow.	秃枝上白雪累累。
I try to comfort myself	我以花甲之年的你
with thought of your old age.	来安慰自己。
A girl passes, in a red tam,	一个戴红帽的姑娘闪过,
the coat above her quick ankles	她跌倒了起来又跑
snow smeared from running and falling-	齐脚踝的大衣沾满了雪。
Of what shall I think now	除了死神这个亮丽的舞者
save of death the bright dancer?	我还能想到什么?②

威廉斯为什么会这么崇敬中唐诗人白居易(772—846)?白居易写诗追求通俗易懂,据传他写了诗常先读给老妇人听,她们听不懂,他就改,改到她们能听懂为止。主张诗歌通俗化的威廉斯知道白居易的这些传闻吗?他读过谁译的白居易诗?哪些白居易诗?这些问题的答案应该能从他 1916 年至1920 年读过的图书中找到。威廉斯当年的藏书有一大半捐给了新泽西州费厄利·迪金森大学 (Fairleigh Dickinson University) 图书馆。1994 年夏,笔者专程去那里,翻遍了上架的原威廉斯藏书,但一无所获,最后从威廉斯遗孀二十多年前送去的一只封条未启的纸箱中找出了三本披露威廉斯学汉诗真相的图书:一本是翟理斯的《中国文学史》;还有两本是阿瑟·韦利的《一百七十首中国古诗》和《中国古诗选译续集》(More Translations from the Chinese,1919)。翟理斯的《中国文学史》是威廉斯 1916 年送给他母亲的生日礼物,扉页上留下了他亲笔赠言:"知道您喜爱典雅,中国古代诗人极其典雅,儿威利,1916"。③

威廉斯大概于 1919 年购得韦利的两本英译中国古诗集。芝加哥《诗刊》

---

① See Dennis M. Read, "Three Unpublished Poems by William Carlos Williams," *American Literature* 58.3 (1986), pp. 422—426.

② William Carlos Williams, *The Collected Poems*, Volume 1, eds. Walton Litz and Christopher MacGowan, New York: New Directions, 1986, p. 133. 后文出自同一著作的引文,将随文标出 *Collected Poems 1* 和引文出处页码,不再另注。

③ 见笔者所著《"东方主义"与现代主义:庞德和威廉斯诗歌中的华夏遗产》,徐长生、王凤元译,杭州:浙江大学出版社,2016 年,第 110 页,图 27。

1918 年就先行刊登过十首韦利译的白居易诗,威廉斯作为《诗刊》的撰稿人很可能在韦利译诗成集之前就已先睹为快。他兴许还读过庞德 1918 年 11 月给伦敦《未来》(*Future*)杂志写的书评。庞德称韦利"挑选诗歌题材独具慧眼"①。

翟理斯在《中国文学史》中称白居易为"韩愈之后最重要的唐代诗人"②。他选译了白居易的《琵琶行》与《长恨歌》("The Everlasting Wrong")两首长诗。韦利则更喜爱白居易的闲逸诗,他在两本英译中国古诗集中分别译出了 59 首和 52 首白居易的闲逸诗。细读韦利的 111 首英译白居易诗和翟理斯译的《琵琶行》与《长恨歌》有助于解读被威廉斯遗弃或遗忘的《致白居易幽灵》。白居易届花甲之年赋诗《耳顺吟寄敦诗梦得》云:

> ……
>
> 未无筋力寻山水,
> 尚有心情听管弦。
> 闲开新酒尝数盏,
> 醉忆旧诗吟一篇。③
> ……

韦利将此译为:

> Strength of limb I still possess to seek the rivers and hills;
> Still my heart has spirit enough to listen to flutes and strings.
> At leisure I open new wine and taste several cups;
> Drunken I recall old poems and sing a whole volume. ④

白居易的乐天心态想必触动了正在惋惜岁月流逝的威廉斯,他在《致白居易幽灵》中将"花甲之年的你"与"戴红帽的姑娘"并列,似乎在模仿韦利所译白居易《山游示小妓》("Going to the Mountains with a Little Dancing Girl, Aged Fifteen: Written when the poet was about sixty-five")⑤:

> 双鬟垂未合,
> 三十才过半。

---

① Ezra Pound, *Ezra Pound's Poetry and Prose Contributions to Periodicals*, vol. 3, p. 216.

② H. A. Giles, *A History of Chinese Literature*, New York: D. Appleton, 1901, p. 163.

③ 《全唐诗》(全二册),上海:上海古籍出版社,1986 年,第 1112 页。

④ Arthur Waley, trans., *A Hundred and Seventy Chinese Poems*, New York: Alfred A. Knopf, 1919, p. 233.

⑤ Ibid., p. 236.

本是绮罗人，

今为山水伴。

春泉共挥弄，

好树同攀玩。

笑容花底迷，

酒思风前乱。

红凝舞袖急，

黛惨歌声缓。

莫唱杨柳枝，

无肠与君断。①

白居易"三十才过半"的"山水伴"在《致白居易幽灵》中变成了"跌倒了起来又跑"的"戴红帽的姑娘"。第八句"死神这个亮丽的舞者"又影射谁呢？

威廉斯曾在他 1918 年发表的文学评论和 1920 年发表的诗歌中先后两次提到唐明皇的宠妃杨贵妃。在《科拉在地府·序言》("Prologue to *Kora in Hell*")中，他将一扭一扭紧追幼儿的少妇比作杨贵妃："腿脚跟杨贵妃一样令人垂爱。"②在《作者的画像》("Portrait of the Author") 一诗中他又写道："在春天我要饮酒！在春天 / 醉卧而忘掉一切。/ 你的娇容！请现出你的娇容，杨贵妃！/ 你的玉手，你的芳唇，是多么的醉人！"（徐长生 译）("In the spring I would drink! In the spring / I would be drunk and lie forgetting all things. / Your face! Give me your face, Yang Kue Fei! / your hands, your lips to drink!" [*Collected Poems* 1，173])。

显然，威廉斯不仅读过翟理斯译的《长恨歌》，③还深为该诗中描写的杨贵妃的美貌、身段和舞姿所倾倒。《致白居易幽灵》中，诗人无疑从"戴红帽的姑娘"又联想到了《长恨歌》所刻画的唐明皇和他重返长安大明宫后日夜思念的、被赐死的"亮丽的舞者"杨贵妃。

欲知白居易何以能如此恬静、安适、人老心不老，还须读其五言《暮春寄元九》("At the End of Spring：To Yuan Chen")。此诗首联，"梨花结成实，燕卵化为雏"，韦利译为"The flower of the pear-tree gathers and turns to fruit；/ The swallows' eggs have hatched into young birds"，④一语道出了"四季更迭，

---

① 《全唐诗》(全二册)，第 1141 页。

② William Carlos Williams, *Selected Essays*，New York：Random House, 1954，p. 17.

③ See H. A. Giles, *A History of Chinese Literature*，pp. 169—175.

④ Arthur Waley, trans. , *More Translations from the Chinese*，New York：Alfred A. Knopf，1919，p. 45.

万物循环往复,生生不息"的老庄哲理。白乐天把握了这个哲理,故而在晚年能有旷达的胸怀和知足常乐的心态。

二、从模拟到创新

如前所述,威廉斯的处女诗作既不短小也不立体,其中不少追随英国浪漫主义诗人济慈,用抑扬格五音步写成。他 1912 年的《在威尼斯圣马可大教堂》("In Saint Marco，Venezia")即为一例:

> 我周边是金饰的拱墙,
> 穿着灰色衣服的孩子对她低声赞颂。
> 我是局外人,太多不同
> 连最不像样的恭维话也不敢讲。
>
> （徐长生 译）

> Around me here are arching walls gold-decked,
> Of her grey children breathing forth their praise,
> I am an outcast，too strange to but raise
> One least harmonious whisper of respect.
>
> (*Collected Poems 1*，26)

威廉斯诗风于 1916 年至 1920 年间发生了突变。1956 年在一次采访中他回忆起了四十年前革新诗体的经过:"好些短诗被我切割后重新组合成了两行一小节或四行一小节的短诗。"①威廉斯强行切割诗行的本领是从 20 世纪初崛起的"立体派"画家那里学来的,而他重新组合的、短小的四行小节却似取自中国古典诗。翟理斯在《中国文学史》中详细介绍了五言、七言绝句,第 144 页还收录了五言平仄格式中最常见的"仄起式"排列:

Sharp	*sharp*	*flat*	*flat*	*sharp*
Flat	*flat*	*sharp*	*sharp*	*flat*
Flat	*flat*	*flat*	*sharp*	*sharp*
Sharp	*sharp*	*sharp*	*flat*	*flat*

威廉斯在这一排列的左边画了一条黑线。吸引他注意的应该不是平仄排列,而是其整整齐齐的格式。他于 1916 年至 1920 年写的许多四行小节似

---

① William Carlos Williams，*I Wanted to Write a Poem*：*The Autobiography of the Works of a Poet*，ed. Edith Heal，Boston：Beacon Press，1958，p. 65.

乎都在模仿五言、六言或七言绝句的矩形体布局，《雅仕》（"The Gentle Man"）即为一例：

I feel the caress of my own fingers	扣上领圈时
on my own neck as I place my collar	脖子感到触摸
and think pityingly	不禁怜悯起
of the kind women I have known.	认识的好心女人。

(*Collected Poems 1*，158)

同期的《彻底消灭》（"Complete Destruction"）上节更像是在模仿绝句短小整齐的板块格局：

It was an icy day.	那天是隆冬。
We buried the cat,	我们埋了猫，
then took her box	然后把猫窝
and set match to it	拎到后院子，
in the back yard.	用火柴点着。
Those fleas that escaped	逃过土埋和
earth and fire	火焚的跳蚤
died by the cold.	却被冻死。

(*Collected Poems 1*，159)

要说《彻底消灭》仿律诗，只是限于大致仿其格局。律诗要求颔联和颈联对仗，一、二、四、六、八行押尾韵。该英诗既不对仗，也不押韵，严格来说算不上是仿律诗。威廉斯在这里埋葬和清除的不只是死猫和跳蚤，还有 19 世纪末、20 世纪初充斥英诗的华丽辞藻和陈旧韵律。翟理斯在《中国文学史》中未曾提到绝句、律诗的对仗、押韵规则；他倒是介绍了绝句的字数和章法："绝句虽仅含二十至二十八个字，诗人却能巧妙地遵章法起、承、转、合。"他又说："绝句第三句最难写，有诗人起笔先写这句，末句则常为'奇妙之笔'。"①此说与清初古文家张谦宜（1650—1733）有关绝句"短而味长，入妙尤难"的评语契合。

如笔者在《"东方主义"与现代主义》一书中所指出的，威廉斯最著名的短

---

① H. A. Giles, *A History of Chinese Literature*, p. 146.

诗《红独轮车》（"The Red Wheelbarrow"）似为一首演化的五言绝句：①

so much depends	那么频频
upon	依赖
a red wheel	一辆红独
barrow	轮车
glazed with rain	被雨淋得
water	晶亮
beside the white	旁边几只
chickens	白鸡

(Collected Poems 1，224)

此诗由四小节，八行诗组成。每小节两行可被视为切成两段的一句：第一句"那么频频／依赖"（"so much depends ／ upon"）起，第二句"一辆红独／轮车"（"a red wheel ／ barrow"）承，第三句"被雨淋得／晶亮"（"glazed with rain ／ water"）转，第四句"旁边几只／白鸡"（"beside the white ／ chickens"）带"奇妙"而合。

翟理斯认为绝句第三句之所以最难写是因为宛转功夫全在于此。《红独轮车》之第三句"被雨淋得／晶亮"（"glazed with rain ／ water"）写得恰如其分：形象动词"glazed"与具体名词"rain ／ water"搭配在一起，不仅承上启下，而且通过晶亮的"雨珠"突出了红白二色的对照。

《红独轮车》初创时无题，收入 1923 年刊行的《春天等一切集》。1938 年威廉斯出版诗歌合集时才给它加了诗题，让它一跃成为意象主义诗歌的代表作之一。这首小诗不仅形似白居易等唐代诗人的绝句，其"以少胜多"（"less is more"）、"以常为贵"（"ordinary is extraordinary"）的主题亦符合唐代绝句常表现的道教"无为"理念。独轮车在美国市郊、乡村比比皆是。第二次工业革命后，汽车行业的突飞猛进和郊野城市化的进程却使人们视而不见它的

---

① Zhaoming Qian, *Orientalism and Modernism*：*The Legacy of China in Pound and Williams*，Durham：Duke University Press，1995，pp. 159－160；钱兆明：《"东方主义"与现代主义：庞德和威廉斯诗歌中的华夏遗产》，第153－155 页。

美、它的实用价值。据说威廉斯只用了五分钟时间写成这首小诗。① 他像一个高超的电影摄影师把镜头逐个投向红独轮车、雨珠、白鸡这三个视觉形象，又运用毕加索、布拉克立体化（spatialize）、陌生化（de-familiarize）的现代主义绘画法，将这些视觉形象一一强行割开（"red wheel / barrow"；"rain / water"；"white / chickens"），植入特殊的空间，让读者睁大眼睛看到它们红色、透明、白色搭配的特殊的美，领悟到工具、自然、动物相依相存的法则。因为运用了立体画的手法、人为的建构，诗又写得极其短小，我们不妨把威廉斯的这种诗体称为"立体短诗"。

威廉斯不顾常规任意切割单词、词组的做法固然可追溯到西欧立体画派，但在他常用的汉诗译本中似乎也能找到借鉴的依据。浙江大学外国语学院硕士生吴晓镭在其暑期班论文中指出：《一百七十首中国古诗》中韦利所译白居易的《早兴》（"Getting up Early on a Spring Morning"），因版面关系每行都有几个字被甩到了下一行。其中开头两行和最后一行尤其明显，可视为威廉斯切断诗行、演化绝句的范本：

> The early light of the rising sun shines on the beams
> 　of my house;
> The first banging of opened doors echoes like the
> 　roll of a drum.
> The dog lies curled on the stone step, for the earth
> 　is wet with dew;
> The birds come near to the window and chatter,
> 　telling that the day is fine.
> With the lingering fumes of yesterday's wine my
> 　head is still heavy;
> With new doffing of winter clothes my body has
> 　grown light. ②

第一句名词"beams"后面的修饰语"of my house"被甩到了下一行，第二句冠词"the"后面的名词词组"roll of a drum"被甩到了下一行，末句动词完成式"has"后面部分的"grown light"被甩到了下一行。

---

① See Thomas R. Whitaker, *William Carlos Williams*, Boston: Twayne Publishers, 1989, p. 46.

② Arthur Waley, *A Hundred and Seventy Chinese Poems*, p. 48.

三、绝句格局与东方美学观

　　《春天等一切集》中还有一首诗，题为《春》（"Spring"），仅短短两行："我花白的头发啊！／你们真的像梅花一样白"（"O my grey hair! ／ You are truly white as plum blossoms"（傅浩 译）[*Collected Poems 1*, 158]）。说这首诗模仿了日本俳句不无道理。庞德最著名的意象主义诗《在地铁站》也模仿俳句："人群中一张张脸的幻影 ／ 雨后黑枝上一片片花瓣"（"The apparition of these faces in the crowd;／Petals on a wet, black bough"①）。短短两行诗将诗人在巴黎地铁站看到的一张张漂亮的女人的脸和一张张漂亮的小孩的脸同雨后盛开的花朵并列了起来。威廉斯的《春》显然比庞德的《在地铁站》多一层幽默感和乐观心态。这种幽默感和乐观心态均似出自白居易。白居易的《嗟发落》云：

> 朝亦嗟发落，暮亦嗟发落。
> 落尽诚可嗟，尽来亦不恶。
> 既不劳洗沐，又不烦梳掠。
> 最宜湿暑天，头轻无髻缚。②

韦利曾将此八行诗译为：

> At dawn I sighed to see my hairs fall;
> At dusk I sighed to see my hairs fall.
> They are all gone and I do not mind at all!
> I have done with the cumbrous washing and getting dry;
> My tiresome comb for ever is laid aside.
> Best of all, when the weather is hot and wet,
> To have no top-knot weighing down on one's head!③

　　白居易的《嗟发落》和威廉斯的《春》分别通过"发落"和"花白的头发"写衰老。"发落"和"花白的头发"通常引发悲秋情怀。威廉斯将"花白的头发"与"春天"或春天的"梅花"并列，而不是与"常规化"的"秋天的落叶"并列。这

---

①　Ezra Pound, *Pound: Poems and Translations*, ed. Richard Sieburth, New York: Library of America, 2003, p. 287. 后文出自同一著作的引文，将随文标出该著名称首词 Pound 和引文出处页码，不再另注。

②　《全唐诗》（全二册），第 1116 页。

③　Arthur Waley, trans., *More Translations from the Chinese*, p. 84.

表明了两点：一是，作为现代主义诗人他厌恶"常规化"的表达；二是，他通过研读白居易诗悟出了人生变化乃四季循环、周而复始的道理。

　　1918 年圣诞夜，威廉斯的父亲患癌症不治，威廉斯兄弟俩和他们的母亲悲痛欲绝。或许正是白居易表现乐天心态的诗歌让他能够接受失去父亲的痛心事实，节哀顺变。《寡妇的春愁》（"The Widow's Lament in Springtime"）一诗为他痛失父亲之后所作。该诗以新寡母亲的口吻开头：

> 忧愁是我自家的庭院，
> 其中新草出苗
> 如火，一如往常如火
> 出苗，但今年
> 却没有那冷火
> 从四周逼近我。
>
> 　　　　　　（傅浩 译）

> Sorrow is my own yard
> where the new grass
> flames as it has flamed
> often before but not
> with the cold fire
> that closes round me this year.
>
> 　　　　　（*Collected Poems 1*，171）

　　然而，诗歌里的寡妇并没有绝望。相反，她愿意走出去，在大自然中寻找寄托。儿子告诉她"在远处，茂密的森林／边缘，那草地／中间，他看见／一棵棵树挂满白花"（"in the meadows，／ at the edge of the heavy woods ／ in the distance，he saw ／ trees of white flowers"），她即表示：

> 我觉得想要
> 去那里，
> 跌入那花丛中，
> 沉入近旁的沼泽里。
>
> 　　　　　　　　　　　　　　　（傅浩 译）

> I feel that I would like
> to go there
> and fall into those flowers
> and sink into the marsh near them.
>
> 　　　　　（*Collected Poems 1*，171）

　　与其说诗人的母亲要走绝路,不如说她要像林子里的花木一样顺其自然、随遇而安。威廉斯并不懂老庄哲学,但《寡妇的春愁》的结尾实际上表达了老庄哲学"天人合一"的思想。

　　如果说中日禅宗画是史蒂文斯早年接受禅宗影响的关键指南,那么英译白居易闲逸诗则是威廉斯在 1920 年前后大胆采纳东方美学思想探索新诗路的主要借镜。白居易"顺其自然"的人生观、美学观亦可见于威廉斯《春天等一切集》的主题诗《春天等一切》("Spring and All")。诗歌、散文交替出现的《春天等一切集》首刊于 1923 年,比艾略特的现代主义杰作《荒原》仅晚一年问世。其主题诗与艾略特的《荒原》一样,把第一次世界大战后的西方世界比作凋零的早春和荒原。其第 1 至第 3 小节同《荒原》第 1 至第 3 行("四月天最是残忍,它在/荒地上生丁香,掺和着/回忆和欲望"[赵萝蕤 译])一般凄凉:

> 在通往传染病医院的路边
> 在从东北滚滚
> 涌来,带蓝斑点的
> 云团下——一阵冷风。远处,那
> 广阔、泥泞的荒野
> 杂草枯黄,或直立或倒伏
>
> 一汪汪死水
> 散布的高大树木
>
> 沿路全都是红的
> 紫的、分叉的、挺立的、抽条的
> 灌木丛和小树之类
> 下面是枯黄的落叶
> 无叶的枯藤——

(傅浩 译)

> By the road to the contagious hospital
> under the surge of the blue
> mottled clouds driven from the
> northeast—a cold wind. Beyond, the
> waste of broad, muddy fields

brown with dried weeds, standing and fallen

patches of standing water
the scattering of tall trees

All along the road the reddish
purplish, forked, upstanding, twiggy
stuff of bushes and small trees
with dead, brown leaves under them
leafless vines—

(Collected Poems 1, 183)

然而,《春天等一切》毕竟不同于《荒原》,其诗行间没有流露绝望的呼号声。从妇产科兼小儿科专职医生的视角出发,诗人不仅看见了"枯藤"("leafless vines"),也看见了"枯藤"底下的幼苗。犹如他接生的一个个婴儿:

它们赤裸裸进入新世界,
冷,不清楚一切
除了它们进入。它们周围
冷,而熟悉的风——

现在,草,明天
野胡萝卜叶硬硬的曲卷

(傅浩 译)

They enter the new world naked,
cold, uncertain of all
save that they enter. All about them
the cold, familiar wind—

Now the grass, tomorrow
the stiff curl of wildcarrot leaf

(Collected Poems 1, 183)

四、掩盖不住的汉诗踪迹

上文提到威廉斯从不透露自己对汉诗的倾倒，可是这种倾倒终究会在其诗文中表现出来。《春天等一切集》所收《黑风》（"The Black Winds"）一诗有句称赞汉诗同拳击、马术一样富有节奏美："那正是为什么拳击跟 / 中国诗没什么两样—— / 哈特利欣赏伍特小姐的马术。"生怕这三行诗说得还不够明白，他在下一小节进一步解释道："我把手放在你身上 / 触觉你躯体的脉动 / 颤抖 // 西周弓箭手悲凉的歌声 / 更贴近"。（Collected Poems 1，190－191）"西周弓箭手"显然影射庞德《华夏集》开篇《西周弓箭手之歌》（"Song of the Bowmen of Shu"）。该诗转译自费诺罗萨"汉诗笔记"所收《诗经·采薇》粗译，写西周弓箭手远离家乡、驻守边关的苦楚。"昔我往矣，杨柳依依，今我来矣，雨雪霏霏"四句写得确实哀情凄婉，富有感染力。庞德将原诗四句合并成两句，"When we set out，the willows were drooping with spring，/ We come back in the snow"，节奏与原诗相差甚远。然而，译诗重复"w"头韵和"o"尾韵，如鸣咽声，倒与原诗重复"我［……］矣［……］我［……］矣"和"依依［……］霏霏"变相对应。威廉斯所谓汉诗的节奏感，其实是庞德译诗的节奏感。他由此联想到人体有节奏的脉动和拳击、马术，似受北齐谢赫"六法"其一"气韵，生动是也"的影响。英国诗人兼美学家劳伦斯·比宁在《飞龙腾天》（The Flight of the Dragon，1911）一书中用了整整一章的篇幅讲"六法"。诠释"气韵，生动是也"时，他也联系到球赛和舞蹈。威廉斯有没有读过《飞龙腾天》我们无法确定，但他应该读过庞德在旋涡派期刊《爆炸》1915 年 7 月号上评《飞龙腾天》。庞德在书评中大段转引比宁有关"气韵生动"的论述。他还强调，文学艺术作品无须追求逼真，而须追求"气韵生动"。[1]

威廉斯参考汉诗特征做创新英诗尝试最瞩目的可能是他 1935 年的《刺槐花开》（"The Locust Tree in Flower"）第二稿。[2] 此诗第二稿一反英诗常规，一行只用一个单词。十三行诗在格局上像是一行纵向写的旧体汉诗（或春联之一联），又像是一株细长挺拔的小刺槐树：

Among	老
of	断

---

① See Ezra Pound，*Ezra Pound's Poetry and Prose Contributions to Periodicals*，vol. 2，p. 99.

② 1933 年版《刺槐花开》含 8 小节 34 个单词。See William Carlos Williams，*The Collected Poems*，Volume 1，pp. 366－367. 1935 年威廉斯将此诗压缩为 5 小节 13 个单词。

green	枝

stiff	间
old	碧
bright	绿

broken	五
branch	月
come	重

white	返
sweet	白
May	花

again	香

(Collected Poems 1，379—380)

英诗末行一个"重"（"again"）字统摄全诗，通俗明了地强调了白居易诗常强调的"世间万物，循环往复"的自然法则。

威廉斯的藏书中还有一本沃尔特·布鲁克斯·布朗纳与冯月茂（Fung Yuet Mow 音译）合编的初级汉语教本《轻松学汉语》（*Chinese Made Easy*，1904），教本中有带注音和英译文的《三字经》：

yun（Men）	人
gee（Arrive）	之
chaw（beginning）	初

sun（Nature）	性
boon（Root）	本
seen（Good）	善 ①

如果 1935 年版《刺槐花开》确实出于模仿纵向书写的中国古诗，那么威廉斯藏《轻松学汉语》所收《三字经》可能就是其样板。

---

① Walter Brooks Brouner and Fung Yuet Mow，*Chinese Made Easy*，New York：Macmillan，1904，p. 94.

最早指出 1935 年版《刺槐花开》模仿中国古诗纵向书写的是英国学者亨利·威尔斯(Henry Wells)。[①]　其实,早在 20 世纪 20 年代初威廉斯就已开始模仿《三字经》等中国古诗,尝试一行一个(或两个)单词写他的英诗。收入1923 年版《春天等一切集》的《痛苦不堪的尖顶》("The Agonized Spires")第三小节就像是用英文单词纵向写成的一行诗:

Lights	波光
speckle	点缀
El Greco	埃尔·格列柯的
lakes	湖面
in renaissance	在文艺复兴的
twilight	晨曦中
with triphammers	杵锤声声
(*Collected Poems 1*, 211)	(徐长生 译)

其格局也像诗中描写的"痛苦不堪的尖顶"。

[①]　See Henry W. Wells, "William Carlos Williams and Traditions in Chinese Poetry," *Literary Half-Yearly* 16.1 (1975), p. 4.

第六章 庞德的"潇湘八景诗" 与其背后的湖湘文化圈内人

诗人、作家、艺术家可以通过图像或文字认知异域文学艺术,吸纳其中的精华。绪论中提到,希利斯·米勒认为,图像与文字作为传播外国文学艺术的媒介各有其局限性,它们在文化交流中所起的作用远不如"由相关语言、地域、历史和传统界定的本地人",亦即所谓"相关文化圈内人"。[①] 日本能乐文化的"圈内人"应为训练有素的日本能乐编导、乐师或演员,中国潇湘文化的"圈内人"应为土生土长的湖湘诗人、作家、艺术家或文艺评论家。

欧美诗人、艺术家19世纪末、20世纪初就开始尝试借鉴东方美学精华,但当时能让他们认知东方文化的媒介往往限于图像与文字,罕见"相关文化圈内人"介入。法国画家莫奈晚年能创作出富含东方韵味的《睡莲》,靠的是几十年如一日揣摩自己收藏的日本浮世绘。美国诗人庞德尚未学中文就译出了李白等人的佳作,仰仗的是费诺罗萨含英文粗译的"汉诗笔记"。[②] 爱尔兰诗人兼剧作家叶芝能写出仿能乐舞剧《鹰之井畔》,并将之搬上舞台,是因为他细读过费诺罗萨英译日本能乐,并有略识能乐的日本舞蹈家伊藤参与演出。美国诗人史蒂文斯能在《雪人》等名篇中传达禅宗意识,是因为他在波士顿、纽约的美术博物馆观赏过大量禅宗画,并收藏、研读过禅宗译作。以上几位欧美艺术家、诗人通过一种或两种媒介吸收东方文化营养。同时通过图像、文字和"相关文化圈内人"三种媒介实现东西融合的欧美文艺作品并不多见,本章探讨的庞德的《诗章》第49章即为一例。学界早已确认,庞德创作《诗章》第49章得到过一位潇湘地区人士的帮助。然而,国内外迄今尚无人用"相关文化圈内人"的文化研究理念探索、分析《诗章》第49章的创作过程。这里,我们试图用此理念对这部跨文化、跨媒体的诗歌名篇做进一步解读。

一、庞德家传《潇湘八景图》册页与庞德"潇湘八景诗"

庞德《诗章》第49章共47行,由三组诗组成。第一组30行,为日本佚名

---

① J. Hillis Miller, *Illustration*, pp. 68, 14—15.

② See Ezra *Pound*, *Cathay*: *Centennial Edition* (with an introduction and transcripts of Fenollosa's notes and Chinese originals), 2015.

艺术家对中文"潇湘八景诗"的英文再创造：

　　致 seven lakes，匿名诗作：

　　阴雨，空江，独游

　　停云喷火，薄暮滂沱

　　蓬下孤灯

　　芦苇沉垂；

　　竹枝似语似泣

　　[……]

　　For the seven lakes, and by no man these verses:

　　Rain; empty river; a voyage,

　　Fire from frozen cloud, heavy rain in the twilight

　　Under the cabin roof was one lantern.

　　The reeds are heavy; bent;

　　and the bamboos speak as if weeping.

　　[...]①

　　该诗章其他部分分两组：一组 9 行，为古民谣《卿云歌》日文注音和古民谣《击壤歌》英译；另一组 8 行为诗人的感慨，其中 6 行插入八景诗与古民谣之间，2 行结尾。

　　《诗章》第 49 章前 30 行的蓝本为庞德家传的一本日本江户时代经折式《潇湘八景图》册页。册页含八幅水墨画，每幅水墨画绘一景，每景配一首日本和歌、一首中文题诗。②（图 6—1）1973 年，美国学者休·凯纳（Hugh Kenner）去庞德女儿玛丽·德·拉齐维尔兹（Mary de Rachewiltz）意大利北部勃伦伯格城堡（Brunnenburg Castle）悼念刚去世不久的庞德，在拉齐维尔兹保存的庞德文档中意外发现了庞德于 1928 年 7 月给他父亲（荷默·庞德，Homer Pound）抄录而未发出的中文八景诗英文粗译。③ 1974 年，美籍华裔学者荣之颖（Angela Jung Palandri）撰文指出，庞德抄录的中文八景诗英文粗

---

① Ezra Pound, *The Cantos*, New York: New Directions, 1998, p. 244. 后文出自该著作的引文，将随文标出 *Cantos* 和引文出处页码，不再另注。

② 据儿玉石英考证，庞德家传日本册页为佐佐木玄龙 1683 年《玄龙书八景诗并歌》摹本。See Sanehide Kodama（儿玉石英），"The Eight Scenes of Sho-Sho," *Paideuma* 6.2 (1977): p. 131.

③ See Hugh Kenner, "More on the Seven Lakes Canto," *Paideuma* 2.1 (1973), pp. 43—46.

译为曾国藩曾孙女、湖南教育家曾宝荪提供。① 作为庞德现代主义诗歌巨篇《诗章》的"中枢",《诗章》第 49 章曾吸引东西方众多学者一评再评。20 世纪 70 年代至 90 年代学界对该诗章的探讨偏重于互文性,亦即对曾宝荪提供的中文八景诗粗译与该诗章作对比分析。② 21 世纪以来,叶维廉等学者先后撰文指出,庞德极有可能先被册页水墨画所吸引;因此,探讨《诗章》第 49 章赞美东方寂然世界之母题,需从册页水墨画入手。③但《诗章》第 49 章的蓝本,即庞德家传《潇湘八景图》册页,自 20 世纪 70 年代起就一直存放在庞德女儿玛丽在意大利北部边境的勃伦伯格城堡中。④没见过那本册页的中国学者通常用宋元以来有影响的"潇湘八景图"代替庞德真实的蓝本,概括其诗文与八景图的对应关系。

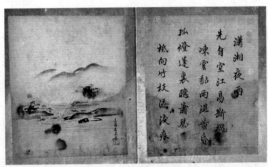

图 6—1 日本佚名 《潇湘八景图》册页之一《潇湘夜雨》与其中文题诗 玛丽·德·拉齐维尔兹藏

① Angela Jung Palandri（荣之颖,1926—2016）, "The 'Seven Lakes Canto' Revisited," *Paideuma* 3.1 (1974), pp. 51—54.

② See Sanehide Kodama（儿玉石英）, "The Eight Scenes of Sho-Sho," pp. 131—145; Richard Taylor, "Canto XLIX, Futurism, and the Fourth Dimension," *Neohelicon* 20.1 (1993), pp. 333—352.

③ 见叶维廉:《庞德与潇湘八景》,长沙:岳麓书社,2006 年,第 119 页;Zhaoming Qian, *The Modernist Response to Chinese Art: Pound, Moore, Stevens*, p. 124. 叶著以夏圭、牧溪、玉涧等大家所绘《潇湘八景图》为据,层层深入,分析了潇湘八景传统对《诗章》第 49 章的感召。

④ 该册页复制本已收入 Maria Ferrero de Luca, ed. *Ezra Pound e il Canto dei Sette Laghi*, Rome: Diabasis, 2004, 但其印数有限。1999 年 7 月,笔者在北京召开的第 18 届国际庞德学术研讨会上以 PPT 形式展现庞德女儿提供的册页图像。倘若删除其中的中文题诗和日文和歌,八幅水墨画就构成两幅"四幅连"长卷。长卷头四幅《潇湘夜雨》《洞庭秋月》《烟寺晚钟》和《远埔归帆》色彩暗淡,启人愁思;长卷后四幅《山市晴岚》《江天暮雪》《平沙落雁》和《渔村夕照》色彩渐呈葱绿、橘黄,给人静谧祥和之感。《诗章》第 49 章前 30 行诗再现了《潇湘八景图》册页回归自然、由"饮泣"至"渔家乐"的渐变过程:从第 6 行"竹枝似语似泣",经第 16 行"船溶入银光"（"Boat fades in silver"）、第 23 至 24 行"在山阴/有人自在悠闲"（"And at San Yin / they are a people of leisure"）,最后结尾于欢乐的捕虾场面:"男孩子们在那里翻石捉虾"（"where the young boys prod stones for shrimp"[*Cantos* 244—245]）。

　　1997 年,笔者有幸从庞德女儿玛丽那里获得《诗章》第 49 章真实蓝本——庞德家传《潇湘八景图》册页诗画——的全彩照片,得以在拙著《中国美术与现代主义》(*The Modernist Response to Chinese Art*,2003;已有中国社会科学出版社中译本)中以此为据,探讨诗、画两种媒介对该诗章的交叉影响。只有对照庞德私藏的《潇湘八景图》册页,我们才能辨析出第 49 章有哪些意象取自图像,而非文字。第 49 章第 11 行 "sharp long spikes of the cinnamon"("尖长的桂树枝";*Cantos* 244)不失为一佳例。此行描写的是潇湘八景之二"洞庭秋月"。从册页"洞庭秋月"中文题诗"万顷烟波浴桂华"及其粗译"Ten thousand ripples send mist over cinnamon flowers",我们找不出与"尖长的桂树枝"对应的词语。夏圭、牧溪、玉涧等大家的《潇湘八景图·洞庭秋月》亦无"尖长的树枝"的意象,而庞德私藏册页第二景"洞庭秋月"恰恰描绘了一株有尖长树枝的树。(见图 6-2)又如《诗章》第 49 章第 13 行"Behind hill the monk's bell"("山后寺钟"),说是出自潇湘八景之三"烟寺晚钟",与册页该景题诗"云遮不见梵王宫"句却并不确切对应。倒是册页"烟寺晚钟"图才真正显示远处"山后"有一寺庙。

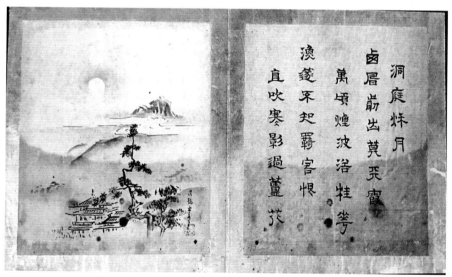

图 6-2　日本佚名　《潇湘八景图》册页之二《洞庭秋月》与其中文题诗　玛丽·德·拉齐维尔兹藏

二、庞德"潇湘八景诗"背后的湖湘文化圈内人

　　应该承认,叶维廉等学者的研究为纠正 20 世纪庞德研究重文轻图的倾向、深化对"第四度——寂然维度"的认知做出了重要贡献。这里,我们要传

承这些研究成果,将之纳入文化研究,进而对作品背后的"相关文化圈内人"做更具体、更深入的分析。

《诗章》第49章以"致 seven lakes,匿名诗作"起笔,"seven lakes"究竟何指? 明明是写"潇湘八景",那为何在此不提"潇湘八景",而称"seven lakes"? "seven lakes"译成"七湖"对不对? 该诗章前面是潇湘八景诗,后面是古民谣《卿云歌》日文注音和《击壤歌》英译,前后有何关联? 撇开该诗章背后的"相关文化圈内人",便无法确凿有据地回答以上这些问题。

最早从曾宝荪本人留世的文献入手考察曾宝荪与《诗章》第49章关系的是我国学者蒋洪新先生。他在2006年《庞德的〈七湖诗章〉与潇湘八景》一文中曾以《曾宝荪回忆录》(1989)为佐证,确认曾国藩曾孙女曾宝荪是庞德1928年笔录册页中文八景诗的英译者。他据此指出,曾宝荪父亲曾广钧(1866—1929)非常开明,不仅准许女儿出洋留学,还准许她信奉基督教。1916年曾宝荪荣获伦敦大学理学士学位,回国后即在长沙创办艺芳女校。① 该文还引《曾宝荪回忆录》揭示,1928年春曾宝荪曾去耶路撒冷参加世界基督教宣教大会,会后顺道去庞德所在的意大利勒巴洛城(Rapallo)探望了艺芳女校原教员曼殊(Madge)女士:"曼殊女士曾带我去见庞德和他的夫人。我们讨论了中国文化,诗词及传统道德,相谈甚融洽。"②

《曾宝荪回忆录》也是拙著《中华才俊与庞德》(2015)重探《诗章》第49章中国因素的重要依据。③ 然而,我们以往的研究都忽视了曾宝荪在其回忆录中透露的两个教育背景细节:其一,曾宝荪自幼在祖母郭筠和父亲曾广钧(1866—1929)膝前学诗,郭筠和曾广钧都是晚清知名湖湘诗人;其二,曾宝荪学过日文,还跟一个日本画师学过水墨画。这两个细节说明曾宝荪是认知庞德《潇湘八景图》册页乃至整个潇湘八景诗画传统完美无缺的"相关文化圈内人"。她不仅能熟练地翻译册页中文八景诗,还能参考册页八景图和日文八景和歌,为庞德排解歧义,补充细节。

据梁启超《广诗中八贤歌》、曾广钧《环天室诗集》等文献,曾宝荪父亲曾广钧有晚清诗界"八贤""圣童"之称,十五岁即作《拟春江花月夜》。曾宝荪四岁,曾广钧作《为女宝荪作楷》,以"残形利屣吾无取,隆准珠衡寿有余"句,表达了他不赞成女子裹足的开明思想。1900年他又作《落叶词》12首,哀珍妃

---

① 详见蒋洪新:《大江东去与湘水余波:湖湘文化与西方文化比较断想》,长沙:岳麓书社,2006年,第1—30页;亦见蒋洪新:《庞德的〈七湖诗章〉与潇湘八景》,载《外国文学评论》2006年第3期,第31—37页。

② 曾宝荪:《曾宝荪回忆录》,台北:龙文出版社股份有限公司,1989年,第215页。

③ 钱兆明:《中华才俊与庞德》,第40—67页。

下井事,其二"赤栏迥合翠明漪,帝子精诚化鸟归。重璧招魂伤穆满,渐台持节召真妃",流露出了他对维新运动的同情。① 辛亥女杰秋瑾随父在湘潭七八年,曾慕名拜曾广钧为师。任广西知府的曾广钧辛亥革命后弃职归田,在湘潭路经秋瑾墓凭吊女弟子,作一诗:"潭州归宅寓人豪,曾近芝田率采旄。"余兴未尽,他又翻出昔年秋瑾呈其诗四首,再作《和秋璇卿遗墨并序》。② 梁启超对曾广均赞誉有加,曾称其"绝世少年丁令威,选字秾俊文深微"③。曾广钧共写诗700余首,皆收入1909年刊行的《环天室诗集》。1974年该诗集经曾宝荪校订由台北学生书局出版。

曾宝荪祖母郭筠为晚清翰林郭沛霖之女,1867年嫁给曾国藩次子、著名数学家曾纪鸿。湘乡曾府富厚堂共建三座书斋,曾纪鸿与郭筠夫妇将归其藏书的书斋命名为艺芳馆,"艺芳"二字取自陆机《文赋》之"倾群言之沥液,漱六艺之芳润"。④ 郭筠晚年自号艺芳老人,其诗作现存160首,1974年经曾宝荪整理收入《艺芳馆诗存》。曾宝荪与其堂姐曾宝龄少时曾各做《咏春景诗》一首。《艺芳馆诗存》收有艺芳老人阅后所作《阅二女孙咏春景诗戏题兼忆沪滨湘浙诸幼辈》,尾句曰:"何常乘兴遨游去,待访湖山处处圆。"⑤该诗存还有曾宝荪赴英前艺芳老人含泪写下的《女孙宝荪留学泰西有所请立集至泪生诗句赠之》四首,其三有"新知他日好,天地共登临"句。⑥

国内以往的研究都强调了曾宝荪在杭州冯氏高等女校、伦敦大学西田学院(Westfield College)接受西方教育、精通英文的背景,⑦却忽视了她童年接受的良好的私塾教育。恰恰是童年的私塾教育让她打下了扎实的湖湘文化基础。曾宝荪祖母郭筠三十四岁丧夫后即成为曾氏富厚堂第一主人,她曾手书"男女皆应知习一样手艺;男女皆应有独自一人出门之才识;男女皆应知俭朴"等六条家规,给曾氏祖训注入了男女平等的新思想。⑧ 她主管的曾氏私塾各房只收一长孙子或长孙女。曾宝荪四岁入私塾,与堂姐宝龄、堂弟约农一起读《千字文》《诗经》和《左传》。如《曾宝荪回忆录》所述,曾宝荪和她堂姐

① 引诗见曾广钧:《环天室诗集》,台北:学生书局,1974年,第55、147、238—241页。
② 详见胡卫平:《曾广钧与秋瑾的师生关系》,载《湖南人文科技学院学报》2006年第1期,第1—2页。
③ 梁启超:《广诗中八贤歌》,载陈书良编:《梁启超文集》卷7,北京:北京燕山出版社,2009年,第33—34页。
④ 见胡卫平:《曾氏家风与教育》,北京:中国书籍出版社,2012年,第113页。
⑤ 郭筠:《艺芳馆诗存》,台北:学生书局,1974年,第99—100页。
⑥ 同上书,第97—98页。
⑦ 见钱兆明:《中华才俊与庞德》,第40—63页。
⑧ 详见胡卫平:《曾氏家风与教育》,第110页。

宝龄在私塾时并未按当时的习俗"学女红烹饪,却要画画,读诗,学写诗。每礼拜请一画师画一次"。教曾宝荪等读诗、写诗的有辛亥元老、书画家陈墨西、爱讲湖湘地理的衡阳人王时亨,还有湖南著名教育家、《公羊传》专家熊菊如。教她画画时间最长的是日本画师山本海涯。在长沙时她还请教过湖南画家尹和伯。尹和伯擅长画花鸟虫鱼,齐白石早年也曾向他请教过梅花的画法。①

　　1974 年曾宝荪作《八十晋二回忆竹枝间》三首,追思在祖母关爱下读私塾的情景。其中第一首《湘乡》忆 1898 年维新运动失败后随祖母回湘乡老家读私塾的往事:

> 平生自喜出儒门,
> 祖训谆谆德泽存,
> 插架瑶签千万册,
> 门临涟水旧家村。②

私塾设在有山有水有凉亭的曾氏富厚堂。"插架瑶签千万册"句写富厚堂藏书楼,藏书后统计超过三十万册。③

　　第二首《南京》写 1902 年至 1903 年在南京曾氏私塾跟陈墨西老先生读《左传》、跟日本教员森村学日文:

> 虔尊祖训学维新
> 男女平权气象匀。
> 更习左法兼日语,
> 可怜同意不同音。④

　　第三首《长沙》缅怀 1904 年春随祖母去长沙,寄居姑母家,与堂弟约农、昭权,表弟俞大维、俞大伦一起读书玩耍,跟祖母读唐诗宋词:

> 忠壮祠边桂树高,
> 赏观攀折乐陶陶,
> 养和左传公羊说,
> 各自分门各自豪。
> 重慈最爱学吟诗,

---

①　详见曾宝荪:《曾宝荪回忆录》,第 16—18 页。
②　曾宝荪:《曾宝荪女士纪念册》,台北:曾宝荪治丧委员会,1978 年,第 74 页。
③　见刘金元:《悠远的书香——富厚堂藏书楼研究》,长沙:岳麓书社,2013 年,第 109 页。
④　曾宝荪:《曾宝荪女士纪念册》,第 74 页。

夜晚灯前唤侍儿，

读罢唐诗三百首，

更教细诵白香词。①

　　祖母教诵的《白香词》为清嘉庆年间舒梦兰(舒白香)所编，所收 100 首词中就包括南宋赵长卿的《潇湘夜雨·灯花》。

　　在湖湘文化熏陶下长大的曾宝荪深谙庞德册页八景诗画传统，中文诗句中的典故她能用英文一一生动地讲出来。如册页《潇湘夜雨》尾句"只向竹枝添泪痕"之"竹枝"，②同曾宝荪忆旧诗题《八十晋二回忆竹枝间》中的"竹枝"一样，指湘水两岸的湘妃竹，又称"斑竹"，含娥皇、女英痛失帝舜，泣啼竹林、泪染竹斑的典故。而君山岛二妃墓前石柱镌有近人舒绍亮的对联"君妃二魄芳千古，山竹诸斑泪一人"。③ 她应该给庞德讲述了此典，不然庞德不太可能写出"竹枝似语似泣"("and the bamboos speak as if weeping")之妙句。

　　因此，如若译介庞德家传日本册页中文潇湘八景诗的不是曾宝荪，而是一个不甚熟悉湖湘文化的中国人或日本人，庞德就不会以"致 seven lakes，匿名诗作"起笔，该诗章也不会有所谓"七湖诗章"("Seven Lakes Canto")之称。其实，潇湘八景并无"七湖"之称，只有"三湘四水"和"七泽"的称谓。"七泽"出自西汉司马相如《子虚赋》"臣闻楚有七泽，尝见其一，未睹其余也"，原意泛指楚地诸湖泊，亦即今湖北和湖南二省诸湖泊。中国古人常以若干平川、部落或江湖代替地名。如"四川"，即巴蜀四大平川，指代巴蜀；"七闽"，即福建和浙江南部七支部落，指代今福建省④；"九江"，即流入鄱阳湖的众多支流，指代浔阳郡。"四川""九江"等指代用久了，其中的数字便失去了意义，具体指哪些平川、江湖，无人再去细究，且所指的地域有时会扩大，有时会缩小，比如九江原指浔阳郡，今则为包括浔阳区在内的江西大都市的名称。

　　"七泽"原指鄂湘诸水域，自盛唐起则大多指湖南水乡，其所指的演变与历代诗歌创作有关。南朝刘宋的颜延之即在《始安郡还都与张湘州登巴陵城楼作》一诗中按《子虚赋》原意用到"七泽"："三湘沦洞庭，七泽蔼荆牧"。李白名诗《当涂赵炎少府粉图山水歌》把九州山水荟萃于一壁，七八两句将"洞庭潇湘"与"三江七泽"并列："洞庭潇湘意渺绵，三江七泽情洄沿"。唐权德舆

---

①　曾宝荪：《曾宝荪女士纪念册》，第 74 页。

②　See Maria Ferrero de Luca, ed., *Ezra Pound e il Canto dei Sette Laghi*, p. 2.

③　君山岛娥皇、女英二妃墓前舒绍亮对联为中国社会科学院外国文学研究所程巍研究员告知，在此致谢。

④　见宋真宗赵恒《赐蔡伯晞》首句"七闽山水多灵秀"；苏东坡《虔州八境图八首并序》"东望七闽，南望五岭"句。

接过李白创意,在其《药名诗》中亦将"潇湘"与"七泽"叠加:"七泽兰芳千里春,潇湘花落石磷磷"。北宋司马光《再和伯常见寄》有"偏游七泽身忘倦"句,"七泽"沿用司马相如"七泽"原意,泛指楚地江湖。不过,唐"安史之乱"以降多数诗人则随李白,将"潇湘""三湘""七泽"并置或混用。如宋徐俯《鹧鸪天·七泽三湘碧草连》。更有甚者,明宣宗朱瞻基在《潇湘八景诗》中三次将"七泽"与"三湘"并列混用。其《江天暮雪》有"茫茫七泽与三湘,分明皓彩遥相射"句;其《远浦归帆》有"暮天已卷三湘雾,晓日还悬七泽风"句;其《潇湘夜雨》有"三湘淋漓泻银竹,七泽汹涌涌翻春雷"句。①

《中华才俊与庞德》中已提出"seven lakes"乃曾宝荪"七泽"(而非"七湖")的英译。在论证"七泽"即"潇湘"亦即"湖南"水乡时,除了引司马相如《子虚赋》"臣闻楚有七泽"句外,还引了权德舆和徐俯的例子。② 但李白《当涂赵炎少府粉图山水歌》将"洞庭潇湘"与"三江七泽"并列的七、八两句对后世影响更大,却没有引。此外,该书也没有介绍曾宝荪学诗、写诗的资历,没有强调她跟湖湘诗人祖母夜读唐诗宋词的重要事实。湖湘书香门第出生的曾宝荪应当熟知以上大多诗句,她给庞德介绍八景诗画传统时很可能用"七泽"英译"seven lakes"指代之,故而庞德会以"致 seven lakes,匿名诗作"起笔。该句译为"致七泽,匿名诗作"应更为妥帖。庞德学者称谓了四十余年的《七湖诗章》其实应该是《七泽诗章》。

希利斯·米勒曾指出,"本真氛围"(即"神采")非"相关文化圈内人"莫属。③ "本真氛围"一词出自本雅明代表作《机械复制时代的艺术作品》。④ 古时"华夏""九州""赤县""神州"皆可指代中国,其中"赤县"已几乎失传,唯古汉语学者、史学家才会在一定的语境中用到。同样,"潇湘""三湘""七泽"皆可泛指湖南水乡,唯由其语言、地域、传统界定的"湖湘文化圈内人"才会把常人所谓的"潇湘"或"三湘"称作"七泽"。庞德《诗章》第49章用"seven lakes",即"七泽"指代"潇湘",传达了湖湘文化的"本真氛围",同时也暴露了庞德背后有"湖湘文化圈内人"的指点。

跨文化交流需有互动才能达到理想的效果。图像、文字和"相关文化圈内人"虽然都可以作为跨文化交流的媒介,但唯有"相关文化圈内人"能"亲

---

① 湖南师范大学外国语学院冉毅教授赞同"seven lakes"乃"七泽"之见,是她帮笔者找出明宣宗八景诗作佐证,在此致谢。

② 详见钱兆明:《中华才俊与庞德》,第54页。

③ J. Hillis Miller, *Illustration*, p. 28.

④ Walter Benjamin, *Illuminations*: *Essays and Reflections*, trans. Harry Zohn, New York: Schocken, 1968, p. 222.

身"互动,亦即能同"非圈内人"面对面切磋、探讨,一问一答有针对性地交流。早在 1914 年,庞德就有过一次与汉诗交流的经验———一次单凭文字与汉诗交流的经验。从费诺罗萨的"汉诗笔记"他看到了汉字的模样、汉诗的模样与逐字逐句对照的英文粗译,从而完成了英译汉诗集《华夏集》。然而,庞德那次再创造的过程中并没有一个活生生的"相关文化圈内人"与之互动。1928 年,他第一次尝到了有"圈内人"与他讨论相关文化的"甜头"。"相关文化圈内人"传达相关文化真实价值的效果毕竟比图像和文字更好。再说,"相关文化圈内人"还能用眼神、肢体动作和手势辅助表意。按"话语行为"理论的观念,眼神、肢体动作和手势是活生生的人际交流必不可少的构成部分。有这些辅助工具,"相关文化圈内人"可以把图、文交流中难以避免的歧义减少到最低程度。①

前文已说,1928 年复活节后曾宝荪曾造访庞德,两人"讨论了中国文化,诗词及传统道德,相谈甚融洽"。这一会晤细节今已无从查考,但庞德显然问到了潇湘八景的具体地点及其诗画传统的由来。他在 1928 年 5 月 30 日给父亲荷默·庞德的家书中称:"八首诗写的是曾女士家乡八种景致。那里有个习俗,用诗画描写这些景致。"②可见曾宝荪详细介绍了潇湘八景传统。她很可能从该传统的起源——宋迪作画、沈括记题——说起,提及南宋马远、夏圭、牧溪、玉涧等大家的八景图和北宋诗僧慧洪的八景诗,最后还可能引到明宣宗屡用"七泽"的八景诗。

曾宝荪将《潇湘夜雨》首句"先自空江易断魂"之"易断魂"译为"for soul to travel（or room to travel）"（*Chinese Friends* 15）,依据可能是此句出处陆游《题接待院壁》之"自是孤舟易断魂",其本意正是"独游消愁"。笔者 2003 年初探《诗章》第 49 章时曾指出,册页《潇湘夜雨》原文首句并无"孤舟"二字,庞德似从水墨画中的三笔粗线看出空江有"孤舟"。③ 现在看来"孤舟"这个意象更可能是曾宝荪告诉庞德的。庞德并不熟悉水墨画画法,唯有跟日本画师学过水墨画的曾宝荪才会从水墨画《潇湘夜雨》中看出"孤舟"。她应该还能从该诗首句出处的陆游《题接待院壁》中推断出"孤舟"的意象,传授给庞德。

① See J. Hillis Miller, *Speech Arts in Literature*, Stanford: Stanford University Press, 2001, pp. 100, 192—193.

② See Zhaoming Qian, ed., *Ezra Pound's Chinese Friends: Stories in Letters*, Oxford: Oxford University Press, 2008, p. 15. 后文出自该著作的引文,将随文标出 *Chinese Friends* 和引文出处页码,不再另注。

③ Zhaoming Qian, *The Modernist Response to Chinese Art: Pound, Moore, Stevens*, p. 128.

　　日本学者儿玉石英早在 1977 年就指出,庞德请曾宝荪翻译中文八景诗后可能还请教过一个懂日文的学者。他之所以有此猜测,是因为第 49 章有两处行文似出自日文和歌。一处是第 2 行"a voyage"("独游"),另一处是第5 行"The reeds are heavy; bent"("芦苇沉垂")。儿玉石英认为,庞德用"a voyage"似取模于册页《潇湘夜雨》水墨画中的"小舟"形象,但也可能引证于日文《潇湘夜雨》"苫よりくぐる雫にぞしる"句中的"苫"字("芦苇蓬")。①只有懂日文的学者才会认出"苫"字,从而推断八景诗"诗中人"在独游空江。其实,庞德的"a voyage"出自曾宝荪"易断魂"英译"Place for soul to travel"。曾宝荪此译非误译,它恰恰还原了陆游《题接待院壁》"易断魂"之"独游消愁"之本意。儿玉石英四十多年前的猜测并没有错,曾宝荪很可能注意到了日文《潇湘夜雨》和歌中的"苫"字("芦苇蓬"="thatched roof"),该字有助于她确定"独游"之意。至于"芦苇沉垂",其形象庞德可能同样取模于《潇湘夜雨》水墨画,但引证的文字却为《江天暮雪》和歌"あしの葉にかかれる雪もふかき江の"句,其中"あしの葉"意为"芦苇"。②曾宝荪曾跟日本画师山本学过水墨画,跟日文教员森村学过日文。她的日文虽不过硬,"苫"("芦苇蓬")和"あしの葉"("芦苇")她应当认识。由此我们可以判断,儿玉石英四十多年前关于有学者帮庞德参阅过日文和歌的见解是正确的。这个人应该不是别人,就是曾宝荪。

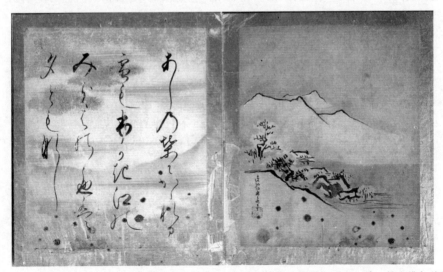

图 6—3　日本佚名　《潇湘八景图》册页之六《江天暮雪》与其日本和歌　玛丽·德·拉齐维尔兹藏

---

① Sanehide Kodama（儿玉石英）,"The Eight Scenes of Sho-Sho," p. 139.

② Ibid.

三、跳跃与拼贴：现代主义的"潇湘八景诗"

"跳跃式"的转折——从一种文体跳跃到另一种文体，从一种语言跳跃到另一种语言，是以庞德《诗章》、艾略特《荒原》为代表的现代主义诗歌的标志性特点。这一特点在《诗章》第49章后半部分表现得尤为明显。这里不仅有文体与语种的突变，还有视角的突变，亦即从写景、叙事到诗人感叹的突变。

现代主义诗歌文体、视角的转变之所以让读者感到突然，是因为诗中既无解释，亦无转折词。无解释、无转折词不等于不同文体、视角之间无内在的关联。上文提到《潇湘夜雨》尾句"只向竹枝添泪痕"所含娥皇、女英啼竹的典故，显然亦为曾宝荪识解。既然这八首诗是"独游消愁"之作，诗人自然可以在八景诗后大幅度跨越时空，让思绪跳跃到帝舜二妃的远古时代，并引用尧舜统领下臣民齐唱的《卿云歌》和《击壤歌》。前者云："卿云烂兮，糺缦缦兮。／日月光华，旦复旦兮。"后者曰："日出而作，日入而息。／凿井而饮，耕田而食。帝力于我何有哉！"这两首古汉谣的日文注音和英译文虽为庞德本人从他的《华夏集》底本费诺罗萨"汉诗笔记"中搜出，但如若没有曾宝荪的指点，他根本不会知道《潇湘夜雨》及舒绍亮联句中的典故，作"竹枝似雨似泣"，也不会在八景诗后引尧舜时期的《卿云歌》和《击壤歌》，与第6行"竹枝似语似泣"呼应，加深对尧舜的怀念。

据《尚书·尧典》，帝尧为政强调"历象日月星辰，敬授人时"，让百姓按大自然的规律去生存："日出而作，日入而息"。南怀瑾先生论道教学术思想渊源时指出，按大自然规律生存乃原始道教在尧舜禹时期的表现，即所谓"黄老之术"。[①]《卿云歌》和《击壤歌》在庞德心目中同潇湘八景诗一样，意在回归大自然，回归"第四度——寂然维度"。如叶维廉所言："第49诗章在策略上是放在〈财魔（高利贷）诗章〉（45）与〈中国历史诗章〉（诗组）之间［……］诗中所呈现的寂然的世界，所代表的一种高度的文化，是直接针对'地狱百脚怪兽格利安（"Geryon"）'。"[②]庞德在引古民谣前感叹：

> 1700 年清临此山湖
> 阳光普照南国天际。

---

① 南怀瑾：《中国道教发展史略》，上海：复旦大学出版社，1996 年，第 6—7 页。
② 叶维廉：《庞德与潇湘八景》，第 115 页。

创造财富的国家就该陷入债务？

这是丑行！这是格利安！

大运河依然直通天子

故帝当年为取乐筑此运河

In seventeen hundred came Tsing to these hill lakes.

A light moves on the south sky line.

State by creating riches shd. thereby get into debt?

This is infamy; this is Geryon.

This canal goes still to TenShi

though the old king built it for pleasure (*Cantos* 245)

"清临此山湖"指康熙南巡。康熙南巡的是江浙，而非湖湘。庞德虽然混淆了历史，但此句并不影响他要表现的主题。"清临此山湖"与"格利安"种种丑行在此并列，正是为了突出他向往寂然世界的主题。在古民谣后诗人又疾呼：

第四度——寂然维度。

制服野兽的伟力。

The fourth; the dimension of stillness.

And the power over wild beasts. (*Cantos* 245)

两段感叹表达了庞德的政治理想：西方需要像尧、舜和康熙那样的明君，制服丑行、制服"格利安"。

文学家、艺术家的创作既受到他们阅读过的文字、欣赏过的图像的影响，也受到他们的家庭、学校、职场、朋友圈乃至偶遇的陌生人的影响。研究跨东西文化的文艺作品不能只做互文性研究，还要从文化研究的视角探索有无"相关文化圈内人"协助或影响创作。美国亚裔作家汤婷婷（Maxine Hong Kingston）在其成名作《女勇士》（*The Woman Warrior*：*Memoirs of a Girlhood Among Ghosts*，1975）中讲述的"无名姑妈"的故事和花木兰的故事，都是从她母亲那里听来的。没有这两个中国故事，就没有《女勇士》最精彩的第一、二章。汤婷婷母亲无疑是《女勇士》成功背后的"广东文化圈内人"。叶芝的仿能乐实验剧《鹰之井畔》在伦敦上演前，不仅有扮演鹰卫士的日本舞蹈家伊藤参与彩排，还有伊藤的两个日本能乐票友同学给叶芝唱吟能谣,让他对能乐节奏有了感性认识。① 伊藤和他的两个同学都是《鹰之井畔》成功背后的"日本能乐圈内人"。

　　既然"相关文化圈内人"是东西文化交流最直接、最可靠的媒介,何以罕见有人研究欧美文艺精品背后的"相关文化圈内人"呢?原因很简单:从作品本身求证其是否受到"相关文化圈内人"的影响远比求证文字或图像对它的影响艰难。互文性理论是读解文字和图像对作品影响的有效工具。但它对考察"相关文化圈内人"的存在与影响却往往束手无策。研究"相关文化圈内人"对作品的影响需从文化研究的视角入手,重点考察诗人、作家、艺术家的创作氛围。而要厘清诗人、作家、艺术家的创作氛围,则需对包括其私人信件、文稿、回忆录和访谈录在内的一手文献做深入的调查。欧美文艺大师有时固然会在私人信件或回忆录中供认曾经借助"相关文化圈内人",然而究竟在哪部作品、哪些方面留下了影响,他们通常不会和盘托出。我们只能顺藤摸瓜,从诗人、作家、艺术家在该时间段创作的东西融合的作品中搜寻相关文字、段落,待其受"相关文化圈内人"影响的文字、段落一旦被确定,方可以之与包括书信、文稿、回忆录在内的"相关文化圈内人"话语进行对照,做互文解读。

---

① See Ian Carruthers, "A Translation of Fifteen Pages of Itō Michio's Autobiography, Utsukushiku naru kyoshitsu," pp. 32－34, 39.

第七章　摩尔赞清瓷艺术的《九桃盘》

　　在兼收并蓄东方美学之长、创新西方现代主义文学艺术方面，美国诗人玛丽安·摩尔所下的功夫绝不比本书讨论的任何一位男性诗人、艺术家少，取得的成绩绝不在本书讨论的任何一位男性诗人、艺术家之下。

　　摩尔的诗歌比较艰涩难懂。正因为她的诗歌难懂，国内对她的评介不多，她的知名度远不如 20 世纪同她并肩开拓现代主义新诗的 T. S. 艾略特、埃兹拉·庞德、威廉·卡洛斯·威廉斯及华莱士·史蒂文斯。殊不知，她在这几位现代主义诗友的心目中享有极其崇高的威望。后文要提到，威廉斯并不欣赏艾略特《荒原》等名诗，而他对摩尔却推崇备至。这位大诗人兼医生在其《自传》(*Autobiography*, 1951)里称摩尔为"圣人"："我们中间若有圣人非摩尔莫属，见到她会本能地感到我们的目标汇合到了一起。"①艾略特也很器重摩尔。早在 1921 年 4 月 3 日，他就给摩尔写信说，读了她 1917 年在《另类》上发表的诗便觉得她非同凡响，表示愿帮她出一本诗集。② 1935 年，艾略特真的让伦敦的费伯 (Faber) 出版公司出版了《摩尔诗选》。他亲自写代序，称摩尔的诗是"属于我们时代可数的传世之作"③。庞德和史蒂文斯互不理会，对摩尔却都敬佩有加。1918 年冬，庞德在芝加哥的《诗刊》上看到摩尔相当成熟的处女作深为惊讶，即冒昧去信询问："您有没有诗集？如果没有，能否让我帮您出一本？［……］如果有，我要买一本。"(Beinecke)通常不爱评论他人诗歌的史蒂文斯两度撰文评摩尔的诗集，其中第一篇以"一个举足轻重的诗人"("A Poet That Matters")为题，评 1935 年版《摩尔诗选》。(*Wallace Stevens* 774—780) 评论一开头就指出，《摩尔诗选》中的诗歌具有"一丝不苟的精神"，在他看来，她的这种精神"自然、睿智，而又口语化"(*Wallace Stevens* 774)。

①　William Carlos Williams, *The Autobiography*, New York: New Directions, 1967, p. 146.

②　See T. S. Eliot, *The Selected Letters*, vol. 1, eds. Valery Eliot and Hugh Haughton, New Haven: Yale University Press, 2011, p. 547.

③　T. S. Eliot, Introduction to *Selected Poems of Marianne Moore*, London: Faber, 1935, p. xiv.

一、摩尔的中国情结

跟庞德、威廉斯、史蒂文斯一样，摩尔毕生爱好中国文化。她同中国文化的对话始于青少年时代。摩尔出生前父亲就进了精神病医院，她和她哥哥在密苏里州柯克沃德城(Kirkwood)外祖父家度过童年。外祖父故世后，他们又随母移居宾夕法尼亚州卡莱尔城(Carlisle)，她在那里结识了诺克劳斯神父(Norcross)的三个女儿：伊丽莎白、玛丽和路易丝。伊丽莎白嫁到缅因州波特兰(Portland，Maine)一个富商家后常往家里寄进口的工艺品，玛丽和路易丝收到礼品后爱请玛丽安过去与她们一起欣赏，她们仨最喜爱的几乎都是从中国进口的瓷器或木雕。

1905 年，玛丽安·摩尔进入费城近郊的布林·莫尔女子学院（Bryn Mawr），大学期间她还经常跟玛丽通信。1908 年 1 月 19 日，玛丽告诉玛丽安，伊丽莎白从中国贸易公司买了三只连环套的樟木盒，玛丽安在回信中即请求玛丽托她姐姐代购一只柚木茶盘，作为她给母亲的生日礼物。(Rosenbach) 这只两边雕花的精致的柚木盘带到后便成为摩尔母女最心爱的室内摆饰，她们从卡莱尔搬到纽约曼哈顿区，纽约曼哈顿区搬到纽约布鲁克林区，纽约布鲁克林区又搬回纽约曼哈顿区，从来没有同这只中国柚木托盘分过手。过了一个多世纪，今天它还完好无损地陈列在费城罗森巴赫(Rosenbach)博物馆的摩尔起居室内。

玛丽安·摩尔从不掩饰她的中国情趣，她曾在给友人的信中透露："我生来就爱中国。"[1]尽管她大学的专业是生物学，她还是在大四第一学期选修了"东方史"。主讲"东方史"的教授乔治·巴顿(George Barton)是美国赫赫有名的东方学家。他的专著《世界宗教史》（*Religions of the World*，1917）用了一章的篇幅讨论中国的哲学和宗教。论及儒、道、佛时，巴顿指出它们在中国不是绝对对立的，而是相辅相成的，中国人可以同时尊儒、尊道、尊佛，取各教之长。[2] 20 世纪初研究东方文化的西方学者很少有人达到这样的见地。1909 年春，摩尔进入大学最后一个学期。她听说巴顿教授要带下一届的学生去费城宾夕法尼亚大学博物馆参观新创办的东方部，即要求同往。第二天（即 3 月 28 日）她给母亲去信写道："大多数同学都不爱看，打着哈欠悄悄嘀

---

[1] Marianne Moore, *Selected Letters of Marianne Moore*, eds. Bonnie Costello, Celeste Goodridge, and Cristanne Miller, New York: Alfred A. Knopf, 1997, p. 313.

[2] George Barton, *Religions of the World*, Chicago: University of Chicago Press, 1917, p. 213.

咕：'真没劲！'而我却被这里的一切迷住了."(Rosenbach)①吸引住摩尔的当然不只是古埃及、古巴比伦的出土文物,应当还有佛教馆、珍宝馆中的中日展品。在信中,她还描写了几颗琥珀、青金石、护身圣甲虫饰品高超的远东工艺。几周后,她竟把青金石、护身圣甲虫等写进了一首题为《护身符》（"A Talisman"）的微型诗："青金石／海鸥／在护身圣甲虫海上／展开双翅."②

在 3 月 28 日给母亲的信中,摩尔这样描绘她在宾夕法尼亚大学博物馆见到的东方珠宝："各种蓝色、各种绿色、各种橙色、金黄、鲜红、各种怪怪的淡紫色"。（Rosenbach）③这不禁让我们回想起史蒂文斯在同年同月给他未婚妻描绘的中国珠宝："'浅橙、绿、深红、白、金黄、褐','天蓝、橙、暗绿、淡黄褐、黑、金黄'和'宝蓝、朱红、白、金黄、翠绿'."（Letters 137）史蒂文斯和庞德在各自的诗歌中都盛赞过中国色彩。史蒂文斯在《六帧意义深远的风景图》中提到的"飞燕草"是"蓝色的、白色的"。庞德在《各度音阶之歌》（"A Song of the Degrees"）中歌颂的"中国色彩"限于"金粉色"与"琥珀色"。（Pound 274）摩尔毕竟是主修生物学的,她笔下的中国色彩比史蒂文斯和庞德笔下的中国色彩要具体得多,精准得多。在《民众的环境》（"People's Surroundings"）一诗中,她用佛罗里达州火红的凤凰木花来形容"中国朱红"。④ 在《批评家与鉴赏家》（"Critics and Connoisseurs"）一诗中,她提到"明代工艺品／圣驾黄脚垫"。（Complete Poems 38）在评诗友西尔达·杜丽特尔的《海门》（Hymen）时,她用"象牙黄"来描写中国人所谓"米黄色"。（Complete Prose 81）

二、摩尔与中国花鸟走兽图

1911 年夏,摩尔被卡莱尔城国立印第安学校（the United States Indian Industrial School）聘为教师。开学前,她同母亲一起去英国和法国旅游了一次。在英国国家博物馆办的"中日画展"（Exibition of Chinese

---

① See Zhaoming Qian, *The Modernist Response to Chinese Art*：*Pound*，*Moore*，*Stevens*，p. 31.

② Marianne Moore, *Becoming Marianne Moore*：*The Early Poems*，*1907—1924*，ed. Robin Schulze, Berkeley and Los Angeles：University of California Press, 2002, p. 171.

③ See Zhaoming Qian, *The Modernist Response to Chinese Art*：*Pound*，*Moore*，*Stevens*，p. 32.

④ Marianne Moore, *Complete Poems of Marianne Moore*，New York：Macmillan/Viking，1981, p. 56. 后文出自该著作的引文,将随文标出 Complete Poems 和引文出处页码,不再另注。

and Japanese Paintings），摩尔第一次浏览了一百多幅宋元明清山水图、花鸟图和虫兽图。摩尔同她母亲参观过这个以中国画为主体的"中日画展"是有案可查的。主办这个画展的绘画馆至今保存着其阅览室当年的登记册，第 21 卷 1911 年 7 月 27 日那一页上有玛丽安·摩尔的亲笔签名和她替她母亲签的名。① 只有要求查看非展品的游客才需在绘画馆的登记册上留名。我们虽然无法知道摩尔当年查看了什么资料，但可以肯定她和她母亲是在浏览过"中日画展"后才进入展厅后面的资料室的。《泰晤士报》（Times）当年曾发表长篇评论，盛赞中国画家画山岩、花卉、虫兽"同伦勃朗画人物肖像一样一丝不苟"。评论员专门评了一幅《溪鹅图》立轴："鹅对我们来说毫无价值，这位画家却证实了它比什么都重要。"②获得过生物学学位、毕生喜爱花卉和动物的摩尔自然会细品诸如《荷花白鹭图》《白马图》《猛虎图》《百鹿图》之类的画，但更吸引她的可能是中国画家描绘的传说中的动物——《观龙图》里腾飞的龙、《麒麟送花图》里衔花的麒麟，还有《罗汉渡海图》里罗汉驾驭的龙和麒麟。③ 用《泰晤士报》评论员的话说，"在中国画家的画笔下，不仅真实的动物生机勃勃，连想象出来的怪兽也惟妙惟肖"。读了绘画馆副馆长、中国画鉴赏家劳伦斯·比宁写的解说词，摩尔母女会获知呼风唤雨的中国蛟龙象征"道教奔放不羁的想象力"，独角麟体的麒麟"象征端详"。④传说中的蛟龙和麒麟以后会成为摩尔最心爱的动物，在《蛇怪翼蜥》（"Plumet Basilisk"）一诗中她会从哥斯达黎加水陆两栖的蛇怪翼蜥联想到中国画家画笔下的蛟龙："尾巴上 / 八条绿纹 / 仿佛为中国画笔画下"（Complete Poems 22）。在《九桃盘》一诗中，她会赞美"爱吃油桃的麒麟"："是中国人 / 构想出这一杰作"（Complete Poems 30）。

1918 年夏，摩尔母女迁入纽约曼哈顿一套公寓。摩尔先在一所女校当了两年秘书，后来又在纽约市立图书馆工作了四年。在这个开放的城市，她不仅有机会结识欧美最有创见的现代派诗人、画家，接受他们的新潮，而且有机会接触到更多的中国美术品，从中吸取营养，开拓自己独具一格的新诗。据《纽约时报》（New York Times）报道，仅 1918 年一年纽约的博物馆、画廊

---

① See Zhaoming Qian, *The Modernist Response to Chinese Art*：*Pound*，*Moore*，*Stevens*，p. 35, plate 9.

② "Chinese and Japanese Paintings," *Times* (London) 20 June 1910, p. 8.

③ See Laurence Binyon, *Guide to the Exhibition of Chinese and Japanese Paintings*，London：British Museum, 1910.

④ Ibid. , pp. 26, 28.

就举办了十来场中国画展、瓷器展或古玩展。① 爱好中国艺术的摩尔对这些展览绝不会漠不关心，即使不能全去，也会有选择地去参观一两个。随之，越来越多的中国艺术品的形象、中国色彩出现在摩尔的诗歌和评论中。《批评家与鉴赏家》一诗提到了"明代工艺品 / 圣驾黄脚垫"（*Complete Poems* 38）；《民众的环境》一诗称颂了"中国雕花玻璃"（*Complete Poems* 55），并用热带凤凰木花的颜色来形容"中国朱红"（*Complete Poems* 56）。《滚木球》（"Bowls"）一诗赞美了"中国雕花漆器"（*Complete Poems* 59）。《挑与选》（"Picking and Choosing"）提及英国舞美设计师兼评论家戈登·克雷酷爱的"中国樱桃"（*Complete Poems* 45）；《英吉利》（"England"）则赞扬了"中国升华的智慧"。（*Complete Poems* 47）

1923 年春，纽约大都会艺术博物馆举办了一个大型中国画展，摩尔先同纽约现代艺术馆的门罗·维勒（Monroe Wheeler）一起去参观了一遍，后来又单独去了一次。3 月下旬她写信给哥哥瓦纳（John Warner Moore），描述了第一次参观该展的感受："我们一个不落地细品了每一幅画，细阅了每幅画的解说词。那些动物画得美极了，那云端的巨龙、那马儿、那水牛，还有那爬虫。有一只白鹰维勒先生觉得画得有点夸张。"②5 月初，她又给移居瑞士的布林·莫尔女子学院老同学布蕾尔（Bryher）写信称赞这个画展："有一幅《奔马图》画了一群黑鬃红斑的白马；一条穿梭云间的蛟龙只露出几只爪子；一幅《渔船凉风图》不禁使我想起牛津的方头平底船；还有一幅《归牧图》画得更细致入微，驮着老农的水牛身上的螺纹不凑近细看根本不能觉察出是用不同色彩画的。"③这个画展给摩尔留下了不可磨灭的印象。云龙的形象以后不仅出现于《蛇怪翼蜥》一诗，而且再现于《啊，化作一条龙》（"O to Be a Dragon"）。《归牧图》则为《水牛》（"The Buffalo"）一诗提供了"光腿的牧牛人""甩在一侧的细溜溜半曲的尾巴"（*Complete Poems* 28）等细节。

摩尔欣赏中国画最大的收益不是采集了东方独特的花卉动物素材，而是接触了以老庄哲学为基础的中国美学思想。摩尔历来对《圣经·创世记》要由人类"做水中鱼、空中鸟、地上爬虫走兽之主宰"的说教不以为然。她诗歌创作的题材取自动物多于取自人物。然而，如摩尔研究学者琳达·蕾芙尔

---

① See, for example, "A Collection of Antique Chinese Objects," *New York Times* 9 March 1918; "An Exhibition of Ancient Paintings by the Chinese," *New York Times* 21 March 1918; "Old Chinese Paintings," *New York Times* 9 April 1918; "New Installations of Ceramics," *New York Times* 18 August 1918; "November Exhibitions in Great Variety," *New York Times* 17 November 1918. 其中有的新闻稿报道了几场不同的中国艺术展。

② Marianne Moore, *Selected Letters of Marianne Moore*, p. 194.

③ Ibid., p. 197.

(Linda Leavell)所指出的,摩尔最早的动物诗均为比喻,不是喻具体人物,就是喻某一类人。譬如她 1916 年写的名诗《批评家与鉴赏家》明似写牛津校园"柳树下一只天鹅"与小土堆边"扛着小木片朝北走走、朝南走走、朝东走走、朝西走走"的蚂蚁,暗则喻过分讲究的批评家与爱挑剔的鉴赏家。(*Complete Poems* 38)1924 年发表的《宠猫彼特》("Peter")与 1931 年写的《非洲跳鼠》("The Jerboa")才是她最早纯粹写动物的诗。[①]《宠猫彼特》成为摩尔走出欧美蔑视动物题材阴影的标志绝非偶然。她的转折与 1923 年春两度观摩大都会艺术博物馆中国画展直接有关。中国艺术家"天人合一"的美学思想和珍爱自然界每一棵草、每一个小动物的美学观为摩尔树立了表率,促使她走出西方传统,"同伦勃朗画人物肖像一样一丝不苟地"去写她心爱的动物。

促使摩尔大胆吸取东方美学营养的另一个因素是诗友的示范。1923 年秋威廉斯和史蒂文斯分别抛出了他们标新立异的现代主义力作《春天等一切集》和《簧风琴集》。摩尔不仅是诗人,而且是博览群书、多产的评论家。她不会漠视威廉斯在《什么都没做》("To Have Done Nothing")一诗中探索的"无为"精神,也不会不洞察史蒂文斯《十三个角度观黑鸟》《雪人》等诗蕴含的禅宗意识。1924 年 1 月,摩尔给美国文学核心刊物《日晷》(*The Dial*)撰文评《簧风琴集》,文中高度赞颂了史蒂文斯"中国式的思维与手法"(*Complete Prose* 95),并称其想象力超乎寻常,实现了中国诗赞山水画杰作的"营造的遥感"("achieved remoteness")(*Complete Prose* 91)。

1923 年,摩尔刚在大都会艺术博物馆中国画展上观赏过一幅书法诗抄("the manuscript of a poem on Wang Wei")。[②]"营造的遥感"是她对该诗赞词的归纳。在书评中摩尔称:"One feels, however, an achieved remoteness as in Tu Muh's lyric criticism:'Powerful is the painting ... and high is it hung on the spotless wall in the lofty hall of your mansion.'"(*Complete Prose* 91)大都会艺术博物馆画展上的诗抄抄的是杜少陵《戏题王宰画山水图歌》。英文解说词却把杜少陵(杜甫)注成了"Tu Muh"(杜牧?),把王宰注成了"Wang Wei"。[③]摩尔所引赞山水图的"Tu Muh"一度让笔者误以为是明代

---

① See Linda Leavell, *Marianne Moore and the Visual Arts*, Baton Rouge: Louisiana State University Press,1995, p. 155.

② Marianne Moore, *Selected Letters of Mariane Moore*, p. 197.

③ 据纽约大都会艺术博物馆官网,宋佚名书法家书杜少陵《戏题王宰画山水图歌》于 1918 年藏入该馆。见 < https://www. metmuseum. org/art/collection/search/51532? searchField = All& sortBy = Date& ft = poet& offset = 0& rpp = 80&pos=29>。点击其中"Signatures, Inscriptions, and Markings",见解说词依旧将杜少陵称为"Du Mu"。

画评家都穆。① 恰巧都穆赞元代画家王蒙的泰山雪景图也用了类似的词语。② 要不是 2020 年春居家抗疫笔者有闲通读杜诗,《中国美术与现代主义》英文原著中张冠李戴的错误在中译本还得不到纠正。③

《戏题王宰画山水图歌》为杜甫 759 年至 766 年定居成都期间应善画山水树石的王宰之请所作的题画诗:

> 十日画一水,五日画一石。
>
> 能事不受相促迫,王宰始肯留真迹。
>
> 壮哉昆仑方壶图,挂君高堂之素壁。
>
> 巴陵洞庭日本东,赤岸水与银河通,中有云气随飞龙。
>
> 舟人渔子入浦溆,山木尽亚洪涛风。
>
> 尤工远势古莫比,咫尺应须论万里,
>
> 焉得并州快剪刀,剪取吴淞半江水。④

"Powerful is the painting … in the lofty hall of your mansion" 是该诗第 5、6 句"壮哉昆仑方壶图,挂君高堂之素壁"的英译。摩尔称史蒂文斯《簧风琴集》实现了杜甫赞王宰之"营造的遥感",字里行间透露出她羡慕并希望也获得这种"中国式的思维与手法"。

摩尔从 20 世纪 20 年代起就开始为《非洲跳鼠》《水牛》等诗收集素材。1925 年她应聘当上了《日晷》主编,不得不放下诗歌创作计划,全身心地投入主编事务,审稿写评论,四五年没有发表过一首新诗。直到 1929 年《日晷》停刊,她才得以重新捡起创作试验。摩尔最著名的动物诗是 1930 年至 1934 年在布鲁克林一套公寓里写出来的。她的杰作《非洲跳鼠》把奇异的非洲跳鼠刻画得如《奔马图》中的群马一般生动逼真。他们以沙漠为家,自由自在地觅食繁殖,不受人类贪婪、傲慢等恶习的影响。《水牛》中的印度水牛跟《归牧图》描绘的中国水牛一样有生气,其勤劳坚强的性格大可与地球上任何动物媲美。《蛇怪翼蜥》中的哥斯达黎加翼蜥好比《云龙图》中的蛟龙,能登陆、能下海,时隐时现,变幻无穷。《鹲鹕》("The Frigate Pelican")中的加勒比海飞禽也写活了,它们在狂飙中飞翔,适应生态,知足常乐。

摩尔 1924 年以后写的鸟虫显然不同于英国浪漫主义诗人济慈《夜莺颂》

---

① Zhaoming Qian, *The Modernist Response to Chinese Art*: *Pound*, *Moore*, *Stevens*, pp. 42–43.

② 都穆撰:《都公谭纂》,陆采编次,北京:中华书局,1985 年,第 6 页。

③ 2020 年春正逢该书中国社会科学出版社中译本要付印,笔者要求编译者对此错加注做了说明。

④ 《全唐诗》(全二册),第 522 页。

("To the Nightingale")中的夜莺,或美国现代诗先驱狄金森《我听到苍蝇嗡嗡叫》("I Hear a Fly Buzz")中的苍蝇。她的鹈鹕就是鹈鹕,不象征人类的任何理想或幻觉。摩尔1924年以后描绘的走兽有异于意大利文艺复兴大师达·芬奇《圣·基罗姆》(St. Jerome)中的狮子,或法国印象派画家窦加《协和广场》(Place de La Concorde)中跟随侯爵与他女儿的宠犬。她的跳鼠、水牛、翼蜥不是人物的点缀和陪衬,而是不受人类支配、有独立生活习性、有血有肉的动物。20世纪20年代至30年代,摩尔不可能从西方找到这样客观、纯粹刻画动物的楷模。这个楷模应该是中国画。

三、摩尔的艺格转换诗《九桃盘》

摩尔于1934年发表的《九桃盘》是一首精致的、赞颂中国艺术陶瓷与中国美学思想的艺格转换诗。该诗在国内外学界长期被相对冷落。诗中许多细节看似不起眼,却为我们挖掘摩尔盛期如何跟中国美术对话、从中吸取营养,开拓现代主义诗歌新思路和新手法提供了不可多得的素材。

原诗8小节(每小节11行),前3小节半写一只"几处补过的"的粉彩桃纹瓷盘,后4小节写麒麟瓶等几件工艺瓷器。1967年摩尔将之收入《摩尔诗歌全集》时,删去了第4小节下半截及第5至第7小节。保留的原第8小节写麒麟瓶。第1小节开场就道出了瓷盘上间隔有致的九桃是自然界桃子的真实写照:"一对一对,犹如毛桃 / 间隔长在 / 往年的桃枝上 / 四个加一个。"在诗人眼里,这九桃不像是毛桃,而像是油桃(nectarines):"仿佛 / 改良品种 / 反之亦常见［……］"(卢巧丹 译)

《九桃盘》最初与《水牛》一起在芝加哥《诗刊》发表,摩尔取题为《皇家牛,皇家盘》("Imperial Ox, Imperial Dish")。可见她知道她的九桃盘乃官窑为皇室专门设计定制。明宣德年间景德镇就制作过九桃瓶、九桃盘,但宣德瓷器大多为白底青花瓷。摩尔描写的九桃盘色彩不限青白,其桃叶施用的是中国画常用的"绿或蓝/或绿兼蓝/月牙形的细叶簇拥光滑的油桃"(卢巧丹 译),而九桃本身施用的又是"美国月月红色"。直到清雍正、乾隆年间,景德镇官窑才开始采用西洋粉彩。而据清瓷鉴定家陆明华先生研究,"八桃五蝠,为雍正朝典型风格,乾隆朝则多绘九桃",摩尔的摹本似乾隆年间生产。① (图7-1)摩尔1934年《诗刊》版《九桃盘》描摹的清瓷还提到蝙蝠,有句称蝙蝠的"眼

---

① 陆明华:《清初景德镇瓷器概述》,载钱振宗主编:《清代瓷器赏鉴》,香港:中华书局(香港)有限公司;上海:上海科学技术出版社,1994年,第90页。

珠仿佛已脱落"。她显然不知道中文"蝠"与"福"谐音,瓷盘上的蝙蝠象征洪福齐天。1935 年该诗收入《摩尔诗选》时,她删去了"眼珠仿佛已脱落"这一行。至于蟠桃或玉桃的传统含义,摩尔是清楚的。她不仅在诗中称"鲜红的桃子 / 虽不能还生 / 及时食之亦能延寿",而且在注释中用瑞士植物学家阿尔方斯·德·坎多尔(Alphonse de Candolle)所引陈诺静("Chin-nougking"音译)言点明"玉桃可防老"(*Complete Poems* 265)。

图 7—1　雍正粉彩桃纹盘　上海博物馆藏

　　笔者查看了摩尔 1930 年至 1933 年的笔记,可以确定她对蟠桃、油桃的研究始于 1931 年春。她在诗中称油桃"作为野生水果 / 源于中国",其依据也是阿尔方斯·德·坎多尔的《栽培植物之由来》(*Origin of Cultivated Plants*,1886)。

　　摩尔对中国艺术的偏爱由来已久。20 世纪 30 年代初,她的这种偏爱又加深了一层。1930 年春,京剧艺术家梅兰芳率团赴美献艺,摩尔母女观看了他四出经典折子戏。观后,摩尔在给维勒的信中惊叹:"我太喜欢梅兰芳了!在纽约看了他一场戏,我就过足了戏瘾,一个季度再不要看别的什么戏。"[1]1932 年冬,摩尔得知维勒要出访中国,她去信祝贺:"日本我有时候会有兴

---

①　Marianne Moore,*Selected Letters of Marianne Moore*,p. 302.

趣,中国才是最有魅力的。"①维勒返美中途在巴黎停留,处理他控股公司的事务,即从那里给摩尔母女寄去几件纪念品。② 摩尔在 1933 年 3 月 3 日发出的感谢信中,用夸中国艺术陶瓷的口吻,夸维勒送给她们的中国手绢和中国信封信笺:"手绢这么精致,叫我们大吃一惊! 信笺的图案设计让我们西方人大开眼界——画在绿色包装纸上的红狗未必最不起眼。我虽然喜欢那青蛙图案,可又觉得那两片胶树叶才是设计者的杰作。想到信封上画的两只鸟可能被邮局盖上戳,真是罪过。"③

　　摩尔在《九桃盘》中对清瓷九桃盘的称颂相对而言比较客观。第二小节第 4 至 6 行"由商务装订用的 / 画笔随意 / 涂在蜂蜡灰底上"一句似可被理解为九桃由绿叶扶衬,色彩虽鲜艳,画得却并不十分精致。摩尔在最后一小节对清瓷麒麟瓶的赞美则是毫无保留的:

> 中国人才"懂得
> 荒野精神"
> 爱吃油桃的麒麟
> 貌似小马——
> 长尾或无尾
> 一身棕黄色
> 驼毛,
> 羚羊蹄、无角
> 画在瓷瓶上。
> 是中国人
> 构想出这一杰作。

(卢巧丹 译;Complete Poems 30)

　　诗中引证、诗后加注乃摩尔诗歌的特点之一。有关麒麟,摩尔在注释中引了 1931 年 3 月 7 日《伦敦图解新闻》(Illustrated London News)所载弗兰克·戴维斯(Frank Davis)的解说:"麒麟状如鹿,独角,牛尾,马蹄,黄肚,毛发五彩"(Complete Poems 266)。值得注意的是,摩尔在诗中并没有遵照戴维斯的解说描述。她笔下的麒麟"貌似小马—— / 长尾或无尾 / 一身棕黄色 / 驼毛, / 羚羊蹄,无角"。(卢巧丹 译)既然摩尔不按传统的解说去描绘麒麟,她为何还要在注释中引戴维斯所谓中国对麒麟的标准解说呢?《九桃盘》末

---

① Marianne Moore, *Selected Letters of Marianne Moore*, p. 281.

② 维勒与哈利苏(Barbara Harrison)合伙在巴黎开的哈利苏出版公司于 1934 年迁回纽约。

③ Marianne Moore, *Selected Letters of Marianne Moore*, p. 302.

句隐藏了她的答案："是中国人 / 构想出这一杰作"。

摩尔的《九桃盘》末节赞美的是中国古代艺术家丰富的想象力。不可否认,古埃及、古希腊传说中的斯芬克斯、古亚述传说中的美人鱼亦具有永久的魅力,但它们都有人面,并只有一种兽(鱼)身,唯独中国传说中的麒麟无人面而集四五种走兽于一身。欧洲到15世纪、16世纪才有金属镶板宗教拼贴图像,20世纪初才开始设计拼贴画,毕加索、布拉克从中找到了新的艺术符号,将立体主义推向更高阶段。需知,拼贴艺术中国古已有之,麒麟就代表了这种艺术在东方的起源。然而,摩尔在诗中赞美的是明清艺术家"画在瓷瓶上"的麒麟。可见使她倾倒的不只是麒麟的原创者,还有不断推陈出新的中国历代艺术家。善于观察的摩尔想必已注意到中国历代画家再创造的麒麟形象并不拘泥于原始样板,或所谓中国的标准样板,几乎每一个杰出艺术家的麒麟造型都有自己的创新。譬如,英国国家博物馆藏南宋《罗汉渡海图》中的麒麟四蹄如牛而不如马,上海博物馆藏《康熙三兽廋颈瓶》上的麒麟毛发不是五彩而是清一色棕黄。(图7-2)诗人兼评论家唐纳德·霍尔(Donald Hall)曾深刻地指出:摩尔赋予《九桃盘》的"不是空谈的想象,而是想象本身"[1]。"推陈出新"或"苟日新,日日新,又日新"("Make it new")乃中国艺术家和欧美现代主义艺术家共同的座右铭。中国不拘一格的麒麟形象为摩尔提供了启示,在《九桃盘》中她接过中国式"苟日新,日日新,又日新"的挑战,再创造出了一个与众不同的麒麟。不熟悉麒麟传统解说的西方读者怎能领悟摩尔的用意?她在诗后加注引戴维斯,正是为了让他们识别出她的麒麟是美国现代主义"中为洋用,推陈出新"的再创造、再创新。

图7-2　康熙三兽廋颈瓶　上海博物馆藏

---

[1]　Donald Hall, *Marianne Moore：The Cage and the Animal*, New York：Pegasus, 1970, p. 92.

　　由此可以看出，摩尔在开拓新诗的过程中吸收了中国美学思想的养分，并且在 20 世纪 20 年代至 30 年代初步形成了一种"想象客观主义"的风格，即李泽厚所谓的"想象的真实"。① 在 20 世纪初，摩尔不可能从西方文化资源中找到"想象的真实"的创作样板。这个样板却可在中国艺术品中找到。摩尔在创作《蛇怪翼蜥》《水牛》《九桃盘》等诗的过程中做了不少大胆的、向西方文化挑战的尝试。这些尝试大多采用了中国素材，绝非偶然。陈列在伦敦、纽约博物馆里的中国花鸟图、走兽图曾让摩尔着迷。摩尔在再现这些题材时努力追随其中国式的想象，而这种想象的灵感恰恰来自李泽厚所谓的"想象的真实"的美学思想。

　　西方诗人、艺术家既能通过英译汉诗，也能通过中国艺术品与中国美学思想进行对话。西方现代主义诗人、艺术家与中国文化之间的交流并不限于语言文字。众所周知，庞德诗歌创新中的中国元素主要取自费诺罗萨"汉诗笔记"，而摩尔与史蒂文斯早期诗歌创新中的中国灵感则主要来源于中国艺术品。域外中国艺术品，同英译汉诗一样是传播中国文化的重要手段。正是英国国家博物馆藏《罗汉渡海图》、纽约大都会艺术博物馆藏《归牧图》、佚名收藏家私藏清瓷麒麟瓶，打开了摩尔的视野，让她走出了西方蔑视动物题材的阴影，大胆模仿中国艺术家的创造力，写出了《九桃盘》等"中为洋用"的现代主义诗歌杰作。

---

　　① 李泽厚：《美的历程》，北京：生活・读书・新知三联书店，2009 年，第 175 页。

东方文化与后期现代主义

"道"为生命之道,永不烦冗的"大统",而"我执"反其道而行之,为佛教之"无明",亦即"烦冗"。《绘画之道》让我了解到中国蛟龙是"天威的象征":小则化成蚕蠋,大则藏于天下;或遁于无形。

——摩尔《烦冗与守真》

　　作者又回来了。他或者她的死亡被宣布得太早了。主体、主体性和自我,连同个人行为能力(personal agency)、认同政治、责任、对话、主体互涉性,等等,也都回来了。而且,人们对传记和自传、通俗文学、电影、电视、广告与语言文化相对的视觉文化,以及霸权话语中的"少数族裔话语"的性质和作用,都产生了新一轮的兴趣,或者说重新燃起了原有的兴趣。

——希利斯·米勒《萌在他乡》

第八章　威廉斯与王燊甫的汉诗集《桂树集》

　　威廉斯最后的杰作《勃鲁盖尔诗画集》跟他早年的现代主义立体短诗集《酸葡萄集》与《春天等一切集》一样，也是东西交流的产物。1916 年至 1923 年，这位美国诗人兼产科、小儿科医生通过与中唐诗人白居易的对话，在那两部初创期诗集中实现了他诗歌创作的首次跨越与突破。晚年，他与阔别四十年的唐诗及其背后的道家美学思想再度对话，从而在《勃鲁盖尔诗画集》中实现了他诗歌创作的再次跨越，再次创新。

一、威廉斯晚年的创作焦虑

　　威廉斯在花甲之年后丢弃了他在《酸葡萄集》和《春天等一切集》中开创的独特的现代主义"立体短诗"，耗尽心思去写长诗。不仅他战后的《帕特森》五部曲基本用三步"阶梯型"诗行(triad)写成，连《爱之旅》("Journey to Love"，1955)等同期发表的中长诗也沿用了这种诗体。直到年逾古稀他才意识到这种三步"阶梯型"诗行既不新颖，也不现代。

　　威廉斯最初在诗歌形式上做实验性的探索得益于翟理斯、韦利介绍的唐代绝句、律诗，20 世纪中叶要重新拾起丢弃多年、独具一格的"立体短诗"又从何做起呢？踌躇之际他在澳大利亚诗人诺埃尔·斯托克(Noel Stock)主编的《边缘》诗刊 1957 年 2 月号上看到了八首英译唐诗，顿时耳目一新。他致信庞德，对这八首译诗大加赞赏，恰不知这八首诗的译者王燊甫是一位从杭州移民到美国的青年学者，他的译诗就是庞德推荐给《边缘》诗刊的。

　　王燊甫，五岁丧父，十七岁随母移民来美，1951 年入新罕布什尔州常青藤名校达特茅斯学院(Dartmouth College)，1955 年获达特茅斯文学学士学位。[①] 毕业后，他移居纽约，一边打工一边申请读研。因爱好诗歌创作，他开始跟庞德通信。第二次世界大战期间，庞德在罗马电台发表过亲法西斯、反

---

　　① 上海《申报》1927 年 7 月 30 日(第 18 版)报道，王燊甫之父王恩照"与孟河名医丁甘仁之孙女秀珍女士"在沪成婚，婚后"赴美、同入哥伦比亚大学攻读"。《申报》1936 年 10 月 12 日(第 11 版)报道，王恩照，"三十四岁，任杭州笕桥航空学校会计，本月八日晚，因服过量安眠药中毒身亡"。

联邦政府的言论,当时仍被囚禁于华盛顿特区圣伊丽莎白精神病医院,无力帮助读研心切的王燊甫。威廉斯既然如此看好这个年轻人,庞德心想,何不牵手让二人取得联系? 经点拨,王燊甫即刻给威廉斯去信求见,庞德这一善举成全了威廉斯与王燊甫的一段合作良缘。

图 8-1　王燊甫 1955 年留影

顺便插一句,威廉斯似乎同浙江,尤其是杭州有缘。英文版《中国文学史》的作者翟理斯在任英国剑桥中文教授前曾在英国驻华使领馆当过二十五年外交官(1867—1892),其中最后三年在浙江宁波当总领事。威廉斯最崇敬的中国诗人白居易祖籍阳邑(今山西太谷),因曾任杭州刺史,常被列为杭州名人。杭州西湖断桥到孤山的长堤,即白堤,就是他在杭任职期内修筑的。他离职时杭州市民纷纷涌向街头挥泪告别,送行的场面有白居易《别州民》一诗为证:"耆老遮归路,壶浆满别筵。甘棠一无树,那得泪潸然?"无独有偶,王燊甫的祖父王丰镐(1858—1933)也是一个热心的杭州人,清朝末年他任浙江洋务局总办,曾从英国传教士手中收回被强占的土地。1922 年,王丰镐任浙江特派交涉使,又为保护岳庙内的精忠柏出过力。1925 年五卅惨案发生,美国圣公会在上海办的圣约翰大学 559 名学生、19 名教员要求上街抗议,遭校方刁难而宣布脱离该校,成立上海第一所华人私立光华大学。王丰镐首起毁家兴学,慷慨捐出私地 90 亩,让光华有了自己的校园。①王燊甫的父亲、英年早逝的王恩照即毕业于该校。

　　威廉斯收到王燊甫的来信,于 1957 年 3 月 16 日复信写道:"天哪！看了你登在《边缘》上的译诗后我一直在打听你的下落。[……]当然欢迎你来看我们。最好过了下周四。下午来吧。周六或周日？我晚上精神不好。请来信,收到你的信我真是太高兴了。"②那次会面后,王燊甫又去信邀请威廉斯同他合译汉诗。威廉斯 9 月 28 日复信热情接受了邀请:"你的提议太有吸引力了！当然要一起译,即便不能马上动手也要趁早。但愿能出一本诗集。上纽约 219 街东 61 号找大卫 · 麦克道威尔（David McDowell）。我曾答应今后写的书由他来出。"③

二、中西合作者相悖的意图

　　同威廉斯合译汉诗绝非易事,王燊甫既要做先生也要做学生。在把中文的意思准确地传达给威廉斯时他是先生,而在用英文重新表达时他又是美国现代派大诗人的学生。在译诗的过程中威廉斯同样担任了双重角色。1958 年初,一老一少两位诗人开始了延续三年之久的合作。1958 年 1 月 17 日王燊甫在威廉斯家里先当了一个下午和晚上的先生,他朗朗上口地给威廉斯念了王维《鹿柴》《山中送别》两首绝句,然后逐句讲解,临走前给威廉斯留下了一份初译稿:

空	山	不	见	人
empty	hill	not	see	man
	or mountain			
但	闻	人	语	响
But	hear	man's	voice	sound
返	景	入	深	林
follow	reflected	into	deep	woods

---

①　据《申报》1933 年 11 月 25 日(第 10 版)报道,王丰镐"早岁出使欧美各国参赞及总领事等职,佩戴六国宝星,周游十五国,足迹几遍地球,并两任浙江交涉使,折卫樽俎,挽回我国权利至钜且大,对于社会慈善事业,尤莫不热心赞助,如五卅惨案发生,约翰学子不堪受外人之侮辱,宣言离校,先生首起毁家兴学,慨捐私地数十亩,创办光华大学,收回教育权,树华人自办教育之先河。于本月二十三日病故沪寓"。

②　See Zhaoming Qian, *East-West Exchange and Late Modernism*: *Williams*, *Moore*, *Pound*, p. 23.

③　See ibid.

light

复	照	青	苔	上
return (to) shine		green	moss	on

送　别
Farewell

山	中	相	送	罢
mountain	(in the)	see	farewell	end
日	暮	掩	柴	扉
the sun	near evening	close	wooden	gate
春	草	明	年	绿
spring	grass	next	year	green
王	孙	归	不	归?
young	patrician	return (or)	not	return. (Beinecke)

　　威廉斯一眼就能看出王维这两首诗是翟理斯在《中国文学史》介绍的五绝,四十年前借鉴绝句创造他独特的"立体短诗"的情景历历在目。当晚他就动笔改写了上述《鹿柴》与《山中送别》两诗:

> Empty now the hill's green
> but the voice of a man refracted
> from the deep woods livens
> the green of the moss there.
>
> Farewell
>
> Farewell，the mountain watches
> as at evening I close the rustic gate
> spring grass will be green again
> tho' the young patrician return or no. ①

　　威廉斯的译诗方方正正,确实形似绝句,其任意断句移行的笔法又不免使人想起他探索新诗体的开篇之作《晚安》("Good Night," 1916)第 1 至

---

① See Zhaoming Qian, *East-West Exchange and Late Modernism: Williams, Moore, Pound*, pp. 25—26.

4行：

> In brilliant gas light
> I turn the kitchen spigot
> and watch the water plash
> into the clean white sink.

(Collected Poems 1，85)

> 在明亮的煤气灯下
> 我拧开厨房水龙头
> 看着水哗哗地流
> 入洁白的水斗。

　　为了每行保持五六个音节（syllables），威廉斯常不顾句法，在不该断句移行的地方断句移行。如《鹿柴》译诗中动宾结构"livens / the green of the moss"被拦腰切断，《晚安》中名词与它所带的介词结构"the water plash / into the clean white sink"（"水哗哗地流/入洁白的水斗"）被一劈为二，又如《致白居易幽灵》中动宾结构"saw / barren branches［……］"（"只见 / 秃枝［……］"）被斩成两截。为了追求形似，威廉斯不得不略去粗译中的个别单词或词组，如《鹿柴》中的"not see man"（"不见人"）和"reflected light"（"返景"）就没有译出。

　　威廉斯改译汉诗走的是庞德《华夏集》的老路，与其说是翻译，不如说是改写或再创造。二者的不同处在于，庞德再创造的依据是费诺罗萨"汉诗笔记"，费氏已不在人世，无论庞德怎样取舍，都无人提出异议。给威廉斯提供粗译稿的王燊甫不同，他毕竟是有主见的合译者。作为合译者，他会审阅，并指出威廉斯的漏译与误译。正如我们所想象的，王燊甫看了译诗坦率地告诉威廉斯："恐怕跟原意相差甚远。"（Beinecke）改译稿的漏译断送了诗中的禅意。他不得不指出，诗中"不见人/人语响"（not see man/ man's voice sound）与"返景/深林"（reflected light /deep woods）看似矛盾，实藏丰富禅趣。几天后，威廉斯重译出一稿："Across the empty hills / in the deep woods / comes a man's voice / the green moss there"。新译稿还是在模拟绝句形式，每行限四至六个音节，结果原诗中的禅意仍然没有译出。

三、一次互补的合译经验

　　王燊甫再三琢磨后省悟到，威廉斯译汉诗的真实目的是探索、试验新诗体,要同他合作译诗做到大体忠于原文,还需避开含义过于深奥的绝句。这时,他想起了王维的处女作《洛阳女儿行》,二十行七言诗还算易懂,不妨一试。这次他没有抄录王维原诗,仅给威廉斯寄去他的粗译稿。《洛阳女儿行》以一个青年男子的口吻,写邻家一阔少新娶的美貌娘子:

> 洛阳女儿对门居,
> 才可容颜十五余。
> 良人玉勒乘骢马,
> 侍女金盘脍鲤鱼。
> 画阁朱楼尽相望,
> 红桃绿柳垂檐向。
> 罗帷送上七香车,
> 宝扇迎归九华帐。
> 狂夫富贵在青春,
> 意气骄奢剧季伦。
> 自怜碧玉亲教舞,
> 不惜珊瑚持与人。
> 春窗曙灭九微火,
> 九微片片飞花琐。
> 戏罢曾无理曲时,
> 妆成只是熏香坐。
> 城中相识尽繁华,
> 日夜经过赵李家。
> 谁怜越女颜如玉,
> 贫贱江头自浣纱。①

王燊甫以"The Lady of Lo-Yang"为题,将王维的二十行诗译为五节四行英诗:

> The lady of Lo-Yang lives across the street.
> By her looks she's about fifteen years of age.
> Fitted with jade and silk her husband's horse is ready for parade.
> In golden plates she is served sliced herring and caviar.

------

① 《全唐诗》(全二册),第289-290页。

Her painted screen and roseate stairs rival in their hues.
The peach blossoms and willow shades spread outside her room.
Through gauze curtain she glides into her perfumed sedan chair.
'Midst feathery fans she enters her sequined mosquito net.

Her husband is a budding young, haughty millionaire；
His extravagance puts Mark Anthony even to shame.
Pitying her maids she teaches them the classic Chinese dance.
Tired of gifts she freely gives her corals and pearls away.

By her crystal screen she blows the light off her velvety lamp.
The green smoke rises like petals bourne upon the waves.
Filled with fun and laughter she has no regrets.
With her hair done up in a roll she sits by the candle case.

In her circle of friends are men of pedigree and wealth.
She visits only the king and aristocrats.
Can she recall the girl who was pure as ivory
And used to wash her clothings by the creek not very far away?

(*Collected Poems 2*，501－502)

四行小节常见于英国民谣,拿来用在这里恰到好处。王燊甫粗译虽大体准确,行文未免拘泥。威廉斯早年也写过一首有关年轻家庭主妇的诗,诗题就是《年轻的家庭主妇》("The Young Housewife", 1916)：

At ten A. M. the young housewife
moves about in negligee behind
the wooden walls of her husband's house.
I pass solitary in my car.

Then again she comes to the curb
to call the ice-man, fish-man, and stands
shy, uncorseted, tucking in
stray ends of hair, and I compare her
to a fallen leaf.

The noiseless wheels of my car

rush with a crackling sound over

dried leaves as I bow and pass smiling.

(Collected Poems 1，57)

上午十点年轻的家庭主妇

穿着睡裙在她丈夫

房子的木篱笆后来回走动。

我独自驾车开过。

她又来到街沿

呼唤卖冰的和卖鱼的，站在那里

羞答答地、未穿紧身褡，撩起

吹散的发梢，我把她比作

一片落叶。

悄声的车轮急驰

枯叶沙沙作响

我点头微微一笑。

看了王燊甫粗译的这首写唐代年轻家庭主妇的"独白"，威廉斯禁不住动笔按自己的语感和诗风修改再创造：

Look，there goes the young lady across the street

She looks about fifteen，doesn't she?

Her husband is riding the piebald horse

Her maids are scraping chopped fish from a gold plate.

威廉斯以"Look"开头，一个反问，加两行现在进行时诗句，一下子就把王维的"独白"变得更富有戏剧性。威廉斯笔下的"独白"如是继续：又一个Look，又一行现在进行时诗句，感叹句、疑问句叠加，展现了"独白"男子窥见的邻家主妇一幕幕生活场景：

Her picture gallery and red pavilion stand face to face

The willow and the peach trees shadow her eaves

Look，she's coming thru the gauze curtains to get into her chaise：

Her attendants have started winnowing the fans.

Her husband got rich early in his life
A more arrogant man you never find around!
She keeps busy by teaching her maids to dance
She never regrets giving jewels away.

There goes the light by her window screen
The green smoke's rising like petals on wave
The day is done and what does she do?
Her hair tied up, she watches the incense fade.

None but the bigwigs visit her house
Only the Chaos and the Lees get by her guards

译诗最终透露了邻家娘子"贫贱江头自浣纱"的家世：

But do you realize this pretty girl
Used to beat her clothes at the river's head?

(*Collected Poems 2*, 364)

　　威廉斯不懂中文，也未见王维诗英汉逐字对照，不可能看出王燊甫粗译稿中的误译。如"日夜经过赵李家"一句，王燊甫译作"She visits only the king and aristocrats"，威廉斯改为"Only the Chaos and the Lees get by her guards"，不仅把意译改成了直译，还颠倒了该句中的主宾关系。王维原诗为好奇男子的一段"独白"，第 3 至 8 行写他窥见的邻家的奢侈生活，第 13 至 16 行凭他的想象勾画出新嫁娘子内心的空虚。王燊甫、威廉斯遵此逐句译出。王维笔下"独白"男子的心理，王燊甫、威廉斯也遵原诗一一托出：第 6 行"A more arrogant man you never find around!"写出了他对邻家阔少的蔑视；第 19 至 20 行"But do you realize this pretty girl / Used to beat her clothes at the river's head?"又表现了他对邻家娘子的无限同情。

　　通过合译《洛阳女儿行》，王燊甫学到了威廉斯译诗的又一秘诀。那就是无论译古诗还是译现代诗，一概用当代美语。威廉斯的诗歌不仅以短小的诗体见长，而且以新鲜、地道的美国日常口语著称。没有威廉斯，两位诗人的合译就不会如此流畅、易懂。在威廉斯笔下，王燊甫生涩的"Filled with fun and laughter"变成了口语化的"The day is done"；王燊甫逐字硬译的"men of pedigree and wealth"变成了通俗的"the bigwigs"。

四、现代派、立体式的英译汉诗

王燊甫视威廉斯为良师,当然不会放过每一个求教的机会。除了译诗,他还时而给老师寄去自己创作的英文诗,威廉斯有时也做评论。1958 年 4月 14 日,他看了王燊甫欲投《纽约客》(*New Yorker*)周刊的一首诗在复信中写道:"《纽约客》的读者不会在意一首没有一个鲜明形象的诗。如果非要写这样的诗,你得在诗体形象上下功夫。"[1]这段话语重心长,给王燊甫道出了老一辈现代主义诗人写诗、译诗与众不同的路子。

1958 年夏,王燊甫从美国东海岸移居美国西海岸,入旧金山州立学院攻读诗歌创作硕士学位。7 月 10 日他给威廉斯寄去一篇新译诗稿,译的是李白的《子夜吴歌·春歌》。熟悉威廉斯诗歌的读者一眼就能看出,王燊甫在模仿老师用"立体短诗"的格局重创中国古典诗。李白的《子夜吴歌·春歌》共六行,不分小节,也无中间停顿:

秦地罗敷女,
采桑绿水边。
素手青条上,
红妆白日鲜。
蚕饥妾欲去,
五马莫留连。[2]

王燊甫则把李白的六行五言诗转变成了五小节十行英诗,最后一行中间还含停顿:

A young lass
Plucks mulberry leaves by the stream.

Her white hand
Reaches toward the green.

Her rosy cheeks
Shine under the sun.

---

① See Zhaoming Qian, *East-West Exchange and Late Modernism*: *Williams*, *Moore*, *Pound*, p. 33.
② 《全唐诗》(全二册),第 390 页。

The hungry silkworms
Are waiting for her.

Oh，young horseman，
Why do you tarry? Get going!

(Collected Poems 2，502)

除了第1、2行照旧译为两行,构成一小节;其他四行分别割为两行,构成了四个小节。首行"秦地罗敷"没有译出,第2、3两小节保持了原诗第3、4行的对仗("素手青条上,/ 红妆白日鲜")。末行"五马"原意为(乘坐五驾马车的)太守,可能为了省略西方人难懂的典故,王燊甫故意将其误译为"young horseman"。

"秦地罗敷"是汉乐府《陌上桑》的女主人公。李白的《子夜吴歌·春歌》仅用六行诗三十个字生动地再现了《陌上桑》中罗敷美丽、坚贞、聪慧的形象。威廉斯读过庞德1915年用英文为其《华夏集》再创造的《陌上桑》("A Ballad of the Mulberry Road"，Pound，300),自然对此"推陈出新"的尝试感兴趣。王燊甫翻译时可能模仿了老师早年写的《南塔凯特》("Nantucket"[Collected Poems 1，372])等名诗十行五小节的诗体。威廉斯阅后想必暗暗好笑,当即动手改了三处:第2行"by the stream"改为"by the river",第4行"toward the green"改为"among the green",第5行"Her rosy cheeks"改为"Her flushed cheeks"。最后一处可谓奇笔:王燊甫的"rosy cheeks"含歧义,会误导读者,使其认为采桑女抹了玫红色的胭脂,而威廉斯的改动则准确地写出了她在阳光下泛红的脸。

老师的默许是对王燊甫最大的鼓励。一个月后,他又大胆地用同样的手法译出了白居易诗友王建的《新嫁娘词三首(其一)》:

The third night after wedding
　　I get near the stove.

Rolling up my sleeves
　　I make a fancy broth.

Not knowing the taste
　　of my mother-in-law,

> I try it first upon her
>
> youngest girl.

(Collected Poems 2, 373)

《新嫁娘词三首(其一)》是王建的一首五言绝句：

> 三日入厨下，
> 洗手作羹汤。
> 未谙姑食性，
> 先遣小姑尝。①

王燊甫将四行诗变成八行，排列为四小节，是不是在模仿威廉斯的《红独轮车》？他将"洗手"译作"Rolling up my sleeves"，改变了原诗的意象，却形象地写出了新嫁娘子干练的神韵。威廉斯阅后没有动一个字。王燊甫成熟了，可以放手让他独立译汉诗了。

1959 年圣诞前夕，王燊甫又给威廉斯寄去了一篇译稿，译的是杜甫的《佳人》。威廉斯对杜甫在唐诗中举足轻重的地位已有所闻。他在《诗刊》1957 年 6 月号上评过肯尼斯・雷克斯罗斯译的《一百首中国诗》，书评中盛赞了三首译诗，其中两首是杜诗《晓望》（"Dawn over the Mountains"）和《宾至》（"Visitors"）。(Something to Say 236—246)《佳人》抒写安史之乱期间一个贵妇人的苦难经历。该诗一起首即点明了这个女子的高贵出身和不幸遭遇：

> 绝代有佳人，幽居在空谷。
> 自云良家子，零落依草木。
> 关中昔丧乱，兄弟遭杀戮。
> 官高何足论，不得收骨肉。②
> ……

王燊甫译诗将杜甫一气呵成的十二行诗分成六小节，每小节四行。开头两小节译为：

> A pretty, pretty girl
>
> come from a celebrated family
>
> lives in the empty mountain
>
> alone with her fagots,

---

① 《全唐诗》(全二册)，第 757 页。
② 同上书，第 518 页。

In the civil war

all her brothers were killed.

why talk of pedigree,

when she couldn't collect their bones?

(Beinecke)

　　《佳人》是继王维《洛阳女儿行》、李白《子夜吴歌·春歌》、王建《新嫁娘词三首(其一)》之后,王燊甫给威廉斯提供的又一首同情、赞美中国古代女性的唐诗。威廉斯显然非常喜爱这类诗歌。王燊甫用"Portrait of a Lady"作诗题,重复了威廉斯和艾略特名诗诗题,有掠人之美之嫌,威廉斯将之改为"Profile of a Lady"。王燊甫粗译稿的首节一概用现在时,未能突出原诗中的今昔对比。威廉斯将第二句和第三句颠倒,将"come"改为过去时"Came",并在下一句"alone with her fagots"前加上了单词"Now"(*Collected Poems 2*,370),从而突出了原诗渲染的佳人战乱前后生活的天壤之别。

　　1960 年冬,威廉斯第四次脑梗发作。王燊甫久未见老师回信,便于 1961 年 1 月 27 日去信问安,信中写道:"能收到老师一张明信片,我也好放心了。"(Beinecke)他没好意思问威廉斯,有没有读过他前些日子寄去的又一首译诗,译的是李白的《长相思》后半节。其中首联"美人在时花满堂,美人去后花馀床"被译为:[①]

My love,

　　When you were here there was

　　　　A hall of flowers.

When you are gone there is

　　an empty bed.

(*Collected Poems 2*,364－365)

　　他无疑很想知道威廉斯会怎样评价他在此译诗中保持原诗对仗的句法,并模仿其三步"阶梯型"诗所作的实验。

　　王燊甫 1961 年 1 月 27 日信中还附了一篇新译诗稿,译的是李白的《扶风豪士歌》。"豪士"被译为"The Knight",用作诗题。起首四句,"洛阳三月飞胡沙,洛阳城中人怨嗟,天津流水波赤血,白骨相撑如乱麻"[②]被译为:

In March the dust of Tartary has swept over the capital.

---

①　《全唐诗》(全二册),第 390 页。

②　同上书,第 391 页。

Inside the city wall the people sigh and complain.

Under the bridge the water trickles with warm blood

And bales of white bones lean against one another.

(*Collected Poems 2*, 367)

王燊甫多么希望老师能坦诚地告诉自己译诗中押 b 和 w 的头韵是否恰当,可是他没有收到威廉斯的复信。

1961 年夏,王燊甫在旧金山州立学院获诗歌创作硕士学位后曾接到夏威夷大学的聘书。他显然给威廉斯去信报告了自己准备应聘赴任。威廉斯 8 月 5 日复信对王燊甫决定离开美国本土、去夏威夷就职表示惊讶。他要王燊甫速告具体行程,以便确定是否能赶上给他寄两册自己刚出版的新书。该信附笔:"当然该让他们看看我们的翻译。"① 王燊甫有关去夏威夷大学就职的信中是不是提到了想要试投合译的诗歌? 因为那封信石沉大海,以上猜测已无从考证。

1962 年王燊甫向洛杉矶南加州大学申请读博时又曾致信威廉斯,请求他写一封推荐信。当时威廉斯因第五次脑梗发作已不能动笔、不能讲话。1962 年 8 月 12 日,威廉斯夫人弗洛斯告知王燊甫自己已代笔写了推荐信。(Dartmouth) 1963 年 3 月 4 日,威廉斯在他生活了近八十年的拉瑟福镇家中与世长辞。

1958 年至 1961 年,王燊甫与威廉斯断断续续合译了三十余首中国诗,其中大多为唐诗,除了王维、李白、杜甫、王建的律诗、绝句,还有孟浩然、王昌龄、柳宗元的诗及后唐李煜的词。更值一提的是他们还合译了四首当代诗,包括郭沫若的《凤凰涅槃》片段、毛泽东的《沁园春·雪》、冰心的《老人与小孩》、臧克家的《三代》。臧克家的《三代》原诗仅三行:

孩子,在土里洗澡

爸爸,在土里流汗

爷爷,在土里埋葬。②

译诗变成了三小节六行:

The child

Is bathing in the mud.

---

① See Zhaoming Qian, *East-West Exchange and Late Modernism*: *Williams*, *Moore*, *Pound*, p. 38.

② 中国现代文学馆编:《臧克家文集》,北京:华夏出版社,2000 年,第 77 页。

The father

Is sweating in the mud.

The grandfather

Is buried in the mud.

(*Collected Poems 2*，376)

"The child"，"The father"，"The grandfather"各单列为一行，进一步突出了三代人的独立性。每节均以"in the mud"押韵收尾，又进一步强调了三代人的相通处。

王燊甫与威廉斯合译中国诗让双方都受益匪浅。如上所述，王燊甫三年间不仅初步学会了威廉斯的现代派"立体短诗"，而且学到了不少语言技艺。通过译汉诗，威廉斯则逐步摆脱了他早已厌倦的三步"阶梯型"诗体，重新拾起 20 世纪 20 年代初创的现代主义"立体短诗"。

威廉斯逝世三年后，王燊甫以《桂树集》为总题在《新方向》(*New Directions*)第 19 辑(1966 年)发表了他与威廉斯合译的汉诗。在仅三行的题跋中，他称这些译诗"不是像阿瑟·韦利那样的翻译，而是按威廉斯诗歌创作的原则、用地道的美语再创造的作品"。《桂树集》共收三十九首译诗，其中含王燊甫 1957 年在《边缘》诗刊独立发表的八首唐诗，而不含威廉斯最早试译的《鹿柴》和《山中送别》。

接受过庞德和威廉斯两位大师熏陶的王燊甫于 1972 年获美国南加州大学哲学博士学位。1974 年夏，他被聘为新墨西哥大学英语助理教授。然而，天有不测风云。1977 年 4 月，他作为美国现代语文学会少数族裔委员会成员赴纽约参加一个例会，不幸在酒店暴死。尸体被发现在该酒店大楼外一个平台上。自杀还是他杀不明。[①] 留下的遗作有他主编的《美亚传统：诗歌、散文选》(*Asian-American Heritage*：*An Anthology of Poetry and Prose*，1974)和散见于美国各期刊的几十首原创诗歌，其中包括他计划写一百章的《祖父诗章》("The Grandfather Cycle")之第 1 至 15 章。他与威廉斯合译的《桂树集》于 1988 年被收入了麦克高文(Christopher MacGowon)所编的《威廉·卡洛斯·威廉斯诗集》第 2 卷(*Collected Poems of William Carlos Williams*，Volume II)，使其瞑目十一年后终于留名美国现代诗史。

---

① See Hugh Witemeyer，"The Strange Progress of David Hsin-fu Wand［Wang］，" *Paideuma* 15.2 & 3 (1986)，pp. 191—210.

第九章　威廉斯《勃鲁盖尔诗画集》的唐诗渊源

美国文学评论家玛乔瑞·帕洛夫曾指出，英美现代主义诗歌有两派，一派以叶芝、艾略特和史蒂文斯为代表，传承法国象征主义传统；另一派以斯泰因、庞德和威廉斯为代表，与法国象征主义背道而驰。帕洛夫管反象征主义那派的诗学叫"不确定诗学"[①]。庞德早年曾在叶芝的影响下追随象征主义，但第一次世界大战爆发后他即与其决裂。在 1914 年撰写的长篇论文《旋涡主义》（"Vorticism"）中，庞德首次公开批评象征主义，称其"象征符号好比算术里的数字 1，2，7，价值固定不变"，其手法"往往让人想到多愁善感的诗文"。[②] 威廉斯亦不屑于"拙劣的象征主义"，他在 1923 年出版的《春天等一切集》中强调，自己的诗歌"每个单词只代表其本身，而不为自然的象征"（*Collected Poems 1*，189）。庞德的《诗章》和威廉斯的《春天等一切集》乃反象征派现代主义非人格化、开放式诗歌的典范。

一、从偏离到回归反象征派现代主义

必须指出，20 世纪 40 年代至 50 年代威廉斯一度偏离反象征派现代主义的传统。用帕洛夫的话来说，他的长诗《帕特森》"退回到了上辈人的象征主义"，"是一部浪漫主义传统的自传体抒情诗"。[③] 然而，在其生命的最后四五年，亦即后现代主义诗歌兴起的 20 世纪 50 年代末 60 年代初，威廉斯终于又重返他早年传承的反象征派现代主义传统。他的最后一部诗集《勃鲁盖尔诗画集》不仅是他重振非人格化"立体短诗"的宣言，也是他复兴象征派现代主义诗歌的里程碑。

威廉斯偏离反象征主义传统由创造三步"阶梯型"诗体来替代其非人格化"立体短诗"而始。所谓三步"阶梯型"其实就是将一长句诗割成三行，逐行缩进，构成一诗节。他于 1948 年出版的长诗《帕特森》第二部开头即为一三

[①]　Marjorie Perloff, *The Poetics of Indeterminacy*：*Rimbaud to Cage*, Princeton：Princeton University Press, 1981, p. 4.

[②]　Ezra Pound, *Gaudier-Brzeska*：*A Memoir*, pp. 84, 85.

[③]　Marjorie Perloff, *The Poetics of Indeterminacy*：*Rimbaud to Cage*, pp. 152, 153.

步"阶梯型"诗节（triadic stanza）：

外边

　　　　在我外边

　　　　　　有一个世界

Outside

　　　　outside myself

　　　　　　there is a world[①]

威廉斯一度认为三步"阶梯型"诗体长短不一的"可变音步"（variant foot）更符合美语的节奏，是"解决现代诗问题的出路"。[②] 沿用至 1955 年他却意识到这种诗体"用过了头，做作、古板——有斯宾塞和他后期的英雄诗体的味道"。[③]实验三步"阶梯型"诗体也好，摆脱三步"阶梯型"诗体也罢，威廉斯的驱动力是阿多诺所谓"否定的美学"，亦即摆脱"常规化"的现代主义美学。尽管如此，1956 年至 1958 年他仍继续用三步"阶梯型"诗体写《帕特森》第五部。不是他改变了主意，而是他写惯了三步"阶梯型"，不好改，也无从改起。

二、借鉴"老样板"，回归"立体短诗"

1957 年 9 月，华裔诗人王燊甫提议同他合译汉诗，这正中威廉斯下怀。庞德曾把翻译称为诗人探索新诗路"最佳的训练"。[④] 他通过《华夏集》英文再创造汉诗、成功改造自己英诗诗体的经验也证明了跨越与创新的因果关系。同王燊甫合译汉诗果真为威廉斯的创作生涯开辟了新径，证实了庞德的判断。

威廉斯与王燊甫于 1958 年 1 月 17 日开始合译汉诗，他们试图合译的第一、二首诗为王维的绝句《鹿柴》和《山中送别》。如前所述，1918 年前后威廉斯诗体突变，由抑扬格五音步（十音节）长句改革为二、三音步自由体短句。他切割诗句的本领应该是从西欧"立体派"画家毕加索、布拉克那里学来，而

① William Carlos Williams, *Paterson*, ed. Christopher MacGowan, New York：New Directions，1992，p. 43.

② William Carlos Williams, *Selected Letters*, ed. John C. Thirlwall, New York：New Directions，1957，p. 334.

③ See Paul Mariani, *William Carlos Williams：A New World Naked*, p. 689.

④ Ezra Pound, *Literary Essays*, ed. T. S. Eliot, New York：New Directions，1968，p. 7. 后文出自该著的引文，将随文标出 *Literary Essays* 和引文出处页码，不再另注。

革新组合成的四行小节却似取自翟理斯在其《中国文学史》中所介绍的唐代绝句。因为运用了立体派画家切割拼贴的手法,诗又写得极其短小,他的这类诗被称为"立体短诗"。王维的《鹿柴》和《山中送别》让威廉斯又回想起自己四十年前按翟理斯收录的绝句排列创作《雅仕》《彻底消灭》《夜莺》("The Nightingale")和《红独轮车》等立体短诗的情景。改写王燊甫提供的初译稿时他难免拘泥于译诗的形体。王燊甫阅后并不欣赏,还直截了当地指出:"跟原意相差甚远。"(Beinecke)威廉斯又译一稿,王维的禅意仍然没有译出。可慰的是,两次改译王维绝句所下的功夫并没有白费,威廉斯重新尝到了"立体短诗"的甜头。

1959 年春,威廉斯带着摆脱三步"阶梯型"、回归"立体短诗"的念想开始创作《勃鲁盖尔诗画集》。《勃鲁盖尔诗画集》所收 63 首短诗均由两行、三行或四行小节构成,其中仅《礼品》("The Gift")和《海龟》("The Turtle")两首诗尚保留三步"阶梯型"倾向。美国学者彼特·斯密特(Peter Schmidt)评论《勃鲁盖尔诗画集》时曾指出,这些诗歌"简短整齐的诗行和诗节同三步'阶梯型'诗体错落而喋喋不休的诗句形成了鲜明的对照"[1]。为演示他的见解,斯密特将收入《春天等一切集》的《盆花》("The Pot of Flowers")与收入《勃鲁盖尔诗画集》的《蝴蝶花》("Iris")做了对比。按他的分析,《蝴蝶花》虽用了泛指人称代词"我们",却同不含人称代词的《盆花》一样客观、非人格化。该诗仿《盆花》不顾句法,在不该断节的地方断节,制造一现即逝的悬念。首节用一连串带"咝"声的名词——"burst","iris","breakfast"——模拟惊讶,创造愉悦的气氛:[2]

> 闻到蝴蝶花香
> 就下楼
> 早餐

(Collected Poems 2,406)

第二小节端出诗中人和后续动作——"我们从一间屋穿到 / 另一间屋 /寻找"),但同时又播下了"寻找何物"的新悬念。第五小节,亦即末节,在终于找到清香来自"怒放的 / 蝴蝶花"的兴奋情绪中结尾。

《蝴蝶花》固然给威廉斯晚年诗作带来了一股清香,《勃鲁盖尔诗画集》里更清晰彰显了威廉斯回归非人格化"立体短诗"的十几首由四行小节构成的

---

[1] Peter Schmidt, *William Carlos Williams*, *the Arts*, *and Literary Tradition*, Baton Rouge: Louisiana State University Press,1988, p. 243.

[2] Ibid. , p. 244.

诗歌。《舞蹈》("The Dance")一诗共九小节,首节用拟人的手法描写飞扬的雪花:

> 下雪天雪花
> 绕着眷恋的
> 长轴线旋转
> 一对对飞舞
>
> （*Collected Poems 2*,407）

每行控制在五六个音节,不禁让我们想起威廉斯改译《鹿柴》与《山中送别》所作的实验。威廉斯在这里运用"雪花""旋转"等形象,且六次反复出现的名词或动词"舞蹈"("dance"),又让我们回忆起他早年所作《致白居易幽灵》中在雪地里不停奔跑的"戴红帽的姑娘"和"死神这个亮丽的舞者"。

《勃鲁盖尔诗画集》中形似绝句的有《短诗》:

> 你扇了我脸
> 啊,那么温柔
> 这一轻抚
> 让我甜蜜一笑
>
> （*Collected Poems 2*，416）

《菊花》一诗则如律诗,或两首叠加的绝句:

> 除了那花枝
> 谦逊地服从
> 那光彩之外
> 我们还能如何
>
> 把同心簇拥
> 花枝的明艳
> 花瓣与天上
> 太阳相分别?（傅浩 译；*Collected Poems 2*，396）

上文已指出,威廉斯开创"立体短诗"时所作的《彻底消灭》并没有遵循五言律诗中间两联对仗、隔行押韵等规则,只是模拟其方方正正、上下两节的格局。这里无须一一点明他回归"立体短诗"所作《短诗》《菊花》与绝句、律诗的相似处与不同处。

《勃鲁盖尔诗画集》同《春天等一切集》一样,是威廉斯借鉴立体主义拼贴画作诗的尝试。除第一至十首为勃鲁盖尔名画的艺格转换再创造,该诗集所收其他短诗与勃鲁盖尔均无联系,且互不相关。例如,《蝴蝶花》《菊花》《鸫鸟》("The Woodthrust")、《小鸟》("Bird")和《北极熊》("The Polar Bear"),写的就是蝴蝶花、菊花、鸫鸟、小鸟和北极熊。它们并不象征任何人或事物,却各自传达一种感受,含义开放,因读者的想象而异。要说威廉斯用了什么修辞手法,较为突出的就是词汇、句法的反复。反复是反象征派现代主义诗人标新立异的惯用手法。对帕洛夫而言,威廉斯频繁运用反复、"非人格化"诗歌的老师是 19 世纪法国反象征派诗人阿蒂尔·兰波 (Arthur Rimbaud, 1854—1891)和 20 世纪美国旅法现代派作家斯泰因。[①] 兰波和斯泰因固然为威廉斯开创了以反复"异化"的先例,但笔者认为,除了兰波谜一般的散文集《彩画集》(Illuminations)、斯泰因不断重复抽象怪异词语的《软纽扣》(Tender Buttons),威廉斯还借鉴了白居易闲逸诗。今藏迪金森大学图书馆的那册威廉斯所藏的《中国古诗选译续集》有其眉批显示,他曾于 1919 年至 1920 年细读过韦利英译白居易《嗟发落》:

> At dawn I sighed to see my hairs fall;
> At dusk I sighed to see my hairs fall.
> They are all gone and I do not mind at all!
> I have done with the cumbrous washing and getting dry;
> My tiresome comb for ever is laid aside.
> Best of all, when the weather is hot and wet,
> To have no top-knot weighing down on one's head![②]

译诗首句"At dawn I sighed to see my hairs fall"("朝亦嗟发落")为叹息,下句"At dusk I sighed to see my hairs fall"("暮亦嗟发落")反复 "I sighed to see my hairs fall"("嗟发落"),加深叹息,并变异为自嘲,表现了诗人的诙谐、乐观。威廉斯曾效之,于 1920 年前后作《致白居易幽灵》。该诗以"秃枝上白雪累累"起笔,戴红帽姑娘的长大衣上"沾满了雪"承上,反复"雪"字,内涵亦由沉重变为明快。

反复常用词汇、推陈出新,杜甫更胜白居易一筹。杜诗之高超,威廉斯至晚年才领教。1957 年威廉斯为《诗刊》评雷克斯罗斯英译《一百首中国诗》时,曾盛赞唐诗:"就我所知,英美诗歌、法国和西班牙诗歌跟中国诗歌无可比性,在英、美、法、西诗歌里不可能找出像中国诗歌那样潇洒自如的范例";中

---

① Marjorie Perloff, *The Poetics of Indeterminacy*: *Rimbaud to Cage*, p. 110.
② Arthur Waley, trans., *More Translations from the Chinese*, p. 84.

国诗人追求简朴，"与之相比，西方艺术显得矫饰"；"诗人，女诗人，不，女人本人，在跟我们交谈，用我们不懂的语言，跟我们直接交谈，以致我们跟她一起哭泣"。（*Something to Say* 241－243）写到这里，他引了两首杜诗，《晓望》和《宾至》。《晓望》首联"白帝更声尽，阳台曙色分"，①雷克斯罗斯草率译为"The city is silent；/ Sound drains away"。《宾至》"喧卑方避俗，疏快颇宜人"一联，②在雷克斯罗斯的笔下成了"It is quiet too. No crowds / Bother me"。这两首诗译得都不准确。尽管如此，威廉斯还是让我们透过译诗看到杜甫在用不同的细节做渲染。他称赞道："所见客观事物顺笔端，跃然纸上，美不胜收（不全是美景，有时也会凄惨可怕）。传至今日真是令人难以置信。"（*Something to Say* 245）"所见客观事物［⋯⋯］跃然纸上"赞扬的是杜甫做到了庞德所提倡的"直接处理主观或客观的'事物'"（*Literary Essays* 3）和威廉斯本人所提倡的"思在物中"（"no ideas but in things"）。③

　　改写王维《洛阳女儿行》时，威廉斯是否在模仿杜甫，让王维笔下的独白者直接跟读者说话？王燊甫提供的译稿首句和第七句本无反复，威廉斯却各加了一个"Look"。反复的句式，"Look, there goes the young lady across the street"和"Look, she's coming thru the gauze curtains to get into her chaise"（*Collected Poems 2*, 364），让读者身临其境，仿佛窥见了诗中美貌的女主人公。颇具反讽意义的是，威廉斯与王燊甫合译杜甫《佳人》时，却没有译出其中"在山泉水清，出山泉水浊"一联的反复。这也不能责怪威廉斯，王燊甫提供的初稿"Spring in the mountains is clear，/ Mud underfoot"（Beinecke）已略去杜诗的反复。

　　《勃鲁盖尔诗画集》中意象、句法的反复，不能不让我们回想起威廉斯译过的唐诗和读过的英译唐诗。王维《鹿柴》"空山不见人，但闻人语响"，威廉斯译过两稿，虽未能照样反复"人"字，第一稿却背离原诗在首尾反复"复照青苔上"一句中的"青"字："Empty now the hill's green /.../.../ the green of the moss there"。白居易《耳顺吟寄敦诗梦得》中"未无筋力寻山水"，其中"山水"一词又用于《山游示小妓》（"今为山水伴"）等闲逸诗，表现诗人引退后平和静谧的心态。1958年10月威廉斯第二次中风，病瘫中他为《勃鲁盖尔诗画集》创作新诗，一再引用花鸟，是否在仿效白居易？像四十年前因丧父而悲痛时那样，写下《致白居易幽灵》一诗，"我以花甲之年的你 / 来安慰自己"？花有花开花落日，鸟有鸟飞鸟栖时。威廉斯抑或记得韦利所译白居

---

① 《全唐诗》（全二册），第572页。

② 同上书，第551页。

③ William Carlos Williams，*Paterson*，p. 6.

易《暮春寄元九》首联"梨花结成实，燕卵化为雏"（"The flower of the pear-tree gathers and turns to fruit;/ The swallow's eggs have hatched into young birds"[①]）隐含的日夜、四季轮回的哲理？

步入晚年的威廉斯，显然对人生的四季变化有了更深刻的认识。他更能感悟世间万物皆有四季，循环往复不已。他关注的唐诗往往都论季节。李白的《子夜吴歌·春歌》乃春之歌，王维的《洛阳女儿行》是夏日的独白，杜甫的《佳人》吟寒冬腊月的靓女。《勃鲁盖尔诗画集》里的诗亦几乎每首都点明季节，连十首用文字再现勃鲁盖尔名画的艺格转换诗也不例外。《伊卡洛斯坠海之景》（"Landscape with the Fall of Icarus"）首节即明示"根据勃鲁盖尔名画 / 伊卡洛斯坠海/ 是在春天"（"According to Brueghel /when Icarus fell / it was spring"［*Collected Poems 2*，385］）；《收玉米》（"The Corn Harvest"）起笔第一句就是"夏日"（"Summer!"［*Collected Poems 2*，389］）；《农民婚礼》（"Peasant Wedding"）是秋季的婚礼，"新娘座位旁的墙上挂着麦穗"（"a head / of ripe wheat is on / the wall beside her"［*Collected Poems 2*，388]）；《雪中猎人》（"The Hunters in the Snow"）"整幅画都是冬天的景象"（"The over-all picture is winter"［*Collected Poems 2*，386]）。十首艺格转换诗还包含人生的四季：《国王的礼拜》（"The Adoration of the Kings"）耶稣诞生，《儿童游戏》（"Children's Games"）学童玩耍，《农民婚礼》和《户外婚礼狂欢》（"The Wedding Dance in the Open Air"）男婚女嫁，《收玉米》和《翻晒干草》（"Haymaking"）喜逢收获，《盲人的寓言》（"The Parable of the Blind"）盲人遭灾，《伊卡洛斯坠海之景》伊卡洛斯坠海身亡。花鸟四季变化，人生四季更迭，周而复始，皆在其中。

三、《勃鲁盖尔诗画集》与唐诗

《勃鲁盖尔诗画集》第一至十首用专用术语说，属"艺格转换再创造诗"。它们再造了文艺复兴时代尼德兰大画家彼特·勃鲁盖尔（Pieter Brueghel，1525—1569）的名画。老勃鲁盖尔以画农家乐著称。1924 年春，威廉斯携夫人弗洛斯访欧，在维也纳艺术史博物馆欣赏过老画家《伊卡洛斯坠海》等名画真迹。1959 年，他中风康复后以诗歌形式再造这些视觉艺术杰作并非单凭回忆和想象，而是参考了盖斯塔夫·革鲁克（Gustave Glück）编注的画册《老勃鲁盖尔》（*Pieter Brueghel the Elder*，1952）。这十首诗一概用三行小节写

---

① 　Arthur Waley, trans., *More Translations from the Chinese*, p. 45.

成,每行限于一至五个单词或一至七个音节。从《勃鲁盖尔诗画集》的这些主
题诗,我们可以洞察唐代绝句、律诗,特别是白居易绝句、律诗的影子。开篇
《自画像》("Self-Portrait")再造了一个慈祥可爱的老画家的肖像:

> 红色的呢帽下
> 一双蓝眼在微笑
> 脸蛋和肩膀
>
> 占满了画面(*Collected Poems 2*,385)

　　现已确定,所谓勃鲁盖尔《自画像》非勃鲁盖尔所作,画的也非勃鲁盖尔。
1924 年威廉斯参观维也纳艺术史博物馆时,此画确实依旧错标为勃鲁盖尔
《自画像》。然而,20 世纪 20 年代后期欧美艺术界就已纠正了这一错误。威
廉斯不可能不闻不问。他参考的《老勃鲁盖尔》画册并没有收这幅画。这里,
威廉斯显然在开一个不大不小的玩笑。他似乎在仿效赫胥黎(Aldous
Huxley)作序、维特珀茨(Jean Videpoche)加注、1938 年纽约出版的《老勃鲁盖
尔》(*The Elder Peter Brueghel*)。[1]　这本画册用《自画像》作扉页,而不论及
此画的作者。我们不妨不去追究《自画像》的作者究竟是谁,他画的又是谁。
无论怎么说,《自画像》刻绘的画家总还是同《致白居易幽灵》中兴高采烈地奔
跑的姑娘一样戴着红帽。换一个角度,诗画中的老画家又同晚年的白居易,
或晚年的威廉斯一样,不修边幅,但仍勤于耕耘:

> 双眼带血丝
>
> 想必他
> 用眼过度
> 细巧的手腕
>
> 显示他不常
> 干体力活
> 金黄色的胡子
>
> 只修了一半
> 除了画画他

---

①　Aldous Huxley, intro., *The Elder Peter Brueghel*, New York: Wiley, 1938.

　　啥都没空顾　　（*Collected Poems 2*，385）

　　《勃鲁盖尔诗画集》其二《伊卡洛斯坠海之景》首句一笔点明此景不依据古罗马《变形记》（*The Metamophoses*）而是"依据勃鲁盖尔"（"According to Brueghel"）。景中的农夫不像《变形记》叙述的那样，被伊卡洛斯坠海而惊呆，甩掉手中扶着的犁，去赞叹所谓下凡的神仙。他照常埋头"在耕/地"（"was ploughing / his field"）。海岸上还有牧羊人在放羊，渔夫在捕鱼。他们跟农夫一样，在太阳下淌汗，忙自己的事。

　　不打紧
　　近处海里
　　扑腾一声

　　无人注意
　　伊卡洛斯
　　坠海了　　（*Collected Poems 2*，386）

　　熟悉古希腊、古罗马神话的人都知道，古代克里特岛国的能工巧匠代达罗斯（Daedalus）和他的儿子伊卡洛斯被囚禁在他们替国王设计的迷宫里。父子俩绑上自制的蜡翼飞上天，企图逃离迷宫。伊卡洛斯上了天便忘记父亲的谆谆告诫，"不能飞近太阳"。他渐渐飞近火辣辣的太阳，以致蜡翼融化，坠入大海。根据《变形记》，伊卡洛斯坠海时沿海耕地的农夫、捕鱼的渔夫和牧羊的牧羊人都以为神仙下凡，惊讶得分别甩掉了手中的犁、鱼竿和羊鞭。可是 20 世纪的威廉斯、文艺复兴时代的勃鲁盖尔和唐代的李白、杜甫、白居易都不相信古希腊、古罗马神话。在他们看来，生老病死、天灾人祸时刻都会发生，没有人会因此而停止正常生活。

　　这十首诗画与收入《桂树集》的英译唐诗同期转换再创造，于 1960 年春在纽约《哈德逊评论》（*Hudson Review*）上先行发表。它们既再造了勃鲁盖尔的绘画风格，也掺入了威廉斯自己乃至他仰慕的唐诗的美学观。韦利所译白居易闲适诗的乐天精神和辩证观亦体现于这些艺格转换再创造诗中。例如，勃鲁盖尔名画《伊卡洛斯坠海》的中心思想已不是伊卡洛斯坠海，而是照常劳作的农夫。威廉斯的诗画将此颠倒的主题置于生死的辩证框架：春天初醒的村民成了主人公（"the whole pageantry / of the year was / awake"），坠海的伊卡洛斯（"Icarus drowning"）只是配角。居中央位置的是生命而不是死亡。勃鲁盖尔的画题毕竟还因袭古罗马神话的《伊卡洛斯坠海》，而威廉斯的取题将伊卡洛斯坠海置于次要的位置："The Landscape with the Fall of

Icarus",要是直译应为《伊卡洛斯坠海的景色》。

　　勃鲁盖尔名画《雪中猎人》以白雪覆盖的山林为背景描绘了几个夜归的猎人。(见图9—1)1959年冬,威廉斯在审视革鲁克《老勃鲁盖尔》画册中的这幅油画复制件时,很可能想起了王燊甫一年多前讲过的话:《鹿柴》之"深林"与"返景",互为阴阳,缺一就不平衡。1958年5月20日,他曾致信王燊甫,感谢他讲的"阴阳说"让自己开了窍,"懂得了中国古代诗人在讲什么"。①勃鲁盖尔《雪中猎人》严寒(阴)加黑夜(阴),显然阴盛阳衰。威廉斯在他的艺格转换再创造诗中,用三个三行小节写严寒、黑夜、猎人,然后笔锋一转刻画了常会被忽视的篝火:

　　　　[……]几个妇女

　　　　围圈拨弄着篝火
　　　　让它在风里
　　　　烧得旺旺的;右侧

　　　　山那边一群人在溜冰

图9—1　勃鲁盖尔　《雪中猎人》　比利时皇家美术博物馆藏

---

① See Zhaoming Qian, *East-West Exchange and Late Modernism*: *Williams*, *Moore*, *Pound*, p. 51.

[…] a huge bonfire

that flares wind-driven tended by
women who cluster
about it to the right beyond

the hill is a pattern of skaters　(*Collected Poems 2*，386—387)

　　熊熊燃烧的篝火与夜晚冰封的雪山形成鲜明的对照。"一群人在溜冰"的意象，恰如白居易闲适诗中"山水伴"的意象或威廉斯《致白居易幽灵》中在雪地奔跑的"姑娘"的意象，把整首诗的气氛从阴暗转化为明快。

　　勃鲁盖尔画笔下的《收玉米》(*The Corn Harvest*)展现了一个丰收繁忙的场景(见图9—2)。有人批评威廉斯的艺格转换再创造诗无视原画画面上百分之九十二的细节，无视紧张的劳动，去写一个躺在大树底下酣睡的青年男子。① 威廉斯哪里无视了紧张的收获？有张也有弛，有劳也有逸，有阳也有阴，有"有为"也有"无为"。这里威廉斯是通过"逸"写"劳"，"静"写"动"，"无为"写"有为"。他笔下的男子是"干了一上午活/彻底放松"(completely / relaxed/from his morning labors [*Collected Poems 2*，389])。这让我们想起未满四十岁的威廉斯，受白居易《嗟发落》等诗的影响，在仿俳句诗《春》中，破西方诗歌的俗套，用"早春"而不是"晚秋"写自己初见的灰发："我花白的头发啊！/你们真的像梅花一样白。"(傅浩 译；*Collected Poems 1*，158)

图9—2　勃鲁盖尔 《收玉米》 纽约大都会艺术博物馆藏

① Robert Lawson-Peebles，"William Carlos Williams' *Pictures from Brueghel*," *Word & Image* 2 (1986)，p. 19.

凡事有光明的一面,也有黑暗的一面。威廉斯同白居易一样遇事偏向于
光明的一面。从勃鲁盖尔名画《户外婚礼狂欢》威廉斯看到的除了欢乐还是
欢乐。他笔下"穿着农场马裤/粗制皮鞋/咧着嘴//一圈又一圈旋转"
("round and around in / rough shoes and / farm breeches // mouths agape"
[*Collected Poems 2*,390－391])的狂欢农民同白居易《山游示小妓》中的老少
舞伴一样,悠闲自得,忘乎所以。

《盲人的寓言》是一个更典型的例子。勃鲁盖尔描绘了六个盲人,一个牵
一个的导盲竿往前走,一个跟一个跌进陷坑。威廉斯的艺格转换再创造诗粗
一看相当忠于原画,末行"得意扬扬地遭灾"("triumphant to disaster"
[*Collected Poems 2*,391])一句却暴露了他添加的东方意识。西方读者只知
道威廉斯用了"矛盾修辞法"(oxymoron);殊不知"得意扬扬地遭灾"还隐含
中国所谓"塞翁失马,焉知非福"的辩证哲理。

四、压轴诗"周而复始"的主题

《勃鲁盖尔诗画集》讴歌四季轮回,写得最多的还是冬天。生怕有人会误
读他要表现的人生观,威廉斯以《复苏》("The Rewaking")为题又写了一首压
轴诗,重复周而复始的主题,重申他对太阳、玫瑰、紫罗兰和爱的憧憬:

> 迟早
> 我们要结束
> 奋斗
>
> 重构玫瑰、
> 玫瑰意象
> 的奋斗
>
> 但还没有
> 你说用你的爱
> 无限地
>
> 延长时光
> 至
> 整个春季

让紫罗兰
乃至凤仙花
重开

让太阳本身
因为你的爱
也复苏　　　　　　　　　　　　　(*Collected Poems 2*, 437)

　　"重构""重开""复苏"皆强调诗题"复苏"所点明的主题,同白居易《暮春寄元九》首联一样,影射世间万物周而复始的自然规律。这首诗可理解为老诗人跟他夫人推心置腹的对白,但亦可理解为他跟他所热爱的生命和诗歌创作事业的对白。

　　《勃鲁盖尔诗画集》问世于后现代主义兴起的年代。以金斯堡为首的"疲竭的一代"、以洛厄尔为代表的自白诗派应运而生,从不同的角度挑战庞德、艾略特和威廉斯等老一辈诗人倡导的"非人格化"诗歌创作原则。作为金斯堡和洛厄尔的前辈,威廉斯从未对他们非常"人格化"的诗歌提出疑问,但他的《勃鲁盖尔诗画集》却表明他并不赞成"人格化"诗歌。1952 年 8 月威廉斯首次中风,而后又连续中风四次,其中后三次发生在 1958 至 1963 年间。在生命的最后四五年里他以顽强的毅力,带着半瘫的躯体坚持用"开放型""非人格化"等现代主义美学原则创作。在最后一部诗集中,他重振并发展"立体短诗",为美国现代主义诗歌又谱写了辉煌的一章。

　　"非人格化"是 20 世纪初艾略特从反浪漫主义着眼,在论文《传统与个人才能》("The Tradition and the Individual Talent",1919)中提出的一个强调以"客观对应物"("objective correlative")表现主题的诗歌创作理论。威廉斯历来反对艾略特滥用西欧经典,为的是其"新经典主义"阻挠了以他为代表的、独立的美国现代诗的发展进程。① 威廉斯也承认艾略特是一个了不起的现代派诗人。1948 年在给出版商劳克林(James Laughlin)的一封信中,他曾称艾略特的《四个四重奏》(*Four Quartets*,1942)为"庞德几乎不再创作的今天,唯一真正有独创性的诗歌"②。在"非人格化"这个原则问题上,威廉斯和艾略特并无分歧。威廉斯开创"立体短诗"的启蒙老师兰波、斯泰因和白居易,都是"非人格化"文学创作的高手。唐代诗人王维、李白、白居易追求的"无我"之境和艾略特讲的"非人格化",说的大致是一个意思。"无我"之境也

---

① See William Carlos Williams, *The Autobiography*, p. 174.
② See Paul Mariani, *William Carlos Williams: A New World Naked*, p. 571.

好，"非人格化"也罢，其实都是"表面无我，实质有我"。唐诗《洛阳女儿行》《子夜吴歌·春歌》《佳人》和《长恨歌》均"无我中有我"。威廉斯的《红独轮车》《春天等一切》《伊卡洛斯坠海之景》《盲人的寓言》《菊花》等诗何尝不是如此？白居易的《嗟发落》和威廉斯的《春》似有不同，但这类诗中的"我"非自白诗中的"我"，此"我"因摆脱了"私欲"和"自我主义"，已非通常意义上的"我"，走的依然是艾略特所谓"不断牺牲自我，不断消灭自我"①的路子。

　　毋庸讳言，后现代主义诗人和评论家们在攻击现代主义"非人格化"原则时通常将威廉斯撇开，矛头直指艾略特和他的正统规范。金斯堡、洛厄尔等自称是威廉斯的继承人，有一定的道理。威廉斯在评论、书信乃至自传中曾多次批评过艾略特的新经典主义，他"开放式"富有美国特色的诗歌确实对"疲竭的一代"、自白诗派有巨大的影响，他与金斯堡、洛厄尔一直保持着友好的通信往来，并撰《在悲剧的情绪中》（"In a Mood of Tragedy"）、《为卡尔·所罗门嚎叫》（"Howl for Carl Solomon"）等文肯定过他们的诗歌。（*Something to Say* 187－188，225－226）人们往往容易忽视金斯堡、洛厄尔等与威廉斯的共识限于推广"开放式"诗歌和使用地道的美语。他们之间虽然没有公开争论，但是毕竟代表着两个不同的诗歌创作方向。首先，金斯堡和1959年以后的洛厄尔或明或暗否定"非人格化"的现代主义创作主张。② 金斯堡的成名作《嚎叫集》和洛厄尔的代表作《生活研究》都写个人与美国现代社会、美国家庭的冲突，表现诗人内心的愤怒、恐怖和痛苦，都离经叛道，代表所谓"美国反正统文化"。威廉斯虽然在《帕特森》和《爱之旅》中也曾尝试过摆脱"非人格化"，探索过矛盾心理，但他从来没有真正否定过"非人格化"。在逝世前四五年间，他通过与王燊甫合译汉诗，又重新领会到了"非人格化"高超的美学价值，从而在《勃鲁盖尔诗画集》中不折不扣地贯彻了这一原则。其次，在处世哲学上，威廉斯与金斯堡、洛厄尔等后现代主义诗人也有本质的差别。威廉斯对20世纪中叶的美国现代社会也有不满，他的婚姻、家庭生活也有矛盾冲突。然而，他在诗歌中表现的胸怀、心态始终是平和、乐观的。这不能不让我们想起唐诗对他的影响。如果说读英译白居易诗、研究绝句为威廉斯1916年至1923年探索独特的"立体短诗"、确定"平和无为、随遇而安"的美学观铺垫了道路，那么同王燊甫合译王维、李白、杜甫等人的古典诗歌则为他晚年重温并回归这种诗体和这种心态创造了必要的条件。

　　1960年春，金斯堡继《嚎叫集》再版之后，又抛出哀悼母亲、厌恶社会的

---

① T. S. Eliot，*Selected Prose*，New York：Farrar，Straus and Giroux，1975，p. 40.

② 洛厄尔前半生曾追随艾略特和新批评派大师兰塞姆（John Crowe Ransom）致力于形式工整而文辞艰深的"非人格化"诗歌创作。

《卡第绪诗集》（*Kaddish and Other Poems*）。1960 年夏,洛厄尔自白派代表作《生活研究》荣获美国国家图书奖。同年,另一位重要的自白派诗人西尔维亚·普拉斯（Sylvia Plath）出版《巨人集》（*The Colossus and Other Poems*）。后现代主义诗歌风靡一时的 20 世纪 50 年代末 60 年代初,叶芝、斯泰因和史蒂文斯等现代主义诗人已不在人世,艾略特已沉寂。病瘫的威廉斯却没有因此而消沉,他创作了又一部"非人格化"的现代主义杰作《勃鲁盖尔诗画集》。21 世纪的评论家在审理那个时代的美国诗歌时,有理由将其视为老诗人对后现代主义诗歌反"非人格化"的应战,更有理由将其视作他为美国现代主义诗歌吹响了"再复活"的号角。

第十章　摩尔"'道'为西用"的《啊,化作一条龙》

20 世纪中叶,后现代主义在英美诗坛崛起。现代主义诗歌是否从此被取代? 现代主义诗歌自第二次世界大战爆发跌入低谷后有没有东山再起? 现代主义和后现代主义作为 20 世纪西方两大文艺思潮能不能共存? 评价 20 世纪 50 年代至 60 年代英美诗歌不能不关心后现代主义诗歌各大流派,但与此同时亦不可忽视现代主义诗歌的复出。老一辈现代主义诗人最后的杰作,例如威廉斯的《勃鲁盖尔诗画集》(1962)、摩尔的《啊,化作一条龙》(1959)和《告诉我,告诉我》(1966)、庞德的《诗稿与残篇》(1969),正是在后现代主义兴起的同时问世的。有批评家断言 20 世纪中现代主义大势已去。没有调查就没有发言权。要判别此说是否有理,不能不认真阅读这几部 20 世纪中出版的现代主义诗歌佳作。

一、一部让摩尔大开眼界的波林根赠书

值得注意的是,威廉斯、摩尔和庞德晚年都结交上了有才华的中国朋友。作为"中国文化圈内人",这些中国朋友在三位老诗人再跨越、再创新的尝试中发挥了举足轻重的作用。笔者与卢巧丹 2011 年论文《施美美的〈绘画之道〉与摩尔诗歌新突破》考察了美籍华裔画家兼作家施美美《绘画之道》对摩尔晚年诗歌再创新的影响,但该文未能从文化研究"相关文化圈内人"的高度去认识施美美与摩尔的合作关系。[①] 理查德·贝登豪森(Richard Badenhausen)在《艾略特与合作艺术》(*T. S. Eliot and the Art of Collaboration*)一书中把合作者划分为直接合作者(primary collaborator)与间接合作者(secondary collaborator)两大类。在贝登豪森看来,陶染创作思想、激发创作课题、提供创作素材是有别于直接合作的间接合作。[②] 按此界定,参与《鹰之井畔》演出的伊藤是叶芝的直接合作者,提供《诗章》第 49 章蓝本

---

①　钱兆明、卢巧丹:《施美美的〈绘画之道〉与摩尔诗歌新突破》,载《外国文学评论》2011 年第 3 期,第 216—224 页。

②　Richard Badenhausen, *T. S. Eliot and the Art of Collaboration*, Cambridge: Cambridge University Press, 2004, p. 23.

日本佚名"潇湘八景诗"粗译稿的曾宝荪是庞德的直接合作者,提供《桂树集》粗译稿的王燊甫是威廉斯的直接合作者;而对摩尔晚年诗歌新突破起催化作用的施美美则是摩尔的间接合作者。这里,我们将按照贝登豪森"合作艺术"的理念,重点探讨"中国美学圈内人"施美美与摩尔的间接合作关系。

如第七章所示,摩尔历来爱好中国美术。自 1923 年在纽约大都会艺术博物馆观赏巨型中国画展后,她一直关注东方美学论著,试图探悉中国艺术品背后"神秘的"美学思想。1928 年,她在《日晷》书评栏评路易·华莱士·海克尼(Louise Wallace Hackney)的《中国画指南》(*Guide-Posts to Chinese Painting*),肯定了海克尼所选精美的中国画图版,同时却犀利地批评了他的评论纯属"西方人下车伊始"。(*Complete Prose* 255) 1957 年年初,波林根基金会(Bollingen Foundation)给她寄去三部波林根丛书新著——卡尔·荣格(C. G. Jung)的《荣格文集》(*The Collected Works*)第 1 卷、肯尼斯·克拉克(Knneth Clark)的《裸体画》(*The Nude*)和施美美的《绘画之道》。① 在《绘画之道》中,华裔画家兼作家施美美用通俗、流畅的英文,阐释了中国画背后的道家美学思想,让热爱中国艺术的摩尔大开眼界。

1957 年 1 月 22 日,摩尔给波林根基金会约翰·巴雷特(John Barrett)去信致谢:"您无法想象我拥有这几部书的兴奋之情。其中中国美术那部书探讨的课题、译介'绘画要素'所用的术语让我一辈子也享用不尽。"②半年多之后她又给巴雷特去信,请他代购五套《绘画之道》:"我跟我好友布蕾尔说了,我要去加州做一个关于'烦冗与守真'的演讲,是'道'让人文研究变得如此趣味无穷。她一天没收到这部著作,我就一天寝食难安[⋯⋯]。"③

摩尔最初被《绘画之道》吸引住的应该是该书所收十幅精美的中国古画复制件,其中包括北宋郭熙《溪山秋霁图》(传)、南宋阎次于《山村行旅图》、宋末元初钱选《归去来辞图》和《荷塘早秋图·草虫图》、元代郑思肖《墨兰图》与元代邹复雷《春消息图》。钱选的《荷塘早秋图·草虫图》尤为注目。(见图10-1)在给巴雷特的致谢信中,摩尔对其大加赞赏:"这幅画画得精美而不刻板,怎么夸也不过分。翠绿色带豹纹的青蛙,张着警觉的眼睛;红、褐、绿灰色的蜻蜓,映着脆弱的甲虫;纺织娘在爬行,蚱蜢在蠕动[⋯⋯]这一切让人难以

---

① Mai-mai Sze, *The Tao of Painting*: *A Study of the Ritual Disposition of Chinese Painting*, New York: Bollingen Foundation, 1956. 后文出自该著的引文,将随文标出 *The Tao* 和引文出处页码,不再另注。美国梅隆家族以瑞士心理学家荣格在苏黎世湖尽头所建塔楼名命名的波林根基金会于 1945 年建立。

② See Zhaoming Qian, *The Modernist Response to Chinese Art*: *Pound*, *Moore*, *Stevens*, p. 168.

③ See ibid., p. 169.

置信,而又难以忘怀。"①

图10—1 钱选 《荷塘早秋图·草虫图》长卷 底特律美术馆藏

钱选《归去来辞图》真迹藏大都会艺术博物馆,摩尔有可能观赏过。类似阎次于山水图、邹复雷梅花图的复制件,摩尔在西方学者编纂的东方画册中也应能看到。《绘画之道》让摩尔耳目一新的应该是施美美作为"中国传统美学圈内人"对中国水墨画背后"神秘的"道家美学思想的浅说。摩尔应该读过她私藏的比宁的《飞龙腾天》。(Rosenbach)诚如庞德在1915年书评中所指出的,比宁评东方画"老爱倒退到19世纪的欧洲,老爱把中国大师的才智与西方的先例硬扯在一起"②。施美美的《绘画之道》才真正打开了摩尔的眼界。

爱德华·萨义德在《东方学》一书中强调,19世纪西方人探索东方文化总想"控制、重建和君临东方"③。比宁的《飞龙腾天》与海克尼的《中国画指南》虽为20世纪东方画论,却仍未能走出萨义德批判的19世纪东方学的阴影。施美美的《绘画之道》与之截然不同。该书的主旨是从中国传统美学的视角出发,悉心厘清中国绘画之道的起源、发展和现实意义。《绘画之道》第一章从篆体"道"字为"首足合一"讲起,进而解释"天人合一"的道家观念。(The Tao 8—10)比宁与海克尼论东方画,凌驾于东方文化之上,一味引用西方经典。施美美在《绘画之道》中亦引经据典,但引的却是《周易》《道德经》《大学》《论语》《列子》《庄子》《说文解字》、元代陆象山的《心学》、明代王守仁的《传习录》和当代冯友兰的《中国哲学精神》。谈及学画,施美美则指出,学画先要学做人,做人就要做到列子所说的"清心寡欲,身轻无累","御风而行"。(The Tao 18)按明代王守仁的阐释,"人心是天渊,心之本体,无所不赅。原是一个天,只为私欲障碍,则天之本体失了。[……]如今念念致良知,

① See Zhaoming Qian, *The Modernist Response to Chinese Art*: *Pound*, *Moore*, *Stevens*, p. 169.

② Ezra Pound, *Ezra Pound's Poetry and Prose Contributions to Periodicals*, vol. 3, p. 99.

③ 爱德华·W. 萨义德:《东方学》,第4页。

将此障碍窒塞一齐去尽,则本体已复,便是天渊了"(*The Tao* 31)[1]。

二、施美美的教育背景

施美美,原名施蕴珍,1909 年生于天津。其父施肇基(1877—1958)是举荐剑桥医学博士伍连德用几个月时间就控制住 1910 年 10 月末至 1911 年 4 月中黑龙江大鼠疫的"治疫大臣"。[2] 1919 年,施肇基跟陆征祥、顾维钧等外交官一起代表北洋政府出席巴黎和谈、拒绝在辱国和约上签字。[3] 1915 年,他出任驻英公使。当时,施美美才六岁,随父母去英国,被送往伦敦郊外私立小学读书。1922 年,施肇基调任驻美公使,施美美又随父母去了美国,先后在华盛顿特区天主教学校和马萨诸塞州韦尔斯利学院(Wellesley College)接受西方教育。

施美美在西方长大,她何以能有厘清中国画背后道家美学思想的文化功底? 这里需要说明三点:其一,施美美父亲施肇基是江南震泽施氏之后,以文章而入仕。获美国康奈尔大学硕士学位后,施肇基曾以中英翻译"择辞详确,毫无遗漏"名震官场。[4] 1922 年,他偕夫人唐珏华回乡,对震泽青少年学生演讲,留下一句名言:读书当"中西并重,新旧并施"。[5] 根据施美美自述,她父亲主张男女平等、子女受相同的教育。她六岁就会背"己所不欲,勿施于人"等多条孔子名言。[6] 无疑,她读过《论语》,兴许还读过《三字经》、唐诗宋词。三岁时,因父亲赴京就任中华民国政府交通及财政总长,她与后为联合国世界卫生组织创始人之一的长兄施思明一起留居外祖母家。外祖母是著名珠海儒商唐杰臣的遗孀,长住天津与上海。施美美从小就跟她和她的亲友学会

---

[1] 转引自冯友兰:《中国哲学简史》,赵复三译,北京:生活・读书・新知三联书店,2009 年,第 345 页。

[2] 施肇基、金问泗:《施肇基早年回忆录 外交工作的回忆》,北京:中华书局,2016 年,第 53 页。

[3] 由陆征祥、顾维钧、施肇基等组成的中国代表团在 1919 年巴黎和谈上要求索回被德国强占的山东胶澳地区主权,但该权利已秘密转让日本,中方提议被西方列强否决,中国代表团没有在丧权辱国的和约上签字。

[4] 施肇基、金问泗:《施肇基早年回忆录 外交工作的回忆》,第 30 页。

[5] 沈振亚:《施肇基在震泽的一次演讲》,2023 年 3 月吴江通网＜http://www.wujiangtong.com/webpages/DetailNews.aspx? id=16504＞。

[6] Mai-mai Sze, *Echo of a Cry: A Story Which Began in China*, New York: Harcourt, Brace and Co., 1945, pp. 152—153, pp. 184, 185.

了粤、沪、津三种方言。① 其二,施美美酷爱绘画,华盛顿特区天主教学校毕业后她不愿上大学,一心想学画。父亲不允,但最后准许她读完大学后学一年画。② 1927 年,施美美入马萨诸塞州韦尔斯利学院读人文学科,同时在纽约跟一位赵先生学字画。据施美美回忆,赵先生教字画既教执笔要领,也教美学思想;既强调笔墨功底,也强调艺术修养。③ 这种教画法体现了《芥子园画谱》的精神。换言之,施美美学字画的楷模很可能就是齐白石、黄宾虹、潘天寿推崇的《芥子园画谱》。20 世纪上半叶中国人学画必修之。施美美之后去巴黎学了一年西洋画,④但《芥子园画谱》继续影响着她。1944 年,她为筹备中的联合国画过一幅题为《中国》的树胶水彩画,今藏华盛顿特区斯密索尼美国艺术博物馆。所绘锅碗瓢勺,像是在仿效毕加索的立体主义,但其对角线布局则是照《芥子园画谱》"画山石法""新篁斜坠式"如法炮制而来。(*The Tao* 197,390－391)1956 年,她终于如愿以偿,将《芥子园画谱》译成英文,作为其美学论著《绘画之道》的下册印出。其三,虽然身居海外,施美美心系祖国。她的爱国心可见于 1936 年作为"中国文化使者",在纽约百老汇首演的英文古装剧《王宝钏》中饰剧情陈述者(见图 10－2);更可见于她 1937 年四处奔走,组织起纽约第一个中国抗日战争救济委员会。1944 年,为寻求国际友人对祖国持久抗战的支援,她写了一本宣传读物《中国:走向民主外交》。⑤1945 年,她为《纽约邮报》(*New York Post*)开辟"东西方论坛",并出版了自画插图的自传体小说《啼哭的回响》(*Echo of a Cry:A Story Which Began in China*)。该书结尾用第一人称说出了一个旅美龙的传人的心声:"我们身心的一部分永远失去了,永远在寻找。那是襁褓中啼哭的回响,祈求温暖、平安的啼哭。青少年时代的梦想,到了成年被理智裹了起来,但寻找还在继续。"⑥

---

①　See Mai-mai Sze, *Echo of a Cry:A Story Which Began in China*, pp. 10,25－26. 施美美外祖父唐杰臣,曾为上海自来水公司总董、上海商业会议公所总董,于 1904 年英年早逝。

②　See Mai-mai Sze, *Echo of a Cry:A Story Which Began in China*, pp. 152－153.

③　See ibid. , pp. 187－191.

④　See ibid. , p. 187.

⑤　Mai-mai Sze, *China:Toward a Democratic Foreign Policy*, Cleveland, OH:Western Reserve University Press, 1944.

⑥　Mai-mai Sze, *Echo of a Cry:A Story Which Began in China*, p. 202.

图 10—2　施美美留影　原载 1936 年 11 月《亚洲》杂志封面

　　只要有一颗中国心,身居海外照样可以通过持之以恒、刻苦学习打下扎实的中国文化功底。施美美在钻研中华文化知识上下了多少工夫,浏览一遍她的中华文化藏书书目,即可知一二。施美美藏书大多捐赠给了纽约社交图书馆(New York Society Library)。该馆所藏她 1956 年前购买的图书就有《红楼梦》《三国演义》等古典文学名著,《周易》《道德经》《论语》《大学·中庸》(庞德英汉双语版)、《庄子》(韦利英译版)、陆象山《心学》、冯友兰《人生理想之比较研究》和《中国哲学精神》(E. R. 休斯英译版)等哲学经典,郭若虚《图画见闻志》(叟伯英汉双语版)、郭熙《林泉高致》(坂西志保英译版)等绘画专著。①

　　施美美与摩尔有缘。1957 年 9 月下旬,住在纽约布鲁克林区的摩尔正在研读《绘画之道》,准备 10 月去北加州奥克兰市米尔斯学院作"烦冗与守真"("Tedium and Integrity")的演讲。让她惊喜万分的是,《绘画之道》的作者、住在纽约曼哈顿区的施美美竟然给她寄来了从英国广播公司《听众》周刊上剪下的一篇书评,赞其新诗集《仿佛屏障》(Like Bulwark,1956)。在附信中,施美美写道:"您大概还没看到 BBC 周刊《听众》的这篇书评。我想您会乐意收下。"(Rosenbach)这封短信和剪报让摩尔与施美美从此结为良友。

　　施美美与其《绘画之道》恰恰出现在摩尔生命中惆怅、恍惚的一刻。惆怅是因为她失去了母亲,她的精神支柱;恍惚是因为现代主义诗歌前景渺茫。

---

　　①　See New York Society Library Sharaff-Sze Collection ＜ https://www. nysoclib. org/collection/sharaff－sze－collection＞.

母亲的去世让她的创作热情一落千丈,战后十年只出版了《仿佛屏障》这一部诗集。1955 年秋,《仿佛屏障》付印,摩尔的精神气刚有所恢复,"疲竭的一代"的代表作艾伦·金斯堡的《嚎叫》即问世,公开了后现代主义对现代主义的挑战。如果用"含蓄、精炼、非人格化"这八个字概括现代主义诗歌的创作精神,那么"疲竭的一代"则与之相反,主张"暴露、烦冗、人格化"。早在 1952 年,摩尔就应诗友路易·金斯堡之请,读过他儿子艾伦的习作。在给艾伦·金斯堡的信中,她直截了当地批评他"太直接,一点也不婉转"(*Selected Letters* 501)。一周后,她又给路易·金斯堡去信坦言,她不赞成他儿子"以现实主义的名义搞自我中心、负面写作"(*Selected Letters* 502)。1956 年秋,《嚎叫》发表一周年,摩尔去加州大学洛杉矶分校演讲,又旁敲侧击批评"疲竭的一代"。她说:"我们吃反讽的亏吃得太多了。[……]《圣诗》开篇概括了我急切想说的一切:'不坐亵慢者之座得福。'"(*Complete Prose* 511—512)

三、施美美的《绘画之道》与摩尔的《烦冗与守真》

1955 年至 1957 年,后现代主义各流派——"疲竭的一代""自白""黑山"等等,逐一出现在美国东西两岸,迅速占领了战后萧条多年的美国诗坛。现代主义难道真的已经过时?在这困惑、彷徨的时刻,是施美美的《绘画之道》坚定了摩尔对现代主义文艺理念的信心,激发了她新的写作热情,迎来了她创作生涯的又一个春天。1957 年至 1963 年短短六年间,她发表了 20 多篇评论,其中不少与《绘画之道》形成呼应。

1957 年 10 月 16 日,摩尔在米尔斯学院的演讲稿《烦冗与守真》可被视为是她晚年再跨越、再创新的宣言。笔者赞同摩尔传记作者琳达·蕾芙尔的判断,"要是没有丢失前四页,这篇演讲稿就会像《感悟与精确》('Feeling and Precision')和《谦逊、专一与热忱》('Humility, Concentration, Gusto')一样,成为摩尔最重要的评论文之一"①。这篇演讲的录音磁带今已在米尔斯学院找到。完整的演讲录音证明,《烦冗与守真》确是摩尔最重要的评论文之一,其精神贯穿了摩尔 1957 年至 1963 年的许多评论与诗歌。

施美美无疑是摩尔《烦冗与守真》背后提供素材与指导思想的"道家美学圈内人"。在该演讲中,摩尔明确指出,"整个'守真'的议题是施美美编撰的《绘画之道》促发的"②。英文没有一个单词能准确地表达施美美所讲的"道"

---

① Linda Leavell, *Marianne Moore and the Visual Arts*, p. 157.
② Marianne Moore, "Tedium and Integrity," in Zhaoming Qian, *The Modernist Response to Chinese Art: Pound, Moore, Stevens*, p. 225.

的含义。摩尔所用"守真"（"integrity"）一词，就是按施美美对"道"字的拆析，指"首足合一"（守真）的人和"天人合一"（和谐）的世界。"天人合一"延伸到绘画教育，就是施美美所说的"绘画艺术与生活艺术为一体。"（*The Tao* 6）施美美强调"绘画艺术与生活艺术"一体化，为摩尔肯定现代主义"非人格化"（"无己"中"有己"），批评金斯堡等后现代诗人"人格化"（"唯己""我执"），提供了新的视角。摩尔"烦冗"（"tedium"）一词与"守真"相对立，影射要"暴露"不要"含蓄"，要"我执"不要"无己"的"疲竭的一代"。演讲中，摩尔指斥了美国当代诗歌中的"我执""烦冗"倾向："施美美指出，中国哲学可谓心学，即个性发展的学问。我执，即佛教所谓'无明'（'ignorance'），是悟'道'的障眼。至少在我读过的诗歌集中，难得有一本不是在抱怨、讽嘲、发泄、伤害他人。西班牙诗人希门尼斯（Juan Ramón Jiménez）论及非诗歌文体时说，有一种深湛比'个人积念'深。我深有同感。"①

在演讲中，摩尔还探讨了北齐谢赫"六法"之一"气韵，生动是也"。② 施美美在《绘画之道》第二章将六法之一的"气韵"同"呼吸"联系在一起："气在远古的理念中相当于灵魂和精神［……］梵文'prana'，希腊文'pneuma'，拉丁文'spiritus'都与气同义。［……］广东话'气'发音'ha'，活像是呼出一口气。这种表达让任何事物都有气这一传统观念生动化了。"（*The Tao* 52—53）摩尔在演讲中传达了施美美的这层意思："绘画六法据说是谢赫于公元500年提出的。在六法中，第一法，元气，是最基本之法，统率着其他五法，运用于各种绘画。'气'字在广东话里发音'ha'，跟呼气差不多，与梵文'prana'，希腊文'pneuma'，拉丁文'spiritus'同义。"③对谢赫六法其他各法，摩尔只提到其五"经营，位置是也。"她引了施美美阐释此法时所说的"一切空间，包括空白，都有意义，都充满着'道'，也就是'道'"（*The Tao* 17），还引了《绘画之道》下卷《芥子园画谱》"有人居则生情，庞杂人居则纯市井气"等警句。④（*The Tao* 264）

演讲结尾，摩尔又回到《绘画之道》第一章"论道"。这似乎意在象征施美美所描写的"道"："'道'是回旋、整合、永恒的过程；回旋之始（首）和回旋之

---

① Marianne Moore, "Tedium and Integrity," in Zhaoming Qian, *The Modernist Response to Chinese Art*：*Pound*，*Moore*，*Stevens*, p. 226.

② 唐代张彦远《历代名画记》引谢赫"六法"，每法略去"是也"二字（如"气韵，生动是也"引为"气韵生动"），以讹传讹，至钱锺书校正。见钱锺书：《管锥编》第2版，第4册，北京：生活·读书·新知三联书店，2007年，第2109页。

③ Marianne Moore, "Tedium and Integrity," in Zhaoming Qian, *The Modernist Response to Chinese Art*：*Pound*，*Moore*，*Stevens*, p. 226.

④ Ibid. , p. 227.

终(足)相同,回旋永无休止。"(*The Tao* 16)《绘画之道》让摩尔认识到了"道"的双重属性——它似无为又有为,似无变又有变,似无形又有形。这一切都体现在中国蛟龙的身上:蛟龙能在"水中栖息,空中飞翔",能小能大,能隐能显。

从青年时期起,摩尔就不赞成浪漫主义"崇尚自我"(egotism)的倾向。施美美的《绘画之道》给她反叛"崇尚自我"提供了一个新的着眼点。在 1958 年至 1963 年所写的评论文章中,摩尔几度重返《烦冗与守真》的命题,用现学的道家美学思想肯定"无己",批判"我执"。1958 年初,她在《马博洛图书俱乐部期刊》(*Bulletin of the Marboro Book Club*)上盛赞 1956 年诺贝尔文学奖获得者、西班牙诗人希门尼斯,引其与道家美学观契合的名言:"我不是我,而是隐身走在我身旁的另一个人。这个人包含我恨的人。[……]我死后,他会继续正直地站着。"(*Complete Prose* 499)1958 年 4 月,她在《艺术》(*Art*)季刊上给画坛新秀罗伯特·安德鲁·帕戈(Robert Andrew Parker,1927—)点赞,称其"年轻[……]未沾染'我执',前途无量。"(*Complete Prose* 502)1961 年 9 月,布林·莫尔女子学院校友西尔达·杜丽特尔逝世,摩尔在母校校刊上发表悼文,赞杜丽特尔诗歌以"寡言""含蓄"取悦读者。(*Complete Prose* 558)1963 年 2 月,摩尔给美国家庭期刊《房与园》(*House and Garden*)撰文,结尾引所谓孔子语录"心有怨,则发而不中"。(*Complete Prose* 568)①同年 3 月,她又在《17》(*Seventeen*)杂志上发文,痛批愤世嫉俗,并再次引以上孔子名言。(*Complete Prose* 569)

四、施美美的《绘画之道》与摩尔的《啊,化作一条龙》

摩尔毕竟是诗人,她对《绘画之道》最精彩的回应还是在她的诗歌里。1959 年 4 月,她的新诗集《啊,化作一条龙》出版。诗题中的"龙"就是《绘画之道》讲到的中国蛟龙,"道"的象征,"天威的象征"。摩尔给施美美赠送了一册《啊,化作一条龙》。在附信中,她把施美美称作"龙的传人",并坦言:"是您诱发了这些梦幻——我的种种神奇的想象都出自您。自从我从巴雷特先生那里收到您的《绘画之道》[……]我的世界开阔了,并且还在不断扩大。"(Rosenbach)②摩尔称《啊,化作一条龙》"种种神奇的想象都出自您"等于认

---

① 译自摩尔英文,可能是《论语·里仁篇 4.12》"放于利而行,多怨"的误读,也可能是《孟子·公孙丑上》"发而不中,不怨胜己者,反求诸己而已矣"的误读。

② See Zhaoming Qian, *The Modernist Response to Chinese Art*:*Pound,Moore,Stevens*,p. 181.

可施美美是这部诗集的间接合作者。施美美在复信中也默认摩尔的褒奖：
"您对龙的妙用，让我觉得无比温暖。[……]您对龙的神奇想象默默指向了
'一颗相印的心'。"（Rosenbach）①

　　把施美美称为陶染摩尔创作思想，激发《啊，化作一条龙》创作母题，提供
该诗集创作素材的间接合作者并不为过。与该诗集同名的开篇《啊，化作一
条龙》是摩尔在米尔斯学院演讲结束时朗诵的一首含施美美引语与警句的即
兴诗。演讲录音中该诗与《啊，化作一条龙》开篇一样，以"我若能，像所罗门
王"起首，以"非凡的奇观！"结尾，中间重复诗题："啊，化作一条龙"，并引《绘
画之道》上卷第 82 至 83 页施美美所引管仲《水地篇》："欲小则化如蚕蠋，欲
大则藏于天下；或遁于无形。"② 1957 年晚秋，斯坦福大学校刊《红杉》
（Sequoia）刊出了摩尔的《啊，化作一条龙》。③ 在该版《啊，化作一条龙》中，摩
尔在管仲《水地篇》引语前加引了《绘画之道》上卷第 81 页施美美语"天威的
象征"。听了 1957 年摩尔录音方知，该诗诗题"啊，化作一条龙"亦为引语。
在演讲前一天，摩尔应邀出席斯坦福大学为她举办的一次聚餐会。在聚餐会
上，她情不自禁与赴宴新老朋友分享了《绘画之道》提及的中国吉祥物鹤、桃、
蛟龙等等——蛟龙好比"道"，是"天威的象征"。一位在场的教授听后惊
呼："啊，化作一条龙！"这一惊呼激发了摩尔创作这首诗。"啊，化作一条龙"
不仅被用作诗题，而且直接嵌入诗中。

　　在《非原创天才》一书中，帕洛夫探讨了一个值得当代文学艺术评论界关
注的课题——21 世纪的摘引拼贴诗。④ 摘引拼贴诗是鼎盛期现代主义的产
物。第四次工业革命前夕的诗歌新秀革新了前辈诗人、艺术家的创造，借助
高科技将音频、视频等非印刷媒体原创的作品切割组合，创作摘引拼贴诗。
美国当代诗人戈德斯密斯再现纽约某周末 24 小时交通实况的长诗《交通实
况》就是其中一佳例。说到鼎盛期现代主义的摘引拼贴诗，我们首先会想到
艾略特的《荒原》（1922）。该诗共 434 行，引了乔叟《坎特伯雷故事集》
（Geoffrey Chaucer，*The Canterbury Tales*）、但丁《地狱篇》和《炼狱篇》（Dante
Alighieri，*Inferno* and *Purgatorio*）、莎士比亚《暴风雨》和《安东尼与克丽奥
佩特拉》（Shakespeare，*The Tempest*，*Antony and Cleopatra*）、韦伯斯特《白
魔》（John Webster，*The White Devil*）、瓦格纳《特里斯坦与伊索尔德》

---

①　See Zhaoming Qian，*The Modernist Response to Chinese Art*：*Pound*，*Moore*，*Stevens*，
　　p. 32.

②　姜涛：《管子新注》，济南：齐鲁书社，2006 年，第 314 页。

③　Marianne Moore，"O to Be a Dragon，" *Sequoia* 3.1 (1957)，p. 20.

④　Marjorie Perloff，*Unoriginal Genius*：*Poetry by Other Means in the New Century*，2010.

（Richard Wagner, *Tristan und Isolde*）、波 特 莱 尔《恶 之 花》（Charles Baudelaire, *Les Fleurs du mal*）、韦斯顿《圣杯传奇》（Jessie Weston, *From Ritual to Romance*）、印度教圣典《奥义书》（*Upanishads*）等三十多部东西方经典。庞德的《诗章》第 49 章也是一首杰出的盛期现代主义摘引拼贴诗，其 47 行诗中有 39 行引自中国古典诗歌，仅 8 行为原创。摩尔的《啊，化作一条龙》则是一首精湛的微型摘引拼贴诗，6 行诗中 3 行为引语，夹在诗人原创的假设（"我若［……］/［……］"）与感叹（"非凡的奇观！"）之间。

如果说摩尔鼎盛期诗歌体现了现代主义"简练、含蓄、非人格化"的风格特征，那么摩尔晚年的后期现代主义诗歌比之更简练、更含蓄，也更加非人格化。

摩尔鼎盛期诗歌以中等长度诗为主体，1935 年选入《摩尔诗选》的名篇《诗歌》《鱼》（"The Fish"）、《尖塔修理工》（"The Steeple-Jack"）、《蛇怪翼蜥》和《非洲跳鼠》分别有 39 行、40 行、78 行、122 行和 156 行。按道家（或禅宗）美学标准衡量，这些佳作，尤其后三首，远不够精练。《啊，化作一条龙》全集 15 首诗，有 9 首为 4 至 20 行的短诗，开篇《啊，化作一条龙》仅 6 行，其后三首诗，《我可以，我可能，我必须》（"I May, I Might, I Must"）、《致变色龙》（"To a Chameleon"）和《水母》（"A Jelly-Fish"）分别有 4 行、10 行和 8 行。是《绘画之道》阐释的道家美学思想引导摩尔晚年诗作日趋凝练。

《绘画之道》阐释的道家美学思想也导致摩尔晚年诗作写得更加含蓄。施美美在解释蛟龙的象征意义时，强调了"含蓄"的重要性：蛟龙"具有道家所说的'无为'（表面无为，实质有为）精神［……］亦即'含而不露'的威力"。（*The Tao* 83）这里，我们不妨对摩尔两首用到中国蛟龙意象的诗歌，《蛇怪翼蜥》和《啊，化作一条龙》，做一比较。《蛇怪翼蜥》分 4 节，从哥斯达黎加的翼蜥写到马来西亚的大蜥蜴，从中国蛟龙写回到哥斯达黎加的翼蜥，五花八门，无所不及。美国学者克丽丝丹·米勒（Cristanne Miller）曾以此诗为例，论证要读懂摩尔诗歌关键在于破解摩尔所用典故和她用典的意图。[①] 米勒的论点也适用于《啊，化作一条龙》。这首短诗同样含典故。在《绘画之道》，施美美引了李时珍在《本草纲目》中根据罗愿《尔雅翼》对蛟龙的描写："角似鹿，头似驼，眼似兔，耳似牛，项似蛇，腹似蜃，鳞似鱼，爪似鹰，掌似虎。"（*The Tao* 81）[②]摩尔应该从"蛟龙有九似"联想到她盛年所作《九桃盘》里的麒麟："貌似小马——/ 长尾或无尾 /［……］羚羊蹄，无角 / 画在瓷瓶上。/ 是中国人 /

---

①　Cristanne Miller, *Marianne Moore*: *Questions of Authority*, Cambridge: Harvard University Press, 1995, p. 43.

②　李时珍编纂：《本草纲目》下册，刘衡如、刘山永校注，北京：华夏出版社，2002 年，第 1581 页。

构想出这一杰作。"《啊,化作一条龙》仅用施美美一句警句、一句管仲引语,即概括了一切。这首 6 行短诗,拼贴施美美、管仲等人引语,似有双重意图:她既是在模仿集九物之象于一身的蛟龙,也是在赞美道家美学思想的威力。这首诗取胜于含蓄。对读者而言,含蓄,或含而不露,意味着更大的难度,同时也意味着更广阔的想象空间。

说到"非人格化",《啊,化作一条龙》的主题就是"无己""无形""非人格化"。该诗用"蛟龙"做比喻,申明要坚持"非人格化",坚持现代主义"不断牺牲自我,不断消灭自我"的原则。[①] 蛟龙"欲小则化如蚕蠋,欲大则藏于天下;或遁于无形",在这里它比喻摆脱了自我、进入"天人合一"境界的诗人或艺术家。李泽厚将中国诗画虚虚实实的境界称为"想象的真实"。他解释说,主张"无我之境","不是说没有艺术家个人情感思想在其中,而是说这种情感思想没有直接外露,甚至有时艺术家在创作中也并不自觉意识到"。[②]摩尔素以"想象客观主义"("imaginative objectivism")著称。按克丽丝丹・米勒的阐释,所谓"想象客观主义"即"表面无我,实质有我"。[③] 摩尔的"想象客观主义"与道家美学提倡的"想象的真实"仿佛异曲同工。不过,《绘画之道》还是让摩尔的"想象客观主义"提升到了一个新的高度。

《绘画之道》引发的摩尔的"种种神奇的想象"应该包括收入《啊,化作一条龙》的大部分诗歌。1909 年摩尔在宾州布林・莫尔女子学院读大四时,曾在校刊上发表过一首题为《进步》("Progress")的短诗,长年未曾重印。1959 年,她把这首诗的题目改为《我可以,我可能,我必须》,收入《啊,化作一条龙》:"你告诉我为何沼泽地 / 似乎不可穿越,我就 / 告诉你为何我认为只要我 / 尝试,我就能穿越。"(*Complete Poems* 178)

这首诗紧接《啊,化作一条龙》,可以被理解为诗人与《绘画之道》作者之间的一段对话。"不可穿越"的"沼泽地"似影射"道",而代词"我"和"你"、动词"告诉"、疑问词"为何"的反复则突出了"自信"和"含而不露"等与蛟龙相关、与"道"相关的主题。

摩尔盛期发表过许多动物诗。前文提到的《鱼》《非洲跳鼠》《蛇怪翼蜥》《水牛》皆属此列。《啊,化作一条龙》诗集中也有不少诗写动物,与其盛年创作的动物诗相比,摩尔晚年的动物诗更简练、含蓄、非人格化。值得注意的是,摩尔晚年写的动物或多或少具备一些中国蛟龙(或"道")的特征。

《致变色龙》同《我可以,我可能,我必须》一样,是一首 1959 年前未曾重

---

①　T. S. Eliot, *Selected Prose*, p. 40.

②　李泽厚:《美的历程》,第 175、177 页。

③　Cristanne Miller, *Marianne Moore: Questions of Authority*, p. 28.

印过的摩尔早期诗歌。在这里出现,这首诗成了诗人展示她能力和决心的见证——她可以,她可能,她必须穿越"似乎不可穿越"的"沼泽地",化作一条时隐时现,变幻多端的变色龙。

摩尔排列此诗诗行煞费苦心。十行诗渐渐缩进,又渐渐收回,不仅模仿了变色龙蜿蜒爬动的姿态,而且也模仿了传说中由蛟龙变来的蚕蠋蜿蜒爬动的姿态:

> 葡萄藤稠密的叶子和果实下隐藏着
> 　　变色龙,
> 　　　　你的躯体
> 　　　　　缠绕在修剪整理过的
> 　　　　　　茎条周围。
> 　　　　　那颗翡翠
> 　　　　虽然硕大如黑君王的
> 　　　那颗宝石,
> 　　所折射
> 的火光依然不能像你那样如幻变色。

> （卢巧丹 译;*Complete Poems* 179）

诗人格蕾斯·舒尔曼(Grace Schulman)称赞该诗"有己"和"无己"、肯定和否定交叉出现。她认为,双交叉深化了"变幻"的主题。[①] 批评家波尼·考斯特洛(Bonnie Costello)从《绘画之道》对该诗的影响出发指出,变色龙如中国蛟龙,是"天威的象征"。[②] 换言之,变色龙在此是"道"的象征,用施美美的话来说,"阴和阳一方面互为对立面,另一方面又作为一个整体的两半互为补充"(*The Tao* 93)。

一度被遗忘、1959 年又重新被捡回,收入《啊,化作一条龙》的诗歌还有《水母》。与变色龙一样,水母也是《绘画之道》诱发的"梦幻",也是能大能小、时隐时现的蛟龙("道")的象征:"时隐时现,／ 变幻的魅力 ／ 琥珀石英 ／ 栖息于间／ ［……］"（卢巧丹 译;*Complete Poems* 180）

据考斯特洛考证,摩尔最初发表此诗是想向古罗马修辞家朗加纳斯(Longinus)致敬,敬意隐藏在摩尔对生物课上观察到的一个水母的描写之

---

① Grace Schulman, *Marianne Moore : The Poetry of Engagement*, Urbana：University of Illinois Press, 1986, pp. 82, 107.

② Bonnie Costello, *Marianne Moore : Imaginary Possessions*, Cambridge：Harvard University Press, 1981, p. 151.

中。但在 1959 年,摩尔学会了从一个新的视角来看这首诗。她知道隐形和变幻是阴阳相互作用的反映。超越视野才得以接近"无穷的境界,'道'的境界"。(*The Tao* 94)除了传达隐形和变幻这一体现"道"的精神的主题,《水母》在诗歌形式上还具有"道"所注重的凝练含蓄的特点。原诗共 16 行,1959 年收入《啊,化作一条龙》时,摩尔把最后 9 行诗压缩为一行,从而使这首诗显得更加凝练含蓄,更加符合《绘画之道》所阐释的道家美学思想。

《北极麝牛(或羊)》("The Arctic Ox (or Goat)")在表现"无己、变幻"的主题时,既用了生动的形象,也插入了评论。《北极麝牛(或羊)》的素材取自 1958 年《大西洋月刊》(*Atlantic Monthly*)所载"北极的金羊毛"("Golden Fleece of the Arctic")一文。该诗不禁让人想起摩尔盛年创作的《水牛》。这两首诗赞扬的品质看似相关,实则不然:"麝牛 / 没有麝香,也不是牛 —— "(*Complete Poems*,193)。在《水牛》一诗中,诗人先列出欧洲野牛等五种牛,然后笔锋一转把殊誉送给了印度水牛。在《北极麝牛(或羊)》中印度水牛不敌北极麝牛:水牛"神经质 —— /甚至凶残"(*Complete Poems* 194),而产"羊毛"的"麝牛"却宁静、温顺和聪明。诗中还有很多细节,让这些品质实至名归:它们爱"帮你干活",会"跟小孩耍水",还能"推开门,发明游戏"。(*Complete Poems* 194)与以上细节描写并列的是诗人的评论:"它们最大的特点 / 没有我执味 / 只有才华气。"(*Complete Poems* 193)"没有我执味"影射"守真"的精神。这三行诗不仅表明了诗人偏爱"北极麝牛"的原因,而且让此诗紧扣整部诗集的主题。

在《啊,化作一条龙》,摩尔"对龙的妙用"常出人意料。她早期诗歌的中国题材限于中国画、中国瓷器和传说中的中国动物。在晚年,摩尔才可能把中国蛟龙演化为北极麝牛。也只有在晚年,摩尔才开始关注东西方文化内在的联系。她晚期的东方观不仅有别于 20 世纪大多数西方诗人、作家的东方观,而且也有别于她本人早年的东方观。

《圣·尼古拉斯》("Saint Nicholas")是一首圣诞赞歌。① 这首圣诞赞歌虽不直接写动物,却提到了前面两首动物诗——《致变色龙》和《北极麝牛(或羊)》。圣诞节想要什么礼物?诗人只想要"一只有尾巴的变色龙",或者一件麝羊羊毛衫,或者一束月光。(*Complete Poems* 196)她不仅不要贵重的礼物,而且表达自己愿望的口吻也格外谦卑。写节制与欲望间的矛盾,意在表现谦恭的品德,这种谦恭说明诗人深知只有"克己"才能"守真",只有"无己"才

---

① 圣·尼古拉斯是圣诞老人的原型,一个喜欢以匿名的方式赠送礼物给当地穷人的基督教信徒。

能把握"道"的精神。

《文化格斗》("Combat Cultural")不写动物,而写两个俄罗斯芭蕾舞演员。他们的格斗表现了蛟龙所象征的"道"的精神——配合默契、不断运动、不断变幻。在创作这首诗时,摩尔遵循了谢赫"六法"论中的第一法:"气韵,生动是也。"她笔下的两位舞者从"有节奏的加速"("落伍的乌鸦/在日落中加速")到"有节奏的甩动"("彩带如鞭/甩得噼啪响")再到"有节奏的格斗"("一击一踢/顶到墙上"),配合完美。他们好比《绘画之道》阐释的阴阳两极,既对立又统一(*The Tao* 8):"两个斗士,衣着相似——/就是一人——似孪生。"(*Complete Poems* 200)这首诗不仅再现了一场精彩的双人舞,而且强化了"合二而一""和谐、整体和守真"的主题思想。

和谐的主题也同样体现在该诗集最后一首诗《达·芬奇的画》("Leonardo da Vinci's")。这首诗既有人,又有兽。就诗论诗,摩尔笔下达·芬奇未完成的杰作《圣·基罗姆》可以理解为对基督教统一多样的理想的赞扬。然而,将其置于《啊,化作一条龙》整部诗集的大语境中,该诗亦可被理解成对道家"整体"(wholeness)观念的颂赞。诗中有不少细节暗示我们联系到大语境。例如,圣·基罗姆使唤狮子"驮木柴[……][它]也顺从"(*Complete Poems* 201),这让我们想起"没有我执味"的北极麝牛;而圣·基罗姆和狮子成为"一对孪生;[……]举止容貌均相似"(*Complete Poems* 201),又让我们想到《文化格斗》中衣着相似、配合默契的俄罗斯舞者。诗歌第4小节赞颂圣·基罗姆德智兼备:"和蔼而又充满了热情——/如果不是兼有二者,他/又怎能如此伟大?"(*Complete Poems* 201)这不禁让我们想到道家有关德育和美育为一体的教导。

在施美美《绘画之道》美学思想的熏陶下,摩尔诗歌创作渐入"道"门。其诗集《啊,化作一条龙》虽然屡次暗示"道"或"守真"的主题,却没有明示。1961年,麦克米伦出版公司推出《玛丽安·摩尔选读》(*A Marianne Moore Reader*)。年逾古稀的摩尔为之选诗时竟然舍弃了她历来十分喜爱的《蛇怪翼蜥》《婚姻》《诗歌》等中长篇佳作,而收入了《啊,化作一条龙》的每一首诗,并在序言中直白承认《绘画之道》的影响:"《绘画之道》把我引导到中国主要吉祥物中的蛟龙,'天威的象征':欲小则化成蚕蠋,欲大则藏于天下;或遁于无形。在聚餐会上,一位精通珠宝、金融、绘画和音乐的朋友听我讲完鹤、桃、蝙蝠和蝴蝶是福寿的象征后,殷切地惊呼:'啊,化作一条龙!'他的惊呼,当时虽被忽视,最终却成了我的诗题。"(*Complete Prose* 551)①

---

① See also Marianne Moore, *A Marianne Moore Reader*,New York:Viking,1961, p. xiii.

图 10-3　邹复雷　《春消息图》长卷　华盛顿特区弗利尔美术馆藏

　　《绘画之道》开阔了摩尔的视野,认可并升华了她现代主义的美学思想——她对浪漫主义推崇自我的反叛,对道德、艺术合一的追求,对空间形式的痴迷。如果说 1935 年版《摩尔诗选》奠定了摩尔在美国现代主义诗歌中的地位,那么《啊,化作一条龙》则显示其独特的现代主义诗歌在 20 世纪中叶又获长进。她晚年"'道'为西用"的大胆尝试,让现代主义诗歌获得了新的生命。

第十一章　施美美与摩尔的 《告诉我，告诉我》

《告诉我，告诉我》也是摩尔与施美美及其中华美学论著《绘画之道》对话的产物。该诗集于 1966 年印行，是摩尔作为老一辈现代主义诗人对后现代主义诗歌强有力的表态。

摩尔传记作者琳达·蕾芙尔曾指出，晚年的摩尔在美国社会各阶层都享有盛名，对自己显赫的名声和地位她不可避免地产生了矛盾的心理。一方面，她想要低调，让自己像《啊，化作一条龙》中的蛟龙一样，变作蚕蠋，在稠密的绿叶深处隐藏起来；另一方面，她又想让自己还原成蛟龙，翱翔云际，老而弥坚。

1961 年，福特汽车公司营销部邀请她给他们新设计的高档轿车取个别致的品牌名。摩尔完全可以婉言推脱掉这桩请求，但她却给出了一长串古怪的名称。1981 年，《摩尔诗歌全集》再版。评论家希尔顿·克瑞默（Hilton Cramer）在书评中责备摩尔不该在一次访谈中把她供福特汽车公司参考的几十个新奇名词交给记者。他认为，传媒借此强加给摩尔的"文学界怪癖老处女"的不良名声与她自己的不慎不无关系。[①]

诗人、艺术家在社交场合难免会失言，传媒对公众人物隐私的失当报道不应当影响文学评论家对他们的褒贬。然而，自从克瑞默在其书评转引传媒之言后，几乎无人再敢赞颂后期的摩尔。研究摩尔的学者也有意无意回避之，从而使摩尔后期作品长期处于相对冷落的地位。2017 年 9 月去世的美国诗人约翰·阿什贝利（John Ashbery，1927—2017）却是一位不可多得的，能将传媒报道、评论与诗人的诗歌创作区分开的评论家。1966 年 10 月，这位杰出的诗人兼评论家在《纽约时报书评》（New York Times Book Review）上高度评价摩尔。"撇开庞德与奥登，"他写道，"健在的、最杰出的英语诗人非摩尔莫属。"在他的眼里，后期的摩尔毫不比早期和盛期的摩尔逊色。他指出，《告诉我，告诉我》中的佳作"一改摩尔早期作品'断裂式'的风采，新奇而

---

① See Linda Leavell, *Holding on Upside Down: The Life and Work of Marianne Moore*, New York: Farrar, Straus and Giroux, 2013, p. 380.

明晰,让我们耳目一新"①。

一、摩尔、施美美与《泰晤士报文学增刊》

　　20 世纪 60 年代,施美美与摩尔的友谊与日俱增。1959 年至 1962 年,美国著名导演曼凯维奇执导拍摄根据莎士比亚《安东尼与克丽奥佩特拉》和《裘力斯·恺撒》(*Julius Caesar*)二剧改编的巨片《埃及艳后》(*Cleopatra*)。电影服装设计师艾琳·莎拉夫 (Irene Sharaff) 一次次去西欧、北非,替主演该剧的伊丽莎白·泰勒 (Elizabeth Taylor) 设计戏服。根据摩尔－施美美往来信件,醉心于服装设计的施美美一次次随同前往。每次返回纽约,她总记得给摩尔捎一件礼品。1963 年冬,摩尔与布林·莫尔女子学院的校友弗朗西斯·布朗一起去希腊、意大利旅游,到了罗马她特意给施美美买了一个手工打胚的神像。1968 年,施美美和莎拉夫还合作设计了一款紫罗兰长袖衬衫,作为圣诞礼物送给摩尔。(Rosenbach)

　　那几年,施美美与摩尔除了通信还互访。1964 年 1 月,施美美应邀去摩尔布鲁克林区的公寓做客,遇到了摩尔另外两个朋友。一起用下午茶时,三位客人一人讲了一个童话故事。施美美没想到,第二天摩尔就给她写信,生动地复述了那三个故事的梗概。在 1 月 26 日的复信中,施美美对摩尔精彩的复述大加赞赏,她感谢摩尔让自己跟那两位朋友认识,并一起度过了一个愉快的下午。(Rosenbach)1965 年岁末,摩尔从居住多年的布鲁克林公寓搬迁到曼哈顿区一栋公寓。1966 年 2 月,施美美即应邀去她新居做客。同年 8 月,施美美回请摩尔去她在第 66 街的公寓,品尝她亲手做的中国菜。

　　施美美给摩尔的最珍贵的礼物不是她从欧洲带给摩尔的纪念品,不是她亲手设计的衬衫;总之,不是满足物质生活需要之物,而是满足精神生活需要之物。施美美的《绘画之道》,还有她给摩尔订的《泰晤士报文学增刊》(*Times Literary Supplement*),才是打动摩尔心腹的馈赠。它们满足了她长久以来对"神秘的"东方美学的向往、对刚出版的图书的兴趣;它们重新燃起了她一度降温的诗歌创作热情。

　　刚相识不久,施美美就发现摩尔没有,也不易找到英国读书界最嘉许的《泰晤士报文学增刊》,于是,给她订了一份。年复一年,施美美从不忘记续订。虽然摩尔一再去信恳求她不要再续,可施美美总是有理由驳回。《泰晤

---

①　John Ashbery, *Selected Prose*, ed. Eugene Richie, Ann Arbor: University of Michigan Press, 2004, pp. 83, 85.

士报文学增刊》为施美美和摩尔提供了无穷无尽有趣的话题，也为摩尔提供了创作素材。每次通信，她们都要交流一番该增刊新篇目的读后感。1963年 11 月 20 日，摩尔在信函中兴致勃勃地告诉施美美，她在《泰晤士报文学增刊》中读到一篇评论，把博斯韦尔（James Boswell）比作老鼠，把与他寸步不离的约翰逊博士（Dr. Johnson）比作机智勇猛的大象，"大象鼻子能对付老虎、拾起小针，其大脑跟鼻子一样厉害"。（Rosenbach）①摩尔素爱自喻大象。1917 年，她曾在《黑色大地》（"Black Earth"）一诗中，以大象自喻，通过独白表现其机智、无私、无畏的品质。摩尔因为这首诗而获得了"大象"的绰号。《泰晤士报文学增刊》对约翰逊博士和大象的称赞，仿佛是对她的称赞。

　　施美美没有同摩尔合写过一首诗，但她的《绘画之道》传授给了摩尔中国龙的精神、"道"的精神；她替摩尔订的《泰晤士报文学增刊》为摩尔提供了新的创作素材。探索新思路、采集新素材正是摩尔诗歌创作至关重要的环节，从这层意义上来说，施美美是摩尔晚年不可多得的合作者。1963 年 11 月 20日，摩尔写信感谢施美美，一周又一周给她送来"美食"，让她获新知。《泰晤士报文学增刊》与《绘画之道》对她而言是"永久的礼物，时刻拥有的财富，连同某些无可救药的无明，常驻脑海"。（Rosenbach）②这里"无可救药的无明"是指她自己克己还不够彻底。无明，即私欲，"是悟'道'的障眼"。（The Tao 31）

二、《告诉我，告诉我》中施美美的印记

　　1966 年，摩尔推出生平最后一本诗集《告诉我，告诉我》。同《啊，化作一条龙》一样，这本诗集也留下了施美美的印记，《绘画之道》的印记。

　　《告诉我，告诉我》开篇《花岗石与钢铁》（"Granite and Steel"）赞颂了由德裔桥梁大师罗伯林（Johann Röebling，1806—1869）设计，其子小罗伯林于 1883 年完成合龙的纽约布鲁克林大桥（Brooklyn Bridge）。这座悬索大桥与1886 年落成的自由女神像遥遥相对，把摩尔居住过的纽约两大区——布鲁克林和曼哈顿——连接在了一起。在诗人的心目中，这座大桥不只是交通枢纽，还是艺术造型。好比中国艺术家画笔下腾飞的蛟龙，它把设计师的个性与蓝天、江河融为一体。在诗人的"奇想"中，它时而为"海鸥展翅"，时而为"双重彩虹"，时而又为"被困的女妖锡西"（Complete Poems 205）。第三节，

　　①　See Zhaoming Qian, *East-West Exchange and Late Modernism：Williams，Moore，Pound*，
　　　　p. 75.
　　②　Ibid.，p. 17.

诗人突然转而引用哈特·克莱恩（Hart Crane）的诗句，点明了大桥所体现的"道"的精神——人们向往的现代建筑与自然的完美结合、人与天地的和谐统一："'哦，海鸥展翅／跨越星光大道！'／'哦，承袭于我的光芒！'／——验证了相生相克的和谐！"（卢巧丹 译；*Complete Poems* 205）①

《泰晤士报文学增刊》对约翰逊和他的传记作者博斯韦尔的评论给摩尔提供了赞美大象的新模式。《老游乐园》（"Old Amusement Park"）写为建拉瓜迪亚机场而被拆除的拉瓜迪亚游乐园。其大象"缓缓斜躺下／让小象雕塑／骑在了它的背上"（*Complete Poems* 210）。这不禁让人想起博斯韦尔和他紧随并依赖的约翰逊博士。

《慈善征服妒忌》（"Charity Overcoming Envy"）里的大象是抽象概念"慈善"的喻体，犬是抽象概念"妒忌"的喻体。拟人化的大象载着"慈善"对付载着"妒忌"的犬，她没有向"妒忌"猛撞，而是擦边而过，给予善意警告。

《致长颈鹿》（"To a Giraffe"）说白了是《致艾略特》。自 20 世纪 40 年代起，摩尔就管艾略特叫长颈鹿。1946 年 11 月 16 日，摩尔致信艾略特，就跟他开玩笑说，"在莫利［Morley］美国动物分类里你属长颈鹿，长颈鹿煮小鹅好像不太友好，但你是好意。"艾略特回敬道："莫利把我归属为长颈鹿，实属恶作剧。除非住上了长颈鹿的房子，才是长颈鹿。说我属大象似乎更恰当。"②

《致长颈鹿》隐含诗人对后现代主义思潮的评价。20 世纪中，现代主义诗歌受到了后现代主义诗歌各流派的猛烈冲击。如前所述，"疲竭的一代"的领军人物金斯堡，在他 1956 年发表的长诗《嚎叫》里，向美国社会发出严厉的指控。作为老一辈现代主义诗人，摩尔极不欣赏像"赤身露体歇斯底里［……］寻求痛快地注射一针"这样粗狂的语言，极不赞同金斯堡赤裸裸地描写纵欲、吸毒。《嚎叫》由旧金山城市之光书局印行不满一年，摩尔即赴西海岸与旧金山共享一湾水的奥克兰市，给米尔斯学院的师生作"烦冗与守真"的演讲。演讲中，摩尔先称赞《绘画之道》阐释的"守真"哲理，然后就不点名批评"烦冗"的诗歌。五六年后，摩尔又用形象的语言在《致长颈鹿》中重申她的观点。她向"长颈鹿"发问：坚持"牺牲自我"的原则、追求典雅的语言，难道就一定要高高在上，仅靠"树顶小叶果腹为生"？（*Complete Poems* 215）"玄学派"现代主义是不是已经过时？"长颈鹿"和"大象"会不会绝灭？

---

① "Granite and Steel," renewed, used by permission of Viking Books, an imprint of Penguin Publishing Group, a division of Penguin Random House LLC.

② See Ruth Carrington, "Marianne Moore's Metaphysical Giraffe," in Patricia C. Willis, ed., *Marianne Moore: Woman and Poet*, Orono, ME: National Poetry Foundation, 1990, p. 149.

"疲竭的一代"和"自白派"标榜的"暴露文学",在摩尔看来都倾向于"烦冗""无明"。1957 年 10 月,她在美国西海岸给大学师生讲《烦冗与守真》,事实上就是针对以金斯堡为代表的"疲竭的一代"。从施美美所讲的道家美学观念出发,她告诫诗人、艺术家不要太"烦冗",太"偏激",不要让"愤怒""牢骚"将良知遮蔽:"夫列子御风而行","无己""无功""无名"是也。摩尔可能并不知道,施美美所引列子语录出自《庄子·逍遥游》。在《致长颈鹿》摩尔提到了一种人,"本可魅力四射;/卓越无比",却让心理问题"折磨得难以忍受"。(卢巧丹 译;*Complete Poems* 215)这里,她似乎在影射她一度看好的诗人罗伯特·洛厄尔。1959 年,洛厄尔一改他原先追随的艾略特的严谨诗风,发表诗集《生活研究》,用自由无韵诗体,在《与德夫洛·温斯洛舅舅一起度过的最后一个下午》("My Last Afternoon with Uncle Devereux Winslow")、《登巴顿》("Dunbarton")、《洛厄尔海军中校》("Commander Lowell")等自白诗中发泄精神痛苦,嘲笑亲戚,抱怨父母。

长颈鹿和大象或许会成危种,但不会灭绝。在《致长颈鹿》结尾,诗人用从容自信的语言申言现代主义和后现代主义都不完美,但都会延续。由艾略特 1921 年撰写的《玄学派诗人》("The Metaphysical Poets"),所谓"玄学派的慰藉",她联想到荷马史诗里的英雄,于是感到庆幸:"人无完人;超越有限度;/'赎罪之旅无止境'。"(卢巧丹 译;*Complete Poems* 215)

另一首《青虫》("Blue Bug")是《绘画之道》唤起的又一"梦幻"。1961 年 11 月 13 日美国《体育画报》(*Sports Illustrated*)刊载了一张马球赛马的照片,其中一匹赛马绰号叫"青虫"。诗人的灵感由此而来。一心想化作中国蛟龙的女诗人,在"神奇的想象"中,与"青虫"四目对视,"人识马心、马识人心",一瞬间,"青虫"变成了芭蕾舞剧《仲夏夜之梦》(*A Mid-Summer Night's Dream*)中饰演小精灵帕克的阿瑟·米歇尔(Arthur Mitchell):"忽而往左 / 忽而往右,回身腾空。"(*Complete Poems* 218)

从纽约芭蕾舞新秀米歇尔敏捷的舞步,诗人仿佛听到了古筝师"用三指/在十三根丝弦上/独奏出中国古典乐曲",领略到清初康熙年间周洽、李含渼等绘制的"精准的《黄河图》"——那起伏的彩云和波涛,观赏到杂技演员李小潭(Li Siau Than 音译)"屈膝下蹲,/头顶不落的盘碟 /泰然自若"。(*Complete Poems* 219)①精彩的体育表演也好,优美的音乐舞蹈也罢,都跟风雨、山水、应生态而变色变形的虫类一样,体现了蛟龙的精神。按北齐谢赫的

---

① "Blue Bug," renewed, used by permission of Viking Books, an imprint of Penguin Publishing Group, a division of Penguin Random House LLC.

说法，就是做到了"气韵，生动是也"。

英国美术评论家劳伦斯·比宁在《飞龙腾天》一书中评介"六法"之一"气韵，生动是也"。"要想弄明白'气韵、生动'，"比宁写道，只需关注"运动员打球、舞者跳舞时躯体有节奏的运动。我们凭直觉就可知，要发挥好体内的活力，必须把握动作与动作间的连贯性。"①说到这里，他引了唐代画圣吴道子画活山水的典故。传说吴道子在唐明皇大明宫一面壁上画了一幅逼真的山水图，山下画一洞门，画完后他轻叩洞门，门开步入洞中，再没出来。② 史书记载吴道子画龙，"鳞甲飞动，逢雨则烟雾生"。吴道子的师祖张僧繇画龙点睛，龙闻雷电破壁飞去。无论画龙画虎还是画山水，都要讲究"气韵"。1915年，庞德曾在旋涡主义期刊《爆炸》上撰文评《飞龙腾天》。文中他接过比宁的诠释，用清一色大写字体强调："题材像不像，代表不代表自然体并不重要，重要的是传达自然体生动的气韵。"③

谢赫"六法"之第一法为现代派诗人突破艺术疆域、兼收并蓄他人创新成果提供了理论根据。音乐、舞蹈、体操、马术、美术、诗歌、戏剧本来就互通，它们的形式虽有差异，本质上都应天地和人体的气韵而生。庞德和摩尔的诗友威廉斯可能也读过《飞龙腾天》。在《春天等一切集》之《黑风》一诗中，他用最普通的生活实例来讲解这条似乎很玄妙的法则："拳击跟 / 中国诗没什么两样—— / 哈特利欣赏伍特小姐的马术 // 风旋雨打／什么都没有 // 海底起伏的海藻，/翻腾的紫鱼和黑鱼/全都一个样。"(*Collected Poems 1*, 190) 摩尔虽藏有一册《飞龙腾天》，《青虫》所引"气韵说"却是她与施美美《绘画之道》对话的结晶。

威廉斯在《黑风》中、摩尔在《青虫》中都不断更换实例，来表现生动的气韵。威廉斯《黑风》的素材大多采自东西方世界共同的日常所见，摩尔则不然。在《青虫》中，她用的实证除了米歇尔饰帕克跳的蜻蜓舞之外，一概取自东方——古筝演奏的中国古典乐曲、《黄河图》的中国山水、李小潭的中国杂技，乃至马球赛。马球虽在近代盛行于西欧各国，最早却源于公元前 6 世纪的波斯（今伊朗），后来经西藏传入中国。三国时的魏国贵族就已开始打马球。曹植《名都篇》有诗句，"连翻击鞠壤，巧捷惟万端"，说的就是马球赛。

《青虫》提及 20 世纪 60 年代初驰名演艺圈的纽约非洲裔芭蕾舞王子米歇尔。《阿瑟·米歇尔》一诗用简洁生动的诗歌语言更形象地描写了米歇尔

---

① Laurence Binyon, *The Flight of the Dragon: An Essay on the Theory and Practice of Art in China and Japan Based on Original Sources*, London: John Murray, 1911, p. 15.

② See ibid., p. 111.

③ Ezra Pound, *Ezra Pound's Poetry and Prose Contributions to Periodicals*, vol. 2, p. 99.

饰演小精灵帕克时跳的蜻蜓舞：

> 修长的蜻蜓
> 翩翩起舞
> 令人目不暇接
> ……
>
> 　那孔雀尾翼
> 　　若隐
> 　　若现。（卢巧丹 译；*Complete Poems* 220）[1]

　　米歇尔饰演的帕克是莎士比亚塑造的一个淘气的、会变形的小精灵。米歇尔用明快的舞姿准确传达了蜻蜓生动的"气韵"，摩尔又用诗歌语言准确地再现了米歇尔蜻蜓舞生动的"气韵"。这又一次证明摩尔能够变成时隐时现、瞬息万变的中国龙。

　　诗歌创作"怎么才能避免／以我为中心，避免对立、／粗俗、曲解／和漫不经心？"（卢巧丹 译；*Complete Poems* 231）该诗集的主题诗《告诉我，告诉我》一开头就用修辞疑问的方式，点明了反"我执"的中心思想。"我执"就是摩尔1957年10月在北加州米尔斯学院告诫美国诗人要抵制的"烦冗"，亦即老庄哲学所谓的"私欲"、佛教所谓"无明"。文学巨匠亨利·詹姆斯（Henry James，1843—1916）和童话小说作家比阿特丽克斯·波特（Beatrix Potter，1866—1943）从不"我执"，诗人指出，就是因为他们有"中国式的／'对细节的强烈关注'"。（卢巧丹 译；*Complete Poems* 231）波特笔下的格洛斯特郡裁缝，病倒了还继续给新选上的市长赶制典雅的礼服。这位一心为他人作嫁衣的裁缝是诗人、艺术家学习的榜样。除了致力于细节，还有什么可防止"我执"主导创作？诗人提及缄默，但又指出，她自己的防范秘诀是谦逊。缄默、谦逊乃至"无己"均属德育范畴，而注重细节则是美学要领，两者怎能同日而语？是施美美的《绘画之道》教会了摩尔美育和德育并举。《告诉我，告诉我》又一次证明，1963年11月20日摩尔对施美美所言是她的心声：《绘画之道》是她"时刻拥有的财富，连同某些无可救药的无明，常驻［她］脑海"。

---

[1]　"Arthur Mitchell，" renewed，used by permission of Viking Books，an imprint of Penguin Publishing Group，a division of Penguin Random House LLC.

三、《摩尔诗歌全集》与微型版《诗歌》

1967 年 9 月,《摩尔诗歌全集》问世。顾名思义,《摩尔诗歌全集》应当收入摩尔全部或绝大部分诗歌。令人吃惊的是,摩尔自选的《全集》删去了包括《默兰契桑》("Melanchthon", 即前文提到的《黑色大地》)在内的十几首盛期佳作。名篇《诗歌》虽得以保留,其模样大改:原来的 39 行诗竟删去了 36 行,压缩成了一首仅 3 行长的微型诗。摩尔预料细心的读者会质疑是否有漏印,特意在扉页上留言:"删节非疏忽——玛丽安·摩尔"。

跟摩尔其他诗集不同,《摩尔诗歌全集》被冷落了相当长一段时间。盛赞《告诉我,告诉我》的诗人阿什贝利阅后对摩尔的钦佩之情却更加深了。他在1967 年 11 月的《纽约时报书评》发文指出:"重温了摩尔佳作,我禁不住要称她为我们最杰出的现代诗人。"为了避免诘问,他又补充道,"尽管她的主要竞争对手华莱士·史蒂文斯和威廉·卡洛斯·威廉斯无疑同样杰出,我还是要这么说。"①艾略特说过,摩尔的诗歌"属于我们时代可数的传世之作"。阿什贝利在 1967 年 11 月的书评中却强调,仅仅赞同艾略特那句赞词还不够。我们至今还没有深入评价摩尔"谦逊、不起眼的睿智",更没有好好挖掘她"抛弃精彩独到的论证后耕耘出的新语言、新诗风"——她"那种新奇的简约,那种招之即来的完美"。②

摩尔晚年究竟从哪里获得了"那种新奇的简约,那种招之即来的完美"?阿什贝利没有提施美美及其《绘画之道》对摩尔晚年诗歌创作的影响,但"那种新奇的简约,那种招之即来的完美"不可能与施美美在《绘画之道》中提倡的"简约""完美"等道家美学理念无关。

1919 年发表的《诗歌》是摩尔的成名作。这首诗 20 世纪 20 年代至 50 年代在英美各种诗选和文选中不断重印,不断赢得赞誉。时至 1967 年,摩尔为什么要大刀阔斧删节它呢? 据摩尔晚年的好友、健在的美国诗人舒尔曼回忆,麦克米伦出版公司的编辑曾找摩尔当面咨询过要删节的原因,摩尔的回答是:"删去的都是填料。"③"填料"应即《道德经》第 24 章所谓"余食赘形"。

在施美美《绘画之道》的影响下,摩尔对"空间""空白"的认识产生了重大的转变。在 1957 年米尔斯学院的演讲中,她引了施美美《绘画之道》隽语:

---

①　John Ashbery, *Selected Prose*, pp. 108－109.

②　Ibid., pp. 109, 112.

③　See Grace Schulman, "Introduction," *The Poems of Marianne Moore*, New York: Penguin Books, 2003, p. xviii.

"一切空间,包括空白,都有意义,都充满着'道',也就是'道'。"(*The Tao* 17)同时,她还引了《绘画之道》下卷《芥子园画谱》警句:"有人居则生情,庞杂人居则纯市井气。"(*The Tao* 264)①在《玛丽安·摩尔选读·序言》中,摩尔重新提到邹复雷的卷轴《春消息图》,施美美所谓"A Breath of Spring"②。施美美用的"breath"一词让摩尔把该图的留白与"春意"、与"道"紧密地联系在了一起。看来,是《春消息图》的留白和《芥子园画谱》关于"有人居则生情,庞杂人居则纯市井气"的告诫,启发摩尔将原版《诗歌》中 36 行她所谓"填料"或"余食赘形"删去,改成了一首微型诗。这三行诗印在《摩尔诗歌全集》第 36 页上端,犹如摩尔最喜爱的邹复雷卷轴《春消息图》,横于一幅空白书卷上。(*Complete Poems* 36)

　　摩尔 1967 版《诗歌》还让我们联想到了庞德的《在地铁站》和威廉斯的《春》。三首现代主义微型诗都仅有二至三行。其差异是,庞德和威廉斯的微型诗为仿俳句,全诗仅两行,且有色彩、有实体。《在地铁站》有"一张张脸""花瓣""黑枝";《春》有"花白的头发""梅花"。而摩尔的微型诗非仿俳句,有三行,既无色彩,亦无可以触摸到的实体。

　　现代主义诗歌讲究用有实体、有色彩的意象。如庞德 1913 年所言,要"忌惮抽象"(*Literary Essays* 5)。值得注意的是,到后期现代主义阶段,第三次工业革命席卷全球,电视、电脑、打印机在不断复制视觉意象,替代自然意象。诗歌、戏剧、音乐、绘画、雕塑的原始材料不再全是可以嗅到、触摸到的实体。抽象化、观念化、数码化是后期现代主义的一大特征。按加州大学伯克利分校埃尔提艾瑞(Charles Altieri)教授的说法,"诗歌必须抽象,这样[读者的]注意力才会集中到[……]其具体、真实的生成过程"③。摩尔 1967 年版《诗歌》的抽象性正反映了时代的特点,第三次工业革命的特点。

　　摩尔 1919 年、1935 年版《诗歌》中"翻滚的野马"("a wild horse taking a roll")之类的意象、"我们/不理解/就不会赞美"("we / do not admire what / we cannot understand")之类的引语、"想象出来的、有真蟾蜍的花园"("imaginary gardens with real toads in them"[*Complete Poems* 267])之类的原创妙语,对接受了《绘画之道》陶染的摩尔,都是"填料""余食赘形"。版本

---

①　See Marianne Moore, "Tedium and Integrity," in Zhaoming Qian, *The Modernist Response to Chinese Art*: *Pound*, *Moore*, *Stevens*, p. 227.

②　该卷轴左端画家自题:"蓬居何处写春回,分付寒蟾伴老梅;半缕烟消虚室冷,墨痕留影上窗来。"

③　Charles Altieri, *Painterly Abstraction in Modernist American Poetry*, Cambridge: Cambridge University Press, 1989, pp. 266—267.

学者安德鲁·J.卡佩尔（Andrew J. Kappel）曾指出："文字留白即无语，比最雄辩的词语更雄辩的是无语，不言自喻。"①"翻滚的野马""树下无倦的狼"（"a tireless wolf under / a tree"［267］）等无非代表"真实"而已，而 1967 年、1981 年版《诗歌》三行诗下的大片留白，按庞德的创新思维，才真正"负载着最丰富的内涵"（*Literary Essays* 23）。威廉斯在《什么都没做》中，曾尝试用英文表达《道德经》第 22 章"少则得，多则惑"、第 37 章"通常无为，而无不为"的理念。尽管删除细节后的《诗歌》更难解，摩尔还是坚决抵制提供任何有助于理解的细节或例证。通过抵制提供任何有助于理解的细节和例证，她恰恰证明了自己是老庄哲学相对学得最好的 20 世纪美国诗人。她最后一版的《诗歌》成功地贯彻发挥了威廉斯在《什么都没做》中试图表达的"无为"精神。

　　西方现代主义是一批敢于标新立异的诗人、艺术家携手共同引领、发展起来的文艺思潮。庞德于 1912 年至 1914 年成名，靠的是协同西尔达·杜丽特尔、理查德·奥丁顿（Richard Aldington）等诗友开创"意象派"新诗。庞德早年的合作者还有费诺罗萨夫人（Mary Fenollosa）和中国学者曾宝荪。没有费诺罗萨夫人提供费氏"汉诗笔记"，就没有让他一举成名的《华夏集》。没有曾宝荪于 1928 年帮他粗译日本艺术家《潇湘八景图》册页的汉诗、讲解潇湘八景诗画传统，就没有他脍炙人口的《诗章》第 49 章。艾略特早年最重要的合作者是庞德。他的《荒原》经过庞德的删节修改才成为现代主义诗歌的立鼎之作。摩尔诗歌创作的合作者包括杜丽特尔、布蕾尔、艾略特和她的母亲。杜丽特尔和布蕾尔替摩尔编选出版了她的第一本诗集（*Poems*，1921）。艾略特是 1935 年问世的《摩尔诗选》的编者——诗是他选的，前言是他写的，连书名也是他取的。摩尔的母亲则几十年如一日，总是第一个审阅、批改摩尔的诗稿。1947 年摩尔夫人去世后，摩尔一度抑郁消沉。施美美的出现既满足了摩尔对中国文化的向往，又填补了她独身生活中的寂寞空虚。施美美的《绘画之道》激发了摩尔新的创作热情，让她在 20 世纪中叶为美国现代主义诗歌又谱写了辉煌的一章。

---

① 　Andrew J. Kappel, "Complete with Omissions: The Text of Marianne Moore's *Complete Poems*," in George Bornstein, ed., *Representing Modernist Texts: Editing as Interpretation*, Ann Arbor: University of Michigan Press, 1991, p. 154.

第十二章　庞德《诗章·御座篇》中的丽江

　　1934 年,庞德在《日界线》("Date Line")一文中称他的《诗章》为"包含历史的诗篇"。(*Literary Essays* 86)这部一百多章的现代史诗不仅书写了意大利里米尼(Rimini)城邦史(第 8 至 11 章)、中欧帝国史(第 96 至 109 章)和美国建国史(第 62 至 71 章),还书写了自尧、舜至康熙—雍正的中国史(第 52 至 61 章)。

　　20 世纪 60 年代,庞德又宣称,他的《诗章》是在"尝试写天堂"(*Cantos* 822)。《诗章》第 3 章描写的威尼斯是他早年理想中的人间天堂:"我坐在多嘎那的步阶上 /［平底舟花费太多……］/［……］/横梁上灯光通亮。"(蒋洪新 译;*Cantos* 11)《诗章》第 13 章呈现的孔林是他早年理想中的又一人间天堂:"孔子走到/天朝的庙宇旁/走进松树林/然后来到低河边。"(蒋洪新 译;*Cantos* 58)《诗章》第 49 章描摹的"潇湘七泽"是他第二次世界大战爆发前伤时感事而向往的人间仙境:"酒旗醉斜阳/几缕饮烟逐光升［……］/［……］/ 男孩子们在那里翻石捉虾。"(蒋洪新 译;*Cantos* 244—245)到了《诗章》第 96 至第 109 章,亦即《诗章·御座篇》,我国云贵高原上的古城丽江成了年逾古稀的诗人憧憬的世外桃源。庞德的理想从威尼斯转变为孔林和潇湘,是他在诗歌创作上实现的巨大的跨越和突破。他的憧憬从威尼斯—孔林—潇湘又更换为中国西南边境纳西族聚居的丽江,是他想象世界更令人震惊的跨越和突破。

一、《诗章·御座篇》中的《圣谕广训》

　　在以但丁《神曲·天堂篇》(*Paradise of Divine Comedy*)之"御座篇"命名的《诗章·御座篇》,庞德将拜占庭东罗马帝国的智者列奥大帝(Leo Ⅵ the Wise,866—912)、英国反王权下院的爱德华·柯克议长(Edward Coke,1552—1634)和清初康熙、雍正二帝并列,暗示他所追求的政治理想。第 98 章和第 99 章通常被称为《圣谕诗章》。年迈的诗人在这里用英文再创造了雍正的《圣谕广训》,是因为他发现二百多年前雍正的《圣谕广训》对冷战时期的西方具有借鉴指导意义。

1670 年,康熙为稳固其统治将明代开国皇帝朱元璋的《圣谕六条》扩展为《圣谕十六条》,作为国策颁发。雍正即位次年,即 1724 年,逐一讲解康熙《圣谕十六条》,成万言《圣谕广训》,颁发全国。各地官员为推行《圣谕广训》又用白话阐释之。清白话版《圣谕广训》中数陕西盐运分司王又朴(1681—1760)的版本《圣谕广训衍》流传最广。1892 年,英国传教士鲍康宁(Frederic W. Baller, 1852—1922)编译出版了包含康熙《圣谕十六条》、雍正《圣谕广训》、王又朴白话本《圣谕广训衍》及其英译文的《圣谕广训白话译本》(*The Sacred Edict*:*With a Translation of the Colloquial Rendering*)。庞德在《诗章·御座篇》阐发《圣谕广训》用的正是 1907 年再版的鲍康宁《圣谕广训白话译本》。

二、《诗章·御座篇》中的丽江纳西文化

《诗章》第 98 章有 20 行诗阐释雍正和王又朴对《圣谕十六条》第一条"敦孝悌,以重人伦"的拓展和释解。在首句"鲍康宁认为人人要有宗教信仰"后插入了一句"不办孟本……但我预料"。(*Cantos* 710—711)有人会问:这里的"孟本"何指?它与上文提到的"宗教信仰"、下文阐释的"孝悌"又有何关联?

"孟本"出自纳西语,原意为祭天。数百年来,"孟本"一直是云南丽江、玉龙一带纳西族人民最隆重的节庆。他们一年要办两次"孟本",农历年初办大"孟本"或大祭,农历七月中旬办秋"孟本"或小祭。据元代李京《云南志略》记载,纳西族"正月十五登山祭天,极严洁,男女动百数,各执其手,团旋歌舞以为乐"[①]。"孟本"有繁复的仪式。以丽江纳西族为例,各村庄、各家族都有自己的祭场,祭场内有专门的祭台。《诗章》第 110 章对孟本祭台进行了描写:

```
天        地
   居  中
      是
   杜  松
```

(*Cantos* 798)

居中的杜松和另外两棵树是祭祀的偶像,它们的象征意义自清初"改土归流"后已演变为天、地、祖先。换言之,"孟本"既祭天地,也祭祖先;既敬天神、地神,也传承儒教的"孝悌"。有了这层理解,"不办孟本…… 但我预料"插入"鲍康宁认为人人要有宗教信仰"和"万岁爷的意思是说 /[……] /敬

---

① 转引自白至德编著:《大融合·中古时代·元》,北京:红旗出版社,2017 年,第 51 页。

reverence / [……] / order 孝"之间就不足为奇了。

　　《诗章·御座篇》还有三处关注丽江周边地貌、纳西族文化。其一在第101章。该诗章有两行诗描写象征天人合一的丽江纳西族妇女服饰：

肩挑日月，	With the sun and moon on her shoulders,
背负星辰	the star-discs sewn on her coat

其下两行诗，托出了丽江白雪、绿茵相映的生态美：

丽江，雪山，	at Li Chiang, the snow range,
广阔的草场	a wide meadow

(Cantos 746)

　　之后七行诗中有两行，一改庞德历来唯儒独尊的常态，不带偏见地描写了纳西族主持"孟本"的东巴教祭司：

东巴祭司的脸	and the ^{2}dto-^{1}mba's face (exorcist's)
和蔼可亲	muy simpático
石鼓江畔	by the waters of Stone Drum,
两军对峙	the two aces
雪山脚下长着薄荷	Mint grows at the foot of the Snow Range
正月是虎月，	the first moon is the tiger's,
蕨丛传来雏啼。	Pheasant calls out of bracken

(Cantos 746)

　　纳西族东巴祭司同汉族的和尚、道士一样，被视为人与鬼神之间的媒介。在《中国史诗章》痛骂过和尚、道士的庞德，在这里却称赞东巴祭司的脸"和蔼可亲"。第101章结尾又让我们聆听到了这位祭司念的"孟本"经文：

"愿他们家池塘满盈；	"May their pond be full;
子承父辈的健臂	The son have his father's arm
聪耳；	and good hearing;
([……])	([...])
"胯下马鬃飘忽	"His horse's mane flowing
身心康泰。"	His body and soul are at peace."

(Cantos 746—747)

　　《诗章·御座篇》第104章亦有诗句存眷丽江纳西族文化。其首句就是"纳西语出自风声"(Cantos 758)。之后又提到"孟本"："不办孟本 / 哪来实情。"(Cantos 759)

《诗章·御座篇》第106章再次眷念丽江纳西族文化。这里有两行诗描写了作为"孟本"祭祀偶像的三棵树:"冥后珀耳塞福涅 / [……] / 杜松是其圣树 / 屹立在两颗松树间。"(*Cantos* 773—774)

三、洛克与庞德《诗章》的纳西素材

西方学者长期认为庞德《诗章》的纳西素材均取自美籍奥地利裔植物学家兼人类学家约瑟夫·洛克(Joseph Rock,1884—1962)的纳西文献——其长篇论文《孟本:纳西祭天仪式》("The ^{2}Muan-^{1}Bpo Ceremony or the Sacrifice to Heaven as Practiced by the ^{1}Na-^{2}khi")、双语纳西族爱情故事《康美久命金的爱情故事》("The Romance of ^{2}K'a-^{2}ma-^{1}gyu-^{3}mi-^{2}gkyi, A Na-khi Tribal Love Story")和两卷本专著《中国西南古纳西王国》(*The Ancient Na-khi Kingdom of Southwest China*)。① 1922年春,洛克从滇西海关入境、经普洱、大理抵丽江。此后二十七年他一次次重返,在中国西南云贵高原锲而不舍地研究那里的植物品种、挖掘纳西族等少数民族的文化遗产。哈佛大学阿诺德植物园(Arnold Arboretum)和加州大学伯克利植物园至今还存活着他从中国西南地区移植来的槭树、椴树、月季、杜鹃,夏威夷大学洛克植物标本馆(Joseph Rock Herbarium)至今还保存着他从那里采集来的植物标本。他当年发表的一篇又一篇学术研究成果,今已成为"纳西学"的经典。海内外游客去丽江不能不参观古城北雪嵩村"玉柱擎天风景名胜区美籍奥地利学者洛克旧居,原美国国家地理学会中国云南探险队总部旧址"。一幢陈旧的"骑厦楼",楼下是接待室和陈列室,楼上是当年洛克的卧室、餐室、工作室和冲洗照片的暗室。(图12—1)

图12—1 丽江玉龙山南麓雪嵩村洛克旧居(笔者与洛克旧居管理员李近花合影)

---

① *The Ancient Na-khi Kingdom of Southwest China* 有中译本,见约瑟夫·洛克:《中国西南古纳西王国》,刘宗岳等译,宣科主编,杨福泉、刘达成审校,昆明:云南美术出版社,1999年。

根据卡罗尔·泰瑞尔（Carrol Terrell）的《庞德诗章指南》（*A Companion to the Cantos of Ezra Pound*），庞德纳西诗章的素材基本都出自洛克著作。譬如第101章"肩挑日月，/背负星辰"句，据《指南》取材于《中国西南古纳西王国》插图76——洛克于1924年拍摄的一张照片。① 这张照片里确有一纳西女子"肩挑日月，/背负星辰"（见图12—2），但是照片的解说词并没有说明该女子坎肩上同样大小的两个圆服饰，一个象征太阳，另一个象征月亮。况且，《诗章·御座篇》之第101章于1959年2月即已在伦敦期刊《欧洲人》（*The European*）先行发表。该版第101章已含"肩挑日月，/背负星辰""石鼓江畔 / 两军对峙""愿他们家池塘满盈［……］"等句。② 本章下文所引庞德致方宝贤函将证实，庞德到1959年8月下旬方才喜获洛克的《中国西南古纳西王国》。（*Chinese Friends* 204）庞德起草以上诗句时还没有看到洛克珍贵的人物、地貌照片。

图12—2 丽江玉龙山南麓雪嵩村纳西农妇 原载洛克《中国西南古纳西王国》

《指南》另一注释涉及第101章"石鼓江畔 / 两军对峙"句。石鼓坐落在丽江古城西五十英里外金沙江拐角处。那里地势险要，是兵家必争的战略要地。三国时诸葛亮与孟获、明嘉靖年间纳西木土司与吐蕃部落均在此打过硬仗。长征时贺龙、任弼时率领的红二、红六军团在此巧渡金沙江，突破了湘军、滇军、国民党中央军的前堵后追。创作《诗章·御座篇》期间，庞德手头只有洛克的《孟本：纳西祭天仪式》与《康美久命金的爱情故事》。两篇纳西学文献里都没有提到石鼓。《中国西南古纳西王国》倒是提到了石鼓，却没有像《指南》指出的那样，提示木土司在此打败吐蕃部落。③

① Carrol Terrell，*A Companion to the Cantos of Ezra Pound*，Berkeley and Los Angeles：University of California Press，1993，p. 657.

② Ezra Pound，"CI de los Cantores," *The European*，February 1959，pp. 382—384.

③ Carrol Terrell，*A Companion to the Cantos of Ezra Pound*，p. 658.

《诗章》第 101 章结尾纳西祭司的"孟本"经文按说应摘自《孟本：纳西祭天仪式》。洛克在《孟本：纳西祭天仪式》中不仅译出了一篇纳西族长的经文，也译出了纳西东巴祭司祭天、祭地、祭祖的三篇经文。令人费解的是，庞德《诗章》第 101 章相关诗句与洛克译出的这些经文并不对应。据《指南》，"愿他们家池塘满盈"句与"胯下马鬃飘忽"句分别出自洛克的《达努葬礼》（The $^1D'a$ ^3Nv Funeral Ceremony，1955）和《日每葬礼》（The ^2Zhi ^3Ma Funeral Ceremony of the Na-khi of Southwest China，1955）。庞德在 1959 年《诗章·御座篇》付印前真的参阅过这两本印数有限的纳西学文献？《指南》并没有提供证据。《诗章》的出处难道只能是图书文献，而不能是"纳西文化圈内人"？

四、庞德纳西诗篇背后的纳西文化圈内人

《诗章》丽江诗篇背后确有"纳西文化圈内人"。经方宝贤遗孀方瑟芬（Josephine Fang）授权，拙编《庞德的中国朋友》（Chinese Friends，2008）公开了庞德与美籍纳西族华裔太阳能科学家方宝贤 1957 年至 1959 年的来往贺卡、信件。这些贺卡、信件证实，庞德与来自丽江的方宝贤早有交往。《诗章·御座篇》纳西文化信息为何会超越洛克文献不再是一个解不开的谜。

因第二次世界大战期间在罗马电台发表反联邦政府、亲法西斯的言论，庞德于 1945 年 12 月被判囚入华盛顿特区圣伊丽莎白医院（St. Elizabeths Hospital），至 1958 年 5 月才被特赦释放。1958 年 6 月 30 日，庞德由夫人多萝西和他的崇拜者、得克萨斯州英文教师玛赛勒·斯班（Marcella Spann）陪同，搭乘意大利哥伦布号（Cristoforo Colombo）邮轮离开美国。他刚抵达女儿玛丽·德·拉齐维尔兹在意大利北部的勃伦伯格城堡，即获知方宝贤在担忧他把洛克文献落在了圣伊丽莎白医院。7 月 15 日，他给方宝贤去信说："我在行李里找到了你的《孟本：纳西祭天仪式》和《康美久命金的爱情故事》。你是急着要用，还是光想确认它们没有丢失？"（Chinese Friends 203）三周后，方宝贤收到了庞德归还的那两册文献。他与夫人珍藏了六十多年的《康美久命金的爱情故事》上有庞德亲笔留言："抱歉，封皮换了，未能保住洛克给方先生的献词。"（庞德手迹复印件见 Chinese Friends 203）庞德 1958 年 7 月 15 日给方宝贤的信和他在《康美久命金的爱情故事》扉页上的留言证明，庞德撰写《诗章·御座篇》丽江纳西诗篇的主要参考文献《孟本：纳西祭天仪式》和《康美久命金的爱情故事》均为方宝贤提供。

1959 年 1 月 6 日，庞德夫人多萝西代表庞德给方宝贤夫妇去信感谢他

们寄来新年贺卡,信中问及洛克下落,并提到方氏的大女儿鲍拉:"鲍拉可能还记得到圣伊丽莎白医院,送蛋糕祝贺庞德生日快乐。"①这说明,庞德因禁华盛顿特区圣伊丽莎白医院期间方宝贤一家就是庞德夫妇的常客。

1959 年 8 月 25 日,庞德从意大利勒巴洛城给方宝贤去信报告:"我终于收到了洛克的《中国西南古纳西王国》。你有洛克在维也纳的地址吗?"(*Chinese Friends* 204)这封信告诉我们,庞德在《诗章·御座篇》印行三个月前才获得他向往已久的《中国西南古纳西王国》。

1959 年圣诞前夕,方宝贤给庞德寄去一张贺卡。在贺卡的背面他写道:"我们怀着感激的心情关注您的诗作:我可爱的祖国,可爱的家乡在您的笔下、您的诗篇中名垂千古。"(*Chinese Friends* 205)方宝贤显然已阅庞德最新《诗章》续篇《御座篇》。让他震惊、感激的应该是庞德对纳西妇女"天人合一"服饰的描写、对丽江雪山草场相映生态美的赞颂,以及纳西"孟本"一次次生动的呈现。《御座篇》最早的读者中,恐怕只有他熟悉第 101 章结尾再现的"孟本"经文,并为之感动。

耶鲁大学拜纳基图书馆还藏有一张方宝贤 1963 年 12 月寄给庞德夫妇的圣诞贺卡。这张贺卡证明,尽管庞德在 20 世纪 60 年代初已不再同外界联系,方宝贤还始终惦记着他,并照常给他寄贺卡。

方宝贤与庞德的关系究竟有多密切?《诗章》丽江诗篇中有多少信息出自这位"纳西文化圈内人"?唯有通过采访方宝贤本人、核实他保存的文献资料,才能解开这个谜团。2003 年 8 月 18 日,笔者有幸在波士顿西郊贝尔蒙特(Belmont)方寓拜访了这位波士顿学院退休教授,聆听他讲述他与庞德的交往,浏览他珍藏的庞德夫妇函和庞德用过的洛克文献。(图 12-3)

图 12-3　方宝贤伉俪接受采访留影

---

① 此信藏方宝贤遗媚方瑟芬马萨诸塞州贝尔蒙特寓所。

　　方宝贤（1922—2011）出生于云南丽江大研古镇文治巷，父亲方国琛承祖业，为崇信号商家的掌门人。方宝贤自幼在丽江古镇读书，十四岁从丽江一中毕业后离家前往省府昆明，投奔在云南大学文法院当院长的叔父方国瑜，并在昆华中学（今昆明市第一中学）上高中。方国瑜（1903—1983）早年师从钱玄同、余嘉锡、陈垣、梁启超等大师，攻音韵、训诂、史地，著有《广韵声汇》《滇子疏政》《滇西边区考察记》《彝族史稿》《纳西象形文字谱》等 30 余部专著、130 余篇论文。著名史学家、古文字学家徐中舒称其为"南中泰斗 滇史巨擘"。（图 12—4）方宝贤高中毕业后考入西南联大数学系。高中三年、大学四年，前后七年，他一直在纳西学泰斗方国瑜的关照下读书。在贝尔蒙特方寓，方先生让我翻阅了他叔父赠送给他的一册《纳西象形文字谱》。2003 年 2月，亦即笔者采访他半年前，方先生曾偕夫人与六个儿女、四个孙儿女去昆明、丽江参加过他叔父方国瑜 100 周年诞辰的纪念活动。

图 12—4 丽江方国瑜、方宝贤故居徐中舒题匾

　　方宝贤和西南联大另外两位本科毕业生，数学系的和惠桢和化学系的杨凤，曾被称为抗战后期"丽江留美三杰"。1943 年 12 月，他们三人同获云南省政府留美奖学金。1944 年春，在西南联大留美预备班参加培训的除了他们三人还有研究生院获庚子赔款留美奖学金的杨振宁。① 和惠桢后来成为美籍纳西族华裔矿物学家。杨凤（亦为纳西族）于 1951 年学成回国，成为西南地区赫赫有名的动物营养学家。② 1944 年 9 月，和惠桢、杨凤等还在预备班接受培训，方宝贤即取道印度先去了美国。翌年，他进入了俄亥俄州立大学。1950 年一经获得俄亥俄州立大学物理学硕士学位，他便转入华盛顿特区美国天主教大学攻读物理学博士学位。在那里，方宝贤遇到了从奥地利来

---

①　杨振宁于 1944 年获清华研究院硕士和庚子赔款留美奖学金。

②　帕格尼尼：《丽江留美三杰》，载 2022 年 9 月 16 日文学城・博客＜blog. wenxuecity. com/myblog/74029/202209/16299. html＞。

美求学的约瑟芬·里斯（Josephine Maria Riss）。约瑟芬（中文名方瑟芬）赴美前已从奥地利格拉茨大学（University of Graz）获得博士学位，当时正在美国天主教大学攻读图书馆学硕士学位。他们俩情投意合，于 1951 年 3 月 31 日结为夫妻。天主教大学的英语教授乔瓦尼·乔瓦尼尼（Giovanni Giovannini）同这对年轻夫妇私交甚笃，1952 年成为他们的长女鲍拉（中文名方家佩）的教父。

　　1953 年夏，方宝贤获博士学位，留校在物理实验室当博士后研究员。一天，乔瓦尼尼跟方宝贤提起了他的诗人朋友庞德。他说，庞德是一位了不起的美国诗人，早年译过李白的诗，收入一本叫《华夏集》的汉诗集。他还告诉方宝贤，这位诗人在第二次世界大战后被指控犯叛国罪，从意大利押送回美国，因精神病专家诊断他"精神失常"，而被送进了圣伊丽莎白精神病医院。最近几年，他把儒家"四书"中的《大学》《中庸》和《论语》一一译成了英语。[①]乔瓦尼尼问方宝贤，周末愿不愿跟他一块去探望庞德？"中国学者去探望，庞德一定高兴。"

　　方宝贤夫妇不久便成了庞德的常客。他们几乎每月要去一次圣伊丽莎白医院，有时还带上长女鲍拉和长子大卫。庞德特别爱吃方瑟芬做的蛋糕，每逢他生日，方瑟芬都要做一只，让女儿鲍拉捧着给他送上去。这样频繁的往来延续了五年，直至 1958 年夏庞德离开华盛顿特区返回意大利。

　　庞德研究大师辈出，著述繁复，光庞德传记就有五六部。然而，在 2008 年之前有关庞德的专著中竟没有一部提及庞德晚年有一个叫方宝贤的纳西族朋友。这位长期被忽视的庞德友人先后在美国国家标准局、法国傅立叶研究院、荷兰卡末林·昂内斯实验室、瑞典皇家化学研究院、美国宇航局太阳能蓄电池研发部担任过高级工程师、高端研究人员。1970 年至 1990 年，作为波士顿学院带研究生、专注科研的终身教授，他发表过 130 余篇论文，获得 9 项专利。中美关系正常化以后，他每年都回云南探亲，并以联合国开发计划署外侨自愿传授技术组织（TOKTEN）专家的身份，参与云南省经济型太阳能产品的研发和应用。[②] 他对庞德《诗章》续篇的创作又起过什么作用呢？解开这个谜不仅有助于解读《诗章》最后两部续篇的文化内涵，而且有助于全面评价庞德的中国观。

　　庞德毕生热爱中国文化，但是在认识方宝贤之前他仅关注中国主流文化、汉文化，特别是儒文化。方宝贤让他在古稀之年开始学习中国纳西族文

---

① See Ezra Pound, trans., *Confucius: The Great Digest*, *The Unwobbling Pivot*, *The Analects*, New York: New Directions, 1969.

② 方瑟芬（Josephine Fang）2011 年 10 月 26 日致笔者电子邮件。

化,并把这种文化移植到《诗章》最后两部续篇里。

　　1953 年方宝贤刚认识庞德时,庞德正在为出版一部篆体中文原文－韦氏注音－英译文三对照的《诗经》而烦恼。早年的庞德只强调汉字的形体结构,囚禁圣伊丽莎白医院后在哈佛大学汉学家方志彤的影响下,他逐渐认识到了汉语语音的重要性。他译的《诗经》不发表则已,要发表就既要配上篆体原文,也要配上韦氏注音①。方志彤替庞德联系哈佛大学出版社出版该书,可是哈佛大学出版社只想出他的译文。方宝贤到访时,庞德对哈佛大学出版社不愿给他的《诗经》译文配上原文和注音还耿耿于怀,多次发牢骚。他一再重复孔子强调的诗歌的音乐性和费诺罗萨在《作为诗歌媒介的汉字》(*The Chinese Written Character as a Medium for Poetry*)中强调的古汉语象形字、表意字的隐含意义。②

　　一次,方宝贤去圣伊丽莎白医院,庞德又提到费诺罗萨赞美的汉语中的象形字和表意字。一向寡言的方宝贤告诉庞德,居住在中国西南边疆的纳西族至今还在用象形文字,他们的文字可能是世界上唯一"活着的"象形文字。他本人来自纳西族聚居的云南丽江,母语就是纳西语。庞德听了又惊又喜,惊的是居然还有"活着的"象形字,喜的是他可望通过方宝贤学会几个纳西象形字。

　　方宝贤的来访开阔了庞德的视野,使他对中国有了新的认识——超越中国主流文化、超越儒学的认识。没有这一超越,庞德的中国观就不会有突破,他的《诗章》续篇《御座篇》和《诗稿与残篇》也不会有理念上和风格上的突破。

五、庞德与"活着的"纳西象形文字

　　庞德当然想目睹当今世界唯一"活着的"象形文字。这些具有一千多年历史的象形文字至今保存在丽江古城北木氏土司的发祥地白沙镇琉璃殿、大宝积宫等处的壁画上(见图 12－5),也保存在东巴经文中,被东巴祭司在纳西祭祀仪式上吟诵。从此,每逢方宝贤来访,庞德总会让他写几个纳西象形字,并教他怎么发音。

---

① 　See Ezra Pound, trans. , *Shih Ching*: *The Classic Anthology Defined by Confucius*, Cambridge: Harvard University Press, 1954. 庞德配篆体原文、韦氏注音和译文的双语版《诗经》书稿至今仍保存在耶鲁大学拜纳基图书馆,未曾出版。

② 　See Earnest Fenollosa, *The Chinese Written Character as a Medium for Poetry*, ed. Ezra Pound, San Francisco: City Lights Book, 1964.

2009 年 8 月,中国社会科学院民族文学所杨杰宏研究员通过采访正在云南探亲的方宝贤,见证了他的纳西语水平。方宝贤跟杨杰宏说:"纳西语教给他的不只是民族文化,更深层的是教会了他与其他文化的比较思维。"访谈中,方先生还以纳西语数字为例,分享了他的心得:"一、dee,得到之意。从一无所有到有了第一个。二、hni,要也。一个太少,不够! 所以才有了二。三、seeq,挑拣也。三人为众,有了三个可以挑选了。"根据这些例子,方先生指出:"汉语、英语的数词是死记硬背而来的,而纳西语的数字概念给人以无穷的想象。"①

方宝贤晚年已记不清他半个多世纪前给庞德教过多少个纳西象形字。他只记得自己教庞德识过太阳图形、读作"bi"的纳西文"日"字和月牙图形、读作"le"(e 近似 ei)的纳西文"月"字。庞德在《诗章》第 112 章复制了一个纳西象形字"月",与前一行末英文单词"tray"押尾韵,与同一行拉丁文单词"luna"押头韵(详见下一章)。

图 12—5　丽江白沙古镇纳西象形字壁画

囚禁圣伊丽莎白医院以后,庞德终于能静下心来,研读方志彤推荐的《道德经》《庄子》等老庄哲学经典。他唯儒独尊、歧视佛道的观念开始转变,见到方宝贤时自然想了解纳西族的宗教信仰状况。纳西族是一个宗教多元的民族,老一辈人多数信仰与藏传佛教苯教有着错综复杂关系的东巴教。如洛克所言,丽江一带寺院供奉的苯教普遍受到了道教、缅甸拜物教和丽江地区萨满教的影响。② 方宝贤十四岁到昆明上高中,二十二岁留美,对纳西族宗教所知甚少。但是他记得自己曾告诉过庞德,纳西族最重要的宗教节庆是"孟

①　杨杰宏:《纳西语中的数字概念及文化寓意》,2023 年 3 月 31 日杨杰宏致笔者电子邮件。

②　Joseph F. Rock, *The Na-khi Nâga Cult and Related Ceremonies*, Roma: Istituto italiano per il Medio ed Estremo Oriente, 1952, p. 53.

本"祭天。每年寒假他从昆明返回丽江,总要跟父母和族里长辈一起到玉龙山方家的祭场,参加"孟本"祭拜。据他解释,"孟"指天,"本"指白色祭品。祭祀的偶像是三棵树,中间一颗柏树,象征祖先,左右两棵栗树,象征天、地。他们家年年办"孟本",年年生意兴隆、猪肥马壮、稻谷满仓。

1955 年,方宝贤被聘为菲尔柯(Philco)电器公司高级工程师,携妻儿迁往费城市郊。那年秋季,在夏威夷大学植物标本馆任职的洛克回到美国东海岸。洛克跟方宝贤的父母、祖父母很熟。在丽江时他常去崇信号购物,方家夫妇、老夫妇从不收他的钱。方宝贤留美后,洛克曾给他汇过钱,酬谢他欠方家的人情。那次到东海岸开会,他约见了多年未见的方宝贤和他的奥地利裔太太。临别时他给方氏夫妇赠送了两册他的新著,一册是他的长篇论文《孟本:纳西祭天仪式》,另一册是他译注的《康美久命金的爱情故事》。想到这两册书应该能解答庞德提出的种种难题,方宝贤便把它们寄给乔瓦尼尼,托他转交庞德。就这样,方宝贤牵线,让庞德不久与洛克取得了联系。

美国耶鲁大学拜纳基图书馆藏有一封洛克于 1956 年 1 月 3 日写给庞德的信,信里提到了他与方宝贤父母的友谊和在丽江所做的探索与研究:

> 我的纳西小伙子朋友方宝贤(他父母是我在云南丽江多年的好友)转给我一封美国天主教大学教授乔·乔瓦尼尼写给他的信。乔瓦尼尼在信中告诉方宝贤,他把我的两篇有关纳西文化的论文转给了您。我曾在非常浪漫的纳西族中居留二十七年。[……]我读了他们大量经书,其中多半为东巴祭司所撰,纳西族里也只有东巴祭司读书。我收集到数千篇东巴经,翻译了其中 700 多篇。完成一部包含大量译文的四卷本专著,仅一卷得以印行,其他三卷均毁于一旦。战争爆发后,我赶紧把译稿托运回美国,不幸邮轮被日本潜艇击沉,译稿、笔记全部被毁。(Beinecke)①

1956 年夏,方宝贤辞去菲尔柯电器公司职务,重返华盛顿特区到美国国家标准局任职。那时,年逾古稀的庞德正在用洛克的双语版《康美久命金的爱情故事》自学纳西象形文字。方宝贤来访,庞德就向他求教。庞德的友人大卫·戈登(David Gordon)记得,当年庞德病房墙上贴满了他从洛克专著摘抄下来的纳西象形字。②戈登并不知道,庞德有一个为他讲解纳西语、纳西

---

① See Zhaoming Qian, *East-West Exchange and Late Modernism: Williams, Moore, Pound*, p. 91.

② Carroll Terrell, "The Na-khi Documents I: The Landscape of Paradise," *Paideuma* 3.1 (1974), p. 94.

文化的老师。阅读《康美久命金的爱情故事》时,庞德会挑字,让方宝贤教他发音,解释含义。方宝贤珍藏的那本《康美久命金的爱情故事》上保留着他给庞德添加的注解。例如,第 9 页,在洛克的拼音"Yu-"上面,方宝贤注了"sheep"("羊")。纳西象形字"牧羊人"有羊头图形,庞德自然可以猜出"Yu-boy"中"Yu"的含义。学纳西象形字时,他总想弄清复合词每个组成部分的含义。康美久命金的情人朱古羽勒排是个牧羊人,"Yu-boy"中"Yu-"的意思他当然要弄清。

为了注明纳西象形字的准确发音,洛克在其注音里用了很多连字符和上角标识。但是光凭这些,庞德还是不会准确发音,只能请方宝贤添加注音,尝试纳西发音。那时,庞德已认识到象形文字发音的重要性。每逢方宝贤来访,他就让他正音。方宝贤那册《康美久命金的爱情故事》第 53 页上还保留着他给纳西语单词"布谷鸟"注的音。据洛克描述,"这个字的发音难,应该是'tgkye'或者'tkhye'"[1]。在洛克注释旁,方宝贤重新注上了"eng geek"。无疑,方先生是应庞德的请求给这个纳西象形字注的音。

方宝贤还更正了洛克几处误译。例如,他那册《康美久命金的爱情故事》第 53 页上有两个纳西象形字的译文是"春天的四个月"。[2] 方宝贤把"四"划掉,改成了"三"。庞德用过的《孟本:纳西祭天仪式》没能找到。那册论文上应该留有更多方宝贤的注音和更正。目前方宝贤教庞德纳西语的实证限于《康美久命金的爱情故事》上那几个。可是光凭那册书上的加注和更正已足以证明,方宝贤是一个合格的、超实用的纳西文化老师。纳西语是方宝贤的母语,当今"纳西学"巨擘、《纳西象形文字谱》编者方国瑜是他的叔父。有这么一个"纳西文化圈内人"做他的老师,庞德对纳西文化应该说能获有感性而非纯书本的认识。解读《诗章·御座篇》中的纳西民俗、宗教文化应该建立在这一认识的基础上。

2009 年 9 月,方宝贤给我讲了两个故事,都与《诗章》第 101 章的纳西文化背景有关。那年 8 月,方宝贤在孙女雪莉(Shelley)、孙儿杰森(Jason)的陪伴下最后一次回昆明、丽江探亲。在丽江逗留期间,雪莉与杰森到城西五十英里外"长江第一湾"石鼓镇去看了石鼓碑。提到石鼓碑,方宝贤解释说,那是 16 世纪出土的文物。纳西族民间传说有两个部落曾在那里激战,血流成河。天神被惊,派一神仙变成白发婆婆到玉龙山顶日夜击鼓。一时间,鼓声如雷鸣,直至两个部落鸣金收兵才止。兵家一走,白发婆婆瞬间就变成一

---

① Joseph F. Rock, "The Romance of ^{2}K' a-^{2} ma-^{1} gyu-^{3} mi-^{2} gkyi, A Na-khi Tribal Love Story," *Bulletin de l'Ecole Francaise d'Extreme-Orient* 39 (1939), p. 53.

② Ibid.

尊石像,她的木鼓就变成了石鼓。《诗章》第 101 章"石鼓江畔 / 两军对峙"句似出此典。我问方先生有没有给庞德讲过这个故事,他承认有可能讲过。

那天,方宝贤还给我讲了一个他亲身经历的故事。他记得自己给庞德也讲过。方先生读初中时曾跟两个同伴去丽江西郊普济寺玩。普济寺喇嘛不让他们进,寺主四世活佛圣露·呼图克图(1871—1941)出来招呼,并和蔼地带他们到第二进院落看泉潭和海棠古树。圣露活佛是方宝贤祖父的挚友。祖父去世,他在方家住了整整两个月,为方老太爷主持葬礼,办超度法事。方宝贤还说,他告诉过庞德,1941 年圣露活佛应邀到陪都重庆主持超度抗战阵亡将士法事。在那里,他接见了《被遗忘的王国》(Forgotten Kingdom)作者顾彼得(Peter Goullart),当场卜测顾彼得会去丽江。顾彼得在《被遗忘的王国》中也提到了这段往事。[1]

方宝贤这段亲历,应能帮助庞德解除对释、道等中国宗教的偏见。庞德在《诗章》第 54 章和第 56 章曾痛骂和尚、道士:"帝国毁于光头和尚"(Cantos 284);"道士、和尚,骄纵放荡"(Cantos 302)。在第 101 章,他笔下主持"孟本"仪式的东巴祭司却"和蔼可亲"。(Cantos 746)

据泰瑞尔考证,《诗章·御座篇》和《诗稿与残篇》所引"孟本"片段均出自洛克《孟本:纳西祭天仪式》。洛克在《孟本:纳西祭天仪式》中确实详尽地描绘了繁复的"孟本"仪式。然而,庞德并没有完全按照他的描述写"孟本"。譬如,按洛克的描述,"孟本"祭台中央有一棵杜松,象征主神,两侧是橡树,象征天、地。[2] 方宝贤告诉过庞德,祭台中央是杜松,但两侧不是橡树而是栗树,三棵树象征着天、地、人"三位一体"。在庞德的《诗章》第 106 章,"杜松是[珀耳塞福涅]圣树 / 屹立在两颗松树间"。"两棵松树"既非出自洛克的论文,亦非出自方氏的解释;中间的"杜松"倒是洛克和方宝贤一致的说法。庞德将其称为"[珀耳塞福涅]圣树"可谓煞费苦心。珀耳塞福涅(Persephone)在希腊神话中既是冥界王后,又是保佑丰产女神,兼顾了洛克和方宝贤不同的解释——象征"神"和"保佑后世丰衣足食的祖先"。

方宝贤从不掩饰自己对庞德《诗章》,尤其是纳西片段的偏爱。他始终认为是庞德和顾彼得,而不是洛克,让丽江走向了世界。1962 年 9 月,他刚从瑞典皇家科学院调回美国宇航局太阳能蓄电池研发部,就给顾彼得写信感谢他在《被遗忘的王国》中热情歌颂他的家乡。"对于洛克博士我不会说同样的话,"他补充道,"不是因为他只研究古籍,而是因为他跟我见面提到纳西人时

---

[1] 顾彼得:《被遗忘的王国》,李茂春译,昆明:云南人民出版社,2007 年,第 199 页。

[2] Joseph F. Rock, "The ²Muan-¹Bpo Ceremony or the Sacrifice to Heaven as Practiced by the ¹Na-²khi." *Monumenta Serica* 13 (1948), pp. 13, 18n.

用的唯一的形容词就是'原始'。"①洛克专家萨顿（Stephanne Sutton）在《苦行孤旅》（*In China's Border Provinces：The Turbulent Career of Joseph Rock*，1974）中，对洛克有类似的评价。她引洛克日记指出，洛克曾埋怨"顾彼得与当地人交往过密［……］在他看来，只有和当地人保持一定的距离才有助于他有效地行事"②。

洛克在《孟本：纳西祭天仪式》等著作中直言不讳地强调，自己收集的文献都是东巴古籍，协助他作研究的只有东巴祭司。在《孟本：纳西祭天仪式·前言》他也坦陈，20 世纪 20 年代至 30 年代大多数纳西家族办"孟本"不再请东巴祭司念诵经文，而由族长自己念诵。各村、各族的经文不尽相同。他选译的一段，庞德没有用。第 101 章"愿他们家池塘满盈；／［……］／胯下马鬃飘忽"句的意思跟方宝贤所说的"生意兴隆、猪肥马壮、稻谷满仓"恰恰吻合。

2011 年 10 月 21 日，方宝贤在波士顿近郊贝尔蒙特寓中平静去世。早在一年半之前，他就给夫人和儿女、昆明的妹妹方润琪和大理的弟弟方宝鉴留下一份感人的遗嘱："我游历了许多地方，但我觉得唯有丽江才是我永恒的家。为此我期望我去世之后将我所留存于世的骨灰分为三份：一份留在丽江家族墓地我母亲的墓旁，因为她给了我爱，第二份留在黑龙潭我叔父（方国瑜）的墓旁，因为他给了我智慧，第三份将留给我太太、儿女和孙辈。"更为令人感动的是，临终前他还念念不忘庞德在《诗章》中描写的丽江，叮嘱家人自己的讣告要引庞德《诗章》第 112 章的 5 行诗：③

> 丽江上空
> 空气清爽，
> 松林人语响，
> 象山麓
> 处处是清泉（*Cantos* 804）

---

① 此信藏方宝贤遗孀方瑟芬马萨诸塞州贝尔蒙特寓所。

②. 转引自斯蒂芬妮·萨顿：《苦行孤旅：约瑟夫·F. 洛克传》，李若虹译，上海：上海辞书出版社，2013 年，第 25 页。

③ 郭大烈文，方润琪图：《方先生，归来兮，故乡等着你——旅美纳西族科学家方宝贤周年祭》，《云南民族》2012 年第 9 期，第 69—70 页。

第十三章　庞德《诗稿与残篇》中的纳西母题

　　1937 年和 1938 年,庞德相继推出《论亟须孔子》("Immediate Need of Confucius")和《文化导向》(*Guide to Kulchur*)。①《文化导向》的首页题了"一以贯之"四个汉字,意思是要终生贯彻儒家思想。②第二次世界大战期间,庞德译出了"四书"之《大学》《中庸》和《论语》。第二次世界大战后他又译出"五经"之《诗经》。③这些译著及 1955 年发表的《〈书经〉诗章》(第 85 至 89 章)、1959 年发表的《〈圣谕〉诗章》(第 98 至 99 章)证实,他是一个名副其实的"儒家诗人"。

　　儒家思想真的贯穿了庞德的一生？20 世纪 90 年代,美国学者齐多(Mary Paterson Cheadle) 对此提出过质疑。她指出,庞德 1960 年接受霍尔访谈时曾吐露自己不该把儒家思想提得那么高。④ 他对中国宗教哲学认识的变化在《诗稿与残篇》中有没有留下可寻的痕迹？20 世纪中叶,后现代主义在欧美崛起,"非人格化"等现代主义创作原则遇到了挑战。《诗稿与残篇》是否留有庞德对此反响的端倪？拙著《中华才俊与庞德》论证了美籍纳西族华裔太阳能科学家方宝贤对庞德"纳西诗章"的贡献,却未能深入探索相关诗章中的双重突破。⑤ 唯有在庞德最后一部诗章中,我们才能寻找到庞德晚年偏离儒家思想的蛛丝马迹;也唯有在这部诗章中,我们才能挖掘出他回归和创新早期现代主义实验的明证。

---

①　Ezra Pound, *Selected Prose 1909—1965*, ed. William Cookson, New York: New Directions, 1973, pp. 75—80.

②　Ezra Pound, *Guide to Kulchur*, New York: New Directions, 1970.

③　Ezra Pound, trans. , *Confucius: The Great Digest*, *The Unwobbling Pivot*, *The Analects*, 1969; Ezra Pound, trans. , *Shih-Ching: The Classic Anthology Defined by Confucius*, 1954.

④　See Mary Paterson Cheadle, *Ezra Pound's Confucian Translations*, Ann Arbor: University of Michigan Press, 1997, pp. 217—218; see also Donald Hall, *Remembering Poets*, New York: Harper & Row, 1978, p. 241.

⑤　钱兆明:《中华才俊与庞德》,2015 年。

一、《诗章》第 110 章中的双重突破

纳西文化素材是《诗稿与残篇》最瞩目的亮点。庞德七十岁之前对中国文化的兴趣始终局限于中国主流文化——儒文化。从单纯眷注儒文化转变为眷注中国非主流文化，特别是纳西族文化中的反儒成分，是庞德最后一部《诗章》双重突破其一：文化视野的突破。

如前所述，庞德在 1959 年发表的《诗章·御座篇》中已经开始涉笔纳西文化。《御座篇》之第 98 章、第 101 章、第 104 章和第 106 章都提到了纳西族的"孟本"节庆。"孟本"是纳西族祭天、祭地、祭祖仪式，因为有儒家祭祖的成分，插入《诗章》并不违背其前八部贯彻儒家思想的走向。即使第 101 章称"东巴祭司的脸／和蔼可亲"也无大碍，因为祭司念的经文是祭祖、求五谷丰登。孝悌、举业历来为儒教所提倡。

《诗稿与残篇》之开篇第 110 章称颂的却是违背儒家思想的纳西族"哈拉里肯"祭殉情男女仪式。在《中国史诗章》中，庞德曾站在正宗儒教的立场上痛斥"道士、和尚，骄纵放肆"（*Cantos* 302），抨击道士"喋喋不休吹嘘仙丹／吃了长生不老"（*Cantos* 288）。作为"儒家诗人"的庞德，就是在 20 世纪 50 年代末也不可能将装神弄鬼、赤裸裸反儒的内容写进《诗章》。第 110 章欣敬"哈拉里肯"大祭风无疑是庞德偏离儒学的标志。

横断山南麓丽江一带的纳西族人民数百年如一日过着一种开放式、多元共存的生活。随清初"改土归流"政策的施行，纳西族自由恋爱的传统为包办婚姻所替代。封建社会相爱的汉族青年会以逃婚来抗衡"父母之命，媒妁之言"，纳西族青年男女自由恋爱受阻则会约定殉情。《康美久命金的爱情故事》又名《鲁般鲁饶》，是纳西族版的《梁山伯与祝英台》。这个民间故事在纳西族地区流传极广，影响极深。20 世纪 40 年代还有不少纳西族青年男女效法康美久命金与朱古羽勒排为抗婚殉情。他们相信约定殉情"可永葆青春并与相爱的人永远在一起［……］飞翔在爱永恒的怀抱中"。[①] 按延至 20 世纪 40 年代末的纳西风俗，父母不给殉情而死的儿女办这种"大祭风"仪式，他们的幽灵就会在荒野游荡，家族、村寨就不得安宁。[②]（图 13－1）

---

① 约瑟夫·洛克：《纳西族的文化与生活（节选）》，和匠宇、和铙宇译，载和匠宇、和铙宇：《孤独之旅——植物学家、人类学家约瑟夫·洛克和他在云南的探险经历》，昆明：云南教育出版社，2000 年，第 290 页。

② Peter Goullart, *Forgotten Kingdom*, London：John Murray, 1955, pp. 216—218.

图 13—1　纳西"哈拉里肯"超度仪式　原载洛克《中国西南古纳西王国》

《诗章》第 110 章"哈拉里肯"片段的主要依据是洛克 1939 年译注的双语版《康美久命金的爱情故事》。① 前文已提示,1956 年至 1958 年方宝贤曾用那本译著作教材,给庞德讲解纳西象形文字、纳西宗教仪式和康美久命金的爱情悲剧。方宝贤珍藏的那本书上还留着他当年为庞德添加的注音和注解,笔者有幸拿到那几页的扫描件。②

方宝贤无疑是庞德纳西诗篇背后的"纳西文化圈内人"。据方先生本人回忆,他在给庞德讲解《康美久命金的爱情故事》时曾提到,他在丽江一中上学时有一对相爱的同伴受这个爱情悲剧的影响走上了轻生之路,两家父母不得不办"哈拉里肯"大祭风,送他们上天堂。③

《康美久命金的爱情故事》岂止是一个爱情悲剧,它更像是一个残存的希腊神话。20 世纪 60 年代,庞德并没有停止创作历史与神话交织的现代史诗《诗章》。对于这样一个难得的民间文学素材他哪里还会放过?他一遍又一遍读这个纳西族版的希腊爱情神话,到 1958 年 8 月他归还《康美久命金的爱情故事》时,书皮都给磨破了。洛克双语版《康美久命金的爱情故事》和方宝

①　Joseph F. Rock, "The Romance of ²K'a-²ma-¹gyu-³mi-²gkyi, A Na-khi Tribal Love Story" pp. 1—152.

②　感谢方宝贤夫人方瑟芬提供该书有方先生添加了注音、注解的几页扫描件。详见钱兆明:《中华才俊与庞德》,第 195—197 页。

③　根据 2003 年 8 月 18 日笔者访谈记录,详见钱兆明:《中华才俊与庞德》,第 199—200 页。

贤有声有色的讲解最终促成了庞德《诗章》第110章对"哈拉里肯"的精彩重
现：

> 双双在旋风中①
>
> 　　　　哈拉里肯
>
> 　大摆风，
>
> 九命与七命，
>
> 　　黑树生来就哑巴，
>
> 水潭蔚蓝不绿
>
> 鹿儿饮着山泉水
>
> 　　羊儿嚼着青草下山，
>
> 珊瑚宝石眼还能看见吗？
>
> 　　橡树根还能走路吗？
>
> 那河床的黄杜若
>
> 　　yüeh$^{4 \cdot 5}$
>
> 　　ming^{2}
>
> 　　mo$^{4 \cdot 5}$
>
> 　　hsien^{1}
>
> 　　p'eng^{2} (*Cantos* 797—798)

帕洛夫在评价庞德于1923年发表的《诗章》第8章时，以抽丝剥茧的方
式分析了该诗章运用的四种现代主义艺术手法：(1)断裂性手法；(2)浓缩演
化；(3)文体突变；(4)叠加隐喻。② 令人惋惜的是，这些高超的现代主义艺术
手法，连同庞德早年提倡的"直接处理""绝不多用一个词"等意象主义原则，
在其《中国史诗章》(1940)、《美国史诗章》(1944)等第二次世界大战诗章中为
冗长的政治说教与自传体抒情诗所替代。

第二次世界大战前后，现代主义确实跌入了低谷。然而，如前四章所论
证的，20世纪60年代，现代主义曾东山再起，创造了新的辉煌。庞德跟他的
诗友威廉斯、摩尔一样，在耄耋之年出乎意料地重展现代主义雄风。其第
110章的"哈拉里肯"片段即为一实证。在后现代主义的盛期，这一诗篇让
早期《诗章》的四大现代主义艺术手法复活，并绽放出新的光彩。

"哈拉里肯"片段里的意象和叙述，同《诗章》第8章里的意象和叙述一
样，是从不同出处切割移植来的。《诗章》第8章的主要出处是15世纪意大

---

① 此句根据但丁的《炼狱篇·黑风谷》保罗和弗兰切斯卡受旋风折磨句改写。

② See Marjorie Perloff, *The Poetics of Indeterminacy*: *Rimband to Cage*, pp. 181, 183, 184.

利里米尼城邦的历史文献,而"哈拉里肯"片段的主要出处则是洛克双语注释版《康美久命金的爱情故事》。"哈拉里肯"片段之第 4 行"九命与七命"纯属碎片,切割自《康美久命金的爱情故事》第 20 页一个脚注:"男人有九命,²ngv＝九,故而男孩常被称为 ²Ngv-¹tzẹ̌r。女人有七命,故而女孩常被称为 Shẹ̌r-¹tzẹ̌r,shẹ̌r＝七。二者均为昵称。"①其第 5 行 "黑树生来就哑巴"亦属碎片,是《康美久命金的爱情故事》第 42 页五行行文的浓缩演化:"她搓出一根麻绳,一根新的麻绳,拿到树跟前,想上吊。那棵树上黑黑的树梢在摆动。康美久命金的心颤抖了。黑树生来就哑巴(生来就没有嘴巴)。在这里上吊,在这里自尽,树不让。故而她没上吊,又返回了。"②

恰如《诗章》第 8 章中间不用任何转折词,骤然从所引里米尼帮主马拉泰斯塔(Malatesta)一封公函严谨、古板的文体跳跃到一个史官脱口而出的口语文体,"哈拉里肯"片段末尾不做任何解释突然从描述"羊儿嚼着青草下山"连接到朱古羽勒排跨过七条沟,爬上一座山,见到自缢而死的康美久命金而发出的呼唤:"珊瑚宝石眼还能看见吗? / 橡树根还能走路吗?"③这两行诗在下一页重复,重复时带上了更深沉的无奈与绝望:"绿宝石眼睛还是看不见吗?" (Cantos 798) 这里诗人既用了"文体突变",也用了"叠加隐喻"。《诗章》第 110 章的"叠加隐喻"相当玄妙,下面我们将用一节篇幅详析。

晦涩多典、不可捉摸,是乔伊斯现代主义小说《尤利西斯》(Ulysses,1922)和艾略特现代主义诗歌《荒原》(The Waste Land,1922)的共同特点,也是庞德早期《诗章》的艺术特点。这种将看似毫不相干的、破碎的引语锤炼成一体的现代主义手法旨在强迫读者从上下文语境和社会文化语境中去琢磨诗意,用帕洛夫的话来说,就是强迫读者多读书,并"参与诗人的创作过程"④。这种现代主义"万花筒式"文体的再现与提升是庞德《诗章》第 110 章双重突破其二。

二、《诗章》第 110 章中的叠加隐喻

叠加隐喻是现代主义艺术的一个标志性特点。艾略特的《荒原》借没有阳光与水、没有温暖的荒原,喻第一次世界大战后令人绝望的、衰败的欧洲。

---

① Joseph F. Rock, "The Romance of ²K'a-² ma-¹ gyu-³ mi-² gkyi, A Na-khi Tribal Love Story", p. 20n.

② Ibid., p. 42.

③ See ibid., p. 89.

④ Marjorie Perloff, *The Poetics of Indeterminacy: Rimband to Cage*, p. 182.

乔伊斯的《尤利西斯》将远古的希腊英雄与 20 世纪欧洲的反英雄叠加,反衬 20 世纪西方都市生活的枯燥与肮脏。庞德的《诗章》第 1 章写荷马史诗《奥德赛》(*Odyssey*)中奥德赛走下界,唤醒盲人先知特伊西亚斯(Tiresias),预测未来的一幕,亦为借古喻今。奥德赛与他的同伴隐喻 20 世纪在茫茫诗海、艺海探索未来的现代主义诗人、艺术家。

　　庞德在《诗章》第 110 章向纳西祭殉情鬼致意同样是借古喻今。这一点已经在艾米丽·华莱士(Emily Wallace)的经典之作《为什么不用鬼神?》("Why Not Spirits?")中得到了论证。华莱士指出,《诗章》第 110 章是一首挽歌,在深层里哀悼相继过世的刘易斯(Wydham Lewis,1882—1957)、海明威(1899—1961)、杜丽特尔(1886—1961)、卡明斯(Edward Estlin Cummings,1894—1962)、威廉斯(1883—1963)、艾略特(1888—1965)等艺友、文友、诗友,"不让他们的鬼魂受到世俗的困扰,没有他的爱的陪伴而孤独地走向阴间"。① 《诗章》第 110 章确实是一首哀悼亡友的挽歌,但其初稿未必尽然。

　　耶鲁拜纳基图书馆藏庞德"1957 年 12 月"至"1958 年 6 月"的笔记本里有一手稿,含"珊瑚宝石眼还能看见吗?""橡树根还能走路吗?""那河床的黄杜若"等句,却无"哈拉里肯"片段前 8 行和"yüeh⁴·⁵ ming² mo⁴·⁵ hsien¹ p'eng²"句。② 那段时间庞德仍忌讳拜鬼神,自然不会模拟殉情鬼自语。且 1958 年,卡明斯、杜丽特尔、威廉斯和艾略特都还健在。此稿若说是挽歌,只能是献给 1957 年 3 月离世的刘易斯的。《诗章》第 115 章确实提到了刘易斯:"刘易斯宁可失明/也不让大脑受损。"(*Cantos* 814)

　　耶鲁拜纳基图书馆还藏有 1958 年 12 月和 1959 年 9 月两份《诗章》第 110 章打字稿。③ 两份打字稿都含"哈拉里肯"片段和"yüeh⁴·⁵ ming² mo⁴·⁵ hsien¹ p'eng²"句,但其中 1959 年 9 月那份(MSS 43 BOX 79 F. 3484 Close Cononical 110 pdf)更接近 1969 年正版第 110 章文本。1959 年 9 月打字稿韦氏音标右侧留有庞德笔迹:"回勃伦伯格查核"。当时庞德在勒巴洛城,要等到 9 月 28 日送玛赛勒登上赴美邮轮后才能返回勃伦伯格。④ 布什大概就是

①　Emily Wallace, "Why Not Spirits? — 'The Universe Is Alive': Ezra Pound, Joseph Rock, the Na Khi, and Plotinus," in Zhaoming Qian, ed., *Ezra Pound and China*, Ann Arbor: University of Michigan Press, 2003, pp. 246, 252.

②　See Ronald Bush, "Unstill, Ever Turning: The Composition of Ezra Pound's *Drafts & Fragments*," *Text* 7 (1994), p. 400.

③　See ibid. pp. 403, 411.

④　See David Moody, *Ezra Pound: Poet: A Portrait of the Man & His Work*, Vol. III: *The Tragic Years 1939—1972*, Oxford: Oxford University Press, 2015, p. 462.

根据这点确定此稿是 9 月 28 日前完成的。① 我们不妨梳理一下老诗人修改此稿的背景。

1958 年 7 月庞德入住女儿和女婿在意大利北部蒂罗尔山上的勃伦伯格城堡。10 月他先后获悉威廉斯第二次脑梗，股骨骨折的杜丽特尔仍在瑞士养伤。那年冬来早，披上素装的蒂罗尔山应该会让他联想到情死玉龙雪山的康美久命金，他的心想必与康美久命金的心，与病榻上五十年同道诗友的心产生了共鸣。庞德 1958 年 12 月诗稿伤感加深，理当跟他思念受脑梗、股骨伤折磨的威廉斯、杜丽特尔有关。

1959 年初，庞德收到杜丽特尔从瑞士寄来新作《折磨的终结》（*End to Torment：Memoir of Ezra Pound*）的初稿。② 在《折磨的终结》里，杜丽特尔回顾了自己与庞德三年的恋情和半个世纪的友情：

> 我们爬上了费城郊区我家花园的大枫树[……]我们随风摆着，尽管没有风。我们随着星星摆着，星星不远。[……]我父亲跟他说："庞德先生，这次我不说你做错了什么。我不会不让你来，但是我要请你少来[……]""你一定得跟我走。""我怎么好走啊！我怎么好走啊！"他父亲会凑够钱，让他到国外发展。我可什么也没有。[……]若干年后，在英国国家博物馆的茶厅，他在我打字诗稿上签署"H. D. 意象主义者"，并挥笔疾书"删去这个词，压缩这一行"。③

康美久命金和朱古羽勒排的恋爱离不开丽江的雪山草场，杜丽特尔和庞德的恋爱离不开她家花园里的大枫树。洛克管"哈拉里肯"大祭风叫"大摆风"。④ 在杜丽特尔的记忆中，她和庞德的恋爱就是在她家花园大树上一起"随风摆"。1908 年，庞德曾邀请杜丽特尔同他一起去欧洲发展，但由于父母的阻挠，杜丽特尔没有去成。1912 年他们在伦敦重逢，虽不能做恋人，却依然是志同道合的诗友，还一起发动了意象主义新诗运动。那年 10 月庞德给《诗刊》发去杜丽特尔让他批阅过的三首诗稿，在附信中他赞其"坦率而不委婉，不多用一个形容词，每个比喻都经得起推敲"。数年后庞德向友人披露，

---

① Ronald Bush, "Unstill, Ever Turning: The Composition of Ezra Pound's *Drafts & Fragments*," p. 411.

② See Ronald Bush, "Late Cantos LXXII—CXVII," in Ira Nadel, ed. , *Cambridge Companion to Ezra Pound*, Cambridge: Cambridge University Press, 1999, p. 127.

③ Hilda Doolittle, *End to Torment: A Memoir of Ezra Pound*, eds. Norman Holmes Pearson and Michael King, New York: New Directions, 1979, pp. 12, 14—15, 40.

④ Joseph F. Rock, "The Romance of ²K'a-² ma-¹ gyu-³ mi-² gkyi, A Na-khi Tribal Love Story," p. 5.

意象主义"这个词就是为了推出杜丽特尔－奥丁顿夫妇而杜撰的"。①

1959 年 9 月,庞德再次整理《诗章》第 110 章,驱动力应该来自《折磨的终结》。杜丽特尔孑然一身在瑞士,脑际萦回着庞德说过的话,"你一定得跟我走",和她父亲说过的话,"庞德先生,这次我不说你做错了什么。我不会不让你来,但是我要请你少来"。②在《诗章》第 110 章,老诗人无疑把自己年轻时和杜丽特尔的爱情波折跟朱古羽勒排与康美久命金的爱情悲剧掺在了一起。朱古羽勒排嘶喊的"珊瑚宝石眼还能看见吗? / 橡树根还能走吗?"既可理解成他对自缢的康美久命金的呼唤,也可理解成诗人本人对在疗养院怀旧的杜丽特尔的遐想。

紧跟在"哈拉里肯"片段后面的是一行由"河床上的黄杜若"("Yellow iris in that river bed")引出的五言:"yüeh⁴·⁵ ming² mo⁴·⁵ hsien¹ p'eng²"("月明莫先朋")。有一种日本蝴蝶花叫杜若。这里"黄杜若"("Yellow iris")应该隐指庞德改译过的日本能剧《杜若》。③ 杜若精灵在该剧咏唱其情人当年为思念她而作的和歌,该和歌五行歌词的首字分别为 Ka-ki-tsu-ba-ta。西方学者认定"yüeh⁴·⁵ ming² mo⁴·⁵ hsien¹ p'eng²"象征性模仿了该和歌。④ 康美久命金情人的呼唤与杜若情人的和歌不失为高妙的叠加,但在爱情悲剧叠加的背后还隐藏着爱情/友情的叠加。诗稿中"月明莫先朋"是借故喻今,表达对诗友的思念。"月明莫先朋"中的"朋"字确定了诗人思念的对象不是情人,而是诗友。

1963 年 9 月,《诗章》第 110 章有两个片段在美国《国家评论》(National Review)先行刊出。令人诧异的是,这两小节分别写月亮女神/观音和恩底弥翁等希腊神话人物,哈拉里肯片段却并不在其内。包含哈拉里肯片段的、完整的第 110 章到 1965 年 10 月才以单行本的形式首印。⑤

完整的第 110 章之所以迟迟不发,是因为在相当长一段时间里庞德对写祭鬼神还有顾忌。要他冲破儒教"不信神、不信鬼"的禁区还需要一个过程。考察这一转变过程不能不提驻丽江八年之久的俄籍"纳西通"顾彼得。据庞德女儿玛丽·德·拉齐维尔兹回忆,1960 年初、1961 年初和 1962 年初,皈依

---

① Ezra Pound, *Selected Letters 1907—1941*, pp. 11, 213. 杜丽特尔丈夫、英国诗人奥丁顿也是意象主义新诗运动发起人。

② Hilda Doolittle, *End to Torment: A Memoir of Ezra Pound*, p. 14.

③ See Ezra Pound, *Pound: Poems and Translations*, pp. 450—458.

④ See Windy Stallard Flory, *The American Ezra Pound*, New Haven: Yale University Press, 1989, p. 194; Peter Stoicheff, *The Hall of Mirrors: Drafts & Fragments and the End of Ezra Pound's Cantos*, Ann Arbor: University of Michigan Press, 1995, p. 96.

⑤ Ezra Pound, *Canto CX*, Cambridge: Sextant Press, 1965.

道教的顾彼得曾三度造访勃伦伯格,跟庞德一起度假。① 看来是顾彼得帮庞德突破儒教禁区,清除了顾虑。

庞德很可能在 1958 年 7 月 12 日抵达勃伦伯格城堡前就已读完顾彼得的《被遗忘的王国》。8 月 5 日,他从勃伦伯格致信顾彼得:"仅这里一地您就获得了五个《王国》读者。"

在顾彼得的笔下,20 世纪 40 年代的纳西人依然"同时虔诚信佛、道、儒和万物有灵论"。"如果有鬼怪现形,听到有说话声,人们不是畏缩,而是同情而有趣地追究这件事。总之,一个阴间的来访者被人们当作人,以礼相待。"②在《被遗忘的王国》里,顾彼得还生动地描述了一场他目睹的"哈拉里肯"大祭风。③

庞德与顾彼得信来书往,到 1960 年初才得以相见。在朝夕相处的一个月里,庞德应该会鼓动顾彼得尽情畅谈他在丽江的见闻。纳西人何以能同时信儒、信佛、信道,"哈拉里肯"又是怎么回事?那年初,顾彼得第二本书《玉皇山道观》(*Monastery of the Jade Mountain*,1960)刚脱稿。与庞德在一起,他会津津乐道新著的梗概。那本回忆录写他在杭州玉皇山皈依道教的经过,庞德应该会追问他西方教徒皈依道教怎么面对原来的信仰。顾彼得会重复他在该书中的解释:信道无须放弃原来的信仰;道教祈祷亡灵为的是安慰生者,让他们从悲痛中解脱出来。④

1961 年初,顾彼得再访勃伦伯格城堡,给庞德赠送了一册《玉皇山道观》。⑤ 庞德读到有关道教办超度的细节,必然会联想到"哈拉里肯"和希腊神话。半个世纪前,他在论文《心理学与特罗巴多游吟诗人》("Psychology and Troubadours")中曾追究神话的起源:"我认为希腊神话源于有荒诞心理经验的人,想说出荒诞心理经验又怕受迫害,于是设此自我保护良策。"⑥

1962 年初,顾彼得第三次造访勃伦伯格城堡。那年 1 月 29 日,他即致信洛克:"庞德让我向你问候,我们希望你能被派到慕尼黑,我们仨就可在欧一聚。"⑦不幸洛克健康状况每况愈下,1962 年 12 月 5 日,他心脏病突发,五

---

① 玛丽・德・拉齐维尔兹 2012 年 10 月 16 日致作者电子邮件。

② 顾彼得:《被遗忘的王国》,第 274、216 页。

③ 同上书,第 238 页。

④ See Peter Goullart, *The Monastery of Jade Mountain*, London: John Murray, 1961, pp. 33, 106—110.

⑤ 玛丽・德・拉齐维尔兹 2012 年 10 月 16 日致笔者电子邮件。

⑥ Ezra Pound, *The Spirit of Romance*, New York: New Directions, 1968, p. 92.

⑦ 此信藏美国梅隆大学亨特文档馆洛克文档。

天后即在檀香山离世。①

1960 年至 1962 年,经顾彼得疏导,庞德应该对"哈拉里肯"大祭风意在让死者亲友心灵获解脱有所认识。既然如此,1963 年《国家评论》节选的《诗章》第 110 章为何仍不收"哈拉里肯"片段?

这里需要说明,1960 年起庞德陷入了持续四五年的沉默。在这四五年间,他中止了一切新的探索。修改中的"哈拉里肯"片段当然不在例外。追究庞德突然沉默缘由的学者往往忽视当年他跟霍尔说过的一句话:"沉默中亦可有交流。"②庞德的沉默可以说是一种通过反思认识自我的过程,从错误中走出来的过程。从 1962 年 9 月《巴黎评论》刊出的《诗章》第 116 章,我们可对其反思略见一斑。该诗章含"废墟上空/ 有漂亮宁静的天堂"(Cantos 816);"[我的]错不计其数,灼见却寥寥无几"(Cantos 817)等诗句。美国学者戴森勃劳克从中窥见了诗思的火花:"庞德看到了对错两个方面,他希望这份修改稿,这首诗,尽管有错,会跟但丁的诗一样激起旋涡。"③

庞德为什么选择 1965 年发表包含"哈拉里肯"片段的《诗章》第 110 章?

那年 1 月 4 日,艾略特在伦敦逝世。沉默数年的庞德出现在伦敦西敏寺艾略特的追悼会上被当作了头条新闻。几周后,他便打破沉默,撰文哀叹:"现在还有谁跟我说笑? ······ 我只能以五十年前的紧迫感重复:读他的诗文。"④

1965 年 10 月,庞德八十寿辰之际发表含"月明莫先朋"句的《诗章》第 110 章,意味深长。他是要借"哈拉里肯"大祭风,表达对亡友深切的思念。思念的亡友岂止刘易斯、海明威、杜丽特尔、卡明斯、威廉斯和艾略特? 至少还有叶芝和乔伊斯。艾略特追悼会后,庞德去都柏林探望了叶芝遗孀,去苏黎世给乔伊斯墓献了鲜花。年迈、孤独的现代主义诗人庞德思念的故友何其多! 现成的挽歌第 110 章唯独献给艾略特最合适。其"珊瑚宝石眼还能看见吗?"句与艾略特《荒原》"那些珍珠就是他的眼睛!"句呼应,二者皆影射莎士比亚《暴风雨》中的《爱丽儿之歌》:"他的骨骼化成了珊瑚 / 那些珍珠就是他的眼睛。"

---

① Alvin K. Chock, "J. F. Rock, 1884—1962," *Taxon* 12.3 (April 1963), pp. 89−102, 97.

② Donald Hall, *Remembering Poets*, p. 161.

③ Reed Way Dasenbrock, *The Literary Vorticism of Ezra Pound and Wyndham Lewis*, Baltimore: Johns Hopkins University Press, 1985, p. 234.

④ Ezra Pound, *Selected Prose 1909—1965*, p. 464.

三、《诗章》第 112 章中的双重突破

跟《诗章》第 110 章一样，《诗章》第 112 章也围绕纳西文化这个主题，并且也展示了诗人在文化视野和诗歌风格上的双重突破。

20 世纪 60 年代，庞德在文化视野上的突破是零的突破——从完全不关注中国非主流文化（也无法关注中国非主流文化）到热忱关注中国非主流文化的突破。前文提到，《诗章·御座篇》之第 98、101、104、106 章只写"孟本"中为儒学认可的元素，祭祖元素。《诗稿与残篇》之第 110 章第二节有 4 行诗描绘了"孟本"的祭台："天 地/ 居中/ 是/ 杜松"。（Cantos 798）第 112 章一开头就不绕弯子，直接呈现"孟本"仪式中不为儒学接受的一个环节——咒术诅咒鬼蜮、除邪消灾：

> …… 猫头鹰和鹁鸪
> 和火狐，
> 甘露，当神酒，
> 纯洁的风、纯洁的露
> 　（Cantos 804）

这个"咒术"环节仅占诗首四行，《诗章》第 112 章更多的篇幅还是留给了诗人想象中的丽江的奇绝山水：

> 丽江上空
> 空气清爽，
> 松林人语响，
> 象山麓
> 处处是清泉
> 　黑龙潭，龙王庙
> 　诵经声清晰
> 　如玉河
> 玉 Yü⁴
> 河 ho²
> Artemisia 黄蒿
> Arundinaria 青竹
>
> 　在 ☾ 月下

命运的篾罗

 筛一筛

（Cantos 804－805）

这里，庞德让我们体验到了返璞归真的生态美（见图13－2）。人类怎么才能长久维持生态美？答案就在《诗章》第112章的结尾。该诗章最后5行重返十分讲究纯洁性和神圣性的纳西祭天仪式"孟本"。这5行诗与庞德在半个世纪前创作的《诗章》第1章首节遥相呼应，探索相关联的主题。

图13－2　丽江黑龙潭、象山

《诗章》第1章是荷马史诗《奥德赛》一个关乎整部史诗的情节在20世纪环境中的重演。特洛伊战争的英雄奥德赛在返回伊瑟伽途中祭希腊地神，试图探明未来："祭品抛进火堆作牺牲，／一只羊献给特伊西亚斯，一只黑毛领头羊"。（Cantos 3）《诗章》第112章重演的则是纳西族举办的"孟本"祭天仪式——先把猪宰了，涂上艾叶作牺牲，然后架上黄篙青竹筛，进献各种各样的酒。[①]《诗章》第1章的英语不是纯粹的英语，而是荷马的古希腊语＋文艺复兴时代译荷马史诗用的拉丁语＋庞德译盎格鲁－撒克逊英语诗《航海者》（"The Sea Farer"）的英语。《诗章》第112章最后五行的英语也不是纯粹的英语，而是东巴祭司的纳西象形字 和 和 ＋ 洛克的拉丁英语（如

---

①　Joseph F. Rock, "The ^{2}Muan-^{1}Bpo Ceremony or the Sacrifice to Heaven as Practiced by the ^{1}Na-^{2}khi," p. 68.

"Arundinaria")＋《马氏汉英字典》的汉语"玉河""Yü⁴ ho²"＋庞德《诗章·御座篇》的英语（例如"Winnowed in fate's tray"）。

尽管创作时间相隔半个世纪，这两首诗同样是现代主义演绎经典、借古喻今的成功尝试。前者是现代主义初创期的一次大胆的实验，后者则是现代主义为走出低谷，再创新绩做出的令人惊叹的努力。

说到这里，我们有必要回顾一下现代主义旗下的意象主义与旋涡主义。1912 年 10 月，庞德将落款"H. D. 意象主义者"的三首新诗发给《诗刊》。三年后(1915 年 9 月 17 日)，他才告诉《诗刊》主编门罗(Harriet Monroe)，"H. D. 意象主义者"是杜丽特尔，发动意象主义运动其实"就是为了让杜丽特尔的三首诗得以流传"。① 1914 年，庞德又跟画家刘易斯、雕塑家戈蒂耶-布尔泽斯卡(Gaudier-Brzeska)联手，把意象主义推向跨越诗歌和艺术领域的旋涡主义。《诗章》第 110 章和第 112 章深藏诗人对早期现代主义旗下两大新诗运动的怀念。按庞德本人的定义，旋涡主义是提升、强化了的意象主义。旋涡主义不仅要贯彻意象主义三原则，在艺术上还要像旋涡一样有"各种意念不断涌进涌出"②。

庞德曾在 1916 年初版、1960 年再版的《戈蒂耶-布尔泽斯卡纪念集》中表示，他要尝试写旋涡主义长诗。③《诗章》第 1 章即是庞德最早尝试写的一首旋涡主义长诗。与第 1 章相比，《诗章》第 112 章对意象主义的提升、强化有过之而无不及。如果说《诗章》第 1 章为我们提供了一个研究早期现代主义诗歌的样本，那么《诗章》第 112 章则为我们提供了一个研究后期现代主义诗歌的典范。第 112 章精湛的现代主义艺术首先体现在东西方不同语种的叠加上。《诗章》第 1 章以古希腊语、拉丁语和英语三种西方语言的叠加而著称。《诗章》第 112 章何止有几种西方语言叠加？它还有拉丁语、英语两种西方语言和汉语、纳西语两种东方语言的叠加。更有甚者，在《诗章》第 112 章庞德还试验了跨语种押韵。其最后四行"fate's tray ／〔……〕／ luna ／ 〽

〔le〕"首尾近似跨英语和纳西语押尾韵；其最后两行"luna ／ 〽 〔le〕"跨拉丁语和纳西语押头韵。对现代主义大师庞德而言，包括语音在内的任何语言

① See Ellen Williams, *Harriet Monroe and the Poetry Renaissance*, Urbana：University of Illinois Press，1977，p. 39.

② Ezra Pound, *Gaudier-Brzeska：A Memoir*, p. 92.

③ Ezra Pound, *Gaudier-Brzeska*, new edition, Marvel Press, 1960, p. 94n. 1960 年英国马伏尔版《戈蒂耶-布尔泽斯卡纪念集》增印了 30 页布尔泽斯卡的旋涡主义雕塑绘画作品图版。

形式都是表达语义的手段。这里,我们不只感受到英语与纳西语、拉丁语与纳西语押韵,还同时感受到东方文明与西方文明押韵。庞德之所以能运用纳西语的音韵,需要感谢"纳西文化圈内人"方宝贤的指导。2003 年 8 月 18 日笔者采访方宝贤时,方宝贤确认自己教过庞德 ⌇ 字的发音为"le"。洛克著作中也有这个象形字,但不作"月亮"解,而作"月份"或"夜晚"解;注音是 hä 或 haw。① 据方宝贤叔父、纳西学泰斗方国瑜的《纳西象形文字谱》,此字作"月亮""月份""夜晚"解,现当代纳西语读作 le,hetmet,hemettsi。②

《诗章》第 112 章更高超的现代主义艺术还表现在对意象主义"直接处理"和"绝不多用一个词"原则的升华。庞德在初创期就强调诗歌语言要"精炼"。他在 1913 年发表的《几个不》中曾告诫诗友"不要用多余的词","不用修饰","不要'评头论足'[……]不要描写"。(*Literary Essays* 4,5,6)

1913 年,"精炼"被庞德写进了意象主义的三原则。他的《诗章》第 1 章仅 76 行,既改写了《奥德赛》第 11 章,又引了古希腊荷马体赞美诗,确实贯彻了意象主义"不要用多余的词"的主张。第二次世界大战前后,他违背自己制定的这条原则,诗章越写越长。《钻石机诗章》第 85 章有 320 行,《诗章·御座篇》第 99 章有 522 行。直到《诗稿与残篇》庞德才回归他早年的"精炼"规范。《诗章》第 112 章仅 30 行,不到第 1 章的一半。

《诗稿与残篇》终于让现代主义旗下的意象主义与旋涡主义获得了新生。意象主义三原则之一强调"直接处理主观或客观的事物"。(*Literary Essays* 3)在《诗章》第 112 章,诗人用"石榴树""松林""清泉"等鲜活的事物来呈现丽江黑龙潭的青山绿水;用"猫头鹰""鹡鸰""火狐"等真实的"咒术"祭品和勾画"黄篙青竹筛"形象的纳西象形字 ▦ 来呈现纳西族"孟本"仪式开头、结尾两个环节。意象主义三原则之二提倡"呈现中绝不多用一个词"。(*Literary Essays* 3)《诗章》第 112 章 30 行诗借用毕加索拼贴法,不做任何修饰,直接把描绘事物的汉字、纳西象形字和英语、拉丁语单词置于同一平面,使之成为旋涡主义所追求的激流旋涡,"各种意念不断涌进涌出"。③ 意象主义三原则之三主张"在节奏上按照乐句的排列,而不按照规则机械重复"。(*Literary Essays* 3)如上所述,该诗章最后四行跨英语和纳西语押尾韵,跨

①　See Joseph F. Rock, "The Romance of ²K'a-²ma-¹gyu-³mi-²gkyi, A Na-khi Tribal Love Story," pp. 52,84; "The ²Muan-¹Bpo Ceremony or the Sacrifice to Heaven as Practiced by the ¹Na-²khi," pp. 38,101.

②　方国瑜编撰:《纳西象形文字谱》,和志武参订,昆明:云南人民出版社,1981 年,第 91 页。

③　Ezra Pound, *Gaudier-Brzeska*:*A Memoir*, p. 92.

拉丁语和纳西语押头韵。不规则中有规则,《诗章》第 112 章有其特殊、新颖的节奏。

这节诗歌的语言堪与庞德早年最佳的旋涡主义诗歌媲美。这里的汉字和纳西象形字都用大号字体,显而易见是要让不识汉字、纳西象形字的读者放缓读速,搜索信息。(图 13-3)以"玉河"为例,不识汉字的读者看到这两个字,自然会往右瞅一眼它们的发音"Yü⁴ ho²",然后回到这两个字,琢磨它们的结构。"玉"字下边有一滴水,"河"字左边有三滴水。看了字形结构读者自然会往上瞅,发现"玉河"作"Jade stream"解。每个读者都有自己的读法。不管是先右后左,还是先左后右,先上后下,还是先下后上,他们都不会跟平常一样按直线读这节诗。诗中的汉字和纳西象形字会迫使他们左顾右盼,形成"环顾式"阅读。

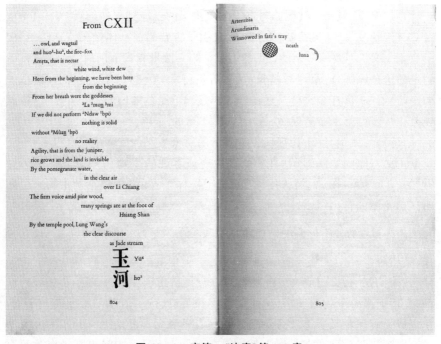

图 13-3　庞德 《诗章》第 112 章

《诗章》乍一看杂乱无章,其实乱中有序,是用碎片精心编织成的现代主义经典。诗人在《诗稿与残篇》倒数第二章的第 116 章哀叹:"我不是半人半神,／我无法上下连贯。"(Cantos 816)此言刚出,他马上又收回,斩钉截铁地说:"即使我的笔记不连贯 ／ 照常连贯。"(Cantos 817)

第十四章　米勒的《推销员之死》
在北京人民艺术剧院舞台

前文探讨了伊藤、曾宝荪、王燊甫、施美美、方宝贤等"中日文化圈内人"在第一代现代主义诗人、剧作家的跨越与创新中所起的不可或缺的作用。促使美国现代戏剧家阿瑟·米勒兼收并蓄中国传统戏剧营养、创新其成名作《推销员之死》的不是某个"东方戏剧文化圈内人",而是某个"东方戏剧文化圈内团队"。这个"东方戏剧文化圈内团队"就是 1983 年首次将《推销员之死》搬上中国舞台的北京人民艺术剧院该剧剧组。

米勒的《推销员之死》是一出用西方表现主义与超现实主义手法展现小人物美国梦破灭的两幕现代悲剧。1949 年该剧在纽约百老汇首演,连续上演 742 场,场场爆满,为米勒一举赢得了很高的声望。20 世纪 80 年代,中国开始引进西方优秀剧目,该剧是最早搬上北京人艺舞台的西方现代剧之一。外国经典剧目要搬上中国舞台,实现其新颖的艺术价值,有两个跨越与创新的过程。一是从外国文本到中国文本的跨越与创新;二是从剧本到舞台艺术的跨越与创新。任晓霏在《登场的译者》一书中探讨了该剧从米勒的英文文本到英若诚的中文文本的跨越与创新。① 笔者与欧荣的论文《〈推销员之死〉在北京:米勒和英若诚的天作之合》从剧作者兼导演米勒与译者兼主演英若诚的合作出发,试图考察该剧从美国现代剧脚本到中国舞台艺术的跨越与创新。② 1983 年北京人艺《推销员之死》成功演出不只是米勒与英若诚合作的结晶,还是米勒与北京人艺该剧舞美设计、灯光设计、全体演员合作创新西方表现主义和超现实主义的结晶。表现主义(expressionism)和超现实主义(surrealism)是西方现代主义的两大流派,一个通过布景、道具、灯光、音响效果等戏剧手段表现剧中人的内心世界,另一个直接把剧中人梦幻中的超现实人物搬上舞台。在戏剧中同时借鉴表现主义与超现实主义艺术手法是要制造出一种现实与梦幻交错的"时空共存性"(juxtaposition of illusion and

①　任晓霏:《登场的译者——英若诚戏剧翻译系列研究》,北京:中国社会科学出版社,2008年。

②　钱兆明、欧荣:《〈推销员之死〉在北京:米勒和英若诚的天作之合》,载《杭州师范大学学报》(社会科学版)2013 年第 1 期,第 88—93 页。

reality, the past and the present),让观众走进剧中人复杂的内心世界——一个现实与梦幻、现在与过去、当下空间与让其内心受煎熬的幻想空间重叠的世界。在这里,我们有必要将讨论的重点挪到表现"时空共存"的因素——米勒与北京人艺《推销员之死》舞美设计、灯光设计、配角演员之间的合作。只有这样,我们才能全面揭开米勒与北京人艺合作创新该剧表现主义和超现实主义的过程。

一、在北京舞台复制、完善《推销员之死》"时空共存"设计

尽管其对白与独白都非常逼真,《推销员之死》却不是一出纯粹的现实主义悲剧。该剧确有一个现实主义或自然主义的外壳,但在这个外壳下隐藏着相当浓重的表现主义和超现实主义成分。按评论家克里斯托夫·尹思(Christopher Innes)的说法,该剧继承了尤金·奥尼尔(Eugene O'Neill)的现代主义传统——"由自然主义外壳包装起来的现代主义传统"。① 马修·C. 卢德奈(Matthew C. Roudané)甚至认为,与美国现代主义经典剧奥尼尔的《琼斯皇》(The Emperor Jones,1920)和埃尔默·赖斯(Almer Rice)的《加算机》(The Adding Machine,1923)相比,《推销员之死》"更富有创造性。"②

米勒虽有意要在第二次世界大战后的百老汇舞台上借鉴表现主义和超现实主义戏剧手法,把 20 世纪现代主义小说中的"意识流"融入《推销员之死》,能否实现他的设想还要靠敢于创新、善于创新的导演和舞美设计与他紧密配合。1949 年该剧在纽约百老汇首演,导演是九次被提名、两次获奥斯卡最佳导演奖的伊利亚·卡赞(Elia Kazan),舞美设计兼灯光设计是十二次被提名、七次获托尼最佳设计奖的乔·梅尔齐纳(Jo Mielziner)。两年前,即1947 年,卡赞刚执导过田纳西·威廉斯(Tennessee Williams)的现代剧《欲望街有轨电车》(The Street Car Named Desire),梅尔齐纳刚设计过其表现主义"时空共存"的舞台。两位现代主义戏剧大师再次搭档,执导和设计舞台,保障了《推销员之死》表现主义和超现实主义试验的成功。卢德奈所赞颂的原版《推销员之死》的"创造性"在很大程度上要归功于卡赞的执导和梅尔齐纳的"时空共存"设计。

在中国舞台上复制、提升梅尔齐纳的表现主义"时空共存"设计,对北京

---

① Christopher Innes, "Modernism in Drama," p. 141.

② Matthew C. Roudané, "*Death of a Salesman* and the Poetics of Arthur Miller," in Christopher Bigsby, ed. *The Cambridge Companion to Arthur Miller*, Cambridge: Cambridge University Press, 1997, p. 75.

人艺 1983 年《推销员之死》剧组舞美设计韩西宇和灯光设计方堃林来说,是一个巨大的挑战。1983 年 3 月,米勒偕同夫人,摄影艺术家英吉·莫拉斯,亲临北京执导。3 月 21 日,他到北京人艺排练场第一次指导排练,就强调了该剧的"时空共存性"。他指出,旅行推销员威利家厨房一端有一道想象中的墙线,演员在演出时跨过这道想象中的墙线就意味着走进了威利的梦幻世界。听了米勒这席话,剧组的演员和工作人员才醒悟到领会舞台指示的重要性。领会舞台指示是实施该剧"时空共存"的关键。请看第一幕开场的舞台指示:"这个表演区代表这家的后院,同时威利的幻想场景以及他在市区活动的场面也都发生在这里。每当戏发生在现在时,演员都严格地按照想象中的墙线行动,只能通过左边的门进入这所房子。但是当戏发生在过去时,这些局限就都被打破了,剧中人物就从屋中'透'过墙直接出入于台前表演区。"①

《推销员之死》第一幕有一场戏,女主人公琳达在夸丈夫威利是"最漂亮的男人"。她话音未落,观众就听到了舞台背后"哈哈哈"的浪笑声。琳达接着说,"像你这样被孩子们崇拜的父亲不多"②。她显然没听到场外有笑声,只顾继续说话,可是观众却听到了更大的笑声。这时,灯光打到舞台左前方的表演区,一个妇人,威利梦幻中的妇人,浪笑着"透"过墙,进入了他们的卧室。这个妇人在第二幕威利绝望的一刻,会再次浪笑着"透"过墙,出来与威利直接对话。

米勒每次与剧组会面都会随手记下当时说过的话、看到的排练和闪现的感受。1984 年,这些笔记整理成《推销员在北京》一书出版,成为我们今天研究 1983 年米勒与北京人艺合作创新《推销员之死》可靠的一手文献。根据该一手文献,1983 年 3 月 21 日米勒观看了韩西宇按梅尔齐纳"时空共存性"设计复制的《推销员之死》布景。他一眼就看出韩西宇复制的布景与原创布景的差异。虽然韩西宇版威利房子里的厨房依然在中央,本来在厨房左边的楼梯挪到了厨房的右边。问到为什么要做此改动时,韩西宇解释说,这样安排可以让观众更清楚地观察到主卧与厨房的每个角落。这个解释有些牵强,米勒的感觉是韩西宇在为创新而创新。③

韩西宇真正成功的创新是他设计的从阁楼卧室直通到舞台背后的暗道。第一幕有一场"时空共存"的梦幻戏,演威利的两个成年的儿子比夫与哈皮在阁楼卧室聊天,威利一人在楼下厨房自言自语。比夫与哈皮后来睡了,威利

---

① 阿瑟·米勒:《推销员之死》,英若诚、梅绍武、陈良廷译,上海:上海译文出版社,2008 年,第 4—5 页。

② 同上书,第 27 页。

③ Arthur Miller, *Salesman in Beijing*, London:Methuen, 1984, pp. 6—7.

还继续在自言自语。当他说到比夫是他中学的足球明星时，灯光突然打到表演区——映着两棵榆树树影的后院，威利梦幻中高中时代的比夫与哈皮出现在那里。梅尔齐纳的"时空共存"设计什么都好，就是将睡在两张单人床上的比夫与哈皮连人带床一起送到舞台底下的升降机有时会卡住，在关键点上出问题。韩西宇的设计用了中国传统戏剧的"滑梯式"暗道。饰比夫与饰哈皮的演员可以神不知鬼不觉地从阁楼毛毯掩盖的床上滑到舞台背后，换装后迅速出现在表演区。这个设计真正实现了《推销员之死》那场戏的"时空共存性"。

1983年5月7日，《推销员之死》首演晚上，三十多岁的比夫与哈皮明明在阁楼酣睡，随威利自语"在树枝底下一摇晃，嘿，孩子们，那才叫[……]"[1]，他们变成了十六七岁的小伙子，在舞台前方表演区冒出。观众都惊呆了，以为有两对演员饰比夫与哈皮，一对饰成年的两兄弟，一对饰中学时代的两兄弟。

1949年，梅尔齐纳既是原版《推销员之死》的舞美设计，又是原版《推销员之死》的灯光设计。他给《推销员之死》设计了一套灯光转换程序，一会儿让舞台上威利家的房子及其周围有棱有角的高楼轮廓呈现"炽热的橙红色"，一会儿又让它们"被树叶笼罩"。[2] 米勒《推销员之死》初稿的舞台指示很简单，首演后才插入了以上这些梅尔齐纳协助添加的细腻描述。1983年春，米勒要求方堃林仿效梅尔齐纳的表现主义手法，"打灯光，让舞台突然呈现一片树影，表现出威利的大脑跳跃到了过去"[3]。他生怕口译员不能正确转达他的意思。殊不知，西方表现主义、"时空共存性"等概念对于方堃林已不新鲜。三个多月前，他刚与北京人艺导演林兆华合作，设计过高行健实验话剧《绝对信号》的音响与灯光。剧作者和导演也要求他用舞台灯光表现剧中人黑子被胁迫登车作案时的内心世界——他的两个"回忆"、三个"想象"、两次内心独白的时空自由转换。正如他在《舞台灯光与音响效果在创造上的配合》一文中所叙述的，《绝对信号》的灯光程序要让观众渐渐融化为剧中人（黑子、小号和老车长），跟他们一起"坐在守车上，从傍晚到黑夜，感受到了错综的光影变化"[4]。赵毅衡先生曾撰文赞赏《绝对信号》实施的表现主义"大胆地把空间

---

① 阿瑟·米勒：《推销员之死》，英若诚、梅绍武、陈良廷译，第20页。

② 同上书，第4、19页。

③ Arthur Miller, *Salesman in Beijing*, p. 110.

④ 方堃林：《舞台灯光与音响效果在创造上的配合》，载《演艺设备与科技》2008年第1期，第65页。

切割成板块,在时间中自由地穿梭"①。

20 世纪 80 年代,北京人艺的灯光设备非常简陋,根本不能与纽约百老汇剧场的设备相提并论。排练期间这套设备还几次短路,让米勒对方堃林的设计不抱太大的希望。方堃林愣是用土办法设计出了一套程序,实现了米勒所要求的灯光效果。米勒在《推销员在北京》中指出:方堃林的设计神奇地"让灯光透过屋前重现的两棵榆树稠密的枝叶"。他承认"纽约首演《推销员之死》舞台设计在各方面都做得超好,唯独在这方面不如北京人艺"②。

二、间离效果:米勒与北京人艺配角演员的合作创新

米勒在指导北京人艺演员领会并创新超现实主义表演上花了更多的时间和精力。他曾通过英若诚帮助配角演员仲跻尧认识他所饰演的威利死去的哥哥本(Ben)不是莎士比亚悲剧《哈姆雷特》中哈姆雷特父王那样的"鬼魂"。本是威利梦幻中的超现实人物。要认识到这一点,我们就必须考察米勒具体是怎么帮助仲跻尧演好这个超现实人物的。

根据米勒 1983 年 4 月 10 日排练记录,《推销员之死》剧组那天排练了第一幕一场威利的梦幻戏。面临被解雇,六十岁出头的威利懊悔自己十七八年前没听本的劝告,跟他去阿拉斯加闯荡,发财致富。自言自语间,他产生幻觉,哥哥本又出现在阳光明媚的后院,在给比夫演示怎么做一个硬汉。饰本的仲跻尧和饰比夫的李士龙死板地遵照剧本舞台指示排练,一个"摆出拳击的姿势",另一个"攥紧拳头,开始进攻"。③ 1978 年米勒首次访华时观赏过京剧《杨门女将》和昆曲《白蛇传》,深为其超现实主义的武打表演震惊。在昆曲《白蛇传》里,白娘子一人对法海手下四员大将,打得眼花缭乱,却谁也没伤着谁。那天他就提示仲跻尧和李士龙试学中国传统戏里的"写意式"武打表演,人人出手不凡,没一人被击中,却真正演出了激战场面。④ 北京人艺两名演员多少学过点武打表演,听了米勒的话立刻心领神会。小伙子虚晃一拳,本伯伯当即把他绊倒在地,待小伙子转过身来,本伯伯的伞尖威胁性地对准了他的眼睛。⑤ 京剧的武打动作用到位,惊人地提升了《推销员之死》超现实

① Henry Y. H. Zhao［赵毅衡］, *Towards a Modern Zen Theatre*: *Gao Xingjian and Chinese Experimentalism*, London: School of Oriental and African Studies, 2000, p. 69.

② Arthur Miller, *Salesman in Beijing*, p. 211.

③ 阿瑟·米勒:《推销员之死》,英若诚、梅绍武、陈良廷译,第 37 页。

④ See Inge Morath and Arthur Miller, *Chinese Encounters*, New York: Farrar, Straus, and Giroux, 1979, p. 74.

⑤ Arthur Miller, *Salesman in Beijing*, p. 107.

主义的表演效果。

仲跻尧和李士龙是在米勒的启发下,运用京剧写意性武打动作,演活了一场威利的梦幻戏。北京人艺演员刘骏则完全靠自己的想象和发挥,创新了威利另一个梦幻人物——波士顿某妇人的超现实主义效应。

作为旅行推销员,威利多半生奔走于纽约与美国东部各码头之间。他在波士顿有一相好。十七八年前,他寄予厚望的儿子比夫数学考试不及格,高中毕不了业,赶到波士顿找他商量对策,正好在旅馆撞见那个妇人。他对威利的崇拜与尊敬当即化为乌有,从此不务正业,一事无成。每当威利因内疚而精神恍惚时,他就会听到那个妇人的浪笑声,波士顿旅馆的风流往事就会重现。第二幕开场,威利又做起了新的美国梦。他想赌一把,求老板让自己留在纽约公司上班,不再跑码头,同时希望比夫找老关系借一笔钱,与哈皮合伙做运动器材生意。结果事与愿违。他老板听说他不能再跑码头,干脆把他辞退了。比夫那天也一无所获。在曼哈顿一家饭馆,威利与两个儿子相会。比夫让他的"美国梦"又一次破灭。威利走投无路,盘算要驾车自杀身亡,让比夫拿到人寿保险费,因祸得福,发财致富。在饭馆的卫生间,威利听到与哈皮调情的女人在浪笑,脑际又重现了波士顿旅馆那幕往事。根据米勒 1983 年 4 月 20 日记录,饰威利的英若诚和饰波士顿妇人的刘骏排练了这场梦幻戏。

米勒没有给刘骏任何指示。刘骏自己带来一条超长的粉色丝绸巾,披在身上上场。她装着半醉,不断旋转,边转边念台词:"亲爱的,再喝一杯酒吧,别老觉得你天下第一重要,好不好?"[1]米勒起初觉得她的表演没有美国味,但并未叫停纠正。当天晚上,他查阅了一遍剧本,回想起当年他是想在这场戏里制造一点超现实主义的气氛,但不知什么原因超现实主义的气氛被现实主义的表演取代了。[2]

演员超越剧作家指示创造性地表演,可以歪曲剧本的原意;也可以出乎意料地帮助剧作家制造出他想制造却没有在剧本里写明白的气氛。刘骏超越米勒舞台指示的表演看来"没有美国味",却制造出了米勒曾想制造的超现实主义氛围。

刘骏披着超长粉色丝绸巾、装半醉旋转的动作让我们联想到梅兰芳京剧剧目《天女散花》和《贵妃醉酒》。梅兰芳在《天女散花》中饰仙女,胸前带两条一丈七尺长的粉色绸带,载歌载舞,旋转着模仿从云端下凡。他在《贵妃醉

---

[1]　阿瑟·米勒:《推销员之死》,英若诚、梅绍武、陈良廷译,第 91 页.

[2]　Arthur Miller, *Salesman in Beijing*, p. 151.

酒》中饰杨玉环,装半醉甩起水袖旋转。刘骏是不是受了《天女散花》粉色绸带的启发,在那场梦幻戏里用超长粉色丝绸巾做道具?她装半醉披超长丝绸巾不断旋转的舞蹈动作是不是从梅兰芳《天女散花》和《贵妃醉酒》中借鉴来的?北京人艺自1958年起办过八届演员训练班,训练中多少要学点京剧基本功。刘骏和饰本的仲跻尧都是北京人艺第一届训练班出来的。仲跻尧1976年跟山东京剧团一起演出过现代京剧《红云岗》,该剧后来由八一电影制片厂摄制成了电影。刘骏1963年在田汉经典剧《关汉卿》中饰演过被诬告的年轻寡妇朱小兰,1981年在曹禺经典剧《日出》中饰演过妓女翠喜。她即便没有正式学过京剧青衣,也应该欣赏过梅兰芳或其弟子的《天女散花》和《贵妃醉酒》。她的创新如果真有模本,那就应该是京剧《天女散花》和《贵妃醉酒》。

20世纪30年代,梅兰芳就把京剧艺术带到了欧美。1935年,梅兰芳带团到莫斯科巡回演出。德国戏剧理论家布莱希特专程去观赏了他的《打渔杀家》。梅兰芳扮萧桂英的摇橹动作振奋了布莱希特,并促使他写出了经典论文《中国表演艺术中的陌生化效果》。在该文中,布莱希特提出,京剧中的“间离”技术西方可以拿来制造“陌生化”效果。[1] 北京人艺1983年版的《推销员之死》在两场关键性的梦幻戏里借用京剧元素,实现了布莱希特要借鉴京剧“间离”手法、实现“陌生化”戏剧效果的愿望。

三、北京人艺版《推销员之死》对美国现代戏剧的反影响

1983年北京人艺演出《推销员之死》成功,对美国现代戏剧也产生了一定的反影响。1984年,百老汇推出了新一版的《推销员之死》,由迈克尔·卢德曼(Michael Rudman)执导,1980年获奥斯卡最佳男主角奖的达斯汀·霍夫曼(Dustin Hoffman)扮演威利,1984年在《心中的地位》(Places in the Heart)饰维尔(Mr. Will)而获波士顿电影协会最佳男配角奖的约翰·马尔科维奇(John Malkovich)扮演比夫。新版《推销员之死》再次震撼了美国观众。1985年,美国哥伦比亚广播公司请国际著名德国导演沃尔克·施隆多夫(Volker Schlöndorff)执导,用霍夫曼、马尔科维奇为首的原班人马,把1984年版《推销员之死》复制成了电影。

值得一提的是,刘骏塑造的波士顿妇人形象影响了施隆多夫执导的波士

---

[1]　Bertolt Brecht, *Brecht on Theatre : The Development of an Aesthetic*, ed. and trans. John Willett, New York: Hall and Wang, 1964, p. 95.

顿旅馆这场梦幻戏。在 1985 年《推销员之死》电影里,饰妇人的凯瑟琳·卢赛特（Kathryn Rossetter）没有遵照剧本的原舞台指示在这场戏中穿黑色睡裙,而是穿了一条配有白绸睡衣的白绸睡裙。听到比夫震耳欲聋的敲门声,饰威利的霍夫曼慌慌张张地把穿着白绸睡裙的妇人推进卫生间,顺手把她的白绸睡衣塞进她手里。电影《推销员之死》的 DVD 附有米勒亲临拍摄棚指导那场戏的片段。在卢赛特扮演的妇人从卫生间哈哈哈大笑着出来时,米勒对施隆多夫及其摄影师悄悄说:"慢动作。"①卢赛特扮演的妇人将白绸睡衣搭上肩,一边大笑,一边旋转一圈半,像梦中人似的仰面倒在床上。镜头马上转向刚关门又推开门嬉皮笑脸逗父亲乐的比夫。他惊讶的表情与妇人超现实主义的表演连接成一个蒙太奇,既解答了威利父子为何见面就对掐的悬念,又为全剧的高潮做了准备。

哥伦比亚广播公司制作该片时,米勒的《推销员在北京》已经出版整整一年。施隆多夫和扮演妇人的卢赛特应该都已研读过米勒对刘骏创造超现实主义气氛的详尽描写。这不能不让我们怀疑,卢赛特在这场戏里一边旋转,一边甩起白绸睡衣,顺势倒床的表演是在变相仿效刘骏的独创。

2012 年,著名导演迈克·尼科尔斯(Mike Nichols)在百老汇推出更新一版的《推销员之死》。在电视连续剧《第三岗》(*Third Watch*,1999—2005)中扮演女警官的莫丽·普赖斯（Molly Price）饰波士顿妇人。根据《文化秃鹫》(*Vulture*)特邀剧评的报道,普赖斯在这场梦幻戏里"不断抖落着身子"②。不知道她是在模仿美国雷格泰姆散拍舞（Ragtime）,还是在模仿刘骏的京剧舞蹈动作。雷格泰姆散拍舞也好,京剧舞蹈动作也罢,都是用来达到一个目的,那就是制造超现实主义气氛,让观众不知不觉进入主人公的梦幻中。

米勒的《推销员之死》今天不仅是纽约百老汇的经典剧目,也是北京人艺的经典剧目。2012 年春,北京人艺成立六十周年之际推出了新一版、含更多京剧美学因素的《推销员之死》。其舞台美术设计强调一个"空"字,布景只有一道映有楼影、树影、人影的斜墙,一张桌子和几把椅子。"我们把所有能扔掉的外部手段都尽量扔掉了,这一切都是为了表演最大化。好的表演可以在

---

① Volker Schlöndorff, dir., *Death of a Salesman*, with a documentary by Christian Blockwood on the stage-to-screen process and a close-up look at the collaboration of Arthur Miller, Dustin Hoffman, and Volker Schlöndorff, Los Angles: Punch Productions, 1985.

② Scott Brown, "Mike Nichols's Staggering New *Death of a Salesman* Goes Back to the Source," *Vulture* 15 March 2012.

舞台上创造一切。"导演兼舞美李六乙解释说。① 回顾1983年米勒与北京人艺戏剧艺术家合作创新《推销员之死》，我们应该认识到，引进西方优秀剧目既是中国戏剧艺术家吸收西方戏剧营养的跨越、创新过程，也是他们给西方戏剧融入中国戏剧营养的跨越、创新过程。东西方文化交流从来都不是单向的交流，其影响也从来都不是单方面的。

---

① 石鸣：《〈推销员之死〉：中国味的美国梦》，载《三联生活周刊》2012年第15期＜http://www.old.lifeweek.com.cn/2012/0413/36896.shtml＞。

东方文化与 21 世纪现代主义

早期现代主义美学播下了物质性诗学的种子,这种诗学日益成为我们这代人的诗学——不屑于 60 年代和 70 年代盛行的真实性模式——"真实的感觉之声"或"自然语言",而更欣赏马塞尔·杜尚的现成品、玻璃中的"眷留"和文字游戏,格特鲁德·斯泰因的超常规抽象文体,韦利米尔·赫列勃尼科夫的音诗、具象诗、诗歌宣言和特制艺术书。

　　　　　　　　　　　　　　——帕洛夫《21 世纪现代主义》

　　1991 年夏,我在东部城市苏州的大运河畔初遇《原样》两位核心诗人。我们用不同的语言朗诵自己的诗,专注地讨论自己和对方的诗。[……]庄稼都往上长。人都要吃饭,关注对方,抢着说话。主语的位置难道就让不同的句法绑定在了生活习惯上? 这些诗文成了调查此类不可思议问题的综合文本。

　　　　　　　　　　　　　　——蒲龄恩《原样·后记》

第十五章　现成品艺术与蒲龄恩
《珍珠,是》之七背后的中国当代诗

一、杜尚的现成品艺术

　　1913 年,法国艺术家杜尚曾把一个自行车轮子固定在他画室的高脚凳上,时而去转动它一下。本来车轮转一小时,自行车可行十多英里路,而现在车轮转一小时,始终夹持在凳子上不动。若干年后有人问起这件即兴之作,杜尚笑着回答说:"看着车轮不停地转,好舒坦,好欣慰!瞅着它跟瞅壁炉里跳动的火苗一样令人心欢。"①杜尚的《自行车轮子》(*Bycycle Wheel*)拉开了现代艺术革命的序幕。不难设想,20 世纪能有多少人接受并欣赏杜尚讥讽传统艺术的现成品艺术?整整一个世纪过去了,如今越来越多的艺术家、诗人、批评家坦然接受了杜尚的现成品艺术,并达成共识:任何物件(包括诗人、艺术家本人或他人的文艺作品)一旦置于新的场景,解除了原有功能,获得了新的概念和意趣,就会成为一件(新的)艺术品。

　　论及现成品艺术,我们不能回避杜尚于 1917 年递交给美国独立艺术家协会在纽约中央大厦展出的一个瓷器便斗,标题注为《喷泉》(*Fountain*)。展厅这一特殊的场景和《喷泉》这一特殊的标题解除了瓷器便斗原来的功能,让它获得了艺术品的概念和"喷泉"的意趣。现成品艺术还可以是加工后发表或展出的他人的原创。1919 年,杜尚给达·芬奇《蒙娜丽莎》复制件上的美人添了两撇小胡子。一经有人代他在杂志上发表,杜尚的《带胡须的蒙娜丽莎》(*Mona Lisa with Moustache*, or *L. H. O. O. Q.*)就成为脱胎于意大利文艺复兴时期名画的 20 世纪现成品艺术名作。

　　说到杜尚现成品艺术对文学的影响,我们首先会想到艾略特的杰作《荒原》。这是一部铸但丁《地狱篇》与《炼狱篇》、莎士比亚《暴风雨》与《安东尼与克丽奥佩特拉》、印度教圣典《奥义书》等三十六部经典于一炉的文学瑰宝。20 世

---

① See Arturo Schwartz, *The Complete Works of Marcel Duchamp*, New York: Harry Abrams, 1969, p. 442.

图15－1　杜尚　《带胡须的蒙娜丽莎》　费城艺术博物馆藏

纪受杜尚现成品艺术影响的大家还有德国美学理论家、《机械复制时代的艺术作品》的作者本雅明。1940 年,本雅明试图逃离纳粹德国未果,在法国、西班牙边境自杀身亡,留下一部未完成的巨著《拱廊街计划》。据统计,这部凝聚本雅明十三年心血、用德法两种语言与图版再现 19 世纪巴黎之繁华的书稿有 75％篇幅为非原创,摘引自 300 余种经典文献。这样一部史料丰富的现成品艺术书稿,究竟有没有出版的价值? 学术界争论了二三十年。1982 年,德法文原版《拱廊街计划》(*Passagen-Werk*)终于在德国法兰克福问世。[①] 1999 年,英文版《拱廊街计划》(*The Arcades Project*)在哈佛出版。[②] 毋庸置疑,《拱廊街计划》是杜尚艺术革新观念在文化研究领域的大胆尝试。其英文版的发行标志着现成品艺术经一波三折最终为英美学术界、读书界接受。

　　随着 21 世纪人们对艺术的认识日趋开放,颇多诗人、作家开始关注并尝

① Walter Benjamin, *Passagen-Werk*, ed. Rolf Tiedemann, Frankfort: Suhrkamp Verlag, 1982.

② Walter Benjamin, *The Arcades Project*, trans. Howard Eiland and Kevin McLaughlin, Cambridge: Harvard University Press, 1999.

试现成品艺术。新世纪涌现的美国现成品艺术诗佳例有豪用家族史料碎片、公众史料碎片和自己严谨的诗句精心编织的《午夜》(2003)、戈德斯密斯将纽约某周末24小时交通实况音频转成文字，并删节编织成的《交通实况》等。在《非原创天才》一书中，帕洛夫通过详析《午夜》和《交通实况》等当代现成品艺术诗，证实新世纪的先锋派已接过杜尚、艾略特、本雅明在20世纪启动的大胆实验，开始着手"构思自己的'杰作'，不再一味地追求'原创'"①。

　　帕洛夫没有提到"英国晚近现代主义的领袖、当代英国实验派诗歌的奠基者"蒲龄恩。②在英译《拱廊街计划》问世的同一年，1999年，蒲龄恩就创作并发表了一组现成品艺术诗，总题《珍珠，是》。这组诗歌早已引起国内外评论界的关注，只是至今尚未有人从杜尚现成品艺术角度，从当代"非原创"诗歌角度，加以解读。英国评论家皮埃屈札克(Wit Pietrzak)将该组诗称为"自然之歌，希望之歌"("The Song of Nature，the Song of Hope")。③ 蒲龄恩在《珍珠，是》中摘引了大量歌颂生态美的经典诗句，称之为"自然之歌"恰到好处。至于希望的主题，没有敏锐的审美嗅觉和文化政治嗅觉就难以洞察。难以洞察的原因是，诗人的希望夹杂着焦虑——为生态美的前景而焦虑，为人文遗产的前景而焦虑。说白了，诗人是带着焦虑希望生态美常在，人文遗产不要被丢弃。

二、《珍珠，是》中再创造的他人原创

　　蒲龄恩的组诗《珍珠，是》处处有隐晦的典故。以其诗题为例，所用之典乃是莎士比亚《暴风雨》中的《阿里尔之歌》("Ariel's Song")："那些珍珠，是他的眼睛。"艾略特在《荒原》第一章《死者的葬礼》("The Burial of the Dead")也用了此典："那淹死了的腓尼基水手。/（那些珍珠，是他的眼睛。看！）"("the drowned Phoenician Sailor，/ (Those are pearls that were his eyes. Look!)")（赵萝蕤 译）。庞德在《诗章》第110章把此典与康美久命金的故事编织在了一起。艾略特在《荒原》引的是一句歌词，庞德在《诗章》第110章引的是这句歌词的内涵，而蒲龄恩《珍珠，是》诗题却是这句歌词的一个碎片。艾略特与庞德所引保留了原歌词"死亡"的隐喻，而蒲龄恩所用碎片含义却不确定。

①　Marjorie Perloff, *Unoriginal Genius*：*Poetry by Other Means in the New Century*，p. 22.

②　见区鉷主编《蒲龄恩诗选》（广州：中山大学出版社，2010年）封底。

③　Wit Pietrzak, "The Song of Nature, the Song of Hope：J. H. Prynne's *Pearls That Were*," *Brno Studies in English* 42.2 (2016)，pp. 57—68.

《珍珠，是》的引典俯拾皆是。该组诗第 4 首第 2 行"从云端直至繁花"（"in clouds going to flowers"）（2015 *Poems* 458）改写了华兹华斯《丁登寺旁》（William Wordsworth，"Lines Composed a Few Miles Above Tintern Abbey"）第 7 至 8 行："从田野到静谧的蓝天"（"connect / The landscape with the quiet of the sky"）。[①] 第 5 首第 2 行"仿佛水波的乐曲"（"like music on the water"）（2015 *Poems* 459）呼应拜伦《音诗》（George Byron，"Stanzas for Music"）第 3 行："仿佛波涛的乐曲"（"and like music on the waters"）。[②] 显而易见，这些经改造的浪漫主义意象是在吟咏生态美的同时歌颂生态文学瑰宝。联系到原歌"死亡"的隐喻，说此处所引暗示生态安全受威胁、生态文学魅力在丢失，亦可成立。第 6 首第 8 行"或只需您芳唇碰过杯口"（"or leave a stain within the cup"）（2015 *Poems* 460）辉映莎士比亚同代诗人琼生名诗《致西丽娅》（Ben Jonson，"Song to Celia"）第三句："或者就在杯口留下香吻"（"or leave a kiss but in the cup"）。[③]《珍珠，是》不仅创新了英国文艺复兴时期和浪漫主义时期经典诗歌，还创新了 20 世纪初的英国民歌。其第 11 首第 3 节"小姐，别为您的魅力娇羞"（"oh madam don't be coy / for all your glory"）（2015 *Poems* 465）就取自 1905 年原创英国民歌《活泼的年轻寡妇》（"The Brisk Young Widow"）。1968 年英国歌手沃德（Royston Wood）唱过此歌。1991 年贝勒密（Peter Bellamy）翻唱，还录制了光盘。该民歌来源广泛，蒲龄恩可能利用了 YouTube 上提供的版本资源（www. youtube. com）。

《珍珠，是》第 12 首诗的首行"新兴诠释的经典"（"Newly arise the classics in paraphrase"）（2015 *Poems* 466）跟其所引庞德长诗《莫伯利》（*Hugh Selwyn Mauberley*）"诠释的经典 / 不如凭空胡诌"（"Better mendacities / Than the classics in paraphrase"）（*Pound* 550）一样，抨击速成诠释读物对西方经典的不恭。然而，《珍珠，是》毕竟为"自然之歌，希望之歌"。[④] 希望的意念在第 15 首中得到了昭彰。请看其第 5 至第 6 行，"无限快乐地穿越田野"

---

① J. H. Prynne, *Poems*, Northumberland: Bloodaxe Books, 2015. 后文出自该书引诗，将随诗标出 2015 *Poems* 和引诗页码，不再另注。蒲龄恩《诗歌集》现有 1982 年、1999 年、2005 年和 2015 年四版，每版在前一版的基础上增添新创作的诗歌。华兹华斯引诗见 M. H. Abrams, et al., *The Norton Anthology of English Literature*, Seventh Edition, Volume 2, New York: W. W. Norton, 2000, p. 235.

② M. H. Abrams, et al., *The Norton Anthology of English Literature*, Seventh Edition, Volume 2, p. 558.

③ Ben Jonson, *Epigrams*, *The Forest*, *Underwoods*, New York: Columbia University Press, 1936, p. 829.

④ Wit Pietrzak, "The Song of Nature, the Song of Hope: J. H. Prynne's *Pearls That Were*," pp. 57—68.

("how sweet to roam / [...] from field to field")（2015 *Poems* 469）。诗人是在模仿布莱克十四岁时所创作的《我无限快乐地穿越田野》（William Blake, "How Sweet I Roam'd from Field to Field"）。① 第 19 首对未来表现出了更明显、更通透的乐观。其首行"拂晓空中叽叽喳喳"（"Chirrup in the morning up on sky"）（2015 *Poems* 473）暗射雪莱《致云雀》（Percy Bysshe Shelley, "To a Skylark"）："虽然看不见形影，/却可以听得清你那欢乐无比的强音"（"Thou art unseen，—but yet I hear thy shrill delight"）（江枫 译）。②

三、《珍珠，是》之七审慎的模仿

《珍珠，是》中的西方典故，皮埃屈札克大多已指出。③ 第 7 首诗风突变，含什么典故？ 他却只字不提。《珍珠，是》共有二十首诗，其中十八首由四个四行小节构成，唯第 7 首和第 14 首只有两个四行小节加一个两行小节。第 7 首末行还留出了一个不同寻常的留白：

> Lobster-orange，shag *in parvo*. Peaceful/
> pushful kid wants it better，wants sex not fish upfront
> as well in touch. Spring peaks red-inked，blissful dogged
> doggerel at joint screaming with rind orange blind-gut
>
> Dangle by bad phantoms sparking strictly：new lady
> prowler in profile. Rienzi in fancy stabs out
> splatter-blot scenic spot，egg picnic no. 4：
> nose into cream bridge，singalong crowding round *m*
>
> —Jesus！ traitor cow-juice，we slurped that
> Next，chairs　　　　　　　　　　All are，tables.

同样是表现大自然的绚丽，这首诗多次用事物本身指代颜色。事物与色彩连用，如"龙虾橙"（lobster-orange），不仅能唤起读者的视觉想象，而且能诱发一

---

① William Blake, *The Poetical Works of William Blake*, ed. John Sampson, Oxford: Clarendon, 1905, p. 11.

② Percy Bysshe Shelley, *The Complete Poems of Percy Bysshe Shelley* with notes by Mary Shelley, New York: Modern Library, 1994, p. 640.

③ Wit Pietrzak, "The Song of Nature, the Song of Hope：J. H. Prynne's *Pearls That Were*," pp. 57—68.

种直接呈示的诗歌体验。初读此诗,读者会觉得断裂频现,含义难以捉摸,如"春山"("Spring peaks")何以接"打油诗"("doggerel"),"鼻孔"("nose")何以接"乳白桥"("cream bridge")等。第 3 行 的"朱墨"("red-inked")和第 7 行的"泼墨"("splatter-blot")皆为行话,似乎触及了东方水墨画。那么,蒲龄恩究竟是在仿中国题画诗? 还是在引中国题画诗?

蒲龄恩跟庞德一样酷爱中国诗歌。不同的是:庞德偏爱中国古诗,而蒲龄恩偏爱中国当代诗。2005 年 6 月 25 日至 26 日,蒲龄恩应邀参加中山大学等广州高校联袂举办的首届珠江国际诗会,会后接受了《南方都市报》记者的采访。谈到中国当代诗时,他说:"我读过郭沫若、多多、北岛等人的诗歌。我对北岛的诗不太感兴趣,北岛比较自我,自己制造了一个虚幻的境界,然后沉浸在里面。我更喜欢更年轻一些的中国诗人,他们的作品更富有实验性。"①同年秋,黎志敏教授撰文评《珍珠,是》,道出了蒲龄恩青睐的"富有实验性"的诗人车前子:"一九九一年,蒲龄恩来到中国,结识了车前子等中国诗人。回到剑桥大学之后,他还组织力量将车前子等人的诗作译介到西方诗坛,受到西方读者的欢迎。"②

车前子,原名顾盼,1963 年生于苏州。1983 年,他刚 20 岁,即在《青春》杂志发表由四首短诗组成的《我的塑像》。两年后,这组诗被阎月君、高岩等选入《朦胧诗选》(1985)。1993 年和 2006 年,他的新诗又先后出现在万夏、潇潇编的《后朦胧诗全集》和洪子诚、程光炜编选的《第三代诗新编》。车前子究竟是朦胧诗人还是反叛朦胧诗的第三代诗人? 其实,朦胧诗人、第三代诗人都是批评家、诗选编者所作的划分。车前子诗风独特,归哪个诗派都不合适。车前子本人说过:"哪本诗集收录我和不收录我,只说明学者的方位,并不说明诗人的方向 ……《朦胧诗选》后来再版,报刊约我写书评,我写了,我在书评里写道,这是一本很好的诗选,尤其增补诗人多多的作品,美中不足,是选了车前子的作品,如果把他剔除,《朦胧诗选》就完美了。"③

蒲龄恩组织力量译介过车前子哪些诗作? 1991 年,车前子与同在南京大学写作班学习的诗人周亚平一起创办了民刊《原样——中国语言诗派》。1993 年,蒲龄恩即让旅华美国学者特威切尔-瓦斯(Jeffrey Twitchell-Waas)翻译《原样》创刊号全部内容,其中包括车前子所作《中国盒子》等二十首诗和

① 见黄兆晖:《蒲龄恩:来自剑桥的先锋诗人》,载 2005 年 6 月 29 日《南方都市报》。
② 黎志敏:《诗人蒲龄恩及其诗作〈珍珠,是〉》,载《世界文学》2005 年第 6 期,第 254 页。
③ 翟月琴主编:《朝向诗的未来》,北京:生活·读书·新知三联书店,2021 年,第 119 页。

车前子诗论《诗歌的贫乏》。① 一年后,《原样——中国语言诗派诗文选》
(*Original*:*Chinese Language-Poetry Group*, *A Writing Anthology*)由英国
《意合》(*Parataxis*)杂志社出版。特威切尔-瓦斯写了"译后记",蒲龄恩写了
"编后记"。② 2002 年,蒲龄恩又让剑桥巴克出版社出版了郑真和特威切尔-瓦
斯合译的车前子《怀抱公鸡的素食者》《白桥》("White Bridge")等九首诗。③美国
学者腾瑟(Michael Tencer)于 2014 年撰文指出,《珍珠,是》之七是蒲龄恩根据郑
真、特威切尔-瓦斯合译的《白桥》改写的。车前子《白桥》原诗如下:④

> 橙。龙虾。烟草。人生何处不相逢。静静。
> "青春年代要斗争。"上进心与性。不新的鱼以及接。
> 朱墨作春山。打油和诗。不亦乐乎。
> 尖叫。聚。橙皮盲肠,
> 挂在了邪魔上。光明。森严。
> 初裁开的逡巡小姐。
> 车前子记于泼墨山水蛋卷之四:
> 鼻孔,白桥,合唱团。
> 人们围坐 m ——耶稣呵,我们吃了牛奶
> 然后,椅子。　　　　　　　　都是,桌子。

　　《白桥》虽非车前子名诗,⑤却具有他诗歌的两大特征:一是重文字,一是
多断裂意象、含禅意。蒲龄恩想了解中国文字诗何状貌,《白桥》即是中国文
字诗的一个佳例;蒲龄恩喜爱禅诗,《白桥》即是当代禅诗的一个楷模。禅诗
讲究空澄静寂,《白桥》断裂的意象表现的正是自然界与人类世界中空澄静寂
之禅趣。《白桥》首句末重复的"静"字,内含"青"字与"争"字。"青""争"

---

① 蒲龄恩在《原样·编后记》中称,"1991 年夏,我在东部城市苏州的大运河畔初遇《原样》
两位核心诗人"(Jeffery Twitchell-Waas, trans., *Original*:*Chinese Language-Poetry
Group*, A Writing Anthology, Brighton, England:Parataxis Press, 1955, p. 121)。诗人
兼影视制作人周亚平(1961—)著有《如果麦子死了》《故事马·红火柴》《原样》等诗集。
诗人、散文家、画家车前子(原名顾盼,1963—)出版有《正经》《发明》等 10 种诗集和《明
月前身》《苏州慢》《茶话会》等 20 余种散文集。

② 特威切尔-瓦斯在《原样·译后记》中承认,南京大学郑真等十余人给他提供了诗歌、评论
的粗译;没有她们的协助,他无法完成这项任务。

③ Zhen 〔g〕Zhen and Jeff Twitchell-Waas, trans., *Che Qianzi*:*Vegetarian Hugging a Rooster*:
Nine Poems, Cambridge:Barque, 2002. 该英译车前子诗集中有一首译诗,"'Cloth' No.
7",于 1997 年即已在美国《今日世界文学》(*World Literature Today* 71.1)中刊出。

④ Michael Tencer, "Pearls That Were," in Joe Luna and Jow Lindsay Walton, ed., *On the Late
Poetry of J. H. Prynne*, Brighton:Hi Zero & Sad Press, 2014, pp. 29—30.

⑤ 江苏凤凰文艺出版社于 2017 年出版的《新骑手与马:车前子诗选集》未收《白桥》。

合一,让人联想到"青春年代要斗争",进而联想到"朱墨作春山""尖叫。聚""泼墨山水蛋卷之四""白桥""m""耶稣""牛奶"等意象,不一而足。

　　郑真与特威切尔-瓦斯把车前子原诗第 1 至 2 行"橙。龙虾。烟草。人生何处不相逢。静静。/'青春年代要斗争'[……]"直译为"Orange. Lobster. Tabaco. It's a small world. Tranquillity. /'Struggle in youthful years'[...]"。① 原诗一开头就点明这是一次野外旧友偶遇聚餐。食品丰盛,诗人单提"橙、龙虾、烟草",不仅因为这三样色、香、味独特,还因为它们之间有内在的关联。煮熟的龙虾,其色泽与橙相似;橙色的烤烟,其烟草弥散着男人味,为下行"上进心与性"做了铺垫。首句"静"字传达了"青争相生/静中有争"的不二禅趣。这样的文字诗或禅诗通常只有用中文来写,英文难以转达。两位译者把每个字都译了出来,其禅趣却丢了。蒲龄恩将之改写为"Lobster-orange, shag *in parvo*. Peaceful / pushful kid wants it better [...]",不仅保留了原诗对聚餐食品色、香、味的渲染,还把三样食品之间的关联也出神地传达出来了。且不说"Lobster"与"orange"色泽近似,"shag"跟"tabaco"不同,在英式英语中除了指粗烟丝,还指爱食龙虾的长嘴鸬鹚和性行为。用了这个多义词,蒲龄恩的首句跟车前子《白桥》首句一样,一方面巧妙地呈现出三个意象间的联系,另一方面为下句埋下了伏笔。蒲龄恩在"shag"后加了"*in parvo*"("微不足道"),似乎累赘,却是为了在英诗中形成一个含内韵的扬抑格五音步(trochaic pentameter)。说到音韵,更值得注意的是,蒲龄恩把合译者所用的"静静"对应词"Tranquility"改写成了"Peaceful / pushful"。"Peaceful"与"pushful"既押头韵又押尾韵,含义却相悖,形成一个矛盾统一体。统一不是体现在词的结构上,而是反映在这对反义词的音韵上。

　　车前子《白桥》第 6 至 7 行"初裁开的逡巡小姐。/ 车前子记于泼墨山水蛋卷之四",郑真、特威切尔-瓦斯的英译文是:"The newly cut out patrolling young woman. / Che Qianzi jots down /Splash-ink landscape egg-roll no. 4"。蒲龄恩将之改为:"new lady / prowler in profile. Rienzi in fancy stabs out / splatter-blot scenic spot, egg picnic no. 4"。"Rienzi"最后一个音是-zi,巧妙地取代了最后一个音也是-zi 的"Che Qianzi"。这是庞德式的再创造! 蒲龄恩跟庞德一样恪守非人格化。"Rienzi"或黎恩济为罗马帝国最后一位护民官,其人其事再现于作曲家瓦格纳五幕歌剧《黎恩济》。该剧中,黎恩济率众同贵

---

　　① "White Bridge," in Zhen [g] Zhen and Jeff Twitchell-Waas, trans. , *Che Qianzi：Vegetarian Hugging a Rooster：Nine Poems*. 该书未标页码。

族和平抗争，让罗马恢复安定的剧情与前面 Peaceful / pushful 呼应。非人格化的"黎恩济"取代人格化的"车前子"，时间从当代回溯到了 14 世纪，空间从苏州飞越到了罗马。伏尔泰曾坦言，"创意不过是审慎的模仿"（"Originality is nothing but judicious imitation"）。蒲龄恩在其诗中的加工，无疑是审慎的模仿，体现天才创意的模仿。

车前子原诗第 8 行"鼻孔，白桥，合唱团"是继其首行"橙。龙虾。烟草"和第 4 行"尖叫。聚。橙皮盲肠"之后出现的又一个意象叠加。郑真和特威切尔-瓦斯的"Nostrils, white bridge, chorus"全盘照搬了原来的叠加格式，蒲龄恩的"nose into cream bridge, singalong"则对此做了灵活处理。具体来说，蒲龄恩那行诗的前半截打破了"鼻孔"与"白桥"间的叠加（"nose into cream bridge"），后半截却保留了"白桥"与"合唱团"间的叠加。郑真和特威切尔-瓦斯把"chorus"译成"合唱团"，没错。但是蒲龄恩的"singalong"更确切、更妥帖地表达了旧友"即兴齐唱"的原意。

《白桥》第 9 行"人们围坐 m——耶稣呵，我们吃了牛奶"，其中 m 究竟何指？据车前子本人解释，m 既是色空相即的拱桥与鼻孔的象形，也是飞来蝙蝠的造型。[①] 飞来蝙蝠在中国吉祥语系统示意洪福齐天，诗人由此联想到西方的福音——耶稣。郑真和特威切尔-瓦斯该句的英译为："People sit around m / －Jesus! We ate milk †"，字母 m 既然用以显示"色空相即，虚实相生"的禅趣，自然照搬为好。

郑真和特威切尔-瓦斯英译《白桥》的末行和蒲龄恩《珍珠，是》之七的末行均为《白桥》原诗末行的直译。"chairs"和"All are, tables"间的行间留白（Caesura）是车前子的原创。中国水墨画讲究留白，按施美美《绘画之道》的解释，"一切空间，包括空白，都有意义，都充满着'道'，也就是'道'"（Tao 17）。具有深厚禅意识的诗人兼画家车前子不会无缘无故在此留出这么长一个行间休止。野餐用的椅子（折叠椅）当然是让大家坐的。但没有桌子，野餐用的橙子、龙虾、牛奶又放哪里呢？有了超长的休止，读者自然就会浮想联翩。

四、作为现成品艺术的《珍珠，是》之七

杜尚的现成品艺术颠覆了人们对艺术、对原创的认识。他让人们看到，

[①]　胡亮：《车前子："为文字"或诗歌写作第三维》，载 2012 年 9 月 29 日中国南方艺术网 <https://www.zgnfys.com/a/nfwx－32106.shtml>。

任何一件物品,经加工改造、更换场景,都可成为一件艺术品;任何一件原创艺术品,经加工改造、更换场景或语境,都可成为一件新的艺术品。何以区别现成品艺术与抄袭呢？现成品艺术与抄袭的根本区别在于前者有新观念和新场景,后者无新观念和新场景。新观念和新场景二者缺一不可。把他人的原创原封不动拿来称为己作是抄袭;而把他人的原创拿来,根据自己的观念精心改造,然后植入新的场景,则是现成品艺术。因此,现成品艺术有新创造的意趣和新安置的场景,抄袭没有。

艾略特把莎剧《安东尼与克丽奥佩特拉》的名句"她所坐的画舫像发光的宝座/ 在江上燃烧"("The barge she sat in, like a burnish'd throne, / Burned on the water")拿来,根据自己的观念改了几个字——"画舫"("barge")改成了"椅子"("chair"),"在江上燃烧"("Burned on the water")改成了"在大理石上发光"("Glowed on the marble")。经改造的莎士比亚名句植入《荒原》第二章《对弈》(A Game of Chess)后,获得了新的语境、新的意趣,是值得称赞的现成品艺术。同样,蒲龄恩把精心加工、改造过的英译车前子《白桥》,植入组诗《珍珠,是》,让其获得了全新的语境和标题、全新的概念和意趣,无疑是跟杜尚《带胡须的蒙娜丽莎》具同样属性的现成品艺术。没有天才的加工与恰当的安置,就没有非凡的现成品艺术。

蒲龄恩并不掩饰他按杜尚"现成品"理念再创造《白桥》,将其融入己作的事实。2002 年,车前子赴英参加剑桥当代诗会,向来自世界各地的诗友边比画手势边朗诵了新作《诗歌作为行动的可能》。[①] 在剑桥,车前子和蒲龄恩再次相会。蒲龄恩给车前子看了他仿郑真、特威切尔-瓦斯合译的"White Bridge"再创作的英诗,并直言他的新作《珍珠,是》里植入了这首现成品艺术诗。老诗人当场请车前子把《白桥》原诗誊抄在一个空白的扇面上,他自己把脱胎于《白桥》的《珍珠,是》之七誊抄其后。[②]车前子保存的题诗扇面确认了两位诗人跨文化合作互动的关系。(图 15—2)

《白桥》以"橙。龙虾。烟草""朱墨作春山""泼墨山水蛋卷之四"等诱惑眼球、激发诗兴的意象,赞颂青春岁月,抒发返璞归真、恢宏交游传统的心愿,并以出自《论语》的"不亦乐乎"句传达了诗人会旧友、和歌作画的愉悦心情。蒲龄恩《珍珠,是》之七接过《白桥》的意象,经加工使之获得了歌咏东方生态美、东方生态文化传统的意趣。同时,《珍珠,是》之七还接过《白桥》欢快的感叹,在新的语境中转而表达了对生态诗、语言诗的前景充满了希望。

---

① 胡亮:《车前子:"为文字"或诗歌写作第三维》,载 2012 年 9 月 29 日中国南方艺术网
　　<https://www.zgnfys.com/a/nfwx—32106.shtml>。

② 2019 年 3 月 18 日车前子致笔者微信。

图 15—2　车前子、蒲龄恩　中英文题诗(《白桥》、《珍珠,是》之七)扇面

　　庞德创作《诗章》第 49 章("潇湘八景诗")离不开潇湘文化圈内人曾宝荪的配合。蒲龄恩创作《珍珠,是》之七少不了当代江南诗画圈内人车前子的合作。这两首诗有许多相似之处。首先,二者都是借景抒情的景观诗。《诗章》第 49 章的景观是潇湘八景,《珍珠,是》之七的景观则是苏州白桥。其次,二者都脱胎于东亚诗画家的作品。《诗章》第 49 章的摹本是 18、19 世纪日本诗画家的一组诗画;《珍珠,是》之七的摹本则是英译当代中国诗画家车前子的一首诗,诗中有画。再次,二者都带有禅宗"空澄静寂"的韵味。《诗章》第 49 章起首就随摹本渲染禅家推崇的"空"("empty river"),收尾归纳到禅家专注的"静"("the dimension of stillness")。《珍珠,是》之七随摹本亦追求"空澄静寂",不过起首先提"静"(Peaceful/ pushful),收尾才通过字母 m 和行间休止(留白)凸现"空"。最后,二者在其所处的长诗(或组诗)中都起到了转折的作用。《诗章》第 49 章在"高利贷诗章"之后出现,是黑暗中的一道曙光。《珍珠,是》中希望的主题在众多诗篇中均为焦虑所遮蔽,其七拨云见天,吟咏出了该组诗真正的"自然之歌,希望之歌"。

第十六章　贝聿铭中西合璧的苏州博物馆新馆

艺术的门类很多。所谓"八大艺术"除了文学、音乐、舞蹈、绘画、雕塑、戏剧、电影,还有建筑。西方现代主义思潮在第一次世界大战前兴起,对建筑也有颠覆性的影响。讲现代主义不能不提建筑领域的现代主义。建筑领域现代主义人才辈出,这里我们就讨论一位大师,于 2019 年谢世的贝聿铭。贝先生被称为建筑设计领域"最后一个现代主义大师",的确实至名归。[①] 他的建筑设计传承了现代主义建筑四大宗师前三位——赖特(Frank Llod Wright,1867—1959)、柯布西耶(Le Corbusier,1887—1965)和格罗皮乌斯(Walter Gropius,1883—1969)——的卓著功业。[②]

一、"最后一个现代主义大师"

贝聿铭的首秀是位于科罗拉多州首府波德的美国国家大气研究中心(National Center for Atmospheric Research in Boulder, Colorado, 1961—1967)。这座引人注目的建筑耸立于美国西南部,与坐落于美国中西部威斯康星州斯普林格林(Spring Green)的"塔利埃森"(Taliesin III)总部遥相呼应。美国建筑史家奥格曼(James O'Gorman)称"塔利埃森"两次被焚、两次重建的"塔利埃森"总部"不是一座普通的建筑,而是人、建筑、自然三位一体的景观[③]。贝聿铭在麻省理工学院升大四前,利用暑假驱车去斯普林格林认真考察过第二次被焚后重建的"塔利埃森"总部。他设计的美国国家大气研究中心可谓"塔利埃森"总部的拓展。

贝聿铭替麻省理工学院设计的卡米尔·爱德华·德莱弗斯化学楼(Camille Edouard Dreyfus Chemistry Building, 1964—1970),风格简洁舒展,

---

① See "I. M. Pei: The Last Modernist," *Global Times* 29 January 2012 <https://www.globaltimes.cn/content/693625.shtml>. 此见是在 20 世纪后期提出的。

② 四大现代主义建筑宗师之四为路德维希·凡德罗(Ludwig van der Rohe,1886—1969)。

③ 转引自 William Barillas, *The Midwestern Pastoral*: *Place and Landscape in Literature of the American Heartland*, Athens, OH: Ohio University Press, 2006, pp. 48—49. 建于 1911 年的"塔利埃森"总部于 1914 年被焚。1925 年又一场火灾让重建的"塔利埃森"总部再次受损。

是纪念瑞士裔法国设计大师柯布西耶的杰作。柯布西耶没有正式教过贝聿铭,但贝聿铭始终把他视为恩师。这是因为他在麻省理工学院读本科时,柯布西耶曾应邀去那里做过一个系列讲座。在 1986 年的一次访谈中,贝聿铭提到那个系列讲座,并将之称为他"建筑设计教育中最难忘的经历"①。

贝聿铭喜好将雕塑、绘画与园林融入他大量运用现代材料、现代技术的建筑设计,而这本身就是德国包豪斯现代建筑学派(German Bauhaus 1919—1933)的标志性特点。该学派创始人格罗皮乌斯与其合伙人布劳耶(Marcel Breuer,1902—1981)分别为贝聿铭在哈佛大学设计学院读博时的导师和教授。②

正因为贝聿铭设计理念开放,1964 年肯尼迪夫人出乎意料地舍弃与柯布西耶、格罗皮乌斯齐名的凡德罗,而选择了新秀贝聿铭设计肯尼迪总统图书馆。杰奎琳·肯尼迪这样解释她的决定:"贝聿铭不局限于一种设计方案。他一旦接受了一个项目,就会专心致志于这个项目,设计出很美很美的建筑来。"③20 世纪 80 年代初,法国总统弗朗索瓦·密特朗同样因为欣赏贝聿铭思维开阔、处事专注,而不顾部分内阁成员的反对,决定请贝聿铭担任扩建卢浮宫的总设计师,从而才有了巴黎的新地标——卢浮宫玻璃金字塔。

在他漫长的建筑设计生涯中,贝聿铭从未偏离过现代主义。即使在现代主义原则遭到猛力攻击的 20 世纪 70 年代和 80 年代,他对现代主义的信念也没有动摇过。在 20 世纪 70 年代后期,跟他一起追随过现代主义的菲利普·约翰逊(Philip Johnson)抛弃现代主义,去拥抱后现代主义了。具有讽刺意味的是,约翰逊按后现代主义风格设计的纽约电话与电报公司大厦,如今的索尼总部大厦(1978—1982),并不为公众喜欢,而贝聿铭兼具人文特色和现代主义风格的华盛顿特区美国国家美术馆东馆(National Gallery of Art East Building, 1968—1978)却在竣工第二年即赢得了美国艺术文学院金奖。④

贝聿铭于 1917 年 4 月 26 日生于广州。他十岁时,父亲出任中国银行上海分行经理,全家迁往上海。他先后在上海青年会中学和圣约翰大学附中读书。每逢暑假他就前往苏州,入住祖宅狮子林,跟祖父做伴,学习中国文化。

---

① See Jill Rubalcaba, *I. M. Pei: Architect of Time, Place, and Purpose*, New York: Marshall Cavendish, 2011, p. 12.

② See Gero von Boehm and I. M. Pei, *Conversations with I. M. Pei: Light Is the Key*, New York: Prestel, 2000, pp. 37—38.

③ See Louise Chipley Slavicek, *I. M. Pei*, New York: Chelsea House, 2010, pp. 56—57.

④ Michael Cannell, *I. M. Pei: Mandarin of Modernism*, New York: Carol Southern Books, 1995, p. 285.

作为华裔,他骨子里浸润着中国文化的质素。凡他设计的建筑不可避免地会露出他的东方背景。就拿他设计的美国国家大气研究中心来说,即使有赖特的有机建筑的影响,其创作灵感更多的还是来自他九岁时跟随母亲去瞻仰过的一座江南佛寺。贝聿铭曾跟一位采访者说:"在科罗拉多的群山里,我竭力让自己回想起母亲教我聆听过的那种寂静;当你面对大自然,那种力量、那种美——你不会想与之抗争,而只会想让自己融入其中。这才是我当时竭尽全力想做到的。"①

贝聿铭十八岁就漂洋过海到美国求学,以后在美国成家立业,在思想观念上、生活习惯上,他都已西化。美籍华人贝聿铭可算是中华民国时期中华文化的"圈内人",但算不上是新中国文化的"圈内人"。对他来说,认识新中国,即使不像威廉斯、摩尔、庞德、米勒、斯奈德、蒲龄恩那样要跨越重重障碍,也需要经过一番努力。与新中国文化"圈内人"交流互动,是他认知新中国的必由之路。1974 年,贝聿铭首次返回阔别近 40 年的故乡上海与苏州。其后,他先后获得三次重新认识祖国、报效祖国的机会:第一次是 1979 年至 1982 年,他主持设计了北京香山饭店;第二次是 1982 年至 1989 年,他主持设计了中国银行香港总部大厦;第三次是 2002 年至 2006 年,他应邀设计了苏州博物馆新馆。

二、故乡的召唤

贝聿铭于 1990 年退休,纽约的贝氏建筑师事务所交由次子贝建中和三子贝礼中主持。2002 年,八十五岁、退休十二年的建筑大师却又出山,接受苏州市政府之请亲自主持设计苏州博物馆新馆。为他的故乡设计博物馆,无疑比以往设计北京香山饭店、中国银行香港总部大厦更让贝聿铭心仪。六十年前,他曾为完成哈佛硕士学业,设计过一座上海艺术博物馆——一个有溪流斜穿、茶园环护的现代建筑。他的哈佛导师格罗皮乌斯看了他的设计,留下了这样的评语:"这是我见过的最精致的学生作品。"②

苏州博物馆新馆的设计让贝聿铭既可拓展他青年时期的想象力,又可实现报效祖国的愿望。③ 同时,这项工程还能弥补他以往设计的不足。北京香山饭店是贝聿铭在国内的第一项设计工程,当然做得尽心尽力。北京西郊这座有玻璃屋顶、白色外观的豪华酒店既具有现代主义的风格,又体现了中国

①　See Jill Rubalicaba, *I. M. Pei, Architect of Time, Place, and Purpose*, p. 25.

②　See Michael Cannell, *I. M. Pei: Mandarin of Modernism*, p. 84.

③　See Jill Rubalicaba, *I. M. Pei, Architect of Time, Place, and Purpose*, p. 47.

的民族特色——其月洞门、菱形窗和周围潺潺的流水，不禁让人联想到江南古典园林建筑。然而，在改革开放的初期，人们过于追求西化，对这座东西融合的建筑缺乏热情，这让贝聿铭非常失望。

对贝聿铭而言，设计苏州博物馆新馆是一次难得的良机。为选择合适的新馆地址，贝聿铭与苏州市政府相关部门负责人考察了苏州郊区每一个角落。最后，他们得出了相同的结论：最适于修建苏州博物馆新馆的还是苏州历史保护街区苏州博物馆旧址。那块地东边连接太平天国忠王府，北边毗邻拙政园、狮子林。拙政园和狮子林分别于 1997 年和 2000 年被列入《世界文化遗产名录》，与它们相毗邻即是与世界文化遗产相毗邻。

苏州市政府各级领导都非常尊敬贝老，但他们并没有因此而放宽对这一建筑的要求。他们一方面提出博物馆新馆要新颖，另一方面又希望它体现苏州的建筑风格，传承苏州粉墙黛瓦的传统。[1] 他们要求新馆有足够宽敞的空间来保存和展出苏州地区丰富的艺术收藏，但同时却又坚持其建筑高度不得超过 16 米。[2]

换了别的设计师，这些苛刻的、彼此抵牾的要求会让设计公司难以跟客户合作。可是贝聿铭不同。客户要求越苛刻，他越愿意跟他们合作，因为他懂得这种挑战会迫使他去探索新的观念与形式。他曾经说过："挑战是双向的，我当然会挑战客户，这是必须的。客户也会挑战我。"[3]在一次访谈中，他提到了美国国家大气研究中心一些气象学家给他出的难题。贝老坦率地说："没有他们苛刻的要求，我或许还设计不出这样一座表现力这么丰富的建筑来。"[4]

三、世界级大师与国内专家的合作

贝老设计苏州博物馆新馆不光要跟苏州市政府合作，还要跟国内顶尖专家合作。贝聿铭的传记出了好几部，迄今未见有一部充分注意到贝老如何善于听取客户方专家意见，集思广益，做好设计。2002 年 5 月 1 日，记者王军在《北京文化·群言堂》发表了一篇报道，题为《贝聿铭召开大师会》。这篇报道记述了贝聿铭选定苏州博物馆新馆馆址后立即与国内建筑设计大师会面，讨

---

① See Louise Chipley Slavicek, *I. M. Pei*, p. 99.

② Robert Ivy, "Suzhou Museum," *Architectural Record*, April 2008, China issue＜http://archrecord. construction. com/ar_china/BWAR /0804/0804_suzhou/0804_suzhou. asp＞.

③ See Michael Cannell, *I. M. Pei*: *Mandarin of Modernism*, p. 352.

④ Gero von Boehm and I. M. Pei, *Conversations with I. M. Pei*: *Light Is the Key*, p. 61.

论如何解决设计难题。国内专家的意见有的与贝老的想法不谋而合,有的则激发出了他新的灵感。这次大师会让这项设计从一位世界级大师的项目变成了一位世界级大师领军、群策群力的项目。①

据王军报道,2002 年 4 月 26 日晚,刚过完八十五周岁生日的贝聿铭在夫人卢淑华、次子贝建中、三子贝礼中的陪同下,搭机飞抵澳门。三天后,他们赶到苏州,与苏州市政府签订了苏州博物馆新馆设计合同。4 月 30 日,贝先生与国内顶级专家见面,宣布了他的新使命。应邀到会的专家包括两院院士、国家级建筑设计大师吴良镛,两院院士、城市规划设计师周干峙,国家级建筑设计大师张开济,中国科学院院士、国家级建筑设计大师齐康,东南大学建筑学教授、博导陈薇,中国文物学会会长罗哲文。

那天下午 3 点,贝先生一行与苏州市领导一起准点步入会场。与来宾寒暄之后,贝老就直奔主题,恳请各位国内专家对苏州博物馆新馆的设计方案建言献策。设计苏州博物馆新馆最棘手的问题是选定的建筑空间太窄:怎样才能在三个古建筑之间不到一公顷的地皮上设计出一座应有尽有、高度现代化的博物馆来?另一个棘手问题来自互相抵牾的两个要求:怎样才能保证苏州博物馆新馆既新颖又传承苏州建筑传统?

应邀参加那次碰头会的国内顶级专家中数吴良镛与贝老最熟。1979年,时任清华大学建筑系主任、中国建筑师学会理事长的吴良镛率团赴墨西哥,参加了国际建筑师协会(IUA)第 13 届大会。会后他应美国女建筑师学会邀请访问纽约,见到了贝先生。1985 年和 1986 年,吴良镛先后当选为国际建筑师协会理事和副主席。1993 年,他又当选为世界人类聚居学会主席。在国际会议上,吴良镛与贝老多次相会。同贝老一样,吴良镛曾获多项国际大奖,其中 2002 年之前获得的奖项就包括亚洲建筑师协会金质奖(1992 年)、联合国世界人居奖(1993 年)、国际建协教育/评论奖(1996 年)、法国文化艺术骑士勋章(1999 年)等。2002 年春,他刚被任命领军协调 2008 年北京奥运会比赛场馆的筹建工作。

那天,贝老一宣布他的新设计使命,吴良镛便说:"如果是一般的国外建筑师来承担这项任务,我会非常不放心,因为他们不了解中国文化,他们的那颗心,不是苏州的。这个建筑不仅要代表时代,还要代表苏州的文化和历史特点。请贝先生来做设计,我是一万个放心。"接着他提出了一些具体的建议:"应该对博物馆的展陈和其他功能作出更为深入的研究,提供给建筑大

---

① See Zhaoming Qian, *East-West Exchange and Late Modernism*: *Williams*, *Moore*, *Pound*, pp. 134—137.

师,这样他才好下笔。如果在设计过程中突然提出来,就容易把原来很理想的设计方案弄走样了。我去看过了那个地点,并不是十分宽裕,文章不太好做,一些设施当然可以放在地下,但放在地下就带来了地下的难题。"

空间狭窄是个问题。如何解决,吴良镛没有提出太切实、有效的建议。周干峙是城市规划设计师,他讲的要实在得多。"用地还是很紧张的,而且这里肯定要控制建筑高度,"他指出,"看来地下空间的利用是免不了的,可以考虑建地下通道,将南北两部分连起来。"谈到如何解决既要现代化又要保持苏州传统的难题,他建议用高科技材料,但建筑的色彩宜用苏州传统的白、灰、黑三色。贝聿铭听了,连连点头表示赞同。

中国古建筑学家、《中国的世界遗产》《中国帝皇陵》等古建筑专著的作者罗哲文接过周干峙的话题补充说:"苏州博物馆的设计不但要'中而新',而且要'苏而新',要有苏州的味道。这个建筑的设计还应从保护中国历史文化名城的观念出发,有益于维护原有文物建筑环境。"

轮到中国历史博物馆、钓鱼台国宾馆的设计师、九十岁高龄的建筑大师张开济发言时,他向贝先生竖起了大拇指:"中国建筑师能够在巴黎这么有影响的地方留下设计,这不仅是咱们建筑界的光荣,也是中国人的光荣。我是活到老要学到老,贝先生可能觉得我这个学生太老了!"张开济并不是在奉承贝聿铭,他是在向贝聿铭提出警示。设计这座博物馆新馆,前面的路会跟在巴黎设计卢浮宫玻璃金字塔走过的路一样坎坷。同时,他又是在鼓励贝先生,要像面对卢浮宫的挑战一样,接受新的挑战。

两名中年建筑设计师,齐康与陈薇,最后发言。齐康以设计侵华日军南京大屠杀遇难同胞纪念馆而著称。他展示了一张画好的平面构想图:西南角的建筑群显得稍高,东北角的建筑群相对稍低。"低下去的空间可以栽树,"他解释道,"让博物馆呈现出传统园林特色。"陈薇忍不住打断齐康的解释,借用南唐后主李煜的诗句"无言独上西楼"来表达她对该建筑设计的寄望:"西楼是园林中颇有意境的建筑;苏州博物馆位处忠王府与拙政园以西,正可取'独上西楼'之意,形成可远眺拙政园,与之相映生趣的对景。传统与现代,常言道'剪不断理还乱'。它们确实无法剪断,但我们相信贝先生肯定是理不乱的!"

贝聿铭对发言的同行表示感谢。他说,这对他来说是最难的,也是最后一次挑战。"希望几个月里我能琢磨出一个框框。半年后回来。你们也来,给我做个测验。吴良镛是教授,对测验有经验。做得好不好,我不能担保。"吴良镛看到贝聿铭这么谦虚,便跟他开玩笑说:"贝先生喜欢把自己的作品比作他的女儿。苏州博物馆新馆做好了,该是贝先生最心爱的小女儿!"

上文提到的北京人艺《推销员之死》剧组人员是美国剧作家米勒 1983 年北京版该剧的直接合作者。他们在北京上演《推销员之死》，有相当大的再创造空间。六位顶级专家不同，他们是贝老设计苏州博物馆新馆的间接合作者。贝老请他们来不外乎想请他们就设计中的某些棘手问题献计献策。贝老当然要认真考虑他们的建议，但建议是否被采纳，决定权在贝老手中。他如若采纳建议，具体方案还是要由他自己来做。

半年后，贝聿铭伉俪及儿子一行果真回到苏州，并带来了设计图。为了让苏州博物馆新馆既有新意，又体现苏州特色，贝老的设计保持了白色粉墙，但黛瓦被仿木色钢结构屋顶替代了。用钢结构加花岗石片做屋顶，便于开天窗让自然光进来。展厅在东西两侧，有连廊相接。中间一个很大的花园，花园里有人工湖、直曲桥、凉亭和片石假山。游客穿梭于八角大厅与各展室间，透过菱形窗、六边形窗，能瞥见人工湖与片石假山。除了八角大厅和西部展区，所有建筑都为一层。正如齐康所提议的，西南角建筑有 16 米高，东北角建筑不超过 6 米，形成两个不同的高度。为了扩展空间而不突破高度和占地面积的限制，行政办公、礼堂、文物修复室，乃至部分展室都放到了地下。就这样，忠王府以西一些 20 世纪 50 年代的建筑还是需要拆除。

四、昆曲《牡丹亭》给予建筑大师的灵感

负责接待贝老一行的苏州市文广局领导知道贝老是昆曲迷。2002 年秋他在苏州的最后一个晚上，他们招待他看了苏州昆曲院昆曲《牡丹亭》名段《游园惊梦》。贝老非常欣赏苏州昆曲院表演艺术家王芳的唱腔和演艺。演出结束后，演员们要下台跟贝老合影，贝老却抢先上台与演员们一一握了手。[1] 对贝老来说，昆曲、苏州园林，跟苏州建筑同根同源。那出昆曲就像及时雨，激发出了他更丰富的想象力。回到纽约后，他又花了六个月的时间加工、修改他的设计，不仅在新馆中央花园里添了《游园惊梦》曲目中出现的桃树和竹林，[2]还把人工湖边的片石假山设计得更加令人神往了。

贝聿铭的卢浮宫玻璃金字塔在刚奠基动土时曾引来不少批评，他的香港中银大厦还曾惹起所谓"坏风水"的恐慌。同样，贝聿铭的苏州博物馆新馆计划公布后，也有人反对。苏州园林局个别专家就认为，扩建要占原太平天国

---

①　《贝聿铭与苏州博物馆设计》，载佳音网＜http:/shop.jiain.net/wemall/page/item? p＝87718&s＝27152＞。

②　该剧第 8 场以唐代诗人薛能 "桃花红近竹林边"句结尾。见汤显祖：《牡丹亭》，陈同、谈则、钱宜合评，李保民点校，上海：上海古籍出版社，2016 年，第 20 页。

忠王府宅地,会损害忠王府的真实性和完整性。①"保护忠王府""保护苏州历史古迹"一时间成为南京、上海某些报纸的头条标题。②

要拆除的建筑其实不是原太平天国忠王府,而是忠王府西原苏州平江区人民医院。忠王府在太平天国败亡前竣工,其未修成的西花园地块不久被富贾张履谦购得,盖了祠堂和义庄。20世纪50年代,张家祠堂和义庄被平江区人民医院取代。③苏州市人民政府经反复研究,才批准了拆迁平江区人民医院的计划。一座园林式的博物馆可与忠王府连成一片,而20世纪50年代建成的医院却永远不会与历史建筑合拍。由于苏州市人民政府的支持,苏州博物馆新馆奠基仪式按原计划在2003年11月举行。2004年夏,第28届世界文化遗产大会在苏州召开。世界文化遗产中心时任主任巴达兰在会议期间通过采访他的新华社记者表了态:"苏州在世界遗产地界旁边建造博物馆新馆是个好主意,这不会对列入世界遗产名录的苏州古典园林造成任何影响。"他的表态平息了苏州博物馆新馆馆址的争议。④

两年后,工程进入最后阶段。贝氏伉俪及儿子一行第四次来到苏州。中央花园里的八角凉亭与片石假山对贝老来说有着特殊的意义。昆曲《牡丹亭》里的杜丽娘就是在凉亭小睡,梦见自己与出身寒门的书生柳梦梅共赏牡丹。她因此而害相思病,郁郁而终。去世前,她留下遗愿,将自己的画像封存假山间。三年后,柳梦梅来到花园里,假山倒塌。他看到了杜丽娘的画像,便掘开坟墓。他对爱情的忠诚感动了阎罗王,使杜丽娘起死回生。为了复制《牡丹亭》的氛围与情致,贝聿铭指定从华北运来褐色岩石,在人工湖边精心堆成了假山。

五、传统与现代相结合的封刀之作

2006年10月6日,苏州博物馆新馆正式对外开放。那天恰逢中秋,贝聿铭与夫人、儿孙再次来到苏州,欢庆中秋和他"最心爱的小女儿"的诞生。

①　见《苏州博物馆新馆破坏世遗？政府部门驳斥此说》,载2003年8月15日温州新闻网
　　<http://www.news.sina.com.cn/c/2003-08-15/0923571265s.shtml>。
②　《被指影响文化遗产　贝聿铭"封刀之作"引发争议》,载2003年9月15日中国新闻网
　　<http://www.chinanews.com/n/2003-09-15/26/346612.html>。
③　赵佳月:《高福民　一个文化官员的"游园惊梦"》,载《南方人物周刊》2018年1月3日
　　<http://www.nfpeople.com/article/3189>。
④　常爱玲、李灿:《世遗中心主任:保护遗产不是简单冻结周边土地》,载新华网2004年7
　　月6日<http://news.sina.cn/sa/2004-07-06/detail-ikkntiam0384930.dhtml? from=
　　wap>。

国庆、中秋小长假,全国各地的游客蜂拥而至,来欣赏这座江南名城最新的建筑。《纽约时报》驻华记者做了报道,称苏州博物馆新馆"具有贝氏设计的许多标志性特点,包括他的立方几何体、他的金字塔,还有玻璃采光。花园、人工湖、片石假山则体现了东方传统"①。在这座贝氏晚期作品中,我们能看到阿多诺从晚期贝多芬身上所看到的惊异——"晚期风格与新颖互相映衬,'二者既分又合,难以平衡,却还是平衡了'。"②

　　贝聿铭不妄言退休后还会有什么突破,但他在八十九岁高龄时却又有了新的突破。试将苏州博物馆新馆与他以前设计的肯尼迪总统图书馆、美国国家美术馆东馆、卢浮宫玻璃金字塔、中国银行香港总部大厦作比较。在高度上、现代化程度上,确无可比性。然而,早先这些作品均以建筑为主,园林为辅;唯有苏州博物馆新馆真正做到了建筑物、园林一体化。据古建筑阴阳美学,建筑为实,属阳,庭院为虚,属阴;室外属阳,室内属阴。③ 在苏州博物馆新馆,阴阳平衡并融为一体。

　　这里的设计细节(所谓建筑语言),用庞德的话来说,"负载着最丰富的内涵"(Literary Essays 23)。八角大厅的八个角指向八个方向,象征着喜迎全球的游客。菱形窗与六边形窗外有旖旎的自然景物,游客从远处望去,难以分辨是自然景色还是嵌入各式画框的宋画。馆内馆外流水淙淙,模拟着马可·波罗游记中"东方威尼斯"交错密布的水道。花园白墙与片石假山,还呈现出北宋米芾笔下云雾山水的线条与昆曲《牡丹亭》的意境。

　　2014 年,建筑评论家科塔里撰文高度评价苏州博物馆新馆在当代中国建筑中的地位。她指出,新馆与贝氏卢浮宫玻璃金字塔形成了鲜明的对照,"是取代中国当前疯狂兴建速成奇观的一个不同的建筑模式"。她还说,"苏州博物馆新馆的设计意在建立一个当代文脉主义的新范式",选址于 19 世纪王府与两座世界文化遗产之间,"博物馆从其文脉中获得了丰富的源泉"。④文脉主义常被说成是后现代主义的特殊贡献。其实,西方四大现代主义建筑宗师之首的赖特很早就主张把建筑与人、大自然融为一体。贝先生的苏州博物馆新馆跟他的首秀美国国家大气研究中心一样,传承了赖特把人、建筑、自

---

①　David Barboza, "I. M. Pei in China, Revisiting Roots," *New York Times* 9 October 2006.

②　Theodor W. Adorno, *Essays on Music*, ed. Richard Leppert, with new translations by Susan Gillespie, Berkeley and Los Angeles: University of California Press, 2002, p. 186. See also Edward Said, *On Late Style: Music and Literature Against the Grain*, p. 17.

③　见《中国古代建筑风水中的阴阳相辅文化》,＜https://m.gujianchina.cn/news/show-8321.html＞.

④　Rachna Kothari, "Elemental Experience: Pei's Suzhou Museum Revisited," *Building of the Week* 23 October 2014.

然融为一体的"有机建筑"风格。①

贝先生退休后很少再接受设计工程,而他所接手的少数几个设计工程都在美国境外。只有在美国境外,他才会创造出有影响的作品。这是他通过设计卢浮宫玻璃金字塔而得出的结论。卢浮宫玻璃金字塔完成后,贝聿铭曾对他自己说:"探索探索世界吧。"②他知道,在境外他会遇到更严峻的挑战,但他也知道,迎接新的挑战才能重燃创新之火。

---

① 关于赖特的有机建筑,见马非:《有机建筑与表现主义》,载《华中建筑》2006 年第 8 期,第 8—9 页。

② David Barboza, "I. M. Pei in China, Revisiting Roots." *New York Times* 9 October 2006.

第十七章 杜尚的"眷留"理念与斯奈德的 21世纪禅诗《牧溪的柿子》

美国生态学桂冠诗人斯奈德跟蒲龄恩一样，喜爱禅诗。蒲龄恩喜爱禅诗是因为禅诗表现"无我"的境界，且有耐人寻味的意趣。对斯奈德而言，禅诗则让他心仪，是他用诗歌、散文赞赏生态美不可或缺的动力和范式。20世纪50年代初，斯奈德在加州大学伯克利分校选修过中国古典诗歌。庞德、威廉斯读中国古诗时对唐代诗人李白、杜甫、白居易咏赞不已，斯奈德读中国古诗却对唐代一诗僧情有独钟。这位因在苏州寒山寺出家隐居而获名"寒山"的诗僧留下了300多首禅诗。宋代王安石称之"无苦亦无乐，无明亦无昧。不属三界中，亦非三界外"①。这些意味深长的禅诗让斯奈德弃之不去。数年后，他译出了其中的24首珍品，并从此踏上习禅开悟之旅。禅画也是斯奈德之所爱。一次偶然的机会他观赏到今藏美国克利夫兰艺术博物馆的宋画《溪山无尽图》(见附录图1)。同寒山的禅诗一样，这幅长卷禅画立刻唤起了他的共鸣，并促使他年复一年，以此为蓝本写诗习禅。四十年后，他终于完成了他的传世之作，表现习禅开悟之旅的禅画诗《山河无尽》。②

禅宗有《心经》《金刚经》《圆觉经》《楞伽经》《楞严经》《维摩诘经》和《六祖坛经》等七经。但禅宗大师并不赞成死记硬背读经。他们带弟子常会用前辈禅师与禅师间、禅师与弟子间的对话给他们启迪，让他们见性开悟。这样的对话叫禅门公案。研读过梵文和佛学的美国生态诗人谢林(Andrew Schelling，1953—　)把斯奈德的《山河无尽》喻为一部经文(sutra)，把他近年创作的诸多短诗比作禅门公案(koans)。③ 谭琼琳教授在《斯奈德的"禅画诗"〈山河无尽〉》一文中对《山河无尽》作了精辟、详尽的分析(见附录)。这里我们不妨聚焦讨论斯奈德20世纪初所作具禅门公案特征的短诗《牧溪的柿子》。

---

① 见王安石：《临川先生文集》，上海：商务印书馆，1929年，第19页。

② Gary Snyder, *Mountains and Rivers Without End*, Berkeley: Counterpoint, 1996. 后文出自该书引诗，将随诗标出 *Mountains and Rivers* 和引诗页码，不再另注。

③ See "Andrew Schelling on Gary Snyder's 'This Present Moment: New Poems'," in Jerome Rothenberg, *Poems and Poetics 2015* < https://jacket2.org/commentary/andrew－schelling－gary－snyder％E2％80％99s－％E2％80％9C－present－moment－new－poems％E2％80％9D>.

一、斯奈德的禅诗与禅门公案

1984 年秋斯奈德初次访华,曾去北京西北郊十三陵观光。看到十三陵附近农户正忙于摘运柿子,他颇有感触,创作了一首短诗,就叫《柿子》("Persimmons")。① 诗中虽然提到"熟透的柿子 / 可能被牧溪画过",却就此打住,着力去写他见到的收柿子的场面和尝到的又软又甜的北京十三陵柿子。2008 年 10 月又逢柿子成熟,年近八旬的斯奈德才得以在《纽约客》周刊上发表了一首真正写牧溪的柿子的英文禅诗《牧溪的柿子》。②

该诗中,牧溪的柿子指斯奈德挂在他家客厅墙上的牧溪《六柿图》摹本。该图真迹藏于日本京都大德寺,曾引发无数评论,却未见有人探讨这幅举世公认的禅画杰作哪里像禅门公案,具体又怎样不立文字,教外别传,直至本心的。

《禅门公案》中有一则题为《野鸭子》,讲唐代马祖禅师给他弟子百丈讲"色即是空,空即是色"。百丈不悟,马祖就带他去散步。走到寺外,见一群野鸭子飞过去,马祖问道:"那是什么?"百丈:"是野鸭子。"马祖:"飞到哪里去?"百丈:"飞过去了。"马祖听了,就把百丈的鼻子一扯,百丈大声叫痛。马祖:"不是已飞过去了吗?"③百丈因而大悟。百丈后来成为禅宗开创农禅制的鼻祖,他开悟的契机是一群飞行中的野鸭子。

牧溪笔下的六枚柿子跟让百丈开悟的野鸭子一样,是自然界、现实生活中常见之物。牧溪的柿子大小有别,形状不一,着色互异——有的偏方、有的偏圆、有的椭圆;有的淡色、有的涂黑、有的留空。前面一枚柿子,后面一溜五枚柿子,上边近三分之二的画面留白,仿佛有风吹过,把六枚柿子的梗吹得或向左或向右倾斜。这些柿子,活灵活现,跃然纸上,枚枚直指本性,让我们体会到了"色不异空,虚实相生"的禅意境界。如此看来,牧溪朴素空灵的《六柿图》真是一幅笔简意足,行公案之所行的禅画。

对照牧溪的《六柿图》(图 17—1)读斯奈德的《牧溪的柿子》,我们会察觉那是一首跟摩尔的《九桃盘》和庞德的《诗章》第 49 章很不一样的艺格转换诗。艺格转换诗通常都注重捕捉和转换他艺术(绘画、雕塑、舞蹈)中的细节。摩尔的《九桃盘》有句描绘油桃叶的色与形:"绿或蓝 / 或绿兼蓝 / 月牙形的细叶簇拥

---

① See "Persimmons," in Gary Snyder, *Left Out in the Rain*, New York: New Directions, 1986, pp. 149—151.

② Gary Snyder, "Mu Chi's Persimmons," *New Yorker* 20 October 2008; also in Gary Snyder, *This Present Moment*: *New Poems*, Berkeley: Counterpoint, 2015, pp. 46—47.

③ 星云大师:《星云禅话》,北京:现代出版社,2007 年,第 105 页。

图 17—1　牧溪　《六柿图》立轴
京都大德寺藏

光滑的油桃"（"Fuzzless through slender crescent leaves / of green or blue or / both"），庞德的《诗章》第49章有句写桂花枝的形与黄昏的色："尖长的桂树枝…… / 船溶入银光"（"sharp long spikes of the cinnamon/.../Boat fades in silver"）。二者都用贴切的文字勾勒出了所描绘的艺术品的细节。斯奈德的《牧溪的柿子》既不关注牧溪画中柿的形，也不关注牧溪画中柿的色。它甚至连牧溪画中有几枚柿子，怎么排列，也只字不提。《牧溪的柿子》不关注、不转换牧溪画中柿的色与形，又关注、转换什么呢？斯奈德关注的是牧溪画中柿所表现的"色空相即，虚实相生，不动不静，变而不变，不变而变"的事物本性。它转换的则是由牧溪画中柿诱发的从静心参禅到顿悟禅趣的经验。

斯奈德的《牧溪的柿子》共29行，由13个长短不一的小节组成。请先看第1至第10行的6个小节：

> 在大厅尽头的墙上
>
> 由边门玻璃透过的光照亮
>
> 挂着牧溪卓越的
> 水墨画轴——《六柿图》
>
> 画轴的负重
> 让画轴静止不动。
>
> 这是世间最好的
> 柿子，我敢说。

虚空的完美表达

正是形式

　　　　　　　　　　　　　　　　（耿纪永 译）①

　　参禅需要在一个清幽的环境,静下心来,把一切念想都忘却。这 10 行诗的开头 6 行(4 小节)正是试图托出一个清幽的环境,为安舒静心、物我合一做准备。第 6 行 "让画轴静止不动"("hold it still")可以被理解为让志在物我合一(我即为物,物即为我)的 "我" 与牧溪的画中柿一起 "静止不动"。禅宗《心经》云:"色不异空,空不异色。色即是空,空即是色。"②这 10 行诗的最后两行——"虚空的完美表达/正是形式"——构成一小节,点明了 "色即是空,空即是色" 的妙谛。

　　《牧溪的柿子》说是不转换牧溪画中柿的形与色,其小节与小节之间(每行或每两三行之间)的空行却似在模仿或转换牧溪《六柿图》中每枚或每两三枚柿子间的留白。2015 年,斯奈德将《牧溪的柿子》收入他的新诗集《当下》(*This Present Moment : New Poems*)。该诗刊印在第 46 至 47 页,第 47 页才印了 5 行诗,底下留出三分之二页面,好像在仿效牧溪《六柿图》上方大面积的留白。

　　《牧溪的柿子》从第 11 行(第 7 小节)起,所写静止不动的牧溪的画中柿开始 "不变而变"。在第 11 至 13 行组合的三行小节,带梗的画中柿成了 "在市场上/销售的/带梗的柿子"。接着,在第 14 至 16 行组合的三行小节,那带梗的画中柿又成了 "京都优雅的/临济寺一年/展出一次的牧溪真迹"。在第 17 至 19 行组合的三行小节,"牧溪真迹" 又变回到大厅尽头墙上挂着的《六柿图》摹本,不过此节说明,那不是一般的摹本,而是从京都老字号文具店便利堂买来的优质摹本 ("a perfect copy from Benrido"),裱糊时还用了便利堂裱糊师推荐的托绢、轴头等。三个三行小节下面是一单行小节和一七行小节(第 21—27 行):画中柿变成了他正品尝的 "迈克和芭芭拉家果园/熟透的柿子"。最后两个单行小节,迈克和芭芭拉送他品尝的又软又甜的柿子又变回到了客厅尽头墙上挂着的《六柿图》摹本:"这些画中柿 // 确实充饥。"

　　尾句 "这些画中柿// 确实充饥" 让我们醒悟牧溪的《六柿图》及其摹本果然直指本性,显示了 "虚实相生" 的禅机。第 9 至第 10 行 "虚空的完美表

---

① 　以下所引此诗诗句皆笔者本人所译。

② 　江味农、李叔同、净空法师解析:《金刚经　心经　坛经》(精华本),武汉:长江文艺出版社,2014 年,第 135 页。

达／正是形式"其实已经说出了这层意思。该句费解，而尾句却明白易懂。怎么会这样？原因在于前者是脱离生活的抽象概括，禅门所谓死理，而后者则是日常生活的体会，禅门所谓活理。中国一千二百多年来积累的禅门公案有两个共同的特点：一是绕路说禅，不点破禅机；二是应用信手拈来的生活实例，让对方自己从中悟出禅理。斯奈德在《牧溪的柿子》的后三分之二篇幅，正是按"绕路说禅，不点破禅机"和"应用生活实例"的方式来说禅的。第 9至第 10 行初次说禅（"虚空的完美表达／正是形式"）显然无果，诗人不予理会，继续画画，在不知不觉中"绕了个弯"。牧溪的画中柿可谓"虚实相生"之虚，但从中我们照样看到了实实在在的柿子——先是市场上能买到的柿子，再是诗人趴在水槽上吮吸到的迈克和芭芭拉家果园的柿子。呈现后者的小节有七行之长，我们岂止幻见了那又软又甜的柿子，还幻觉跟诗人一起吮吸到了那"蜜甜的橘黄色胚囊"（"the sweet orange goop"）。两个有关柿子的例子都来自生活，尽人皆见过、尝过这样的"虚实相生"之柿。诗人信手拈来，不用解释，就让读者省悟："这些画中柿 // 确实充饥"。

中国读者熟悉"画饼充饥""望梅止渴"等成语，自然能欣赏斯奈德《牧溪的柿子》结尾的顿悟禅趣。对于西方读者却因人而异。为此，诗人在结尾用跋引了他在《山河无尽》诗首引过的日本道元禅师名言："是故，若非画饼，即无充饥之药。"①

二、斯奈德的禅诗与杜尚的"眷留"理念

"玻璃中的'眷留'"（"delay in glass"）是法国艺术家杜尚一百年前提出的一个挑战未来的理念。② 这个理念被冷落了七八十年，在 21 世纪初火爆了起来。如帕洛夫所言，我们这代人"更欣赏马塞尔·杜尚的现成品、玻璃中的'眷留'和文字游戏［……］"③。杜尚的"现成品"理念我们在第十五章已经讨论过。这里我们有必要深入探讨一下杜尚"玻璃中的'眷留'"。厘清杜尚这一理念有助于我们关注并理解斯奈德在《牧溪的柿子》给出的"眷留"信号。这些"眷留"信号是悟得不可言喻的禅趣的必由之路。

---

① 道元：《正法眼藏》，何燕生译注，北京：宗教文化出版社，2003 年，第 225 页。

② 夏可君将"delay in glass"译为"镜中的耽搁"，见夏可君：《虚薄：杜尚与庄子》（*Inframince：Duchamp and Chuang Tzu*），谢飞（Jeff Crosby）译，南京：江苏美术出版社，2012 年，第 20 页。闫木子和石雅云将"delay in glass"译为"在玻璃上的延迟"，见托马斯·哲斯特：《杜尚词典》，闫木子、石雅云译，王瑞芸审校，北京：生活·读书·新知三联书店，2017 年，第 96 页。

③ Marjorie Perloff, *21st Century Modernism：The "New" Poetics*. p. 3.

在《21 世纪现代主义》中,帕洛夫扼要介绍了杜尚"眷留"理念之后,就带我们走进生动活泼的当代诗歌——豪的《梭罗》(*Thorow*)、伯恩斯坦的《移魂都市》(*Dark City*)等等。她边引诗句边阐释其中词语、音韵、形体的变异如何促使读者"眷留"玩味,从而悟得"弦外之音"。帕洛夫就这样展示了用"眷留"理念考察 21 世纪现代主义诗歌有多妥帖、透彻。她选用的作品完全适合美国读者的口味。对中国读者来说,斯奈德中西融合的《牧溪的柿子》可谓更理想的个案。用帕洛夫推许的方法阐释之,可以一举两得——在讲清该诗禅意识的同时,弄明白杜尚提升"陌生化"诗学、将之用于探索第四维度的前卫理念。

"眷留"是杜尚杜撰的词,专指他 1915 年至 1923 年创作的力作《大玻璃》及其属性特征。该作品之所以被称为《大玻璃》,是因为它由上下两块含支离破碎形象的大玻璃组成。杜尚创作《大玻璃》的初心是要彻底摆脱传统、摆脱人们习惯的绘画方式,打开四维空间。结果他的《大玻璃》还是有绘画。按杜尚的说法,那似乎是画,却不再是画,因为它引发幻觉,打开了第四维度。夏可君教授在英汉双语专著《虚薄:杜尚与庄子》中这样解释《大玻璃》的第四维度:"这个事件并没有发生;但是在第四维度之中,这个幻觉的事情又发生了[……]这是第四维的时间性:什么都没有发生,但又发生了最为重要的事情,似乎是在某种无意识的梦想中发生的。"[①]

夏可君如上解释的依据是王瑞芸译卡巴内(Pierre Cabanne)1969 年版的《杜尚访谈录》。[②] 据帕洛夫研究,杜尚是在 1934 年的《绿盒子》创作笔记里杜撰了"玻璃中的'眷留'"这个术语。[③] 杜尚所谓"玻璃中的'眷留'"是借光经过玻璃给透视最大、最离奇的效果,暗示他提倡的艺术应该具有启示停留、让人浮想联翩的魅力。唯有愿意停留、"耽搁",从玄妙的异化中琢磨"弦外之音"的观赏者才能享受到这种魅力。在他看来,《大玻璃》不是画,而是"玻璃中的'眷留'"。从英文单词"delay"("停留")中,我们能看到杜尚在玩拆字游戏:《大玻璃》的中心形象新娘为"lady","lad(e)y"被拆开打散后组成了"delay"。

为了帮助人们领会和欣赏他所推崇的"玻璃中的'眷留'",杜尚还杜撰了一个词叫"虚薄"("infra-mince"或"infrathin")。他在第二次世界大战爆发前

---

① 夏可君:《虚薄:杜尚与庄子》(*Infra-mince*:*Duchamp and Chuang Tzu*),谢飞(Jeff Crosby)译,第 19 页。

② 同上书,第 20 页注 10;"皮埃尔·卡巴内:《杜尚访谈录》,王瑞芸译,中国人民大学出版社,2003 年,第 57 页"。

③ See Marjorie Perloff, *21st Century Modernism*:*The "New" Poetics*, p. 87. For the "Green Box" notes, see Marcel Duchamp, *The Writings of Marcel Duchamp*, eds. Michel Sanouillet and Elmer M. Peterson, New York:Da Capo Press, 1973, pp. 26—29.

夕所记的《虚薄》笔记里说了，"虚薄"这个词不能定义，只能通过生活中的实例去领会。这点跟"禅"有点相似，"禅"只能意会，不能言喻。杜尚提供的一连串"虚薄"的例子，个个来自生活，都很幽默、搞笑。这里任选三个译出：

> （刚腾空的）座位的温度是虚薄的。
>
> 地铁门——乘客在它关闭的最后一刻挤入/虚薄
>
> （吸烟时），嘴吐出烟，烟散发出嘴的味道，烟味和嘴味虚薄地结合在一起。①

关于"虚薄"杜尚还说过，同一物体一秒钟后就不再是同一物体。"虚薄"通常被用作形容词，形容差异、变化、间隔、厚度等等。②"虚薄"可以无限的薄，薄到透明，看不出，觉察不到，但却绝对存在。杜尚就是用"虚薄"这个词来形容他采用的暗示休止、窥测、引发遐想的玄妙艺术手段。他不愿称他的《大玻璃》为画，而要称其为"玻璃中的'眷留'"，就是因为《大玻璃》具有无限的张力，能让观赏者反复玩味其微妙、玄虚的差异，神游画外，进入第四维度。

由此可见，"眷留"是对艺术品观赏者或诗歌、散文读者而言的，是指观赏者观赏一件艺术品，读者读一首诗或一段文字，因惊异、赞赏而寻思"弦外之音"。杜尚坚持认为，"眷留"不仅与时间有关，还与空间有关。③"眷留"既涉及时，也涉及空。以藏京都大德寺的牧溪《六柿图》真迹为例，在不同季节、时辰去观赏，"眷留"的状况不一样，显现的"神采"会有相应的、虚薄的差异。同样，在不同的场所——京都大德寺龙光院，滋贺县美秀美术馆，或别的什么地方——观赏，"眷留"的状况也不一样，显现的"神采"照样会有相应的、虚薄的差异。④

京都大德寺牧溪的《六柿图》每年只展出一次。每次展出，都有无数禅宗信徒、禅画爱好者专程去观赏。研究域外佛教艺术的刘洪彩教授说得好，《六柿图》"借助素朴的笔墨呈现了深邃而澄明的悟境，传达了万象本空、性相不二、物我一如的生命体悟，直让人击节感叹，恒久思考"⑤。这幅"让人击节感叹，恒久思考"的禅画杰作应该被称为东方的"大玻璃"。对酷爱禅诗、禅画的斯奈德来说，不仅京都大德寺的《六柿图》真迹是东方的"大玻璃"，连他从京都便利堂买来的《六柿图》摹本也是东方的"大玻璃"。他的《牧溪的柿子》可

---

① Marcel Duchamp, *Notes* (unpaginated), trans. Paul Matisse, Paris: Musée National d'Art Moderne, Centre Georges Pompidou, 1980; rpt. Boston: G. K. Hall, 1983.

② Ibid.

③ Ibid.

④ 2019年4月9日至5月6日，牧溪《六柿图》真迹曾在日本滋贺县美秀美术馆巡展。

⑤ 刘洪彩：《〈六柿图〉与悟境层次》，《国画家》2013年第4期，第67—68页。

谓是他体验或显现这幅东方"大玻璃""玻璃中的'眷留'"的尝试。

斯奈德的《牧溪的柿子》或明或暗给出了一系列"眷留"或"行间休止"的信号,着实耐人寻味。

信号一,第 2 行自成一小节,凸显挂在客厅尽头墙上的牧溪《六柿图》摹本"由边门玻璃透过的光照亮"("lit by a side glass door")。跟杜尚的《大玻璃》一样,光照下牧溪的画随即出现了一系列玄妙的变化。帕洛夫在《21 世纪现代主义》中用杜尚"眷留"理念剖析了豪、伯恩斯坦、贺吉莲(Lyn Hejinian)和麦卡弗里(Steve McCaffery)四位诗人世纪之交的新作。她并未追究这几位北美诗人是否接触过杜尚的"眷留"理念,就把他们异化的词语、音韵、形体称作"杜尚式的虚薄",把他们引发揣测"弦外之音"的设计称作"杜尚'玻璃中的眷留'"。① 这告诉我们,即便斯奈德对世纪之交诸多有关杜尚"眷留"理念的评论充耳不闻,我们仍可从杜尚的"眷留"理念出发解读《牧溪的柿子》。该诗毕竟有意无意显示了照亮牧溪"画中柿"的光是经玻璃阻隔的光。帕洛夫用杜尚的"眷留"理念探讨了许多世纪之交诗歌,其中还没有一首对杜尚"玻璃中的'眷留'"有这样明显的暗示。②

信号二,在凝视《六柿图》摹本参禅的过程中,诗人两度神游画外。先是从《六柿图》摹本幻见了"在市场上/销售的/带梗的柿子";再是从《六柿图》摹本幻觉自己趴在水槽上吮吸"迈克和芭芭拉家果园/熟透的柿子"。这是否意味斯奈德的《牧溪的柿子》作为"玻璃中的'眷留'"兼具时间性和空间性,打开了四维空间?

信号三,在凝视《六柿图》摹本参禅的过程中,诗人两度溯源。先是从此《六柿图》穷源至京都大德寺一年展出一次的《六柿图》真迹;再是从此《六柿图》溯源至京都便利堂正在为他装帧的《六柿图》摹本。杜尚的理念强调"虚薄"的差异:不仅真迹与摹本有"虚薄"的差异,摹本与摹本有"虚薄"的差异,同一摹本也有"虚薄"的差异。挂在自家客厅墙上的《六柿图》摹本就是在京都便利堂装帧的《六柿图》摹本,但从日本京都百年老店跨洋带到诗人美国加州家中,挂到了客厅墙上,同一摹本产生了虚薄的,但确实存在的变化。

信号四,在凝视参禅的过程中,诗人三次专注《六柿图》摹本本身。第一次在神游与穷源前,第二次在穷源《六柿图》真迹后,第三次在神游"吮吸[……]/熟透的柿子"后。同一《六柿图》摹本在神游"吮吸[……]/熟透的柿子"前后有"虚薄"但又是本质性的不同。尽管诗人在第一次专注该画后就已

---

① See Marjorie Perloff, *21st Century Modernism*: *The "New" Poetics*, pp. 175, 199.

② Ibid, pp. 164—200.

指出"虚空的完美表达／正是形式",对读者而言此时的"画中柿"依然还是"画中柿"而已。在神游与溯源之后,第三次专注的"画中柿"却顿然"色空合一"了:它们仍然是"画中柿",但却能充饥、解渴。

斯奈德《牧溪的柿子》中的"眷留"不仅促使读者窥破意象间虚薄的差异,还促使他们察觉诗人用词、用韵、用标点煞费苦心。

诗歌、散文中重复的语音和异化的词语、标点、字体会形成乔伊斯所谓 *verbivocovisual* 综合体,①诱使读者稍事眷留,消化、玩味言外之意。譬如蒲龄恩《珍珠,是》之七第 1 至 2 行用 "Peaceful/pushful" 让读者三思悟得 "静中有争";用怪癖词 "shag" 让读者细察获知其多义——除了指 "烟丝",还指 "食龙虾的海鸟" 和 "性行为",承上启下。又譬如庞德《诗章》第 110 章 "玉河" 二字用大号字体,让读者休止,在行间搜索其注音和注释。同样,《牧溪的柿子》首行 "On a back wall down the hall",其 *-all* 内韵会让读者从 "hall" 折回,去关注 "wall" 这个单词:它含有 "阻隔" 之义,可被视为 "眷留" 的喻体。以创新诗体著称的美国当代诗人豪在她的《梭罗》组诗中故意把 "length" 拼为 "lengt"。问到这个拼错的单词时,她坦言拼错的音 "仿佛一道墙,让你停下['眷留']"。②

斯泰因有一句名言 "Rose is a rose is a rose is a rose",就是用不规则的句法形成 "阻隔"("眷留"),显示三个 rose 间虚薄的差异。这不免让我们联想到本书第九章讨论过的白居易的《嗟发落》。其首句 "朝亦嗟发落" 为叹息,第二句 "暮亦嗟发落" 反复的 "嗟发落" 则由叹息转为自嘲,表现了诗人的诙谐和乐观。

《牧溪的柿子》第 6 至 11 行 "still" 出现两次。第一次在第 6 行 "axles hold it still",作 "静止不动" 解。第二次在第 11 行 "the twig and the stalk still on",作 "依然" 解。该词的反复出现会形成 "眷留",促使读者玩味虚薄的词义变化。第 6 行 "still" 的含义,会让第 11 行 "stalk still on" 的含义发生虚薄的变化:"stalk still" 会兼含 "still still" 之义,仿佛在强调 "依然静止"。不仅 "牧溪的画" 依然静止,"画中柿" 和 "画中柿梗" 依然静止,"物我合一" 的观画者／读者也依然静止,在坐禅。

该诗中 "persimmons" 反复出现了四次:第一次在第 4 行 "sumi painting,'persimmons'",第二次在第 8 行 "of persimmons",第三次在第 21 行 "And now, to these over-ripe persimmons",第四次在第 28 行 "those painted

---

① See Marjorie Perloff, *Infrathin: An Experiment in Micropoetics*, p. 103.

② See Marjorie Perloff, *21st Century Modernism: The "New" Poetics*, p. 170.

persimmons"。"persimmons"每次出现,诗歌物质层面会有不同的示意,让读者留心义变——不是一眼能看出的义变,而是经"眷留"才悟出的"虚薄"的义变。比如第 4 行的"persimmons"带双引号,双引号就是示意,杜尚所谓"玻璃中的'眷留'"。不经"眷留"读者能看出此"persimmons"为"画中柿"。双引号警示读者的不止于此。经"眷留"读者才会醒悟,牧溪的柿子此刻还不是"虚实相生"的"画中柿"。第 8 行"of persimmons"仅两个单词,超短的诗行就会引起"玻璃中的'眷留'"。经"眷留"(读第二、第三遍)读者会醒悟,尽管自己还不认同,这里的"persimmons"在诗人眼中已经是"虚实相生"的"persimmons"。第 21 行"And now, to these over-ripe persimmons",超长的诗行和超长的小节是其"玻璃中的'眷留'"。这里的"persimmons"既不是诗首出现的"虚实分离"的"画中柿",也不真是迈克和芭芭拉果园甜蜜的柿子。它是从"虚实如一"的牧溪的"画中柿"中感觉品尝到的甜蜜的柿子。第 28 行"those painted persimmons"单另一行组成一小节,其上下留白就是"玻璃中的'眷留'"。"眷留"后读者终于恍然大悟,牧溪的画中柿果然是"虚实相生"可充饥的柿子。

第 9 至第 10 行"Perfect statement of emptiness / no other than form"("虚空的完美表达/正是形式")是该诗一难句。其"no other than"的句式把它与诗尾用跋,道元禅师的名言"*no remedy for satisfying hunger other than a painted rice-cake*"("若非画饼,即无充饥之药")联系在了一起。后者用了斜体,斜体即为"玻璃中的'眷留'",警示读者注意,该引语注释了前者的含义。

三、斯奈德禅诗背后的两种潜意识

斯奈德曾在日本师从多位禅师,对禅宗嫡传之临济宗做过十年研习,回国后还继续从事禅宗经文、公案的翻译工作。[①]《牧溪的柿子》背后无疑存在东方禅意识。本章从该诗禅意识切入,先按禅门公案的范式阐释之,合乎情理。通过读解该诗再现牧溪《六柿图》参禅顿悟之旅,我们不仅加深了对参禅开悟的认识,还得以走进斯奈德的内心世界,真切地感受到了他对禅文化的强烈认同。

然而,《牧溪的柿子》背后不仅有东方禅意识,还有 21 世纪西方现代主义

---

① See Rick Fields, *How the Swans Came to the Lake: A Narrative History of Buddhism in America*, p. 215. 禅宗法脉传承为临济、曹洞、沩仰、云门、法眼五宗,临济宗是其中最大最耀眼的一宗。1187 年,日僧明庵荣西将之引入日本。临济宗在日本茶道、书法、绘画、能乐、园艺等领域都有巨大影响。

意识。只讲东方禅意识会误导读者漠视该诗的 21 世纪现代主义意识,漠视其东西方文化的交集。对中国读者而言,先讲作品中的禅意识,再讲其 21 世纪现代主义意识,是由熟悉的概念向不熟悉而应熟悉的概念过渡必要的步骤。对西方同行而言,平行讲他们不熟悉的概念和他们热衷于讲的概念是面向全球必要的举措。毕竟我们的目标是为构建西方所接受的中国话语理论体系提供一个模式。

禅意识与"玻璃中的'眷留'"究竟有什么共同点,能使这种平行考察不仅必要而且可行? 首先,禅不可言喻,只可意会,禅师给弟子说禅面临的挑战,跟杜尚要《大玻璃》观赏者悟得四维空间面临的挑战属于同一性质。对禅师而言,推理帮不了忙,只有靠信手拈来的生活实例启发弟子开悟。对试图再现《六柿图》禅趣的诗人而言,"真实的感觉之声"帮不了忙,只有靠异化词语、音韵引发"眷留",让读者自己琢磨"弦外之音"。在词语和音韵上做文章,启发读者琢磨"弦外之音"正是杜尚所谓"玻璃中的'眷留'",亦即帕洛夫所强调的早期现代主义给我们这一代人播下的"物质性诗学的种子"。

其次,让读者自己体悟禅的"弦外之音"既是绕路说禅的具体做法,也是"玻璃中的'眷留'"的具体做法。围绕牧溪的禅画说禅时,该诗的潜意识是禅。在诗歌的物质性层面提示有"弦外之音"时,该诗的潜意识则是西方现代主义。帕洛夫在《虚薄》一书中指出:"不仅诗人,就是欣赏诗歌的读者,也要有敏锐的目力和听力,能识别虚薄的差异。诗歌确实可被定义为一种注重虚薄的艺术,在这种艺术中相异比相似更为重要。"[①]当代诗歌尤为如此。对西方当代诗人来说,虚薄互异的物质性元素(词语、音韵、字体)本身就是意义。杜尚当年尝试同时实现"自己的绘画语言"和"离开画面"时,不也是在物质性层面上,在突破绘画传统上下的功夫?

有人会问,并列讲杜尚的美学理念和禅意识有没有先例。近年已有多位学者讨论过杜尚美学理念与禅的契合。首部用中文写就的《杜尚传》作者王瑞芸曾提出:"在现代艺术史上,却有一个人的精神实质迥异于西方一贯的传统而特别接近于禅,这个人就是杜尚……杜尚没有接触过东方的禅学,但他把自己的生活变成了艺术,他没有去过东方国家,他对人生和艺术的了悟是与生俱来的。连凯奇都称他为高明的禅师。"[②]夏可君论及杜尚尝试解决"永远保持处女的鲜活与不可触"和"要有着爱欲的切身与可触性"的矛盾时声

---

① Marjorie Perloff, *Infrathin: An Experiment in Micropoetics*, p. 6.

② 王瑞芸:《禅宗与美国现代艺术——从一次现代艺术作品说起》,载 2010 年 12 月 3 日艺术档案网<https://www.artda.cn/yishusichaoguowai－c－4634.html>。又见王瑞芸:《杜尚传》,桂林:广西师范大学出版社,2010 年。

称:"这个矛盾的方式,中国禅宗已经有所演示了［……］要形成自己的绘画语言,或者形成某种新绘画,重要的是要有某种机缘,使画家离开画面,这个'断开'就如同禅家的顿悟。"①

　　斯奈德本人对平行考察他作品中的两种意识会怎么看?在《牧溪的柿子》发表的前一年,斯奈德实际上回答了这个问题。他说:"当我根据自己的经验来创作时,除了转向中国和日本之外,现代主义大多并不适用。"②看来他并不否认现代主义会适用于他的创作,不过这通常在他转向中日文化时才发生。在 21 世纪现代主义复出的历史条件下尝试再呈现牧溪的禅意识,斯奈德不可避免地引入了 21 世纪诗人普遍赞赏的"玻璃中的'眷留'"。在新文科视野下审视这首当代禅诗,我们有理由重视其中存在的跟禅契合的杜尚理念。

---

① 夏可君:《虚薄:杜尚与庄子》(*Infra-mince*:*Duchamp and Chuang Tzu*),谢飞(Jeff Crosby)译,第 28—29 页。

② Gary Snyder, *Back on the Fire*:*Essays*, Berkeley:Counterpoint, 2007, p. 141. 后文出自该著的引文,将随文标出 *Back on the Fire* 和引文出处页码,不再另注。

第十八章　蒲龄恩《卡祖梦游船》中的中华经典

帕洛夫在《非原创天才》一书中将仰仗摘引拼贴铸他人原创于一炉的诗学称为"非原创天才诗学"。她在该书讨论的 21 世纪摘引拼贴诗均为美洲（美国或巴西）诗人之作。蒲龄恩 2011 年发表的《卡祖梦游船》为我们提供了一个 21 世纪英国摘引拼贴诗的范例。《卡祖梦游船》对现代主义摘引拼贴诗有什么创新与提升？

一、自相矛盾的语言与充满矛盾的世界

《卡祖梦游船》是蒲龄恩近年最引人注目的作品之一。何为"卡祖梦游船"？该诗副题"有什么论什么"做了解释：上了此船就跟诗人梦游，听他有什么论什么。

说《卡祖梦游船》传承了中世纪朗格兰《农夫皮尔斯之幻象》（William Langland, *Vision of Piers Plowman*）梦游文学的传统，没错。[1] 可是 2016 年蒲龄恩向《巴黎评论》采访者透露，创作《卡祖梦游船》前他只是感觉有许多充满矛盾的东西要写，写什么，不确定，也不想确定。为了写一首"不确定"的诗，他飞到泰国曼谷，在酒店住了三周，在自闭的环境中创作，有什么论什么。[2]

《卡祖梦游船》自闭、隔离的创作环境不免让我们联想到美国文学史上的两部杰作——梭罗的《瓦尔登湖》（Henry David Thoreau, *Walden*）和庞德的《比萨诗章》（*The Pisan Cantos*）。跟《瓦尔登湖》一样，《卡祖梦游船》是一首富有哲理的散文诗；跟《比萨诗章》一样，《卡祖梦游船》似不连贯，照常连贯；离了书房、图书馆，照常随心所欲引经据典。

《卡祖梦游船》似不连贯，如何照常连贯？诗中引了哪些经典？围绕什么中心思想？表述什么主题？

该诗由 24 个自然段构成，第 1 至 3 自然段尤其晦涩。诗人绝非在此故

---

① Gerald Bruns, *Interruptions: The Fragmentary Aesthetic in Modern Literature*, Tuscaloosa: University of Alabama Press, 2018, p. 53.

② J. H. Prynne, "The Art of Poetry 101," Interview with Jeff Dolven and Joshua Kotin, *The Paris Review* 218（2016）：196.

弄玄虚。他是要营造出一个梦游的氛围。明代布衣诗人谢榛说过："诗有可解、不可解、不必解，若水月镜花，勿泥其迹可也。"①《卡祖梦游船》第 1 至 3 自然段属于"不必解"之列。这几段诗的语言好比美国当代诗人伯恩斯坦所说的歌剧词，观众听不清照样欣赏，因为"歌剧把歌剧词大意演绎出来了"②。读者读了《卡祖梦游船》这几段诗，尽管找不出叙事结构与意义，却会获得一种梦游的感觉——诗人穿过酒店的过道（"Along the corridor"），但不知要干什么；走到一个窗前，却因靠得太近而关不上（"window too close to close"）。一系列富有音韵美的词语，如 cut to cut, not to want to want，跟"错觉"（delusion）、"举棋不定"（in two minds）等词语搭配在一起，凸出了环境与心态的混乱。（2015 *Poems* 639—640）这是一首表现矛盾和不确定性的诗，不确定中唯一能确定的是不确定。

诗人似乎认为，现实世界跟梦游世界一样，充满了矛盾和不确定性。自相矛盾、暧昧的语言不可避免，正因为它所要表现的现实世界充斥着矛盾和不确定性。第 3 自然段末，梦游诗人忽然说"一切皆可能，皆可计算，学舌八哥［……］"（2015 *Poems* 640）2002 年，剑桥现代诗会在蒲龄恩的敦促下出版了英译车前子的《文化旧作》（*Old Cultural Work*）。其中一篇《严肃场所——给黄梵打电话》含五小节，其一以《八哥》（"Parrot"）为题，遵循庞德"兼收尽多艺术家之长"的告诫（*Literary Essays* 5），提倡诗人"不是学一个死去的大师，而是一百打"。③《卡祖梦游船》第 4 自然段称此为"八哥格言"（"parrot dictum"），当即引荷兰现代物理学大师范德瓦尔斯（Johannes Diederik van der Waals, 1837—1923）论物质电荷间的相互作用："在所有物质中正电荷与负电荷都在不停歇地互相碰撞；无论在材料体或是在真空中，每一点上都会自发产生瞬态的电场和磁场，电荷与场之所以会产生这种涨落，不仅是因为存在热扰动，还由于粒子位置和动量，以及电磁场强度都不可避免地具有量子力学不确定性。"（2015 *Poems* 640）④此引语与第 3 自然段结语

---

① 谢榛、王夫之：《四溟诗话 姜斋诗话》，宛平、舒芜校点，北京：人民文学出版社，1961 年，第 3 页。

② See Marjorie Perloff, *Unoriginal Genius*: *Poetry by Other Means in the New Century*, p. 87.

③ Che Qianzi, *Old Cultural Work*, trans. Yang Liping, Zhen［g］Zhen, and Jeffrey Twitchell-Waas, Cambridge: CCCP, 2002.《八哥》是该诗第一小节标题，杨立平等将其译为"Parrot"；该书没有标页码。

④ Adrian Parsegian, *Van der Waals Forces*: *A Handbook for Biologists*, *Chemists*, *Engineers*, *Physicists*, Cambridge: Cambridge University Press, 2006, p. 10；帕西金：《范德瓦尔斯力：一本给生物学家、化学家、工程师和物理学家的手册》，张海燕译，北京：高等教育出版社，2015 年，第 4 页。

"一切皆可能"不连贯？试想范德瓦尔斯揭示的量子力学不确定性，不正是在说"一切皆可能"吗？

这里需要说明，蒲龄恩在剑桥冈维尔与凯斯学院执教四十余年，其中有三十五年在其图书馆兼职。① 作为英国文学教授，他凭记忆引朗格兰、莎士比亚、华兹华斯，不足为奇。奇的是，他还得心应手地引帕西金 2006 年版《范德瓦尔斯力》和英译毛泽东《矛盾论》。第 4 自然段引语"[……]量子力学不确定性"取自帕西金《范德瓦尔斯力》。第 5 自然段引语"外因是变化的条件，内因是变化的根据，外因通过内因而起作用"（2015 *Poems* 642）取自英译毛泽东《矛盾论》。两段引语分别从现代物理学视角和唯物辩证法视角，归纳和注释了第 1 至 3 自然段呈现的杂乱无章的环境和心理。这两段引语同时也阐明了该诗的主题：我们和我们的世界充满了矛盾与不确定性。

毛泽东的《矛盾论》蒲龄恩读过无数遍。在 2016 年《巴黎评论》采访录中，蒲龄恩透露他对毛泽东唯物辩证法的赞赏由来已久，这种赞赏既表现在《卡祖梦游船》的表层，也渗透其深层。② 乍一看，《卡祖梦游船》到第 5 自然段才引《矛盾论》，其实第 1 至 3 自然段纷繁、自相矛盾的所见所思与第 4 自然段所引帕西金译范德瓦尔斯语录，都已体现了《矛盾论》阐发的"事物的矛盾法则，即对立统一的法则"。（2015 *Poems* 640）第 1 至 5 自然段处处是互文，它们互相呼应，互相渗透，互相补充。

二、古今中外经典与跨文理学科经典

《卡祖梦游船》第 6 至 24 自然段如是继续。诗人任凌乱的印象和思绪自由呈现，从生活到科学，从量子力学到唯物辩证法，从文学经典到流行歌曲，在不同的领域中觅取不同的理念和形象，强化"事物瞬息万变、不确定"的中心思想。不同领域间的频繁穿梭使《卡祖梦游船》更加难读。厘清其头绪的一个诀窍是继续关注《范德瓦尔斯力》和《矛盾论》引文。它们分别从微观和宏观两个层面，交替给纷繁、难解的"梦游"诗文加注。在第 6 自然段，诗人感叹"什么都没变，因为这是'无'的自变"（nothing changes for this is the self-change of nothing）。（2015 *Poems* 642）什么是"'无'的自变"？似乎无解。但以下《矛盾论》引语从事物内部矛盾出发对此做了注释："任何事物内部都

---

① Christopher Brooke, *A History of Gonville and Caius College*, Suffolk: Boydell Press, 1996, p. 301.

② J. H. Prynne, "The Art of Poetry 101," Interview with Jeff Dolven and Joshua Kotin, p. 196.

有这种矛盾性,因此引起了事物的运动和发展。事物内部的这种矛盾性是事物发展的根本原因 [……] 单纯的外部原因只能引起事物的机械的运动,即范围的大小,数量的增减,不能说明事物何以有性质上的千差万别及其互相变化,事实上,即使是外力推动的机械运动,也要通过事物内部的矛盾性。"(2015 *Poems* 642)

到了第 14 自然段,诗人意识到讨论矛盾双方的对立和不确定性不能不关注它们间的依赖性。于是,他引了亚里士多德《物理学》里的一段话:"白的东西还会是多个而非一个 [……]'是白的'和白的事物在定义上是不同的"(2015 *Poems* 649)。① 诗人引亚里士多德此语应该旨在同时批判古希腊巴门尼德的"一切皆一论"和战国时期公孙龙的"白马非马论"。"一切皆一论"否定了事物的多样性。"白马非马论"割断了"个别"与"一般"的关联,混淆了"特色"与"属性"间的依赖性。

给"梦游"诗文加注的还有先辈诗人、哲学家的格言。第 8 自然段"随意跳进时间的长河,在无休止的变化中碰运气"(2015 *Poems* 644),像是艾略特《普鲁弗洛克情歌》("The Love Song of J. Alfred Prufrock")中的普鲁弗洛克在重复"有的是时间,无论你,无论我, / 还有的是时间犹豫一百遍"(查良铮 译)。第 10 自然段所引雪莱《布朗峰》("Mont Blanc")名句"像薄雾轻笼着 / 积雪"(2015 *Poems* 646;江枫 译),以鲜活的形象彰显了事物不断相互转化的自然规律。第 12 自然段援引中世纪罗马哲人波埃修斯(Boethius)三行诗,"溪水从高山流下, / 时而中止, / 岩石让它回流"(2015 *Poems* 647),以山涧溪水喻人类命运的不确定性。第 15 自然段"哇,波顿,你变了!"(2015 *Poems* 652)出自莎士比亚《仲夏夜之梦》:小精灵恶作剧,把木匠波顿的头变成了驴头。第 17 自然段"甜蜜的欢乐陪伴你!"(2015 *Poems* 661)源于布莱克《婴儿的欢乐》("Infant Joy"),提示我们布莱克还作过与之相辅相成的《婴儿的悲伤》("Infant Sorrow")。梦游诗人的诗文看似胡言乱语,骨子里却跟这些作为互文的经典引语一样,都在强调事物的依赖排斥关系和不确定性。

艾略特的《荒原》可谓盛期现代主义的一首卓绝的摘引拼贴诗,诗后附有48 条注释,注明引了 36 种经典。蒲龄恩效之,在《卡祖梦游船》诗后提供了一页"摘引提示"。值得注意的是,蒲龄恩引典有明引、半明引和暗引三种。帕西金《范德瓦尔斯力》和毛泽东《矛盾论》为明引,带引号,并列入"摘引提示"。亚里士多德《物理学》、巴门尼德《论自然》、公孙龙《白马论》、波埃修斯《哲学的安慰》、雪莱《布朗峰》等为半明引,不带引号,但列入"摘引提示"。莎

① 亚里士多德:《物理学》,张竹明译,北京:商务印书馆,1982 年,第 8—9 页。

士比亚《仲夏夜之梦》、布莱克《婴儿的欢乐》、艾略特《普鲁弗洛克情歌》、车前子《文化旧作》等为暗引，既不带引号，也不列入"摘引提示"。蒲龄恩所引古今中外经典互相交错，互相阐发，铸成一炉为其主题服务。

帕洛夫阐释摘引拼贴诗既用了艾略特《荒原》、本雅明《拱廊街计划》等20世纪盛期现代主义的范例，也用了豪《午夜》、伯恩斯坦《影子时光》（*Shadowtime*，2005）、戈德斯密斯《交通实况》等21世纪后期现代主义的个案。作为当代英国诗人的摘引拼贴诗，《卡祖梦游船》跟《荒原》《拱廊街计划》至少有三点不同。首先，《荒原》和《拱廊街计划》只引文史哲、宗教、歌剧等人文经典，《卡祖梦游船》却既引人文经典也引自然科学经典。其次，《荒原》除了引古印度《奥义书》之外未涉及任何东方经典，《拱廊街计划》完全未涉及东方经典，《卡祖梦游船》却引了大量中国经典。最后，《荒原》和《拱廊街计划》局限于引用印刷媒体传播的经典，《卡祖梦游船》突破了这一限制，其第18自然段结尾"因为我一无所有"（2015 *Poems* 656）出自数码媒体 YouTube 传播的中国流行歌曲《一无所有》。与靠数码技术复制、切割、重新组合网络原创的《交通实况》不同，《卡祖梦游船》只是用个别网络歌词作了点缀，但这多少也显示了21世纪的时代特点。

细心的读者会注意到，《卡祖梦游船》难解的诗文中用得最多的两个词是"无"（"nothing"）与"空"（"void"）。亚里士多德引语后的两个长句中"无"连续用了4次，"空"连续用了9次。上文提到梦游诗人自语"举棋不定"，这里他演绎了在"无/空"与"存在"间的彷徨（"举棋不定"）："不存在空着的存在，因为空即为无［……］这个存在的场［……］是满的、空的，还是随时变化的［……］既然不是一切皆空，就不是不可名。"（2015 *Poems* 649）诗人是在仿史蒂文斯《雪人》"全无自己，感悟着 / 存在和不存在的虚无"？[①] 还是在师法《道德经》"道可道非常道，名可名非常名"？"无/空"与"存在"何以能转化、统一？第15自然段所引《矛盾论》语录，"矛盾着的两方面［……］各向和自己相反的方面转化"，对此做了诠释。（2015 *Poems* 651）

蒲龄恩高度赞赏毛泽东结合中国革命实践，兼收并蓄老庄哲学精华，发展了马克思主义的唯物辩证法。在《卡祖梦游船》中我们既能听到毛泽东的声音，也能听到老庄的声音。诗人在第3自然段感慨，"宁可言稍有失，不要事后久憾"（2015 *Poems* 640）；在第14自然段援引帕西金译范德瓦尔斯之语："语言必须能触及真实的物质"（2015 *Poems* 649）；在第20自然段质问：

---

① 参见钱兆明：《史蒂文斯早期诗歌中的禅宗意识》，载《外国文学评论》2015年第1期，第66—68页。

"不可言的语言算什么语言？"（2015 *Poems* 657）他的感慨、援引与质问透露了他"欲言而不可言"的焦虑。这种焦虑可追溯到老庄——《道德经》所谓"道可道非常道"；《庄子》所谓"道不可言，言而非也"。如果说《拱廊街计划》是一部"没有作者，靠摘引在说话的作品"，①那么《卡祖梦游船》则是一部一半靠摘引在说话的作品。

三、"弦外之音"与敏感话题

《卡祖梦游船》真是一首没有确定目标、"有什么论什么"的散文诗？我们不妨梳理一下其创作背景。2005 年 6 月，蒲龄恩跟广州《南方都市报》采访者这样解释他自己的诗歌："我的诗主要是一种实验性的东西，一种非常现代的东西。实验性的东西总是比古典作品更加难以理解一些。而现代诗歌，无论意义还是形式，都比较难懂。当然我们在进行实验的时候，也还是受到古典文化的影响，还是有文化的传承在里面，虽然表现出来的是另外一种形式，了解传统才能走得更远。"②2008 年 6 月，蒲龄恩参加第二届珠江国际诗会，并做了题为《诗学思想》（"Poetic Thought"）的主旨发言。发言一开头就直奔主题："那么这个话题意味着什么？并非所有的诗歌活动及其创作都通过诗思来进行［……］'思'产生于语言活动的层面，实际上它就是在语言中而且它就是语言。在这个意义上说，语言就是思维如何完成以及思维如何凝结成'思'的东西，它摆脱了与思维的发起人或者与某具体意识过程的联系。"③2010 年 12 月，中山大学出版社推出中文版《蒲龄恩诗选》，在所选译诗后刊载了中译蒲龄恩《诗学思想》。2011 年 5 月，蒲龄恩在跟英国同仁的一次交谈中透露，他认识《蒲龄恩诗选》翻译团队的大多数成员，还曾告诫过他们译他的诗要"撇开诗意，先译诗中词句意义及其功效，然后再从中琢磨出诗意"④。蒲龄恩熟读海德格尔（Martin Heidegger）阐释学著作，给中国学者介绍译诗经验时也运用了海德格尔的阐释循环理念。按张隆溪先生的解释，阐释循环就"是指字句与全篇，或局部与整体之间的关系，即整体意义由局

---

① Richard Sieburth, "Benjamin the Scrivener," in Gary Smith, ed., *Benjamin: Philosophy, Aesthetics, History*, Chicago: University of Chicago Press, 1989, p. 32.

② 见黄兆晖：《蒲龄恩：来自剑桥的先锋诗人》，载 2005 年 6 月 29 日《南方都市报》。

③ 蒲龄恩：《诗学思想》，龙靖遥译，载区鉷主编《蒲龄恩诗选》，第 263－268 页，引语第 264 页。英文版见 J. H. Prynne, "Poetic Thought," *Textual Practice* 24. 4（2010），pp. 596－606.

④ J. H. Prynne, and Keston Sutherland, "Introduction to Prynne's Poems in Chinese: A Conversation," *The Cambridge Quarterly* 41. 1（March 2012），p. 205.

部意义合成,而局部意义又在整体环境中才可以确定"①。

　　考察诗人 2011 年 6 月曼谷之行前有关诗歌创作的谈话有助于我们认识《卡祖梦游船》的创作意图。按他跟《南方都市报》访谈者的谈话考量,《卡祖梦游船》就是"一种实验性的东西,一种非常现代的东西",但"有文化的传承在里面[……]表现出来的是另外一种形式"。蒲龄恩 2008 年珠江国际诗会主旨发言的题目《诗学思想》本身就显示,这是一篇诗论。《卡祖梦游船》可以说是这篇诗论的翻版,是一首诗论诗。它通过模拟梦游、摘引经典,演绎了《诗学思想》的精神。上引《诗学思想》开场白"语言"一词连用 4 次,在《卡祖梦游船》"语言"一词也是关键词。《诗学思想》一再提"表现渠道",《卡祖梦游船》以"过道"(corridor)代之,贯穿全诗。《诗学思想》与《卡祖梦游船》另外两个共同的关键词是"辩证"与"矛盾"。再者,《诗学思想》提到现代诗在"语言障碍中游弋"难免"晦涩",《卡祖梦游船》演绎了如何在"语言障碍中游弋",整首诗晦涩,体现了《诗学思想》所谓诗歌语言的"张力是辩证的"。②至于蒲龄恩为何告诫译者不要急于求知单句诗意,其缘由《诗学思想》也已阐明:"未确定含义的高度密集维持着诗歌字里行间语言高度的张力水平,亦即诗歌的弦外之音[……]它产生于诗行结尾处或者跨越诗行结尾时所呈现的紧张态势。"③换言之,蒲龄恩诗歌的诗意只有经"眷留",即反复阅读,反复品味,注意弦外之音,才能正确领悟。

　　前面提到,《卡祖梦游船》的主题是当今世界充满了矛盾和不确定性。世界这么大,这么繁复,一首诗不可能包罗万象,全面覆盖这个宽泛的主题。这首诗重点要阐明的其实就是现代诗歌语言的不确定性,写其他事物的不确定性只是为此作铺垫。《卡祖梦游船》是蒲龄恩 2006 年荣休后的又一诗歌"实验"。它意在尝试用自相矛盾的措辞演绎诗人"欲言而不可言"的焦虑,测试用暧昧的语言在"言"与"不可言"之间搭建一座桥梁,实践在晦涩的诗文中注入经典,用以注释其意,并反思传统文化、人文教育、诗歌创作等敏感话题。

　　英国评论家麦凯(Duncan MacKay)在《开放、激越的不确定性》一文中指出,《卡祖梦游船》不乏"传承庞德现代主义诗学的各个环节,包括庞德赞赏的

---

① 张隆溪:《阐释学与跨文化研究》,北京:生活・读书・新知三联书店,2014 年,第 26 页。

② 蒲龄恩:《诗学思想》,龙靖遥译,第 265 页。

③ 同上书,第 267 页。

福楼拜的'贴切用词'('le mot juste')"①。该诗运用的断裂手法(从梦游跳跃到经典、从哲学经典跳跃到文学经典)、叠加隐喻(《范德瓦尔斯力》叠加《矛盾论》),乃至"兼收尽多艺术家之长"的忠告,皆出自庞德。《卡祖梦游船》强调诗歌语言的不确定性,是庞德不确定诗学的核心思想。至于福楼拜的 le mot juste,该语除了有"贴切用词"之义外,还有"弦外之音"的意思。福楼拜名著《包法利夫人》(*Madame Bovary*)第一句描写主人公查理幼年入新校"habillé en bourgeois"。诺顿版英译此语为"not wearing the school uniform",李健吾中译此语为"穿便服的"。英译、中译都没有把该语的"弦外之音"译出。福楼拜在小说开头用"bourgeois"一词,按童明教授之见,除了指"[穿戴]与众不同",还通过"弦外之音""验明查理的正身—— 他是布尔乔亚。"②换言之,福楼拜在小说一开头就点明了"庸俗、自私、虚荣"的主题。

读《卡祖梦游船》同样要注意弦外之音。其首句中"Along the corridor"兼指"穿过酒店的过道"和"游弋于沟通、表达的渠道"。第 2 自然段末句"window too close to close"兼指"(酒店的)窗子靠得太近而关不上"和"(通往泰国文化、东方文化的)窗口敞开在眼前"。由此看来,该诗第 1 自然段首句、第 2 自然段末句都有弦外之音,或者说都要"眷留";它们直指该诗克服"欲言而不可言"、在"言"与"不可言"之间尝试搭建桥梁的主题。

《卡祖梦游船》不光个别词语有弦外之音,整首诗频繁用典也有弦外之音。不同的读者反复细读《卡祖梦游船》会听到不同的弦外之音。有的读者会感觉到剑桥诗人、荣休教授在呼吁年轻人多读经典——"经典是我们连接过去、走向将来的必由之路"③——文科的除了熟读文史哲经典,还要关注古今自然科学经典,理科的除了熟读自然科学经典,还要关注文史哲经典。有的读者则会觉出老诗人在宣示,尽管实验性现代诗、引典诗的前景似乎暗淡,他还是要坚持写这类诗,尝试在"言"与"不可言"之间搭建桥梁;不要对这类诗歌望而生畏,要知难而上,如《诗学思想》所言,新实验的"努力产生了持久的价值,读者迟早会领悟的"④。

---

① Duncan MacKay, "Open & Active Uncertainty: J. H. Prynne's Kazoo Dreamboats and the Physics of an Indeterminate Reality," *Journal of Literature and Science* 12. 1 (2019), p. 65.

② 童明:《现代性赋格:19 世纪欧洲文学名著启示录》(修订版),北京:生活·读书·新知三联书店,2019 年,第 84 页。

③ 陆建德:《击中痛处》,上海:上海书店出版社,2013 年,第 108 页。

④ 蒲龄恩:《诗学思想》,龙靖遥译,第 265 页。

第十九章　蒲龄恩评沈周《夜坐图》

后期的蒲龄恩不仅尝试写现成品艺术诗和跨文化、跨学科的摘引拼贴诗,还试着跨艺术门类、跨学科评论中国明代文人画。

蒲龄恩的画评《沈周〈夜坐图〉》其实也是摘引拼贴艺术。跟《卡祖梦游船》等摘引拼贴诗不同的是,他的《沈周〈夜坐图〉》除了摘引印刷媒体传播的他人评论,还引导读者登录亨廷顿佛教艺术图片网络平台,审视《夜坐图》各个局部,随后转换艺术格再创造,引入画评。

一、图文兼顾、引文释图

鉴赏中国文人画需要有文人意识、禅宗意识,并且掌握中华传统人文常识和水墨画基础知识。自 1986 年起,蒲龄恩几乎每隔一两年来华任教或讲学一至数月,通过刻苦钻研和与识禅、识中国画的朋友交流,在这几方面他都获得了相当不错的功力。《沈周〈夜坐图〉》显示了他的水平。[①]

《夜坐图》今藏于台北故宫博物院,系明四家之冠沈周晚年的精品。纵84.8 厘米、横 21.8 厘米的立轴打破了中国画题记不多占版面的传统,题记、图画近乎参半。(图 19-1)虽然题记在上、图画在下,首先引起赏画者注意的多半是图画。蒲龄恩评《夜坐图》异乎寻常,他从题记切入,然后按景物—人物—景物的顺序展开,评论中图文兼顾,不时还引文释图。

先说蒲龄恩如何评题记。其评论一开头即引美国资深中国画评家爱德华兹(Richard Edwards)1962 年版英译《夜坐图》题记:

> Thus things usually harm rather than help men. Often is it like
> tonight's sounds and shapes, for they are really no different from other
> times, and yet striking the ear and eye they become so firmly [*liran*] and

---

① J. H. Prynne, "The Night Vigil of Shen Zhou," *Snow lit rev* (Lewes, East Sussex, Allardyce Book ABP)2 (Fall 2013—Spring 2014), pp. 94—106. See also a 2010 version of "The Night Vigil of Shen Zhou" in *Glossator: Practice and Theory of Commentary* 3 (2010), pp. 1—15; a 2008 version of it at <https://www.cai.cam.ac.uk/sites/default/files/shenzhou.pdf>.

wonderfully a part of me. And so this existence of sounds and patterns is not what prevents me from gaining wisdom; for things are [not] enough to enslave men.

When sound is broken and shape shattered and the will [*zhi*] rises free, what is this will? Is it within? Or is it without? Or is it in a thing? Or does it cause the thing to be? Is there not a way of defining the difference? Most certainly, and I perceive the difference。①

[是故物之益于人者寡而损人者多。有若今之声色不异于彼，而一触耳目，梨然与我妙合，则其为铿訇文华者，未始不为吾进修之资，而物足以役人也已。声绝色泯，而吾之志冲然特存，则所谓志者果内乎外乎，其有于物乎，得因物以发乎？是必有以辨矣。于乎，吾于是而辨焉。]

"有若今之声色不异于彼，而一触耳目，梨然与我妙合"句与"而吾之志冲然特存"句道出了夜深人静，画家闻竹木声、犬吠声、更鼓声，见月色引发禅思的创作取向。有人根据宋代以画试士与沈周从未去过庐山却有《庐山高图》传世的事实推断，《夜坐图》是他按自己刚书写的题记所作。② 以题记切入评画既合情理，又有助于阐发该图易被误解的中心思想。

二、为禅宗画正名

缺乏东方文人意识、禅宗意识的西方中国画鉴赏家很容易误读东方文人画。《夜坐之力》的作者里斯寇姆（Kathlyn Liscomb）即为一例。③ 蒲龄恩批评她从西方现实主义和象征主义的理念出发，抓住个别词语，过度读解其比喻意义，从而抹杀了《夜坐图》不容忽视的禅宗意识。题记提到"闻犬声狺狺而苦，使人起闲邪御寇之志"。里斯寇姆引经据典，证明"御寇之志"影射画家防御外敌入侵、保家卫国的决心。④ 应该承认，单就"御寇之志"四字而论，里斯寇姆的理解没有错。沈周确是一位爱国者，他二十二岁时写的《从军行》一诗有"云暗旌旗婆勒渡，月明刁斗受降城"句，抒发了当年爱国将士出征与入侵者厮杀、御敌于国门之外的英勇气概。然而，《夜坐图》的重点与其早年所

① Richard Edwards, *The Field of Stones*: *A Study of the Art of Shen Zhou*, Washington D. C.: Smithsonian Institution, 1962.
② 徐慧：《论多重性身份对沈周绘画的意义》，载《浙江社会科学》2009 年第 11 期，第 90—99 页。
③ Kathlyn Liscomb, "The Power of Quiet Sitting at Night: Shen Zhou's 'Night Vigil'," *Momumenta Serica* 43 (1995), pp. 381—403.
④ Ibid., p. 387.

作《从军行》不同，整篇题记、整幅《夜坐图》凸出表现的是禅宗意境。里斯寇姆强调的这层意思即使有，也已被文图一致着重表现的禅宗意识所淡化了。

再者，里斯寇姆注意到了该图竹木、屋舍、云雾画得空虚缥缈，却未能领会沈周何以将竹木、屋舍、云雾画得如此空虚缥缈。[①] 蒲龄恩指出，《夜坐图》题记其实对此已做解释：他之所以用淡墨勾勒竹木、屋舍、云雾，营造烟雨朦胧之感，"是必有以辨矣。于乎，吾于是而辨焉"；亦即为了显示常人所见的物与禅思顿悟的"物"有区别。文人画家既画常人所见的物，也画禅思体验到的"物"，后者对文人画尤为重要。为了说明这点，蒲龄恩又引沈周的题记：

> Man's clamor is not at rest, and yet the mind is bent on learning. Seldom does he find the outside calm and the inner world at peace [...] How great is the strength to be gained sitting in the night. Thus, cleansing the mind, waiting alone through the long watches by the light of a newly trimmed bright candle becomes the basis of an inner peace and of an understanding of things.

> [然人喧未息而又心在文字间，未常得外静而内定[……]夜坐之力宏矣哉！嗣当斋心孤坐，于更长明烛之下，因以求事物之理，心体之妙，以为修己应物之地，将必有所得也。]

从这段文字出发，蒲龄恩阐释了沈周所谓"外静而内定"："人物画得虽小，其内心却为静止的外景充分显示，亦即为烛光点亮的屋舍内景充分显示，全都在静谧的沉思中[……] 室内的烛光注明心/神焕发的光，室外的月光（天体弥漫反射的光）；两种光/启示对应，但对应中有难解的问题。"[②]所言意在申明，文人画家不是用眼睛在看，而是用心在看，不是用耳朵在听，而是用心在听。

再说蒲龄恩如何评画。蒲龄恩按景物—人物—景物的顺序展开，一边转换艺格用文字再创造水墨画的细节，一边评水墨画。其第3段写高山、竹木、板桥；第4段写云雾，并由此转入画中人；5、6两段继续写画中人。蒲龄恩善引题记分析图中人与景物。如第5段提到寥寥几笔画就的画中人"并未在读书"，随即指出，"此乃题记所谓'心在文字间'"。紧接着他又说，画中人"背靠大山，不仅大山不在其视野之中，连月亮也不在其视野之中 [……] 漆黑的外界，他什么也看不见，我们什么也看不见。这里描绘的都是他内心之跟伴、内心之熟知：我们需要知其所知"。可见所绘景物不是户外写实，而是

①　Kathlyn Liscomb, "The Power of Quiet Sitting at Night: Shen Zhou's 'Night Vigil'," p. 398.

②　J. H. Prynne, "The Night Vigil of Shen Zhou," p. 96.

画中人心中（几乎是画家本人心中）"特存"的外界事物。

图 19-1　沈周　《夜坐图》立轴　台北故宫博物院藏

　　"特存"出自题记"吾之志冲然特存"句，与自然界之"存在"不是一回事。"特存"为"外静而内定"后"顿悟"所获。从这点出发，蒲龄恩批评了里斯寇姆

"万物存在本身"与画家思维有"奇妙联系"的说法。他认为,她这样说否定了文人画家的禅思顿悟与创造性。《夜坐图》中固然有细节传承先辈(如南宋李唐、刘松年、马远、夏圭,元代黄公望、王蒙)所绘的中国画,但也有细节出自画家的观察和再创造,如江南山野常见的碎石、卵石、竹木。是禅思"顿悟"唤醒了他"对那一草一石的深厚感情",从而挥笔在前景中添加了这些"特存"。

　　沈周用笔看似随意,却不失节奏感。蒲龄恩让我们比较"屋顶瓦砾的短皴"与小溪的水波,"二者遥相呼应"。蒲龄恩还指出,沈周用"笔墨烘染的竹与'专业'画家精心绘制的竹有明显的差别"。他显然研读了1954年初版、1962年、1977年、1993年一次次再版的李雪曼(Sherman E. Lee)的《中国山水画》,懂得画竹是"水墨功夫的最终考量"。① 此处的竹却体现了不同的艺术追求,乃"一种通过有意识的取舍让艺术看似降格的简约"。沈周在创作《夜坐图》同年(即1492年)作《跋杨君谦所题拙画》。他在该文中提到"予之能画久矣,文则未始闻于人 [……] 然画本予漫兴,文亦漫兴"②。"漫"字作"不刻意""不精雕细琢"解。如画家兼美术师陈琴所言,《夜坐图》图文皆"随性而为,随情而发"③。

　　沈周《夜坐图》由图文两种艺术并列组成。文居上、图居下,这是否意味文控制图? 沈周是画家,这是否意味图控制文? 按唯物辩证法分析,并列的图文既依存又对立。蒲龄恩对"文控制图,还是图控制文"这一问题的回答颇合唯物辩证法:"图文二者既确定各自的意义,又消解这种意义。自我意识要通过按文法规则阐述思想感情来实现,但图画有图画自己的规则,观画者必须遵循图画的规则赏画,否则图画就会被误读或被降格理解。"米勒在《图文并茂》中说过类似的话:在"混合艺术"中,"图文并置,各自的阐释功能既彼此强化又相互消解"。④ 这里蒲龄恩虽然没有点名,却还是在批评里斯寇姆未能认识到题记中"御寇之志"一语即使有比喻意义,也已为图中强化的禅宗意识消解。

三、禅画与禅语

　　《沈周〈夜坐图〉》结尾时,蒲龄恩回头又重提该图中的禅宗意识。他引了

① Sherman Lee, *Chinese Landscape Painting*, 2nd rev. New York: Harry Abrams, 1962, p. 57.
② 陈正宏:《沈周年谱》,上海:复旦大学出版社,1993年。
③ 陈琴:《画里画外显隐思——浅析〈夜坐图〉》,载《美术界》2015年第11期,第80页。
④ J. Hillis Miller, *Illustration*, p. 68.

《红楼梦》英译者霍克斯(David Hawkes)对《红楼梦》开篇禅语的阐释来解释禅文化中"虚、实"之间的关系,进而强调:"这里表现的不是寓意,也不是象征主义:立轴的观赏者或读者既走进图景与图中人的静思,当然也在图景与图中人静思之外;这就好比图中夜坐的文人(几乎是但又不完全是我们的化身)既在他周围人和自然场景之中,当然也在他周围人和自然场景之外。"①蒲龄恩在这篇画评中除了引爱德华兹英译沈周《夜坐图》题记、里斯寇姆评《夜坐图》、霍克斯评《红楼梦》开篇禅语,还引了英美中国画鉴赏家高居翰(James Cahill)、卜慧珊(Susan Bush)、乔迅(Jonathan Hay)评《夜坐图》,方闻(Wen C. Fong)论文人画,美国中西比较文学专家余宝琳(Pauline Yu)和苏源熙(Haun Saussy)论意象与比喻。②

国内个别评论家也爱追究文人画中所谓象征意义,朱良志曾引苏轼之言批评他们:"在绘画界,还有这样的说法,说一幅画,其实画家画它并不表达什么,但评论家常常会说它象征什么、隐喻什么,这都是瞎说,他们所知道的还不如一个孩子[……]你没听苏轼这样说,'论画以形似,见于儿童邻'——你要是论画只知道从形似上去看,这跟小孩子的水平差不多。更重要的是,中国文人画家作画,往往将自己整个生命融入其中[……][文人画]不是画给你看的,而是画给你体验的,让你融入其中而获得生命的感悟。"③

蒲龄恩《沈周〈夜坐图〉》有 2008 年剑桥电子版、2010 年《评注者》(Glossator)版和这里所引的 2013 年—2014 年《斯诺文艺评论》版三版。每版都有大量增补和修改。作为当代英国诗人,蒲龄恩跨越东西诗画,与图文并茂的沈周《夜坐图》持续对话,为其文人情趣正名、为其禅宗意境正名,实属罕见。老诗人精益求精的精神难能可贵。

---

① David Hawkes, trans., *The Story of the Stone*: *A Chinese Novel by Cao Xueqin*, *in Five Volumes*, Volume I, Harmondsworth: Penguin Books, 1973, p. 45.

② James Cahill (高居翰), *Parting at the Shore*: *Chinese Painting of the Early and Middle Ming Dynasty*, New York: Weatherhill, 1978; Susan Bush(卜慧珊), *The Chinese Literati on Painting*: *Su Shih to Tang Ch'r-ch'ang*, Cambridge: Harvard University Press, 1971; Jonathan Hay (乔迅), *Shitao*: *Painting and Modernity in Early Qing China*, Cambridge: Cambridge University Press,2001; Wen C. Fong(方闻), *Beyond Representation*: *Chinese Painting and Calligraphy*, *8th — 14th Century*, New Haven: Yale University Press, 1992;Pauline Yu(余宝琳), *The Reading of Imagery in the Chinese Poetic Tradition*, Princeton: Princeton University Press, 1987; Haun Saussy (苏源熙), *The Problem of a Chinese Aesthetic*, Stanford:Stanford University Press, 1993.

③ 朱良志:《南画十六观》,第 10—11、15 页。

第二十章　李安根据加拿大同名小说改编的电影《少年派的奇幻漂流》

　　加拿大小说家扬·马特尔（Yann Martel，1963—　）的长篇小说《少年派的奇幻漂流》（Life of Pi）于 2001 年问世，翌年即获代表（美国之外）英语世界小说创作最高成就的布克奖（Man Booker Prize）。① 这部以海难求生为题材、富有魔幻色彩、充满哲理的当代小说让我们联想到 19 世纪美国小说家麦尔维尔（Herman Melville，1819—1891）的《白鲸》（Moby Dick，1851）。《白鲸》与《少年派的奇幻漂流》的故事都发生在茫茫大海上。前者写美国"裴朗德"（Pequod）号捕鲸船从美国东海岸南塔凯特启航，经大西洋、印度洋，驶入太平洋，为复仇搜寻、追捕咬掉亚哈船长一条腿的白鲸莫比·迪克，最后以白鲸撞破捕鲸船，人鲸俱亡告终。后者写印度少年派全家搭乘巴拿马籍日本货轮"奇桑号"（Tsimtsum）从印度马德拉斯（今金奈）启程，去加拿大，在太平洋遇难；幸存的十七岁少年派和一只三岁的孟加拉虎理查德·帕克（Richard Parker）凭一条救生艇在太平洋漂流，人与虎既对峙又依存，最后在墨西哥西海岸虎归丛林、人获救。两部作品通过各自的对立面——人与鲸/海洋、人与虎/海洋——探索人与大自然之间的关系。《白鲸》对这个哲理性问题的回答是西方式的"人征服大自然"，而《少年派的奇幻漂流》对这个问题的回答则是东方式的"人与大自然和谐共处"。

　　《少年派的奇幻漂流》最显要的意象——人、虎、救生艇、大洋——占据了全书四分之三的篇幅。从少年派与猛虎在救生艇相遇到最后分手，二者之间没有正式的对白。国际知名导演李安初阅《少年派的奇幻漂流》后同多数同行一样，认为这部小说尽管有绚丽的图景、吸引人的惊险场面，却难以拍成电影。② 七年后，美国福克斯电影公司偏偏邀请这位因执导《卧虎藏龙》（2000）、《断背山》（2005）等佳片而扬名四海的电影艺术家拍摄电影版《少年派的奇幻漂流》。李安在《电影〈少年派的奇幻漂流〉的制作》一书"前言"中告诉我们，从 2008 年接片到 2009 年开拍，他反复思考了尝试如下"前卫"艺术

①　Yann Martel，Life of Pi，New York：Harcourt，2001.
②　Ang Lee，"Introduction，" Jean-Christophe Castelli，The Making of Life of Pi，New York：Harper Collins，2012，p. 14.

手法的利弊：小说《少年派的奇幻漂流》有许多难以在大银幕上表现出来的超现实意象，采用三维电影是否能营造出理想的特效？把故事的叙述者拍进片子，以中年的派给一位加拿大作家讲故事开场和结尾，"在故事中讲故事"，效果会怎么样？用一个没有接受过电影或舞台艺术训练的印度少年扮演少年派，又会怎么样？一个从未接触过老虎、从未经历过大洋之旅的少年能不能成功演绎探索未知之旅？该不该在派童年的家乡、从未见识过电影拍摄过程的印度东南部小镇朋迪榭里（Pondicherry)拍摄派童年的场景——他如何接受印度教、基督教、伊斯兰教三教的熏陶？该不该尝试到一个与《少年派的奇幻漂流》故事毫不相干的海滩——中国台湾海滩——拍摄少年派探索未知世界的太平洋之旅？①

一、主人公"无解"的潜意识：用高科技开拓新空间

李安所谓"前卫"电影手法，其实就是现代主义电影手法。电影艺术乃现代科学技术与艺术相结合的产物。它在很大程度上仰仗蒙太奇，亦即庞德所谓像旋涡一样"不断涌进涌出"缤纷绚丽、多姿多彩②的意象（镜头）组合，在大银幕上给观众讲故事。本雅明在《机械复制时代的艺术作品》中指出，电影再现现实世界的逼真程度远远超过传统戏剧，它以假乱真的组合镜头乃"科技领域之幽兰"。③ 1895 年 12 月 28 日，法国卢米埃尔兄弟（Lumière Brothers)制作了《工厂的大门》《火车进站》等世界上最早的电影，在巴黎大咖啡馆试验播放。当大银幕上呈现火车进站时，观众真的吓坏了，纷纷起立，准备逃跑。在 21 世纪的今天，要想让观众进入主人公派时刻会被猛虎或大洋吞噬的险恶境地，进入派的潜意识，与他一起接受可畏的大自然的考验，唯有用最新的高科技，将《少年派的奇幻漂流》拍成三维电影。现代主义电影在新世纪必须再突破、再创新。20 世纪末虽然已产生三维电影，但是真正成功的三维大片，如卡梅隆（James Cameron)的《阿凡达》（Avatar)等，到 2009 年《少年派的奇幻漂流》开拍之后才公映。《少年派的奇幻漂流》公映前夕，李安曾在中央电视台采访中解释过自己为何会想尝试三维电影。他认为小说家马特尔让少年叫派(π)，是在暗示想象力"无解"："既然是无解的东西，[给]你再加一度空间，可能就有解，可能看到的那个圆周率不是一个无理数嘛，那无

①　Ang Lee，"Introduction，" Jean-Christophe Castelli, *The Making of Life of Pi*，pp. 14—15.

②　Ezra Pound, *Gaudier-Brzeska*：*A Memoir*，p. 92.

③　Walter Benjamin, *Illuminations*：*Essqys and Reflections*，p. 233.

理数怎么样找到解答,看到那个圆就想出一定要另外一度空间,我就想到3D,我就想可能做3D,可以增加一种可能性［……］那是《阿凡达》出来之前九个月的事情［……］。"①突破 20 世纪现代主义电影的表现手法,采用 21 世纪的最新科技,是新世纪现代主义电影的需要。李安在《阿凡达》公映前不怕失败与讥讽,决定尝试他从未尝试过的三维片,证明他的确是一个敢于创新的电影艺术大师。

卡梅隆拍摄《阿凡达》花了十二年时间、4.5 亿美元,李安拍摄《少年派的奇幻漂流》花了四年时间、1.2 亿美元。二者之所以有这么大的差别是因为后者的数码特效专业团队在后期制作中采用了先进的云计算虚拟技术,使以前那种低效的网格计算模式变成无缝的分布式渲染云。②《少年派的奇幻漂流》的大量动画片断,为其特效团队制作。开拍前特效团队即给真虎摄像,捕捉它的各种表情和小动作(如嚼食、打哈欠等)。除了跳水、游泳等少数几个镜头外,观众所见的、银幕上的猛虎是参考真虎生活录像用建模软件在电脑上塑造的。如翁燕所言,"生活在 3D 时代是无法分清所谓的'虚拟的真'和'真实的虚拟'的区别的。"③《少年派的奇幻漂流》革新了第三次工业革命中产生的三维电影;虽尚未用人工智能,却向人工智能迈进了一大步。

这里不妨提一笔,在《少年派的奇幻漂流》之后,三维电影曾一度走入低谷。艾布拉姆斯执导的《星球大战:原力觉醒》(J. J. Abrams, *Star Wars*: *The Force Awakens*, 2015)、李安执导的《比利·林恩的中场战事》(*Billy Lynn's Long Halftime Walk*, 2016)等三维大片票房都上不去,评价也不高。但李安并没有因此而放弃他革新电影工业生产模式的理想。在他看来,二维电影只是"把画面搬上了墙,什么都没发生。三维不同,它凭全方位实感使你大脑相信,眼前的一切正在发生,因为它们真有形,并的确在动"④。2019 年10 月,他推出了用人工智能技术(面部识别和动作捕捉)实现明星"回春术"的三维科幻动作片《双子杀手》(*Gemini Man*)。五十一岁的好莱坞明星威尔·史密斯 (Will Smith) 在该片中扮演特工杀手亨利,他金盆洗手后竟被自己年轻版的克隆体追杀。在此片中,李安不仅用计算机数据与人工智能技术生成了年轻亨利/史密斯的克隆体,还把电影刷新率从每秒 24

① 张靓蓓编著:《十年一觉电影梦:李安传》,北京:中信出版社,2013 年,第 19 页。

② 钱岭、陶文冬:《〈少年派〉技术揭秘:云计算改变电影工业》,载 2012 年 12 月 28 日豆丁网〈http://www.docin.com/p-1338498196.html〉。

③ 翁燕:《数字技术下的奇观影像——以〈少年派的奇幻漂流〉为例分析》,载《文化与传播》2013 年第 5 期,第 94 页。

④ See Andrew R. Chow, "Ang Lee Wants to Change the Way You See," *Time* 21－28 (October 2019), p. 109.

帧画面提高到每秒 120 帧画面,使该片中的追杀动作比游戏视频中的追杀动作还要流畅。

二、"在故事中讲故事":探索多元、开放式的视野

借故事中的人物之口讲故事在英美 19 世纪小说中有先例。麦尔维尔《白鲸》的叙述者就是"裴朗德"号捕鲸船唯一生还的水手以实玛利(Ishmael)。现代主义小说家接过这一叙述策略,尝试选一个旁观者来叙述故事,推测、挖掘主人公的潜意识和非潜意识。采用这一模式的范例有美国作家司各特·菲茨杰拉德的《了不起的盖茨比》(F. Scott Fitzgerald, *The Great Gatsby*, 1925)。在这部现代主义小说中,菲茨杰拉德让主人公盖茨比的邻居、好奇的尼克·卡拉威来叙述盖茨比的爱情悲剧。故事开场与结尾都是尼克在探究盖茨比掩藏的内心世界。马特尔的《少年派的奇幻漂流》突破了前辈用配角叙述故事的模式,用主人公派本人来讲述他的求生之旅。小说第三部分(第 95 至第 99 章),脱险后的派在墨西哥西海岸一所医院给日本货轮公司两名保险经纪人口述了他太平洋遇难、漂流、脱险的经历。这一结尾暗示,小说第一部分派在朋迪榭里的童年往事、第二部分少年派的太平洋求生之旅,都是脱险后的派跟日本保险经纪人所口述的。

李安的三维电影《少年派的奇幻漂流》在马特尔小说突破配角叙述套路的基础上,作了以下几方面的改编或再创造。首先,电影《少年派的奇幻漂流》故事的叙述者换成了获得理赔后去加拿大留学并在那里工作、生活了二十年的中年的派。其次,电影《少年派的奇幻漂流》叙述故事的地点相应换成了中年派在加拿大的寓所。最后,中年派叙述故事的对象改成了一位慕名来访的加拿大作家。另外,电影《少年派的奇幻漂流》摒弃了马特尔小说到结尾才点明"在故事中讲故事"的框架,让中年的派与加拿大作家开场就对话互动,讲故事与听故事;结尾与开场呼应,继续对话互动,讲完故事与听完故事。

说到李安改用中年的派叙述往事,我们不妨将之与爱尔兰现代主义小说家乔伊斯《都柏林人》(*Dubliners*, 1914)名篇《阿拉比》("Araby")做一比较。《阿拉比》故事的叙述者也是一个十几岁的少年。故事以少年的幻想开始,以少年的幻灭告终。结尾时作者借小主人公之口点明了主题:"我抬头朝黑暗望去,看到自己原来是一个受虚荣支配、被虚荣作弄的可怜虫,于是眼睛里射

出了痛苦与痛恨的光。"①十几岁的小主人公当然不可能说出如此惊人的"茅塞顿开"的话语,整个故事应该是这个无名少年长大后的回顾。刚脱险的少年派讲述印度往事与太平洋之旅会有很多感性认识,但不会有太多、太深刻的理性认识。正是为了让叙述者的年龄、心理成熟程度与他的叙述口气吻合,李安才改用中年派叙述故事。诚如他接受采访时所说的,他用中年派叙述故事"既有理性又有感性[……]二者可以兼顾"②。从读者或观众的角度考量,马特尔的小说让少年派跟日本保险经纪人对话是东方人对东方人,并不代表东西对话、东西跨越;李安的电影让中年派跟加拿大作家对话才是东方人对西方人,才真正体现了东西对话、东西跨越。

三、少年派的人物塑造:聚焦充满梦幻的内心世界

在马特尔小说中,派就是一个爱追根究底地问问题的印度少年。对父亲拥有的动物园里的动物、母亲信奉的印度教里的众神,他都充满了好奇心。从母亲那里接受了印度教的熏陶以后,他还到小镇基督教堂去问神父,上帝为什么让自己的儿子耶稣受罪;到小镇清真寺去跟伊斯兰教徒一起礼拜,不知不觉接受了印度教、基督教、伊斯兰教三教的洗礼。故事发生在印度经济不景气、政局不稳定的 20 世纪 70 年代。派理性、精明的父亲决定携全家,还有他动物园里的老虎、斑马、猩猩、鬣狗等动物,一起搭乘巴拿马籍的日本货轮"奇桑号"移居加拿大,不幸中途遇难。从哲学的角度审视,幸存的派只身与虎为伴横跨太平洋求生是一个似懂非懂的少年被抛入未知世界接受信仰考验的成长故事。究竟该不该用一个尚未接受过演艺培训的印度少年来扮演派?李安的回答是肯定的。以李安之见,演技好、经验多反而会影响扮演者演好少年派;"纯真""投入"才是演好少年派的决定因素。他花了六个月的时间在印度面试了 3000 名从未演过戏的高中生,最后选中了十六岁的苏拉·沙玛(Suraj Sharma,1993—　　)。面试时李安让苏拉念了一段两页长的独白。苏拉念得非常专注,一刻也没有停顿,念到最后他情不自禁地哭了。李安当即宣布:"就是这孩子了,我赌他。"③

苏拉没有辜负李安的信任与期望。电影从"奇桑号"太平洋遇难这段戏开拍,整整三个月,这个纯真的印度少年跟李安和他的团队一起,在一个精心

---

① 钱兆明:《若谷编:钱兆明 1980 年代论文集》,北京:外语教学与研究出版社,2018 年,第 208 页。
② 张靓蓓编著:《十年一觉电影梦:李安传》,第 19 页。
③ 同上书,第 9 页。

设计的、超大的造浪池里演戏。让李安吃惊的是,在一个凭想象力和数码技术构建的世界里,这个十六岁的少年竟能跟他一样相信一切都是真的——相信由特效制作的老虎是真老虎,相信造浪池是太平洋,相信数码技术制造的、掀到十层楼高的水浪是大洋里吞噬货轮的巨浪。苏拉有一种印度少年特有的"茫然"的眼神,正是这种眼神让李安决定赌他。整个太平洋遇难这段戏,李安让摄影师一直在拍苏拉这种眼神。按现代主义聚焦心理活动的主导思想,电影要显示派的直觉和情绪,用非理性的直觉、潜意识活动等"固有气质"表现出派真正的"自我"。要做到这一切靠的就是苏拉的这种"茫然"的眼神。这种眼神无声,但一直在"说话"。在拍戏的过程中,这种眼神渐渐成了李安团队的精神支柱,"他变成一种精神的领袖"。①

当然,离开了李安的启发与指导,苏拉不可能演好片子里几场关键戏。比如派与孟加拉虎理查德·帕克在救生艇上有长时间对视的一场戏——一个由分开拍摄的几个镜头衔接组合的蒙太奇。苏拉演派盯视"猛虎"的眼神既要包含恐惧,又要表现出在抵制绝望。这种眼神就是有经验的演员也很难做出来。为了让苏拉流露出这种复杂的眼神,李安亲自扮演了那只老虎,跟他搭戏。两个人在船舷上匍匐爬动,沉默对视,直至苏拉露出了这种眼神,李安才发指令让摄影师开拍。又比如太平洋之旅结束前,少年派曾抚摸着奄奄一息的理查德·帕克的头绝望而哭。演这场戏时苏拉哭不出来。李安提示说:"派觉得自己和猛虎理查德·帕克都快死了。"苏拉还是哭不出来。李安让苏拉重演了三遍。演第三遍前,李安跟苏拉说:"派累死了。"说也怪,这句话竟让苏拉进入了角色,哭了起来。②

还有一场感情戏是派与猛虎理查德·帕克分手。派与理查德·帕克在太平洋上漂流了 227 天,从相互敌视到相互依赖,派以为自己终于成了猛虎生死与共的难友。可是墨西哥海滩一上岸,理查德·帕克就一跃穿入森林,连头也不回一次。派哭了。马特尔在第 94 章给少年派编了一段独白:"理查德·帕克,结束了,我们活下来了,你能相信吗? 我对你的感激不是言语可以表达的。没有你,我根本活不下来。我要很慎重地跟你说,理查德·帕克,谢谢你,谢谢你救了我一命。"③李安觉得这段话太煽情了,太不像东方少年可能会说的话了。西方人要写好东方人,必先跨越东西文化间的鸿沟。马特尔在这里没能成功跨越东西文化壁垒。李安毕竟是李安,他删去了这段话,代之以他的旁白:"人在最危险的时候,反而很强壮;而人在安全的时候,反而很

---

① 见张靓蓓编著:《十年一觉电影梦:李安传》,第 10 页。
② See Jean-Christophe Castelli, *The Making of Life of Pi*, pp. 126−127.
③ Yann Martel, *Life of Pi*, p. 361.

虚弱。"①这不是少年派在跟老虎说话,而是中年派回顾往事,跟自己的内心,跟他心中的老虎在说话。"我看老虎,跟他(指马特尔)看老虎不太一样。"李安曾告诉媒体人陈文茜:"因为我们东方人,还是比较内省的。他要看他自身的那只老虎,我跟他思路不完全一样。[……]东方人对老虎,印度人、东南亚人对老虎的感觉,还有希腊人对老虎的感觉都是不一样的。"②文学作品也好,电影也罢,在适当的时候会让主角说点有分量的内心话。上面这段旁白其实跟乔伊斯《阿拉比》的结尾、米勒《推销员之死》的结尾一样,是借作品人物之口表达作者内心想要说的话。《阿拉比》结尾"我抬头朝黑暗望去[……]眼睛里射出了痛苦与痛恨的光",既是小主人公成年后回想往事的感慨,也是乔伊斯本人回顾都柏林生活的感叹。《推销员之死》结尾比夫在威利墓前所说的"他错就错在他那些梦想。全部,全部都错了",既是比夫对他父亲一生的评价,也是米勒对《推销员之死》的评价。③ 同样,"人在最危险的时候,反而很强壮[……]"既是中年派内心的独白,也是李安——一个做过十年电影梦,走过二十年艰难拍片历程的艺术家——内心的独白。接受陈文茜采访时,李安承认,"他和电影里的派有很多相似之处"④。他本人的电影艺术生涯就是不断在困难和恐惧中挣扎,挣扎让他精神抖擞,挣扎让他变得越来越强壮。⑤

四、创新的跨文化主题:从"梵我合一"到"天人合一"

马特尔在写《少年派的奇幻漂流》之前曾到印度去体验过半年那里的生活。他选择印度东南沿海小镇朋迪榭里作为派的家乡,说到底是选择印度教作为《少年派的奇幻漂流》跨越东西文化、探索人性与神性的切入点。他似乎发现,只有在印度南方小城镇才能找到最虔诚的印度教信徒。李安在开拍《少年派的奇幻漂流》之前也去印度体验了半年那里的生活。印度教的多神论和包容心较难为西方人所理解或接受。中国的道教也是多神教,而且也有很强的包容心。李安同大多数中国人一样,受过道教"天人合一""天人相应"思想的熏陶。他对印度教的认识虽不到家,也不至于太离谱。唯有琢磨透了

---

① 陈文茜:《陈文茜对话李安:我只是一个载体,一个灵媒》,《外滩画报》2012 年 12 月 10 日,第 42 页。
② 同上书,第 44 页。
③ 阿瑟·米勒:《推销员之死》,英若诚、梅绍武、陈良廷译,第 110 页。
④ 同上书,第 41 页。
⑤ 参见张靓蓓编著:《十年一觉电影梦:李安传》,北京:中信出版社,2013 年。

印度教,他才能把握小说人物的心理,并在三维大银幕上成功再创造《少年派的奇幻漂流》。这正是他决定去印度旅居半年的动力。印度教的包容心不仅解释了派为何能接受基督教和伊斯兰教,还解释了他为何在求生之旅中能与老虎理查德·帕克既对峙又依存。李安的电影突出了信仰"梵我合一"或"天人合一"的救赎作用。如侯健在他的影评中所指出的,马特尔笔下的《少年派的奇幻漂流》强调"理性"与"信仰"二元平衡,重点表现加拿大小说常表现的"存活"(survival)主题,李安的电影,则在"淡化对理性力量的描写的同时,加大了对宗教氛围的渲染",把重心从"存活"挪到了"信仰"。① 观众观影后的总体印象是:有了信仰,就有力量,就有希望。面对雷电、暴雨、巨浪、猛虎,少年派一次次呼唤:"耶稣、圣母玛利亚、穆罕默德、毗湿奴!"是信仰让派勇敢地与暴雨、巨浪搏斗,是信仰让他与猛虎对峙共存,是信仰让他最终生还。

　　朋迪榭里是印度东南沿海一个小镇。2009 年 9 月李安率领近二百名制片工作人员进驻拍片,轰动了全镇。当地有上千居民参加了拍摄印度万灯节等热闹场面——到处是灯,点亮的蜡烛,一条又一条彩灯船在河里游过,其中一条载着半卧的保护神毗湿奴神像。现代主义电影注重表现梦魇、幻觉和超现实世界。少年派的太平洋之旅充满了梦魇和幻觉。这些梦魇和幻觉来自他童年接触到的两个世界——他母亲信奉的印度教世界和他父亲管理的动物世界。李安要在朋迪榭里拍摄的就是这两个交替支配派潜意识的世界,为派太平洋之旅中出现的梦魇与幻觉做准备。派在大洋杀鱼喂虎后整夜恐惧,李安的电影把由此产生的派的梦魇呈现在了三维大银幕上:龇牙咧嘴的鲸鱼朝派冲来。在另一幕,另一梦魇中,乌压压一片飞鸟朝派和理查德·帕克扑来;那些飞鸟就跟美国超现实主义电影《群鸟》(*The Birds*,1963)中冲击女主角米兰妮(Melanie Daniels)的飞鸟一样。

　　在朋迪榭里,李安拍摄了另一场非常重要的戏——少年派初次接触孟加拉虎理查德·帕克的戏。这场戏具体表现了印度教"梵我合一""万物有灵"理念与丛林法则的冲突。在马特尔的小说里,派是被他理性的父亲强迫去看虎的。李安为了给派后来跟虎结伴求生埋下一个伏笔,把这段情节改成了派自己偷偷去看虎。派想跟虎做朋友,试图给它喂肉。父亲知道后让他目睹饿了三天的理查德·帕克把一头山羊活生生吃掉,这给他上了一堂终生难忘的课。这组蒙太奇镜头,连同此后另一组蒙太奇镜头——理查德·帕克饥

------

① 侯健:《论〈少年派的奇幻漂流〉从小说到电影的主题改变》,载《宁波大学学报》(人文科学版)2016 年第 3 期,第 128 页。

饿不堪,派捕鱼、斩鱼、祈祷"毗湿奴,对不起!",幻觉中鱼(派心目中救赎神毗湿奴的化身)变成的莲花和莲花中母亲的形象——给观众留下了深刻的印象。这些印象有助于观众理解派成长过程中宗教意识和理性的碰撞与融合,理解他后来与虎分手时的伤心。

从电影艺术效果看,李安改编以上剧情是为了让派后来的伤感出现得更合情理。改编后的镜头跳过许多镜头,与伤感镜头汇合,形成一个宏观蒙太奇,凸显双重隐喻、时空二维跨越——少年派在跨越空间和文化鸿沟的同时,从一个男孩一跃成为一个男子汉。理查德·帕克上了墨西哥海滩,少年派期待它至少会回头瞧他一眼,但是它无情地跃入了森林。派突然感到,兽性谁也改变不了。他心碎了,痛哭了,被迫长大了。人们这时才惊觉,之前的人虎结伴求生或许是虚构。大银幕上西方式奇幻的惊险场面,思索后会显现出不少暧昧或"留白",其中藏有广阔的想象空间和解读空间。李安的《少年派的奇幻漂流》,跟史蒂文斯的禅诗《雪人》和爱森斯坦的蒙太奇实验电影《战舰波将金号》(Sergey M. Eisenstein, *Bronenosets Potemkin*, 1925)一样,经得起一次次重新审视评估。

李安决定不去印度海滨,而去中国台湾第二大城市台中一个被废弃的临海机场拍摄《少年派的奇幻漂流》太平洋之旅的外景,不只是因为台湾是他的家乡,那里有他的人脉,便于筹划规模巨大的外景设施。他还想突破时空局限,在这部片子里掺入一点中国文化因子。中国文化与印度文化有很多相似的地方。中国与印度都强调尊师、强调仪式。李安选中印度少年苏拉扮演派后,苏拉的母亲专门把苏拉带到李安下榻处,让他焚香下跪,摸李安的脚,拜师。中国儒教文化里也有下跪拜师的传统。下跪这一仪式果然起到了它特定的作用。不仅苏拉从此对李安言必听、计必从,李安也把苏拉当作了自己的入门弟子,在拍片的过程中对他指导得格外用心。

中印文化还有一个共同点:两国的宗教——无论是印度教或佛教,还是儒教或道教——都强调包容心,并且都认同人与大自然要和谐共存。如果说有什么不同,那就是中国的道教更强调"天人相应"的本性,亦即人尊重世间万物,与之协调的本性。马特尔小说《少年派的奇幻漂流》最先吸引李安的地方正是它冲破了《白鲸》为代表的西方文学传统,不写人类力图征服野兽,而写人兽结伴求生。对李安而言,去台湾拍摄该片最大的益处就是便于他超越原著时空的局限,突出这个求生故事里东方式的"天人合一"观念。刚开始拍片时,李安特别注意要体现印度的文化特色。他以为这样一来,最后会走到一个与他成功执导的《喜宴》(1993)、《饮食男女》(1994)、《卧虎藏龙》《断背山》等影片很不一样的地方。然而他走着走着,却出乎意料地走回到了原点——中国文化里人战胜不了宇宙,只能与之和谐相处的道教理念。①

如上所述,观众看到虎入森林、少年派痛哭不止,会惊觉派与虎结伴之旅是虚构,是幻觉。在马特尔的小说里,日本保险经纪人不信少年派讲的鬣狗吃掉斑马和猩猩,老虎咬死鬣狗,最后老虎与派漂流生还的故事。于是,派给他们讲了另一个故事——不是老虎、斑马、猩猩、鬣狗与派跳进了同一条救生艇,而是法国厨师、中国水手、派的母亲与派跳进了同一条救生艇。目睹残忍的法国厨师打昏、吃掉摔伤的中国水手,并杀死他的母亲,派拼死一搏,杀死了厨师。然后,他才得以与虎结伴生还。李安的三维电影闪回倒叙了这个"故事里的故事"。多元视角、开放式结局均为现代主义标志性特征。美国现代主义作家福克纳在小说《喧哗与骚动》(William Faulkner, *The Sound and the Fury*, 1929)中写美国南方康普生家族的悲剧,先让智力低下的弟弟班吉用幼稚的、颠三倒四的话语讲述,然后再让他的两个哥哥昆丁和杰生分别提供第二、第三个故事版本,最后通过非裔女仆迪尔西补充情节,构成第四个故事版本。小说虚虚实实给读者留出了许多想象空间,使不同读者读后有不同的解读。同样,看完电影《少年派的奇幻漂流》,观众会争论两个太平洋求生故事究竟孰真孰假。评论家赵仲夏指出:"这种开放式的结局恰好与'假作真时真亦假'的禅机相契合。"②《少年派的奇幻漂流》开放式的结尾其实不仅会导致观众争执哪个故事是真的,还会激发他们讨论宗教信仰、人性、兽性等诸多哲理问题。一部绚丽而充满魔幻色彩的三维电影,表现的是派对信仰、人生、希望重新认识的过程,其效果却是让观众开始对自己的信仰、人生、希望重新做考量。这正是李安的电影要追求的目标。

电影《少年派的奇幻漂流》跟庞德《诗章》第 49 章前 30 行、威廉斯《桂树集》、北京人民艺术剧院 1983 年版《推销员之死》、蒲龄恩《珍珠,是》之七一样,是东西方诗人、戏剧电影艺术家交流合作的产物。必须承认,电影《少年派的奇幻漂流》与《诗章》第 49 章、《桂树集》《珍珠,是》之七等作品的合作双方背景有所不同。首先,《诗章》第 49 章、《桂树集》《珍珠,是》之七的再创造者是西方诗人,而《少年派的奇幻漂流》的再创造者却是东方电影艺术大师。其次,《诗章》第 49 章前 30 行底本和《桂树集》汉诗粗译的提供者分别为潇湘文化圈内人和汉诗圈内人;《珍珠,是》之七蓝本作者是当代中国诗人。小说《少年派的奇幻漂流》的作者马特尔与电影《少年派的奇幻漂流》的导演李安均非深谙作品背景的印度宗教文化圈内人。不过,李安本人倒是跨东西方电

---

① 陈文茜:《陈文茜对话李安:我只是一个载体,一个灵媒》,第 44 页。

② 赵仲夏:《听李安讲述一个关于信仰的故事——评电影〈少年派的奇幻漂流〉》,载《新世纪剧坛》2013 年第 1 期,第 71 页。

影文化圈内人,他挑选的演员——饰中年派的阿迪尔·胡山(Adil Hussain)、饰派父亲的厄凡·可汗(Irfan Khan)、饰派母亲的塔布(Tabu)、饰印度婆罗多舞领头阿南蒂的希拉梵蒂·圣蒂(Shravanthi Sainath)——都是印度电影、舞蹈文化圈内人。组织万灯节游行场面的助理导演尼特亚·梅拉(Nitya Mehra)也是印度电影文化圈内人。从这层意义上说,电影《少年派的奇幻漂流》跟北京人民艺术剧院1983年版《推销员之死》一样,是一部与相关文化圈内团队合作再创造的杰作。

　　2001年,李安凭借《卧虎藏龙》获奥斯卡最佳外语片奖。五年后,他凭借《断背山》又夺得奥斯卡最佳导演奖。只有敢于跨越与创新,他才会拍出震撼国际影视界的大片。这是他通过拍《卧虎藏龙》和《断背山》之后总结出来的一条经验。他知道,功成名遂以后他会遇到更严峻的挑战,但他也知道,只有迎接新的挑战才能重燃创新之火。2012年11月2日,在接受采访时,李安就曾被问道:执导这样一部题材新,而又被认为难以拍成电影的跨文化奇幻惊险片"你不怕失败吗?"李安承认"怕",但他紧接着就说"怕才有劲"。他还把自己的这种警觉感联系到了电影《少年派的奇幻漂流》主人公在大洋里与猛虎对峙共存的处境:派"对老虎的恐惧是提了他的神,增加了他的精气神。所以那种提高警觉的心态,(或者说)心理状态,其实是生存、求知跟学习最好的状况[……]"①严峻的挑战逼迫他继续创新。没有挑战就不会有突破,不会攀登新高峰。李安凭借《断背山》斩获奥斯卡最佳导演奖后继续创新,于2013年凭借《少年派的奇幻漂流》第二次获得这项殊誉。他有什么秘诀?其秘诀似乎同莫奈、叶芝、史蒂文斯、威廉斯、摩尔、庞德、米勒、斯奈德、蒲龄恩等老诗人、老剧作家、老艺术家的秘诀一样,那就是不断追梦,不断跨越,不断创新,"苟日新,日日新,又日新",永不停歇。

---

① 张靓蓓编著:《十年一觉电影梦:李安传》,第7页。

附　录

斯奈德的"禅画诗"《山河无尽》

谭琼琳

与史蒂文斯相比,加里·斯奈德对禅宗有着更直接、更具悟性的认识。史蒂文斯只是通过欣赏中日禅画、研读禅宗译著的方式了解禅宗,对禅宗的理解是一种基于赏析、阅读与感悟的间接体验方式。因此,他创作的禅诗,如《雪人》,在很大程度上仍停留在对禅宗美学特征的借鉴与移植阶段。而斯奈德对禅宗的理解却是知行合一的结果,这是一种基于其常年习禅、体验东方文化的渐修行为,一种将自己的禅悟融入生态实践和诗歌创作的举动。

20 世纪 50 年代,斯奈德曾前往日本,师从禅师三浦一舟(Isshu Miura)、小田雪窗(Sesso Oda)、盛永宗兴(Morinaga Sōko),对从中国北宋期间流传日本的临济宗进行了长达 10 年的研习。在日期间,斯奈德还在鲁斯·佐佐木(Ruth Sasaki)创办的美国禅堂中从事禅宗经文、公案、中国古典诗词的翻译工作。1968 年返美后,斯奈德在美国内华达山下自建了日式木屋与禅堂,不仅自己一直保持习禅的习惯,同时也带动社区的禅修活动。作为一名自幼生活在农场和森林的自然有灵论者,斯奈德始终坚持自己是一名大乘佛教徒,故自称且被誉为"佛教徒-萨满主义者"(Buddhist-shamanist)、"佛教徒-万物有灵论者"(Buddhist-Animist)。斯奈德耗时 40 年完成的《山河无尽》也见证了他的习禅开悟之旅。他将这部生态长诗视为一部有诗意、有哲理、神话般的叙说度母菩萨(Buddha Tara)的经文。正是斯奈德对东方文化精髓的全面吸收,让他创作了这部融美术、诗歌、戏剧、宗教、哲学、神话等多重领域为一体的跨文化、跨艺术长诗。

本文主要从诗、画、禅三个角度考察斯奈德是如何将中国山水画、古典诗歌、禅宗美学等东方文化因子融入其《山河无尽》的创作中,从而构成了一幅集"画境""诗境"与"禅境"三境相生相融的大型"禅画诗"卷轴。

美国学者墨菲(Patrick D. Murphy)曾指出,斯奈德受西方现代主义诗歌传统的影响首先表现在他注重一种类似田野工作,四处勘探的写作方法,即诗歌创作中的"字段组合"(field composition),包括跨节断字、改变边距、更改字体、插入符号与图案等。① 可是斯奈德在《再度火热》(*Back on the Fire*，2007)中说过，"当我根据自己的经验来创作时，除了转向中国和日本之外，现代主义大多并不适用"(*Back on the Fire* 141)。这就是说，他的现代主义主要还是表现在他从中日禅宗中学来的那些与现代主义诗学相通的风格。作为"仰望东方"的美国诗人，斯奈德通过身体力行习禅，将禅宗"含蓄、凝练、无我"的气质融入了他的诗歌。禅宗美学让他有悟时，"见山不是山，见水不是水"；彻悟时，"见山只是山，见水只是水"。② 这体现在他的诗歌上，就是使之含蓄，使之凝练，使之摆脱自我主义，呈现"无我"之境。在西方现代主义诗学里，"含蓄"即约为庞德在《几个不》中强调的"不要'评论'[……]不要描写"(*Literary Essays* 6)；"凝练"即约为庞德意象主义三原则之二的"不要用多余的词"；"无我"即约为艾略特在《传统与个人才能》中提倡的"不断牺牲自我，不断消灭自我"，亦即"非人格化"。"含蓄、凝练、非人格化"是现代主义区别于后现代主义的特征。从本质上讲，斯奈德追求"含蓄、凝练、非人格化"相当于追求现代主义。

斯奈德通过图像、文字、"东方文化圈内人"的途径，与东方文化进行高效互动。据斯奈德回忆，小时候他参观西雅图艺术博物馆(Seattle Art Museum)时，看到了一幅中国山水画，这让他对中国文化产生了深刻的认同感，因为那幅山水画看起来就像是美国的喀斯喀特山脉(the Cascade Range)，画中的瀑布、松树、云、雾与美国西北部的深山景色惊人的相似。因此，他表示："中国人对世界的认知，在我看来具有真实的眼光[……]对中国文化油然而生的那种瞬间即生的、深深的崇敬始终铭刻在我脑海中。"③ 除了在《本真之行》(*The Real Work*)中谈及此次认同感，斯奈德在《山河无尽》(*Mountains and Rivers Without End* 155)、《大块》(*The Great Clod*)等作品中又多次重提那次感悟。④ 可见，那次视觉经验对斯奈德产生了刻骨铭心的震撼之感，在某种程度上，也为斯奈德进一步了解东方文化埋下了兴趣的种子。

斯奈德在俄勒冈州波特兰市(Portland，Oregon)里德学院(Read College)求学期间，曾读过庞德与韦利的中国古典诗歌译本、《道德经》译本，

① Patrick D. Murphy, *A Place for Wayfaring*：*The Poetry and Prose of Gary Snyder*, Corvallis：Oregon State University Press, 2000, p. 17.

② 转引自瞿汝稷编撰：《指月录》(下)，第 814 页。

③ Gary Snyder, *The Real Work*：*Interviews and Talks 1964—1979*, ed. William Scott McLean, New York：New Directions, 1980, pp. 93—94. 后文出自该著的引文，将随文标出 *The Real Work* 和引文出处页码，不再另注。

④ Gary Snyder, *The Great Clod*：*Notes and Memoirs on Nature and History in East Asia*, Berkeley：Counterpoint, 2016, p. xvi.

以及中国与印度的佛教典籍(*The Real Work* 94)。由此,他"储存在意识库中的种子便受到了浇灌"①。他解释道:"我曾经从历史和文化的角度广泛研究和学习基督教,我对它一些原则性的道德观持怀疑态度,因为在摩西十诫里讲不杀生的戒律,其实很明显是针对人类的,不能囊括万物生灵,而印度教和佛教能做到这一点,这就是东西方文化的差别。"②东亚的哲学与宗教体现了与自然万物和谐统一的关系,东方文化中齐万物的思想与西方基督教的人类中心主义思想截然不同。前者与斯奈德的精神生态思想更为契合。此外,中国古典诗歌传达的意境能让斯奈德产生更深的认同感。如张节末所言,"中国古典诗歌的境界——意境,在盛唐已经形成[……]诗境与禅境相互感染、渗透",这种意境"对唐以后中国人的审美经验及其品格造成了重大影响"。③唐诗对庞德、威廉斯等不少西方现代主义文学大师的创作产生了很大陶染。斯奈德跟威廉斯一样,曾反复阅读杜甫、白居易等唐代诗人的诗歌(*Back on the Fire* 100),因为唐诗的意境与斯奈德的内心哲学极为吻合,唐代诗人所创造的诗,其禅境与诗境相互交融,互为表里,空观与禅观相互贯通,"空、禅遂成为须臾不可分割、离析的互文性概念和审美基础"④,这势必也影响到斯奈德的诗学理念。

斯奈德通过图像与文字不仅认知,还认同东方文化。同时,他也通过"东方文化圈内人"来与东方建立更密切的对话关系。斯奈德在加州大学伯克利分校跟随长期执教中文与中西比较文学的陈世骧教授(Ch'en Shih-hsiang,1912—1971)学习中国古典文学,研读了《昭明文选》《古诗源》《唐诗三百首》等古籍。在陈世骧教授的鼓励下,斯奈德翻译了唐代诗僧寒山的 24 首诗歌,⑤并出版了其英译《寒山诗集》(*Cold Mountain Poems*,1958)。寒山诗的翻译促使斯奈德的诗学经历了从"寒山"到"禅"再到"生态"的转变。诗人斯奈德在东西方文化传统中寻觅发现心仪的诗人或诗派,并开启了寒山式英雄传奇之旅或悟道之行。⑥ 斯奈德结交的"东方文化圈内人"除了他在加州大学的老师陈世骧之外,还有教他学习东亚水墨画的美籍日本画家小圃千浦

---

① Gary Snyder, *The Great Clod*: *Notes and Memoirs on Nature and History in East Asia*, p. 20.

② 转引自苿苿:《大地深处的歌者——访美国诗人盖瑞·施耐德》,载《南风窗》2012 年第 17 期,第 95—97 页,引文第 95—96 页。

③ 张节末:《禅宗美学》,杭州:浙江人民出版社,1999 年,第 274 页。

④ 王耘:《"空"之美学释义》,上海:上海人民出版社,2016 年,第 173 页。

⑤ 见钟玲:《史耐德与中国文化》,北京:首都师范大学出版社,2006 年,第 30 页。

⑥ 见谭琼琳:《加里·斯奈德神话长诗中的"寒山—禅—生态"命题研究》,载《英美文学研究论丛》2017 年第 1 期,第 333—344 页,引文第 333 页。

(Chiura Obata,1885—1975),教他练习钢笔字与毛笔书法的美籍华人查尔斯·梁(Charles Leong)(*Mountains and Rivers* 155),及日本诗人榊七夫(Nanao Sasaki)、中国诗人北岛等。

在 1956 年至 1968 年期间,斯奈德大部分时间都生活在日本,他师从禅师三浦一舟、小田雪窗、盛永宗兴学习禅宗。斯奈德有过四次婚姻,他的第三任妻子上原真佐(Masa Uehara)是琉球裔日本人,第四任妻子卡萝·幸田(Carole Koda)是受儒家思想影响很深的第三代日裔美国人。也许是受第四任妻子儒家思想的影响,斯奈德特别注重家庭生活,其禅宗人生观渗入了"修身、齐家、治国、平天下"等儒家观念。因此,与其说斯奈德与"东方文化圈内人"交往频繁,倒不如说斯奈德在很长一段时间内就生活在"东方文化圈内"。自然,斯奈德的诗歌创作也受到"东方文化圈内人"的影响。

的确,斯奈德受东方文化影响颇深。他曾坦言:"写作的兴趣将我带进 20 世纪现代派作家和中国古诗;而对自然与荒野的思考让我先后走进了道家和禅宗的世界。这种与日俱增的禅意识又与我对中国山水画的迷恋交织在一起。"①可见,对斯奈德而言,中国古诗、中国山水画、禅宗意识这三者对其的影响是相互交织的。"画—诗—禅"这一东方文化因子集合体在斯奈德的生态长诗《山河无尽》中,更是表现得淋漓尽致。《山河无尽》的创作始于 1956 年。那年斯奈德碰巧看到一本书的参考文献中提及一幅题为《山河无尽》的山水画轴,从此"山河无尽"这一画题就一直刻在他脑海中,他也由此萌发出创作一首以《山河无尽》为题的长诗的想法(*Mountains and Rivers* 155)。该长诗融合多重领域,被西方评论界称为当代最伟大的生态文学作品之一。②《山河无尽》在视觉图像、语言风格、审美意蕴等方面充分体现了斯奈德对东方文化精髓的吸纳。可以说,这首诗是斯奈德"绘制"的一幅融"画""诗""禅"于一体的大型"山水画轴"。

一、《山河无尽》中的艺格转换诗

《山河无尽》开篇《溪山无尽》("Endless Streams and Mountains")是一首艺格转换诗,它生动地描绘了宋代同名山水画的图中之景。(附录图 1)这首

---

① Gary Snyder, "Introduction," *Beneath a Single Moon: Buddhism in Contemporary American Poetry*, ed. Kent Johnson and Craig Paulenich, Boston: Shambhala, 1991, p. 4.

② See Tim Dean, "The Other Voice: Cultural Imperialism and Poetic Impersonality in Gary Snyder's *Mountains and Rivers Without End*," *Contemporary Literature* 41.3 (2000), p. 462.

诗对整首长诗的结构、内容和形式有着不可估量的影响,它帮助诗人解决了诗歌语言形式中时空无尽的矛盾。从艺格转换诗学的角度来说,《溪山无尽》这首诗在美国现代主义艺格转换诗中的地位应等同于济慈的《希腊古瓮颂》在英国浪漫主义艺格转换诗中的地位。

附录图 1 宋代佚名 《溪山无尽图》长卷 克利夫兰艺术博物馆藏

斯奈德艺格转换诗《溪山无尽》的创作源泉来自他要解决其神话长诗《山河无尽》所存在的主题结构的困惑。早在 1956 年动身去日本学习禅宗时,斯奈德就通过与日本艺术家长谷川三郎(Saburo Hasegawa)交谈而得知"东亚的山水画是一种禅修";"山水画里禅机锋露,犹如密法和曼陀拉在藏传佛教中的作用"(*Mountains and Rivers* 156—157),故而萌发尝试创作一部具有东方艺术结构的长诗。虽然题目早已定为《山河无尽》,但诗人开始时还是感到难以预料诗歌的整体结构如何才能通向无尽,毕竟长诗有尽。斯奈德遍访了美国艺术馆,又走访了北京故宫博物院和台北故宫博物院。他仔细鉴赏分析了中国山水画的结构、主题和哲学内蕴,研究了苏轼的书法(*Mountains and Rivers* 156—157)。受李雪曼和方闻对宋人《溪山无尽图》研究的影响,斯奈德终于在 1995 年决定以此画卷为蓝本创作艺格转换诗《溪山无尽》,作为全诗的开篇。他还采用中国书画运笔的技巧谱写了余音缭绕的短诗作为"无尽"的尾声:"空间无尽延伸。/然湿润之墨毫/落笔以点,/提笔而去"("The space goes on. / But the wet black brush/ tip drawn to a point,/ lifts away")(*Mountains and Rivers* 152)。这种独特的开放—封闭式的诗歌形式(an open-closed poetic form)使《山河无尽》成为"一个能量释放器"(an energy-discharge),一种奥尔森式的"投射诗"(projective verse),[①]而诗人则以"先知"的身份在这部长诗中不断发出关注山水生态的时代强音。

《溪山无尽》这首艺格转换诗的谋篇布局与所临摹的画卷版本大体一致,但有所创新。全诗共分为 4 个部分,用小圆点自然隔断,象征着诗画描写与禅思诗情的交融。第一部分为画卷的详尽描述;第二部分为有选择性的题跋叙述;第三部分是诗人观画后疑似日本能剧舞台上的山水场景呈现;第四部

---

① Charles Olson, "Projective Verse," *The New American Poetry*, ed. Donald M. Allen, New York: Grove Press, 1960, p. 387.

分是诗人挥毫泼墨致力山水无尽创作的描写。第一部分的描写完全按照李雪曼和方闻的山形切分法将画卷上的山水分成六个景区,用句号明显地隔开,且与单行本中所提供的放大景致图片基本吻合。在第二部分读者才会明确感觉到这是一首以山水画卷为蓝本的艺格转换诗作。第三、四部分反映了诗人观画后的联想,为《山河无尽》的时空结构做了铺垫。这种前叙后抒式的写法与中国题画诗,如苏轼《书王定国所藏烟江叠嶂图》的写作风格有着惊人的相似之处。同时,这首艺格转换诗的语言结构和表述方式也向西方读者展示了中国古诗与日本能剧的能量释放魅力。艺格转换诗中的"视觉—言语双向阐释的过程"(the visual-verbal interpretation process)指诗人以"观看者—叙述者—评论者"的三重身份将视觉图中的自然符号转化为话语图中具有图像代码功能的人文符号,然后再用诗歌艺术中特定语言符号再现视觉艺术中线条、色彩、形状等自然符号。因此,艺格转换诗中实际存在着两种观看系统:一种是诗人以"叙述—观看者"(narrator-viewer)的身份潜入画面,让画中的景致自己发声,而"我"入画后就失去叙事的冲动;另一种是诗人以"评论—观看者"(critic-viewer)的身份观画品画,采用英语修辞中的"活现法"(prosopopoeia)将真实面孔掩藏起来,而只是借用带着面罩的虚幻人物进行发声或行动,这样就避免了主观狭隘的评论。

在《溪山无尽》第一部分里,诗人运用中国山水画中人物微小、物我交融的特征,借用画卷中的水上轻舟悄然进入画中,开始了他的山水梦幻之旅。当观画结束时,诗人只用了一行诗就将所有随行的人带出画面:"观赏船早已驶出卷面"("The watching boat has floated off the page")(*Mountains and Rivers* 6)。英语中的"page"一词在这里一语双关,既指"画卷"又指"书卷",故而读者既在观画又在读诗,读完诗的第一部分,观者实已到达了"诗中有画,画中有诗"的境界。《溪山无尽》的第二部分选译了画卷后的题跋并加以客观叙述,让读者一目了然,理解诗人选用此画为蓝本进行诗歌创作的深层含义。这是因为《山河无尽》不仅要表达诗人对自然山水的眷念,而且要反映人与自然需和谐共处于一个生态系统的思想。

诚如中国画家素来强调"画竹成胸",斯奈德亦做到了将山水映入眼帘、沁入心脾、流出笔尖、跃然纸上。因此,诗人在第三部分里自导自演了一场日本能剧,剧中舞台山水背景随演员动作变化而不断更替,其目的在于体现山水浑然一体、人为自然一部分的深层生态思想。入画发声、出画抒情均为西方艺格转换诗和中国题画诗的独特写作风格。诗人在第四部分里改扮巫师,召唤古老的鬼怪山灵和空旷河神回归大地,站在墙边讲述他们的故事,让山水发出自己的声音。招魂是中国民俗,而诗人为山魂河神的回归叙说,开始

"磨墨、润笔、铺纸,/在开阔的空白间 /用笔尖画下 /黑色湿漉的线条"
("grind the ink, wet the brush, unroll the /broad white space: /lead out and
tip/ the moist black line")。该诗的诗尾,"走中走,/脚下,大地在旋转。/溪
山永不停歇在原处"("Walking on walking, / underfoot earth turns. /Streams
and mountains never stay the same"),既是这首艺格转换诗的点睛之作,也是
全书时空一体结构("spatio-temporality")的高度概括,可谓诗人的神来之
笔。诗行中的"underfoot"与"earth turns"之间的空白则模拟了中国画留白
的艺术手法,让无尽的能量从旋转的大地汩汩流出,人类将永远坚实地走在
赖以生存的土地上。耐人寻味的是,这个诗尾又重新出现在该书的另两首诗
歌里,即《山神》("The Mountain Spirit")和《寻获心灵的空间》("Finding the
Space in the Heart")。《寻获心灵的空间》是全书的尾篇,当该诗以此作为结
尾时,自然"walking on walking"也就相当于全书的总结,而上面提到的尾声,
"空间无尽延伸。/……/提笔而去",则为《山河无尽》永不消逝的余音,穿梭
于无尽的时空里。

为了映衬出中国山水画中所透视的静与动、虚与实、色与空的内在关联,
斯奈德运用了郭熙的"山形步步移"的理论对画卷中的六个山水景区进行了
疏落有致的详尽描写。就内容和叙述顺序而言,第一部分中的六个景致的精
细描写明显受到单行本中所提供的放大图片的影响,可分为烟雾山谷图(第
一自然段)、宁静村落图(第二、三、四自然段)、内陆港湾图(第五自然段)、重
岩叠嶂图(第六、七自然段)、幽石山林图(第八自然段)和平缓山谷图(第九自
然段)。前后景致相连,视觉上给人一种自然循环的感觉。(见附录图 1)在
其 2000 年发表的《论毛笔》("The Brush")一文中,斯奈德谈到了郭熙的"山
形步步移"画论和画技,也谈到宋代《溪山无尽图》主题型的山水画卷并非画
家亲历的真实山水,而是依赖固定的语言模式挥毫泼墨画出心中的山水,故
山水似在雾中飘移,与现实的地质、地貌并不吻合(*The Gary Snyder Reader*
315－316)。① 从斯奈德的手稿中,我们可以证实他的确看过英译郭熙《林泉
高致》(*Essay on Landscape Painting*, trans. Shio Sakanishi, 1935),自然知
晓郭熙在其"山水训"中有关"山形步步移"的论述。

斯奈德以《溪山无尽》作为《山河无尽》的开篇,既强调该长诗呈山水画卷
式结构(读者可随意欣赏每首诗),又突出它像中国山水画卷一样具有永久的
收藏价值,因为它积淀了作者一生对山水生态的诗意探索。宛如山水画卷中

---

① Gary Snyder, *The Gary Snyder Reader: Prose, Poetry, and Translations*, *1952—1998*,
Berkeley: Counterpoint, 1999, pp. 315－316. 后文出自该著的引文,将随文标出 *The
Gary Snyder Reader* 和引文出处页码,不再另注。

体现出的不同画风和画技,《山河无尽》中每一首诗的写作风格和技巧也纷呈各异。

二、《山河无尽》的"中国式"诗体

从语言风格来看,《山河无尽》受中国古诗语言风格的影响,体现了"中国式"诗体"言简意赅"的特点。斯奈德倾向于运用短小精悍的句子,用词尽量简洁、句式尽量简约;在诗歌内涵传达上,斯奈德通过省略虚词与人称代词、留白以及意象并置等方式,以简洁明了的诗句传达深刻的内涵。诚如他自己所言:"我尝试用硬朗、简短的词语写诗,其表层结构的深处,蕴含着复杂的思想。部分诗行的写作受到我当时一直在阅读的中国古典五言诗、七言诗的影响,它们深深印刻在我的脑海里。"①斯奈德在 20 世纪 50 年代翻译的寒山诗就已经体现了他对中国古典诗语言风格惟妙惟肖的模拟。这种语言风格与韦利翻译的寒山诗的风格截然不同。韦利的译文更加注重表达原诗的意思,却忽视了其语言风格,而斯奈德则力图使译文与中国古诗在风格上尽量保持一致,即科恩(Robert Kern)所谓"试图接近寒山简短的五言诗行"②。

斯奈德的诗歌曾受布莱克、惠特曼(Walt Whitman)、杰弗斯(Robinson Jeffers)、庞德等人的影响。《神话与文本》(*Myths & Texts*,1960)是斯奈德最早完成的神话长诗集。在科恩看来,该诗集的语言风格更接近庞德与艾略特的现代主义传统,③而诗中有关中日文化的内容却凤毛麟角。但随着斯奈德对东方文化的了解日益加深,东方因子占据了其作品的主导地位。2004 年 11 月 7 日,斯奈德在获"正冈子规国际俳句大奖"(Masaoka Shiki International Haiku Grand Prize)答谢辞中明确表示:俳句与中国文化对他的影响是最大的,其中《山河无尽》受俳句的影响尤为明显。(*Back on the Fire* 59)俳句起源于日本最古老的和歌。在俳句产生之前,日本文学除本土的和歌外,主要是日本知识分子写的绝句、律诗。俳句借鉴了中国古典诗歌的表现方式,多用意象的排列组合,少用动词、虚词。在意象的选择、意境的创作以及诗的构造形式上,日本俳句都渗透了中国古典诗歌的浓厚气息,况且,最

---

① Gary Snyder, "Statement on Poetics," *The New American Poetry*, ed. Donald M. Allen, p. 421.

② Robert Kern, *Orientalism, Modernism and the American Poem*, Cambridge: Cambridge University Press, 1996, p. 234.

③ Robert Kern, "Clearing the Ground: Gary Snyder and the Modernist Imperative," *Criticism* 19.2 (1977), pp. 158—177.

早的日本文学就是模仿汉诗创作而来的。① 因此,中国古典诗歌对日本俳句的形成起到了不可或缺的作用。斯奈德本人也指出俳句可能源于中国古诗,由于禅宗诗人觉得中国古诗太长,因此将诗句进行分割,便形成了俳句。《禅林句集》(*Zenrin Kushu*)就体现了"中国古诗变成俳句的过程"(*Back on the Fire* 55)。

可见,斯奈德推崇俳句的本质是推崇中国古诗的语言风格。在一次采访中,斯奈德明确表示自己更喜欢中国诗:"这是一种无法解释的因缘共情(karmic empathy)。我也喜欢日本文学和日本诗歌,但我对中国诗歌有着深刻的共鸣"(*The Gary Snyder Reader* 328)。《山河无尽》当中的《新月私语》("New Moon Tongue")就体现了斯奈德对"中国式"诗体的运用:

> 朦胧新月,如弓似卷,
> 又上西梢。幽兰夜光,
> 鹿动近黄昏
> 植物王国里,倩影紫莹莹——
> 百万年轻嗅,
> 舔舐、唇触
> 舌吻至深处。(谭琼琳 译②)

> Faint new moon arc, curl,
> again in the west. Blue eve,
> deer-moving dusk.
> Purple shade in a plant-realm—
> a million years of sniffs,
> licks, lip and
> reaching tongue. (*Mountains and Rivers* 105)

从用词的角度来看,整首诗是由一系列的意象词并置构成。包括"Faint new moon","Blue eve","deer-moving dusk","Purple shade"在内的意象词组合产生一种"蒙太奇"的效果。斯奈德在该诗中惜墨如金,尽管他频繁使用意象词,冠词、系动词却基本不用;总之全诗没有任何冗词赘句。意象词并置组

---

① 见莫道才:《论中国古典诗歌对日本俳句的影响》,载《广西社会科学》1997 年第 4 期,第 87—91 页。

② 加里·斯奈德:《山河无尽》,谭琼琳译,桂林:广西师范大学出版社,2016 年,第 156 页。后文出自同一译本的引文,将随文标出"谭译《山河无尽》"和引诗页码。

成诗句,让诗歌实现了简明扼要的效果。

斯奈德使用高度凝练的意象来展示事物的方式无疑也受到庞德的影响。庞德汲取日本俳句的养分,借鉴其意象丰富、含蓄的写作特点,提出意象主义。他在诗中力求体现鲜明的意象,坚决不使用任何对事物的呈现起不到作用的词。(*Literary Essays* 3)庞德的"中国式"诗体也让斯奈德极为着迷。在其影响之下,斯奈德开始了研读中国古诗之路。与庞德不同的是,斯奈德虽推崇俳句的风格,更推崇"中国式"诗体,这种诗体的力量在他看来"不仅在于其清晰的意象,或对当下的生动呈现,或对自然与世界的超然洞察,而且还在于运用语言进行奇妙的创作"(*Back on the Fire* 56)。汉字所构成的诗歌独具特色,每个汉字都是单音节,斯奈德最初用中文朗读中国古诗时,发现汉字的单音节韵律强而有力,就像是一颗颗坚硬的石子,因此他力求在诗中也使用短小精悍的诗句,模仿中国式诗体。他在原创《砾石》("Riprap")一诗中写道:"每个岩石即一个词 /一个被溪水冲洗过的石子"("each rock a word /a creek-washed stone")①。这些"石子"各安其位,则形成了完整的"道路"。

就句法结构而言,中国式诗体不必遵循英语式的"主谓宾"句法结构。中国古典诗歌主要采用两种传统的句法规则,其一是"象似语言"(imagistic language),其二是"命题式语言"(propositional language)。② 斯奈德的《新月私语》全诗三个句子,遵照中国式诗体的"象似语言"的句法结构,整首诗中未出现任何谓语。尽管诗中出现了动词"moving"与"reaching",两者皆是现在分词形式,并不指涉任何时态,前者与 deer 一起构成"deer-moving"作定语,修饰"黄昏"(dusk)这一意象,后者也作定语,修饰"舌头"(tongue)这一名词。英语通过动词的曲折变化来表现过去、现在和将来等时态,这种时间的概念事实上是人为强加给自然的,而且仅能体现诗人彼时彼刻的行为,并将动作局限于某一时间点。然而,斯奈德并未在该诗中使用任何动词来指涉时态,这一点借鉴了中国古诗的表现方式。在中国古诗当中,动词是无法体现任何时间的,因而营造了一种超越时间的当下之感。正如叶维廉所言,汉语中的动词能超越时间的限制,回归于现象(phenomenon)本身,这也反映出中国诗人注重精神世界,而不局限于有限的时间。③

《新月私语》中描写了黄昏之景,采取由上至下的观察顺序,但斯奈德并

---

① Gary Snyder, *Riprap and Cold Mountain Poems*, Berkeley: Counterpoint, 2009, p. 32.

② John Lee and Yin Hei Kong, "Syntactic Patterns in Classical Chinese Poems: A Quantitative Study," *Digital Scholarship in the Humanities* 33. 1(2018), pp. 82—95.

③ Wai-Lim Yip, "Classical Chinese and Modern Anglo-American Poetry: Convergence of Languages and Poetry," *Comparative Literature Studies* 11. 1 (1974), pp. 21—47.

未在诗中体现观察的主体,这种主体缺失与人称代词缺失的写作方式有别于英语的表达方式,仿照了汉诗的语言风格。英语诗歌往往从说话者出发,若诗中出现了主体"I",那么意境的参与者就只有主体"I"或诗人自己,读者被置于旁观者的位置,甚至被动理解与接受的位置。但若采用中国式诗体,省略说话者,则可将读者带入意境之中,读者由此转变成参与者而进入诗中,并跟随诗中意象的呈现顺序而移动,自然万象也由此自然而然地呈现在读者眼前。如叶维廉所言,"中国诗歌的艺术性很大程度上反映在诗人捕捉视觉事物的方式,这些视觉事物的出现与动作犹如发生在我们眼前,超越了时空概念的限制"[1]。斯奈德在诗中省略人称代词,有助于促进读者直接参与自然,进入"无我"的状态,从而与自然合为一体。

威廉斯通过与王维《鹿柴》等禅诗的对话进入"无我之境",得以回归现代主义非人格化。摩尔通过与邹复雷《春消息图》等禅画的对话进入"无我之境",得以强化现代主义非人格化。斯奈德则是直接在参禅中领悟到了中国哲学的人文精神,及其提倡的"'内外合一'、'物我合一'、'天人合一'"[2],得以完善现代主义非人格化。斯奈德在人与自然的和谐统一中强调"东方式"的人文精神。这反映了斯奈德比威廉斯、摩尔更了解中国哲学,了解其对人文精神的推崇。他将中国哲学的人文主义精神引入"龟岛",并使之与西方环境哲学结合,从而促进东西方哲学的相互借鉴与融合。

三、《山河无尽》中的禅宗美学

从审美角度来看,斯奈德的《山河无尽》体现了禅宗的美学思想,"其特点是道家美学与禅宗哲学相结合",禅宗哲学中融合了"道家齐万物、泯是非的思想"。[3] 道家对宇宙万物的鉴赏态度与印度大乘佛教相得益彰,两者皆对自然表现出亲近之感,因此,印度大乘佛教传到中国后,便吸收了道家传统,两者相互影响、相互作用,最终发展为禅宗,而中国古代禅宗诗人所创作的某些诗句又成为禅宗公案。斯奈德发现这种融合佛、道、中国诗三者于一体的诗学传统仍然活跃于当时的日本,因此,他决定放弃在印第安纳大学的求学,转而进入加州大学伯克利分校学习东方语言,从而为他未来的日本习禅之行做好充分的准备(*The Real Work* 94—95)。斯奈德坦言,倘若当时中美关系

---

[1] Wai-Lim Yip, "Classical Chinese and Modern Anglo-American Poetry: Convergence of Languages and Poetry," *Comparative Literature Studies* 11. 1 (1974), p. 27.

[2] 蒙培元:《人与自然——中国哲学生态观》,北京:人民出版社,2004 年,第 2 页。

[3] 朱立元主编:《美学大辞典》(修订本),上海:上海辞书出版社,2014 年,第 248 页。

已正常化,自己会去中国学禅。(*The Gary Snyder Reader* 327)他最推崇的是中国禅宗,而非日本禅宗,因为他认为中国禅宗"不那么法典化,更普适、更生态、更有禅趣"。①

斯奈德受禅宗影响颇深,禅宗美学思想对他生态诗学的构建也起了至关重要的作用。在《山河无尽》一些诗篇中,斯奈德通过使用"中国式"诗体省略主语"I"的方式,以营造"无我"之境,即一种"意境交融、物我一体的优美境界"。② 这本质上体现了斯奈德的禅宗审美意识。斯奈德在《禅定荒野》(*The Practice of the Wild*)、《再度火热》《四海为家》(*Nobody Home*)等多部作品中频繁引用道元禅师的至理名言:"学自我者,即忘自我也,忘自我者,为万法所证也。"("We study the self to forget the self. When you forget the self, you become one with the ten thousand things.")③他认为,"无我,则万法皆可教导我们,使我们与其同在。你必须敞开心扉/空/拥抱万物/去学习"。因此,斯奈德在诗歌中不喜谈个人情感,而主张诗人"谈论你的无我"("Talking about your nonself!")。④

此外,"无我"之境也是斯奈德生态作品中所追求的精神意境。在《山河无尽》开篇《溪山无尽》第一节,斯奈德便将读者带入了"无我"之境:

> 静心驶向那
> 梦幻之地,
> 水波相连,漫过岩石礁,
> 雾霭缭绕,湿润无雨,
> 泛舟湖面或宽缓河流
> 沿岸而行,
> 尽览此景。(谭译《山河无尽》5)

Clearing the mind and sliding in
to that created space,

---

① See Katsunori Yamazato, "Seeking a Fulcrum: Gary Snyder and Japan (1956—1975)," unpublished dissertation, University of California, Davis, 1987, p. 129; see also Gary Snyder, "A Brief Account of the Ring Bone Zendo," *Ring of Bone Zendo Newsletter* 15 October 1986, pp. 8—9.

② 参见朱立元主编:《美学大辞典》(修订本),第 243 页。

③ Gary Snyder, *The Practice of the Wild*, Berkeley: Counterpoint, 2010, p. 160.后文出自该著的引文,将随文标出该著名称和引文出处页码,不再另注。

④ See Julia Martin and Gary Snyder, *Nobody Home: Writing, Buddhism, and Living in Places*, San Antonio, TX: Trinity University Press, 2014, pp. 162, 44.

a web of waters streaming over rocks,

air misty but not raining,

seeing this land from a boat on a lake

or a broad slow river,

coasting by.

"Clearing the mind","静心"亦即北禅提倡的"净心",出现在《山河无尽》开篇第一节的第一行,为整部长诗定下了一种弥漫禅宗哲学的审美基调。在走进山水画所创造的自然空间之前,通过"净心",达到"无念""无我"之境,使自己成为山水画中泛舟于湖面的游人,从而"尽览此景"。"此景"在此处有三层含义:首先,"此景"代表了《溪山无尽图》山水画轴当中所描绘的自然之景;其次,"此景"是斯奈德游历于自然、化身为"画者"而描绘的一幅关于山水的壮阔之景;再次,"此景"在某种程度上象征了"心景"与"心境"。禅宗强调"自性",并认为"心"可纳万物、生万境,因此,斯奈德所谓的"尽览此景"的过程也是修身养性、参禅悟道的过程。短短几句,却意味深长。《山河无尽》是诗,其形象逼人,又如画,其禅意昭然,又似禅;在诗中,中国艺术的表现手法尽显:"讲究空灵、意蕴,强调'简而穷理'、'传神写照'。所谓'人和心景见,天与意相连'"①,形式与内容相互交融,山水自然与内在心灵相互映照,艺术的审美情趣与禅宗的审美情趣默然合一,因此,《山河无尽》既有了诗的隽永,又有了画的雅韵,同时又加之禅的意蕴。诗、画、禅三者浑然于一体,东方的韵味跃然于纸上。

斯奈德仅通过"静心"二字,便已将禅意注入"山河无尽"之中,引禅入诗,营造"无我"之境。"无我"源于"无自性"(no self-nature),万物的"本性即为无自性"(*Back on the Fire* 49),因为万物皆因缘和合而成,无固定不变的实体,因此"诸行无常""诸法无我",自性本"空"。正因如此,斯奈德才提出,"无我"则是要"敞开心扉 /空 /拥抱万物"。② 简言之,因为自性本"空",则"无我",反之,"无我"的本质即为"空"。

斯奈德在诗中对"无我"之境的营造,从本质而言,体现了其"空"的美学思想。《山河无尽》由四部分构成,除第一部分外,每部分由十首诗组成,虽然第一部分仅九首诗,但序曲可视为一首引子诗,加之亦为十首。③ 序曲由两则佛教的警句构成,其中第一则警句出自西藏佛学家密勒日巴(1052—1135)

---

① 金丹元:《禅意与化境》,上海:上海文艺出版社,1993 年,第 20 页。

② Julia Martin and Gary Snyder, *Nobody Home*: *Writing*, *Buddhism*, *and Living in Places*, p. 162.

③ 谭琼琳:《山河无尽·译后记》,见加里·斯奈德:《山河无尽》,谭琼琳译,第 259 页。

的"空生慈悲"("The notion of Emptiness engenders Compassion")(*Mountains and Rivers* ix)。在《山河无尽》的最后一首诗《寻获心灵的空间》中,也有与该警句含义类似的诗句:"空 的 意 识 /产生慈悲之心"("The /awareness of emptiness /brings forth a heart of compassion")(*Mountains and Rivers* 151)。两者首尾遥相呼应,映射了《山河无尽》长诗的主旨,体现了"空"与"慈悲"之间的相互关系:当意识到万法性空,诸法因缘和合而成,万物之间相互联系,便会产生对万物的慈悲之心,意识到"杂草是宝贵的,老鼠是宝贵的"(*The Real Work* 21)。此外,"Finding the Space in the Heart"这首诗标题中的"Space",即"空间",与"emptiness"(空)含义相似。因此,《寻获心灵的空间》也是探求"空"性的过程,亦即心生慈悲的过程。在某种程度上,"空"与"慈悲"的关系也映射了"我"与"诸法"、人类与自然之间的相互关系,反映了斯奈德对哲学、宗教、生态,甚至诗学等诸多方面的深层思考。

斯奈德的禅宗审美情趣与道家美学相互补充。在《山神》这节诗中,斯奈德将《心经》中的"空即是色"进行了如下改写:"nothing is shapeliness"(*Mountains and Rivers* 147)。将"色"译为"shapeliness",而非通常译法"form","是因为英语中的'shapeliness'本身含有'像样子'、'形状好'之意,比'form'更讲究成形的过程和结果"[①]。斯奈德将"空"译为"nothing",即道家中的"无",是因为斯奈德的禅宗美学融合了道家思想,对他而言,佛家的"空"与道家的"无"是可以相互转换的。他将道家的"无"与"静"的概念与佛教中"空"的概念相提并论,并指出"宇宙规律复归于静、无、空,无生万物,巧妙的空仍居万物之中(*The Gary Snyder Reader* 293)。

结　论

斯奈德推崇东方文化,认为西方的社会革命和东方对"我"与"空"的认识,这两者都是社会所需的,[②]因而,他致力于将东方禅宗与生态运动进行有机结合。斯奈德推崇中国式诗体,其主要原因在于中国古代诗人一方面热爱自然,另一方面却被文明社会所羁绊,他们诗中表现出亦佛亦俗、亦儒亦道的矛盾心理,而斯奈德的处世之道与中国文人的处世之道有着极为相似的特

---

① 谭琼琳:《〈心经〉的英译与改写:格雷・史奈德的生态诗学色空观》,载《外国文学评论》2013 年第 2 期,第 188－201 页,引文第 196 页。

② Gary Snyder, *Earth House Hold*: *Technical Notes & Queries to Fellow Dharma Revolutionaries*, New York: New Directions, 1969, p. 92.

征。斯奈德自称为"儒佛道社会主义者",[①]且以居士的身份在日本习禅,并将东方禅文化带入美国本土;以儒家积极"入世"的态度修身养性、齐家治国;倡导以道家"无为而无不为"的方式来处理人类与自然的关系。正如约瑟芬·朴(Josephine Park)所言,斯奈德跨越太平洋的目的,旨在在生态愿景下将美国太平洋沿岸地区与亚太地区结合起来,以一种亚洲的视野来理解美国的本土文化。[②]

斯奈德将东亚山水画与中国式诗体视为传达禅机佛理的重要途径,从某种程度而言,斯奈德既是"诗僧",又是"画僧"。他在东亚山水画的影响之下,创作出了一幅题为《山河无尽》的大型"山水画轴",山水画之于禅宗,就如同曼陀罗之于藏传佛教,皆具有教导性,山水画轴就是中国式的曼陀罗(*The Practice of the Wild* 115)。因而,在斯奈德的"山水画"中,禅意昭然,从这个意义上来说,斯奈德可称得上是一个"画僧"。

在《山河无尽》中,诗的禅化和禅的诗化互为表里,斯奈德又称得上是一位寒山式的"诗僧"。《山河无尽》被斯奈德视为"一部经文,是融合诗学、哲学与神话的关于度母的叙事诗",度母则被其称为"慈悲的化身"(*Mountains and Rivers* 160,157),因此,《山河无尽》又可视为一部关于"慈悲"的经文。而"空生慈悲","慈悲"又源于"空"的意识;换言之,《山河无尽》又可被视为一部诠释"空"观的经文,映射了佛教三法印(诸行无常、诸法无我、涅槃寂静)之一的"诸法无我"。"山河"或"山水"在东方文化当中,代表了自然或宇宙万物,"是宇宙规律的有形表现"(*The Gary Snyder Reader* 293),因此书名《山河无尽》又意指斯奈德反复强调的"山河永不恒常"("Streams and mountains never stay the same")[③]之意;换言之,宇宙万物是永恒变化的,由此可见,"山河无尽"又是佛教三法印之"诸行无常"的另一称谓。毋庸置疑,斯奈德将山水画、中国古典诗歌、禅宗美学等东方文化因子融入《山河无尽》,构成了"画境""诗境"与"禅境"三境相生相融的"禅画诗"。

---

① 赵毅衡:《诗神远游:中国如何改变了美国现代诗》,成都:四川文艺出版社,2013 年,第329 页。

② Josephine Nock-Hee Park, *Apparitions of Asia*: *Modernist Form and Asian American Poetics*, New York: Oxford University Press, 2008, p. 15.

③ 诗句"Streams and mountains never stay the same"在《山河无尽》第一首诗《溪山无尽》中出现 1 次,在《山神》中出现 2 次,在最后一首诗《寻获心灵的空间》中出现 1 次。

禅文化与蒲龄恩2005年版《诗歌集》

曹山柯

蒲龄恩是英国著名实验派诗人。英国传记作家彼特·阿克罗伊德（Peter Ackroyd,1949—　）把他称为"当今英格兰最高深莫测、成就斐然的诗人"①。英国学者安东尼·梅洛斯对蒲龄恩的诗歌有更高的评价。他在《后期现代主义诗学：庞德至蒲龄恩》（2005）一书中指出，在"现代主义过时论"盛行的年代，蒲龄恩因恪守非人格化、开放性、严谨而多趣等现代主义诗歌创作原则，而成为"像庞德一样举足轻重的传奇式人物"②。

蒲龄恩的诗歌以艰涩著称。他的一些诗歌甚至比庞德的诗歌还难读懂。剑桥大学讲授诗歌的洛根（Stephen Logan）博士曾坦言，蒲龄恩很多诗歌连他都难以读懂。蒲龄恩的诗歌，尤其是他20世纪80年代中期以后的诗歌，的确很难读懂。其中一个原因是他深受中国禅文化的影响。从他2005年版《诗歌集》（Poems）的封面——明末胡正言《十竹斋竹谱》富有禅意的"竹云"图案，我们便可窥见他崇尚中国禅文化之一斑。

一、缠绕在中国情结中的禅意

蒲龄恩的中国情结首先体现在他的中文名上。蒲龄恩这个名字是他指导的第一位获剑桥英国文学博士学位的中国学者谢明给他取的。他十分喜欢，认为和中国文学有渊源，因为"蒲龄恩"有两个字和《聊斋志异》的作者蒲松龄相同。③ 非常有意味的是，他的诗歌如同他的中文名字一样，在选词上颇费心思，且极其隐晦。他的这种作诗方法在一定程度上是受了中国禅诗的影响。

中国的禅诗、禅画源于禅宗，把"道"与"艺"结合在一起，通过"道"使"艺"

---

① 见 J. H. Prynne 所著 *Poems*（Fremantle：Fremantle Arts Centre Press，2005）封底，后文出自该版本引诗，将随诗标出 2005 *Poems* 和引诗页码，不再另注。
② Anthony Mellors, *Late Modernist Poetics：From Pound to Prynne*，p. 118.
③ 区鉷主编：《蒲龄恩诗选》，第 1 页。

具有了不朽的灵魂。佛教史专家杜继文说:"禅宗特别看重的'悟'或'觉',有时就有'现观'、'现证'的意思。《坛经》契嵩本有'如人饮水,冷暖自知'之语,表示'悟'之不可言说,也就是承认禅的直观性。"①禅宗把世界上的一切存在物都视为佛性的显现;自然界所有事物无不流动着自然、生动的自性。

说到诗画中的禅意,宋朝大诗人黄庭坚(1045—1105,号山谷)的开悟故事颇值一提:"山谷参晦堂,多次请求禅师指示佛法的径捷入门。一日侍行之际,岩桂盛放,清香飘拂,晦堂遂借用'吾无隐乎尔'开示山谷,山谷豁地大悟。禅道明明白白地呈露在眼前,如果舍近求远,就不会闻到岩桂幽香,从香悟入。"②黄庭坚开悟的故事对禅诗、禅画的创作和解读具有启迪意义:万物皆为佛性的显现,世界的存在原本就是圆满自足之境界。禅诗、禅画从禅宗汲取了思想精华,完全摆脱了所谓逻辑、理性的干扰,让读者的直觉去感受诗画原真态的那种纯粹。

从中国禅诗、禅画中,蒲龄恩朦朦胧胧意识到一种以直觉去感受诗画原真态的观念。这种观念近似现象学的"悬搁"。奥地利哲学家胡塞尔(Edmund Gustav Albrecht Husserl,1859—1938)认为,悬搁不是要否认世界的存在,而是要改变人对世界的观念和世界对人的价值和意义。"虽然它始终是其所是,我们却可以说,'使其失去作用',我们'排除了它',我们'将其置入括号'。它仍然在那里,正如被置入括号者在括号中一样,正像被排除者在包容范围之外一样。""将这整个自然世界置入括号中,这个自然界持续地'对我们存在','在身边'存在,而且它将作为被'意识'的现实永远存在着,即使我们愿意将其置入括号中。"③在悬搁活动中,禅诗对事物的存在呈现出一种类似"将其置入括号"的中止,但并不意味着对其实体性的取消,而是使诗歌作为表现意义之载体凸显中性化,即事物的存在仍然作为对象性的东西"悬搁"在那里。蒲龄恩 1989 年组诗《词序》(*Word Order*)以"悬搁"的方式呈现出近似中国禅诗的意味。请看该组诗之六:

He took his chance	他抓住机会
first right he took	起先他抓住了
no chance first	却没有起先的机会

① 杜继文:《〈中国禅宗通史〉导言》,载《中国社会科学》1993 年第 3 期,第 153—166 页,引文第 160 页。
② 转引自吴言生:《禅诗审美境界论》,载《陕西师范大学学报》(哲学社会科学版)2000 年第 3 期,第 6 页。
③ 胡塞尔:《纯粹现象学通论》,李幼蒸译,北京:商务印书馆,1992 年,第 95—97 页。

at the front gate	在大门的前头
or no right	或者没有搞对
chance to take	想要抓住的机会
to first front	把它带到前门口
gate right gate right	那门对了
they take no front	但他们却没有了门前头
a cloudless sky	没有云的天空①

(2005 *Poems* 365)

乍看起来这首诗词语简单,但却难以译成中文。上面的翻译不能完美地传达诗歌的意思,以第一节为例:这节诗可以这么读:He took his chance. First, right, he took. (But,) no chance, first;也可以这么读:He took his chance first. Right, he took no chance first. 不同的断句法会给这首诗造成理解上的差异。笔者在剑桥大学访学时与蒲龄恩交往甚密,曾就这首诗请教过他:"这首诗读上去很抽象,也很难懂。像一个人在梦里徘徊,说些毫无头绪的话,有点痴人说梦的感觉。"蒲龄恩回答说:"你的感觉没错。这首诗是比较抽象,大概是写人是如何在一个地方生活的。一个人想要出去,但又没有谁注意到他。"②

蒲龄恩《词序》组诗的确有令人寻味的禅意在里面。作为诗人,蒲龄恩在写完这首诗后,恐怕连自己都说不清楚他在这首诗里到底要讲什么或到底在讲什么。熟悉中国禅诗的读者读完他这首诗后,或许会联想到王维的《鹿柴》:"空山不见人,但闻人语响。返景入深林,复照青苔上。"在《鹿柴》里,王维描写了深山老林中的寂静和空明,他在寂静中忘我地体现着"能闻的我"和"所闻之物"有什么不同。在"悬搁"的忘我状态下,"能闻的我"和"所闻之物"合二为一,即人的主体性已化作精神,与周围的青山绿水浑然一体。这时,青山绿水是我,我就是青山绿水;这时,山是心里造就的山,水是心里流淌的水;这时,人性变成了佛性,虚空而广大,"闻"性荡然无存,剩下的都是"空"的净土和极乐。③

中国禅诗对英美现代诗影响颇大。斯奈德从翻译唐代寒山的禅诗起家,

---

① 译诗引自区鉷主编:《蒲龄恩诗选》,第151—153页。
② 曹山柯:《文学批评与文本意义踪迹》,北京:中国社会科学出版社,2011年,第90页。
③ 同上书,第265页。

写出了颇含禅意的美国诗。斯奈德的诗友雷克斯罗斯通过翻译王维的禅诗，写出了与王维《鹿柴》如出一辙的《心苑，苑心》("The Heart's Garden, the Garden's Heart")。蒲龄恩没有翻译过中国古代的禅诗，但他一定从英译禅诗中吸取了营养，其 20 世纪 80 年代的诗歌，变化非常明显。这一变化与他到苏州大学任教，广泛接触禅文化有关。我们不妨将他 1989 年发表的《词序》之六与他 1968 年作的《日光曲》（*Day Light Songs*）之开篇做一比较：

Inhale breathe deeply and	吸 深深地呼吸
there the mountain	那边那山
is there are	在那边有
flowers streams flow	花溪流淌
simple bright goods clutter	简单明亮美好凌乱
the ravines the	那山谷那
air is thin & heady	空气是稀薄又令人眩晕
the mountain	那山
respires，is equal to	呼吸，正等于
the whole	那全部①

(2005 *Poems* 26)

读者立刻会发现，这首诗的禅意和禅味远不如《词序》之六浓。这就是说，20 世纪最后十多年，蒲龄恩除了从英译中国禅诗那里获得词语的表达和灵感之外，还通过与中国朋友的交往"浓化"了自己诗歌的禅意和禅味。这种禅意和禅味浓化的结果使他的诗歌更加朦胧、模糊、艰涩，生发出他 2005 年版《诗歌集》的独特创新性。

二、"良玉生烟"般的断裂意象

蒲龄恩 2005 年版《诗歌集》的创新性体现在"朦胧、模糊、艰涩"，而具有这些特征的诗歌大多作于世纪之交。换句话说，他与中国交往越深，他诗歌的禅意就越浓。读者从他世纪之交的诗中能感觉到一种朦胧美，一种解释不清的朦胧美。晚唐诗人、诗论家司空图（837－908）对这种朦胧美作过理论的概括。他说："戴容州云：'诗家之境，如蓝田日暖，良玉生烟，可望而不可置

---

① 译诗引自区鉷主编：《蒲龄恩诗选》，第 3 页。

于眉睫之前也。'象外之象,景外之景,岂容易可谈哉!"①"蓝田日暖,良玉生烟"似实而虚,似虚而实,虚虚实实,实实虚虚,故可望而不可置于眼前。张少康教授和刘三富教授推断:"这种诗歌境界在有形的具体的情景描写之外,还能借象征、暗示创造一个无形的、虚幻的、存在于人想象中的、更为广阔的艺术境界。"②

蒲龄恩的诗歌,尤其是他世纪之交的诗歌,非常难以读懂。之所以难以读懂是因为他的诗歌里存在着某种"良玉生烟"般的断裂意象。"良玉生烟"指的是呈现出"神韵"的朦胧美。然而,这种美似乎是断裂的;因为当读者真正想要找出他所感觉的朦胧美时,那美却不见了,即所谓的"羚羊挂角,无迹可求"。请读蒲龄恩的《珍珠,是》之十三:

Data pruning	修剪数据
maple in f	槭树成 f 调
slips while single to elude	滑到,而单独逃避
demented stuck in	发狂地粘于
wonder or	精彩或者
peep like bats and black	像蝙蝠或者黑鹰在线上
owls on wires	眺望
at the leaf	叶子
crown chivvy the close flash	皇冠追逐临近的闪亮
tubes go on twice	管乐两次奏响
hem lifted	低音升起
to spread delicate	传播柔软
its random, torrid	它的无序,炎热
diploma, her	文书,她
smoothing back for	润滑的脊背为了
all the world	整个世界

---

① 转引自张少康、刘三富:《中国文学理论批评发展史》(上卷),北京:北京大学出版社,1995年,第445页。

② 同上。

like eyes in	像眼睛在
glance to this，swift	瞧一眼这个，快速
departure	离去
along that road.	沿着那条路。①

(2005 *Poems* 467)

　　蒲龄恩于 2004 年创作了这首诗，放在《珍珠，是》组诗里，收入 2005 年版《诗歌集》。这首诗文字排列错落很大，遣词造句也作了精致的安排，似乎有意要给读者造成一种视觉上朦胧的震撼感。这首诗试图传递什么信息呢？恐怕没有一个读者能轻而易举搞清楚。有的读者或许会觉得这首诗的语言本身就像诗的形式那样，充满怪异的变化和虚无缥缈的色彩，似乎在故弄玄虚，把读者置于云里雾里，难以摆脱语言"迷雾"的纠缠。蒲龄恩对自己的诗歌创作是非常认真和讲究的。每当他创作了一首诗念给众人听的时候，他都要安排好场景、调整好灯光，同时还要求大家保持安静。一次，他在中山大学外国语学院举办的诗歌研讨会上朗诵原创诗，有人发出细微的声响，他立即停止朗诵，表示不满。即便是微小的声音，他都认为会破坏他朗诵的诗歌该产生的意境。蒲龄恩创作诗歌显然受了中国禅诗的影响。禅诗非常讲究主观情思在意境中的作用，如果读《鹿柴》的人不把自己的主观情思融入诗的意境，就不可能进入"空"的境界。所以，王维在《荐福寺光师房花药诗序》里说："心舍于有无，眼界于色空，皆幻也。离亦幻也。至人者，不舍幻而过于色空有无之际。故目可尘也，而心未始同。心不世也，而身未尝物。物方酌我于无垠之域，亦已殆矣。［……］道无不在，物何足忘。"②当蒲龄恩朗诵自己的诗歌时，哪怕微弱的声音也会干扰他进入"虚空"的诗境；所以，他这时候中断朗诵、表示不满是可以理解的。

　　蒲龄恩的诗歌像禅诗一样，其意境颇为朦胧幽微，常用类似马赛克或片段的意象把诗境表现出来，给人一种笼罩在雾花帘影之中的断裂感，或恍惚迷离之美。上引《珍珠，是》之十三，读者怎么读都难以将其意象与"珍珠"联系起来。可以说，这组诗歌的语言不同于任何传统诗歌或后现代主义诗人的诗歌语言，因为在那里，语言还保留着逻辑性、鲜明性。在蒲龄恩《珍珠，是》这组诗歌里，槭树、蝙蝠、黑鹰、叶子、皇冠、管乐、脊背、眼睛、那条路之间，呈现出一种断裂。这些词汇表达的意思，跳跃性也非常大，读者难以通过正常

---

① 译诗引自黎志敏：《诗人蒲龄恩及其诗作〈珍珠，是〉》，载《世界文学》2005 年第 6 期，又见区鉷主编：《蒲龄恩诗选》，第 209 页。

② 转引自张节末：《禅宗美学》，第 18 页。

的语言思维来把握语意,以形成明确的意象。蒲龄恩的诗歌语言如此隐晦、多变以至于明显地排斥读者,迫使我们更用心阅读。不过,无论读者如何用心,以通常的方式都无法解读这样的诗。应该注意的是这些诗句,而不是它们之外的任何东西——按福瑞斯特-汤姆森(Veronica Forrest-Thomson)的说法,"必须用艺术鉴赏家的心,从这些诗句本身获得美感"①。

这首诗歌的中译文基本上照顾到了原文的格式,也基本上是按照源语文本的语言形式翻译的,翻译得不错。但由于中英文两种语言之间的差异,中译文的语言表达与源语文本的语言表达存在着一定的距离。请读一下这首诗源语文本的前两节:"Data pruning/ maple in f/ slips while single to elude/ demented stuck in// wonder or/ peep like bats and black/ owls on wires/ at the leaf"。读者一定会发现源语文本的诗歌语言同样是很怪谲的。尽管如此,我们通过对源语文本语言的分析,还是可以理解这首诗所要传达的意义的。Data 在这里不能理解为数据,而应该理解为:something known or assumed as fact, and made the basis of reasoning or calculation(即,某种被认定的事实和以这个事实作为推理的基础)。这样,这节诗歌的意思就显现出这样的朦胧状态:大自然把槭树修剪成 f 形状,树枝密密麻麻交错,难以分开;蜘蛛网像电线一样挂在枝叶上,而网上的落叶好像蝙蝠或黑鹰在线上。读诗歌的源语文本时,不可以千篇一律、一行一行地分开读,有时候需要把上下诗行连接起来读,也可以上下诗行串起来理解。如上面的英文诗可以这样读:Data pruning maple in f slips while single to elude demented stuck in wonder or peep like bats and black owls on wires at the leaf。

《珍珠,是》的题目下面有几行题解:"紧靠河岸的是蕨类一样的叶子,因为干燥的天气而绿得更加深沉。叶子上方,是紧紧地织在一起的蜘蛛网薄纱。在斜阳下温柔地颤抖着闪光。我们俩都注意到了[……]"(2005 Poems 453)从这个题解可以印证笔者上述理解是正确的。这首诗里面,"皇冠追逐临近的闪亮/[……]/像眼睛在/瞄一眼这个,快速/离去/沿着那条路"这几行诗,毕竟还是给读者暗示了"珍珠"的意象。诗人似乎要让读者知道,诗歌在谈论一种大自然的美以及那些与大自然美相关的东西。是"皇冠追逐临近的闪亮",还是"快速/离去"的东西?读者无从知道。读者从这首诗里得到的是一连串凌乱、破碎的语言片段,或者是由这些破碎的语言片段所构成的互不连贯的断裂意象。但是,读者或许从这些破碎的语言片段和断裂意象

① Veronica Forrest-Thomson, *Poetic Artifice: A Theory of Twentieth-century Poetry*, Manchester: Manchester University Press, 1978, p. 48.

中能够感悟出某种现实意义。

上面的那首诗里真的有"珍珠"的意象吗？读者读完之后，一定会这么想。笔者的回答是：有。诗歌是艺术作品，而蒲龄恩的诗歌是颇受中国禅诗影响的艺术作品，它存在于它所创造的艺术世界，并向读者展示着真理。这个真理就是诗歌作品的深层内涵，即作品所蕴含的深层意义。深层意义是诗歌所要表现的最本质的东西，它是人和自然的真实存在。在上面那首诗里，蒲龄恩为细心的读者呈现了一幅美丽的风景画。在风的作用下，一眼望去，槭树变成了 f 形状，相互挤压，粘在一起。覆盖着槭树的轻纱似的蜘蛛网上的落叶"像蝙蝠或者黑鹰在线上"；"临近的闪亮"的露珠似的眼睛在观察着这个生动的世界，又"快速／离去／沿着那条路"继续观望。

蒲龄恩的这首诗为读者提供了一个窥视世界的窗口，以露珠（这首诗把露珠升华为珍珠）作为眼睛替读者以幻想的知觉去感知这个世界：或许清新秀丽，或许粗陋不堪，或许阴风凄雨，或许广漠无垠［……］。但，这就是他上面那首诗歌的世界，一个充满了禅意的、意象破碎的诗歌境界。它在大声呼唤读者去解读，应诺会给经努力获"顿悟"的读者带来难以言喻的内心喜悦。

三、诗歌的阅读难度与审美

"蓝田日暖，良玉生烟"表达的是一种由朦胧迷幻之情怀所构筑的世界，而蒲龄恩却巧妙而冷漠地把断裂的诗歌叙事或意境隐藏在"良玉生烟"般的轻纱下面，让虚实难分的境界给读者营造出一种难以言说的美感。这种难以言说的美感颇具心性论的基础，是禅宗哲学思想的核心，也是禅诗的精髓。"心性论"中的"心"指的是藏在人之灵魂深处的、属于精神层面的不朽的生命主体，"性"指的是人之本质或本性。可见，想要真正读懂禅诗不是一件容易的事情，因为它是与"心性"紧密相连的，而"心性"又是非常虚无缥缈的、靠"悟性"去感知的东西。所以，元代禅门高僧中峰明本禅师说："禅何物也？乃吾心之名也；心何物也？即吾禅之体也［……］然禅非学问而能也，非偶尔而会也，乃于自心悟处。凡语默动静不期禅而禅矣，其不期禅而禅，正当禅时，则知自心不待显而显矣。是知禅不离心，心不离禅，惟禅与心，异名同体。"[①]

诗人的"心性"和读者的"心性"在禅诗的创作和解读中起着举足轻重的作用，禅诗会上升为诗人和读者摆脱现实苦恼，追求生命奥秘的精神寄托。

---

① 转引自周全田：《禅宗美学的本体论空观》，载《周口师范学院学报》2002 年第 6 期，第 55 页。转引自张锦辉：《论禅宗心性论与唐代文人禅诗》，载《内蒙古大学学报》（哲学社会科学版）2014 年第 2 期，第 59 页。

这正是禅诗阅读中的难点。蒲龄恩的诗歌,尤其是他来中国高校任教之后所写的诗歌,颇受中国禅诗的影响,里面同样隐藏着心性,所以非常艰涩、难懂。这也是他 2005 年版《诗歌集》最具创新性的特点之一。下面,请读一首他 20世纪 90 年代初在苏州大学任教时用汉语创作的古体诗:

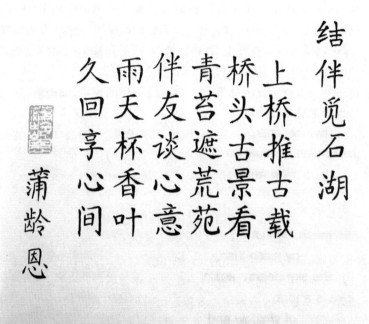

附录图 2　蒲龄恩　中文诗《结伴觅石湖》

据蒲龄恩自述,这首诗是他与苏州大学老师一起出游时构思、回到住处用毛笔写下的。同游的老师给这首诗润色过,但诗歌的意象是出于他的,工整的楷体书写是出于他的,包括印章、签名在内的架构、谋篇也是出于他的。读者从中可以看出外国人写"中国诗"所留下的"洋味"。中国读者粗读会觉得这首诗清晰,不难理解,但诗里仍然饱含着禅意,有值得琢磨的地方。

该诗诗题《结伴觅石湖》里的"觅"字颇有意思。"觅"是一种动态,是有目的地寻找,它与禅宗所提倡的"吾心清静而无念"正好相反。怎么会与禅联系在一起呢? 除此之外,该诗前四句——"上桥推古载""古景看""遮荒苑""伴友谈心意"——也都有动态描写。这些动态描写表面看与"吾心清静而无念"相悖,但实质上诗人和读者却在动态中进入了"清净而无念"的禅境:"雨天杯香叶／久回享心间"。"上""推""看""遮""谈"的"动"都是为了给诗的最后两句营造禅意。这首诗把现实中蒲龄恩的"自我"与"古桥""古载""古景""青苔""荒苑"中虚拟的"自我"合二为一,这才有了"雨天杯香叶／久回享心间"的禅境。试问:蒲龄恩写这首诗时,可以在桥头看见"古景"和"荒苑"吗? 当然看不见! 不是他的眼睛,而是他的心在看。此时此刻,他通过冥想让现实中的"自我"穿越时空,回到了古代的时空,并作为那个时空的"自我"来看那个世界。这时,现实中的自我与古代时空中虚拟的"自我"合二为一了。这就是禅境,所以他在这首诗的最后两行说:"雨天杯香叶 ／ 久回享心间"。

现实中的"自我"与禅诗中的自我合二为一,这就是禅境中的诗歌和诗歌中的禅境。在《结伴觅石湖》这首诗里,蒲龄恩虚空的心性达到了物我相融的境界,剔除了彼此之间的区别,"我"与大自然浑然融合在一起,进入奇妙的禅境。这种禅境在中国古诗里颇为常见,例如下面这两首古诗:

> 1. 我有牧童儿,执杖驱牛转。
>   不使蹈荒田,岂肯教驰践。
>   泉水落岩崖,青松长石畔。
>   牛饱取阴凉,余事谁能管。

> 2. 我有牧童儿,骑牛入闹市。
>   不把一文钱,买断乾坤地。
>   种也不施工,收也无准备。
>   当市垛皮鞭,蛰户一齐启。[①]

这两首诗看似浅显,却饱含着深厚的禅意。余虹教授对它们作了非常精彩的阐述,她说:

> "牧牛"诗是禅诗的一个重要题材。禅诗常以"牧牛"喻"调心"。以上两首诗选自汾阳善昭的《南行述牧童歌》。第一首诗,前两句写调心的初级阶段。妄心如野牛,在思虑情欲支配下,放纵驰逸,狂野纵横,此时乃要横鞭执杖,不使"心"驰骛外逐。后两句写石畔青松下,岩崖泉水边,一头吃饱喝足的牛,正安闲乘凉,不再外逐,不管它事。此时的牛完全不同于前面的野牛,表现出驯服、安静、心满意足的特点。这两句诗象征妄心调息之后,真心显露,一片安闲,心无驰骛也无束缚的禅悟境界。在这

[①] 转引自余虹:《禅诗的"归家"之思》,载《社会科学研究》2009 年第 5 期,第 112－116 页,引文第 114 页。

样的境界里，"种也不施工，收也无准备。"无心无为，任运随缘，然而无为而无不为，"不把一文钱，买断乾坤地。"不用一文钱，却能买断乾坤大地，把清风明月，山河大地尽收心中。

这两首诗以野牛喻妄心，以安闲之牛喻真心。狂野的牛与安闲的牛形成鲜明对比，牧童执鞭，野牛驯服，一幅生动的牧牛图画，形象描述了调息妄心、显露真心的过程。绝情去欲，降心息虑，抑制攀援驰骛之妄心，这也是禅家的一条"归家"之路。①

对比一下蒲龄恩的《结伴觅石湖》和汾阳善昭的《南行述牧童歌》里的前两首诗，读者一定会发现它们有异曲同工之妙。禅诗的"妙"对于禅诗本身来说是"隐蔽"在那里的，而对于读者来说，是要"悟"才能够感觉到的，这正是禅诗最难解读之处。无论是蒲龄恩的《结伴觅石湖》还是汾阳善昭《南行述牧童歌》中的前两首，它们都从现实世界入手，使人对丰富多彩的现实生活产生沉思，并感悟禅的韵味。这是一种禅悟，"是精神主体高度自觉独立，大彻大悟，自由自在地与宇宙本体的本然状态高度圆融契合的一种境界"②。

2005 年版蒲龄恩《诗歌集》收入了一首作于 2002 年、题为《丙烯酸丁酯》（"Acrylic Tip"）的诗，其禅意之艰涩足以让许多读者望而却步。试看该诗第一、二节和第三节第一、二行：

> Assuming banishment for lost time back across nullity
>   in speck-through marking worthless eyelash, strict
> blast of sand eggplant prone, tampered dune how fast
>   The grievance solitary; krook pathways risen up
>
> To wheel and turn about spandrels high over submission
>   flexed to burnish and chomp get hungry for intimate
> newsy entrances. Get plenty get quick. Out on the level
>   camber trim mouthing actions, louder into the swing
>
> Denounced for parity and affront, many will know what
>   to do at the tip, the crush horizon ...

（2005 Poems 537）

---

① 转引自余虹：《禅诗的"归家"之思》，载《社会科学研究》2009 年第 5 期，第 114 页。
② 周裕锴：《中国禅宗与诗歌》，上海：上海人民出版社，1992 年，第 114 页。

有多少读者可以读懂这两节半诗歌的意思？不但中国读者读不懂，英语国家的读者也同样读不懂，因为蒲龄恩的作诗法太"禅意化"了。关于这首诗歌，诗人本人曾透露过其创作过程。一天，他在澳大利亚的一间木屋里写这首诗，写着写着突然想不出该用哪个词来表达一个新颖的意思为好。绞尽脑汁都想不出来之后，他便对自己说："我走出这个房间，如果随便看到一个什么字，就把这个字写进我的诗里。"于是，他走出房间，并走出院子。结果在离院子不远的地方看见一块牌子上写着 locksmith。他就把那个词写进了诗里。① 就这样，locksmith 这个词出现在该诗的第 24 节：

[...] Sweet mane lap below lens failure by

Light bent back at lintel regression. Aim to go round
　　and haply tie off leaf after leaf, nothing heard
his **locksmith** digressed, bear up on shoulder level care
　　her pledge unhandsome and ruinously now surmounted.

(2005 *Poems* 540)

蒲龄恩创作诗歌时的这一怪谲举动本身就颇具禅意。试想，他写诗进入禅境，无法自拔，虚空得不知用何词语表达当时的诗境；于是，像梦游者一样走出木屋，无意中看见一块木牌上 locksmith 一词，就把这词写进了诗歌里。难道这样写出的诗歌还真的需要去寻找所谓的主题或诗意吗？黎志敏教授在《蒲龄恩诗选》的"后记"里说："记得一次老蒲推荐他的一位本科生的诗歌习作给我看。这首诗很短，不足 20 行。老蒲赞不绝口。我看了一眼，不知所云，就问老蒲诗中写的是什么。老蒲却说：'我也不知道啊。'真是一言惊醒梦中人。我放弃了'主题'的视角，立即发现了诗歌的精彩之处。"②

蒲龄恩的诗歌境界及其作诗法已经接近或进入了禅之"圆融"境界。当蒲龄恩的禅宗悟性与现实观照融入诗歌创作中后，他和他的诗歌已经把现实时空与禅意时空巧妙地融合在一起，创造出靠"悟性"方可感觉到的"朦胧美"和"朦胧真"，并为读者解读和品味该诗留下了无限空间。这或许就是他 2005 年版《诗歌集》里的众多诗歌所要营造的富有哲理玄思的妙谛禅境吧。

---

① 见曹山柯：《文学批评与文本意义踪迹》，第 89 页。
② 同上书，第 88 页。

沈周《夜坐图》①

蒲龄恩 作　钱兆明 译

On a cold night sleep is very sweet. I woke in the middle of the night, my mind clear and untroubled, and as I was unable to go to sleep again, I put on my clothes and sat facing my flickering lamp. On the table were a few folders of books. I chose a volume at random and began to read, but tiring I put down the book and sat calmly doing nothing [*shushou weizuo*]. A long rain had newly cleared, and a pale moon was shining through the window. All around was silence.

Then after a long time absorbing the fresh brightness, I gradually became aware of sounds. Listening to the rustling of the wind stirring the bamboo gave one the feeling of going bravely and unwaveringly onward. Hearing the harsh snarling of dogs gave feelings of barring out evil, of opposing marauders. Hearing the sound of drums, large and small—the small ones thin, and the far ones clear and deep and uninterrupted—stirred restless thoughts that were lonely and sad. The official drum was very close, from three beats, to four and then five, gradually faster, hastening the dawn. Suddenly in the northeast the sound of a bell, a bell pure and clean through rain-cleared air, and hearing it came thoughts of waiting for the dawn, rising and doing. It was inevitable.

My nature is such as to enjoy sitting in the night [*yezuo*]. So I often spread a book under the lamp going back and forth over it, usually stopping at the second watch. Man's clamor is not at rest, and yet the mind is bent on learning. Seldom does he find the outside calm and the inner world at peace [*wai jing er nei ding*].

① 译自蒲龄恩 2014 年修订版《沈周〈夜坐图〉》，原载《斯诺文艺评论》(*Snow lit rev*, Lewes, East Sussex, Allardyce Book ABP)，2013 秋－2014 春，第 2 期，第 94－105 页。

Now tonight all sounds and shapes [*shengse*] bring this stability and calm [*dingjing*]. Thus can one purify the mind [*xin*] and spirit [*shen*] and realize one's will [*zhiyi*]. But one should remember that it is not that at other times these sounds and shapes do not exist like this, nor that they do not reach the eye and ear of man, but that appearance is the servant of a thing, and yet the mind hastens to follow it.

True perception through hearing [*cong*] lies concealed in sound like that of drum and bell [*kenghong*], whereas perception through seeing [*ming*] is hidden in any pattern [*wenhua*]. Thus things usually harm rather than help men. Often is it like tonight's sounds and shapes, for they are really no different from other times, and yet striking the ear and eye they become so firmly [*liran*] and wonderfully a part of me. And so this existence of sounds and patterns is not what prevents me from gaining wisdom; for things are [not] enough to enslave men.

When sound is broken and shape shattered and the will [*zhi*] rises free, what is this will? Is it within? Or is it without? Or is it in a thing? Or does it cause the thing to be? Is there not a way of defining the difference? Most certainly, and I perceive the difference.

How great is the strength to be gained sitting in the night! Thus, cleansing the mind, waiting alone through the long watches by the light of a newly trimmed bright candle becomes the basis of an inner peace and of an understanding of things. This, surely, will I attain.

I made this record of a night vigil in 1492 during the autumn on the sixteenth day of the seventh month. Shen Chou of Suzhou.

[寒夜寝甚甘,夜分而寤,神度爽然,弗能复寐,乃披衣起坐,一灯荧然相对,案上书数帙,漫取一编读之;稍倦,置书束手危坐,久雨新霁,月色淡淡映窗户。四听阒然,盖觉清耿之久,渐有所闻。闻风声撼竹木,号号鸣,使人起特立不回之志,闻犬声狺狺而苦,使人起闲邪御寇之志。闻小大鼓声,小者薄而远者源源不绝,起幽忧不平之思,官鼓甚近,由三挝以至四至五,渐急以趋晓,俄东北声钟,钟得雨霁,音极清越,闻之又有待旦兴作之思,不能已焉。馀性喜夜坐,每摊书灯下,反复之,迫二更方已为当。然人喧未息而又心在文字间,未常得外静而内定。于今夕者,凡诸声色,盖以定静得之,故足以澄人心神情而发其志意如此。且他时非无是声色也,非不接于人耳目中也,然形为物役而心趣随之,聪隐于铿

旬,明隐于文华,是故物之益于人者寡而损人者多。有若今之声色不异于彼,而一触耳目,梨然与我妙合,则其为铿旬文华者,未始不为吾进修之资,而物足以役人也已。声绝色泯,而吾之志冲然特存,则所谓志者果内乎外乎,其有于物乎,得因物以发乎?是必有以辨矣。于乎,吾于是而辨焉。夜坐之力宏矣哉!嗣当斋心孤坐,于更长明烛之下,因以求事物之理,心体之妙,以为修己应物之地,将必有所得也。作夜坐记。弘治壬子七月既望,长洲沈周。]

　　苏州沈周在其立轴《夜坐图》书有上引题记,上引英译出自理查德·爱德华兹《石田:沈周艺术研究》(Richard Edwards, *The Field of Stones:A Study of the Art of Shen Chou*,1962),第57页;更详评介见高居翰,《江岸送别:明代初期与中期绘画》(James Cahill, *Parting at the Shore:Chinese Painting of the Early and Middle Ming Dynasty*, 1978),第90—91页,图37、38(单色复制);近年详评此图的论文有凯瑟琳·里斯寇姆《夜坐之力:沈周〈夜坐图〉》(Kathlyn Maurean Liscomb, "The Power of Quiet Sitting at Night:Shen Zhou's *Night Vigil*",载《华裔学志》(*Monumenta Serica*)1995年第43期),第381—403页(我在上引爱德华兹英译中插入了里斯寇姆若干中文术语的拼音,还根据她的考证,在[第5段]方括弧内加了"不"字)。《吴派画九十年展》(*Ninety Years of Wu School Painting*, Taipei,1975)第2页有全彩复制《夜坐图》,但不够清晰。《华裔学志》有相当清晰的单色复制图与放大的题记局部、图画局部(第393—395页,图1—3)。

　　沈周是15世纪中国东部苏州地区(今上海以西)所谓"吴门画派"最杰出、最具代表性的画家和书法家之一。有关吴门画派更详介绍,见卜慧珊《中国文人画论:苏轼至董其昌》(Susan Bush, *The Chinese Literati on Painting:Su Shih to Tung Ch'i-ch'ang*, 1971),第172—179页;李雪曼《中国山水画》(Sherman E. Lee, *Chinese Landscape Painting*, 2nd rev. ed., 1962),第65—82页;高居翰《江岸送别》第二章。上引文由爱德华兹英译自《夜坐图》沈周亲笔题记。该立轴84.8厘米 × 21.8厘米,浅设色,作于弘治壬子年(即1492年),盖有沈周及他人印章,今藏台北故宫博物院。高居翰(《江岸送别》第90页)有带评语的《夜坐图》题记节选英译,里斯寇姆有更完整的新译文(我不认同她某些观点并不妨碍我承认她的探讨给予我诸多良益)。

　　立轴(偏下)绘有两座高山,山脚崎岖的斜坡上有几株松树,树下有几间敞开的简陋小屋(或许算不上是亭屋),近景中一座小板桥横跨溪流,直通隐蔽的山景中心(有关板桥的主题,参见艾斯特·雅各布森-梁《中国艺术中的地标与通道:视觉意象与诗意类比》(Esther Jacobson-Leong, "Place and

Passage in the Chinese Arts：Visual Images and Poetic Analogues"），载《批评探索》（*Critical Inquiry*）1976 年第 3 期，第 345－368 页（第 355 页，第 358页）；试与唐寅《事茗图》《悟阳子养生图》（皆藏台北故宫博物院）相关处理做比较。两株超高的松树，违背正常透视法，从屋舍同一平面拔地而起，（通过透视法缩短距离）与其后大山（至少其后山坡）一般，直冲云霄。近景中的小溪无疑润泽丰腴了山脚下的土地（右侧的两株松树树叶显得偏宽，左侧的松树倒像是长着针叶）。研究寓意的学者会说，心中所思，跟这些无低枝、高高耸立的松树一样，直冲云霄；但长久被山岩遮掩的树种，必然长得高。它们生性就如寓言，作为常青树种，从习性中即获得了标志人类长寿的象征意义。

如图所示，日落后湿空气冷却上升为浮云，浮云下居中那间（大概近似中国人所谓书斋的）屋舍内一文人端坐书案后矮凳上，他双臂交叉，以示无为静修；书案上书几帙，置于放烛台的案上；人物画得虽小，其内心却为静止的外景充分显示，即为烛光点亮的屋舍内景充分显示，全都在静谧的沉思中。（凯瑟琳·里斯寇姆将图中的简易屋舍称为"田园别墅"[见其文第 396 页]，无论用以描述该屋舍还是描述其气场都不对。）

人物极小，且寥寥几笔，画得极其随意。这个人物可能是这幅山水画的聚焦点和中心，但他的存在却一点也不渲染；静观山景（他那种静，亦为我们的静），我们才会发现他静坐其中。同一时期创作的山居图佳作还有唐寅的《西洲话旧图》（作于 1499 年至 1502 年间）；藏台北故宫博物院；见安娜·德·考西·克莱普《唐寅画作》（Anne de Coursey Clapp, *The Painting of T'ang Yin*, 1991），第 117－120 页，图 38，后者用了沈周许多意象。

这里，沈周笔下的文人虽将书置于书案上，却并未在读书或瞧一眼书。此乃题记所谓"心在文字间"。尽管"漫取一编读之"，此非属于意欲读书：学问得之于读书，而非主要得之于书籍本身。室内的烛光辉映心神焕发的光，室外的月光（天体弥漫反射的光）；两种光/启示对应，但对应中也有难解的问题。他背靠大山，不仅大山不在其视野之中，连月亮也不在其视野之中，尽管月亮很亮，足以让他瞥见月光；漆黑的外界，他什么也看不见，我们什么也看不见，这里描绘的都是他内心之跟伴、内心之熟知；我们需要知其所知。

有趣的是，隐士头顶系的发髻与他那间屋舍背后被月光照亮的亭屋顶模样毫无二致。云雾隔断了高耸的山峰与山底下人间的联系；山峰往上三分之一的画面留给了题记，其纵向的书写与下面拔地而起的山峰走向正好相背。山巅之上方是不寻常长的题记，其刚健、流畅的笔法直接出自底下山水图的气势，占用了整个画面的三分之一左右；是整部画作一气呵成的意境的一部分。高山乃必要的荒野，传说道家、禅师、新儒家静修时身必处、心必怀的荒野。

　　起先，文人完全沉浸在寂静之中，不闻外界任何声响；知觉渐苏，他听到了进入他意识的大自然和人间的声响；外静而内定后，他开始琢磨与人类意识相关的外界与内心感知的联系。里斯寇姆这样评论："沈周的题记告诉我们，只要私欲不扭曲或掩盖人们的感知，万物存在本身就会让人们体察到人与周围事物间的奇妙联系。倘若不信有这种潜在的联系，我们关注松竹声、鸡犬声、更鼓声，并对其有不同的反响，就会被多数人认定是偶然的或随心所欲的。"（《夜坐之力》，第 390 页）

　　但她这么说否定了画家的艺术和洞察力与推测思维探索模式有任何联系。那幅图确实显示了人的思维是知见的中心，它关注着主观和客观现实交际中的种种重要问题，关注着人性及其行为之急需。但它同时也表现了包括人与自然在内的物质世界本身，不管其大环境好还是不好。那些屋舍盖在那里是因为两座大山之间有一较为平坦的峡谷，四周有树，有灌木，能挡风遮雨，它们像邻里一样庇护着这些简陋的屋舍。屋舍四周空间，如人所期，看来杂草已除。即便那些高峰几乎每个细节都可取自传统的中国画画法，那充满乡土气的近景，那碎石、卵石、草木终究还是出自现实而非想象，是画家带着对那一草一石的深厚感情画出来的。山谷崎岖不平，且多石，不适于农耕，但那一草一木却合乎此景此情，合乎此画格局中峡谷地面与草木色调的对比。近景的这种处理，如板桥所能证实的，有其伦理根据，与题记的中心思想也吻合。

　　那座乡间板桥由此看来不是一座正式修筑的桥，而是一个"天然的"权宜之计，一个约定俗成让人类退隐自然"地标"的入口；这里的山涧小溪对人构成了一个小小的障碍，但它也显示一切生命都离不开的水的存在，板桥一头就搭在一株靠小溪之水生长的大树跟前。什么在流，什么静止：板桥跨过潺潺溪水，两头都有坚固的岸石支撑，近远皆示，近处的溪水源自远处的山涧，原始的空间维度。这一通道并不瞩目，却足以吸引观者踏入画境，去见识住在板桥那头屋舍里的人们；艺术与自然朴实随意对应，来自自然的艺术伸延到了自然的疆域。观画者作为"贵宾"，被瞥见的景致吸引，踏上了这里的屋主们天天走过的通道。板桥只容一人过，大车、商用车不可能在这里出现。

　　为防匪劫，乡间很多村落都筑有高墙壕沟并有门控，但这里却无迹象显示有防盗之忧。画家对观赏者没有丝毫忌讳，他家灯火通明、门窗无遮，让人一眼就能看出主人真诚好客。板桥由此把我们直接引入了他夜坐静思打开的心扉。那是一座用坚木精心制作的心灵的桥梁。山水画有一个长期形成的图像标志，标志这样的通道，在世俗至心灵各模式和水准之间建立联系。

斯德门(Peter Sturman)评过一幅比此图早得多的图,图中也有一山涧小桥,"似标示一次旅程的起点",同时又为"人类经历的分隔线"(《骑驴作标:李成与早期中国山水画》["The Donkey Rider as Icon: Li Cheng and Early Chinese Landscape Painting"],载《亚洲艺术》[*Artibus Asiae*] 1995 年第 55 期,第43—97 页,引文第 81 页)。

里斯寇姆还评论说:"沈周用半抽象的山水图形式来隐喻其伦理信仰,隐喻夜间各种声响引起的联想。因为这些声响来自他周围环境,用耐人寻味的山水图激发他确定的反响是证明通过清晰的感悟他能与这些声响奇妙合一的有效手段。"(《夜坐之力》,第 396 页)这个说法也不对,至少表达不完善,因为对画家来说,不确定通道的状况不是隐喻,近景中描绘的山坡、灌木、淡墨勾勒的瓦砾屋顶、简易而用心绘制的跨过流水的小径,也不只是隐喻:它们是真实世界的写照,是通过认真审视这里的人和自然态势而画出来的。没人费心思把那几间屋舍与山景自然风貌分隔开:屋舍外没有竹篱围墙或竹篱门,草丛没完全清理干净,整个屋舍画得不仅随意,甚至还有点不稳妥可靠。

视觉艺术的形式与连接确实具有对应关系。屋顶瓦砾的短皴,满足周围住户用水需要的溪水经崎岖水道而泛起的水波,都是画家用淡墨蘸水描绘于纸上,二者遥相呼应,何其相似。如果图景有含义,其含义不是通过描绘来表现,而是通过观察把物画入图中。倘若主屋后是竹林,笔墨烘染的竹与"专业"画家精心绘制的竹有明显的差别,因为对文人画家来说,画竹是李雪曼所谓"水墨功夫的最终考量"(《中国山水画》,第 57 页)。追求的是什么,这里很不一样,是一种通过有意识的取舍让艺术看似降格的简约。

背传统而行之说,在近代美术创作实践中能找到其由来。乔迅评过英国国家博物馆藏石涛(又名道济,1642—1707)《南八景》册页之《夜泊采石谪仙楼下》,石涛题诗一首(可能作于 1670 年代末),书于该册页图上。又一陋屋坐落于山坡,敞开的窗后似有一独坐静思高士。题诗明显在愁思夜坐至晓的一幕幕旧景:

> 长怀太白楼,到此忽生愁。
> 浩气古今月,英明天地秋。
> 三山当槛落,五鼓晓城头。
> 明日去千里,回看水急流。

尽管这首诗确定了乡愁的主题,乔迅还是认为此画"抗拒通过诗的过滤而简化为这种譬喻性解读"(Jonathan Hay, *Shitao: Painting and Modernity in Early Qing China*, 2001, p. 311 [上引文为邱士华、刘宇珍译文,见乔迅:《石涛:清初中国的绘画与现代性》,第 396 页],图 210)。苏源熙在《中国美学问题》(Haun Saussy, *The Problem of a Chinese Aesthetic*, 1993)中大大地扩展了对汉学比喻与寓意的讨论,在其第一章"中国寓意问题",他有力地驳斥了在观念区分中将比喻当作解决生成意义差异的纽带。他引用余宝琳《中国诗歌传统意象的理解》(Pauline Yu, *The Reading of Imagery in the Chinese Poetic Tradition*, 1987)指出,

> 西方本体论与文论的体制,在余宝琳看来,经努力已统一。寓意"创造了一个有两个层次的文学世界,两个层次各有自己的体系,唯其一最终至上"(余宝琳,第19页)。比喻与寓意是模拟与虚构普遍法则的两个实例:"模拟[……]主要由本体二元论决定,那是假设有一个更真实的现实,一个超越我们生活的具体历史境界的现实,二者的关系通过创作人工复制。"(余宝琳,第5页)(苏源熙,第24—25页)

沈周《夜坐图》图文并茂,这意味其寓意由(图、文)两种并列的表达式合成,文在图之上,作为强势的第一种("居上的")意义,控制和指导着弱势的第二种("居下"的)意义的存在。这么说忽视了一个明摆的事实:沈周首先是画家,而不是哲学家或散文家,甚至连诗人也算不上;他惯凭视觉思维,他的伦理信仰主要见诸他的画作、他所见和优先考虑的一贯处理办法。那么《夜坐图》是以图为主导吗?回答只能是"非也",其实这个问题提得就不好。图文的类别差异表现为一种互相对等:二者互为比喻或寓意,各自按其模式确定意义,迫使观赏者通过阅文加深对图的理解,通过观图加深对文的理解。图文二者既确定各自的意义,又消解这种意义。自我意识要通过按文法规则阐述思想感情来实现,但图画有图画自己的规则,观画者必须遵循图画的规则赏画,否则图画就会被误读或被降格理解。

沈周用水墨淡绘出的枝叶显然出自山水画的传统画法,但他似乎有意把画画得不太利索:短皴往上点画的远山山峰自信地罔顾透视距离。把这些称为"别扭而合意的绘画"(《夜坐之力》,第399页)揭示了一个特征,却完全曲解了这一特征的用意。沈周在题记中由衷地(向他自己)提出了这一亟须解答的问题:心志超越外界所闻之声、所见之景,这成了什么样的心志? 心志进入了物,还是心志造物? 这些淡墨短皴对此问题作出了部分隐性但明确的回答:它们在所见所知中,就如笔墨按所知原型重建,在纸上勾勒出来并呈现于视野那样。这并不能解决一个早就提出的问题,但通过重新提出这一问题,却能激活心智并找到合乎正道的定义。由此看来,"别扭而合意"的说法与题记所阐明的脱离精心绘制、创新美学伦理之原则完全不着边际。

作为赏画者,我们能辨认出图中所描绘的社会行为并非村落群体的社会行为。这些简陋的屋舍更像是避暑山庄,而不是常居之家。那些屋舍简易盖

成,几笔画就。然而,犬吠声表明这里的住户也有防匪盗之需,夜间定时敲响的更鼓声证实了他们确定时辰的手段。有清晰的钟声从庙宇传来,那该是显示居住地有生灵存在的又一种方式。写夜坐闻更鼓声,又见杜甫公元766年所作《隔夜》("Night at West House");见戴维·霍克斯《杜甫入门》(David Hawkes, *A Little Primer of Tu Fu*, 1967, pp.181—184)。

我们还能辨认出文人"田园"风格里有两种不同的节奏。文人所作所思精到,毕竟与简陋的乡村景观不全合拍;文人的窗户敞开(这应当还是夏季),有宽阔的视野,其他屋舍的窗户则有窗帘遮盖。夜坐的他跟劳累了一天早已入眠的邻居必定很不一样。必须协调两种节奏、两种生活方式,必须认同两种现实和在世存有,并设法寻找出它们之间的联系。这种联系或纽带或许跟架在小溪上的板桥一样简单;但这种简单也可能不易为世故的文人所把握。寓意本身很浅显,不失为一条捷径。在大背景中,我们能看出绝对与局部此时性的差异;这些长年累月被风吹雨打、随气候变化而变形的山岩,在人类出现很久很久之前就已存在;大树和灌木的生命远没那么长;至于花草,更是随季节盛衰的过路客。"地标"就是这样,由许多互相矛盾的成分构成,即便不考虑感知会因常住人、常住群体之不同而不同。

文人画家凭借的是由夜间所闻声响构成的群体意识,这是因为文人尽管身份特殊,处世还是要受社会环境的限制,不能脱离由各种琐事构成的社会现实,不能为心神联想所封闭。其所见乃未经思考就存在并对他具有意义的世界,其认识存在于这些模式之间。沈周一生创作过无数即兴画册页,所绘景观个个情感饱满并富有乡土味,这足以证明寓意并非其唯一擅长的手法。

由此看来,这里的关系错综复杂,不完全是图示,不完全是寓意或象征,也不是通过相似性与图像排查就能说清楚的。不管传统的类别怎么解释,即使图景、寓意、象征都起了一定作用,整体上还不是这几种关系。图文二者之间没有主次之分。题记并未书写在图上,也未完全进入图内;它是整个创作思想及其踪迹的有机组成部分,根据立轴版面规划好,无疑用同样的笔蘸同样的墨写就(这里顺便提一句,其书写风格像是书信或日记,洒脱而不失高雅)。天地有别,二者的统一既可被假定又可被质疑。有限的设色使图显得很柔和;为适合夜景,总体色调用得相当暗淡。高居翰指出,"图中时用淡描、时用暗色,二者交替就衬托出了夜色和月光"(《江岸送别》,第91页)。随和清逸乃沈周晚年之风格。整幅作品画得极其微妙,易让人察觉其内在的警觉和沁人心脾的氛围,完全不像倪瓒及其弟子那样讲究,那样注重精描细绘。对这幅画高居翰有更详尽的评论:

> 虽然沈周并没有把静思与他的艺术创作过程明确联系在一起,用静

思阐明其信念恐非无稽之谈；用静思阐明明代文人画家如何看待外相与身受的关系，进而阐明他们如何对待所见所闻自然意象与由所见所闻意象转变成的艺术，恐亦非无稽之谈。感官刺激本身就异常繁复，感官对意识刺激过久过烈，反而会使大脑不能完全吸收，不能按物象原型在艺术上表现出来。文人艺术家之所以一再重申"逼真"不是他们的目标，是因为他们认为按世界的原貌表现世界这一说法并没有抓住问题的本质。现实主义艺术并不真正反映人类处世经验或对世界的认识；一旦选择以艺术家的身份投身于大自然，他们要表现的就是这种经验，这种认识。心静而从善如流，不为万念所动，即刻就有超凡的清晰——如沈周在此所动人地记述的那样——人的感知成为"感觉生活通道"中人本身的一部分。积累和梳理这类感知即为儒教的"自我修养"，亦即为真正的艺术。（《江岸送别》第 90—91 页）

反"逼真"或庸俗自然主义描绘外相的论述，见高居翰《抒情的历程：中日诗情画》（*The Lyric Journey：Poetic Painting in China and Japan*，1996），第73—80 页。不妨再补充一句，《夜坐图》题记隐含的感悟思路充分体现了退居自然中，按真正的"道"忘我修炼的佛道观念的影响。里斯寇姆承认这点，但倾向于将其尽量与新儒家思想实践联系在一起。方闻评论过为何，"有道家思想的文人，有业绩、有巨大影响的文人，愿将新道家的形而上学与儒教思想联系在一起。作为一流学者、艺术家的友人和伴侣，他们将江南文人的文化注入道教神秘主义，使之成为隐居生活的哲学思想基础。好些道家文人同时是有成就的画家"（方闻：《超越表现：8 至 14 世纪中国画与中国书法》[Wen C. Fong, *Beyond Representation：Chinese Painting and Calligraphy, 8th—14th Century*, 1992]，第 470 页）；参见安娜·德·考西·克莱普《唐寅画作》，第 17—24 页，对唐寅"调和主义"的概括重建。马克·威尔森（Marc F. Wilson）这样评价沈周作于 1484 年的《仿云林山水图》题诗："沈周此诗实质上是他对他所生长、处世的儒教社会的概括评估，这个社会褒奖仕途和研读文史。自嘲的笔调出于隐退与修炼二者兼顾的道家思想"（《八代遗珍：堪萨斯城纳尔逊—阿特金斯艺术博物馆、克利夫兰艺术馆藏中国古代绘画》[*Eight Dynasties of Chinese Painting：The Collections of the Nelson Gallery-Atkins Museum, Kansas City, and the Cleveland Museum of Art*, 1980]，第179 页）。理查德·爱德华兹有如下评论：

这些论点可能出自佛教理念——无疑沈周把自己想象成了端坐其居的佛圣——这是一种艺术家的信念。艺术家的本职就是处理事物，用声音、外相营造或改造事物，做这些事不能说与艺术无关；它们不是纯

粹的幻觉。相反，一切表象、一切事物的表征、一切"事物"乃是真相的关
键。接受而不是否定世界，人才能认识现实的本质。沈周尤其在晚年就
是在这样的思想背景中从事创作的。画家既有责任把所见的世间之美
画出来，又有必要暗示这种美作为外相有其脆弱性和欺骗性。从他的立
轴中我们能体悟到此二者实现了奇妙的平衡。他就是这样把我们引向
事物内部实质，引向对"事物的认识"(《石田》第 57 页)；亦见其《沈周与
文人传统》("Shen Chou and the Scholarly Tradition")，载《美学与美术
批评季刊》(*Aesthetics & Art Criticism*) 1993 年第 24 期，第 45—52 页。

　　这些根本问题也可以通过关注时间悖论来认识。视觉形象和紧扣其意
的题记同时呈现，强有力地提示了立轴的时间框架或时间流变。艺术家的成
品静静挂在赏画者眼前：既要看懂画又要读懂题记，延长了实际赏画的时间。
再者，因为此画史上早已有之，我们作为当代赏画者，是站在距原创几个世
纪，多次文化演变之后在欣赏；今存的立轴本身成为连接相隔的几个时代的
又一"桥梁"。立轴作为古代中国艺术和哲学生活一个重要时刻的写照，今已
超越中国国界，这一点本身也值得评估。与此同时，展现的图景静止不动，图
中人坐姿警觉、轻盈、静谧，无需有肢体动作，但如题记逐段所述，其内心却思
考过一系列有关经历与主客观现实的问题，在探索和检验种种理念、情感。
意识从容而不静止。几乎漆黑的长夜在流逝，它作为独坐时光至拂晓的连
接，与别的小屋紧掩的窗户形成了鲜明的对照；那些屋舍里的人想必早已歇
息入眠。白日里，他们共同的社会活动将组成这里的世界。

　　由此，《夜坐图》构建的时间框架极其暧昧，这种暧昧恰恰显示了整个这
类文人画的属性"位置"。在独坐静思者的心神外，亦即构建这一静止时刻外
景的艺术家的心神外，大山象征着持久永恒的形式——人类产生前就存在，
并将超越人类存在的自然力。沈周书此题记时已六十七岁，相当成熟，且有
自己积淀的个性。那是秋季，冬季即将来临，这些山野住宅可能很快就要被
舍弃，被山下坚固的、防风雨的住宅所取代。高大的松树在提醒观画者，它们
是长寿的象征，稍矮的树木随季节的变更会落叶；溪水源源不断流入静思文
人画家肥沃的稻田；按时打断寂静的更声校准着被感知的流逝的时间。洞察
真性相当于渗入永恒的真性；但思索、搜寻、解答难以确定的问题则在经验变
化之中，为真性组成的过程。自身内外或更遥远的一切，有关时间、时间长
短、永久性、相对性的矛盾和互补，以什么形式出现？其潜在的、默无声息的
形式就是人间生命，一切事物的基本原则，是它把自然秩序和意识流中人与
动植物，甚至非生物联系在了一起。

　　这就是我们要认识并亲身体验的"道"的综合图像："道"的表象不断在变

化,但对识道之力者而言又无时无处不在。题记所探索、图景所表现的静坐自修力,让人获得意志,消除疑虑,将具体的目标与"道"及其内在的教导取得一致。再次强调,这里表现的不是寓意,也不是象征主义:立轴的观赏者或读者既走进图景与图中人的静思,当然也在图景与图中人静思之外;这就好比图中夜坐的文人(几乎是但又不完全是我们的化身)既在他周围人和自然场景之中,当然也在他周围人和自然场景之外。

我们不妨穿越文化,将之与柯勒律治 1798 年所作夜坐诗《午夜霜》("Frost at Midnight")做一比较。二者皆写夜色中独坐静思,唯沈周之图景与题记一起构成了一段有更大维度的对话或探究:探究自我是怎么形成的,其威力和真实性来自何处,从所知之外部世界及其现实能学到、认识到什么等等人性问题,见解通过视觉和画笔形成:此为何物,如何能正确知之、真正知之。

考察这种思维方法可参阅霍克斯对《红楼梦》开场哲理思想的总结:"'俗人的'现实'为幻觉,人生如终究要醒来的梦',这当然是佛教思想;但在曹雪芹的笔下,这却变成了诗,用以展示他的人物既是他想象的产物,又是他青春时期、黄金时期,真实的侣伴。在此程度上这可被视为一种文学手段,而非深奥的哲学,其实二者兼而有之。"(戴维·霍克斯英译 5 卷本曹雪芹中文小说《石头记》[*The Story of the Stone*：*A Chinese Novel by Cao Xueqin*, 1973],第 45 页)曹雪芹最接近于触及沈周夜坐静思之核心的是其第 3 卷第 76 回夜坐吹笛那段书写(《石头记》,第 507—526 页);试与安德鲁·普拉克斯《〈红楼梦〉中的原型和寓言》(Andrew Plaks, *Archetype and Allegory in* "*Dream of the Red Chamber*", 1976，pp. 109—110)做比较,又见苏源熙《中国美学问题》第 29 页所引。

参考文献

中文文献

艾略特：《阿尔弗瑞德·普鲁弗洛克的情歌》，查良铮译。载王佐良：《英国诗选》，上海：上海译文出版社，1988年，第617—623页。

爱默生：《爱默生散文选》第2版，姚暨荣译。天津：百花文艺出版社，2005年。

白至德编著：《大融合·中古时代·元》。北京：红旗出版社，2017年。

《贝聿铭与苏州博物馆设计》，载佳音网＜http:/shop.jiain.net/wemall/page/item? p＝87718&s＝27152＞。

《被指影响文化遗产 贝聿铭"封刀之作"引发争议》，载2003年9月15日中国新闻网＜http://www.chinanews.com/n/2003—09—15/26/346612.html＞。

曹山柯：《"山光悦鸟性，潭影空人心"——试论雷克斯罗斯诗歌的禅意特色》，《文学批评与文本意义踪迹》。北京：中国社会科学出版社，2011年。

车前子：《茶话会》。武汉：长江文艺出版社，2021年。

车前子：《新骑手与马：车前子诗选集》。南京：江苏凤凰文艺出版社，2017年。

陈康祺撰：《郎潜纪闻初笔二笔三笔》，晋石点校。北京：中华书局，1984年。

陈琴：《画里画外显隐思——浅析〈夜坐图〉》，载《美术界》2015年第11期，第80页。

陈文茜：《陈文茜对话李安：我只是一个载体，一个灵媒》，载《外滩画报》2012年12月10日，第30—45页。

陈正宏：《沈周年谱》。上海：复旦大学出版社，1993年。

道元：《正法眼藏》，何燕生译注。北京：宗教文化出版社，2003年。

都穆撰：《都公谭纂》，陆采编次。北京：中华书局，1985年。

杜继文：《〈中国禅宗通史〉导言》，载《中国社会科学》1993年第3期，第153—166页。

方国瑜编撰：《纳西象形文字谱》，和志武参订。昆明：云南人民出版社，1981年。

方堃林：《舞台灯光与音响效果在创造上的配合》，载《演艺设备与科技》2008年第1期，第62—65页。

冯友兰：《中国哲学简史》，赵复三译。北京：生活·读书·新知三联书店，2009年。

傅浩：《20世纪文学泰斗 叶芝》。成都：四川人民出版社，1999年。

顾彼得：《被遗忘的王国》，李茂春译。昆明：云南人民出版社，2007年。

郭大烈文，方润琪图：《方先生，归来兮，故乡等着你——旅美纳西族科学家方宝贤周年祭》，载《云南民族》2012年第9期，第69—71页。

郭筠：《艺芳馆诗存》。台北：学生书局，1974年。

韩聃：《从传统艺能到古典能剧的美学传承——以对艺能观念、信仰、形式的考察为中心》,载《学术交流》2018 年第 8 期,第 178－184 页。

和匠宇、和铑宇:《孤独之旅——植物学家、人类学家约瑟夫·洛克和他在云南的探险经历》。昆明:云南教育出版社,2000 年。

洪子诚、程光炜编选:《第三代诗新编》。武汉:长江文艺出版社,2006 年。

胡亮:《车前子:"为文字"或诗歌写作第三维》,载 2012 年 9 月 29 日中国南方艺术网＜https://www.zgnfys.com/a/nfwx－32106.shtml＞。

胡塞尔:《纯粹现象学通论》,李幼蒸译。北京:商务印书馆,1992 年。

胡卫平:《曾氏家风与教育》,北京:中国书籍出版社,2012 年。

胡卫平:《曾广钧与秋瑾的师生关系》,载《湖南人文科技学院学报》2006 年第 1 期,第 1－2 页。

黄兆晖:《蒲龄恩:来自剑桥的先锋诗人》,载 2005 年 6 月 29 日《南方都市报》。

姜涛:《管子新注》。济南:齐鲁书社,2006 年。

江味农、李叔同、净空法师解析:《金刚经　心经　坛经》(精华本)。武汉:长江文艺出版社,2014 年。

蒋洪新:《大江东去与湘水余波:湖湘文化与西方文化比较断想》。长沙:岳麓书社,2006 年。

金丹元:《禅意与化境》。上海:上海文艺出版社,1993 年。

卡巴内,皮埃尔:《杜尚访谈录》,王瑞芸译。北京:中国人民大学出版社,2003 年。

黎荔:《禅思与中国当代诗歌》,载吴言生主编:《中国禅学》第一卷。北京:中华书局,2002年,第 367－377 页。

黎志敏:《诗人蒲龄恩及其诗作〈珍珠,是〉》,载《世界文学》2005 年第 6 期,第 253－258 页。

李时珍编纂:《本草纲目》下册,刘衡如、刘山永校注。北京:华夏出版社,2002 年。

李泽厚:《美的历程》。北京:生活·读书·新知三联书店,2009 年。

梁启超:《广诗中八贤歌》,载陈书良编:《梁启超文集》卷 7。北京:北京燕山出版社,2009年,第 33－34 页。

刘洪彩:《〈六柿图〉与悟境层次》,载《国画家》2013 年第 4 期,第 67－68 页。

刘金元:《悠远的书香——富厚堂藏书楼研究》。长沙:岳麓书社,2013 年。

刘昫等撰:《旧唐书》第四册。北京:中华书局,1975 年。

陆建德:《击中痛处》。上海:上海书店出版社,2013 年。

陆明华:《清初景德镇瓷器概述》,载钱振宗主编:《清代瓷器赏鉴》。香港:中华书局(香港)有限公司;上海:上海科学技术出版社,1994 年。

洛克,约瑟夫:《中国西南古纳西王国》,刘宗岳等译,宜科主编,杨福泉、刘达成审校。昆明:云南美术出版社,1999 年。

马非:《有机建筑与表现主义》,载《华中建筑》2006 年第 8 期,第 8－9 页。

蒙培元:《人与自然——中国哲学生态观》。北京:人民出版社,2004 年。

米勒,J. 希利斯:《萌在他乡:米勒中国演讲集》,国荣译。南京:南京大学出版社,2016 年。

米勒,阿瑟:《推销员之死》,英若诚、梅绍武、陈良廷译。上海:上海译文出版社,2008 年。

莫道才:《论中国古典诗歌对日本俳句的影响》,载《广西社会科学》1997 年第 4 期,第
　　87—91 页。

南怀瑾:《中国道教发展史略》。上海:复旦大学出版社,1996 年。

帕格尼尼:《丽江留美三杰》,载 2022 年 9 月 16 日文学城·博客＜blog. wenxuecity. com/
　　myblog/74029/202209/16299. html＞。

帕西金:《范德瓦尔斯力:一本给生物学家、化学家、工程师和物理学家的手册》,张海燕
　　译。北京:高等教育出版社,2015 年。

菩提法师:《禅与禅宗略说》,载佛学研究网＜http://wuys. com/news/Article_Show. asp?
　　ArticleID＝29086＞。

蒲龄恩:《诗学思想》,龙靖遥译,载区鉷主编《蒲龄恩诗选》。广州:中山大学出版社,2010
　　年,第 263—268 页。

钱岭、陶文冬:《〈少年派〉技术揭秘:云计算改变电影工业》,载 2012 年 12 月 28 日豆丁网
　　＜https://www. docin. com/p-1338498196. html＞。

钱兆明:《"东方主义"与现代主义:庞德和威廉斯诗歌中的华夏遗产》,徐长生、王凤元译。
　　杭州:浙江大学出版社,2016 年。

钱兆明编:《若谷:钱兆明 1980 年代论文集》。北京:外语教学与研究出版社,2018 年。

钱兆明:《史蒂文斯早期诗歌中的禅宗意识》,载《外国文学评论》2015 年第 1 期,第 58—
　　70 页。

钱兆明:《中国美术与现代主义:庞德、摩尔、史蒂文斯研究》,王凤元、裴禾敏译。北京:中
　　国社会科学出版社,2022 年。

钱兆明:《中华才俊与庞德》。北京:中央编译出版社,2015 年。

钱兆明、卢巧丹:《"道"为西用:摩尔和施美美的合作尝试》,载《英美文学研究论丛》2013
　　年总第 18 辑,第 198—210 页。

钱兆明、卢巧丹:《施美美的《绘画之道》与摩尔诗歌新突破》,载《外国文学评论》2011 年第
　　3 期,第 216—224 页。

钱兆明、欧荣:《〈推销员之死〉在北京:米勒和英若诚的天作之合》,载《杭州师范大学学
　　报》(社会科学版)2013 年第 1 期,第 88—93 页。

钱锺书:《管锥编》第 2 版,第 4 册。北京:生活·读书·新知三联书店,2007 年。

乔迅:《石涛:清初中国的绘画与现代性》,邱士华、刘宇珍等译。北京:生活·读书·新知
　　三联书店,2010 年。

区鉷主编:《蒲龄恩诗选》。广州:中山大学出版社,2010 年。

瞿汝稷编撰:《指月录》(上下),德贤、侯剑整理。成都:巴蜀书社,2012 年。

《全唐诗》(全二册)。上海:上海古籍出版社,1986 年。

任晓霏:《登场的译者——英若诚戏剧翻译系列研究》。北京:中国社会科学出版社,
　　2008 年。

萨顿,斯蒂芬妮:《苦行孤旅:约瑟夫·F. 洛克传》,李若虹译。上海:上海辞书出版社,
　　2013 年。

萨义德,爱德华·W.:《东方学》,王宇根译。北京:生活·读书·新知三联书店,2007 年。

上海艺术研究所、中国戏剧家协会上海分会编:《中国戏曲曲艺词典》。上海:上海辞书出版社,1981 年。

沈振亚:《施肇基在震泽的一次演讲》,载 2023 年 3 月吴江通网＜http://www.wujiangtong.com/webpages/DetailNews.aspx? id＝16504＞。

盛宁:《人文困惑与反思:西方后现代主义思潮批判》。北京:生活·读书·新知三联书店,1997 年。

施肇基、金问泗:《施肇基早年回忆录　外交工作的回忆》。北京:中华书局,2016 年。

石鸣:《〈推销员之死〉:中国味的美国梦》,载《三联生活周刊》2012 年第 15 期＜http://www.old.lifeweek.com.cn/2012/0413/36896.shtml＞。

斯奈德,加里:《山河无尽》,谭琼琳译。桂林:广西师范大学出版社,2016 年。

《苏州博物馆新馆破坏世遗? 政府部门驳斥此说》,载 2003 年 8 月 15 日温州新闻网＜http://www.news.sina.com.cn/c/2003－08－15/0923571265s.shtml＞。

谭琼琳:《加里·斯奈德神话长诗中的"寒山—禅—生态"命题研究》,《英美文学研究论丛》2017 年第 1 期,第 333－344 页。

谭琼琳:《〈心经〉的英译与改写:格雷·史奈德的生态诗学色空观》,载《外国文学评论》2013 年第 2 期,第 188－201 页。

谭琼琳:《重访庞德的〈七湖诗章〉——中国山水画、西方绘画诗与"第四维-静止"审美原则》,载《外国文学评论》2010 年第 2 期,第 18－29 页。

汤显祖:《牡丹亭》,陈同、谈则、钱宜合评,李保民点校。上海:上海古籍出版社,2016 年。

童明:《现代性赋格:19 世纪欧洲文学名著启示录》(修订版)。北京:生活·读书·新知三联书店,2019 年。

庹修明、姜尚礼主编:《中国傩戏傩文化》。北京:中国世界语出版社,1997 年。

万夏、潇潇主编:《后朦胧诗全集》(上下卷)。成都:四川教育出版社,1993 年。

王安石:《临川先生文集》,上海:商务印书馆,1929 年。

王充闾:《充闾文集 16:艺文说荟》。沈阳:万卷出版公司,2016 年。

王瑞芸:《禅宗与美国现代艺术——从一次现代艺术作品说起》,载 2010 年 12 月 3 日艺术档案网＜https://www.artda.cn/yishusichaoguowai－c－4634.html＞。

王瑞芸:《杜尚传》。桂林:广西师范大学出版社,2010 年。

王耘:《"空"之美学释义》。上海:上海人民出版社,2016 年。

王佐良:《英诗的境界》。北京:生活·读书·新知三联书店,2012 年。

威廉斯,威廉·卡洛斯:《威廉·卡洛斯·威廉斯诗选》,傅浩译。上海:上海译文出版社,2015 年。

翁燕:《数字技术下的奇观影像——以〈少年派的奇幻漂流〉为例分析》,载《文化与传播》2013 年第 5 期,第 93－94 页。

沃兰德,霍尔格(Holger Wolandt):《矛盾而撕裂的自我》,李劲含译,载歌德学院网＜https://www.goethe.de/ins/tw/cn/kul/mag/20863524.html＞。

吴晓东:《文学性的命运》。广州:广东人民出版社,2014 年。

吴言生:《禅诗审美境界论》,载《陕西师范大学学报》(哲学社会科学版)2000 年第 3 期,第

60—70 页。

夏可君：《虚薄：杜尚与庄子》(Infra-mince：Duchamp and Chuang Tzu)，谢飞(Jeff Crosby)译。南京：江苏美术出版社，2012 年。

谢榛、王夫之：《四溟诗话 姜斋诗话》，宛平、舒芜校点。北京：人民文学出版社，1961 年。

星云大师：《星云禅话》。北京：现代出版社，2007 年。

徐慧：《论多重性身份对沈周绘画的意义》，载《浙江社会科学》2009 年 11 期，第 90—99 页。

雪莱：《雪莱诗选》，江枫译。北京：中央编译出版社，2004 年。

亚里士多德：《物理学》，张竹明译。北京：商务印书馆，1982 年。

阎月君、高岩、梁云、顾芳编选：《朦胧诗选》。沈阳：春风文艺出版社，1985 年。

叶维廉：《庞德与潇湘八景》。长沙：岳麓书社，2006 年。

余虹：《禅诗的"归家"之思》，载《社会科学研究》2009 年第 5 期，第 112—116 页。

曾宝荪：《曾宝荪回忆录》。台北：龙文出版社股份有限公司，1989 年。

曾宝荪：《曾宝荪女士纪念册》。台北：曾宝荪治丧委员会，1978 年。

曾广钧：《环天室诗集》。台北：学生书局，1974 年。

曾艳兵：《卡夫卡与中国文化》。北京：首都师范大学出版社，2006 年。

翟月琴主编：《朝向诗的未来》。北京：生活·读书·新知三联书店，2021 年。

詹姆逊：《论现代主义文学》，苏仲乐、陈广兴、王逢振译。北京：中国人民大学出版社，2010 年。

张佳玮：《莫奈和他的眼睛》。南京：译林出版社，2014 年。

张节末：《禅宗美学》。杭州：浙江人民出版社，1999 年。

张锦辉：《论禅宗心性论与唐代文人禅诗》，载《内蒙古大学学报》(哲学社会科学版)2014 年第 2 期，第 59—64 页。

张靓蓓编著：《十年一觉电影梦：李安传》。北京：中信出版社，2013 年。

张隆溪：《阐释学与跨文化研究》。北京：生活·读书·新知三联书店，2014 年。

常爱玲、李灿：《世遗中心主任：保护遗产不是简单冻结周边土地》，载新华网 2004 年 7 月 6 日<http://news.sina.cn/sa/2004-07-06/detail-ikkntiam0384930.d.html? from=wap>。

张少康、刘三富：《中国文学理论批评发展史》(上卷)。北京：北京大学出版社，1995 年。

赵佳月：《高福民 一个文化官员的"游园惊梦"》，载《南方人物周刊》2018 年 1 月 3 日<http://www.nfpeople.com/article/3189>。

赵萝蕤编：《荒原》。北京：中国工人出版社，1995 年。

赵毅衡：《诗神远游：中国如何改变了美国现代诗》。成都：四川文艺出版社，2013 年。

赵仲夏：《听李安讲述一个关于信仰的故事——评电影〈少年派的奇幻漂流〉》，载《新世纪剧坛》2013 年第 1 期，第 70—73 页。

赵仲夏：《一分钟了解艺术圈术语：现成品艺术(Readymade Art)》，载 2019 年 5 月 24 日知乎，王瑞芸审校<https://zhuanlan.zhihu.com/p/65430259>。

哲斯特，托马斯：《杜尚词典》，闫木子、石雅云译，王瑞芸审校。北京：生活·读书·新知三联书店，2017 年。

中国现代文学馆编：《臧克家文集》，北京：华夏出版社，2000 年。

钟玲：《史耐德与中国文化》。北京：首都师范大学出版社，2006 年。

周全田：《禅宗美学的本体论空观》，载《周口师范学院学报》2002 年第 6 期，第 55—58 页。

周裕锴：《中国禅宗与诗歌》。上海：上海人民出版社，1992 年。

朱立元主编：《美学大辞典》（修订本）。上海：上海辞书出版社，2014 年。

朱良志：《南画十六观》。北京：北京大学出版社，2013 年。

茱茱：《大地深处的歌者——访美国诗人盖瑞·施耐德》，载《南风窗》2012 年第 17 期，第 95—97 页。

西文文献

Abrams，M. H. et al. *The Norton Anthology of English Literature*. Seventh Edition. Volume 2. New York：W. W. Norton，2000.

Adorno，Theodor W. *Aesthetic Theory*. Trans. Robert Kentor-Hullot. New York：Continuum，2002.

—. *Essays on Music*. Ed. Richard Leppert，with new translations by Susan Gillespie. Berkeley and Los Angeles：University of California Press，2002.

Aitken，Geneviève，and Marianne Delafond，eds. *La collection d'estampes japonaises de Claude Monet à Giverny*. Paris：La Bibliothèque des Arts，2003.

Aitken，Robert. "Wallace Stevens and Zen." *Wallace Stevens Journal* 6 (1982)：69—73.

Albright，Daniel. *Panaesthetics：On the Unity and Diversity of the Arts*. New Haven：Yale University Press，2014.

—. *Untwisting the Serpent：Modernism in Music，Literature，and Other Arts*. Chicago：University of Chicago Press，2000.

Altieri，Charles. *Painterly Abstraction in Modernist American Poetry*. Cambridge：Cambridge University Press，1989.

Ashbery，John. *Selected Prose*. Ed. Eugene Richie. Ann Arbor：University of Michigan Press，2004.

Badenhausen，Richard. *T. S. Eliot and the Art of Collaboration*. Cambridge：Cambridge University Press，2004.

Barboza，David. "I. M. Pei in China，Revisiting Roots." *New York Times* 9 October 2006.

Barillas，William. *The Midwestern Pastoral：Place and Landscape in Literature of the American Heartland*. Athens，OH：Ohio University Press，2006.

Barthes，Roland. *Image/Music/Text*. Trans. Stephen Heath. New York：Hill and Wang，1977.

Barton，George. *Religions of the World*. Chicago：University of Chicago Press，1917.

Beal，Samuel. *Buddhism in China*. London：Society for Promoting Christian

Knowledge, 1884.

Benjamin, Walter. *The Arcades Project*. Trans. Howard Eiland and Kevin McLaughlin. Cambridge: Harvard University Press, 1999.

—. *Illuminations: Essays and Reflections*. Trans. Harry Zohn. New York: Schocken, 1968.

—. *Passagen-Werk*. Ed. Rolf Tiedemann. Frankfort: Suhrkamp Verlag, 1982.

Bernstein, Charles. *Dark City*. Los Angeles: Sun & Moon, 1994.

—. *The L=A=N=G=U=A=G=E Book*, with Bruce Andrews. Carbondale: Southern Illinois University Press, 1984.

—. *Shadowtime*. Los Angeles: Green Integer, 2005.

Bevis, William. *Mind of Winter: Wallace Stevens, Meditation, and Literature*. Pittsburgh: University of Pittsburgh Press, 1988.

Binyon, Laurence. *The Flight of the Dragon: An Essay on the Theory and Practice of Art in China and Japan Based on Original Sources*. London: John Murray, 1911.

—. *Guide to the Exhibition of Chinese and Japanese Paintings*. London: British Museum, 1910.

—. *Painting in the Far East*. London: Edward Arnold, 1908.

Blake, William. *The Poetical Works of William Blake*. Ed. John Sampson. Oxford: Clarendon, 1905.

Bradford, Curtis. *Yeats at Work*. Carbondale: Southern Illinois University Press, 1965.

Brecht, Bertolt. *Brecht on Theatre: The Development of an Aesthetic*. Ed. and Trans. John Willett. New York: Hill and Wang, 1964.

Breslin, James E. B. *From Modern to Contemporary: American Poetry, 1945—1965*. Chicago: University of Chicago Press, 1984.

Brooke, Christopher. *A History of Gonville and Caius College*. Suffolk: Boydell Press, 1996.

Brouner, Walter Brooks and Fung Yuet Mow. *Chinese Made Easy*. New York: Macmillan, 1904.

Brown, Scott. "Mike Nichols's Staggering New *Death of a Salesman* Goes Back to the Source." *Vulture* 15 March 2012.

Bruns, Gerald. *Interruptions: The Fragmentary Aesthetic in Modern Literature*. Tuscaloosa: University of Alabama Press, 2018.

Bush, Ronald. "Late Cantos LXXII-CXVII." *Cambridge Companion to Ezra Pound*. Ed. Ira Nadel. Cambridge: Cambridge University Press, 1999, pp. 109—138.

—. "Unstill, Ever Turning: The Composition of Ezra Pound's *Drafts & Fragments*." *Text* 7 (1994): 397—422.

Bush, Susan(卜慧珊). *The Chinese Literati on Painting: Su Shih to Tang Ch'i-ch'ang*. Cambridge: Harvard University Press, 1971.

Buttel, Robert. *Wallace Stevens: The Making of Harmonium*. Princeton: Princeton University Press, 1967.

Bynner, Witter, trans. *The Way of Life, According to Laotzu*. New York: John Day, 1944.

Bynner, Witter and Kiang Kang-hu, trans. *The Jade Mountain: A Chinese Anthology, Being Three Hundred Poems of the Tang Dynasty 618 — 906*. New York: Alfred A. Knopf, 1929.

Cahill, James (高居翰). *The Lyric Journey: Poetic Painting in China and Japan*. Cambridge: Harvard University Press, 1996.

—. *Parting at the Shore: Chinese Painting of the Early and Middle Ming Dynasty*. New York: Weatherhill, 1978.

Caldwell, Helen. *Michio Ito: The Dancer and His Dances*. Berkeley: University of California Press, 1977.

Callahan, Lance. "Fenollosa, Ernest." *The Ezra Pound Encyclopedia*. Ed. Demetres Tryphonopoulos and Stephen Adams. West Port, CT: Greenwood, 2005, pp. 118—120.

Cannell, Michael. *I. M. Pei: Mandarin of Modernism*. New York: Carol Southern Books, 1995.

Carruthers, Ian. "A Translation of Fifteen Pages of Itō Michio's Autobiography, Utsukushiku naru kyoshitsu." *Canadian Journal of Irish Studies* 2 (1976): 32—43.

Castelli, Jean-Christophe. *The Making of Life of Pi*. New York: Harper Collins, 2012.

Cheadle, Mary Paterson. *Ezra Pound's Confucian Translations*. Ann Arbor: University of Michigan Press, 1997.

Che, Qianzi. *Old Cultural Work*. Trans. Yang Liping, Zhen [g] Zhen, and Jeffrey Twitchell-Waas. Cambridge: CCCP, 2002.

Chesney, Duncan McColl. *Silence Nowhere: Late Modernism, Minimalism, and Silence in the Work of Samuel Beckett*. New York: Peter Lang, 2013.

"Chinese and Japanese Paintings." *Times* (London) 20 June 1910: 8.

Chisolm, Lawrence. *Fenollosa: The Far East and American Culture*. New Haven: Yale University Press, 1963.

Chock, Alvin K. "J. F. Rock, 1884—1962." *Taxon* 12. 3 (April 1963): 89—102.

Chopin, Allison. "New Jersey museum looking for people who were delivered by doctor and poet William Carlos Williams." *New York Daily News* 22 July 2015.

Chow, Andrew R. "Ang Lee Wants to Change the Way You See." *Time* 21—28 (October 2019): 108—109.

Clapp, Anne de Coursey. *The Painting of T'ang Yin*. Chicago: University of Chicago Press, 1991.

Costello, Bonnie. *Marianne Moore: Imaginary Possessions*. Cambridge: Harvard University Press, 1981.

Craig, E. Gordon. "A Note on Masks." *The Theatre Advancing*. London: Constable, 1921, p. 120.

Dasenbrock, Reed Way. *The Literary Vorticism of Ezra Pound and Wyndham Lewis*. Baltimore: Johns Hopkins University Press, 1985.

Dean, Tim. "The Other Voice: Cultural Imperialism and Poetic Impersonality in Gary Snyder's *Mountains and Rivers Without End*." *Contemporary Literature* 41. 3 (2000): 462—494.

de Luca, Maria Ferrero, ed. *Ezra Pound e il Canto dei Sette Laghi*. Rome: Diabasis, 2004.

Dimock, Wai Chee. *Through Other Continents: American Literature Across Deep Time*. Princeton: Princeton University Press, 2006.

Doolittle, Hilda. *End to Torment: A Memoir of Ezra Pound*. Ed. Norman Holmes Pearson and Michael King. New York: New Directions, 1979.

Duchamp, Marcel. *The Writings of Marcel Duchamp*. Eds. Michel Sanouillet and Elmer M. Peterson. New York: Da Capo Press, 1973.

—. *Notes* (unpaginated). Trans. Paul Matisse. Paris: Musée National d'Art Moderne, Centre Georges Pompidou, 1980; rpt. Boston: G. K. Hall, 1983.

Edwards, Richard. *The Field of Stones: A Study of the Art of Shen Chou*. Washington D. C. : Smithsonian Institution, 1962.

—. "Shen Chou and the Scholarly Tradition." *Aesthetics & Art Criticism* 24 (1993): 45—52.

Eliot, T. S. "Ezra Pound." *New English Weekly* 30. 3 (31 October 1946): 27.

—. Introduction to *Selected Poems of Marianne Moore*. London: Faber, 1935, pp. v—xiv.

—. *The Selected Letters*. Vol. 1. Ed. Valery Eliot and Hugh Haughton. New Haven: Yale University Press, 2011.

—. *Selected Prose*. New York: Farrar, Straus and Giroux, 1975.

Ellis, Silvia. *The Plays of W. B. Yeats: Yeats and the Dancer*. New York: St. Martin's, 1995.

Faure, Bernard. "The Buddhist Icon and the Modern Gaze." *Critical Inquiry* 3 (1998): 768—813.

Fenollosa, Ernest. *The Chinese Written Character as a Medium for Poetry*. Ed. Ezra Pound. San Francisco: City Lights Book, 1964.

—. *Epochs of Chinese and Japanese Art*. London: William Heinemann, 1912.

—. *A Special Exhibition of Ancient Chinese Buddhist Paintings, Lent by the Temple Daitokuji of Kioko, Japan*. Boston: Alfred Mudge, 1894.

Fernandez, G. "The Rouen Cathedral Series by Monet," theartwolf. com online art magazine <http://www. theartwolf. com/monet_cathedral. htm>.

Fields, Rick. *How the Swans Came to the Lake: A Narrative History of Buddhism in America*. Boston: Shambhala, 1992.

Fletcher, John Gould. *Selected Essays*. Ed. Lucas Carpenter. Fayetteville: University of
Arkansas Press, 1989.

Flory, Windy Stallard. *The American Ezra Pound*. New Haven: Yale University
Press, 1989.

Fong, Wen C. (方闻). *Beyond Representation: Chinese Painting and Calligraphy, 8th —
14th Century*. New Haven: Yale University Press, 1992.

Fontein, Jan(方腾). "A Brief History of the Collections." *Selected Masterpieces of Asian
Art: Museum of Fine Arts, Boston*. Boston: Museum of Fine Arts, 1992.

Forrest-Thomson, Veronica. *Poetic Artifice: A Theory of Twentieth-century Poetry*.
Manchester: Manchester University Press, 1978.

Giles, H. A. *A History of Chinese Literature*. New York: D. Appleton, 1901.

Ginsberg, Allen. *Howl and Other Poems*. San Francisco: City Lights Books, 1956.

Goldsmith, Kenneth. *Traffic*. Los Angeles: Make Now Press, 2007.

Golston, Michael. *Rhythm and Race in Modernist Poetry and Science*. New York:
Columbia University Press, 2008.

Goudouna, Sozita. *Beckett's Breath: Anti-theatricality and the Visual Arts*. Edinburgh:
Edinburgh University Press, 2018.

Goullart, Peter. *Forgotten Kingdom*, London: John Murray, 1955.

—. *The Monastery of Jade Mountain*. London: John Murray, 1961.

Greenberg, Clement. *Art and Culture: Critical Essays*. Boston: Beacon Press, 1961.

Hall, Donald. "Ezra Pound: An Interview." *Parise Review* 28 (1962): 22—51.

—. *Marianne Moore: The Cage and the Animal*. New York: Pegasus, 1970.

—. *Remembering Poets*. New York: Harper & Row, 1978.

Handbook of the Museum of Fine Arts, Boston. Boston: Museum of Fine Arts, 1898,
1900, 1903, 1906.

Hawkes, David. *A Little Primer of Tu Fu*. Oxford: Clarendon Press, 1967.

—, trans. *The Story of the Stone: A Chinese Novel by Cao Xueqin, in Five Volumes*.
Volume I. Harmondsworth: Penguin Books, 1973.

Hay, Jonathan(乔迅). *Shitao: Painting and Modernity in Early Qing China*. Cambridge:
Cambridge University Press, 2001.

Hayashi, Tadamasa. *Objets d'Art du Japon et de la Chine*. Paris: Chez M. S. Bing, 1902.

Hisamatsu, Shin'ichi (久松真一). *Zen and the Fine Arts*. Trans. Gishin Tokiwa. Tokyo:
Kodansha, 1971.

Houseman, Laurence. *Stories from the Arabian Nights, Retold by Laurence Houseman*.
London: Hodder and Stoughton, 1907.

Howe, Susan. *The Midnight*. New York: New Directions, 2003.

—. *Thorow*. Hanover, New Hempshire: Wesleyan Press, 1990.

Hsi, Kuo. *An Essay on Landscape Painting*. Trans. Shio Sakanishi. London: John

Murray, 1935.

Huxley, Aldous, intro. *The Elder Peter Brueghel*. New York: Wiley, 1938.

Innes, Christopher. "Modernism in Drama." *The Cambridge Companion to Modernism*. Ed. Michael Levenson. Cambridge: Cambridge University Press, 1999, pp. 130—156.

Ivy, Robert. "Suzhou Museum."*Architectural Record*, April 2008, China issue＜http://archrecord. construction. com/ar_china/BWAR/0804/0804_suzhou/0804_suzhou. asp＞.

Jacobson-Leong, Esther. "Place and Passage in the Chinese Arts: Visual Images and Poetic Analogues. " *Critical Inquiry* 3 (1976): 345—368.

Jameson, Fredric. *The Modernist Papers*. New York: Verso, 2007.

—. *Postmodernism, or, the Cultural Logic of Late Capitalism*. Durham: Duke University Press, 1991.

Jonson, Ben. *Epigrams, The Forest, Underwoods*. New York: Columbia University Press, 1936.

Kappel, Andrew J. "Complete with Omissions: The Text of Marianne Moore's *Complete Poems.*" *Representing Modernist Texts : Editing as Interpretation*. Ed. George Bornstein. Ann Arbor: University of Michigan Press, 1991, pp. 125—156.

Kenner, Hugh. "More on the Seven Lakes Canto."*Paideuma* 2. 1 (1973): 43—46.

Kern, Robert. "Clearing the Ground: Gary Snyder and the Modernist Imperative."*Criticism* 19. 2(1977): 158—177.

—. *Orientalism, Modernism and the American Poem*. Cambridge: Cambridge University Press, 1996.

Kluger, Jeffrey. "The Art of Living. " *Time* 23 September 2013: 44—46, 48, 50.

Kodama, Sanehide (儿玉石英). "The Eight Scenes of Sho-Sho. " *Paideuma* 6. 2 (1977): 131—145.

Kothari, Rachna. "Elemental Experience: Pei's Suzhou Museum Revisited. "*Building of the Week* 23 October 2014.

Landfield, Ronnie. "Monet and Modernism" (2012) ＜http://ronnielandfield. com/monet-and-modernism/＞.

Langbaum, Robert. "Pound and Eliot. " *Ezra Pound Among the Poets*. Ed. George Bornstein. Chicago: University of Chicago Press, 1985, pp. 168—194.

Larraz, Teresa. "Monet Face to Face with Abstract Art in Madrid. " *Reuters* 22 February 2010.

Larson, Kay. *Where the Heart Beats : John Cage, Zen Buddhism, and the Inner Life of Artists*. New York: Penguin Books, 2012.

Lawson-Peebles, Robert. "William Carlos Williams' *Pictures from Brueghel.*"*Word & Image* 2 (1986): 18—23.

Leavell, Linda. *Holding on Upside Down : The Life and Work of Marianne Moore*. New York: Farrar, Straus and Giroux, 2013.

—. *Marianne Moore and the Visual Arts*. Baton Rouge: Louisiana State University Press, 1995.

Lee, John, and Yin Hei Kong. "Syntactic Patterns in Classical Chinese Poems: A Quantitative Study." *Digital Scholarship in the Humanities* 33.1(2018): 82—95.

Lee, Sherman E. *Chinese Landscape Painting*. 2nd rev. ed. New York: Harry Abrams, 1962.

Liscomb, Kathlyn. "The Power of Quiet Sitting at Night: Shen Zhou's 'Night Vigil'." *Momumenta Serica* 43 (1995): 381—403.

Litz, Walton. *Introspective Voyager: The Poetic Development of Wallace Stevens*. New York: Oxford University Press, 1972.

Mariani, Paul. "The Abiding Literary Friendship Between William Carlos Williams and Wallace Stevens." *Two American Poets: Wallace Stevens and William Carlos Williams from the Collection of Alan M. Klein*. Ed. Alan Klein. New York: The Grolier Club, 2019, pp. 17—33.

—. *William Carlos Williams: A New World Naked*. New York: McGraw-Hill, 1981.

MacKay, Duncan. "Open & Active Uncertainty: J. H. Prynne's Kazoo Dreamboats and the Physics of an Indeterminate Reality." *Journal of Literature and Science* 12.1 (2019): 59—76.

Martin, Julia, and Gary Snyder. *Nobody Home: Writing, Buddhism, and Living in Places*. San Antonio, TX: Trinity University Press, 2014.

Mathews, Gary. "The Masks of Nō and Tragedy: Their Expressivity and Theatrical and Social Functions." *Didaskalia* 12.3 (2015).

McNaughton, William. "A Report on the 16th Biennial International Conference on Ezra Pound." *Paideuma* 27.1 (1998): 126—138.

Mellors, Anthony. *Late Modernist Poetics: From Pound to Prynne*. Manchester: Manchester University Press, 2005.

Miller, Arthur. *Death of a Salesman*. New York: Penguin Books, 1958.

—. *Salesman in Beijing*. London: Methuen, 1984.

Miller, Cristanne. *Marianne Moore: Questions of Authority*. Cambridge: Harvard University Press, 1995.

Miller, J. Hillis. *An Innocent Abroad: Lectures in China*. Ivanston: Northwestern University Press, 2015.

—. *Illustration*. Cambridge: Harvard University Press, 1992.

—. *Speech Arts in Literature*. Stanford: Stanford University Press, 2001.

Miner, Earl. *The Japanese Tradition in British and American Literature*. Princeton: Princeton University Press, 1958.

Mitchell, W. J. T. *Picture Theory*. Chicago: University of Chicago Press, 1994.

—. *What Do Pictures Want?: The Lives and Loves of Images*. Chicago: University of

Chicago Press，2006.

Moody，David. *Ezra Pound：Poet：A Portrait of the Man & His Work. Vol. III：The Tragic Years 1939—1972*. Oxford：Oxford University Press，2015.

Moore，Marianne. *Becoming Marianne Moore：The Early Poems，1907—1924*. Ed. Robin Schulze. Berkeley and Los Angeles：University of California Press，2002.

—. *Complete Poems of Marianne Moore*. New York：Macmillan/Viking，1981.

—. *Complete Prose of Marianne Moore*. Ed. Patricia C. Willis. New York：Viking，1986.

—. *A Marianne Moore Reader*. New York：Viking，1961.

—. "O to Be a Dragon." *Sequoia* 3. 1 (1957)：20.

—. *Selected Letters of Marianne Moore*. Eds. Bonnie Costello，Celeste Goodridge，and Cristanne Miller. New York：Alfred A. Knopf，1997.

—. *Selected Poems of Marianne Moore*. Ed. T. S. Eliot. New York：Faber，1935.

—. "Tedium and Integrity." Zhaoming Qian. *The Modernist Response to Chinese Art：Pound，Moore，Stevens*. Charlottesville：University of Virginia Press，2003，pp. 225—228.

Morath，Inge，and Arthur Miller. *Chinese Encounters*. New York：Farrar，Straus，and Giroux，1979.

Murphy，Patrick D. *A Place for Wayfaring：The Poetry and Prose of Gary Snyder*. Corvallis：Oregon State University Press，2000.

Ninety Years of Wu School Painting. Taipei：National Palace Museum，1975.

Okakura，Kakuzō (冈仓天心). *The Ideals of the East*. London：John Murray，1903.

Olson，Charles. *Maximus Poems* (1960，1968，1975). Ed. George Butterick. Berkeley and Los Angeles：University of California Press，1985.

—. "Projective Verse." *The New American Poetry*. Ed. Donald M. Allen. New York：Grove Press 1960，p. 387.

Osborn，E. B. "Certain American Poets：The Bolshevist Touch." *Morning Post* 28 May 1920.

Palandri，Angela Jung (荣之颖). "The 'Seven Lakes Canto' Revisited." *Paideuma* 3. 1 (1974)：51—54.

Park，Josephine Nock-Hee. *Apparitions of Asia：Modernist Form and Asian American Poetics*. New York：Oxford University Press，2008.

Parsegian，Adrian. *Van der Waals Forces：A Handbook for Biologists，Chemists，Engineers，Physicists*. Cambridge：Cambridge University Press，2006.

Perloff，Marjorie. *Infrathin：An Experiment in Micropoetics*. Chicago：University of Chicago Press，2021.

—. *The Poetics of Indeterminacy：Rimbaud to Cage*. Princeton：Princeton University Press，1981.

—. *21st Century Modernism：The "New" Poetics*. Oxford：Blackwell，2002.

—. *Unoriginal Genius*: *Poetry by Other Means in the New Century*. Chicago: University of Chicago Press, 2010.

Pickering, Ruth. "Michio Ito." *The Nation* 16 January 1929: 88—90.

Pietrzak, Wit. "The Song of Nature, the Song of Hope: J. H. Prynne's *Pearls That Were*." *Brno Studies in English* 42. 2 (2016): 57—68.

Plaks, Andrew. *Archetype and Allegory in "Dream of the Red Chamber."* Princeton: Princeton University Press, 1976.

Porter, Peter, ed. *W. B. Yeats*: *The Last Romantic*. New York: Clarkson Porter, 1990.

Pound, Ezra. *The Cantos*. New York: New Directions, 1998.

—. *Canto CX*. Cambridge: Sextant Press, 1965.

—. *Cathay*: *Centennial Edition*. Ed. with an introduction and transcripts of Fenollosa's notes and Chinese originals by Zhaoming Qian. New York: New Directions, 2015.

—. "CI de los Cantores." *The European* February 1959: 382—384.

—. *Ezra Pound and the Visual Arts*. Ed. Harriet Zinnes. New York: New Directions, 1980.

—. *Ezra Pound's Poetry and Prose Contributions to Periodicals*. 11 vols. Ed. Lea Baechler, A. Walton Litz, and James Longenbach. New York: Garland, 1991.

—. *Gaudier-Brzeska*: *A Memoir*. New York: New Directions, 1970.

—. *Guide to Kulchur*. New York: New Directions, 1970.

—. *Literary Essays*. Ed. T. S. Eliot. New York: New Directions, 1968.

—. *Pound*: *Poems and Translations*. Ed. Richard Sieburth. New York: Library of America, 2003.

—. *Selected Letters 1907—1941*. Ed. D. D. Paige. New York: New Directions, 1971.

—. *Selected Prose 1909—1965*. Ed. William Cookson. New York: New Directions, 1973.

—. *The Spirit of Romance*. New York: New Directions, 1968.

—, trans. *Confucius*: *The Great Digest*, *The Unwobbling Pivot*, *The Analects*. New York: New Directions, 1969.

—, trans. *Shih Ching*: *The Classic Anthology Defined by Confucius*. Cambridge: Harvard University Press, 1954.

Pound, Omar and A. Walton Litz, eds. *Ezra Pound and Dorothy Shakespear*: *Their Letters 1909—1914.*. New York: New Directions, 1984.

Prynne, J. H. "The Art of Poetry 101." Interview with Jeff Dolven and Joshua Kotin. *The Paris Review* 218 (2016): 175—207.

—. "The Night Vigil of Shen Zhou." *Snow lit rev* (Lewes, East Sussex, Allardyce Book ABP)2 (Fall 2013—Spring 2014): 94—114.

—. *Poems*. Fremantle: Fremantle Arts Centre Press, 2005.

—. *Poems*. Northumberland: Bloodaxe Books, 2015.

Prynne, J. H., and Keston Sutherland. "Introduction to Prynne's Poems in Chinese: A

Conversation. " *The Cambridge Quarterly* 41. 1 (March 2012): 197—207.

Purves, Robin. "For-Being: Uncertainty and Contradiction in *Kazoo Dreamboats.* " *On the Late Poetry of J. H. Prynne.* Ed. Joe Luna, and Jow Lindsay Walton. Brighton, England: Hi Zero and Sad Press, 2014, pp. 143—158.

Qian, Zhaoming. *East-West Exchange and Late Modernism: Williams, Moore, Pound.* Charlottesville: University of Virginia Press, 2017.

—. *The Modernist Response to Chinese Art: Pound, Moore, Stevens.* Charlottesville: University of Virginia Press, 2003.

—. *Orientalism and Modernism: The Legacy of China in Pound and Williams.* Durham: Duke University Press, 1995.

—, ed. *Ezra Pound and China.* Ann Arbor: University of Michigan Press, 2003.

—, ed. *Ezra Pound's Chinese Friends: Stories in Letters.* Oxford: Oxford University Press, 2008.

—, ed. *Modernism and the Orient.* New Orleans: University of New Orleans Press, 2012.

Read, Dennis M. "Three Unpublished Poems by William Carlos Williams." *American Literature* 58. 3 (1986): 422—426.

Reitz, Bosch. *Catalogue of an Exhibition of Early Chinese Pottery and Sculpture.* New York: Metropolitan Museum of Art, 1916.

Richardson, Joan. *Wallace Stevens: A Biography of the Early Years, 1879—1923.* New York: William Morrow, 1986.

Rock, Joseph F. *The Ancient Na-khi Kingdom of Southwest China.* Cambridge: Harvard University Press, 1947.

—. "The ^{1}D'a ^{3}Nv Funeral Ceremony." *Anthropos* 50 (1955): 1—31.

—. "The ^{2}Muan-^{1}Bpo Ceremony or the Sacrifice to Heaven as Practiced by the ^{1}Na-^{2}khi." *Monumenta Serica* 13 (1948):1—166.

—. *The Na-khi Nâga Cult and Related Ceremonies.* Roma: Istituto italiano per il Medio ed Estremo Oriente, 1952.

—. "The Romance of ^{2}K'a-^{2}ma-^{1}gyu-^{3}mi-^{2}gkyi, A Na-khi Tribal Love Story," *Bulletin de l'Ecole Francaise d'Extreme-Orient* 39 (1939): 1—152.

—. *The ^{2}Zhi ^{3}Ma Funeral Ceremony of the Na-khi of Southwest China.* Vienna: St. Gabriel's Mission Press, 1955.

Roudané, Matthew C. "*Death of a Salesman* and the Poetics of Arthur Miller." *The Cambridge Companion to Arthur Miller.* Ed. Christopher Bigsby. Cambridge: Cambridge University Press, 1997, pp. 63—88.

Rubalcaba, Jill. *I. M. Pei:Architect of Time, Place, and Purpose*, New York: Marshall Cavendish, 2011.

Said, Edward. *On Late Style: Music and Literature Against the Grain.* New York: Vintage Books, 2006.

Saussy, Haun (苏 源 熙). *The Problem of a Chinese Aesthetic*. Stanford: Stanford University Press, 1993.

Schelling, Andrew. "Andrew Schelling on Gary Snyder's 'This Present Moment: New Poems'." *Poems and Poetics 2015*. Ed. Jerome Rothenberg. ＜https://jacket2. org/ commentary/andrew－schelling－gary－snyder％E2％80％99s－％E2％80％9C－present －moment－new－poems％E2％80％9D＞.

Schlöndorff, Volker, dir. *Death of a Salesman*, with a documentary by Christian Blockwood on the stage-to-screen process and a close-up look at the collaboration of Arthur Miller, Dustin Hoffman, and Volker Schlöndorff. Los Angles: Punch Productions, 1985.

Schmidt, Peter. *William Carlos Williams, the Arts, and Literary Tradition*. Baton Rouge: Louisiana State University Press, 1988.

Schulman, Grace. "Introduction." *The Poems of Marianne Moore*. New York: Penguin Books, 2003.

—. *Marianne Moore: The Poetry of Engagement*, Urbana: University of Illinois Press, 1986.

Schwartz, Arturo. *The Complete Works of Marcel Duchamp*. New York: Harry Abrams, 1969.

Shelley, Percy Bysshe. *The Complete Poems of Percy Bysshe Shelley* with notes by Mary Shelley. New York: Modern Library, 1994.

Sieburth, Richard. "Benjamin the Scrivener." *Benjamin: Philosophy, Aesthetics, History*. Ed. Gary Smith. Chicago: University of Chicago Press, 1989.

Slavicek, Louise Chipley. *I. M. Pei*. New York: Chelsea House, 2010.

Snyder, Gary. *Back on the Fire: Essays*. Berkeley: Counterpoint, 2007.

—. "A Brief Account of the Ring Bone Zendo." *Ring of Bone Zendo Newsletter* 15 October 1986.

—. *Cold Mountain Poems*. Berkeley: Conterpoint, 2013.

—. *Earth House Hold: Technical Notes & Queries to Fellow Dharma Revolutionaries*. New York: New Directions, 1969.

—. "Introduction." *Beneath a Single Moon: Buddhism in Contemporary American Poetry*. Ed. Kent Johnson and Craig Paulenich. Boston: Shambhala, 1991, pp. 1－9.

—. *Left Out in the Rain*. New York: New Directions, 1986.

—. *Mountains and Rivers Without End*. Berkeley: Counterpoint, 1996.

—. *Riprap and Cold Mountain Poems*. Berkeley: Counterpoint, 2009.

—. "Statement on Poetics." *The New American Poetry*. Ed. Donald M. Allen. New York: Grove Press, 1960, pp. 420－421.

—. *The Gary Snyder Reader: Prose, Poetry, and Translations, 1952－1998*. Berkeley: Counterpoint, 1999.

—. *The Great Clod: Notes and Memoirs on Nature and History in East Asia*. Berkeley:

Counterpoint，2016.

—. *The Practice of the Wild*. Berkeley：Counterpoint，2010.

—. *The Real Work：Interviews and Talks 1964—1979*. Ed. William. Scott McLean. New York：New Directions，1980.

—. *This Present Moment：New Poems*. Berkeley：Counterpoint，2015.

Spate，Virginia，Gary Hickey，and Claude Monet. *Monet and Japan*. Canberra：National Gallery of Australia，2001.

Stamy，Cynthia. *Marianne Moore and China：Orientalism and a Writing of America*，New York：Oxford University Press，1999.

Steiner，Wendy. *The Color of Rhetoric：Problems in the Relation Between Modern Literature and Painting*. Chicago：University of Chicago Press，1982.

Stevens，Wallace. *Letters*. Ed. Holly Stevens. Berkeley and Los Angeles：University of California Press，1996.

—. *Wallace Stevens：Collected Poetry and Prose*. Ed. Frank Kermode and Joan Richardson. New York：Library of America，1997.

Stoicheff，Peter. *The Hall of Mirrors：Drafts & Fragments and the End of Ezra Pound's Cantos*. Ann Arbor：University of Michigan Press，1995.

Sturman，Peter. "The Donkey Rider as Icon：Li Cheng and Early Chinese Landscape Painting." *Artibus Asiae* 55 (1995)：43—97.

"The Subtle Pictorial Art of the Chinese."*New York Times* 4 April 1909，p. 6.

Suzuki，Daisetz(铃木大拙). *Zen and Japanese Culture*. Princeton：Princeton University Press，1970.

Sutton，Stephanne B. *In China's Border Provinces：The Turbulent Career of Joseph Rock*，*Botanist-Explorer*. New York：Hastings House，1974.

Sze，Mai-mai. *China：Toward a Democratic Foreign Policy*. Cleveland，OH：Western Reserve University Press，1944.

—. *Echo of a Cry：A Story Which Began in China*. New York：Harcourt，Brace and Co.，1945.

—. *The Tao of Painting：A Study of the Ritual Disposition of Chinese Painting*. New York：Bollingen Foundation，1956.

Taylor，Richard. "Canto XLIX，Futurism，and the Fourth Dimension."*Neohelicon* 20. 1 (1993)：333—352.

Temkin，Ann and Nora Lawrence. *Claude Monet：Water Lilies*. New York：Museum of Modern Art，2009.

Tencer，Michael. "Pearls That Were." Joe Luna and Jow Lindsay Walton ed. *On the Late Poetry of J. H. Prynne*. Brighton：Hi Zero & Sad Press，2014，pp. 15—41.

Terrell，Carroll. *A Companion to the Cantos of Ezra Pound*. Berkeley and Los Angeles：University of California Press，1993.

—. "The Na-khi Documents I: The Landscape of Paradise." *Paideuma* 3. 1 (1974): 90—121.

Tomkins, Calvin. *Duchamp: A Biography*. New York: Henry Holt and Company, Inc. , 1996.

Tompkins, Robert. "Stevens and Zen: The Boundless Reality of the Imagination." *Wallace Stevens Journal* 9 (1985): 26—39.

Twitchell-Waas, Jeffery, trans. *Original: Chinese Language Poetry Group*, *A Writing Anthology*. Brighton, England: Parataxis Press, 1995.

Uthmann, Jorg von. "Monet's Hazy Lilies Herold Pollock's Drips in Paris Exhibit." 18 August 2010 <http://www. bloomberg. com/news/articles/2010—08—18/monet—s—hazy—lilies—herald—pollock—s—drips—in—paris—show—jorg—von—uthmann>.

Vendler, Helen. *On Extended Wings: Wallace Stevens' Longer Poems*. Cambridge: Harvard University Press, 1969.

von Boehm, Gero, and I. M. Pei. *Conversations with I. M. Pei: Light Is the Key*. New York: Prestel, 2000.

Waley, Arthur, trans. *More Translations from the Chinese*. New York: Alfred A. Knopf, 1919.

—, trans. *A Hundred and Seventy Chinese Poems*. New York: Alfred A. Knopf, 1919.

Wallace, Emily. "Why Not Spirits? — 'The Universe Is Alive': Ezra Pound, Joseph Rock, the Na Khi, and Plotinus." *Ezra Pound and China*. Ed. Zhaoming Qian. Ann Arbor: University of Michigan Press, 2003, pp. 213—277.

Waugh, Arthur. "The New Poetry." *Quarterly Review* 226 (October 1916): 386.

Wells, Henry W. "William Carlos Williams and Traditions in Chinese Poetry." *Literary Half-Yearly* 16. 1 (1975): 3—24.

Whitaker, Thomas R. *William Carlos Williams*. Boston: Twayne Publishers, 1989.

Williams, Ellen. *Harriet Monroe and the Poetry Renaissance*. Urbana: University of Illinois Press, 1977.

Williams, William Carlos. *The Autobiography*. New York: New Directions, 1967.

—. *The Collected Poems*. Volume 1. Eds. Walton Litz and Christopher MacGowan. New York: New Directions, 1986.

—. *The Collected Poems*. Volume 2. Ed. Christopher MacGowan. New York: New Directions, 1988.

—. *I Wanted to Write a Poem: The Autobiography of the Works of a Poet*. Ed. Edith Heal. Boston: Beacon Press, 1958.

—. *Paterson*. Ed. Christopher MacGowan. New York: New Directions, 1992.

—. *Selected Essays*. New York: Random House, 1954.

—. *Selected Letters*. Ed. John C. Thirlwall. New York: New Directions, 1957.

—. *Something to Say: William Carlos Williams on Younger Poets*. Ed. James Breslin.

New York: New Directions, 1985.

Wilson, Marc F. *Eight Dynasties of Chinese Painting: The Collections of the Nelson Gallery-Atkins Museum, Kansas City, and the Cleveland Museum of Art*. Cleveland, OH: Cleveland Museum of Art in collaboration with Indiana University Press, 1980.

Witemeyer, Hugh. "The Strange Progress of David Hsin-fu Wand [Wang]." *Paideuma* 15. 2 &3 (1986): 191—210.

Wolff, Rachel. "Did Monet Invent Abstract Art?"*The Daily Beast* 4 March 2010 <http://www. thedailybeast. com/articles/2010/03/04/did — monet — invent — abstract — art. html>.

Wu, Tung(吴同). *Tales from the Land of Dragons: 1,000 Years of Chinese Painting*. Boston: Museum of Fine Arts, 1997.

Yamazato, Katsunori. "Seeking a Fulcrum: Gary Snyder and Japan (1956—1975)." Unpublished Dissertation. University of California, Davis, 1987.

Yeats, W. B. *The Collected Letters of W. B. Yeats*, Gen. Ed. John Kelley. InteLex Electronic Edition, 2002.

—. *The Collected Works of W. B. Yeats: VI: Early Essays*. Eds. Richard Finneran and George Bornstein. New York: Scribner, 2007.

—. *Explorations*. Ed. George Yeats. London: Macmillan, 1962.

—. *Four Plays for Dancers*. London: MacMillan, 1921.

—. *The Letters of W. B. Yeats*. Ed. Allan Wade. New York: MacMillan, 1955.

—. "The Tragic Theatre."*The Mask* October 1910: 77.

Yip, Wai-Lim. "Classical Chinese and Modern Anglo-American Poetry: Convergence of Languages and Poetry. " *Comparative Literature Studies* 11. 1 (1974): 21—47.

Yu, Pauline(余宝琳). *The Reading of Imagery in the Chinese Poetic Tradition*. Princeton: Princeton University Press, 1987.

Zhao, Henry Y. H.(赵毅衡). *Towards a Modern Zen Theatre: Gao Xingjian and Chinese Experimentalism*. London: School of Oriental and African Studies, 2000.

Zhen [g] Zhen and Jeff Twitchell-Waas, trans. , *Che Qianzi: Vegetarian Hugging a Rooster: Nine Poems*. Cambridge: Barque, 2002.

文档文献

David Wang Collection. Hanover, NH: Dartmouth College Library.

Ezra Pound Papers. New Haven, CT: Yale University Beinecke Rare Books and Manuscripts Library.

Joseph Rock Papers. Honolulu, HI: Bishop Museum Archives Library.

Joseph Rock Papers. Pittsburgh, PA: Carnegie Mellon University Hunt Institute for Botanical Documentation.

Marianne Moore Collection. Philadelphia, PA: Rosenbach Museum and Library.

Sharaff-Sze Collection. New York: New York Society Library.

Wallace Stevens Collection. San Marino, CA: Huntington Library.

William Carlos Williams Papers. New Haven, CT: Yale University Beinecke Rare Books and Manuscripts Library.

后　记

　　《跨越与创新》要付印了。回顾八年前筹划写本书,初衷有二:一是以 21 世纪的视野考察西方现代主义发展史,侧重诠释近六十年一次次复出的"后期现代主义"。二是摈弃"西方现代主义纯属西方文化体系"的观念,用最新挖掘的文献资料验证东方文化在西方现代主义崛起和发展过程中所起的拓展思路的作用。西方现代主义文艺名著背后有不少鲜为人知的"中国故事"和"日本故事"。《跨越与创新》试图通过揭示被埋藏或被遗忘的"中国故事"和"日本故事",重新解读相关文艺名著,同时确认东方文化与西方现代主义的关系。

　　创新、再创新是西方现代主义的灵魂。西方文学艺术要创新、再创新就要借鉴异域文化。东方文化为西方现代主义提供了取之不尽用之不竭的创新样板。这就是为什么西方现代主义创新、再创新史会与东西方文化交流史叠合,西方现代主义创新、再创新史背后会隐藏"中国故事"和"日本故事"的原因。

　　现代主义大师年逾花甲能不能再创新? 当代科学家通过全脑磁共振图像对比分析证明:老人重复做同样的事,会让连接神经元、确保大脑快速有效发送信号的髓磷脂（myelin）削弱乃至丧失;相反,尝试新技术、新课题则会促使髓磷脂增强,使大脑迸发出新的创造力。现有全脑磁共振分析的例证集中于老科学家、老工程师、老教授。其实,老作家、老艺术家也一样。英国小说家哈代（Thomas Hardy,1840—1928）和美国艺术家欧姬芙（Georgia O'Keeffe,1887—1986）就是巅峰期后尝试新体裁而创新绩的佳例。哈代五十八岁以后不再写小说,专注创作诗歌,八十八岁离世时,荣膺杰出维多利亚时期小说家和英国现代诗歌先驱两顶桂冠。欧姬芙六十二岁放弃她擅长的动物等题材,专画花卉,九十九岁离世前竟成为美国现代花卉画顶峰大师。莫奈、叶芝、史蒂文斯、威廉斯、庞德、摩尔、米勒、斯奈德、蒲龄恩等杰出诗人、艺术家晚年创新、再创新的辉煌业绩,进一步证明了最新全脑磁共振图像研究结论的正确性和现实意义。

　　探索西方现代主义创新、再创新背后的"中国故事"没有捷径可走。本书的选题、立论、采证是三十多年不断积累、不断拓展、不断深究,循序渐进的过程。追根溯源,笔者在此首先要感谢三十多年前为我引航的前辈。

　　20 世纪 80 年代我有幸得到三位杰出前辈的指引。他们是美国杜兰大学埃亨教授（Professor Barry Ahearn）、已故缅因州立大学泰瑞尔教授（Professor Carrol Terrell）和已故北京外国语大学王佐良教授。埃亨教授是我在美国杜兰大学的博导。我原定研究方向是英国文艺复兴时期诗剧。他1987年春开的现代诗歌研讨课拓宽了我的视野，让我在西方文学中窥见了中国学者可期掌控话语权的契机，决定转攻美国20世纪诗歌。泰瑞尔教授是庞德研究顶尖期刊《帕杜玛》的创建人和主编。庞德研究大师辈出，著述繁复。中国学者独到的见解能不能被西方学界接受？晚辈对前辈的挑战会不会遭抵制？在关键时刻，泰瑞尔教授的认可让我信心倍增，知难而进。王佐良教授是我在北京外国语大学的恩师。1990年，他读了我在《帕杜玛》发表的有关庞德的"中国故事"，即祝贺我为中国学者争得了话语权，并勉励我早日完成"代表中国学者见解的大部头论著"。埃亨等三位恩师就这样激发我开始了攻研西方现代主义背后"中国故事"的远航。

本书是 *Orientalism and Modernism*（1995年；已有中文版）和另外四部拙著的续篇。其中后四部拙著——*The Modernist Response to Chinese Art*（2003年；已有中文版）、*Ezra Pound's Chinese Friends*（2008年）、《中华才俊与庞德》（2015年）和 *East-West Exchange and Late Modernism*（2017年）——传承第一部拙著的基本论点，把阐发中心从西方现代主义与中国诗歌的互动转移到西方现代主义与中国视觉文化的互动和与中华才俊人际间的互动。*Ezra Pound's Chinese Friends*（《庞德的中国朋友》）与《中华才俊与庞德》局限于考察一位美国现代主义诗人与中华才俊的互动。*East-West Exchange and Late Modernism*（《东西交流与后期现代主义》）局限于考察三位美国现代主义诗人（威廉斯、摩尔、庞德）与中华才俊的互动。本书拓展并深化以往研究，探讨了代表英、美、法、加拿大、爱尔兰五种文化的十一位大师与不同"东方文化圈内人""东方文化圈内团队"的互动。这里，东方文化包括中国、日本、印度文化，但所讲"日本故事"和"印度故事"都牵涉或包含"中国故事"。

在艰辛的探索历程中，热忱支持过我的同道有美国加州大学伯克利分校埃尔提艾瑞教授（Professor Charles Altieri）、斯坦福大学帕洛夫教授（Professor Marjorie Perloff）和耶鲁大学威利斯教授（Professor Patricia Willis）。埃尔提艾瑞教授是跨哲学、文学、艺术三大学科研究西方现代主义的先行者，帕洛夫教授是西方现代主义诗学研究的翘楚。2000年夏，我与他们在西班牙萨利曼卡"跨疆界、跨传统美国诗歌国际研讨会"上相遇，一见如故。三人"主旨发言"的内容不同，但都尝试跨文化、跨学科，并不约而同指斥了当时仍深深影响学界思维的"现代主义过时论"。埃尔提艾瑞教授和帕洛夫教授始终是我最敬佩的学长。威利斯教授是摩尔文档组建者、1987年至

2008年耶鲁大学美国文学文档馆馆长、首届现代主义与东方文化国际学术研讨会组织者。埃尔提艾瑞等三位资深教授多年来对我研究的支持和援助，不是用几句话所能讲清楚的。

跟我讨论过本书相关课题、相得益彰的欧美同道有：爱尔兰梅努斯大学阿灵顿教授（Professor Lauren Arrington）；德国波恩大学希尔克教授（Professor Sabine Sielke）；法国阿维翁大学卢亚特教授（Professor Anne Luyat）；加拿大不列颠哥伦比亚大学纳代尔教授（Professor Ira Nadel）；已故美国哈佛大学奥尔布赖特教授（Professor Daniel Albright）、密歇根大学伯恩斯坦教授（Professor George Bornstein）、夏威夷大学戴森勃劳克教授（Professor Reed Way Dasenbrock）、普渡大学弗劳瑞教授（Professor Wendy Flory）、西北大学弗鲁勒教授（Professor Christine Froula）、新奥尔良大学盖瑞教授（Professor John Gery）、波士顿大学考斯特洛教授（Professor Bonnie Costello）、耶鲁大学劳森教授（Professor Claude Rawson）、康涅狄格州立大学麦克利奥德教授（Professor Glen MacLeod）、印第安纳州立大学欧阳桢教授、得克萨斯州立大学瑞德曼教授（Professor Tim Redman）、斯沃斯莫尔学院斯密特教授（Professor Peter Schmidt）、芝加哥大学苏源熙教授（Professor Haun Saussy）、斯坦福大学王斑教授、新墨西哥州立大学韦特麦厄教授（Professor Hugh Witemeyer）；西班牙萨利曼卡大学帕泰尔教授（Professor Viorica Patea）；意大利热那亚大学巴奇卡鲁帕教授（Professor Massimo Bacigalupo）；英国牛津大学布什教授（Professor Ronald Bush）和约克大学穆迪教授（Professor David Moody）。感谢欧美诸同仁多年来对我的信任和支持。

我不能忘记国内同仁的大力支持。这里特别值得一提的有：湖南师范大学蒋洪新教授、中国社会科学院陆建德教授、中山大学区鉷教授、中国人民大学孙宏教授、北京外国语大学张剑教授和香港城市大学张隆溪教授。

杭州师范大学同仁邓天中、欧荣、叶蕾和浙江大学同仁卢巧丹曾分别协助我初探贝聿铭设计苏州博物馆新馆、米勒与英若诚的合作、庞德与曾宝荪的合作、庞德与方宝贤的合作及摩尔与施美美的合作。这些初探为撰写本书相关课题打下了基础。

伊利诺伊大学厄巴纳-香槟分校蔡宗齐教授、浙江大学高奋教授、湖南师范大学蒋洪新教授、上海外国语大学李维屏教授和虞建华教授、中国香港中文大学欧沙利文（Michael O'Sullivan）教授和复旦大学王柏华教授曾邀请我试讲本项目子课题。伊利诺伊大学厄巴纳-香槟分校蔡宗齐教授、中国香港中文大学汉尼斯（Simon Haines）教授、湖南师范大学冉毅教授、南通大学艺术学院吴耀华院长和上海外国语大学查明建教授就相关内容提出过宝贵的建议。

本书第三部分讨论了美国诗人斯奈德和英国诗人蒲龄恩 21 世纪融贯中西的创新诗作。两位老诗人 20 世纪 80 年代至 90 年代融合中西文化的诗歌不容忽视。为了让读者了解斯奈德和蒲龄恩 20 世纪后期的成就,本书附录了谭琼琳教授撰写的《斯奈德的"禅画诗"〈山河无尽〉》和曹山柯教授撰写的《禅文化与蒲龄恩 2005 年版〈诗歌集〉》。

原杭州师范大学殷作炎教授细阅过本书绪论初稿。杭州师范大学管南异教授和浙江工商大学孔颖副教授帮我查核过日本人名、地名、著作名。杭州师范大学应缨副教授和浙江外国语学院罗晓岗副教授帮我排除了跨国传送高清图像失真的困扰。本书人名索引为杭州师范大学冯昕副教授编撰。对以上六位教授、副教授我心存感激。

以其他方式帮助过我的同仁有北京工业大学吴晓梅副教授,杭州师范大学李公昭教授、殷企平教授、田颖副教授、陈蕾蕾女士、赖丹琪女士、章琪女士,华中师范大学罗良功教授,上海对外经贸大学陈豪副教授,云南师范大学郝桂莲教授,浙江大学范捷平教授、高奋教授、沈弘教授。

20 世纪中,步入晚年的第一代现代主义诗人威廉斯、摩尔、庞德开始与中国文化圈内人直接对话。频繁的东西对话激活了他们再创新现代主义的热情。他们的"中国故事"长期被隐埋,今被发掘,不仅唤醒了我华年的壮志,也激发了这几位老诗人的子女、友人或其家属回顾亲历亲为中国故事的热忱。没有健在诗人家属、健在中国友人或其家属的热情支持,就不可能有本书丰富翔实的故事内容。感谢美国诗人庞德的女儿玛丽·德·拉齐维尔兹跟我分享庞德与方宝贤、顾彼得交流合作的故事,并提供庞德创作第 49 诗章蓝本《潇湘八景图》册页之各景的珍贵照片。感谢庞德友人、美籍纳西族太阳能专家方宝贤生前带病接受我的采访,回顾他给庞德上纳西文化课的往事。感谢方宝贤遗孀方瑟芬(Josephine Fang)为我扫描庞德致方宝贤私人信件和方宝贤应庞德请求在洛克文献上做的注释。感谢摩尔友人施美美的胞妹王施嘉珍生前给我来函确认施美美生卒年月。感谢美国诗人斯奈德与我们分享他跟中国禅宗诗画长期对话的经历与感悟。感谢英国诗人蒲龄恩给我寄来三份文献:限印版亲笔题中文原创诗《结伴觅石湖》《意合》1995 年中国当代诗专号和载有其画评《沈周〈夜坐图〉》的《斯诺文艺评论》2013 年—2014 年第 2 期。感谢蒲龄恩友人、中国当代诗人兼画家车前子先生与我们分享他与蒲龄恩互动合作的往事,并授权复制其原创诗《白桥》扇面形式的手稿照片。同一扇面上有经蒲龄恩授权的蒲龄恩《珍珠,是》之七手稿。

后期现代主义是一个新的概念。要厘清第二次世界大战后期现代主义与后现代主义并存共进、新世纪现代主义再展雄风的史实,绝非易事! 值得庆幸的是,2002 年、2010 年和 2021 年帕洛夫教授先后推出《21 世纪现代主义》《非原创天才》和《虚薄》三部专著,一论、再论、三论东山再起的现代主义——21 世纪现代主义;2007 年詹姆逊教授出版《论现代主义》,认可了"后期现代主义"的提法。四部专著为本书立论做了重要的铺垫。2015 年希利斯·米勒教授出版《萌在他乡》,及时批判罗兰·巴特"作者已死"的陈旧观点,为本书提出"东方文化圈内人"的理念铺平了道路。

感谢以下图书馆、博物馆、档案馆专业人员提供远程服务:法国莫奈基金会扎奇娜蒂(Claire Zecchinati)女士,美国波士顿美术馆克鲁瑟茨(Carolyn Cruthirds)女士,达特茅斯学院图书馆萨特费尔德(Jay Satterfield)先生,费城罗森巴赫博物馆—图书馆富勒(Elizabeth Fuller)女士,加州大学伯克利分校班克劳夫特图书馆伯奈特(Michaelyn Burnette)女士,卡内基·梅隆大学亨特生物学文献资料馆威廉斯(Dustin Williams)先生,克利夫兰艺术博物馆科勒(James Kohler)先生,密尔斯学院欧琳图书馆布朗(Janice Braun)女士,南加州亨廷顿图书馆豪德森(Sara Hodson)女士,纽约社交图书馆施瑞纳(Erin Schreiner)女士,纽约艺术资源库贝尔特(Jennifer Belt)女士,檀香山毕肖普博物馆档案图书馆麦克希格(Kina'u McKeague)先生,夏威夷大学海密尔顿图书馆档案馆阿苏玛(Casie Azuma)女士和道森(Leilani Dawson)女士,夏威夷大学利昂植物园吉永义雄(Alvin Yoshinaga Yoshio)教授,夏威夷大学洛克植物标本馆莫登(Clifford Morden)教授,新奥尔良大学图书馆费尔普斯(Connie Phelps)女士,耶鲁大学拜纳基图书馆菲茨杰拉尔德(Moira Fitzgerald)女士和夏普(Adrienne Sharpe)女士;英国国家博物馆东方部原副主任法瑞(Ann Farrer)女士和迈克尔森(Carol Michaelson)女士;英国剑桥大学文档馆威尔士(John Wells)先生;中国上海博物馆李娜女士;中国台中东海大学图书馆谢莺兴先生。

本书阶段性成果曾在《杭州师范大学学报》《外国文学》《外国文学评论》《外国文学研究》《文学艺术研究》和《中国比较文学》先行发表。感谢何俊主编、朱晓江副主编、蒋金坤责编;金莉主编、姜虹副主编、马海良副主编、李铁主任、牟芳芳责编;陈众议主编、程巍副主编、严蓓雯责编;苏晖主编、罗良功副主编、刘兮颖主任、杜娟责编;贾晓东主编、蒋中崎副主编、刘莉主任;宋炳辉主编、谭琼琳专号主持人等为审定、编辑相关稿件付出的精力和时间。

感谢美国企鹅–兰登书屋(Penguin-Random House)授权本书引用玛丽安·摩尔诗句、华莱士·史蒂文斯诗句。感谢美国新方向出版公司(New Directions Publishing Corporation)授权本书引用埃兹拉·庞德诗句、威廉·卡洛斯·威廉斯诗句和西尔达·杜丽特尔《折磨的终结》一段文字。感谢诗人蒲龄恩授权本书引用其《诗歌集》诗句,并发表其《沈周〈夜坐图〉》2014 年版全文中译。感谢诗人斯奈德授权本书引用其《山河无尽》等诗歌。感谢方宝贤遗孀方瑟芬女士授权本书引用方宝贤致庞德贺卡文字。感谢新方向出版公司斯普林(Declan Spring)先生代表庞德女儿德·拉齐维尔兹和庞德儿媳伊丽莎白·庞德授权本书引用庞德家书与庞德致方宝贤若干文字。

　　承蒙下列机构和个人授权本书复制他们提供的图像:波士顿美术馆、布里奇曼图像图书馆、底特律美术馆、华盛顿特区弗利尔美术馆、克利夫兰艺术博物馆,莫奈基金会、纽约艺术资源库、上海博物馆、芝加哥美术馆,车前子、方瑟芬、玛丽·德·拉齐维尔兹和蒲龄恩。

　　为审核相关原始资料,我曾专程再访耶鲁大学拜纳基图书馆、南加州亨廷顿图书馆、纽约现代美术馆,并初访丽江洛克旧居、台中东海大学图书馆和夏威夷大学档案馆。历次外调我夫人王美芳都陪同前往,并帮我摄像、扫描。

　　探讨近六十年中西文化交流不能对国内文艺新潮不闻不问。感谢陈小筠、董述曾、何春阳、胡红苗、李静仁、钱铣茹、尹桂琴、袁兴、赵宇辉等北京外国语大学 1967 届(1962 级)老同学,数年如一日让我几乎天天观赏到国内最新、最美的美术视频、舞蹈视频和戏曲视频。

　　原新奥尔良大学研究生助理拜瑞(Douglas Barry)帮我扫描过摩尔友人施美美在《纽约邮报》上发表的短评。原新奥尔良大学研究生助理班伯格(Mary Bamburg)帮我把 1957 年录制的摩尔演讲音频转成文字。原杭州师范大学外国语学院硕士研究生、现华东师范大学外国语学院博士生李云霄帮我搜寻转送过大量参考文献。近二三年,我所在的北加州湾区新冠病毒感染疫情持续反弹,不能去附近斯坦福大学图书馆或加州大学伯克利分校图书馆查阅文献资料。杭州师范大学外国语学院在读研究生鲍灵婕和胡博涵给我提供高效远程服务,让我身居家中,能核查文献资料。鲍灵婕、胡博涵、张卉、沈迪和原杭州师范大学外国语学院研究生徐博婧还帮我校阅校样。原杭州师范大学外国语学院研究生陈芳、邓琳、韩琦、陆晓晓、谢凯曼和周芩帮我美化过不少插图照片。谨在此一并鸣谢。

　　本书的撰写和出版得到国家社科基金的资助,在此表示最诚挚的谢意。

　　对北京大学出版社外语部主任张冰老师的热情支持,责任编辑李娜老师一丝不苟的付出,我由衷地感激。

钱兆明

美国北加州弗里蒙特

2022 年 3 月 28 日

索　引

A

阿多诺(Theodor Adono)xi,113,214

阿什贝利（John Ashbery)143,150

埃尔提艾瑞（Charles Altieri)151

艾利斯(Silvia Ellis) 15,16

艾略特（T. S. Eliot) xiv－xv, 23, 63, 79, 82, 109,112, 124－127, 136, 146－147, 150, 152, 172－173, 177, 195, 197, 204,231－232, 256, 262

　　《传统与个人才能》(“The Tradition and the Individual Talent”)124, 256

　　《荒原》(*The Waste Land*) xiv,63,64, 79, 82, 136, 152,172,177, 195,197,204, 231－232

　　《普鲁弗洛克情歌》(“The Love Song of J. Alfred Prufrock”)231－232

　　《四个四重奏》(*Four Quartets*)124

　　《玄学派诗人》(“The Metaphysical Poets”)147

爱德华兹(Richard Edwards)236,241,284,290

爱默生(Ralph Waldo Emerson)49

奥尔布赖特(Daniel Albright)iv, 20－21

奥丁顿 (Richard Aldington) 152, 175

奥尔森 (Charles Olson) xvi, xvii, 259

奥尼尔（Eugene O’Neill)184

　　《琼斯皇》(*The Emperor Jones*)184

B

巴雷特(John Barrett)128,135

巴特 （Roland Barthes)vi

白居易 iii,xv, 52－56,59－63,66,97－98,107,116－117,119－120,122－125,216, 224,257

　　《别州民》98

　　《长恨歌》55－56,125

　　《耳顺吟寄敦诗梦得》55,117

　　《嗟发落》61,116,122,125,224

　　《暮春寄元九》56,118,124

《山游示小妓》55，117，123

拜伦（George Gordon Byron）198

北岛 200，258

贝登豪森（Richard Badenhausen）127，128

贝克特（Samuel Beckett）xvi

贝建中 208，210

贝伦森（Bernard Berenson）37—38

贝聿铭 iii，v，ix，206—215

    北京香山饭店 208

    美国国家大气研究中心 206，208—209，215

    肯尼迪总统图书馆 207，214

    卢浮宫玻璃金字塔 207，211.212，214—215

    苏州博物馆新馆 iv，v，ix，208—214

    中国银行香港总部大厦 208，214

本雅明（Walter Benjamin）x，38，76，196—197，232，243

    《拱廊街计划》（*The Arcades Project*）196—197，232—233

    《机械复制时代的艺术作品》（"The Work of Art in the Age of Mechanical Reproduction"）x，76，196，243

比厄泰尔（Robert Buttel）26，42

比宁（Laurence Binyon）xiv，32—33，41—43，65，85，129，148

    《飞龙腾天》（*The Flight of the Dragon*）65，129，148

    《远东画论》（*Painting in the Far East*）32，41，43

比维斯（William Bevis）33，35—36，40—41，48

    《冬天的精神》（*Mind of Winter*）33，40

毕尔（Samuel Beal）29，50

    《中国佛教》（*Buddhism in China*）29，50—51

毕加索（Pablo Picasso）iv，xiv，2，4，8，13，43，60，92，113，131，181

    《亚维农的少女》（*Les Demoiselles d'Avignon*）13

宾纳（Witter Bynner）31，42

波洛克（Jackson Pollok）9，10

波特莱尔（Charles Baudelaire）137

    《恶之花》（*Les Fleurs du mal*）137

勃鲁盖尔（Pieter Brueghel）xii，22，116，118—123

    《收玉米》（*The Corn Harvest*）122

    《雪中猎人》（*The Hunters in the Snow*）121

    《伊卡洛斯坠海》（*The Fall of Icarus*）22，118，120

博斯韦尔（James Boswell）145—146

伯恩斯坦（Charles Bernstein）221，223，229，232

伯莱特福特(Curtis Bradford) vi,22

卜慧珊(Susan Bush) 241,284

布拉克(Georges Braque) 8,60,92,113

布莱克(William Blake)199,231－232,262

布莱希特(Bertolt Brecht)ix,189

布蕾尔(Bryher；原名 Annie Winifred Ellerman) 86,128,152

C

车前子 viii,200－205,229,232

　　《白桥》201－205

　　《怀抱公鸡的素食者》201

　　《文化旧作》229,232

　　《我的塑像》200

陈白阳 10,45

陈薇 210－211

D

达·芬奇（Leonardo da Vinci)89,141,195

但丁（Dante Alighieri) 136,153,171,177,195

道元禅师 220,225,266

德库宁(Willem de Kooning) iv,9,10

窦加(Edgar Degas) 3,89

杜甫 87－88,108,110,116－118,120,125,216,257,289

　　《宾至》108,117

　　《隔夜》289

　　《佳人》108－109,117－118,125

　　《戏题王宰画山水图歌》87

　　《晓望》108,117

杜拉克(Edmund Dulac)19,21

杜丽特尔(Hilda Doolittle，亦称 H. D.)xiv,xv,84,135,152,173－175,177,180

　　《海门》(*Hymen*) 84

　　《折磨的终结》(*End to Torment：Memoir of Ezra Pound*)174,175

杜尚(Marcel Duchamp)ii－iv,xviii,194－197,203－204,216,220－223,225－227

　　《大玻璃》(*The Large Glass*) iii,xviii,221－223,226

　　《杜尚访谈录》(*Conversations with Marcel Duchamp*) 221

　　《带胡须的蒙娜丽莎》(*Mona Lisa with Mustache* or *L. H. O. O. Q.*))195－196,204

　　《喷泉》(*Fountain*)195

　　《自行车轮子》(*The Bicycle Wheel*)195

E

儿玉石英（Sanehide Kodama）69—70,78

F

范德瓦尔斯（Johannes Diederik van der Waals）229—230,232

方宝贤 157—168,170,181,183

方国瑜 160,165,167,181

　　《纳西象形文字谱》160,165,181

方堃林 185—187

方瑟芬（Josephine Fang）158—159,161,167,170

方闻（Wen C. Fong）241,259—260,290

方志彤 162—163

费诺罗萨（Ernest Fenollosa）x，xiv，15，17，19，29，31，37—38，40，53，65，68，77，79,93,101,162

　　《中日艺术源流》（*Epochs of Chinese and Japanese Art*）15,31

　　《作为诗歌媒介的汉字》（*The Chinese Written Character as a Medium for Poetry*）162

冯友兰 129,130,132

福楼拜（Gustave Flaubert）10,235

　　《包法利夫人》（*Madame Bovary*）235

福瑞（Bernard Faure）38

福特（Ford Madox Ford）xiv

G

冈仓天心（Kakuzō Okakura）32,40—42

　　《东洋的理想》（*The Ideals of the East*）32,41

高居翰（James Cahill）241,284,289—290

歌川广重 xi,5—6,8,12,43

戈德斯密斯（Kenneth Goldsmith）viii,136,197,232

　　《交通实况》（*Traffic*）viii,136,197,232

戈蒂耶-布尔泽斯卡（Gaudier-Brzeska）180

格雷戈里夫人（Augusta Gregory）14,16

格林伯格（Clement Greenberg）2,4,10,11,26

格罗皮乌斯（Walter Gropius）206—208

葛饰北斋 xi,5—8,11—12,43

　　《富岳三十六景》7,11,43

　　《凯风快晴》7,11—12

　　《牡丹蝴蝶图》5,6

　　《山下白雨》7,8,11,12

《神奈川冲浪里》7,11

顾彼得（Peter Goullart）166－167,175－177

　　《被遗忘的王国》（*Forgotten Kingdom*）166,176

　　《玉皇山道观》（*Monastery of the Jade Mountain*）176

管仲 136,138

郭沫若 110,200

郭熙 12,41－42,128,132,261

　　《林泉高致·山水训》12

　　《溪山秋霁图》（传）（*Clearing Autumn Skies over Mountains and Valleys*）128

郭筠 72,73

H

海克尼（Louise Wallace Hackney）128－129

　　《中国画指南》（*Guide-Posts to Chinese Painting*）128－129

海明威（Ernest Hemingway）173,177

寒山 xviii,216,257,262,269,273

韩西宇 185－186

豪（Susan Howe）viii,197,221,223－224,232

　　《午夜》（*The Midnight*）viii,197,232

荷马（Homer）179,181

　　《奥德赛》（*Odyssey*）173,179,181

黑吉（Garu Hickey）6,7

华兹华斯（William Wordsworth）198,230

　　《丁登寺旁》（"Lines Composed a Few Miles Above Tintern Abbey"）198

黄庭坚 271

黄兆晖 200,233

霍尔（Donald Hall）92,168,177

霍夫曼（Dustin Hoffman）189－190

霍克斯（David Hawkes）241,289,292

　　《红楼梦》132,241,292

J

济慈（John Keats）22,57,88,259

　　《希腊古瓮颂》（"Ode on a Grecian Urn"）22,259

江枫 199,231

蒋洪新 72,153

杰克-达克罗士（Émile Jaques-Dalcroze）xiii,18－19,21

金斯堡（Allen Ginsberg）xvi, xvii,124－125,133－134,146－147

《嚎叫》（"Howl"）133，146

《卡第绪诗集》（*Kaddish and Other Poems*）126

《空镜集》（*Empty Mirror*）xvi

久松真一 43，45—47

K

卡梅隆（James Cameron）243—244

《阿凡达》（*Avatar*）243—244

卡奇尼（Giulio Romolo Caccini）21

卡赞（Elia Kazan）184

凯奇（John Cage）xvi，226

康定斯基（Wassily Kandinsky）iv，2，4，9，10

康熙 80，92，147，153—154

柯布西耶（Le Corbusier）206—207

克雷（Edward Gordon Craig）15—16，19，86

孔子 16，129，130，132，135，153，162

《大学》129，161，168

《论语》129，130，132，161，168，204

《中庸》132，161，168

L

拉齐维尔兹，玛丽·德（Mary de Rachewiltz）69—71，78，158，175，176

赖特（Frank Llod Wright）206，208，214—215

"塔利埃森"（Taliesin III）总部 206

兰波（Arthur Rimbaud）116，124

朗格兰（William Langland）228，230

老庄 vii，57，63，86，149，152，163，232—233

《庄子》129，132，163，233

《庄子·逍遥游》147

老庄哲学 63，86，149，152，163，232

《道德经》29，42，129，132，150，152，163，232—233，256

雷克斯罗斯（Kenneth Rexroth）108，116—117，273

《一百首中国诗》（*One Hundred Poems from the Chinese*）108，116

蕾芙尔（Linda Leavell）86，133，143

黎志敏 200，275，281

李安 iv，v，ix，x，xi—xii，242—252

《断背山》（*Brokeback Mountain*）ix，xii，242，250，252

《卧虎藏龙》（*Crouching Tiger，Hidden Dragon*）242，250，252

《少年派的奇幻漂流》(*Life of Pi*)iv,v,ix,x,xi—xii,242—245,248—252

李白 53,68,75—76,106—107,109,110,118,120,124—125,161,216

　　《当涂赵炎少府粉图山水歌》75—76

　　《子夜吴歌·春歌》106—107,109,118,125

李士龙 187—188

李雪曼（Sherman E. Lee)240,259—260,284,287

李煜 110,211

李泽厚 93,138

　　《美的历程》93,138

理查森,琼(Joan Richardson) 31

　　《史蒂文斯传》31

里斯寇姆（Kathlyn Liscomb) 237—241,284—287,290

利兹(Walton Litz)42,45

梁楷 12,36,51

　　《出山释迦图》12,36,51

　　《雪景山水图》36,51

梁启超 72—73,160

梁武帝 38,50

林庭珪 见周季常、林庭珪

林忠正 5,6,11

　　《日本美术史》(*Histoire de l'art du Japon*) 6

　　《中日美术品》(*Objets d'art du Japon et de la Chine*) 6,11

铃木大拙(Suzuki Daisetz)28,38,41

刘骏 ix,188—190

刘三富 274

刘易斯(Wyndham Lewis) 13,173,177,180

陆象山 129,132

陆游 77—78

伦勃朗 (Rembrandt Harmenszoon van Rijn)85,87

罗哲文 210—211

洛厄尔(Robert Lowell) xvi,xvii,124—126,147

　　《生活研究》(*Life Studies*) xvi,125—126,147

洛克 (Joseph Rock) 156—159,163—167,169—170,172,174,176,179,181

　　《康美久命金的爱情故事》("The Romance of ^{2}K'a-^{2}ma-^{1}gyu-^{3}mi-^{2}gkyi, A Na-khi Tribal Love Story")156—158,164—165,169—170,172

　　《孟本:纳西祭天仪式》("The ^{2}Muan-^{1}Bpo Ceremony or the Sacrifice to Heaven as Practiced by the ^{1}Na-^{2}khi") 156—158,164—167

　　《中国西南古纳西王国》(*The Ancient Na-khi Kingdom of Southwest China*)156—

157，159，170

M

马特尔（Yann Martel）242－243，245－251

马远 xviii,6,7,12,28－29,32－33,35,42－43,77,240

《松溪观鹿图》xviii,7,28－29,35

麦尔维尔（Herman Melville）242,245

《白鲸》（*Moby Dick*）242,245,250

毛泽东 viii,110,230－232

《矛盾论》viii,230－232,235

《沁园春·雪》110

梅尔齐纳（Jo Mielziner）184－186

梅兰芳 ix,90,188－189

《打渔杀家》189

《贵妃醉酒》188－189

《天女散花》188－189

梅洛斯（Anthony Mellors）i－ii,vii,270

《后期现代主义诗学：庞德至蒲龄恩》（*Late Modernist Poetics from Pound to Prynne*）i,vii,270

门罗（Harriet Monroe）180

蒙德里安（Piet Mondrian）8,9,26

《从沙丘观望海滩与码头》（*View from the Dunes with Beach and Piers*）9,26

米勒，阿瑟（Arthur Miller）iii,v,viii,ix－x,xiii,183－188,190－191,208,212,248,252

《推销员在北京》（*Salesman in Beijing*）ix,185,187,190

《推销员之死》（*Death of a Salesman*）iii,v,viii,ix－x,183－191,212,248,251－252

米勒，克丽丝丹（Cristanne Miller）137－138

米勒，希利斯（J. Hillis Miller）vi,x,18,50,68,76,96,240

《萌在他乡》（*An Innocent Abroad：Lectures in China*）vi,96

《图文并茂》（*Illustration*）vi,240

米歇尔，阿瑟（Arthur Mitchell）147－149

米歇尔（W. J. T. Mitchell）v,42

摩尔（Marianne Moore）ii, iii, v, vii, x, xiii, xiv－xviii, 4, 35, 82－93, 96, 127－129, 132－152,171,208,217,252,265

《啊，化作一条龙》（*O to Be a Dragon*）iii,vii,x,127,135－143,145

《啊，化作一条龙》（"O to Be a Dragon"）86,136－138

《阿瑟·米歇尔》（"Arthur Mitchell"）148

《北极麝牛（或羊）》（"The Arctic Ox (or Goat)"）140

《慈善征服妒忌》（"Charity Overcoming Envy"）146

《达·芬奇的画》("Leonardo da Vinci's")141

《烦冗与守真》("Tedium and Integrity")96,133,135,147

《非洲跳鼠》("The Jerboa")87-88,137-138

《告诉我,告诉我》("Tell Me, Tell Me")149

《告诉我,告诉我》(*Tell Me，Tell Me*)iii,vii,x,127,143,145,149-150

《黑色大地》("Black Earth"),又名《默兰契桑》("Melanchthon")145,150

《护身符》("A Talisman") 84

《九桃盘》("Nine Nectarines")iii,v,xviii,82,85,89,91-93,137,217

《摩尔诗歌全集》(*The Complete Poems of Marianne Moore*)xvii,89,143,150-151

《摩尔诗选》(*Selected Poems of Marianne Moore*)82,90,137,142,152

《批评家与鉴赏家》("Critics and Connoisseurs")84,86-87

《谦逊、专一与热忱》("Humility，Concentration，Gusto")133

《青虫》("Blue Bug")147-148

《蛇怪翼蜥》("Plumet Basilisk")85-86,88,93,137-138,141

《诗歌》("Poetry") xvii,137,141,150-152

《水母》("A Jelly Fish")137,139-140

《水牛》("The Buffalo")86,88-89,93,138,140

《鹈鹕》("The Frigate Pelican")88

《文化格斗》("Combat Cultural")141

《我可以,我可能,我必须》("I May，I Might，I Must")137-138

《鱼》("The Fish")137,138

《致变色龙》("To a Chameleon")137-138,140

《致长颈鹿》("To a Giraffe")146-147

莫奈（Claude Monet）iii,v,vi,xi,xii,xiii,2-14,25,32,68,252

《穿和服的莫奈夫人》(*La Japonaise*)6

《登普尔维尔悬崖》(*Cliff Walk at Pourville*) 6,7

《日出·印象》(*Impression，Sunrise*)3

《日式拱桥》(*The Japanese Bridge*)5

《睡莲》(*Water Lilies*)iii,xi,3-4,8-10,12,14,68

莫奈,卡米耶（Camille Monet）6,8

牧溪 xviii,xix,12,36,41,43,70,71,77,217-227

《六柿图》xviii,12,36,217-219,222-223,225,226

N

倪瓒 48-49,289

O

欧佩（George Oppen）xvi

《无数》(*Of Being Numerous*) xvi

P

帕克(Richard Parker)242,247,249－250

帕克(Puck in *A Midsummer Night's Dream*)147－149

帕洛夫(Marjorie Perloff)ii，iv，v，viii，112，116，136，171，172，194，197，220－221，223，226，228，232

　　《21 世纪现代主义》(21*st Century Modernism：The "New" Poetics*)ii，iv，viii，194，221，223

　　《非原创天才》(*Unoriginal Genius：Poetry by Other Means in the New Century*）viii，136，197，228

　　《虚薄》(*Infrathin：An Experiment in Micropoetics*) v,222,226

帕西金(Andrian Parsegian) viii,229－232

　　《范德瓦尔斯力》(*Van de Vaals Forces*)viii,229－231,235

庞德(Ezra Pound) ii－v，viii，x－xi，xiii－xvii，2－4，13，15，17－19，22－23，53－55，59，61，65，68－72，75－80，82－84，93，97－98,101,107,111－113,117,124,127－129,132,137,143,148，151－159,161－182,197,198,200,202,205,208,214,216－218,224,228－229,234－235,243,251－252,256－257,262,264,270

　　《在地铁站》("In a Station of the Metro") xvii,61,151

　　《戈蒂耶－布尔泽斯卡纪念集》(*Gaudier－Brzeska：A Memoir*)2,180

　　《华夏集》(*Cathay*) xiv,53,65,77,79,101,107,113,152,161

　　《几个不》("A Few Don'ts") 53,181,256

　　《若干日本贵族剧》(*Certain Noble Plays of Japan*) 15,17,19,22

　　《诗章》(*The Cantos*) iii，v，x，xi，xiii，xvii，68－72，76－77，79，112，127，137，152－154,156,158－159,161－163,165－167,169－173,175,177－182,197,205,217－218,224,251

　　《比萨诗章》(*The Pisan Cantos*)(第 74－84 章)228

　　《诗稿与残篇》(*Drafts and Fragments*)(第 110－117 章)xiii,127,162,166,168－169,178,181－182

　　《诗章·御座篇》(*Thrones*)(第 96－109 章)iii，153－158，159，165－166，169，178，180－181

　　《中国史诗章》(第 52－61 章)155,169,171

　　《钻石机诗章》(第 85－95 章)181

　　《文化导向》(*Guide to Kulchur*)168

　　《西周弓箭手之歌》("Song of the Bowmen of Shu")65

　　《旋涡主义》("Vorticism")112

庞德,多萝西(Dorothy Shakespear Pound)15，158

庞德,荷默(Homer Pound) 69,77

蒲龄恩(J. H. Prynne) ii－v,vii－viii, x, xiii, 4, 194,195, 197－198,200－205, 208,
216, 224,228－241,251－252,270－282

《丙烯酸丁酯》("Acrylic Tip")280

《词序》(*Word Order*)271－273

《结伴觅石湖》278－280

《卡祖梦游船》(*Kazoo Dreamboats*)iv,viii,228－236

《沈周〈夜坐图〉》("Shen Zhou's Night Vigil")viii,236,240－241,282,284

《诗歌集》(*Poems*,2005)198,270,273,275,278,280－281

《诗歌集》(*Poems*,2015)198

《诗学思想》("Poetic Thought")233－235

《珍珠,是》(*Pearls That Were*)iii,viii,x,195,197－201,203－205,224,251,274－276

Q

齐白石 74,131

齐康 210－212

钱选 128,129

《归去来辞图》128－129

《荷塘早秋图·草虫图》128－129

乔叟(Geoffrey Chaucer) 136

乔瓦尼尼(Giovanni Giovannini)161,164

乔迅（Jonathan Hay)241,287

乔伊斯（James Joyce) ii,172－173,177,224,245,248

《阿拉比》("Araby")245,248

《都柏林人》(*Dubliners*)245

《尤利西斯》(*Ulysses*)172－173

S

萨义德(Edward Said)v,xiii,129

《东方学》(*Orientalism*) xiii,129

《论后期风格》(*On Late Style：Music and Literature Against the Grain*)v

塞尚（Paul Cézanne) iv,4,10

《大浴池》(*The Large Bathers*)2,4

三浦一舟(Isshu Miura)255,258

梭罗（Henry David Thoreau)228

《瓦尔登湖》(*Walden*) 228

沙玛(Suraj Sharma)ix,246

莎士比亚（William Shakespeare) 136,144,149,177,187,195,197－198,204,230－232

《安东尼与克丽奥佩特拉》(*Antony and Cleopatra*)136,144,195,204

《暴风雨》(*The Tempest*)136,177,195,197

　　《仲夏夜之梦》(*A Midsummer Night's Dream*)147,231—232

善昭(禅师)279—280

　　《南行述牧童歌》279—280

沈周 iv,viii,236—241,282,284—292

　　《从军行》237—238

　　《夜坐图》iv,viii,236—241,282,284,288,290,291

盛永宗兴(Morinaga Sōko)255,258

石涛 287

施隆多夫(Volker Schlöndorff)189—190

施美美 (Mai-mai Sze)iii,vii,127—139,141,143—145,147—152,183,203

　　《绘画之道》(*The Tao of Painting*) iii,vii,96,127—129,131—152,203

史蒂文斯,埃尔西·摩尔(Elsie Moll Stevens)26,32,33

史蒂文斯 (Wallace Stevens)iii, v, vi, xiii, xiv, xviii, 4, 25—29,31—36,40—43,45—47,
　　49—51,52,63,68,82—84,87,88,93,112,126,150,232,250,252,255

　　《瓷碗》("Bowl") 26,27

　　《感悟细节的程序》("The Course of the Particular")40,50

　　《胡恩广场饮茶》("Tea at the Palaz of Hoon")50,51

　　《簧风琴集》(*Harmonium*)35,87,88

　　《六帧意义深远的风景图》("Six Significant Landscapes")iii, v, xviii,25,27,29,32—
　　　　35,49,51,84

　　《旅行日记》("Carnet de Voyage")26,46

　　《三游客观日出》(*Three Travelers Watch a Sunrise*) 32

　　《色彩》("Colors") 26,27,46

　　《十三个角度观黑鸟》("Thirteen Ways of Looking at a Blackbird") iii, 28, 35, 36,
　　　　42—43,45,48—49,51,87

　　《诗歌与绘画的关系》("The Relations Between Poetry and Painting")32

　　《星期天早晨》("Sunday Morning") 26,46

　　《雪人》("The Snow Man")iii, xviii, 28, 35, 36,40, 47—51, 68, 87, 232, 250, 255

舒尔曼(Grace Schulman)139,150

舜 75,79,80,153

斯贝特 (Virginia Spate) 6,7

　　《莫奈与日本》(*Monet and Japan*) 6

斯奈德(Gary Snyder)iv,v,xiii,xviii,4,208,216—225,227,252,255—269,273

　　《当下》(*This Present Moment: New Poems*)219

　　《寒山诗集》(*Cold Mountain Poems*)257

　　《牧溪的柿子》("Mu Chi's Persimmons")iv,v,xviii,216—225,227

　　《山河无尽》(*Mountains and Rivers Without End*)xviii,216,220,255—256,258—263,

265—269

《再度火热》(*Back on the Fire*)256,266

斯泰因(Gertrude Stein)ii,xv,112,116,124,126,194,224

斯托克(Noel Stock)97

《边缘》(*Edge*)xv,97,99,111

司马相如 x,75,76

《子虚赋》75

苏轼 241,259—260

苏源熙（Haun Saussy）241,287,292

T

塔布(Tabu)ix,252

泰瑞尔(Carrol Terrell)157,166

《庞德诗章指南》(*A Companion to the Cantos of Ezra Pound*)157

唐寅 285,290

田近竹村 8,11

《海涛》8,11

W

瓦格纳(Richard Wagner)136,202

王安石 32,216

《春夜》32—33

《临川先生文集》216

王丰镐 98,99

王概、王蓍、王皋 7

《芥子园画谱》xvii,7,131,134,151

王建 107—110

《新嫁娘词三首(其一)》107—108,109

王蒙 88,240

王瑞芸 220—221,226

王燊甫 iii,vii,xv,52,97—99,101—111,113,114,117,121,125,128,183

《美亚传统：诗歌、散文选》(*Asian-American Heritage：An Anthology of Poetry and Prose*)111

《祖父诗章》("The Grandfather Cycle")111

王维 vii, 28, 53, 99, 100, 102, 104, 105, 109, 110, 113, 114, 117, 118, 124, 125, 265, 272,273,275

《鹿柴》vii,99—101,111,113—115,117,121,265,272,273,275

《洛阳女儿行》102,105,109,117,118,125

《山中送别》vii,99—100,111,113—115

王佐良 xix

　《英诗的境界》xix

威廉斯（William Carlos Williams）ii, iii, v, vii, x, xi—xii, xiii—xvii,52—63,65—67,82—83,87,97—111,112—126,127—128,148,150—152,171,173—174,177,208,216,251—252,257,265

　《爱之旅》（"Journey to Love"）97,125

　《勃鲁盖尔诗画集》（*Pictures from Brueghel*）iii, v, x, xi—xii, xv, xvi, xvii,97,112,114—115,117—120,123—127

　《彻底消灭》（"Complete Destruction"）58,114,115

　《春》（"Spring"）61,122,125,151

　《春天等一切》（"Spring and All"）63,64,125

　《春天等一切集》（*Spring and All*）iii, xiii, xiv, xvii, 59, 61, 63, 65, 67, 87, 97,112,114,115,148

　《刺槐花开》（"The Locust Tree in Flower"）65,66,67

　《短诗》（"Short Poem"）xv,115

　《复苏》（"The Rewaking"）123

　《寡妇的春愁》（"The Widow's Lament in Springtime"）62,63

　《黑风》（"The Black Winds"）65,148

　《红独轮车》（"The Red Wheelbarrow"）59,108,114,125

　《蝴蝶花》（"Iris"）114,116

　《户外婚礼狂欢》（"The Wedding Dance in the Open Air"）118,123

　《菊花》（"The Chrysanthemum"）xv,115,116,125

　《盲人的寓言》（"The Parable of the Blind"）118,123,125

　《帕特森》（*Paterson*）xv,52,97,112,113,125

　《什么都没做》（"To Have Done Nothing"）87,152

　《收玉米》（"The Corn Harvest"）118

　《酸葡萄集》（*Sour Grapes*）iii, xiii, xiv, xvii,53,97

　《晚安》（"Good Night"）100,101

　《舞蹈》（"The Dance"）115

　《雪中猎人》（"The Hunters in the Snow"）118

　《伊卡洛斯坠海之景》（"Landscape with the Fall of Icarus"）118,120,125

　《致白居易幽灵》（"To the Shade of Po Chü-I"）54—56,101,115—117,119,122

　《自画像》（"Self Portrait"）119

威廉斯,弗洛斯（Floss Williams or Florence Williams）110,118

韦利（Arthur Waley）xiii, xiv,41,54—56,60,61,97,111,116,117,120,132,256,262

　《一百七十首中国古诗》（*A Hundred and Seventy Chinese Poems*）xiii, xiv,54,60

　《中国古诗选译续集》（*More Translations from the Chinese*）54,116

维勒（Monroe Wheeler）86,90,91

魏斯（Peter Weiss）ii

　　《抵抗的美学》（*The Aesthetics of Resistance*）ii

吴良镛 210－211

X

希门尼斯（Juan Ramón Jiménez）134,135

夏圭 28,31,70,71,77,240

夏可君 220－221,226,227

小田雪窗（Sesso Oda）255,258

谢赫 65,134,141,147

　　六法 65,134,141,148

休斯（Langston Houghes）xv

雪莱（Percy Bysshe Shelley）199,231－232

　　《布朗峰》（"Mont Blanc"）231,232

Y

亚里士多德（Aristotle）231－232

　　《物理学》（*Physics*）231

阎次于 128,129

杨贵妃（杨玉环）56,189

尧 79,80,153

叶维廉 70,71,79,264,265

叶芝（W. B. Yeats）iii,v,vi,x,xii－xiii,13－24,25,68,80,112,126,127,177,252

　　《骸骨之梦》（*The Dreaming of the Bones*）14,24

　　《卡尔弗里》（*Calvary*）15,24

　　《为舞者而写四剧》（*Four Plays for Dancers*）15,19,20,24

　　《一件大衣》（"A Coat"）13,15

　　《伊美尔唯一的嫉妒》（*The Only Jealousy of Emer*）14,20,24

　　《因尼斯弗里湖岛》（"The Lake Isle of Innisfree"）13

　　《鹰之井畔》（*At the Hawk's Well*）iii,v,x,xii－xiii,13－15,17,19－24,68,80,81,127

伊藤（道郎）vii,xiii,15,17,18,19,21,22,23,24,68,80,81,127,183

英若诚 viii,183,185,187－188,248

雍正 89,90,153－154

　　《圣谕广训》153－154

余宝琳（Pauline Yu）241,288

玉涧 12,36,70,71,77

Z

臧克家 110—111

曾宝荪 x,70,72—79,128,152,183,205

　　《八十晋二回忆竹枝间》74,75

　　《曾宝荪回忆录》72,73,74

曾广钧 72,73

　　《环天室诗集》72,73

　　《落叶词》72

曾国藩 70,72,73

查士标 48,49

翟理斯（H. A. Giles）xiii,xiv,54—59,97,98,100,114

　　《中国文学史》（*A History of Chinese Literature*）xiii,xiv,54,55,57,58,98,100,114

詹姆逊（Fredric Jameson）ii,iv,xi,10,46

　　《论现代主义》（*The Modernist Papers*）ii,iv,10,46

张开济 210—211

赵萝蕤 63,197

赵毅衡 i,27,186—187,269

　　《诗神远游：中国如何改变了美国现代诗》i,269

郑真 201—204

仲跻尧 187—189

周干峙 210—211

周季常、林庭珪 37—39,43

　　《五百罗汉图：洞中入定》39,40

　　《五百罗汉图：应身观音》38

　　《五百罗汉图：云中示现》38

周亚平 200—201

朱可夫斯基（Louis Zukofsky）vii,xvi—xvii

朱良志 9—11,45,48—49,241

朱瞻基（明宣宗）76,77

邹复雷 xvii,128,129,142,151,265

　　《春消息图》xvii,128,142,151,265